柳萌自选集

纪实文学卷

空谷回声

作家出版社

图书在版编目（CIP）数据

空谷回声/柳萌著. – 北京：作家出版社，2010. 12
（2012. 5 重印）
（柳萌自选集）
ISBN 978 – 7 – 5063 – 5537 – 7

Ⅰ.①空… Ⅱ.①柳…Ⅲ.①纪实文学 – 中国 – 当代
Ⅳ.①I25

中国版本图书馆 CIP 数据核字（2010）第 177014 号

空谷回声

作者：柳　萌
责任编辑：李亚梓
装帧设计：曹全弘
出版发行：作家出版社
社址：北京农展馆南里 10 号　　　　邮码：100125
电话传真：86 – 10 – 65930756（出版发行部）
　　　　　86 – 10 – 65004079（总编室）
　　　　　86 – 10 – 65015116（邮购部）
E – mail：zuojia@ zuojia. net. cn
http：//www. zuojia. net. cn
印刷：紫恒印装有限公司
成品尺寸：152 × 230
字数：462 千
印张：28
版次：2010 年 12 月第 1 版
印次：2012 年 5 月第 2 次印刷
ISBN　978 – 7 – 5063 – 5537 – 7
总定价：90. 00 元（全三册）

作者近照

柳萌 天津市宁河县人。20世纪50年代起，从事文学编辑工作。曾在《乌兰察布日报》社、《工人日报》社、《新观察》杂志社、《中国作家》杂志社、作家出版社、中外文化出版公司、《小说选刊》杂志社供职。

出版的主要著作有散文随笔集：《生活，这样告诉我》、《心灵的星光》、《岁月忧欢》、《寻找失落的梦》、《消融的雪》、《穿裤子的云》、《当代散文作家精品文库——柳萌散文》、《散文名家精品文库——柳萌卷》、《珍藏向往》、《真情依旧》、《生命潮汐》、《春天的雨秋天晴》、《绿魂》、《变换的风景》、《无奈的告白》《夜梦与昼思》《悠着活——柳萌散文随笔选》、《时间的诉说》、《文坛亲历记》、《放飞心灵的风筝》《村夫野话录》等20余种。

从部队转业前在北京（1954年）

"反胡风运动"后在北京（1955年）

说谎无异于给自己下绊，迟早会摔个嘴啃泥，最后连话都说不出来。

——柳萌

经常听的最多的一句话，就是「苦难是人生的财富」。起初我也想这样相信和接受，后来渐渐地发现，竟然没有一个生活正常人，为获得这样的「财富」，自己主动地去经历苦难，可见这种本可以避免的苦难，在人们意识里并非是真正好东西。不过，做为一个有过苦难经历的人，我始终是这样认为：假如你真的经历过苦难了，苦难的感受已经溶入你的血脉里，你就必须把它们当做财富，不然，你的种种苦难岂不是白受，不然，你的种种苦难岂不是白受？！

——柳萌

去北大荒前在北京（1958年）

性格决定命运（代序言）

国际写作营营址，在庐山别墅村。

邓友梅、束沛德二兄和我，是参加写作营作家中，中方作家最年长者。出于对年长者的关照，我们这三位七旬老人，分别居住三处别墅套间。友梅兄住的是一栋新别墅的套间，陈设和生活设施，自然更有现代气息。我和沛德兄住176号别墅，两个单独的别墅套间，门对着门，窗邻着窗，如同这栋别墅的两只手臂，直愣愣地从别墅两旁伸出来，不知是欢迎客人的表示，还是拒绝来访者的姿势，大概只有别墅设计者知道，留给后来人的只是猜测和联想。由于建筑年代久远，面积和设施都很一般，不过住着还算舒适。

好像是来到庐山次日，吃早餐的时候，作家郭雪波先生问我："柳老师，昨天晚上，徐坤我们去你房间，几个人又敲门又喊叫，把瑞典老太太（参加写作营的瑞典作家林西莉女士）都吵火了，你怎么就未听到啊？"我问了问他们来的时间，那时我正在洗澡未能听见，对于这几位年轻文友的造访未遇，我自然表示歉意和遗憾。雪波随后又跟我说："你知道你那间房，过去谁住过吗？彭德怀。《万言书》就是在那儿写的呀。"噢，真未想到，这605号房间，还有这么一段经历。其后包括外国作家在内，许多人都对这间房，发生了浓厚的兴趣，有的来参观，有的来拍照，我就成了房间主人，热情地接待来访者。

知道了这是个有故事的房间，这次有幸暂住这里，我的心情和思绪，比之别人更为复杂更为不安。有天夜里似睡非睡，冥冥中听到有声音，噼噼啪啪响个不停，我定了定神坐起来，拉开窗帘往外一看，外边小雨飘飘洒洒，却丝毫没有什么声响。再仔细地听一听，原来是密集雨滴，敲落在铁皮屋顶，发出噼噼啪啪的声响。这声音让我联想起，战场的机枪声，会议的发言声，瘾者的絮叨声，睡眠的梦话声，还有受冤屈人的申诉声。这时再也睡不着觉了。我想到作为一代英雄的彭德怀的人生，我想到作为一个凡人的自己的人生。最后，我只能说，如何解释我们的人生呢？如果让我概括的话，只有两个字：命运。

我知道我的经历，跟大人物的经历，实在没有可比性。不过无论是谁，命运都是一样。当年彭老总为民上书，被打成小集团的首脑，这是由于偶然事件，给他造成的命运悲剧。当年我们在政治运动中，说了真话被划成"右派"，这是由于偶然事件，给我们造成命运悲剧。身份不同情况不同，从个人命运来说，好像没有太大区别，反正都是政治冤案受害者。两者不同的是，我们这些普通人，遭受的苦难更多。

想想这位彭老总的沉浮人生，再想想作为草芥之民自己的人生，我们过去所经受的那些苦难和屈辱，就没有什么想不通的了。联系到自己的经历，当时毕竟还算年轻，政治身份恢复正常后，总算赶上比较安定的年代，后半生尚能做点自己的事情。不然不会有我后来的写作，更不会有这套书中的文章，这就是说，人不会永远这么倒霉。人生实在不好预测。一个好的偶然机遇，或许把你抬得很高，一个坏的偶然事件，或许把你踩在地下，这就是通常说的命运。不知别人信不信，反正我信。

那么，命运又是如何造成的呢？早年我未认真地想过，好像从来也不想去想，总觉得那是客观存在。直到老到论天过活的现在，回想走过的七十多年人生路，跟同时期的同龄人相比，这才悟出，自己命运的起伏跌宕，原来都是性格捣的鬼。就是日本人芥川龙之介说的："命运非偶然，而是必然，它就藏在你的性格中。"

我的命运完全印证了这句话。我的性格比较散淡、固执、直率、抗上、不愿受人摆布，在一个有约束的社会里，必然要受大罪吃大亏经受磨难。按照世人追求的所谓"进步"，应该说，从年轻最早的时期，到中年重新起步时，我都有极好的"进步"机会，闹好了完全有可能谋求一官半职。比如说，在部队时我在兵团级直属机关任职，又比如说，转业以后我在国家中央机关当职员，再比如说，"右派"问题改正后我在国家某部政策研究室工作，换个想当官性格又温顺的人，这都是求之不得的"进步"境遇。可是，我却觉得根本不适合自己的志趣，于是千方百计地想办法脱离，非要往文人扎堆的文学单位跑，这一干就是大半辈子的时光。

同样是性格的驱使和左右，在文人堆里也没有吃到"好果子"，这不是命运的注定又是什么。有位比我年轻十多岁的作家朋友，后来成为副部级的干部，有次曾坦率地对我说："你不必溜须拍马去钻营，哪怕你什么话都不说，几十年下来，你都比现在混得要好。"我听后只是淡然一笑，既表示认同他的看法，又显示我活得也不错，假如他非要我回答的话，我想说："什么人什么命嘛。"我的命就是老天给了我一支笔，让我在可以利用的业余时间里，写下了我想说的一些话，不然就不会有这套书。这就是命运对我的回报。足矣。

我这套书的出版也是命运使然。我的年龄告诉我，留给我的时间不多了；最近的一次身体检查，癌症又将缩短我的生命。我只能坦然面对命运的摆布。好友、文学评论家陈德宏兄，有次像往常一样来电话问候，跟他说起我近日患病的情况，他建议我把自己写的东西，出套文集作个阶段性总结，这样，我才产生出版这套《柳萌自选集》的念头，不然，我绝对想不到做这件事。

我的职业就是个报刊编辑，文学写作不过是业余而为，把这些短小文字汇集出版，无非是给自己一个安慰。自打喜欢上文学那刻起，苦难的种子就植在了我身上，先是以"不安心工作"为由遭整治，次是在"反胡风运动"中受审查，最后在"反右派"运动中成贱民，前半生几乎没有安宁过一天，原因都跟爱好文学有一定关系。想到前半生的坎坷经历，想到后半生的平静生活，想到文学给我的快乐与烦忧，给自己的命运留下点浅浅印迹，我觉得还算说得过去。这就是在这炎热的暑天，利用跑医院治病的间隙，不顾劳累整理书稿，唯一可以说得通的理由。

在写作营结束前一天晚上，来自克罗地亚的青年作家马瑞科·可塞克先生，在加拿大华人小说家张翎女士陪同下，参观完有故事的 605 号房舍，由张翎女士做翻译我们一起聊天儿，除了文学也谈到了命运——彭德怀的命运，普通人的命运，都成了我们关注的话题。看来命运对所有人来说，都有普遍的兴趣和意义。这正是人们对于 605 号别墅房舍，比对别的豪华别墅更想探望的原因。这就启发我以命运为话题，写了这套丛书的自序，目的是想告诉读者，我书中有太多的文字，都是关于普通人命运的，说不定会对诸位有所裨益。

诚挚感谢何建明先生，成全我出版这套书的愿望。

作家出版社的老同事曹全弘先生、初克堡先生、罗静文女士、祁斌女士，责任编辑李亚梓女士，都为这套书的出版付出辛劳，我在此表示由衷的谢意。

2010 年 7 月 26 日伏天

目　　录

早老的青春（半生记忆）

沙滩拾残贝（文坛往事）

消逝的背影（文坛故人）

早老的青春（半生记忆）

第一部：青春起步两度遭难

二十年后又归来

"右派"流放生活即将结束的 1978 年秋天，披着内蒙古草原的凛冽风尘，我回到离开了 20 年的北京，到六铺坑《工人日报》社报到。

我此时的心情，畅快、轻松、充实。绝不亚于第一次来北京。兴奋得简直不知如何是好。前一天夜里火车上不眠的劳顿，完全被兴奋和遐想驱赶殆尽；压抑得近乎板结的心田，重新又长出了希望的绿色。盘旋在脑海里的那些往事，就像蚕丝似的一缕缕地抽出，缠绕在我尚好的记忆之树上。这只吐丝的蚕，就是北京。

北京，这座帝气和民风交融的城市，对我来说并不是十分陌生。早在 1949 年之前，我就曾跟随父亲来过，第一次领略它的恢弘气势，只是那时它名字还叫北平。中华人民共和国建立不久，参加革命从天津来北京，开始在这里定居、工作，更进一步熟悉了这座城市。因此，离开 20 年以后再回来，多少觉得有种归宿感，情绪自然就略显激动。走在一些熟悉的大街小巷，看着灰砖青瓦的宅院，闻着槐花四溢的芬芳，听着委婉圆润的京腔，一种难以名状的感情，顿时悄悄袭上心头，我不禁自言自语起来："回来啦，真的回来啦。"这时我已经人到中年。

1958 年离开北京之前的那些年，我是个人走家搬的小光棍儿，就像一朵来无牵去无挂的云，飘到哪里都照样悠闲自得。即便那时被无情的政治伤害过，是云也是一朵带着残缺和忧伤的云，但是毕竟不会牵涉更多关系亲近的人，不管思想负担如何沉重也还算单纯。无情的时光走过 20 年的现在，我已经为人夫为人父，身上自然多了几分责任和沉重，思前想后自有一番感慨在心头。

我的"右派"帽子，在 1960 年说是摘了，其实，既定的政治身份，根本没有多少改变，在一些熟悉我的"革命者"眼中，我依然是个"摘帽右派"，在罪恶的"文革"运动中，连摘帽子的事实，都不再被承认，一些人干脆直呼"右派分子"，或者叫"老反革命"、"老右派"。每当听到这些呼叫，我都是敢怒不敢言，像个做错事的小媳妇，忍气吞声听人家数落、谩骂。20多年的日子，几乎都是这样过来的，作为一个有血有肉的人，难哪！

可是现在，情况却好像大不一样，即使知道我的"右派"身份，就是不当面表示同情，起码不再有过去的鄙夷。不然也不会有这样的机会，在《工人日报》即将复刊时，把我这样一个人借调来北京。正如人们常说的那样，个人命运的起落沉浮，往往取决于大的政治气候。天气冷暖老天管，悲欢离合不由人。在政治不很清明的年代，个人命运犹如一只风筝，"阶级斗争"那根绳线，随时牢牢地牵扯着你，所谓的个人言行自由，充其量是在绳线拉扯下的摆动。

北京是我青春的港湾。生活之舟本可以从这里起航，驶向广阔美好的未来大海，然而还未容我把风帆扯起来，就被猛烈的政治风暴掀翻了。从此以后，我常常地这样问自己：你的青春，美好吗？思索好久，却不知道应该如何回答。属于每个人只有一次的青春，是生命的绚丽朝霞，纵然没有耀眼光芒，起码也要闪烁清亮光点。然而，我的青春时期，还未来得及闪光，就被厚厚的政治乌云，紧紧地遮盖住了，从此，开始了艰难的生活之旅。

当我学会摆脱功利的政治教义，从自身体验和思索中认识人生，这时青春早已经从生命中消失，眼前的道路犹如一条湍急的大河，任凭我怎样努力都扬不起风帆。经常听的最多的一句话，就是"苦难是人生的财富"，而说这话的人大都是顺利者，他们想以此表示对我的劝慰。起初我也想这样相信和接受，后来渐渐地发现，竟然没有一个生活正常人，为获得这样的"财富"，自己主动地去经历苦难，可见这种本可以避免的苦难，在人们意识里并非是真正好东西。更多的人还是希冀自己一生平安。

不过，作为一个有过苦难经历的人，我始终是这样认为：假如你真的经历过苦难了，苦难的感受已经融入你的血脉里，你就必须把它们当做财富，不然，你的种种苦难岂不是白受?! 然而，作为一个神经健全的人，我依然渴望生活的快乐，快乐永远是人生最美好的境界，我们千辛万苦地不停劳动，就是为了获得平安和快乐。平安和快乐，对于普通人，永远是幸福。

在北京，我第一次尝到政治苦果；在北京，我第一次感到人情险恶。当想到这些不愉快的往事，我才从迷惑中清醒过来，重新回到生活的现实中。冥冥中忽然觉得，仿佛有一种声音，正在急切地呼唤，让我赶快去接近它。哦，我知道了，这是那些与过去生活相关的地方，在等待着我去相会，在盼望着我去叙旧，不管在过去给我喜也好忧也好，我都得真诚地去走近去拜谒它们。因为那里毕竟有我一段重要的人生经历。

从未摸过枪的军人

我祖籍原河北省宁河县县城。据说：宁河镇约始于东汉末年，当时功用大致为储粮。明人《梁城（宁河镇）怀古》记载："巍势今天迹尚存，当年曾为备粮屯。"清代《储粮城》一诗中也说："今之宁河县，古之储粮城。"宁河镇数面水环绕，县城以水为墙，登高四望，水光潋滟，拍打堤岸，实为一处胜景。清人邵兰谱诗云：碧流如带绕为城……潮来激荡静闻声……活水源头无限意，文心时向素波生。把我的家乡宁河，誉为北方美丽水乡，我想最为恰当。镇上居民中有许多人家，都有人在北京、天津读书或经商，亦商亦学是这一带崇尚的民风，因此，比之有的地方显得开化许多。我家的境况如何，因为当时年幼，几乎一无所知。只知道是个四世同堂之家，近20口人生活在一个大院里，平静而有序地过着日子。记忆中长辈们没有愁过吃喝，家境在当地还算殷实吧，大概属于现在说的"小康"人家。

祖父刘步洲，父亲刘森（春圃），三叔刘楷，都在外地经商。三祖父刘敬潭，毕业于北洋大学机械系，二叔刘林（郁生），曾在北京师范大学英语系读书，这二位大学毕业后，都在天津教书。几个姑姑刘淑芸、刘淑芳、刘淑芬都是初、高中毕业。能够让女孩子上学读书，说明我的长辈还算开明，这在当时已经实属不易。在老家时每年过春节，老宅大门上贴红对联，总是那两句话："忠厚传家久，诗书继世长。"可以算做我家的家训，更是长辈们的愿望，以至于离开故乡以后，连老家模样都忘记了，唯有老家楹联上这两句话，我一直都牢牢记在心中，忠厚为人和以书为伴，更成了我一生的坚守。

从我能够记事的时候起，成年男子大都不常在家，家中就由曾祖母来主事，日常家务和购买东西，总是祖母辈带着儿媳们，具体地操劳和料理。只有到了旧历年三十，男人们都回来过大年，这时一大家子人才团聚。1949年前国内时局比较紧张，社会上有各种各样传闻，我的祖父辈们又不懂政治，只是希望过个太平日子，对于那些可能危及百姓的传言，就采取了"宁可信其有"的态度。男人们又不常在家中，女辈一时间都人心惶惶，不知下一步应该如何是好。大主意自然要由年长男人拿。

正是因为有这样的家境吧，加之缺少对共产党的了解，经祖父与我的父辈们商量，于1947年举家从宁河迁居天津，只留下一所孤寂的空旷老宅。从此也就割断了乡脉，全家都成了天津居民，以后再没有一人回去过。家乡留给我的唯一记忆，就是那条蜿蜒流淌的蓟运河，以及那氤氲浩渺的大芦苇荡——这些绮丽的自然风光，常常出现在我的文字中，寄托着我对故乡的悠悠思念。有时想起来我会觉得，我的前辈们过于"绝情"，时局安定后这些年，怎么就没有人想起，回到老家去看一看呢？说不定他们心中仍有隐情。

迁居到天津以后，没有了自己房子，只好花大钱租住。在政治时局动荡的当时，迁入天津的外地人很多，租用的房舍价钱也就贵，可是你又不能不找个栖身处，再心疼也得接受这事实。我家租的第一处房子，在天津市西北城角，那是个带花园的院子，坐落大伙巷先春园。房东姓穆。回族。穆家是天津有名的八大家之一，"正兴德茶叶庄"就是穆家第二代创办。民间有这样的传说：当年穆家第二代穆文英，在天津北门外竹竿巷一家汉民茶叶铺买茶叶，见一汉民顾客把猪肉篮子放在柜台上，对此很为不满。茶叶店的店员却讥笑说："回民为何不自己开家茶叶铺？"穆家兄弟却把这讥笑，当做好主意采纳，后来真的自己开了茶叶铺，初名"正兴茶庄"，后改名"正兴德茶庄"。

有这样背景的人家房舍自然不错。我家租住了穆家院的临街一排房屋，在我的记忆中总有四五间房子吧。这说明家里的经济尚能维持，只是后来一年不似一年了，租住的房子也就越来越小。到了祖辈人先后相继去世，父辈按照各自血脉关系分开另过，这个四世同堂大家庭从此解体。我无忧少虑的少年时光，就是在穆家大院度过的。在这里迎来中华人民共和国成立，而后又从这里参加革命到北京，这个院落也就成了我人生起步之地。

这时我已经喜欢上大城市生活。过去社会的艰难和现在社会的变化，在我这个十几岁的孩子眼里，似乎并没有什么太大的区别。只是从父母的神情上，我隐约地感觉到，他们不再怀有恐惧，而且对新社会生活，渐渐开始抱有希望。由此我猜想自己的未来，同样应该是非常美好的，只要努力地读书上进，进入社会准会有个美好前程。年龄又正是在花季，天真而单纯，幻想而浪漫，真的是"少年不识愁滋味"。

我在天津市市立中学（后改天津一中）读书。这是当时一所公立学校，这样的学校在天津仅有四所，比之学费昂贵的私立学校，如耀华、南开、汇文等中学，可以给家里节省好多钱。我的学习成绩不算很好，能考上这所学校也属不易。对于未来并无大的想望，日子却过得还算安逸、平静，像所有同年龄孩子一样，读书和玩耍是我的全部生活。十几岁的中学生，用大人们的话说，不过一个乳臭未干的毛孩子，几乎什么都是似懂非懂，干什么事情都没有长性。祖辈掌管的大家庭分开了，父亲的收入只能养家糊口，这时父亲常对我说的话就是："好好读书，在可能的情况下，多供你几年学。要不就早点做事，咱们没有别的指望，将来要想有口饭吃，只能靠你自己努力。"父亲的话记住了，却并未往心里去，该读书就读书，该玩耍就玩耍，反正年纪不大，谁知道将来如何呢？到时候再说呗。这就是我在那个年龄时的想法。

谁知朝鲜半岛突然爆发的一场战争，不仅搅乱了我的平静生活，而且彻底改变了我的命运。

这时是 1950 年的深秋时节，有天放学乘有轨电车回家，车过西北城角街头阅报栏，见有老老少少的许多人，围着阅报栏指指点点，好像议论着什么事情。每个人表情都很严肃、紧张，有的人还不时愤怒地嚷嚷，看那样子很有些不依不饶。出于孩子的好奇心，我立即就近下了电车，凑过去想看看热闹。到了跟前才知道，原来朝鲜半岛发生了战争，中国决定出兵援助朝鲜。那时一般人家没有收音机，报纸也不是早晨送到，读报人就下午到街头来看报。读报人都是"时评家"，有的论是议非，有的猜胜测负，阅报栏前成了"会场"。刚刚摆脱战乱的国人，非常珍惜安定生活，此时又要为战争担心，人们不免有些忧虑。

未过几天，政府就号召全民"抗美援朝，保家卫国"，动员全国青年和在校读书的学生，参加中国人民解放军和军事政治干部学校，阻挡美军打过鸭绿江侵略我国。作为重点学校的天津第一中学，更是热火朝天、轰轰烈烈，那种强烈的爱国热情和义愤，激励着每一个单纯的年轻人，投笔从戎成了同学们的强烈愿望。我是建国后第一批新民主主义青年团（共青团前身）团员，当时在班上担任团干部，又有些少年人的虚荣心，觉得自己应该带头参军，跟家里人一说却遭反对。磨蹭多日都没有效果，眼看从各个学校参军的大拨人，都已经渐渐穿上军装走了，这时街道刚刚开始征兵，如果我再犹豫不决，肯定再没有机会，就跑到学校开了个证明，背着父母走进绿色军营。除了道理上的爱国之情，至于别的觉悟根本谈不上，完全属于随波逐流的行为。对于那场战争的是与非，以及它形成的真正原因，别说是像我这样当时的孩子，就是成年人也无法知道真相，其行动全凭"保家卫国"这个口号，如果用"抗美援朝"这个口号，再愚忠的人大概也会掂量掂量。不过，像所有的年轻人一样，穿上这身绿色军装，不管是觉得新鲜，还是真的感到自豪，这时涌上心头的情感，就像沐浴在春风里，喜悦和激动交织在一起，生命的火花立刻闪亮，有一种渴望迸发的强烈欲望。

在军校开始跟苏联专家学习军事统计，结业后到中央军委某军种后勤部，先后担任工作员、文化教员、编辑，属于那种"当兵多年未摸枪，抗美援朝未过江"的军人，在部队机关过着安定的生活。那时只有大学生参军，部队才给排级干部待遇，我这个高中文化的学生兵，在部队机关跟大学生一样，享受着排级干部的待遇，穿四个口袋的绿军装，应该说还是比较知足的。尤其是部队团结、友爱、单纯的氛围，挺适合我的直率、坦诚性格，很快也就喜欢上了这个新环境。起初真想在部队干一辈子，丝毫没有离开军营的念头，就如同刚刚到部队时一样，既没有当大官的打算，更没有当英雄的想法，只是想把工作认真地做好。怀着这样的平常心态，反而给我带来了荣誉，曾多次受上级嘉奖，还立过一次三等功，在平凡的机关工作岗位上，得到这样的光荣并不容易。

我当时所在的部队机关，就在北京西苑一带，距北京大学只有百尺之遥。由于当时编辑工作的需要，部队曾送我到北大旁听部分课程，这使我有机会接触这座名牌大学。此时在北大读书的学生中，有我少年时的朋友，有我中学时的同学，我们也就断不了来来往往，这就让我羡慕起他们来。那会儿的年轻人，有理想，心气高，彼此谈论的事情，大都是对未来的向往。我在部队机关穿军装不摸枪，跟在地方单位没有大的区别。心想，这些读大学的同学，毕业后都有一技之长，将来可以做自己喜欢的事情，我只图眼前的高兴，将来脱下军装什么本领也没有，想得再好还不是白搭？还不如趁着年轻早做打算。从此就把到大学读书，当成了自己奋斗的目标，只是不敢公开声张。

不过，我必须得真实、客观地承认，若是我真的单纯想读书，部队曾给我提供过机会，保送到张家口军事外语专科学校读书，毕业之后回到部队做翻译工作，只是毫不犹豫地被我回绝了。表面的理由好像是一位战友的话刺激了我，他说："干点什么不好啊，千万可别当翻译官，你没见电影上的日本翻译官，像条'狗'似的让人家'牵'着走。那活儿咱们绝不能干。"

他的这种说法，显然是欠妥的。绝对不会对我的志向造成影响，问题是我真正的想法不在于此，而是，并不想去别的学校读书，真正想报考的是北京大学，明说又怕自己考不上丢人，就以不是理由的理由推辞了。其实，到北京大学读书也没有理由，就是被一种虚荣心驱使着，认为要上学就上名牌大学，像我的那些朋友和同学一样。不然，在他们面前，就没有面子，我丢不起这个人。

思前想后许久，最终还是跟领导提出，我想报考大学，哪怕学成再回部队都行。就在等待领导研究回答时，同住室的一位年轻战友，终日咳嗽吐痰胸觉郁闷，他怀疑自己会不会是肺结核，我就陪着他去部队医院检查。这位战友检查的结果，只是一般慢性气管炎，并无别的什么大毛病。他劝我也顺便检查一下，这一检查不要紧，不承想他怀疑的结核病，却在我的肺部潜伏着。医生建议我马上住院治疗。

肺结核在 20 世纪 50 年代算是大病，我一听立刻就像丢了魂儿，有好多天都是闷闷不乐。首先想的就是报考大学的事，这一病可就全都泡汤了，弄不好还要成为长期病号，那前途就更难说会是怎样。我把诊断书交给直接领导，经过有关部门研究同意，马上送我到部队所属疗养院，进行住院治疗和离职休养。

想到大学读书未读成，未想当病号却成病号，这老天爷真的很会捉弄人。

在西郊部队疗养院

这座部队疗养院位于北京西郊，医疗条件和设施说不上怎样好，地理位置和自然环境却着实不错，远望是秀丽青幽的玉泉山，一座玲珑宝塔耸立云间；近观有条从玉泉山下来的河，顺着宽阔的公路款款流过，路两旁是高大擎天的白杨树，有清风徐徐吹来时沙沙作响，给人一种说不出来的欢愉。我们这些慢性病病号，早上医生查过房吃过药，傍晚护士打过针吃过饭，就在这条傍河公路上散步。过去原本不认识的病友，就是在这里散步时结识的，有的住院相处一段时间后，由于说得来还渐渐成了朋友。

住院前几天，看过一次部队文工团的演出，还未从艺术感染中解脱，我就因病住进了疗养院。正处于青春萌发的幻想时期，对于未来的憧憬和抱负，无时无刻不在诱惑着年轻的我。可是现在病了，而且是肺结核，转业考学都已不成，我一下子就蒙了。心绪像乌云笼罩着的天空，再没有了往日的晴朗，此时满脑子装着的，都是对疾病的无端恐惧，以及对于前途的担忧。心想，年纪轻轻的，得了这种病，这下可完了，谁知等待我的会是什么呢？

在疗养院住了几天以后，结识了一些病友，这时情绪才渐渐好起来。

我在疗养院住了四个多月，说得来并成朋友的有三位，一位是画家老赵，一位是演员吴×，还有一位叫曹建沼，是部队的文化教员，后来转业到国家文化部。老赵和吴×两人，同在部队文工团。我跟老赵住同一间病房，自然而然就会认识了。从此成了朋友，终日形影不离。认识吴×则很偶然。

那是个早晨，我第一次跟男病友散步。我们正在道路上走着，迎面来了几位女病号，穿着同样蓝白相间的病号服，远处很难看清脸面模样。渐渐地走得近了，开始看清了面孔，突然我的眼睛一亮，其中一位年轻女士，立刻引起我的注意。她，白里透红的鸭蛋形盘上，闪着乌黑的大眼睛，直梁鼻子下镶一张挂笑的嘴，说话间露出一颗虎牙，显得人更俏皮可爱。尽管病号服宽宽大大，很难看出女人的身段轮廓，但是她那时时扭动的身姿，依然让人感觉到她的妩媚。尤其是那垂在背后的两条长辫，把她的身材衬托得更为修长，在同行的几个女人中间，她显得更富有勃勃朝气。当然也就更抢眼诱人。按部队《内务条例》规定，女兵是不允许留长辫的，留长辫的都是文工团员，眼前的这位毫无疑问，是部队文工团的女演员。

出于一个年轻男人的本能，我看了她好久好久，觉得她很面熟，却又想不起在哪儿见过。这天早晨就这样过去了。

画家老赵知道我比较喜欢文艺，一有时间我们就一起聊天儿，说戏剧侃电影扯各自读过的小说。共同的爱好使得我们俩越走越近。有天我们正在餐厅里吃饭，唧唧喳喳进来几个女病号，其中就有那天早晨遇到的那位。老赵比我先进疗养院多日，谅他会知道那位女士的情况，我就问他："那个梳长辫子的女同志，我怎么看着那么眼熟啊，她是哪个单位的？"老赵抬起头看了看，说："你说她呀，跟我一个单位，在我们团里，主要是跳舞，有时也报幕。"说着，老赵就冲那位女士喊："吴×，打完饭过来。"那位女士会意地点了点头。

不一会儿，吴×端着饭碗过来，坐到我们这张桌子旁。老赵说："吴×，先给你介绍一位病友，是后勤部的，几天前刚入院。"我俩彼此点了点头，就算是认识了，三个人就边吃饭边说话。我说："吴×，我看你挺面熟，你是不是跳《红绸舞》的？在前些时的晚会上，我好像看见过你跳。"吴×听我这样说，马上兴奋起来，像任何一位演员一样，总是希望有欣赏者，她那两只大眼睛蓦然透出光芒。不一会儿却又显出沉郁的神情，说："对，就是那次晚会之后，团里检查身体，发现我有病，跟老赵一起住院来了。"我一听这才云开雾散，刚见面时的似曾相识，原来是缘于那次晚会。令我感动令我欣喜的《红绸舞》，还未完全从记忆中淡漠，她们中的一位舞者，此刻就坐在我身边，更加深了我对这个舞蹈的印象。

那会儿的部队疗养院，供病号玩耍的物品，除了乒乓球、扑克牌、象棋、跳棋、麻将，再有就是一部交流收音机，放在饭厅或活动室里，供大家听京剧、革命歌曲，长此以往就觉得腻烦了。这些普通的玩艺儿，除了打打乒乓球，别的我都不会，不玩球的时候，就找些文学书来读。我那时很迷恋普希金，有时躺在床上睡不着觉，就背诵普希金的诗歌。一本翻译的《普希金诗选》，总是放在我的床头枕畔。

一天上午医生查过病房，吴×来我们房间串门儿。她坐在我的床上，无意间发现这本《普希金诗选》，随手翻看了一会儿，临走的时候要借去看，这时我才知道她也喜欢诗歌。在这百无聊赖的病院里，能够遇到一位志趣相投的病友，我自然非常高兴，便爽快地借给了她。有了共同的爱好，我跟吴×的交往，渐渐就更加多了。

这是一个雨后初晴傍晚，天格外高远蔚蓝，地越发开阔清新，正是户外活动的好时候。吴×急匆匆地跑来，约我和老赵去散步，老赵正收拾东西，我和吴×就先走一步。刚刚出了疗养院大门，吴×高兴得蹦蹦跳跳，像一只活泼的小鸟，连我都被感染得跃跃欲试。我赶忙快步跟上她。走到疗养院门前那排白杨树下，吴×就兴冲冲地朗诵："假如生活欺骗了你，不要难过不要悲伤……"我一听正是普希金的诗，就说："嗬，好快啊，都背下来了。"她接着非常得意地说："怎么样，还可以吧。"我说："那当然，到底是个大演员。比我们悟性高。"她听后半嗔怪半娇羞地，用手捅了我胸脯一下，说："去你的吧，净损我们。"不过依然掩饰不住她那得意的神情。我们俩边走边背诵，你一句我一句交替地读，着实过了一把普希金诗歌瘾。

四个多月疗养生活，很快就要过去了，转眼到了出院时候。那天我做完出院前检查，回来正要洗泡着的衣服，发现连盆带衣服都不见了。同室的老赵告诉我说："吴×拿走了，她说你忙着办出院手续，怕没有时间洗。"老赵说着，脸上露出诡秘的笑容，有话想讲又不开口。

这种相互帮助的事情，在部队里很平常，我就没有往心里去。只是对这位跳《红绸舞》的演员，怀着非常感激的心情，觉得她很通情达理善解人意，不像军旅中有的女兵那么娇气。我想我也没有什么好说的，既然她那么喜欢外国诗歌，干脆就把那本《普希金诗选》留给她，作为我们在疗养院相识的纪念。

老赵和吴×的病情，可能比我要重一些，他们得继续治疗休养。

我出院的那天早晨，许多病友都来送行，有的还留下通讯处，嘱咐出院后多联系。这时却唯独不见吴×，我心里很纳闷儿，但是又不好随便问谁。还是老赵心细，他说："你要不要跟吴×打个招呼？"他这么一说，我反倒不好意思了，就说："算了，她可能有事，到时你替我说一声。"

在几位病友的陪同下，正要走出疗养院大门，忽然听到有人喊我的名字，以为是护士有什么事情，我们就停住脚步等她。扭头一看，原来是吴×，正连颠带跑地赶过来。她气喘吁吁地跑到我跟前，把一个报纸包递给我，说："这是我借你的书，还给你。"我正想说，这本书就送给你了。却听她说了声："我还有事，不送你了。"就又连跑带颠地回了病房。这一切都被老赵看在眼里，他只是嘿嘿地笑，却什么话也不说，别的人完全没有介意。

回到我所在单位整理东西时，打开那个放书的报纸包，发现《普希金诗选》里夹着一张纸条儿，还有一张《红绸舞》剧照。纸条上写着："你喜欢红绸舞，送你一张剧照，留作纪念。我何时出院会告诉你，届时到（文工）团里或家中来玩。"拿着这张剧照，看着吴×的舞姿，四个多月的疗养院生活，像正在播放的电影，重新展现在我的眼前……

从疗养院出院后没有多久，我所在的部队开始整编，我一看正是个好时机，就正式向领导提出来转业。领导上考虑反正整编得减员，再说我又刚生过病出院，很快就批准了我的转业申请。这时是1954年。

由军人变成了普通百姓，行动比在部队自由多了，起码在接触什么人上，没有部队的严格纪律约束。吴×出院后立刻告诉了我，不仅去过她们文工团，我还去过她北京的家，两个人渐渐更为熟悉起来。我知道她是个工人后代，父亲和哥哥都在邮电局工作，她自幼就喜欢跳舞唱歌，那年部队文工团招演员，她被录取自然就参了军。经过部队几年的业务训练，成了很不错的舞蹈演员，我看的《红绸舞》就是由她领跳。因为她是地道的北京人，普通话说得不错，有时还让她报幕，在文工团里算个"名角"。

我转业地方以后，在国家交通部工作，吴×曾多次来找我玩儿。后来搞"反胡风运动"，我在单位被批判受审查，失去到大学读书的机会，女朋友也不再跟我来往，同时受着三重精神压力，父母又不在身边，孤零零的一个人，精神上十分苦恼。吴×听说以后非常关心，两次到单身公寓看望，文工团不准外出时，她还打过电话来，此事一直让我很感动。

1957年我被划成"右派"，命运再没有了好转的可能，我就悄悄地离开北京。从此，我和吴×失去联系。在被流放北大荒劳改时，碰到一位部队文工团演员，聊天时知道他跟吴×认识，就跟他打听吴×下落。据他说，在一次赴苏联的演出中，吴×担任晚会节目报幕，跟苏方担任中文的翻译，相处几天彼此产生恋情，后来她就远嫁异国他乡了。不知事情是否确切。

知道我这段经历的朋友，有的曾经问过我："你和吴×的关系，真的仅仅是病友吗？"我总是坦诚地说："是的，在当时的确是这样，因为部队有铁的纪律，谁也不敢跨过这个门槛。"如果没有我命运的变化，吴×又从部队转业的话，事情也许会是另种样子，不过那也只是后来假设。感情这种东西，如同朦胧月色，永远无法看透。然而，对于吴×的记忆，对于吴×的感动，并未随时光流逝消失，它成了我友谊相册中，一幅鲜亮的青春之照。

小胡同里的忧欢

在北京东直门内北小街，有条叫羊管的小胡同。据说，羊管是羊肠子的意思。它为什么会叫这个名字，我始终没有弄清楚，在写北京胡同的书中，亦没有找到关于它的来历。估计会跟羊有一定的关系。北京许多胡同都有自己的故事。我想这个羊管胡同也不会例外。

北京的大小胡同很多，有的因豪门林立而显富贵，有的因院墙高耸而显幽深，有的因附会传说而显神秘，有的因形状别致而显奇特，总之，这些胡同都有自己的特点。这条羊管胡同却都不在此列，它属于那种极平常的胡同，平常得地图上都找不到它。如果非要找它的什么特点的话，那就是附近有一座小寺庙，我经常下班后去听和尚诵经，久而久之认识了一位老师父。这位老师父会讲英语，还下得一手好棋，据说，他出家前是个旧军官，好像是冯玉祥手下的营长。我当时好奇心强，特别爱听老故事，就听他讲军中事。他还有家眷在北京。

那么为什么，我会对这条胡同，如此情有独钟呢？主要是这条胡同，在我早年生活中，所起的影响和意义，都可谓极不寻常。倘若说生活里有喜有忧的话，最初让我同时领教喜忧的，就是这条平常的羊管胡同。它如同人生这本厚重大书的缩写本，仅在我居住的短短几年时间里，它就让我读到了人生真谛的全部——理想与破灭，初恋与失恋，得意与落寞，正直与卑鄙，生存与死亡，光明与黑暗。对于这样的一个地方，我怎么能够不看重呢？我怎么能够轻易忘记呢？

我在部队服役四年，穿军装时并不觉得怎样，这会儿真的离开了，心里还挺不是滋味儿。尤其是参加工作就在部队，不管怎么说，这个大家庭比较单纯融洽，没有任何不适合我的地方。转业到地方是个新的环境，可以说是人地两生，将会遇到什么情况呢，我心里没有一点底儿。想到这些就开始不安起来。甚至于还有稍许恐惧。

那会儿的工作都是由组织分配，很少尊重个人的志趣和要求，正像歌曲中唱的那样："革命军人是块砖，东南西北任党搬"，"革命军人最听党的话，哪里需要就在哪里安家"。如果让我打个比方的话，个人就像牌桌上一张张麻将牌，单摆浮搁时只是竹骨一颗，谁也不知道自己有何价值，只有在跟别人搭配组合后，这时才知道：噢，原来我还能干这件事情。像今天一些年轻人这样，张口闭口地说实现"自我价值"，工作稍不顺心就跳槽，我这辈人年轻时想都不敢想，仿佛天生一副"听天由命"的筋骨，完全听任所谓组织的安排。愿意与不愿意，合适与不合适，根本无人过问。

开始打算分配我到国家轻工业部，做部机关共青团团委的工作，后来考虑我跟苏联专家学过统计，在部队干部中算专业人员，就又重新分配我到国家交通部，在劳动工资司做统计工作。从部队机关到地方机关，只是摘掉了胸章和帽徽，工作性质并没有多少改变，由于无钱买百姓衣服穿，我那身军装穿好久都未脱下。出入在中央国家机关大门，一看就是个转业兵干部，领导有些过意不去，特意为我申请补助金，这才换掉这身旧军装。军装算是真正脱掉了，可是我的思想作风，比如处世简单、说话直率，总有好长时间未改变，自然会让有的人难以适应，便对我产生一些看法和意见，认为我多少有点不食人间烟火，说话做事还是部队那一套。

若干年后跟朋友们聊天儿时，说起我的这段职业经历，有的朋友开玩笑说，当时你要是做团委工作，从那时候开始步入政坛，说不定会混上个一官半职哩。这只是一句玩笑戏言罢了，说明朋友们还不很了解我。依我这个人的秉性，别说是当不上官儿了，就是当上个什么官儿，很可能比1957年跌得更惨哪，因为，我实在不会当官儿的那一套。何况在当时那个年代，政治命运完全不由己，不是你会不会当官儿，而是让不让你当官儿，这才是事情的真正关键。不过我倒是很庆幸没有从政，如果我只学会当官儿的本领，最多再学点"厚黑学"和听话，恐怕我这辈子就更不会消停，每一天都会受着良心谴责，还得虚伪地应付各种人，那样的日子有什么好过呢？

当时交通部的单身公寓，就在这条羊管胡同里，这条胡同就成了我的家。羊管胡同距北管公园（现在俄罗斯大使馆所在地）、交道口都不远，早晨和黄昏到公园散步，节假日到交道口看电影，或者到北新桥逛书店，就成了我生活的主要内容，日子过得倒也算平和自在。尤其让我感到高兴的是，在羊管胡同单身公寓里，有几位喜欢文艺的翻译和工程师，由于爱好相同使我们成了朋友。只要有时间大家就凑到一起，谈论诗歌、小说、电影、绘画，有时还用留声机放音乐唱片，什么贝多芬、施特劳斯、柴可夫斯基、莫扎特等等，这些世界级音乐大师的作品，我就是在这时候知道和接触的，从此也就喜欢上了西洋音乐。

那个时代的工程技术人员，各方面的文化底蕴都很深厚，平时的业余爱好也很广泛。有的嗓音不错的人，兴致来了嗓子痒了，就情不自禁地唱起来，西洋歌曲、国粹京戏、地方小调，经常在小院里回荡。还有的人会拉小提琴、手风琴，就把美妙的琴音献给大家。久而久之也就成了个"沙龙"。到了周末单身汉们就更忙，有女朋友的忙着去赴约，没有女朋友的忙着去跳舞，整个公寓里只留下管理员，看守着这个空荡荡的院落。星期天是睡懒觉的时候，不到十点钟没有人起床，一起床立刻又会热闹起来，喊的，唱的，打闹的，逗乐的，乱哄哄地如同旧时的戏园子。然后就是用煤油炉子做饭，仨一群俩一伙地"拼锅"，南北不同的口味儿，来往关系的远近，都可能成为这种组合的因素。因此在后来的政治运动中，被打成"反党小集团"的人，根据就是在一起玩乐吃喝，当然，还有资产阶级的生活方式。

在我住进羊管胡同的第二个年头，就是1955年，发生了那场轰动中外的"反胡风运动"。开始是文化界后来又波及全国，到处查找与胡风有牵连的人，好像生怕"胡风集团"的声势不大，凡是能沾上点边儿的人，都没商量地往胡风集团里推。我喜欢文学又有沾上边儿的朋友，于是也就不可避免地被审查批判，第一次成了"政治运动"的运动员。其后相隔两年多的时间，就是1957年，在人为制造的更加残酷的"反右派运动"中，我又没有逃脱挨整的命运，而且这一次彻底地把我推进苦难深渊。这两个毁我青春生命的"政治运动"，都发生在我居住羊管胡同的时候，这样，这条弯弯曲曲的羊管胡同，正好预示着我此后的前途，同样也是漫长、曲折而坎坷的……

在这条羊管胡同里，我只居住了三年多，它给予我的欢乐是那么短暂，可是我生命中最美好的光彩，却从这里开始暗淡了20多年。20多年后从外地回到北京，多少次想走近它又怕走近它。在这样矛盾心情的折磨下，度过了许多年以后的一天，开会到东城区交道口文化馆，距羊管胡同不过几百米远，实在忍不住冥冥中的诱惑，终于忐忑不安地走进羊管胡同。在记忆中的方位找了好久，还向几位居民打听过，可是胡同没有了当年模样，那个25号院早不复存在。时光的流水冲垮了往日景物，却没有洗刷掉我记忆的忧欢。此刻回首，对于羊管胡同，我真不知怎么是好，欲说无言，欲哭无泪，只能眼巴巴地看着它……

初尝政治苦果

交通部当年办公地点在交道口。这是一座古典式的大屋顶建筑，在20世纪50年代楼房稀少的北京，这栋楼在交道口一带非常扎眼，当时造价据说相当一条远洋轮船。现在这栋楼划归中国航空工业集团所有，它的样子和风采依然不减当年，只是显得有些老迈陈旧了。而对于我来说它却永远年轻，因为我记忆中的许多事情，仍然牢固地定格在过去的年月。

20世纪70年代末期，"右派"问题改正以后，我又重新定居北京。开始工作的《工人日报》社，在东城区的六铺炕；后来任职的中国作家协会，在东城区的沙滩，跟当年交通部所在地交道口，相距都不过咫尺之遥。我前几年居住的团结湖地区，现在居住的亚运村地区，跟这个地方也相距不远。我经常有机会路过交道口，每次走过那座大屋顶建筑，心中的百味便会顿时翻腾。晚上走过看见楼内闪烁的灯光，我会想起当年欢乐的周末舞会；白天走过看见紧闭的门窗，我会想到当年挨批判的情景。这座青砖绿瓦的庙宇式大楼，如同人生海洋中的礁峰，我这叶小舟刚与它相遇，就被撞得完全粉身碎骨，至今想起来都心有余悸。

时光相隔22年之后，我再一次走过这座大楼，情不自禁地在楼前驻足，倘若没有门卫在那里把守，我想我一定会进去看看。可是现在我只能隔门相望。记忆中那原本敞亮的门洞，骤然变成一张黑糊糊的大嘴，狠狠地吞噬了我宝贵的青春，好像还想把我这仅存的躯体，再一次地吞咽下去，于是我赶紧掉头仓皇而逃，生怕再让它抓住毁灭我。走出老远忽然想到，现在毕竟不是荒唐年月了，还有什么可怕可畏的呢？

我在交通部机关任职的几年里，由于对官场事务实在无兴趣，当然也就不会有心思踏实干，平时想得更多的就是文学写作。这在当时可是大逆不道啊，在革命的本分人眼里，我自然就成了个另类。团支部一开团员会，总会敲打敲打我，让我安心做好工作。

在这时认识了两位老作家，一位是交通部远洋运输局处长凌丁，一位是人民交通出版社社长韩拓夫，他们都是20世纪30年代进入文坛的，既当政府官员又坚持业余写作。凌丁常以孙滨笔名发表诗歌。韩拓夫跟老作家丁玲很熟。他们都曾劝我好好安心工作，像他们一样坚持业余写作，那时我好像听不进劝说，只是希望借写作创造条件，以便将来吃文字这碗饭，所以每天下了班就回宿舍，躲在小屋里偷偷写诗，写完装在剪角的信封里，连邮票都不必贴放进邮筒。然后就是焦急地等待，偶尔也能发一两首小诗，更多的时候则是退稿。但是一个朦朦胧胧的作家梦，或者叫做想改变命运的梦，这时就在我的心中形成，为了这个梦的早日实现，几乎到了废寝忘食的地步。

那会儿的单身公寓里，生活设施简陋陈旧，冬天用炉火取暖，夏天是蒲扇纳凉，我写作的兴头一上来，常常忘记加煤摇扇，却毫不觉其中的辛苦。写作带来的快乐，在我当时的感觉上，并不是拿稿费下小馆，而是印成铅字在报刊发表，苦恼自然也是出在这上面。有时见到投出的稿件退回来，我的心马上如同掉进冰窖，浑身上下都是冷飕飕的，沮丧的情绪许多天都转不过来，便趁这时候去逛大街看电影，直到情绪渐渐恢复了平静，再重新趴在桌子上继续写作。文学梦就这样诱惑着我、折磨着我。

在这座单身公寓里，有两位工程师跟我关系不错，一位是田宗耀，一位是奚明，都是上海人，他们也都非常喜欢文艺，我们三人经常同出同进。田宗耀的中学老师考诚，此时在《北京文学》当编辑，考诚先生是一位诗人，经田宗耀介绍相识以后，不仅对我的写作多有指导，而且使我更坚定了吃文字饭的信心。田宗耀还有位叫吴梅影的同学，毕业于上海戏剧学院表演系，跟她同时毕业于上戏的同学柯慧能，这时都在北京劳动人民文化宫工作，后来跟我成了经常来往的朋友。我的中学音乐老师梁琛女士，这时从北京电影学院毕业，分配在北京电影厂演员剧团当演员，只要有时间我就去看望她，她很希望我在文学上发展。这些文艺圈里的几位师友，都给过我不同程度的鼓励，希望我能够实现自己的理想。在当时那种刻板的政治环境里，几乎不准有半点儿个人利益和追求，连业余爱好都要跟政治联系，敢于这样明确支持的人并不多，一般的都是劝说服从组织分配安心工作，而这样看似"正确"的劝说结果，往往会使人丧失发展的机会。此时还认识了几位报刊编辑，他们组织的一些社会活动，有时就发来通知邀请我参加。我非常感激这些师友。

不过也正是因为这些人的思想，在当时跟我一样不是很合时宜，像我的老师梁琛等最后也成了"右派"。有次全国政协绿化委员会和国家林业局，组织首都文化界人士去内蒙古植树，恰好碰到老电影演员于洋、杨静夫妇，跟我说起当年梁琛被打成"右派"的情况，以及其后她的种种遭遇无不感到惋惜。20世纪80年代社会交往正常后，我曾在北京见过梁老师两次，那是她从长春来北京的时候，我们在同是她的学生金乃千家，一起聚会畅叙在天津一中的许多往事，唯独不敢提及"反右运动"中的事情，因为梁老师被划"右派"后，想不通曾经寻过短见，被抢救过来才得已活到今天。这件事对她心灵的伤害，我们完全可以想得出，实在不忍心再去揭历史伤疤。

在开展"反胡风运动"的前一年，有次《文艺学习》杂志社召开会议，参加的人都是各界业余作者，大家同为年轻人又爱好相同，在半天的会议上很快就熟悉了。其中有两位会后还成了我的朋友。一位是诗人山青，一位是个女大学生，我们的交往直到"反胡风运动"，在政治压力下才不得不终止。从那时开始的以后若干年，我们三个人都在逆境中挣扎，因为我又在反"右派"运动中出了事，比他们遭受的罪也就更多时间也长。我跟那位女大学生的友谊，逐渐发展成恋爱关系后，从美好开始而以苦难结束，给我的初恋抹上了政治色彩，那段生活就成了刻骨铭心的记忆。

中国的政治天空略显晴朗时，我又重新走上报刊文学编辑岗位。那位女大学生这时已成为著名作家。她的一部中篇小说获奖后，轰动新时期的中国文坛，这时我们都已经有了家室，偶尔开会见面也只能客客气气，谁也不会也不敢去揭往事的伤疤，"反胡风运动"给她带来怎样的伤害，我当时的情况是否牵连上她，在我永远是个谜一般的悬念。在后来的一次偶然交谈中，她曾主动说出这样一句话："你知道我当时多难哪，有的同学要孤立我，把书桌都拉开距离。"无须她更多讲述我就能理解，我在这方面的经历远比她多。

山青从新疆调回山东老家，生前在聊城一中教书，得知我回到北京曾看望过我。他最大愿望就是加入中国作家协会，比较了解他的评论家李希凡、戏剧家杜高和我，正为他的入会跟中国作协联系时，不料天不假年，刚刚步入中年的诗人，却带着遗憾永远地走了。熟悉他的朋友偶尔相遇，说起山青过去的遭遇，无不为之唏嘘、感叹、惋惜。

这就是我们那代喜欢文学的人，必定要走的曲曲折折道路，今天回忆起来难免有些心酸。

枯燥的机关工作实在让我厌烦，当时想不干又不可能，就希望到大学读书或者当编辑。可是我的性格又不像有的人那样，善于把自己的真实思想包装起来，或者采取委婉的方式表达，我总是毫无遮拦地统统地暴露在外，这在 20 世纪 50 年代那种"听话"的环境里，就必然会被人视为落后分子。譬如，我把分内工作完成之后，就以更多的时间和精力学习写作，这在一些人的眼里就不得了啦，不时会有些领导或同事找我，名义上说是帮助我进步，实际上是批判所谓的名利思想，好像非得把我改造得"听话"不可。

其结果呢，无论是他们还是我，似乎谁也未能说服谁，就这样死硬地僵持着。我这个当时的共青团员，在一些人看来是不合格的，甚至是不可救药的，可是又没有什么办法改变我，只好听任我自己走下去。我的任性和固执，毫无疑问，就给后来的命运，埋下了悲惨祸根。

一本诗集引的祸

我年轻时有个习惯，在睡觉前要看书；为了翻阅的方便，书都堆放在床头。这些书中有的是经常想看的，如《唐诗三百首》《唐宋名家词选》等，有的则是刚买来的新书，准备有时间随便翻看。一个光棍汉的床，别说是堆着书了，连脏衣服都堆放，没有一点遮拦。来我屋里串门的人，坐在床上随手翻书，这是很正常的事，我从来也不介意。何况这种习性并非我一人有，许多单身汉都是这么邋遢。可是万万没有想到，问题就出在这里，灾难就从这里开始。

距"反胡风运动"开始前不久，诗人鲁藜的诗集《星之歌》出版，附近的新华书店都未到货，我特意跑到王府井新华书店，买来这本我喜欢的诗人的书。放在枕头旁还未顾上看。一天，一位同公寓的人来串门儿，他顺手拿起这本诗集看，我以为他对诗有兴趣，就主动地向他介绍说，这位诗人是天津的，挺有名气，我上中学时就读他的诗，还听他讲过诗。不承想就是这么一句话，让他记住了，在"反胡风运动"中，他检举了我，这本诗集竟成为我的"罪证"，非让我交代跟鲁藜的关系。

随着《关于胡风反革命集团材料》连续公布，"反胡风运动"也逐渐在全国范围内展开，从最初的文艺界扩展到各行各业。报上每公布一批材料就加个编者按语，其中最为厉害的一段是这样写的："过去说他们好像是一批明火执仗的革命党，不对了，他们的人大都是有严重问题的。他们的基本队伍，或是帝国主义国民党的特务，或是托洛茨基分子，或是反动军官，或是共产党叛徒，由这些人做骨干组成了一个暗藏在革命阵营的反革命派别，一个地下的独立王国。这个反革命派别和地下王国，是以推翻中华人民共和国和恢复帝国主义国民党的统治为任务的。"据说这个报纸"编者按"，是由毛泽东亲自撰写的，又把运动的纲上得这样高，自然会起着导向作用，整人哪有不扩大之理。公布的所谓胡风集团反革命证据材料，其实都是胡风与友人之间的平常通信，加以整理、推测和臆想就成了问题。这股风一刮起来，就自然不会消停，不管是真是假，只要沾点边儿，你就甭想跑掉，先审查批判一通再说。

这些信中有几处提到鲁藜，告密人想起了我这本诗集，就在学习时跟领导打了小报告，说我保存一本鲁藜的诗集，很可能跟鲁藜如何如何。此人是别的司局的干部，跟我本不在同一个司，劳动工资司想整我的人，正愁没借口不便下手，一见转来的材料是我的，政治神经立刻兴奋起来，马上派人来找我谈话，问我为什么要买这本《星之歌》。我觉得这算不得什么问题，就如实地告诉他们说，鲁藜是我喜欢的诗人，中学时就读他的诗，见有他的诗集出版，我就买了。完全出于负责的态度，我用非常平静的口吻，说明事情的真实情况。

来人是我的团支部书记。我的话音刚落，他就尖利地高声说："你这是为胡风集团喊冤，照你这么说，这些人都是正经的好人，那党中央干吗还要搞运动？你必须如实说清与他们的关系。"

天哪，真未想到，很简单的事情，竟然搞得这么复杂。幸亏还未发现胡风集团成员有卖粮食的，如果有的话，照他们这样的逻辑推论，我真不知这些革命者吃不吃粮。这时我下意识地看了看他，这位团支书本来很端正的脸，此时一下子变得歪斜了，在我的眼睛里显得非常丑陋。在残酷的政治运动中，可以让人变脸，这我早就知道；还可以让人变得很丑，却是第一次察觉。当然，在后来的"文革"运动中，我发现更有甚者，还可以让一些人变态，以至于失去人性和人味。厉害者甚至六亲不认，连父母都打翻在地，还要狠狠踏上一只脚，以此显示自己比别人更革命。

对于他的这种牵强说法，我当然不会服气，就不客气地质问他："是这本书先出版的，还是运动先搞的？如果知道这些人是坏人，别说我不会买这本书，恐怕出版社也不会出。"他一看我没有服软的意思，再说下去也不会有结果，扔下一句"这样对你没有好处"的话，就气冲冲地走出办公室。团组织跟我第一次试探性"交锋"，在我们两个人之间就这样结束，彼此好像都明白无误地表示：一个要整人，一个不服气。

这样一来更激怒了一些人，紧接着就是让我交代朋友关系，深挖不安心机关工作的思想根源。尽管我那会儿算不得是个听话的人，个性也还是比较有棱角的，但是思想上仍然没有摆脱愚忠，再说自己又未做任何亏心的事，交代就交代呗，就把平时跟我来往的算得上朋友的人，一一向组织老实地作了交代和说明。我当时天真地认为，我的朋友都是非常正派的人，既然组织想了解他们的情况，我说一说也无妨，何况事情已经到了这个地步，如实地跟组织交代也是应该的，就异常爽快地讲述了一切。

美好往事成"罪过"

中华人民共和国成立初期，天津的文化生活非常活跃，特别是在各大中学校里，学生中都有文艺社团，如歌咏团、话剧团、新闻社、文学社等。每到暑期团市委都要组织活动，如歌咏比赛、体育运动会、各种知识讲座等，很能陶冶学生的思想感情。这些社团培养出来的骨干，后来经过自己的努力，有的人走进专业文体组织，并做出了一定的成绩。

我当时就读的天津市立一中，是个比较重视文体活动的学校，我入校前后出了不少的文体名人，像歌唱家李光羲，话剧演员金乃千、郑邦玉，运动健将白金申、穆祥豪、穆祥雄、王志良，他们都是天津一中的校友。在我们那个年级的各班，还有位年轻的音乐教师，就是我前边说到的梁琛老师，她对喜欢文艺的学生特别器重，像金乃千等走上文艺道路，都跟梁老师的指点有一定关系。那时天津一中没有女生，梁老师想排陈白尘的话剧《群猴》，就让金乃千饰演剧中女主角，结果乃千从此迷上了戏剧表演，中学毕业后报考中央戏剧学院，成为优秀的戏剧演员和戏剧教授。我那会儿喜欢文艺，同样跟梁老师的培养，以及潜移默化的影响，有着一定的关系。

我先是参加学校新闻社，后来又参加学校文学社，高年级校友翟胜健（原北京大学分校副校长）、夏华（曾任《天津晚报》编辑）、赵巷（新华通讯社摄影部高级编辑）等，都是经常在一起活动时认识的，离开学校好多年还有联系。文学社的成员都是文学爱好者，负责人是高年级的翟胜健，只要市里有讲座活动，翟胜健就领着我们去听。像天津的作家孙犁、方纪、阿垅、鲁藜、萧也牧、何苦、王琳，像北京的作家周立波、赵树理，当时都给我们这些文学爱好者讲过课。翟胜健因为自幼就喜欢文学，中学毕业考入清华大学中文系，院系调整时到北京大学中文系，工作后一直在大学里教授中文，退休在家还潜心研究《红楼梦》，著有《曹雪芹文艺思想新探》、《<红楼梦>人物姓名之谜》等。可见天津一中对他的影响多么重要。

一个正做着文学梦的少年人，对著名作家有点崇拜，这本来是件很平常的事情，何况又没有过直接交往。可是，当我把这些情况如实说了，整我的人一听更来了劲儿，偏偏从这几位讲过课的作家中，选出鲁藜、阿垅、王琳这三位——他们认为有"问题"的作家，让我交代同他们的关系。我一个十几岁的中学生，人家连认都不认得我，只是听过几次文学课，又有什么"关系"好交代呢？简直是天大的笑话。这便是在"反胡风运动"中，我被审查的最初原因。美好的少年生活竟然成了可怕的"罪过"

写到这里，我想顺便附上一笔：20 多年后政治环境完全改变，鲁藜先生的问题被平反，我的"右派"问题得到改正，不知这位老诗人听谁说的，我这个他当年的崇拜者，曾经在运动中受他牵累，老诗人竟然上门来安慰我。那年鲁藜来北京参加第四届作代会，一天下午，一位面目清瘦花白头发的老人，来到《新观察》杂志社办公室，跟我见面后自我介绍说："你是柳萌吧，我是鲁藜。"听了他的名字，我立刻愣住了，一时不知如何搭话。随后我便领他到一个僻静地方闲谈。后来我去天津林希家做客，知道鲁藜跟林希住前后楼，在林希陪同下我曾看望老诗人。过去没有的事情被诬陷为有，现在有的事情反而安然无恙，可见世道真的改变了、进步了。不过这种近乎历史性的笑话，它却给了人们这样一个警示：没有对人的起码尊重，就不会有真实的历史。

我的同命运朋友

　　"反胡风运动"越来越深入，却找不出我任何"罪证"，就暂时把我搁置一旁。恰在这时，我的两位朋友也被审查，一位是中国儿童艺术剧院的孔庆珊（山青），一位是天津作家协会的侯红鹅（林希）。他们的情况转到我所在单位后，我的"问题"也就开始升温，整我的人误以为有鱼可捞，暗地里张开了审查的大网，而我自己却全然一无所知。当时，我正跟交通部几位干部吴重阳（现任中央民族大学汉语系教授）、刘志诚（大学毕业分配到国家对外经济贸易部任职）等几位同事，终日在一起加紧复习功课，准备报考北京大学中文系，根本不会想这些运动中的事情。再说我觉得自己已经说清楚了，完全没有必要再理会这件事。直到组织上找我谈话，提出林希和山青的"问题"，这才意识到对我的审查并未结束。

　　但是，凭着我对这两位朋友的了解，以及我当时只考虑上大学，头脑里不可能再想别的事情，加之对于这种整人的做法实在不满意，说话时自然也就不会冷静。我说："从天津到北京，能证明我的人，都超不过30岁，一个也死不了，你们调查去好了。"这下更惹恼了某些人。在这些人的潜意识里，只有他们胡乱整人的资格，没有挨整者说真话的份儿。据此，便说我是"对抗组织审查，态度恶劣"。在当时的政治运动里，有了这样的组织（其实是某些人或某个人）认识，即使你什么问题都没有，最后都不会有好果子吃。这次的"恶劣"态度，注定要让我吃大亏。

　　林希和另一位叫谢文良的同学，都是我在天津一中的校友，其实并不在同一个班里，由于我们都比较喜欢文学，都是天津一中文学社成员，在学校时也就来往多些。后来我参加中国人民解放军军政干部学校到北京，林希从天津师范学校毕业到唐山开滦煤矿教书，谢文良毕业后到了《天津工人报》当编辑，由于友情未断依然不时有书信来往。我要报考北京大学中文系时，记得那年林希也要报考大学，他给我来信说想报考中国人民大学外交系（？）。林希在年轻时就显露出文学才华，不然他也不会被阿垅等前辈看重，所以在"反胡风运动"时被定为"胡风分子"。但是不管怎么说，我还是比较了解他的，他绝不是当时说的那种政治恶人，因此，《中国青年报》发表了《侯红鹅被拖进了反革命的泥坑》的文章后，单位的领导拿报纸给我看时，我才说了一些同情侯红鹅（林希）的话。

山青（孔庆珊）是在《文艺学习》开会时认识的，由于有共同的文学爱好，后来我们成了很好的朋友。他是山东大学中文系毕业生，是著名文学评论家、学者李希凡、蓝翎的同学，当时在中国儿童艺术剧院当教师。他写的歌颂宪法的诗《赞歌》，受到了老作家丁玲的好评，丁玲在第一届人代会上发言时，曾引用过山青这首诗。1955年5月25日中国文联和中国作协召开主席团扩大会，讨论"胡风反革命集团活动问题"，原山东大学教授吕荧先生在会上发言，公开为胡风的所谓"反革命"问题申辩。最后吕荧先生因此罹难。山青系吕荧先生在山大的弟子，在审查吕荧先生时他也受到株连。过了不久整山青的材料也到了我们单位。我同样凭着对山青平日交往的印象，说了些实实在在的公道话，结果反而认为我是同情他。

我跟上边这两位朋友的关系，大概就是整我的又一个根据。

欲加之罪总有说辞

另一个整我的理由是，我终日思谋着写作不安心工作，是典型的资产阶级个人主义思想。当时这顶大帽子是相当吓人的，就是不把你压死也压得难以喘气。可是总不好跟胡风小集团挂钩呀，挂不上钩就整得不理直气壮。这时有人站出来揭发说，我写过一首题为《寻春》的小诗，投寄报刊被退回来了，他见过这首诗的退稿，这首诗表现幼儿园的孩子们，有着春天般的天真活泼，他认为思想倾向上有问题。

那会儿也真有些政治高人，他们寻找整人的根据，很有一套奇妙的办法，这就是"生拉硬扯"法。在一次批判我的团员大会上，一位发言者指着我的脸，非常激烈地质问我，说："有这么多建设工地，有这么多工农兵生活，你不去写，你偏要写幼儿园的孩子，这是宣传'处处有生活'，是典型的胡风提倡的那一套。不管你跟胡风分子有无联系，思想是一脉相通的，同样是反党反人民反社会主义。"看，联系得多么好，说得多么正确，这就是凿凿的证据。整人者的才干实在惊人。

听了以后，我真有点像哑巴吃黄连——有苦说不出。面对着这样的发问，就是让我说，我又能说什么呢？只是感觉恶心。在那个不讲道理的年代，你有千百个正当理由也白搭，只要人家想整你这个人，哪怕只说"你有反党情绪"，或者说你"跟落后的人交往"，你就会不容置疑地被说成"分子"。而有了诸如"落后分子"、"小集团分子"、"反党分子"的帽子，那你也就很难在政治上翻身，时时都要受人歧视和监视，稍有不慎就会有人打小报告，开团小组会就要受批判。更何况当时正逢政治运动，我只好忍受着莫须有的罪名，自己主动地向人家的"证据"靠拢。

那会儿的人大都是这样，只要人家以组织的名义，说你是个什么东西，你自己也就乱了方寸，像小学生语文考试填空白似的，主动把自己的思想往里边填，生怕自己跟组织不保持一致。不过现在想想也只能如此，那会儿搞的所谓政治运动，其实说穿了就是"照方子抓药"，上边说要抓个什么分子，按人员的百分之多少比例抓，下边就依照条件和比例来找，谁赶上谁就自己认倒霉。这会儿让我赶上了，我就是个倒霉蛋儿，只能认了。

我知道人生的道路不能假设，不过有时我还是这样设想：如果不是如此迷恋文学写作，老实地囿于别人划定的生存空间，我后来的生活会是什么样呢？我想，美丽的文学梦自然不会实现；那么，政治运动的伤害我就能躲避吗？恐怕也很难讲。

正如哲学家亚里士多德所说："我们的性格是我们行为的结果。"如果用另一位哲学家布封的话说，就更简便明了："性格即命运。"像我这样直爽、坦诚的性格，在过去那种压抑的政治环境里，即使在政治上不被人整，恐怕在精神上也要憋闷成病。这么一想我也就不后悔了，因为我毕竟为理想奋斗过，而且寻找到了自我发展的空间，尽管付出的代价是如此地惨痛。这不能全怨我，主要是时代造成。生来逢不逢时，做事有无机遇，对于每一个人，都非常至关重要。

被毁灭的读书梦想

　　在解放军部队机关的时候，我就想到北大中文系读书，转业以后工作不合心意，报考大学的愿望越发强烈。为了能圆上北大中文系的梦，报考前一年所有的业余时间，我几乎都用来复习功课了。当时考虑自己的古典文学不行，特意请北大中文系褚斌杰老师给我辅导，认认真真地准备了一年多的时间，自认为完全有把握了这才正式报考。

　　那会儿正在号召向科学进军，国家希望有条件的青年干部，以调干生的资格报考大学，我觉得自己是不应该有问题的。一是我已经认真做了准备，二是我已经发表过作品，三是我做过编辑工作，比之有的调干生条件优越。经过一番努力和争取，领导上终于同意我上学时，心里有着说不出的高兴。我的北京大学的师友们，我的正在俄语学院读书的女友，大家也都热心地帮助我，有的给我找辅导材料，有的帮助我分析情况，这就更坚定了我的信心。经过多日的忙碌，总算拿到准考证了，情绪再也无法安宁，我的心立刻飞到了北大。仿佛拿到这张准考证，就如同拿到入学通知书，觉得自己成了最幸福的人。

　　同住室的两个人，这时出差去了上海，宿舍里只有我一人。为了调整好自己的情绪，临考的前一天下午，我有意识地放松自己，什么也不去想，什么也不去干，泡了一杯浓茶，打开收音机听音乐，有滋有味儿地消闲，以便考试时有个好心态。直到天渐黑的时候，到附近经常去的一家小馆，吃了一碗馄饨两个烧饼，回来依然静静地坐在屋里。

　　什么叫幸福，什么叫快乐，什么叫惬意，什么叫价值，这些向往已久的东西，今天我全享受到了，明了啦。头脑只想明天如何考试，别的事情几乎荡然无存。许多天以来的疲倦和紧张，忧虑和期待，此刻统统被幸福所代替，唯一企盼就是时间快点过，好让我早点走进考场……

　　正在我独自享受这美好时光时，突然有人来敲门，以为是朋友来看望，我忙去开门，一看是交通部保卫处的两个人。我开始预感到有什么情况，不然，这两位"不速之客"，是不会傍晚登门的，但是，无论如何不曾想到，他们的突然到来，竟然跟我的考试有联系。更不会想到，我命运的绳子，从此由别人牵着，开始在苦难中艰难跋涉。

他们坐定以后，其中一个年纪稍长点的人，先是煞有介事地询问我，考试准备得怎么样，有没有困难，准考证拿到没有，等等，我都如实地做了回答。然后，他让我拿准考证看看。我以为他们在关心我，赶紧从抽屉里拿出来，爽快地递给他们看，我想他们准会说些鼓励话。不料那位年长者接过准考证，连看都未看上一眼，立刻板起像个大馒头似的胖脸，说："部里运动办公室决定，不让你去报考大学了，先把你的问题讲清楚了再说。"

哦?！这对于我不啻是个从天而降的大祸，多少年的梦想，多少年的准备，就这样被轻慢地毁掉了，我的脑袋立刻膨胀起来，眼前顿时成了一片漆黑，方才独享的快乐立刻消失。感觉就像雨天被雷击，整个神经系统都麻木了，愣愣地一时不知所措。

稍后，清醒过来，第一个直接反应就是，为了保护自己的权益，绝不能跟他们善罢甘休。完全出于本能的反应，我腾地从椅子上站起来，说："你们怎么能这样呢？太不讲情理了。明天就要考试了，好歹总得让我考完吧。我又跑不了。再说，我又有什么问题好说清楚呢？"

这两个人见我来了火儿，大概是怕闹不好出什么事，说了句"这是部里决定的，我们无权改变"。而后，就匆匆忙忙地走了。连半句的安抚话都未说。考试没有准考证，等于放风筝没有线，想得再高也飞不起来，一种近乎绝望的情绪，立刻袭上我的心头。

他们走后，我独自在屋里，越想越生气，气他们不讲理，气自己太窝囊，拿起那些课本书来，啪啪啪，狠狠地摔在了地上。可能是声音过于大了，惊动了同公寓里的人，他们都走进来安慰我。有的说，别着急，不行等明年再考，反正你还年轻呢；有的说，说不定过一会儿把准考证还给你哪。还有人表示去为我求求情。总之，在当时那个年代里，没有一个人敢主持公道，更不会怀疑组织会有错，因此，只能说这些空泛的人情话。不过，这在当时那种情况下，就已经相当不容易了，我一直感激着这几位同事。

我有生以来第一次碰到这种事，既感到委屈，又感到害怕，只能在忍耐中期待组织上开恩。我天真地想，像我这样一个青年人，从学校到部队，从部队到地方，进入社会不过三四年的时间，如果组织都要产生怀疑，反过来讲，那我还能相信谁依靠谁呢？说不定真像大家说的那样，过一会儿给我送来准考证，先让我去考试，考试回来再接受审查。可是时间一分一秒地过去，直到夜里 12 点还无动静，我知道再也没有指望了，就钻进被窝准备睡觉。

人躺在床上，却怎么也睡不着，来来回回地折饼。想想多年的大学梦，想想一年备课的辛苦，想想这整人的政治运动，想想这难测的审查结果，情不自禁地失声痛哭。我开始对自己的过去后悔起来，当初不该背着家里主动参军，自己觉得是爱国的进步行动，到了这时候照样不被信任，干吗非得上赶着找苦恼呢。真是活该。

无法挽回的命运

次日。天刚蒙蒙亮就起了床，我实在睡不着觉。平日里总是起得比较晚，起来以后吃过早点再上班，匆忙时常常边走边吃。这天连早点也未吃，就跑到交通部大楼，等候副司长张清华和处长温士一。这二位都是这场运动的负责人。希望这二位领导能帮我说说话，别让我失去这次读书的机会，我清楚地知道，失去这次机会对于我意味着什么。

张副司长年轻时在清华大学读书，参加过"一二·九"学生运动，她前些年逝世以后，作家韦君宜写过一篇悼念文章，发表在《人民文学》杂志上，我才知道这位老领导的这段历史。温处长早年也是中共地下党，同样也参加过学生运动，只是比张副司长时间晚些。她们二位都是学生出身的老革命。这两位领导毕竟都是女性，有一颗慈母般的心肠，对我的事情一直很关心。她们简单地商量了一下，就由温处长出面找部运动办公室请示，看可否先让我参加就学考试，回来再说清怀疑的问题。结果并不尽如人意，部里仍然坚持先审查，弄清楚我的所谓问题，考大学的事再不要提。

这二位宽厚长者的努力未能奏效，她们不无遗憾地用好话安慰我，却没有丝毫能力使我摆脱困境。"政治运动"的残酷，"阶级斗争"的无情，我就是从这时开始领教的，从此，对这种毫无人性的整人手段，我打内心里讨厌和诅咒。这会儿只要听到有人说，20世纪的50年代，人际关系如何好，我敢断定此人在昧着良心说瞎话，或者是个当时政治运动受益者。真正坦诚的人，有自己见解的人，在那个时候很难愉快生活。人跟人根本无法以诚相待，人性完全被政治扭曲，心灵设防是普遍的生存状态。像我这样直来直去的人，又有些叛逆心理和性格棱角，十有八九成为政治上的猎物。我这一生的种种不幸经历，可以说，都是因为这个原因所造成。

考试去不成且不说，还要交代所谓的问题，这是成心往死路上逼我。反正已经到了这个地步，索性来个破罐子破摔，看你会把我怎么样。我立即向司里请了假，怀着郁闷的心情，回到宿舍等待审查。心想，有没有问题，自己最清楚，只要不胡扣帽子乱栽赃，我就不怕，先休息几天再说。其实这只是我的天真想法，人家才不怕你破罐子破摔哪，胳膊再粗也拧不过大腿。至于会不会胡乱整人就更难说，现在对我的所谓审查并无根据，还不是照样按组织意志进行吗？这不是胡乱来又算什么？成心要整你总会找点理由。

开始就闹翻的批判会

正如俗话所说，福无双至祸不单行，就在准备对我开"刀"之时，突然接到邮局送来的一个邮包，我打开一看，邮包里是《斯大林时代的人》、《我们是苏维埃人》等图书，还有一张我的签名照片。书上原有的收藏者签名，都用重重的蓝墨水涂抹掉。我一下子全明白了：女朋友要彻底绝交。

她正在大学读书，学俄语且喜欢文学，这些文学书和照片，是在我们初识时，我送给她的信物，此时退还给我，又做了涂抹处理，用意非常明确。这样的时刻收到这些东西，无疑是雪上加霜伤口撒盐，是对我依然执著的感情，最巨大、最彻底、最无情的伤害，我的心一下子冷却到了冰点。不过，我还是挺住了。冷静下来再一想，在那种政治高压时刻，别说是未经事的年轻人，就是有生活阅历的人，又有谁可以勇敢面对呢？所以我毫无怨言和责怪，坦然地接受这残酷打击。我的美好初恋，就在这个时候，结束了。

没过几天我又被传唤去，参加司里召开的批判会。

这是一天下午，劳动工资司的团员和青年，大约有30多人，聚集在一间大办公室里，在我进来前大家就都已经坐好了，只有一把空椅子留给我。会议由团支部书记主持，这位平时显得很文静的青年，这会儿却表现得非常张狂，他说："咱们今天开会，请大家帮助小刘（我的本姓），他身为共青团员，却不听党的话，跟'胡风小集团'混在一起，现在已经滑到了反党边缘，如果再不悬崖勒马，势必会越走越远，最后成为人民的敌人。我们大家要好好帮助他。"

听，多会说话啊，瞎话也说得如此得体而堂皇，别人听来也许会称赞他的水平，送到我的耳朵里却如针刺般的不舒服。我明知道是为了政治需要，他在大庭广众之下说谎，却又不能站出来当众拆穿。人在屋檐下，哪敢不低头。我只好捺下性子听他继续说谎。

接着就是一些人的发言：有的没有的事情，猜想加推测的思想，像一个个屎盆子，胡乱地向我头上扣来。这些人表演得非常充分，好像只要政治上对头，就是睁眼说瞎话都行。起初我还强压满腔怒火，低着头认真地听，后来越听越不对劲儿，离谱的话，无据的事，像毒箭似的向我射来，实在觉得无法忍受了，就站起来愤然离开会场。任凭他们怎么叫，我就是不回去，告诉他们说，你们连道理都不讲了，这也叫帮助吗？这是成心要整人。要杀要砍，随你们便，我就是不参加会。

在无可奈何的情况下，他们向司里领导做了汇报，由温处长出面找我谈话，批评了我的"恶劣态度"，也批评了他们的不当做法，最后勉强地开了两次会，再没有人敢胡说八道了。通过这一次的较量，使我开始认识到，面对恶劣的行径，只有勇敢地进行抗争，才会保护自己的尊严。否则就认为你软弱可欺，拿你不当人地肆意污辱。从这之后的几十年中，无论在什么境遇里，对方是怎样的人，只要他欺辱了我，我都会尽量直面对待；当然，最后总是以自己的失败告终。在无道理可讲的环境里，个人命运如同草芥微尘，绝对抵挡不过社会势力。不过，只要表明不屈服的态度，多少总会争取些做人的尊严，对于自己也算是一种安慰。

从那个年代过来的人都知道，那会儿搞的"政治运动"，可不是像真正的体育运动，不管什么项目都有个规则，这"政治运动"如同荒滩上的水，谁也不清楚会漫到哪里。只要你摊上了，你甭想挣脱，再喊冤叫屈都没用。这次的"反胡风运动"，让我摊上了，我也只能认，再怎么表白，整我的人都不会罢休。只能听天由命、顺势而行。

原先还想顾全考北大的事，这会儿美梦彻底破灭了，就再也没有任何想头，身心反而真正地放松了。只是一想到即将到来的审查，思想上又背上了沉重的包袱，实在想不出还让我说清啥。尤其担心会不会给我欲加"问题"。自打参加革命工作以来，别的见识没有长多少，政治运动中如何整人，我亲眼看到的可不算少。比如部队的"政治整军"、"三反五反"，我都是亲身经历过的人，尽管那时只是个旁观者，体会不到挨整的真正滋味，但是，那种残酷手段和惨烈情况，以及人们表现的"政治觉悟"，对我的心灵有很大的冲击力。这会儿自己摊上了，就不能不有所考虑，如何对待这种险恶局面。

说实话，我并不记恨这些整我的人，在当时的政治至上环境里，以"革命理想"的神圣名义，谁都有可能做些不自觉的错事。如果我不被当成审查，此刻我也在群众的座位，还不是同样真的假的跟着喊。以这种方式获取"进步"美誉，在过去年月的政治运动中，几乎成了非常普遍的情况。

自己要来的"结论"

"反胡风运动"还未完全停止，就转入了"肃清反革命运动"。我的所谓问题再也找不出什么了，但是又不好公开承认是错整，就不了了之地放在一边儿，让我任性地自由自在了几天。那会儿的政治运动都是这样，整错了宁让个人蒙冤受委屈，绝不能让组织丢面子失威信，组织的面子远比个人的命运重要，还美其名曰"顾全革命大局"。放在我这个草芥小民身上，就更是天经地义小事一桩，连"革命大局"都无资格关顾。

我那时年轻不懂事，偏偏生性还很倔犟，凡事都比较较真儿。好端端地被整了一通，大学未让考，恋爱被搅黄，越想心里越觉得别扭，就想跟组织讨个说法，结果又是自找苦吃。我所在的劳动工资司领导，见我不依不饶非要个说法不可，就再次召开全体团员和青年大会，对我进行新一轮的"思想帮助"。这次与过去不同的是，考虑找不出我的"罪恶事实"，就在我的所谓态度上做文章。

有的人提出，这次没让我考大学，我非常不满意，就拒绝思想检查，采取消极对抗的办法，发泄对组织的不满。他们列举的事实就是，我每天晚上去看电影，而不是认真准备检查。我每天晚上看电影不假，但绝不是要对抗谁，而是我心里太别扭，就在电影院里消愁解闷。还有的人说，在上次会上拒绝帮助，大家发言不想听就走，这是明显的对抗运动，却闭口不谈他们如何强词夺理。如此等等，没事找事。再笨的人也可听出，完全是应付差事。那会儿的人真不知怎么想的，只要政治运动一来，人人都是那么亢奋，当做靠近组织的机会，真的假的反正得表现积极。连平时跟我算是哥们儿的人，这时都不甘沉默和落后，有的没有的瞎说一通，借此表明自己的"进步"。

对我胡乱地批判了一通，虽然找不出真正理由，但是保住了整人者的面子，谁也不可能再说什么。可是对我总得有个说法儿呀，便以"严重的资产阶级个人主义名利思想"的结论，给我的"问题"结了这笔政治账。

那时搞政治运动，有句常用的话，叫"戴大帽子开小差儿"，是用来讽刺个人检查的，现在用到对我的结论上，似乎更为贴切更为恰当。如果说我真的有错误的话，充其量不过是不安心工作，何必非要扣一顶大帽子呢？无非是从政治需要出发，对公众有个交代而已。"胡风反革命集团"平反后，据官方公布，被正式划为"胡风集团分子"的有70多人，而受"胡案"牵连的人达2000多人，成为"反右运动"前的第一大冤案。至于我算不算这2000分之一，恐怕还很难说，如果不算的话，受牵连的人又何止以2000计。

不过这样也好，使我这个走上社会不久的青年，对人的复杂性有了初步认识，开始意识到，人生最本质的事情，就是，要跟各种各样的人，打各式各样的交道。会打交道的就是强者，不会打交道的就是弱者。人在动物中是最高级的，因此，连整治人也是最高级的，这就是万物之灵的人类。这就是不正常年月的畸形政治。

我当时有这样的认识，或许过于偏激、固执，难免带有感情色彩。后来又经过"反右"、"文革"运动，我忽然觉得，我的这种认识基本正确，运动中无数事实一再证明，事情的成败得失，表现的真伪多少，都跟人的本质有直接关系。比方，同样是在"文革"运动中的人，有的道德品质好的人，绝不会做伤天害理的事，有的品德欠缺的人则不然，打人骂人诬陷人无恶不作，丑陋灵魂暴露无遗还自以为光荣。这就是最准确最有力的诠释。

现在返回去再说，被迫害的胡风先生等作家，到底是怎样的人呢？我根本不认识无接触，却稀里糊涂地挨了整，事情过去几十年了，我总得闹个明白吧。特意找来有关资料看，原来他们都是中共党员或中共的朋友，并且在历史上对中共多有帮助：

胡风：湖北蕲春人。1925年在北京大学预科学习，后入清华大学英语系。1929年赴日本留学。1930年参加"左联"东京支部和日本反战联盟。1933年被驱逐回国，在上海加入中国左翼联盟，任宣传部长和常务书记，主编地下刊物《木屑文丛》。1936年在鲁迅倡议和支持下编辑《海燕》。1948年赴解放区。1949年参加中国人民政治协商会议，为第一届全国政协委员、第一届全国人大代表。主要著作有《欢乐颂》《光荣赞》《胡风评论集》《论现实主义的路》等。

阿垅：浙江杭州人。幼年因家境贫寒只读过私塾和高小，辍学后到绸布店当学徒以维生。喜欢文艺，刻苦自学，年轻时即开始创作诗歌散文。

1929 年考入上海工业专科大学读书。1933 年又考入黄埔军校第 10 期。曾利用在国民党军事系统服务之便，将大量情报交胡风转送中共，并掩护和帮助许多革命青年去延安。1949 年后任天津市文联创作组组长和天津作协编辑部主任。主要作品有《无弦琴》《人和诗》《诗与现实》等。

鲁藜：福建同安人。中共党员。1933 年加入反帝大同盟，后参加"左联"。1938 年赴延安抗大学习。曾任晋察冀军区民运干事、战地记者。1949 年后任天津市文协主席、作协天津分会副主席。主要著作有《醒来的时候》《红旗手》《儿时的歌》《鲁藜诗选》等。

原来，这几位都是真正的书生，过去所说的革命的文人。在艰苦环境跟着共产党干革命，胜利后却被共产党打成"反革命"，天下竟然有这样不讲理的事情。制造冤案的人利用人们的愚忠，在政治上撒了个弥天大谎，使无数善良的人也受到愚弄。20 多年后才真相大白。可是，这些文学老人，有的年事已高，有的身体多病，很快就相继去世。这笔没有债主的债就这样算是"清"了。像我这样受影响的文学青年，留下的只是往日痛苦的记忆，成了老来闲暇回忆时的内容。

一次安抚性的谈话

　　我的所谓问题了结以后，代表组织跟我正式谈话的，是我一向尊重的温士一处长。那天我走进她的办公室，如同母亲对待受委屈的孩子，她让我坐在她办公桌对面，先把一杯早泡好的茶推给我，然后询问我近来的情况。过了片刻她才说到正题。

　　温处长首先跟我说，革命青年应该正确对待组织的审查，参加革命就要经受各种考验，并列举了延安整风时的例子，说某某人被当成国民党特务审查，险些被处决，最后证明没事照样为革命奋斗，现在就在某部任副部长。然后，她把组织结论拿出来，一句一句地念给我听，有的地方还做些解释。结论的大概意思是：经过组织外调审查，没有发现跟"胡风反革命集团"有组织联系，只是有"严重的资产阶级个人主义名利思想"，不安心机关本职工作，一心一意想写作成名，经过团组织多次教育、帮助，有一定的悔改和进步表示。云云。看着这个所谓的政治结论，即使再不满意也不好说什么，谁让自己主动讨要说法呢？只好不情愿也得情愿地接受。

　　看着温处长那张慈祥的脸，心中真是百感交集，不禁想起不在身边的母亲，恨不得扑进她的怀抱，痛痛快快地大哭一场，以解心头的郁闷和委屈。这是我第一次意识到，人在外边受了委屈，想到的第一个人，绝对不是别的人，一定是自己的母亲。在这个世界上，最疼爱自己的人，最理解自己的人，只有自己的母亲。而我远在天津的母亲，却并不知道她的儿子，此刻所受的委屈和折磨，倘若她知道这些事，相信她一定会心急如焚，跑过来分担儿子的痛苦。整人的人也有父母子女，他们就不能从亲情角度想想吗，政治竟然可以使人变得如此冷漠?! 我始终想不通。

　　温处长谈话的用意我是理解的，她的好心和真诚更令我感动，只是不能从思想上真正接受。以我当时的单纯想法，认为，人都是有尊严的，无论是组织还是个人，只要你整错了人家，就应该公开赔礼道歉。现在你们说没问题就没问题了，说得实在太轻松太不负责任了，可是，我却失掉了一次可能到北大读书的机会，女朋友也因我的所谓问题而分手，这未免太过于不讲道理了吧。难道人的政治生命就是这样不值钱？难道对人的处理就可以这样轻率？我实在有些想不通，却又不便更多地说什么。何况说了也没用。在组织面前有理也是无理。

考虑到温处长跟我的关系还不错，她又在许多事情上给过我帮助，相信这样的事情也并非她情愿，我再有气也不能撒给她，就自认倒霉地克制自己情绪。这次的谈话就这样结束了。但是，留在我心上的阴影，积在我胸中的愤怨，却没有丝毫的消释。这就是在 1955 年"反胡风运动"中，我遭遇到的有生以来最大的打击。从此情绪变得异常消沉。

一个刚刚二十几岁的年轻人，曾经满怀热情地投身革命，却反过来被怀疑和伤害，再能宽容的人恐怕也有想法。无端挨整、报考大学受阻、失恋，这三重灾难如同三把尖刀，狠狠地插在我的心窝儿里，越想越窝囊，越想越痛苦，我的精神和身体都有点吃不消了，事情过后不久就又病倒。每天下午都发低烧，并伴有轻微咳嗽，经医院医生检查，肺结核病又复发。医生不得不让我全休。从此又过起了病号生活。

当时也是病号的高贯中、于文质，这二位同为交通部的青年干部，尽管跟我不在一个司局里工作，只是一起休病假、就医、吃病号饭，认识后成为很好的朋友，在后来他们给过我许多关怀。一直到我被划为"右派"许多年，他们都不曾对我有所歧视，在当时那种情况下实属难得。现在我们都已经进入老年了，经过几十年风雨吹打的友谊，却依然保持年轻时的真诚和纯净。

到我能够勉强上半班的时候，"肃反运动"已经接近尾声，到底抓了几个"反革命分子"，我连问都不想去问，从我自己被整的情况推测，相信同样会有人成"冤屈鬼"。只听说一位杨姓的同事，因在辅仁大学读书时"破坏学运"，被保卫部门带走审查去了。这位身材瘦高说话和气的同事，是个地道的老北京，知识分子家庭出身，给我的印象是个老实厚道的人。所以对他的事我怎么也不敢相信。再退一万步讲，就算他有点所谓的历史问题，那也是年轻时候的事，对共产党缺乏一定认识，人家现在表现不错，总不能死揪着不放吧。听说此事以后，我在心里这样想。

我是 1954 年从部队转业的，旧军装还没有彻底脱掉，地方机关是怎么回事儿，更没有完全闹得清楚，1955 年就被狠狠地整了一通。别提心里有多么别扭了。这时我又情不自禁地想起部队来。以我当时的经历和体验，比之地方机关的某些人，部队的人似乎更好相处，如果我还在部队服役，绝对不会遭此大难。只有在这时我才真正理解，部队的战友情谊的可贵，可惜这已经不再属于我。现在更现实的事情是，病愈后下一步怎么办，是继续报考大学，还是换个新单位，反正我得离开交通部。绝对不能跟那些整我的人，在同一个大楼里办公，抬头不见低头见地活受罪。

总算离开部机关大楼

我记忆中的北京市，20世纪50年代的市区面积，好像没有现在这么大。那会儿的和平里一带，就类似今天的新区了，只是当时没有这么叫。后来离开交通部机关，被调去做编辑工作，我供职的这家报社，就在和平里办公。和平里这个地名不错，有种祥和平安的意思，只是"树欲静而风不止"，在"以阶级斗争为纲"的年月，这个有着吉祥名字的地方，并没有给我的生活带来祥和。相反，在1957年发生的"反右派运动"中，我遭遇到了更大的灭顶之灾，几天之内就沦为政治贱民，在社会最底层接受监督改造。

当时我所在的报社办公楼，就是现在的中央民族新闻出版大厦，只是改建得比过去漂亮多了，显得更有气派也更加新潮。前几年因事到民族出版社，刚进入大门心头就开始发紧，40多年前的痛苦往事像一件件利器，狠狠地剐着我敏感的神经。历史上发生过的事情，是无法真正忘却的；所谓的原谅和宽恕，那也只是虚伪的承诺。记住，不见得报复；记住，只是为了认识。没有鲜明爱憎，人，那还能叫人吗？

如今的和平里已经是个繁华地区，高楼林立，车来人往，大都市的喧哗完全掩饰了苦痛的历史。我退休的中国作家协会，我供职的《小说选刊》杂志社，办公地点现在都在和平里。我有时走到那里，被熟悉景物触动，马上就会想起1957年的和平里，想起和平里就会想到"反右运动"，以及在此之前的"反胡风运动"。那里毕竟是我的罹难之地，比之别的什么地方来，总会有种异乎寻常的感触。这种感触，说又说不出来，挥又挥之不去，别别扭扭地存于心里。怕是这辈子都无法剔除。

"反胡风运动"结束以后，不，正确地说，是对我的审查停止以后，我就开始因病休养了。这一晃就过去三个月，病情稍稍有所好转，医生就让半休半工，我只好硬着头皮去上班。这时真不想走进交通部那座办公大楼。上班如何跟整我的人相处，养病时我就一直在想；这会儿真的要面对面了，我打心眼里感到发憷。这倒不是我有什么理亏，更不完全是自己好面子，而是挨整后深深觉得，这被称为人的高级动物，实在太难以琢磨和相处，万一关系处理不好又要倒霉。可是总不能不上班啊，为了生存的这碗饭，只好硬着头皮走进大楼，强打精神去面对现实。

让我未想到的是，可能是领导考虑到了我的处境，或者是考虑到了我的爱好和志趣，对我的工作早有了新的安排。我病休之后刚一上班，劳资司的秘书就来通知，说领导上要找我谈话。起初我心里直犯嘀咕，不知又做错了什么事，尤其是见张清华副司长和温士一处长，这两位女领导一起跟我谈话，这架势让我着实出了身冷汗，怕又要有什么祸事临头。经历了这次运动，被莫名其妙地整一通，对于组织对于什么人，我都没有了信任感，更感觉不出谁有什么神圣。这时在我看来人就是人，为了一己私利和政治需要，昧着良心说瞎话做坏事，这样的人难道还少吗？

她们谈话以后才明白，在她们二位的建议下，经过交通部政治部批准，决定调我去报社工作。

张副司长很动感情地说："按你的情况，上大学是没问题的，我们心里明白。不巧碰上了这场运动，把你给耽误了。我们共事一场，觉得很对不起你。"温处长也说："考虑你做过编辑工作，又喜欢文学，经张副司长提出，司里别的领导也同意，想让你去报社工作。"

听了这两位领导的一番话，我的泪水立刻潸潸流出，感动得都不知道说什么好。这倒不是为自己的命运有了转机，而是为这两位老大姐的理解和体贴，使我这个刚刚挨过整的人感到温暖。在那种境况下，能有人理解、关怀，如同夏风冬阳，实在太不容易啦。今天想起来，依然感到欣慰。可惜这两位大好人，他们自己的命运，后来也并不很好。若干年后再次见到温处长时，她已经被下放到北京一所中学当校长；后来听说张副司长的爱人、监察部副部长王瀚，被划成"右派分子"开除党籍。当然，在政治比较清明以后，这位老革命干部，同样被平反恢复名义，只是不知工作是怎么安排的。

当时交通部有两张机关报，一张是《人民航运报》，一张是《人民公路报》，都是学习苏联办的产业报。前者是给海员读的报纸，后者的读者是公路系统职工，这两张报都是对开大张四版的周三报。出于对江河湖海的钟情与热爱，我到了《人民航运报》，在文化生活部编"浪花"副刊。从此我的"生活画册"，又翻开了新的一页，只是那"画页"越来越暗淡，"出版"不久就被无情地践踏。

我们这个文化生活部，有四个编辑，负责人叫房仲甫，很有点旧学根底儿，新派作家中他最喜欢蒋光慈，刚一见面他就给我背诵蒋光慈的《少年漂泊者》，他早年读书学的是新闻却喜欢文学，跟作家林斤澜、高晓声先生等是大学同学。"反右"之后他调到山西人民出版社，这些年专心研究中外水运史，出版两种学术著作《中国水运史》《海上七千年》，据行家说都很有学术价值。另一位编辑叫谢德忠，是文工团演员出身的小说家，"反右"后调到《山西日报》做副刊编辑，可惜英年早逝。还有一位是西北大学中文系毕业的苏铭，在"反右"中跟我一起被划"右派"，从北大荒劳改回来后分配到兰州。这三位同事的年纪都比我大，他们各方面都很照顾我。

在报社还有两位写诗的朋友，一位是四川人胡荣谦（胡牧），他是诗人沙鸥的同学，从大学时代就开始写诗，"反右"后调到徐州做教育工作；另一位是跟我年龄相仿的赵惠民（赵越），他在"反右"之后调到山西省歌舞剧院，现在是位著名的歌词作家，写过不少有影响的歌词。谢德忠和赵越调到山西后，认识了当时在山西的诗人公刘，他们曾经跟公刘说起过我，这样又让我跟公刘有了联系。特别是谢德忠，知道我要结婚，特意寄来一套《中国文学史》，当做新婚礼品赠送给我。在大讲"阶级斗争"的当时，我这个身处逆境的"摘帽右派"，能够获得老朋友的真诚祝贺，这对我可以说是莫大安慰。这也是我结婚时收到的朋友的唯一贺礼。

报社副刊部这个小环境，在我看来还是蛮不错的，工作时心情也比较舒畅，"反胡风运动"中那些不愉快的事，我也就渐渐地不在意了。何况这份工作又是我喜欢的，干起来也就格外地卖力气。因为我比较喜欢诗歌，那时又正在学习写诗，副刊的散文、诗歌稿件，老房就让我来处理，我就想办法约稿组稿，很快就打开了局面。许多著名作家、诗人、编辑，像蔡其矫、邵燕祥、公刘、沙鸥、巴波、海默、雷加、考诚、马丁等，我都是那个时候认识的，有的还给我寄来诗文发表。那时是我真正进入文学圈儿的开始，既然没有能到北大中文系读书，就想在这个岗位上认真干点事。

这张报纸的副刊跟其他报纸副刊一样，每天都有大量的自由来稿，其中最多的就是诗歌稿件。这些诗歌稿件大都出自海员之手，海员们的文化程度都比较高，又有远洋航行的浪漫生活，许多人愿意写诗抒发感情。更多的海员即使不写诗，生活在大海上的他们，好像天生也都是诗人，平日里非常喜欢读诗。给读者提供更多优秀诗作，就成了我这个诗歌编辑，经常要考虑的重要问题。

有天编辑部开会研究业务工作，我提出是不是请一位著名诗人，给这些稿件写一篇指导性文章。编辑部经过研究表示同意，我就决定请诗人邵燕祥来写。我之所以想到邵燕祥，一是我比较喜欢他的诗，二是他在中央人民广播电台管工业报道，自然是位最合适的人选。

20多年后我与邵燕祥成了朋友，有次曾跟他开玩笑说："燕祥，我上过你的'当'。"他听后为之一愣，大概是不解其意。我告诉他，在抗美援朝时他写过一首诗，题目是《你们的战歌就是凯歌》，当时，在天津市的中学生中，很有鼓动和激励作用，几乎大小会都有人朗诵，我们学校还编成集体朗诵诗。我就是在他的这首诗，还有那支《走进军干校》的歌鼓动下，离开温暖的家投笔从戎的。这算是后话了。却足见邵燕祥这位优秀诗人，他的作品对读者的影响之大。

我找邵燕祥约的这篇评论稿件，记不得是通电话还是写的信，反正很快就跟邵燕祥联系上了。我拿着这些作者的诗稿，如约到中央人民广播电台大楼，当面交给了诗人邵燕祥。见面之后我才知道，这位我敬仰的诗人，原来只比我长一两岁，属于同一时代的人，说起话来当然也就投缘。他文静的举止，诚恳的待人，没有一点年轻得志的架子，是当时的诗人邵燕祥，给我留下的最深刻印象。临别他送给我一本诗集，好像是写长江的多人集。这也是他送给我的第一本他的书。此时他正准备出国访问，说到请他写文章的事，希望我能够宽限几天，等他从国外回来再说。

可是时间没有过多久，"反右派运动"就开始了，我接到邵燕祥的来信，以及退回的全部诗稿。他在信上说，事情比较多，挤不出时间，实在写不成这篇文章，向我表示歉意。后来才知道他正在受审查，再后来从报纸报道中知道，邵燕祥被划成"右派分子"。这就是在20世纪50年代末期，那场整人者自称"阳谋"灾难前后，我跟邵燕祥开始便结束的友谊。作为有才华和聪慧的诗人，作为正直和善良的同代人，邵燕祥给我的最初印象，从此深深留在我的记忆里。

后来在政治环境允许的时候，我们的友谊又重新开始接续。我从内蒙古到北京时曾看望过他。在我的"右派"问题改正之前，以及回到北京的工作安排上，他都给过我不少关怀和帮助。这会儿同在中国作家协会领薪，又有机会在一起参加一些活动，彼此之间有了进一步的了解，邵燕祥的人品就更令我钦佩。

遭遇灭顶之灾

共产党号召大鸣大放那会儿，我的肺结核病并未痊愈，医生经常开假条让半休。报社领导让我参加整风运动，说是帮助党改进工作作风，开始我并不是十分情愿和主动，怕闹不好又生出什么事情来。后来想想自己作为共青团员，还是应该积极参加的，何况我的确有些意见想提。这时中共宣传工作会议刚刚开过，毛泽东在会上的讲话录音，各个新闻宣传单位都在播放，听后以为政治开始宽松，觉得提点意见总不至于怎么样。但是"反胡风运动"对我的伤害，使我对这类事有点心灰意冷，本想躲开弄不懂的这些政治，后来见人们都在诚心提意见，相信共产党是要改进作风，我就很认真地准备了几条意见。

报社召开第一次鸣放会时，我去医院看病没有参加。从医院回来的路上，经过中央戏剧学院，顺便看望一位同学，见这所大学校园里，到处贴有大字报，其中批评田汉的大字报最显眼，说田汉是个"大官僚主义者"，等等。我看完大字报，当时非常惊愕。田汉是位老革命，著名的大戏剧家，在我心目中是个大人物，居然连他也敢批评，我感到既疑惑又兴奋，认为党是真心要听意见了，不然谁敢在他的头上动土。在报社第二次鸣放会上，先听了听别人的发言，我就顺势提了一些意见。

我发言提的意见，主要是这样几点：一、共产党应该勇于承认错误，像"反胡风运动"、"肃反运动"，都整错了一些好人，应该向当事人公开赔礼道歉，这样做不仅不会降低党的威信，反而会增加受害人对党的信任；二、报社有的党员负责干部，例如编辑部主任姜××，党的生活组组长周××，他们的作风实在不够正派，拉拉扯扯搞小圈子，特别是周××不学无术，只会溜溜拍拍，根本不像个正经文化人；三、报社的年轻人不少，应该大胆起用青年人，青年人有锐气，敢于提出不同的意见，不要等着他们把棱角都磨圆了，觉得顺手了再使用，那样无益于工作和个人成长，等等。

当然，由于在"反胡风运动"中挨过整，我的发言难免带有个人情绪，有些言词也就过于激烈难听，这就让听的人觉得不够悦耳，但是绝对没有任何攻击的恶意。可是就是这样几句真心话，说了总共不过10来分钟，我就理所当然地成了"右派"，一条被"引出洞"的"蛇"。用10分钟的发言换来22年的打击。我一生中最美好的时光，全部都毁在这10分钟里。

有了这一次的沉痛教训，后来的许多年，凡是以组织名义征求意见，我都格外的小心，揣摩是不是在搞"阳谋"，以免再次成"蛇"被骗出"洞"。

我们报社驻上海记者赵琪，是复旦大学新闻系毕业生，算是一位懂得新闻业务的人。这次他回到报社参加鸣放，为了改进工作提了个办报方案，他拿给我看，说："你年轻，能接受新事物，这个方案你看看，给提点儿意见。要是同意，你就签个字。"我看了以后，觉得这个方案不错，体现了内行办报，就在上边签字表示赞成。这个方案后来被定性为同仁办报，认为目的是要取消党的领导，我签字表示赞成，就理所当然地是反党。这样一件区区小事，不管其有无合理成分，就轻易地被定性处理，在中外古今怕是少见，而在当时的中国政治生活中，却是再平常再普通不过的了。

赵琪当时被划为"极右分子"，先于我们遣送农村监督劳改，其"罪行"并非仅仅因为这个办报方案。朱正先生所著《1957年的夏季：从百家争鸣到两家争鸣》一书，引用了赵琪当年在全国记者协会座谈会上的发言，赵琪说："领导机关所有制的报纸有这样几个特点，一、公文指示多；二、教训口吻多；三、首长言行多；四、有些话不便于讲；五、有些话不准讲。"他把《文汇报》、《新民报》等等称为"人民群众所有制报纸"，认为这种报纸新闻多、服务周到、新闻人物活动多，什么话都可以讲。在列举了机关报的几大特点后，他拿"人民群众所有制报纸"，跟机关报做对比说："单纯代表领导机关意见而不为读者说话的机关报，它的生命已经危险了。"这可能就是他被加重处理的主要原因。有了对他这样的处理，我又赞同他的方案，当然也就不会放过我。

如今的赵琪先生，已经是位耄耋老人。我以为他去了别的地方劳改，2003年接到他的来信才知道，他也被发配北大荒军垦农场，只是不在850农场，而是在853农场，跟我不在同一个军垦农场，所以在北大荒没有见到他。从北大荒回来，他又去了江西劳动，"文革"中又受不少罪，直到离休才回到上海，跟一家老小安度晚年。

按照我当时的年龄、经历，说实在的，要是说点软话、顺耳话、求饶的话，当权者放我一马也有可能，但是我的性格不允许我这样做，更何况我并不认为自己有错误。想整我的人见我不给台阶，那就更有理由打我于地狱之中，此时被我提意见的姜××等人，正在领导着"反右派"运动，他们口口声声说我的态度不好。主要是在一个问题上，我跟这些人顶了牛：当权者说："共产党不是抽象的，是由一个个党员组成的，你说党员溜溜拍拍、拉拉扯扯，这就是攻击共产党组织。"我说："如果说给党员提意见就是攻击共产党，那这个党员的不正之风算谁的？要是说算共产党的，我就承认是攻击共产党。"他们在逻辑上讲不通，完全是强词夺理，但是又怕丢面子，就以污蔑共产党为由，又给我加了一条"态度恶劣"的"罪状"。

《人民航运报》属于交通部政治部，当时的交通部部长章伯钧，是章（章伯钧）罗（罗隆基）联盟的头面人物，交通部也就成了反"右"重点单位。凡是部里召开的反"右"大会，不管是批判章伯钧的，还是批判别的"右派"的，都要通知我去参加；因为我在报社做编辑工作，首都新闻界的反"右"批判会，也得让我去陪听陪批，说是从中受些教育，光在《北京日报》社召开的会，我就去了两三次，那时终日都在提心吊胆地过活。

有次在团中央大礼堂开会，批判青年作家刘绍棠，还特意指定两个人陪我去听，理由是我也写东西，这样受些教育更直接，回来还要谈体会谈教训，一时间弄得我精神负担很重。我当时又没有成家，每次开完会回到宿舍，同室的人也不敢搭讪，心情感到非常苦闷和压抑，就干脆在街上到处瞎逛，直到深夜再回宿舍睡觉。在此之前的一段时间，不是去电影院看电影，就是独自到公园里坐着，以求得精神上的解脱。敢情人离开群体的确不好受，难怪在历次政治运动中，整人者动辄就喊叫"划清界线"，在精神上孤立被批斗对象，目的就是要在心灵上"动刑"。

一天下午我正往北管公园的方向走，不经意间发现有人跟着我，想甩也甩不掉，就干脆来个猛回头，然后迎着他走过去，他想躲又一时躲不开，只好愣愣地站在那里。我到了跟前一看，原来是部保卫处的干部，尽管说不出他的名字，却还熟悉他的模样儿。我很不客气地质问他，是谁指派你的？我又不是特务，怎么还来盯梢啊？被我突如其来地这么一弄，这位年轻人感到很尴尬，不知如何是好，只得讷讷地解释说："这是领导布置的任务，又不是我自己愿意来。"看这个人还算比较老实，那副为难的样子着实可怜，我也就不好再说什么了。

次日，保卫处来人特意跟我解释说："有人汇报，说你每天都是三更半夜回来，领导上怕你想不开，万一出点事不好交代。我们就派了个人

'保护'你。"动机到底是真是假，只有他们自己知道，不过他这么一说，我反而不好说话了。反正在我的思想里，绝对不会相信，还有如此的好心人。何况盯梢和"保护"，谁又能够分得清呢。

其实，他们根本不了解我，我的生命刚刚开始，我才不会不明不白地死哩。既然我已经被拖进苦难中，再大的苦难我也准备去接受，再说，不管别人怎么看待我怀疑我，我自己更了解我自己。如果连我这样的意见都难容，所谓的鸣放、提意见、整风，统统就都是假的糊弄人的了，今后再有这样的事谁还相信？正是抱着这样天真的想法，我才没有完全失去信心，相信党会实事求是地对待，最多不过像"反胡风运动"那样，把我批判一番了事。这么往好处一想，心路仿佛就宽了，别人说什么，怎样对待我，我根本不去过多地理会。随着运动渐渐接近尾声，我就更不去多想它了。

恰好这时我祖母病重，我就请假回天津探望，借此机会正好可以休息几天……

就在我请假要回天津探亲时，报社接到中共中央宣传部通知，中央各部委的报纸要撤销，业务人员由中宣部统一分配。整风、鸣放、反"右"，这些不断翻新的花样儿，本来已经把人搞得心乱如麻了，突然又传来报纸停办的消息，人们自然越发心神不安起来。比之关心政治运动，人们更关心自己的去向，人人都在想办法探听消息。不久听部里一位熟人说，交通部政治部与中宣部初步决定，我们报社的王文祥（原《人民日报》海外版副总编辑）和我，《人民公路报》的王舜华（曾任《体育报》总编辑）和许岱（原中国青年出版社编委）等去《中国青年报》，李牧生（民主党派人士）去《光明日报》，这两家报社的其他人，除少数人留在交通部机关，大都分配到各省市新闻出版单位。听了这样一个小道消息，我自然比谁都高兴，自以为这场灾难躲过去了，不然不会这么"优待"我。

人员分配方案初步确定，鸣放的事就再无人过问。我想总不至于有大的变化了，一天下午，我踏踏实实地离开北京，回天津探望病中的祖母。在我们家我是长孙，自幼祖母就很疼爱我，这会儿祖母病了，我想应该多陪伴她几天，再说报社正处于动荡时期，大家都无心思干别的事，索性在家里多待了几天。

等待分配来的是顶"帽子"

谁知等我从天津探亲回来，情况完全变成另一个样子，一顶可怕的"右派分子"帽子，正虎视眈眈地等待着我。

交通部政治部运动领导小组的人，见我从天津探亲回到了北京，政治部办公室主任等几个人，立刻代表组织找我谈话，传达这样两点决定：一、根据我在运动当中的表现，决定划我为"右派分子"，给予行政降级团内开除团籍的处理；二、考虑我的身体不太好，可以不下放劳动，分配到《青海日报》工作。我当时一听就愣住了，好久说不出话来，直到谈话的人让我签字时，我才从懵懂中渐渐清醒。

幸亏经历过"反胡风运动"，对于这一套早有领教，不然说不定会晕过去。我就问了问去《青海日报》的还有谁。对方说，还有编辑部主任姜××和编辑邓宾雄。我想，在运动中我给姜××提了意见，他肯定记恨着我，到青海人生地不熟，还在他手下干活儿，他能轻易放过我吗？他能在新单位给我说好话吗？说不定处境比在北京会更糟。跟他一起去《青海日报》，纯粹是跟自己过不去，这无论如何是不行的。反正已经走到这一步，大的命运无法自己掌握，去向我总得争一争吧，就像人们常说的那样，别让人家当哑巴给卖了。当即表示了两层意思：一、我不认为自己是"右派"，组织上怎么定是组织的事；二、非常感谢关照，让我去青海，但是我不需要照顾，我愿意去农村劳动。

政治部办公室主任叫乔英怀，山西人，是一位抗日时期老干部，待人非常宽厚、随和，只是在那种政治环境下，他再有想法也不敢明确表示。就用满含温情的目光看了看我，不知是同情，抑或是无奈，然后说他们研究以后答复我。我的后半生的命运，就在这次简单的谈话中被决定了，简直连回旋的余地都没有。后来有人告诉我说，本来考虑我年轻、言论又不系统，而且话出有因，是想放过我去的，因为划"右派"的比例数未完成，有人提到我，我也就成了递补的"右派"。是真是假，只有天知。在那个政治混浊的年代，什么荒唐事情都会发生，我听了并不觉得有何奇怪。

22 年后给"右派"改正时，我拿到那个打印的"改正决定"，真不知道应该笑还是应该哭，这简直是拿人的生命当儿戏。22 年前的薄薄一张纸，让我成了"罪人"；22 年后的薄薄一张纸，让我成了"好人"，好像每个人的好与坏，并不是由他的天性决定，而是要由某些人的口封，这种事恐怕只会发生在当时的中国。自然也是个空前的笑话——但愿永远绝后。

现在，荒唐年代总算结束了。

我们付出的惨痛代价，希望能够真正警示后人。当权者手握重权呼风唤雨，对于普通百姓何必如此绝情，多少给我们点怜惜怕什么。尤其是对待宝贵的人的生命，千万不要再这么轻率、无理，更不要为了权力、名誉、情面，如此随便地践踏、污辱人，即使别人不拿我们当人看，我们的父母还疼爱我们呢。我们是父母身上的肉啊。假如整人者的子女也遭遇此种噩运，难道你们就真的不疼爱吗？我绝不相信。后来有机会读到整人者的"家书"，他们对待自己的子女和家人，流露出来的真挚感情并不少，那为什么对待普通百姓子女，表现得如此冷漠和残酷呢?！轻点说，答案只有一个：自私。

戴"罪"流放北大荒

　　北京前门火车站的建筑，早已经改成铁路俱乐部，供现代人来消闲时玩耍。由于这座建筑并不美观且名气不大，正被一批又一批的新建筑淹没，真正知道它的人越来越少了。而对于我们这些当年的"右派"，它永远是个标志性的建筑，许多人被发配到外地劳改，都是从这里乘火车远行的。现在有时去前门一带办事，看见这座建筑物的时候，哪怕只是不经意地瞟上一眼，我的心海立刻就会怒浪翻腾。当年离开北京去北大荒的情景，依然会非常清晰地呈现出来，仿佛半个世纪的岁月没有前行，还停留在当时的光阴指针上。

　　我的"右派"资格既被确定，离开北京也就必然成定局。传说中的去《中国青年报》未被证实，就是证实也毫无实际意义，分配去《青海日报》又不愿意去，至于最后到底确定去哪里，还得等待上级领导的通知。我就边等待边收拾东西，顺便向在北京的亲友告别。好在我是个光棍汉，两条腿一抬说走就走，没有一星半点儿的拖累。唯一感到为难的是，如何跟我的父母说。尤其是我那胆小怕事的母亲，她要是听说我离开北京，一定会朝坏处胡思乱想。那年我参加军干校，就是背着母亲走的，全家人为此担心多时。如果这会儿她知道了我要离开北京，尽管不懂得什么政治运动，更不会相信自己儿子是坏人，但是她也一定会犯嘀咕。倘若因此让她伤神生病，我岂不是成了不孝逆子？

　　万幸的是"反右运动"以后，全国各地都有干部下放，左派与"右派"，好人与"坏人"，劳动与劳改，局外人谁也分不清楚。何况那会儿的人，愚忠多于思考，盲从胜过独行，上边说什么都相信，根本没有人去较真。我就说是正常下放，家里人绝不会在意，更不会找我来追问。但是必须得提防"组织"，个别不正派的单位领导人，他们常常会以组织的名义，干些伤天害理的坏事情。例如，有的人被划成"右派"后，他们就通知家人所在派出所，家属也就成了被监督对象。还有的以划清界线为名，动员"右派"妻子离婚。干这种偷鸡摸狗的坏事，大都是以组织名义干的，谁也不好说出什么来。我当时唯一的请求就是，我的"右派"问题，暂时不要通知我家里，等事情过去一年半载，由我自己告诉我父母亲。最后在政治部办公室主任帮助下，经有关方面研究同意了我的要求。在北大荒劳动一年后，有次写信给我父亲，专门跟他谈了这件事，家人才知我被划成"右派"。父亲未主动向当地派出所"挂号"，家里人自然就生活得比较平安。结婚后儿子出生留在天津，这时正是经济困难时期，全国饿死的人以几千万计，当政者顾不上搞政治斗争，给儿子上户口就比较顺利，否则一追查我的政治身份，谁知道会遇到什么麻烦呢？看来，我当时的提防还是对的。

我不愿意去青海的想法，反映到有关部门，等待了一些时候，正式通知就下来了。经过一番研究和协调，批准我随大拨儿"右派"，到北大荒军垦农场劳改。这时是 1958 年春天。

生活工作将近十年的北京，让我得意让我落难的北京，就这样要渐渐地离我远去。从此，在这里发生过的一切事情，都将成为历史留在记忆中，愉快的也好伤痛的也好，都被这次沉重打击所代替，草芥之身将要承受新的磨难。这一去会不会回来，我没有一点儿把握，更不愿过多地去想，倒是未来前途如何，让我有点惴惴不安。不知道等待我的命运会怎样？想起来心里总是有种恐惧感。

一个二十几岁的年轻人，出于响应党组织号召，会上说了几句真话，就付出如此高昂代价，这是多么残酷的现实啊。但是，我并不后悔。我觉得人活着，就应该光明磊落，如果为了一时利益，就出卖自己的灵魂，这样的人还有什么价值。我不认为自己有什么错误，就应该坚守自己的信念，如果连点自信心都没有，那活得还有什么滋味呢？在后来漫长的逆境中，以至到迈入老年的现在，我之所以会不改性情，恪守自己做人的准则，就是希望仍然活得像个人——有血、有肉、有情感、有品格的人。

那是个凄风苦雨的春日，我们这批被流放的"右派"，从北京城的四面八方汇集而来，渐渐地聚集在前门火车站，准备乘坐当日的一列火车，到陌生而遥远的北大荒去。这是我头次听说北大荒，假如没有这次的发配，谁会知道这个地方呢？就是此时知道了，对于它的真实情况，谁又能说了解多少呢？单从它的名字上看，就令人感到畏惧——寒冷的北方，无边的土地，苍凉的荒原。一些喝过洋墨水的人，会想起当年俄罗斯的流放地西伯利亚；一些听过中国评书的人，会想起古时我国那些罪官贬至的边塞。总之，大家此时心情都很复杂，还有种隐约出现的忧伤，只是谁也不说也不敢说。

50 多年前的前门火车站，来往的车辆不多，出行的旅客也少，我们离开北京那天，淅淅沥沥地下着雨，这批特殊的远行者，立刻引起人们的注意。少数猜测出我们身份的人，都投来少许同情目光，无可奈何地摇头唏嘘，然后，就像躲避流行瘟疫，急匆匆地远远走开。沉闷的空气，痛苦的惜别，使这初春的雨天，显得格外的寒冷。今天想起来，都让人战栗。

在当时那种政治环境下，"右派分子"帽子一戴，就等于脸上烙了钤印，有的连家人都划清界线，朋友和同事就更是退避三舍，因此，来车站送行的人都是至亲。从他们互相间称谓上看，最远的关系也就是姨姑血缘，更多的则是夫妻、父子、兄弟，别的人很少冒风险来送行。多一事不如少一事，明哲保身，心明不语，是当时人们普遍的心理状态。

我当时是光棍儿一个，家在天津，无牵无挂，自然没有送行的人。这样也好，感情上没有折磨，心灵上没有负担，再大的"罪过"也是自己扛着。这正是光棍儿的"优势"。在哭哭啼啼声中告别，离开后想起更不好受。

这天，从早晨就开始下起雨，飘飘洒洒，湿湿漉漉，整个都城笼罩在阴郁之中。好像是心里明白的老天爷，有意怜惜这些无辜者，却又无力伸援手帮助，只好用泪水表示同情。那时候还没有出租车，到车站乘火车，上机场坐飞机，不是家里人用自行车载，就是搭公共电车汽车，或者是坐辆三轮车，绝没有现在这么方便。这一天也不例外。在我的印象中，用公家小汽车送的，是极个别的一些人，大都是划"右"之前，就享受高干待遇的，这次机关仍是出车送站。那天的前门火车站，显得非常拥挤，却很少嘈杂声，气氛异常沉闷压抑。连我这个无牵无挂的光棍儿，心里都像塞了团麻乱糟糟的，那种滋味实在说不出。

在细雨霏霏的车站前，有的打着雨伞在交谈；在人来人往的候车室，有的在一旁轻声抽泣。他们说些什么，他们为啥哭泣，尽管没有谁真的能知道，但是谁都会猜测得出来。本来是朝夕相伴的恩爱夫妻，却因为一方罹罪发配而分离，从此天各一方两牵挂；本来是父慈子孝和美的一家，却因儿子一句话招祸去远方，从此老父不得不孤苦盼子归。这种从天而降的人为灾祸，谁能想得通谁敢说得出呢？只能用泪水冲淡心头重负，只能用虚语安慰破碎的心。人说世间最大的痛苦，莫过于生离死别，倘若是天灾尚情有可原，我们的分离却是人为造成，因此，这次的离别就越发痛苦。

至于何时再相见，这一去可否归来，更是难卜的事情。

在这些一起被发配的"罪"人中，有我认识的一个青年干部，跟未婚妻刚商量好准备结婚，他却被划成了"右派分子"。所幸的是他的未婚妻并未因他的遭遇离开他，当组织决定让他去北大荒劳改后，她毅然决然地跟他马上登记成婚，今天又特意来为她的新郎送行。这对新婚的年轻夫妇，手拉着手久久相对而视，既想亲热又不便亲热，既想劝慰又不好劝慰，只见两人的眼睛都挂着泪珠，那种皱皱巴巴的神态，那种凄凄切切的情绪，连旁观者心里都不是滋味儿。大家的心里都很清楚，假如没有这场灾难临头，这对新婚的小两口儿，应该正在一起度着蜜月，享受人间的美好情爱。可是现在却不得不被分开，一个留下，一个远行，生死茫茫的岁月揪着两颗心。这是何等可怕的人间悲剧，这是怎样无情的人为折磨，恐怕夫妻俩到了白头之时，回想起都会心怀难解的伤痛。

时间在沉闷的气氛里，一秒一秒地过去；离情在依恋的人群中，一点一点地流逝。

稍后，开车的铃声终于响起来了，车站上立刻引出一阵骚动。远行的人说，照顾好孩子，别惦记我。送行的人说，别惦记家，照顾好自己。年长者说，说话做事稳当点儿，别再出事。年轻人说，您注意身体，我到了来信。这些听起来极其平常的话，在此时此地说出来，每一句都如同闷雷，击在乌云密布的心头，催落积蓄多时的泪雨，顺着众人的眼角流出。有的赶紧扭过头去，有的止不住地抽泣，是为不幸的命运悲伤，还是为难测的前途担忧，抑或两者兼而有之，谁也无法分得十分清楚。

开车的时间到了。一列长长的墨绿色火车，在播放的"社会主义好，社会主义好，人民江山坐得牢，右派分子想反也反不了……"歌曲声中，喘着粗气徐徐地启动，就要离开首都北京，向着茫茫的北大荒驶去。这些被划为"右派"的旅客，以及送他们远行的亲人，每一张脸都像这阴雨天，几乎没有半点儿爽朗。这时的列车上下，有的在抽泣着不停地招手，有的在长吁短叹地注目，仿佛是哪个不怀好心的人，故意把这么多的痛苦告别，集中在今天一起展示给人间，让善良的人经受沉重折磨。此时的雨下得更密了，此时的风刮得更紧了。就在这凄风苦雨的春天，我们踏上了漫长的驿路……

亲人咫尺相望难相见

　　为运送这些中央机关流放的"右派"，开往牡丹江的列车加挂了好几节车厢，这也算是铁路运输史上空前绝后的一次。这列火车所负载的重量，绝对不能用简单数字说明，它承载的是一段沉重历史。行驶起来异常艰难，路途不过几千公里，它却走了整整22年。好长好长啊。

　　当列车渐渐离开前门火车站，把亲人送别的身影抛在后边，把思念和惦记留在不安的心中，一个个美满团圆的家庭，就这样从此远隔两地，过着梦牵魂绕的日子，他们心里涌动的会是什么滋味儿呢？我这个当时的光棍汉，实在想不出更不理解；后来我成家与妻儿三地分居，对于这种思念和惦记才有体会。不过即使是在当时，我们这些单身汉，虽然没有更多的家累，但是心中仍然有些苦涩，只是两种滋味各不相同罢了。

　　人是有感情的动物。这种感情表现在恋群上，就是依靠群体快乐生存，一旦被孤立在群体之外，就再没有了活跃的生机。那个年代的政治运动，最惯用的迫害方法就是，把受害者跟正常人分隔开，让你有嘴不敢说话，让你有腿不敢走动，活活地闷压在忧郁的氛围中。你受不住这种窒息的折磨，就依照施害者的意愿交代，许多冤假错案都是这样造成的。我们这些人被划为"右派"以后，都曾不同程度地遭到过孤立，精神的压力和沉重可想而知。

　　现在离开了北京，大家的身份完全一样，再无孤立这一说，每个人的精神负担，好像都有不同程度的减轻。我乘坐的这节车厢里的人，大部分都是交通部的，有的人过去并不认识，此刻成了同命运的人，彼此之间很快就熟悉了。跟我在同一座格的人，有一位工程师，姓吕，交通部哪个局的忘记了。他的性格热情、乐观，一上车就主动跟我搭话。那时他也就是四十来岁，戴一副金框白玻璃片眼镜，远视近视在一个镜片上，看报时就用下半边儿，平视时就用上半边儿，他忽而抬眼忽而低眼，显得人十分精神。很快我们就成了朋友，用随便闲聊消愁解闷。

列车行驶两个小时，到达天津东火车站，正好将近中午。我急匆匆地走下车厢，站在车站的出站口，两眼直直地往市区张望。对于一个地方如此依恋，这在我好像还是第一次。涌上心头的滋味儿，甜蜜而又苦涩，欣慰而又忧伤，总之，一种混合的心态，在顽固地困扰着我。

天津是我的第二故乡（那时宁河县尚未划归天津市），我中学时代的最后时光，就是在这里度过的，我走进军干校的绿色军营，就是从这里出发的，现在我竟然成了"罪人"，在发配途中驻足在这里，真是百感交集却又难以言表。情不自禁地想起了我的父母，想起了我的家人，想起了我读书的学校，想起了那年离开天津的情景，可是此时，我不仅回不了温暖的家，甚至家人来看都不可能，不由得泪水湿润了眼睛。痴痴地望了许久许久，直到开车的铃声响起，车上的人呼喊时，我才依依惜别地走进车厢。

这位吕工程师，看上去大大咧咧，其实是个很心细的人，他好像看出了我的心事，待我坐定以后，若无其事地问我："你是哪儿的人啊？"我说："老家是河北省宁河县，父母这会儿都在天津。"他听后"噢"了一声，似有所悟，就再未说什么。过了片刻他又问我："北京的家，还有什么人？"我说："我还没有结婚，我出来，就人走家搬了。"他笑笑说："那倒也好，利索，不像我们，两边互相惦记着。"接着我们就聊起家长里短的事情来。

说到刚才在北京前门火车站，"右派"家庭送行的情景，老吕对我说，他家里也有人来送他，这使他还多少感到点宽慰。他问我有没有人来车站送行，我告诉他没有。他说："除了家里人，别人想来也不敢来啊，你不必在意。"我立刻告诉他说："单位有两位同事，分别请我去家里吃过饭，就算是对我的送别了。"他说："非亲非故的人，这会儿能做到这样，那就很不容易啦。"

老吕哪能知道，其实比这更不容易的是，我说的这两位同事，一位叫王文祥，一位叫孙惠青，在《人民航运报》一起工作时，跟我并无太多过密的来往。在我被划为"右派"之后，从北京到北大荒，从北大荒到内蒙古，从内蒙古回到北京，在长长的半个世纪里，他们始终在关怀着我。即使在"文革"那样的年代，有的家里人都无情无义了，他们二位都不曾怠慢我，每次到北京都热接热待，这才是最最不容易的啊。这也是我一直引为自豪的真诚友谊。

跟我同一节车厢的人，有的来自中央各部委系统，有的来自各群众团体机关，还有的来自军队各总部和军种，经过三天三夜的行程（？），大家渐渐地认识了、熟悉了。为解除这漫长旅途中的寂寞，人们就用聊天儿来消磨时光。开始的时候彼此有些戒备，谁也不敢往深里聊什么，只能说些诸如"谁送你上的火车啊"，"你知道北大荒这地方吗"，如此而已。人们的思想本来就是封闭的，经过这场"反右运动"之后，个个惊魂未定，就更要把自己的心扉紧关。害人之心不可有，防人之心不可无——这是那个可怕的年代里，正直人和正派人能够选择的唯一的也是正确的处世方法。能做到这样独善其身的人，在我看来就相当可敬了，跟那些卑鄙小人比较起来，在当时可以算是"圣人"啦。

经过途中的短暂接触，彼此开始稍微有些了解，说话时也就不再那么谨慎，连自己的"罪过"也敢讲了。这时人们仿佛一下子意识到，我们这些人有着共同命运，从此再也无法彼此分开，只有互相帮助和照应，才好一起度过未来艰难岁月。倘若再像过去运动那样，为了保全个人的利益，彼此你揭发我我批斗你，最后还不是两败俱伤，统统被消灭打入另册！这样的教训起码在此刻大家会记取。

原来在中央国家机关工作时，许多人都出差来过东北，这条北京至哈尔滨的铁路线，对于我们应该说并不陌生。但是，在列车隆隆北上的此时，人人好像是头次踏上这条路，列车一过古老的山海关，就有不少人倚在车窗前，凝望这茫茫的松辽平原。神情是那么严肃、凝重。谁在想些什么，无法准确判断。在我国北方的城乡，人们心目中的山海关，永远是个人生门槛，谁出关谁入关都有说道，历史上许多大大小小人物，都在此演绎过悲欢离合。

坐在我对座的一位难友，约有四十左右岁，白净的脸上架着宽边眼镜，显得非常斯文和稳重，他给人的初步印象，属于那种很难接近的人。他在窗前凝望的时间最久，谁也不好破坏他的情致，大家就从侧面看着他的神情。不料他忽然扭过头来，像自言自语又像是跟我们说："听我爷爷说，他当年闯关东，就是走的这条路。"

啊，原来他想的是这样久远的往事。那时山东、河北的穷苦人，背井离乡闯关东，是为了活命讨生活。我们这会儿闯关东，是为了什么呢？谁的心中都有答案，只是谁也不便说出，任凭滚滚车轮无情地把它碾碎，扬弃在这冰冷的漫漫铁路线上……

从离开父母热情地投身革命，到因"胡风事件"遭难，再到"反右派"戴上沉重帽子，这前后不过六七年光景，却让我饱尝了人间最大的不幸——用无限信任换取无端怀疑，用无限热情换取无情伤害。这难道就是革命给予我的最好"犒赏"?! 这种现实令我实在无法接受。在开往东北的列车上，夜晚睡不着觉的时候，我一直在思索这个问题。越想越糊涂，越想越痛苦。我不明白更不理解，对待自己人，怎么这样狠，不分青红皂白，不管言论对错，一律打入地狱。难道这就是革命?! 早知现在，何必当初。

人世间也许有各式各样的痛苦，但是还有什么比思想矛盾，给人的撞击更难以承受呢? 什么是革命，什么是进步，此时在我的心目中，都成了难以判断的是非，过去许多视为崇高的东西，再也不看得那么神圣了。我甚至后悔自己当初的选择，如果不随潮流参军，如果不喜欢文学，如果不轻信那鸣放，我的命运即使不见得好，起码总不至于刚进入社会，就这样快地落到如此大难。谁说青春无悔? 对于自己的青春，我永远悔恨不已。

以上种种真实想法，如同车轮滚动声，不停地响在耳畔，扬弃在黑暗之中。这一夜在列车上我失眠了，这是有生以来第一次失眠，辗转反侧，胡思乱想，消沉情绪如同夜幕笼罩心头，压抑得我几乎喘不过气来。过去很少思虑未来的我，这时开始对前途担忧，要知道我才二十几岁啊，"右派"劳改又没有时间表，走到什么时候才算了结呢?

想起幼年许下的愿

列车运行在冀东平原，经过生我养我的宁河县，立刻勾起我童年的回忆。那时是多么单纯啊，常常怀着天真渴望，想快点儿长大成人，走出寂静的小县城，看看这世界到底怎样。后来终于离开家乡，跟随父母到了天津；再后来终于长大成人，眼界渐渐开阔起来，正踌躇满志想干事情，青春翅膀却被活活折断，老天爷对我竟会如此不公。不由想起小时候去庙里还愿的情景。

那年好像四岁，得了一场大病。由于我是长孙，祖母格外疼爱，她特意找人给我算命。算命的先生说，这孩子命不好，得给老天当一日牛马，不然一生都有灾病。于是，祖母买了个纸马鞍，让我背在脊背上，象征做牛做马。在我生日那天，祖母亲自带我，到镇里的娘娘庙，给娘娘烧香磕头，求饶。长辈们蛮以为，从此我就平安了。

不承想，这不祥的命运，并未从我身上走开，像条凶狠的毒蛇，一直缠绕着我。先是患肺结核病，后是"反胡风运动"挨整，最后又是被划"右派"流放边疆。生活刚刚开始，就这么不幸，难道一生都要如此吗？我不禁感叹起生存的艰难。

想到这里，我非常佩服那位算命先生，他给我算的命还真准，只是他给我支的招儿，看来并不真的灵验，或者说是老天不肯饶恕。想一想前途，更担心起来，更害怕起来。不，确切地说，是怀有一种莫测的恐惧。谁知前边还有什么沟沟坎坎等待着我呢。

列车继续向东北方向行驶，人们时而平静时而兴奋，但是不管情绪怎样变化，永远摆脱不掉的是沉重。我想许多人可能跟我一样，说不定也想起久远的往事，或者想起进入社会的历程，趁在这无事可做的旅途上，理一理自己的生活丝缕，不仅可以消除难耐的寂寞，而且也会给未来定个坐标，岂不是更为实际更为有用。生活在这样一个年代里，实在无法掌握自己命运，尤其是成了"罪人"的我们，今后更要格外小心翼翼过日子，不然，再出现哪怕一点什么差错，就会遭受更大的苦难。无论是对自己对家人，都不会有什么好结果。

这趟列车终于到达牡丹江。我们在牡丹江车站下车后，然后换乘另一列火车去密山。那时坐火车的人不太多，为了多装载些旅客，换乘车相隔的时间，常常是拉得很长，旅客便可抽空随便走走。我们这些人有的未来过牡丹江，有的人连听说都未听说过，就趁这换车的空当随便走走。

我是第一次来牡丹江。牡丹江的名字不错，容易让人产生联想。它是因牡丹花得名，还是因有这条江命名，我始终未能闹清楚。这座北方的小城市，当时给我留下的第一印象，只有两个字：寒冷。按自然时序来说，此时正是春天，这里的气温，却比北京要冷，几乎相差半个季节。出生南方的难友，对于这种气候显然不适应，他们把带来的厚衣全穿上，抵御这骤然变化的天气，还一个劲儿地喊"冷"。这要是没有这场"反右"运动，这要是不沦落到"罪人"地步，即使出差到这样寒冷的地方，总还会有个热接热待的单位。现在则完全是另一回事啦，再寒再冷都得自己忍受着。这就叫此一时彼一时。

我想，今后需要小心应对的，恐怕还不只是自然气候，还有政治上的风霜雨雪，这大概是我们最应该注意的。不然，稍不小心再出什么事，那就得吃不了兜着走，受的惩治肯定还要重。在当时那种极"左"的政治环境里，几乎人人说话做事都小心翼翼，何况我们这些上过当吃过亏的人。

载着我们这些"右派"的列车，离开繁华美丽的大城市，又离开生活安定的小城市，向着小镇密山一带进发，而后乘汽车进入亘古莽原。这时展现在眼前的景象，立刻引人陷入无限沉思。跟这悠远的大自然相比，人也实在太微不足道了，想整人的人如果真有本事，来这里一展身手才是英雄，只会跟人斗即使"其乐无穷"，那也不过是在罐里逞能。

想到这个带点哲学意味的问题，我的思想仿佛蓦然成熟许多。从年龄上说我应该属于"右派"中的少壮派，如果不是这次"反右"运动中沦为贱民，按正常情况正在无忧无虑地快乐生活着，然而，这会儿却过早地负载着沉重的苦难—— 一个人为造成的政治包袱。这个沉重的苦难的政治包袱，原以为经过北大荒的劳改，会从我们的肩上卸下来，却不料一压竟然是长长的 22 年。

人的一生中能有几个 22 年啊，何况正是青春焕发的 22 年，这就如同一朵含苞待放的花儿，被一只冷酷无情的手揉搓完了，又毫无顾忌地丢弃在一旁。直到成为中年人老年人，沉重的政治包袱倒是卸下了，我们可以认真做点事情了，却早没有了当年的激情和能力。只能感叹一声：唉，生不逢时。

第二部：北大荒的流人岁月

重返北大荒

时间过得真快，转眼之间，离开北大荒已经三十年了。

1990年白桦树摇金的季节，北京文化界的十几位难友，应850农场云山畜牧场邀请，结伴重返当年"右派"流放地。

我们这次行走的路线，跟1958年发配时不同。这次是从北京乘火车到哈尔滨，再从哈尔滨中转换车在虎林下车；当年则是从北京乘火车到牡丹江，再从牡丹江中转换车在密山下车，使得我们重温的记忆，少去了一定的完整性，只能自己在心中默默接续。还有一点与当年更为不同，由于每个人身份现在都变了，若不联系"反右"那段可怕经历，我们的心情也不再有沉重和惶惑。当然，如果不是事过人非，接待方现任农场领导人，更不会以"老同志"礼遇，热情关照这些当年"老右"，这样，对于我们双方来说，都有家人相聚般的感觉。

北大荒原本是块亘古莽原，真正意义上的处女地，诗人聂绀弩被划为"右派"，流放这里以后写过不少诗，其中有首诗说："北大荒/天苍苍/地茫茫/一片衰草枯苇塘……"可谓北大荒原始状态的真实写照。这块荒凉辽阔的处女地，先是由从朝鲜战场下来的军人开垦，后来又有流放"右派"近两千人劳作，这片处女地的原始蛮色渐渐消褪。再经过知青和几代农工多年经营，如今的北大荒完全改变了原来模样，有的地方已经成为繁华小城镇，最早那种空旷清新气息已经很少。这就是当年所谓的"向地球开战"带来的结果。当然，那时候还普遍没有环境保护意识，国家不富裕人民更穷苦，不得不以非常堂皇的名义，以破坏北大荒美丽原始生态为代价，换取眼前一点点果腹的吃食。我们当年劳动的地方，如果没有人仔细指点，简直没有办法辨认出来，它的变化实在太大了。

可是，尽管岁月沧桑物易人非，站在这片土地上很难寻觅往日生活踪影，但是，从泥土散发出的浓郁气味中，从无法忘怀的对往日记忆里，我们依然可以闻到有过的苦涩，一种莫名的情绪再次袭上心头。我们毕竟在这里流过太多的血汗，度过近三年胆战心惊的流放日子，即使天地完全变样也会意识到，这是葬送我们美好青春的受难地。我们这些被称为"右派"的人，由于长期在政治上受压抑，早就养成一种特殊心灵感应，对于这类事情比任何人都更为敏感。

记得近三年的劳改生活结束，从密山搭乘火车返回北京，刚刚进入车厢找到座位，我就毫不掩饰地说："这回终于走了，今后就是用三套马车拉，我也不会回来。"大有受难者脱离苦海的意味。足见我对北大荒那段劳改生活是多么憎恶。谁知时隔30年的今天，跟随当年的难友们，我还是来到北大荒。回来干什么呢？寻觅往日的痛苦碎片？捡拾被毁的青春落叶？不，好像都不是。仿佛有个情感精灵，隐隐约约闪在心中。这时我才真切地感觉到，人的思想感情原来是这样古怪，只要是你生活过的地方，哪怕给过你太多的痛苦和不幸，你都无法从感情的图板上抹掉。对于土地的热爱和对于事件的憎恶，原来在感情上永远无法扭到一起。我对于北大荒这个地方，在热爱与憎恶上也不例外，这就是重返北大荒的原因。

我们这次重返北大荒，总共滞留了十来天，凭借每个人对当年的记忆，尽量寻找劳动、生活的所在，有的痕迹尚能依稀可辨，有的随时光流逝荡然无存，让我们不禁感叹唏嘘不已。尤其让我们永远无法心安的是，在记忆中的一座小山头上，本来想凭吊几位去世的难友，他们的墓穴却早被萋萋荒草覆盖，连个残碑断木都没有了，我们只能低首向北方默悼，用一瓣心香纪念这些政治冤魂。他们背负着罪恶的十字架，永远地离开生前热爱的国家，死后却连个标记都未让留下，在所有的"右派"中这是最悲苦的一群——生前受尽折磨，死后无人眷顾。

这些人离世的时候，年纪都是二三十岁，稍大点的不过四十来岁，有的刚刚跨出大学门槛，有的已是单位业务骨干，本可以为国家做些事情，却在"阳谋"运动中遭暗算，被发配到北大荒强制劳改。或因饥饿或因劳累而终，成了亡命他乡的屈死鬼。比之这些死去的难友来，我们无疑算是幸运者，尽管后来生活也很艰难，有的在"文革"中再次遭殃，有的经济拮据生活凄凉，但是，在人生途程最后几年里，总还可以比较自由呼吸。就我们个人来说，这也算是幸运了。

这次重返北大荒回来以后，我的心绪好久都是乱糟糟，像是一堆理不清的麻线，跟政治的是是非非纠缠一起。我想到1955年那次"反胡风运动"，我想到1957年那场"反右"灾难，我还想到以文化做包装的"革命"人祸，当然，更会想到改革开放这 20 多年来，人们多少总可以像个人似的生活。让我始终无法理解的只是，过去有些权力很大的人物，放着好好的日子非不让人过，总是挖空心思地置人于死地，这到底是为什么？为什么？为什么……？难道真的是为了国家繁荣昌盛？难道真的是为了人民生活幸福？难道真的是为什么崇高理想？我不相信！不相信！永远也不会相信！就像不相信寒冷的北大荒真的会有春色。

另类生活从这里开始

中国历史上的 1958 年春天，对于别人没有什么特别之处，花照样跟他们微笑，风依然对他们歌唱，生活照样日复一日地过，就如同不老的时光，不慌不忙地往前走着。然而，这个年份的春天对于我，却不是风清花艳的时节，原本还算平顺的青春岁月，被那场突然袭来的猛烈政治风暴，搅扰得天昏地暗了无宁日，从此我再没有了好的心情。就是在这一年春天，一条充满泥泞的道路，把我从北京引向北大荒，开始了"右派"流放的生活。

生活在今天的青年人，根本不会知道，我这里说的"右派分子"，到底是怎样一种人。其实，就是我们这些被定为"右派"的人，又有谁能够准确地说得清楚呢？我当时毕竟年轻不懂政治，说不清"右派"问题也倒罢了，那么，作为大知识分子、政治家的费孝通先生，被划为"右派分子"后总该说得清吧！非常遗憾，照样糊涂。1987 年回忆起"反右"情况，费先生说："1957 年，气氛突然改变。我不知道这一变化背后是什么，但是我发觉自己落入陷阱。甚至于现在我们也不真正了解突然变化的背后是什么，虽然这个运动在一般人已经认为是一个错误，一个过失。但是从那时起我进入了一生中完全不同的一个时期。我不能说是可怕的——没有人打我，也不要求我忍受体罚。他们只是批判我。我说，行，我愿意接受批判。严肃地说，我想要明白我错在哪里。"费先生是位有影响的人物，即使被划为"右派分子"，他也不会受到体罚和管制，却依然想弄清楚错在何处。像我这样的普通小"右派"，就要经受强体力劳动处罚，却连弄清错误的话都不敢说，其痛苦的程度可想而知。人世间最可怕的事情，就是稀里糊涂地忠和愚，比这更可怕的则是，被打被骂还不知为什么，想弄明白又不允许你。

是的，"反右运动"和所谓的"右派分子"，这是个特定历史范畴的政治术语，真正能够完全说得明白的人，大概只有制造这场特大冤案的人。可是，这个人究竟是谁，出于什么样目的，时至今日，好像依然没有披露，不知是不便启口还是另有难言苦衷，总之，一直都是个难解的历史之"谜"。恐怕只有等到有朝一日，这段历史档案公之于世，人们才会知道它的底细。只是这样的时刻，我们这些当事人，大概无人能够看见了，因为年纪最小的"右派"，现在都已经是古稀之年。历史欠下的这笔冤孽债，要留给后人代为清算啰。债主自然就会暴露无遗。

我当时作为"右派"受难者之一，尽管不知道这顶帽子的重量，更不了解它的真实含义，但是，它对人的生命的无情摧残，它对人的尊严的凶狠践踏，它对政治生活的严重破坏，我还是可以隐约地感觉到。起码我自己在后来很长的时间里，对于关涉政治问题的事情，再不想像过去那样坦诚表态，更不会像过去那样盲目地崇拜什么人。经历了这次不寻常的打击以后，我的思想完全陷入了混沌状态，跟着数以千计的同难者队伍，茫然地走向北大荒——这片从未听说过的苍凉土地。

北大荒的冬天漫长，春天来得也很迟，这两个季节的交替很不明显。可是在1958年这一年，春天却来得格外的早，是不是老天有意眷顾，我说不清楚，反正我们这帮"右派"，都为这早来的春天高兴，起码它让我们少受了罪。说北大荒春天来得早，其实就是冰雪消融得快，没有了呛人的"大烟儿炮（暴风雪）"，绝不是真正意义上的春天——绿满枝头，河水欢唱。

我们刚来北大荒的时候，住地只有几间茅草屋，有的地方就用它来命名，如五间房、七间房等等。这些茅草屋都是两三年前，朝鲜半岛战争结束以后，从战场上撤下来的部队官兵，在北大荒垦荒时抢盖起来的，他们住过之后闲置下来，这会儿让给我们临时栖身。有的茅草屋屋顶不严实，房顶上的积雪遇暖融化，屋里就滴滴答答地"下雨"，为了能够有个安身之处，就用脸盆、雨衣来接滴水。我们的住房得由自己动手建盖，未盖起来之前要先建"马架子"，作为过渡的集体居住房舍。这种叫"马架子"的草棚，先用木棍支个人字形架子，然后，在上边披上厚厚茅草和泥巴，因为形状像个马鞍子，按照当地人的习惯，就称它为"马架子"。"马架子"下边大都挖个地坑，地坑里铺上厚厚的树枝茅草，再在杂草上边铺些毯子褥子，睡上去也还算是松软、温暖。

我们在北大荒的第一个春夏季，就是在"马架子"里度过的，所以凡是经历过那段生活的人，没有一个不感念"马架子"的，没有"马架子"的庇护，我们就得在荒山野岭过活。当然，发生在"马架子"里的故事，无论是喜是悲，无论是大是小，同样给我们留下深刻记忆。我们前程难测的流放生活，就是从这简陋"马架子"开始的。

一间"马架子"里住十来个人，铺上茅草席地一字排开，被褥挨着被褥，枕头连着枕头，真的是"亲密无间"。过去都是所谓的知识分子，在家时夜晚读书写作惯了，这会儿依然不愿意早睡，可是做别的事情又不方便，就或躺或坐地一起扯闲篇儿，借以消磨流放的艰难时光。开始还觉得蛮温馨蛮闲适的，不失为苦中作乐的惬意，有的诗人即兴做诗，用"如豆灯光，满棚闲话"的诗句，形容当时的生活情景。这种"随遇而安"的心态，应该说，在此时尤为难能可贵。既是乐观天性使然，更是自尊自信的体现，当然，还有点对未来的希望。

这些大小知识分子，在皇城根儿的大机关，对于国家政治大事，曾经真诚地关心过。结果却被政治所嘲弄，现在再不敢议论政治，即使看出是非曲直，都只能悄悄存于心中。但是，由于读书人好说的习性驱使，却又不能沉默地度过每一天，就闲聊自己读过的那些书籍。那是个崇拜苏俄的一边倒年代，熟悉俄国文学作品的难友们，就在幽暗的灯光下，讲述屠格涅夫小说《罗亭》《贵族之家》，背诵普希金、莱蒙托夫的诗，越说越起劲，越背越忘情，渐渐地扯到俄国十月革命前，俄国知识分子思想和生存状况。本来以为谈这些事不会出什么问题，不料却被我们中某位积极分子打了小报告，而且上纲到借洋人嘴说现在事。农场劳改干部一听，这么反动怎么行啊？便在第一次开展整顿思想运动中，这些议论内容成了消极思想的反映，参与闲聊的人都不得不做检查。其实，这不过是一件区区小事，即使有什么不当说说也就罢了，竟然搞得如此严重、复杂，不知此人是出于政治投机，还是习惯性政治心理作祟。反正他成了"右派"中第一个"积极分子"。

领略了这北大荒的料峭春寒，许多人开始预感到，我们的劳改环境并不美妙，闹不好说不定会发生什么事情，从此，说话处世都格外小心谨慎，生怕万一再出点什么差池招祸，给自己不幸的命运雪上加霜。有了这次说者无意听者有心的教训，这以后许多天的闲暇时刻，"马架子"里都是死气沉沉，除了非说不可的话，只有轻微的咳嗽声和叹息声。有的人要不干脆早早蒙头睡觉，或者做个小油灯独自看书，还有人盘腿枯坐抽烟饮酒。原本说说笑笑的一个热闹"小屋"，顿时变成了一个"陌生人"的休息室。跟我比较要好的一位年长难友，经过一段相处了解到我好打抱不平，他多次特意悄悄地提醒我少说话，在这种险恶的环境里出事犯不上。

听从这位老大哥的好心劝告，我尽量克制自己容易冲动的毛病，遇到看不习惯的事和不喜欢的人，都要主动想办法远远地躲避开。惹不起总还躲得起，这是当时唯一抉择。

我们在北大荒的劳役生活，刚开始就遭遇"右派"揭"右派"，这类国人最擅长的"窝里斗"的事。许多人都隐隐约约有所预感，这么多"右派"集中在一起劳改，除了要受农场管教人员管制，还要不可避免地受同类伤害。后来我在850农场2分场排水连的经历，完全证实大家的预感是有道理的。痛苦、寒冷、饥饿、疾病、争斗，如同一条条凶狠的吃人毒蛇，在人们的心里不停地蠕动。大家只能默默地忍受着，谁也不能说什么，谁也不敢说什么，心中就像压着一块大石头。用大家背地里的话说，谁让我们是"右派"呢？谁让我们赶上这场运动呢？意思说白了，就是：既然摊上了，就"活该如此"。

可是，不管你愿意还是不愿意，这样的另类日子总得过，因为时光得一直往前走。这不，"五一"国际劳动节，眼看着就来了。尽管当时还不把知识分子当劳动者，在政治上无资格享受崇高待遇，但是总还能搭车占点小便宜，分享正经劳动者应有的一点儿好处。其实，在这荒原野岭的地方，就是让你撒着欢儿过节，谁又能过出什么花样来呢？何况许多人也没有过节的好心情。

恰好节日前两天来了一批吃食，有大米、白面、猪肉、粉条，还有各种蔬菜、调料等等，是850农场总场给调拨来的节日食品，这样我们就可以美餐一顿了。不巧的是那几天天暖雪融，开化的道路满地泥泞，拉这些东西的汽车，不慎陷入道路的泥窝里。连部只好组织人去推车，我们这些二十几岁的人，当时算是"右派"中的壮劳力，这种活儿就自然落到了我们身上。当时也不过三十几岁的电影演员郭允泰，由于在"右派"中是位老革命，天经地义地成了我们的队长，他便带领我们去救援受阻的汽车。

郭允泰原是北京电影制片厂演员，在电影《智取华山》中饰演过解放军参谋，凡是看过这部电影的人都知道他。尽管这会儿大家一起成了"右派"，无论是名人还是一般人都是一路货，但是有点儿名气的人还是要吃香的，有不少被委任为"右派"中的官儿。郭允泰成了我们的队长，比之别人似乎更随和更好相处，因为他毕竟是个电影演员。我们十来个大小伙子，有的扛着棍棒，有的背着绳子，在老郭的带领下，说笑着向陷车的地方走去。

人大概都是这样，当一时陷入烦恼之中，也许会沮丧，也许会失望，甚至连自杀心思都有。可是，一旦无所谓地豁出去，或者脱离开当时环境，说不定反而会彻底解脱。我们这些"右派分子"，在北京的时候先是挨批斗，定性之后又遭群众孤立，头上都像罩着一块乌云，没有一天安生日子好过，更不知这种日子何时了。到了北大荒大家一起被迫劳动改造，身份和心态跟过去就不一样了，即使是大官儿、大作家、大演员、大画家，都得和我这样的无名之辈拉平，架子和派头好像都通通不存在了，这时我觉得他们反而很放松很自在。所以一到北大荒广漠的原野上，大家又露出往日的平常神态，自己给自己找乐和解愁消忧。

我们这十几个年轻人，一边在泥泞中跋涉，一边唱歌讲故事，如同刚刚出笼的小鸟儿，自由自在地任着性子撒欢儿，竟然忘却了政治上正在遭难。尤其是几位演员出身的人，不让唱不让跳的日子结束了，好容易有了无拘无束的自由，就更加放肆地开起心来。毫无顾忌地唱喜欢的老歌曲，绝无遮掩地讲那些鬼故事，完全还原了做人的本来面目，被践踏的尊严也得到了恢复。

到了陷车的地方一看，十几个人马上愣住了。满载着物资的大卡车，两个后轱辘全陷在了泥泞中，就这么几个人，怎么能从陷窝中推出来呢？何况又都是很少劳动的书生。你看看我，我看看你，刚才在路上的高兴劲儿，这会儿全都没有了。汽车司机见状二话未说，像对待劳改犯似的上来就厉声呵斥："还愣着干什么，把东西全卸下来，推出车再装上。"按照这位司机的命令，把装在车上的东西，一件一件地搬下来，车厢完全腾空了，司机上车开动机器，我们聚在车的后部，喊着口号："一二三，一二三……"用尽吃奶的劲儿往前推，车轱辘照样在泥窝里转，就是一点儿也不往前挪动。司机一看这情形，人少了的确不行，他就吩咐我们，先拣些急需的食品，用人力运回到驻地，顺便再多叫点儿人来推车。

挑拣了一些急需的物品，每个人或扛或担，我们一起往驻地搬运。融雪后的道路全是泥泞，走上去深一脚浅一脚，不是这个跌倒了，就是那个歪斜了，几乎是在一点点地移动。来时的精神头儿全没有了，别说是唱歌讲故事打闹了，就是喘气怕也没那么平和。说句实在的话，真也难为大家了，在未被划"右"之前，无论是机关职员还是文艺界人士，在北京各个地方出出进进时，都也还算是个有模有样的人，有的连喝茶水都得等别人沏。然而这会儿可好，个个成了散架子的泥胎，不管你过去是位什么神，一律成了烂泥巴。

距驻地20多里的艰难路程，在跌跌撞撞中总算走过来，等到了驻地互相一看"尊容"，一个个的狼狈相好笑又可怜，有的人不禁地长吁短叹起来。到了晚上临睡觉时，脱下衣服彼此再看，每个人的肩上背上，都是红一块紫一块，被绳子棍子勒出的血痕。这时才觉得有些酸痛，以及火烧火燎的痒痒。在泥泞地跌撞大半天，浑身都觉得很乏很累，按说应该有个好觉睡。可是不知是累了，还是想家了，或两者兼而有之，总之，这一夜很难合上眼。虽说劳动是光荣的，工人农民一辈子都这样干，我们又为什么不能呢，但是把劳动当做惩罚，这劳动也就变了味儿，在人的心里就成了重负。当初在单位整风鸣放会上，只是说了几句真话实话，竟然会受到如此严厉处罚，这是任何人不曾想到的。命运就是这样不公平，正直人就是这么难当。

北大荒的第一个节日，就这样匆匆地度过了。别看没有欢愉只有叹息，却让我牢牢记在了心上，在后来的许多年里，我又度过许多节日，无论怎样红火热闹，都不曾留下深刻印象。倒是1958年这个"五一"国际劳动节，像刀刻斧雕似的留在我生命的碑石上。这是为什么呢？我想唯一的原因就是，它跟当时所处的特殊境遇，有着密不可分的关系。所以一想起这个节日，我就常常地默念：节日还是得过，而且要过好，只是这样整治人的年代，希望今后永远不要再有。

王震开始称"同志"

北大荒的春季非常短暂，如同一个诞生不久的婴儿，它那带有胎气的稚嫩容颜，还未容你仔细地看看，转眼之间就变得大模大样了。我们来北大荒那会儿，正值冰雪消融的初春，满地都是泥泞，可是经过几许春风吹抚，很快便开始渐渐进入夏季。就是在这个时候王震将军来了，跟我们这帮老"右"见了面。

这是 1958 年 6 月的一天，王震视察完云山水库，在 850 农场场长余友清陪同下，专程来到云山畜牧场，看望在这里劳动的"右派"。我们刚刚从工地收工回来，还没有来得及洗脸，值班队长就来通知集合，说是要临时开个重要的大会。这是我们到北大荒几个月来，第一次开这样的临时重要大会，因此，许多人都在紧张地猜测，这既"临时"又"重要"的会，不知对于我们意味着什么。自从整风"反右"以来，只要开会就是批判斗争，弄得人人自危心神不安，像我们这样的人就更加恐惧，在北大荒开这"临时""重要"会，自然更要产生许多可怕联想，生怕再发生什么意外的事。这开会前等待的每一秒钟，都在加速我们的血液循环，心脏伴着各种猜疑怦怦地跳动。

开会地点在一个小山坡。怀着忐忑不安的心情，大家向着这个小山坡聚拢，很快各自找到了合适位置，就随随便便地席地而坐。这时的自然景色非常美，头顶悬有蔚蓝色的云空，成群云雀不时歌唱着飞过，眼前是初绽的绿野碧树，给这块千古蛮荒的北方土地，增加了不少神奇静谧的色彩。如果在正常情况下看到这景色，那些诗人、画家早就捺不住性子了，他们一定会把闪过的灵感记录下来。那些演艺界的人士们，就更不会安分和沉默，一定会唱啊跳啊或出洋相。就是我们这些平常人至少也会喊两嗓子。可惜在此时此地谁也没有心思，只能白白地看着这美丽景色，从我们的眼前渐渐地消失……

大家都已经坐定，连长首先讲话，说："告诉你们一个好消息，王震将军来到农场，马上就要跟你们见面。"啊?! 原来是这样。人群中立刻发出了议论声，刚才还很沉闷的气氛，顿时又活跃了起来。原来的猜测和疑虑随即消除，代替而来的是更为复杂的思想，以及多种滋味儿混糅的感情。

要知道，人在倒霉的时候，最容易产生种种奇妙的联想，比如现在，首先就让我毫无根据地联想到，王震作为中共中央委员、农垦部长、铁道兵司令员，这会儿来"看望"劳改的"右派"，是不是对我们的政策有改变呢? 希望之火没有完全熄灭，人总是往好处去想事情，盼着想象中的"又一村"出现。特别是那会儿普遍存有信"神"的心理，在困境中总是希望有个大人物解救，王震此时的到来起码会让人心宽些。老作家、《北大荒》杂志当时负责人郑加真，给我提供过一些有关军垦农场资料。这些资料显示："在北大荒劳改的'右派'初来时的思想情况，一是怀疑组织是不是把我们推出来不管了，二是怀疑我们的劳动改造是不是跟劳改犯一样对待。"把个人命运寄托神灵的年代，谁也不可能超越人治的思维，产生这种想法是非常正常的。王震此时的到来，势必会让我们，存有某种幻想和期望。

过了一会儿，距我们不远的前方，有几个人前后错开，正往小山坡这边走来。为首的一位留着光头，穿一身褪了色的绿军装，他前后跟着的几个人，有的是850总场的头头，有的是云山畜牧场的头头。我们的连长、指导员马上迎了上去。然后陪着一起走到人群前。

850农场总场场长余友清，原来是铁道兵某师的师长，王震在铁道兵部队的老部下。老场长跟大家介绍王震时，仍然是按部队的称呼，他说："王司令员今天来，是看望大家的，请大家欢迎。"我们鼓过掌老场长就请王震司令员讲话。那位穿褪色旧军装、留光头的人，清了清嗓子，走到跟大家稍近的地方，开始了他的讲话，这位肯定就是王震了。他依然保持着军人的风度。像当年面对千军万马一样，他扫视了一下人群，然后用带湖南腔的普通话开口，首先询问有无他认识的人，并让他认识的人站起来。这时有好几位他认识的人相继站起。王震将军当着大伙的面儿，狠狠地批评了他们几句，很有点"恨铁不成钢"的味道，不过也充满了怜爱和同情。这在当时也算是很大的"荣幸"了，倘若没有这份相识的情缘，王震大概才不会搭理呢。

王震让几位熟人坐下以后，他这时才正式讲话，先是叫了声"同志们"，然后说："我代表党中央、国务院来看望大家。尽管你们犯了错误，可是自打在北京一上火车，你们就开始向"左"转了。"他这一声久违的

"同志"称呼，使我们中的许多人为之一愣，有的人还欣慰地流下热泪，再一听说开始向"左"转了，就更不知如何是好，只是一个劲儿地鼓掌，借以表达自己内心的复杂情绪。

自打我们被划"右"以来，同事、同学、亲戚、朋友，一个个都跟我们划清界线，更不会有谁用"同志"相称，忽然听到一位军政大官这样称呼，简直可以用"受宠若惊"来形容。在20世纪50年代中国这片土地上，本来就很看重"同志"这个称谓，更何况是一位赫赫有名的大人物，在这种场合公开地这样叫，这就让我们天真而敏感地意识到，看来还没有把我们完全丢弃掉。这些当时视政治如生命的人，怎么能不由衷地高兴呢。其实叫不叫"同志"，并不是什么实质问题，关键是如何对待这些"同志"，这才是最重要最根本的，美丽的称呼最多只是一种宽慰。

接着王震又鼓励了一番，意思是说，你们不要自暴自弃，你们都是有用的人，是国家的宝贵财富，我们是把这里当做储存干部的地方，只有共产党才会这么处理，国民党是绝对办不到的。如此等等。总之，说的都是非常动听的"政治话"。说到这里他冲着人群问："哪个是吴绍澍啊？站起来。"

这时，一位年过半百脸面黝黑的矮胖子，应声从人群中站了起来，他就是吴绍澍。王震问吴绍澍："你当过国民党大官，你说办得到吗？"这位叫吴绍澍的"右派"，连声说了几个"不可能，不可能……"，王震这时才让他坐下。

这个叫吴绍澍的人，我认识，跟我同在交通部工作。在国民党时期任上海市市长，据说上海解放前夕立过功，解放后被安排在交通部参事室，任副主任，属于"右派"中的大人物。王震将军的这一席话，有明显安抚的意思，再天真的人也不会相信，一个个都被打成"右派"了，还当成什么"宝贵财富"，更不要说用劳改的办法"储存"。后来的事实更证明，这只是一席瞎话、空话，即使摘了"右派"帽子，我们也从未被当做"宝贵财富"，仍然是专政对象倒是千真万确。

王震还说了些别的话，可惜因年代过于久远，我已经记不得了，但是上边那些话的意思，就我的记忆大致不会错。

在当时那种情况下，一位有着部长、将军、中共中央委员三重身份的人，特意来看望我们这帮"右派"，这简直是件了不起的大事，怎么能不让人有些想法呢？有的思想压力比较大的人，这时精神明显振作了许多；有的本来就抱有幻想的人，这时好像距希望越来越近了；就连个别开始就无所谓的人，这时在言语上都透出欣慰。跟我们同在北大荒农场劳动的人，有的是被判刑的历史反革命，有的是刑满释放人员，记得刚来时这些人曾不无得意地说："我们（指他们自己）是历史反革命，你们（指"右派"）是现行反革命。我们服刑有年限，你们劳改没有年限，你们还不如我们哪。"此时听到王震看望"右派"的消息，这些人的想法多少也有了改变。

不过，讲到前边服刑人员的这番妙论，我们必须承认，当时乍一听还真有点不好接受，但是却是被事实证明的一句大实话。这说明乾坤颠倒人世沧桑，走到了这步天地，不管是人是鬼，谁要欺负我们，我们都得硬着头皮认账。但是"右派"后来的长期政治处境，的确证实了劳改犯的政治敏感，如果没有后来的政治环境的改变，"右派"们确实是没有刑期的案犯。记得刚到农场时，农场正式职工为了区分劳改罪犯和"右派"，干脆就叫我们"二劳改"，其地位跟真正的罪犯没有两样。如今有像王震这样的大官，特意来看望"二劳改"了，此时在农场职工和劳改犯眼中，我们这些处于卑贱地位的人，无论怎么说还是比他们"高"，自然也会流露出些许羡慕神情。

王震看望劳改"右派"这件事，对于王震本人来说，不过是个例行的工作安排，然而对于"右派"来说，却带来一个比较宽松的环境。我们这些昔日的革命干部，被划成"右派"成了敌人，离开北京不过几个月时间，就有人开始念叨原单位啦，巴望着跟原单位保持一定的联系。很有点再打再骂都是娘，走到哪里都思念的味道。王震的到来自然是种精神宽慰。就是在这次王震特意来看望之后，余友清场长遵照他老首长的指示，陆续安排了一些"右派"中的名人，在总场和各分场做些他们擅长的工作。像剧作家沈默君，音乐家陈地，演员郭允泰、张莹、管宗祥、刘宗等，在王震视察讲话之后，调入850农场文工团。在853农场的老作家吴祖光，从农场调到农垦局话剧团，帮助修改反映农垦生活剧本。另一位老作家聂绀弩，则调到《北大荒》杂志社，帮助编辑部看稿件。画家丁聪、黄苗子、尹瘦石等人，同样也安排了适合他们的工作。他们算是王震讲话后的"同志"代表人物。

而像我这样的年轻单身"右派"，对于王震这些话听了也就听了，在思想上好像触动并不是很大，连别人显露的表面欢喜都没有。过后仍然是该吃就吃，该睡就睡，过不想过也得过的劳改生活。但是对于更多的有家室的"右派"，这件事犹如某种美好的信号，使有的人显得异常的兴奋，立刻忙着给家里写信传递信息，想借此给家人些许宽慰和希望。

转瞬即逝的宽松

进入阳历七八月，天气开始彻底转暖，储存一冬的厚重积雪，在春风的吹拂下渐渐地消融，变成丰沛的雪水，在地上漫洇，在高处滴漏，滋润着这片蛮荒野原。有这样一个春天迎接我们，尽管心情沉重不畅，但是总还能有所消解，这时多数人尚能自持。有些画家、诗人、音乐家，这会儿显得格外激动，兴奋得暂时忘记了身份，面对这大好风光，独自吟诗作画歌唱，倒也颇有一番潇洒。

从北大荒回来若干年后，聂绀弩出版《散宜生诗》，其中近 50 首《北荒草》就是那段生活的记录。聂绀弩有首《拾野鸭蛋》诗，记述他和画家丁聪等人，在北大荒拾鸭蛋的事，颇为有趣："野鸭冲天捉对飞，几人归去路歧迷。正穿稠密芦千管，奇遇浑圆玉一堆。明日壶觞端午酒，此时包裹小丁衣。数来三十多三个，一路欢呼满载归。"诗中的小丁衣，是说 30 多个鸭蛋不好拿，丁聪立刻脱下衣服，把这些鸭蛋包了回来。其情其景写得非常生动。

我第一次认识画家丁聪，记得也是在这个时候。有天难友在地里理发，一位中年人铺开画纸，迅速而准确地边看边画，生动地记下当时情景。我凑过去一看，画得特别的像，就问在旁的一位难友，这画画的人是谁？这位难友告诉我说，他是丁聪，漫画家。这时才知道丁聪也到了北大荒。在北京的时候，经常读些漫画，对于笔名"小丁"的画家，只知其名只识其画，未想到在这种境遇里，竟然见到了画家本人。身份正常回到北京，我在《新观察》当编辑，小丁是我们的作者，那时我常跟他约稿，偶尔说起北大荒生活，总会提到他画速写的事。正是因为有这层关系，有时参加社会活动相遇，丁聪跟别人介绍我，总是说："这是我北大（荒）农垦（农场）系老同学。"

另外，有些文艺团体演员，在这样美好季节里，同样也是兴奋异常。歌唱演员喊嗓子练声，舞蹈演员伸腿练身段，演奏员拉琴吹黑管，几乎随时可以见到。在这些性情中的人看来，只要精神上有寄托，政治上的重压，生活上的艰难，大概都算不了什么事情。这正是这代知识分子，最可爱最可敬之处；当然，在今天重新审视，又是并不可取的弱点，倘若整体气质稍为硬朗点，就不会在历次政治运动中，有那么多读书人遭难。

就是在环境比较宽松的此时，有首写北大荒的歌曲诞生了，歌名叫《战斗在北大荒》。词作者是焦勇夫，曲作者是陈地，这首歌的开头是"完达山下，兴凯湖旁，我们战斗在北大荒。……"下边的句子就记不得了。焦勇夫是一位杂文作家，未被划成"右派分子"时，是文化部副部长刘芝明的秘书，东北人氏，为人坦诚，平时很有点不信邪的劲儿。就是这首歌的出现、传唱，使焦勇夫成了当时北大荒的名人，后来人们说起北大荒，总要提起焦勇夫的大名来。陈地是位延安来的老八路，战争中成长起来的作曲家，被划为"右派"来北大荒之前，据说是某文艺团体负责人。教唱的是从中央乐团来的几位演员。记得在学唱这支歌时，我们这些男男女女"右派"，或坐或蹲或站地围在一起，手拿歌篇一句一句跟唱，很有点年轻时学歌的样子，只是在心劲儿上完全不同了。起码我自己真的再没有那种激情。

这批由北京到北大荒的文化人中，除了艾青、丁玲、吴祖光、陈沂等在853军垦农场，更多的人都集中在850农场云山畜牧场，就是我们刚来时的"右派"聚集地。像我知道的又是名人的有书画家黄苗子、丁聪、尹瘦石、杨角，作家聂绀弩、沈默君，著名记者朱启平、高汾、戴煌，电影演员郭允泰、管宗祥、李景波、张莹、刘宗等。还有些中央乐团来的演员，其中也不乏名家，如首席双簧管陈永田，小提琴主力舒风等，都是国内一流的音乐人才，此时都被戴上"右派"帽子，一股脑儿地被送来劳动改造。后来这些人在晚会上演出，尽管没有豪华的剧场，没有讲究的道具布景，但是他们高超的艺术技能，依然感动了我们这些人。大家不无调侃地说，北京星期音乐会也不过如此，这会儿还甭排队花钱买票呢。

至于更多名气不大的文化人，许多都是刚刚崭露头角，还未容他们正经施展才干，就被这次"反右"运动断送了前程。比如我认识的油画家张钦若（逝世前任解放军艺术学院教授），20世纪50年代受教于苏联油画家进修班，他创作的油画《海边》曾获全国第一届青年美术作品一等奖，刚刚显露艺术才华就被压制住了。再如已故著名诗人梁南（生前为黑龙江省作协专业作家），他写的国际题材诗歌《危地马拉兄弟，我望见你》《最近北非发生了什么事情》，在《人民文学》杂志发表后，当时的诗歌界颇为注意，只是因为写了《深深庭院》等一两篇文章，批评高级干部的某些不正之风，从此就失去了写作自由和发展的机会。允许他们重新提笔创作时，两个人都已经是年逾半百，拼命地抓紧时间写作绘画，总算有了一些晚结的果实留下来。我真为这两位朋友感到惋惜。

在这群落魄的文化人中，有两位我始终不曾忘记，一位是沈默君，一位是胡允立，他们在当时的一些举止，给我留下了非常深的印象。

胡允立是唐山人，研究京戏艺术的学者，曾任戏剧家阿甲秘书。毕业于辅仁大学中文系。他平时说话有点口吃，唱起戏来却顺顺当当，最拿手的是唱黑头戏。我之所以会记住他，主要是常听他讲梨园趣事，尤其是关于周信芳的。据胡允立自己讲，这位海派京剧老板，最爱吃北京风味小吃，他每次来北京开会或演出，都叫胡允立陪着逛西单，沿街吃各种京味儿吃食。

1958年在大跃进的旗号下，全国城乡上下都在瞎折腾，我们在北大荒也大炼钢铁。部分"右派"不再从事农业劳动，就直接投入这场瞎折腾运动中。我开始是在小孤山炼铁，不久又到杨岗砖厂制砖。认识胡允立就是在杨岗耐火材料厂。我们两个人都在打砖车间，当时一边打砖一边听他唱戏，倒也真有点苦中找乐的味道。胡允立戏唱得好，劳动也不含糊，砖打得又快又好，他经常受到表扬。

跟我们一起制砖且关系较好的人，还有国家气象局"小广东"廖伯阶，海军后勤部助理员杜恂凡等。我们从北大荒回来以后，胡允立回到北京什么单位，我就不得而知了，跟别人打听也打听不到。我被发配到内蒙古以后，这其间有事来北京，还看见过别的"荒友"，可是再没有看见过胡允立。最近听说他早已经病故。老胡如果仍然健在，已是年逾七旬的人了，即使嗓音还算敞亮，想唱戏大概也费劲，毕竟到了这样的年纪。不过哪怕他只是哼哼几句，都会勾起我对往日的回忆，不管那段日子多么艰难，依然有着些许人间乐趣，这就是共同遭遇造就的真情。永志不忘，值得珍惜。

沈默君是一位部队剧作家，大尉军官，被划"右派"前是总政创作员，著有电影《渡江侦察记》《南征北战》《海魂》《自有后来人》等，他跟沈西蒙（作家，著有《霓虹灯下的哨兵》《南征北战》等）、沈亚威（音乐家）被人称为军队文艺界"三沈"。沈默君是安徽人，高高的个头，瘦长的身条儿，很有些浪漫气质。他之所以给我留下深刻印象是因为盖房。

我们刚到北大荒时，住的是"马架子"窝棚，开春想盖些正式房子，房屋样式的设计方案，连里希望由大家来提。来北大荒的老"右"中，有不少工程技术人员，干这点事情手拿把攥，小事一桩。可是还未容行家发言，这位沈默君老兄却抢了先，自告奋勇干这件事情，别人也就不好再说什么。没过几天，老沈拿出了图纸，大家围过来一看，都不禁笑了起来，一个个房屋的样子，都是细长的楼房，很像洋教的教堂。老沈却一本正经地说："嘿，你们先别笑，这北大荒的气候和风景，我看都很像北欧，安徒生童话中的房子，不就都是这样吗？"

我们这位大作家的浪漫气质，原来还未完全失去，这会儿在这里用上了，这也正是沈默君的可爱之处。

后来沈默君调到850总场文工团，不久又传来他的一些故事。听别人说有次他喝了点酒，可能是醉了，把军装套在狗身上，没有看住，狗就在总场院里乱跑，引起了场领导的不满。结果怎样，我就不详了。此事如果当真，我想恰好说明，老沈心中的苦闷。事情明摆着嘛，他1944年就参加了解放军，在战争年代出生入死，可以说是在部队长大的，这会儿说让脱军装就脱了，他心中哪能没有郁闷。

"右派"改正后我回到北京，知道老沈住在总政招待所，等待部队给他落实政策。我曾两次去那里看望过他，每次都想询问这件事情，想开口又不好意思。这以后就再未听到他的消息。许多被划"右派"的部队作家，像我认识的公刘、白桦、徐光耀、周良沛、梁南等，复出后这些年都在不停地写作，唯独未见老沈发表作品。前不久见到一份《北大荒右派名录》，从这个名录上看老沈也已作古。

类似沈默君、胡允立这样的文化人，在北大荒"右派"中还有许多。

天真单纯，随遇而安，乐观豁达，不失本色——是他们自己也是这代知识分子性格和素养在逆境中的展现。如果没有了这份乐观不服输的情怀，在精神压抑的环境里劳动，他们是不可能活过来的；在身份正常以后的这些年，他们也不会在事业上有作为。就大多数被划为"右派"的人来说，都是比较正直、正派和富有才干的，对事情更有着自己的独立思想。所以后来"右派"问题得到改正，有的人过去因为别的问题遭惩治，却甘愿把自己往"右派"堆里归类，大概就是看中多数"右派"的好品质。不过真也难为这些人了。"右派"并非官位，何必如此攀附呢？

在反"右派"运动中，由于过于轻信和天真，我们被"阳谋"成反革命，未离开北京的时候，许多人的心情都很沉重。有的曾是历次运动积极分子，这次自己却成了运动的对象；有的本来出于热爱提了些意见，不承想"好心没好报"被当成敌人，而且受到的惩治比过去任何运动都严厉，许多人怎么也想不通弄不明白。特别是一些被搞得妻离子散的人，在北京的时候终日愁眉苦脸，更不要说对未来抱有什么希望。可是到了北大荒这块土地以后，来的人彼此彼此，谁也不会嫌弃谁，自然风光又是这样美丽怡人，紧绷的心弦反而觉得松弛了。一些开心的活动也就多了起来。

在北大荒开的第一个文娱晚会，我敢说，从形式到内容都是全球最独特的。因为在这世界上任何一个国家，不可能有这么多艺术家一起遭难，又在一起同台演出最好的节目。这也是中国空前绝后的一次晚会，在此之前的历史上不曾有过，估计今后也不会出现这种荒唐事。这个晚会却让我们赶上了。

这个苦中寻乐的晚会，参加演出的一些人员，好多是文化部各院团来的"右派"，他们曾经是单位的业务尖子。这些人的事业心非常强，一些演奏员还带来了乐器，到了这里也就派上了用场，使我们享受到了国内一流的演出。没有礼堂就在打谷场上，没有舞台就用木板拼凑，再挂上两三盏汽灯照明，就成了一个大"戏园子"。在这台野外文娱晚会上，最精彩也是高潮的节目，当属"芭蕾"表演《天鹅湖》。这个节目的表演者，并非真正的芭蕾舞演员，而是郭允泰和管宗祥，两位北影厂电影演员。郭允泰和管宗祥这两位演员，战争时期在文工团演戏，都是部队培养的"红小鬼"，1949 年以后调电影制片厂当演员。

郭允泰从影情况，前边已经说过。管宗祥因在电影《祝福》中，成功饰演魏老六这一角色，一炮打响而为更多观众所知，后来还在《神秘大佛》《包氏父子》等影片中，饰演过许多重要的角色。这两个五大三粗的老爷们儿，一个装扮王子，一个装扮天鹅，把花花绿绿被单披挂在身，以极度夸张的动作表达各种情节，招惹得大家捧腹大笑，让许多人一时忘记了烦恼。这二位的名声从此大振。晚会过去许多天以后，在田间地头劳动时，在晚上小屋闲聊中，大家还谈论这个"活报舞剧"。在那样压抑郁闷的环境里，能有一时半会儿的笑声，这简直不啻是杯解忧的酒，只是仔细地咂摸起来，总是"别有一番滋味在心头"，会让人想起许许多多别的事情。

跟郭允泰、管宗祥一起来的李景波，也是北京电影厂的老演员，同样也是一位很有意思的人。他演过的喜剧电影《新局长到来之前》，把个溜须拍马的牛科长演得那么活灵活现，我们中的许多人都看过这部片子。因此，在演艺界的"右派"中，他的知名度是很高的，平时大家都戏称他"牛科长"。在这个文娱晚会上，他先说了个单口相声《找驴》，逗得大家前仰后合地笑，谢幕几次下不了台，不得不再加演个节目，叫《说几'国'的中国话》（学说地方方言），又把大家逗得笑出了眼泪。

可能是嫌这些节目不够逗乐吧，过些时又有一出生活"喜剧"上演，而且连我们都成了"群众演员"。

那是在准备给大伙儿改善伙食时，连里决定杀一头猪，连长询问谁会杀猪，一位年纪大点的难友，立刻站出来表示他会。从他的年岁、经历上看，说他会杀猪宰羊，任何人都不会怀疑。于是连长决定，由他带领几个年轻人，杀一头猪给大家吃。这事情就这么定下了，谁也未再说什么，只盼着猪肉早点放到碗里。这些日子伙食太清淡，大家早希望解解馋了。

一天傍晚，忽然听到阵阵凄厉的猪叫声，从猪圈那边传过来，在驻地周围不停地飘荡。大伙一听就高兴起来，知道这是几位难友在杀猪，明天午餐开饭时，每人碗里都会有肉吃了。可是没过多久猪不叫了，只听有人在喊"快点追"，接着就是杂乱的脚步声，由近而远地渐渐消失了。又过了一会儿，有人来传达连部命令，让全体人员赶快集合，到附近去找猪。原来这头被杀的猪，并不那么老实等死，这几个人向跟前一走，猪便在圈里乱蹿起来。这位年长难友一看没了辙，他就让大家拿棍子打，说是打个半死再动刀子，不承想这头猪比人还精，三蹿两蹿就顶开了圈门，飞快地跑进了茂密的丛林。

我们几百口子人，一起出动钻进丛林，在月光下找猪。跑了好长时间，连个猪影子都没有，一个个怏怏地走了回来。看着这位年长难友，大家开玩笑地说，真有你的，没吃上猪肉，倒差点儿让猪给吃了。这也算是又一出"喜剧"吧。

不过这猪到底还是猪，正像人们所说的那样，猪的记性是记吃不记打，可能是在林子里找不到吃食，过了几日它又自己回来了。众人一见就都乐了，那位年长难友，不住地用手抚弄着猪，不知是向猪表示歉意，还是另有别的意思。后来这头猪还是被杀了，屠夫不是我们这群人，而是农场里的两位农工。猪杀完按照当地人的规矩，人家拿走了这头猪的猪头，一些喜欢吃猪头肉的人，立刻显出惋惜而又无奈的样子。

各式各样的家庭危机

我被划"右"去北大荒那会儿，是个人走家搬的光棍汉，没有任何家室拖累和牵挂，因此，在一些娶妻生子的人看来，这是光棍汉的最大"优越性"。类似我这样的光棍汉，当时在北大荒还有不少，跟那些思妻念儿的人比较，表面上我们算是一帮"幸运者"，只要不是自己跟自己过不去，终日总是"乐呵呵"地活着。所以那时有人编顺口溜说："光棍好，光棍强，光棍'右派'无忧伤，吃得饱，睡得香，左啦右啦一个样。"其实，这完全是对我们的误解，想想无望的前途和莫测的命运，我们这些光棍儿的思想负担，远比有家室的人更沉重。因为我们毕竟更年轻些，总希望自己的青春和前途，不至于被葬送得过于悲惨。

被送到北大荒劳改的"右派"，从个人的婚姻状况来说，大致可以分成这样几类：一类是有家室感情又是比较好的；一类是有家室夫妻关系却面临破裂的；一类是或经过组织干预或自愿离婚的；最后一类就是我这样的光棍儿。因此，在感情经历上也就各有不同。如俗话所说，家家有本难念的"经"。而这"经"难念到何种程度，只有当事人自己知道，说给谁听都不会听懂。这是一杯高度数的苦味酒，只有捏鼻子咬牙强行吞饮。

在有家室的这三类人当中，最难承受感情折磨的，依我的观察和猜测，应该是夫妻关系好的，或者关系面临破裂的，喜也生悲忧也生悲，是聚是散都难解心头无限愁。

关系好的双方，总是互相挂念。一方唯恐家属受牵连，一方担心亲人受苦难，这种"我思君处君思我"的情景，细想起来还是蛮凄凉。有一位外事部门驻国外机构的人员，他跟我同住一个大通铺，两人的铺位还左右相邻，他一举一动我都一清二楚。自打来到北大荒那天起，我发现每天晚上临睡觉前，他总是不住地唉声叹气，有时候还用被子捂住脸，独自在那里呜呜地哭泣。弄得我这个旁观者，心里很不是滋味儿。他为啥这样悲伤，我怎么也猜不出，更不便直接询问。

有天我见他情绪比较好，就问他是不是有什么病，老是在睡觉前不舒服。他看了看我，大概是意识到，我发现他的情况了，长长地哀叹了一声，然后说："老弟，你年轻不懂啊，我们好好的一家人，就这样被活活地拆成两地，你想能不惦记吗？"说着他从衣袋里拿出个皮钱包，抽出两张随身带的照片给我看。有一张是他和妻子在国外照的，有一张是他和子女在北京照的，从这两张抚摸多次的照片上看，这是非常幸福、温馨、美满的一家人。倘若没有这场灾难，日子过得岂不很美好？难怪他会夜里长吁短叹呢。

他和妻子两人是大学同窗。两个孩子一男一女，都在中学里读书，正是要求上进的时候，却碰上了他被划"右"，他总觉得对不住他们。每每想起这些事来，他就感到十分内疚，不知应该怎样处理好。我想，这大概正是他终日不安的原因。

正在面临关系破裂的家庭，因为各自的情况不一样，处理起来也就更为复杂，但是最终的结果十有八九，都只有一个字：离。在当时那种政治至上的年代，人们活着好像就是为了政治，政治也好像是个硕大无朋的冶炼炉，情感、道德、友谊、人品……都被当做破铜烂铁，统统扔进这个大炉子里，化成一个硬邦邦的铁疙瘩，这才能顺利地生存下去，甚至会生活得更好更快活。否则就很难容身，更不要说希冀美好，至于升官当先进，所谓政治不可靠者，那就更是没门儿啦。许多人间悲剧，只要稍微深究，原因大都出自政治。

跟我在一个连队里改造的人，有一位穿军装的"右派"，来北大荒农场之前，他在某军种报社做编辑工作，还是个不大不小的官儿。他妻子在某杂志社当编辑。两个人的生活、工作，可以说都称心如意。只是由于他被划成"右派"，从此在妻子和儿女之间，感情上就有了距离。他妻子所在单位领导，三番五次劝其妻离婚，他妻子思想非常矛盾：不离吧，自己是共产党员，今后不好工作；离吧，多年的夫妻，实在不忍心。在这样的矛盾中，坚持了一年时间，彼此受尽了折磨，最终还是被拆散。接到一纸离婚书，他好几天不言语，独自吞食这苦果，几天下来人都瘦了。

那么，痛痛快快离了婚的人，果真就能轻松了吗？

有一位中央某部的干部，来北大荒之前就离了婚，算是没有家室的牵累了，可是，我发现他活得依然很沉重。只要有机会去农场的商店，他就要买些酒带回来，然后找个僻静的地方，像和尚打坐似的面壁自酌。我当时年轻好奇心强，总想接近他问问情况，却始终没有找到合适机会。

有天正好赶上连里休息日，又是个阴雨天，不能到附近的商店去逛，大家就在屋里闲聊天儿，消磨这段难耐的寂寞时光。这位老兄压根儿就不想掺和，他独自找了个炕角儿，面向墙壁，盘腿而坐，一个搪瓷茶缸放着酒，一个白瓷碗放着咸菜，喝口酒吃口菜地自斟自酌着。别人的闲聊胡侃再欢实，他都充耳不闻，牢牢地固守着一方天地。我见这次是个机会，就凑到他跟前，悄声对他说："少喝点儿，喝多了伤身子。"他唉声叹了口气，说："心里闷得慌啊。我要是像你，小光棍儿，那就好了。我被划'右'以后，老婆离了婚，扔下一个读初中的孩子，让我70多岁的老妈带着，你说我能不惦记吗？"哦，这下我全明白了，原来他这些天的闷闷不悦、独行独处并非是不合群，而是心里有着沉重难解的负担。别说是在这种不正常的情况下了，就是在平日里遇到这种麻烦事，作为人子人父也会有些牵肠挂肚的。真也难为他了。

　　还有一位难友和他爱人判了离婚，为去虎林县法院取一纸离婚书，他就徒步先后跑了两天，这就是说，不仅在精神上承受很大痛苦，而且在身体上还要忍受折磨。因"右派"问题离婚的人，可以说是雪上加霜，倘若还有孩子牵累，那就等于又加了一层冰，这样的日子对于他们，简直就是漫长的寒冬。意志再坚强的男子汉，想起来都会瑟瑟发抖。

　　这些有家室的"右派"，在家庭问题的麻烦上，还远不止这些表面现象。从北大荒回来以后，尤其是在所谓"改正"以后，关于"右派"家庭的种种遭遇，五花八门的传说我听到好多。在当年那场"反右"运动中，被正式划成"右派"的人数，据官方正式公布为55万，即使这个数字真的无误，这还不包括被划"中右"的人，以及受"右派"株连的亲属，如果把这两部分人也算上，相信其数字会大得令人咋舌。说到这里我想附上一笔，令我一直奇怪和纳闷的是，跟被划"右派"的55万人比，直到现在没有几个整人者站出来，勇敢地承认自己当年所犯过错，难道这些"右派"是从天而降的吗？这样大的政治运动和两者数字反差，如同一块厚厚的遮羞布把历史遮盖了，暂时让人看不见那场运动的是与非，从总结历史教训上考虑实在不应该。有人不是常说"以史为鉴"吗？到了这样具体事情上，怎么就不认真地兑现了呢？

　　对于"右派"问题，尽管羞羞答答地叫"改正"，但总还勉强有个说法，那么对于这些受株连的人，又该怎样做出交代呢？他们付出的青春，他们经受的折磨，难道就不应该给个说法吗？我想总会有那么一天，公正无私的历史算盘，会把这笔账算得清清楚楚。俗话说得好，冤有头债有主，我们受了那么大的冤枉，连亲人朋友都受了牵连，难道还不应该弄个明白吗？当然，算清账并不意味非得要求偿还，而是为了避免有人再制造灾难，让无数的正派善良人无端遭殃。

光棍儿的苦乐谁人知

　　我是 1960 年被摘掉"右派"帽子的。摘掉帽子三年之后结的婚，打光棍儿的"优越性"，在反"右派"运动当中，以及在后来的流放中，表现得都非常的明显。倘若早"落草"几年，娶了妻生了子，赶上那个整人年月，恐怕就要遭受双倍的痛苦——自己政治受压制，担心亲人受迫害。从北京来北大荒的"右派"，像我这样二十几岁的光棍儿，在当时还是不算少的，我们也就自然结成了伙，成为"右派"中的"逍遥"一族，吃喝玩耍大家都愿意在一起，这样也就少去了许多孤寂。

　　北大荒的"右派"光棍儿，有的来自中央各部委，有的来自部队机关，由于年岁相仿、性情相近，大家也就很聊得来。像《空军报》的编辑也是诗人的梁南、交通部工程师李棣荣、高教部部长秘书王泽秋、文化部戏曲研究院干部胡允立、海军后勤部助理员杜恂凡等，当时都是一起常聊天儿的难友。我们聊天儿的内容，不是什么家长里短，不是什么男欢女爱，而是文学作品和音乐。其中聊得最多的话题，是关于几位俄罗斯作家，如列夫·托尔斯泰、果戈里、莱蒙托夫、普希金、车尔尼雪夫斯基，等等，尤其是像《罗亭》《贵族之家》《死魂灵》《钦差大臣》《安娜·卡列尼娜》《复活》这些作品，成了我们聊天儿的保留节目。激情上来还会背诵几首普希金或莱蒙托夫的诗。

　　大家当时为什么喜欢这类作品，直到现在我也说不太清楚。即使刚来北大荒的时候，曾经被人打小报告做过检查，我们也还是照样地谈论。只是说话的范围比以前要小，这帮小"右派"关系又比较铁，相信不会有人告密出卖哥们儿。

　　音乐方面谈得最多的，大都是优美动听的《小夜曲》，以及感人的苏联流行歌曲。中国歌曲有时也哼哼几首，都是 20 世纪二三十年代的老歌。像马思聪的小提琴曲《思乡曲》，在北京的时候我听过多次演奏。这首曲子还有优美的词，原来根本不知道，来北大荒以后听别人唱，我才第一次词曲同时享受。在这种时候这种环境中，唱近乎悲凉惆怅的《思乡曲》，撩得人的心绪如搔如挠，有着说不出来的感觉。这时就会情不自禁地想起家乡，想起父母，想起亲人，想起无忧无虑的童年，不免也会感叹人生的无常。

《教我如何不想她》这支歌，在北京的音乐会上就听人唱过，我自己也能轻声哼哼几句。原来这首歌还有个有趣的轶事，则是我到了北大荒以后，跟高教部的王泽秾在一起聊天儿听他说的。有次我们俩一起去850总场，走在弥漫秋野气息的大路上，这位有着浑厚嗓音的四川人，忽然来了好情绪，唱了一曲《教我如何不想她》，听得我一时如醉如痴。他见我成了他的忠实听众，非常高兴，就说："这支歌还有个故事呢，你知道吗？"

接着他告诉我：这支歌的歌词作者刘半农是位诗人，写出《教我如何不想她》的诗之后，许多女孩子都想像他是个风流才子。有次他去一所女子师范学校演讲，女学生们满怀热情地等待刘半农到来，见面一看原来是个小老头儿，女孩子们惊愕之中大失所望。有人就写了一首打油诗，在当地的小报上发表，讥讽挖苦此事。接着王泽秾就给我背诵了这首打油诗："叫我如何不想他／能否共饮一杯茶／相见俨然一老者／叫我如何再想他。"

这位王泽秾难友比我年长几岁，原来是高教部黄松龄副部长秘书，人非常厚道，且有文学修养，我常跟他一起聊天儿，自然也就长了不少见识。

从部队来北大荒的"右派"中，有几位是文工团的歌唱演员，像空军文工团的李显甲、律培兰等，他们都曾用美妙的歌声，给我们这些人带来过欢乐。40年后在一次文化界的聚会上，恰好空政文工团著名作家阎肃先生坐我旁边，我跟他说起李显甲、律培兰这二位难友，阎肃先生讲了许多他们当年在军中的往事。阎老认为这两位都是很有才华的人，只是被那场政治尘埃埋没了，他的言语中流露着对他们的惋惜。让我感到非常高兴和欣慰的是，2006年元旦，在朋友寄来的新年贺卡中，有张来自浙江宁波的红色贺卡，上边还写有密密麻麻的文字，我急忙查看信的落款竟然是李显甲，他在信中说：他的在大洋彼岸的表侄女，看到我的一本书提到李显甲，她便写信把这情况告诉显甲，于是显甲从别的难友中打听我，这才知道了我的通讯处。几十年的风雨沧桑，仍然健康快乐生活，这也算是人生大幸吧。

在我们这些光棍"右派"中，不，在我见过的"右派"中，一直不肯"低头认罪"的人，是一位××部姓高的技术员。这位当时二十几岁的人，老家在湖北一个小镇，早年丧父，靠他母亲给人帮工挣钱，苦苦地把他拉扯大。从清华大学水利系毕业后，分配到××部设计院工作，还未来得及报答母亲的恩情，他就被划成"右派"送到北大荒。在几次会上他都公开表示，自己不是"右派"，自己的意见完全正确，什么时候也不会改变看法。在平日劳动中，他从不卖力气，总是磨磨蹭蹭，几年都是"白旗"。有人说他精神有病，有人说他装疯卖傻，反正没有人正经待见他，成为"右派"堆里的弱者。这位老兄在生活上，也是邋邋遢遢，一双黑色皮鞋，从来不上鞋油，鞋面露着白茬儿，歪斜地穿在脚上，休息日和劳动时都穿它。一套蓝色咔叽布中山装，从来就未见他洗过，还常常地衣扣扣错位。

有次在总场开会，碰到一位××部的人，跟他说起高××，我问他，高××是怎么被划"右"的？他为什么不承认？这位也是"右派"的人说，高××接触过一些苏联专家，认为有的专家技术并不好，咱们不能把他们全都当成"圣人"，应该充分尊重中国技术人员。那时中共最高领导人，正提倡政治"一边倒"，一切都要学"苏联老大哥"，高××发表这样的言论，就被视为反党反苏罪行，理所当然地要划成"右派"。可是技术并不是政治，政治更不能代替技术，身为工程技术人员的高××，当然也就不会轻易认错。

听了××部的人这番话，了解了高××的真实情况，我倒非常敬佩高××的为人。因为技术是科学，科学绝不能胡来，不管高××现在怎么样，就光凭这一点看法，说明他是个正直的工程技术人员。倘若知识界多几个这样的人，包括"反右"在内的所有政治运动，说不定最后结局不至于这样惨。不客气地说，包括我自己在内，在过去政治至上的那些年里，我们都或多或少有种盲从心理。当官儿的有盲从心理情有可原，他们是靠服从和听话吃饭的，业务人员是靠自己本事吃饭的，如果连个正确的想法都不敢坚持，想起来也真怪可怜的。在这点上远不如高××有骨气。当然，在被划成"右派"的55万人中，类似高××这样"顽固"的人，总还不至于就他一个，例如，我后来结识的《人民日报》老记者刘衡，远比高××更"顽固"更有思想，这位老大姐始终不承认自己的"罪行"，对于许多问题的看法至今未变，她对问题的敏感完全超越了她的年龄，同样是一位值得尊敬的"右派"难友。

年轻的"右派"中有男也有女，女"右派"大都跟病号一起，干些比较轻松的体力活儿，像搓麻绳、养猪、做饭、往工地送饭等等，没病没灾的年轻男"右派"，一般是摊不上这种美差的。你是个男士又年轻力壮，那就没的说，最重最苦的活儿都有你，在劳动上丝毫不"逍遥"。在850农场二分场排水连，我曾经当过突击队小队长，领着几位年轻难友，顶风冒雪加班刨冻土。按照规划好的沟渠走向，把冻土用锹镐刨开敲碎，然后再一方一方地淘出来，刨到一定深度宽度的沟形，来春引来河水蓄在沟里浇灌庄稼。这活儿在农场所有营生里又苦又累。

北大荒那会儿的冬天很冷，气温常在零下四十几度，在野地里劳动，稍停一会儿，就有可能被冻坏，所以人说"北大荒冻懒人"。

一位来自海军的陈姓难友，是个福建人，他哪见过这么冷的冬天。在野外劳动时解小便，他手冻得解不开裤子，解不开心里就着急，越着急裤子就越难解开，又不好意思找人帮忙，结果尿在裤子里了，几个手指也被冻坏。从此留下了终身残疾。

在排水过程中，由于劳累过度，下完炸药未等人走开，点炮手就点燃引子，结果出了事故。这在排水连并不少见。最厉害的一次，记得好像死伤了人，点炮的人是小谭，一位来自总参的难友。那天他太困太累了，精力不太集中，迷迷糊糊造成惨剧。小谭也是一位单身汉，最后好像被总场带走了，是不是被惩处不详。

我们在排水工地干活儿，一般都是自己带干粮，出发前领两个玉米面菜团子，快到吃饭的时候，就放到怀里焐着，慢慢地等它化开再吃，不然咬都咬不动。到吃饭时有人见饭团子还未化开，急着要吃就用毛巾包上，放在地上用锹镐砸碎，送进嘴里就像一颗颗冰粒，浑身冷飕飕地冻得吸气打哆嗦。可是不吃又饿得慌，再说还得干活儿，就只能好歹吃点儿。

有天赶上突击日在工地加班，连里想让大家吃顿热乎饭，就指派人按时往工地送饭。按钟点吃饭的时间早过了，大家饿得饥肠辘辘，左等不来，右等不来，有人建议派两个人顺着来路去看看。送饭的都是老弱女病之人，怕天冷风大他们走不动，工地就指派两个年轻的难友，到半路上去接迎送饭的人。

不一会儿，接迎的人就把饭桶担回来了，尽管饭桶用棉被包着，但是饭也只是有点热乎气儿，好在大家早就饿急了，又都习惯了吃焐饭团，对于这些也就未在意。送饭的一男一女两个人走后，派去的那两个接迎的人，一边笑一边互相地打趣，问"西洋景"好看不好看。大家一听，他们话中有话，准是有什么乐子事儿，就问他们，饭怎么送晚了。他们起初笑而不答，后来才把送迟的原因，一五一十地说给大家听。

原来这送饭的一男一女，两个人走到半路歇肩时，在一个窝棚里又抱又吻，正在解决他们的情感饥渴，早把我们的饥饿丢在了脑后。路上去接迎的这俩人，朝窝棚的跟前走过去，正好看见此情此景，只是不忍心惊扰这二位的"情感美餐"，直到他们心满意足地收场，这才故意地咳嗽着走近。

　　这是我们到北大荒以后，听到的第一个"爱情故事"。这两个人都是单身，在划"右"之前都有恋人，出了事情也就都被对方甩了。这样才有了今天这出"野台戏"。这也算是年轻"右派"中最为快乐的事情了。

　　人嘛毕竟是人，谁无七情六欲，对人的情感压制，同样是一种犯罪。这样的劳改生活，如果再继续几年，此类的"浪漫"事情，说不定还会有所发生。情感的压抑和政治的苦闷，折磨着我们这些光棍儿"右派"，心情丝毫不比有家累的"右派"轻松。

　　我的好友、诗人梁南跟未婚妻都拍了结婚照片，他突然被划成"右派分子"，梁南所在单位的人趁他之危，把刊载批判梁南的报纸寄给他未婚妻，尽管他的未婚妻表示讨饭也要跟他，但是后来梁南发配到北大荒以后，感到前途无望不忍心牵累她，最后用无通讯处信件的方式，断然提出跟未婚妻了结情缘，梁南就成了跟我们一样的光棍汉。但是他的心里肯定不好受，后来曾写诗记录他的心态："像在地狱错误地升起太阳/站在我厄运的身边你形象金黄/你以菩提树的芬芳为我沐浴伤迹/让我把悲痛后的欢乐交给生命贮藏//想起风雪袭来时你解寒的暖风/想起你以玉兰花的纯洁为我开放希望/来不及脱尽枷锁我就流血狂奔/呵，我将带着天鹅回到我的南方"，然而非常遗憾，梁南不仅没有带着天鹅回到南方，因为是军人"右派"被开除军籍，摘了"右派"帽子留在当地继续劳动，最后总算有了一个温暖的家，却带着美好的愿望终老黑龙江。

可敬的"右派"亲属

跟随部队南征北战的妻子，通常被人称为"随军家属"；跟随工程队作业的妻子，人们一般称其为"随队家属"。这跟随"右派"丈夫劳改的妻子，应该怎么叫呢，我真不知如何给他们定位，就姑且称为"随（流）放家属"吧。在中国历史上，大官流放是带家眷的，这被治罪的"右派"也带家属，在当时还真有点新鲜。因为这样的人不多，所以很惹人注意。

我头次发现此事，是在一次劳动中。跟我一起在田间干活的，有位40岁左右的男"右派"，瘦弱的身躯，白净的脸面，戴一副厚重的眼镜，他用铁锹打土块，显得非常吃力，一看就是个地道的书生。不一会儿来了一位女士，约摸30岁出头儿，走过来帮助他，可是他一句客气话也不说，坦坦然然地接受。我当时就想，一是这位女士，怎么出工这么晚；二是这位男士，让人帮助毫无客气话，这到底是为什么呢？问了问别人才知道，原来这二位是夫妻，男的被划成"右派"以后，女的也要求随夫下放，经批准就一起来了。这不就是"随放家属"吗？

这位坚守忠贞爱情的女士，在我们当中备受尊敬。那些离婚的"右派"会怎么想，我们没有办法猜测，相信他们此时的心情，在对比中一定会很复杂。我们这些没有家室的光棍儿"右派"，大家说到将来找媳妇结婚，总是彼此调侃地说，不管模样儿怎么样，心眼儿一定要好，跟这位大姐似的，棒打不散，落难不离，这才叫真正的夫妻。

的确，按照咱们中国的传统美德，历来就有患难与共的说法，倘若不是因为感情上失和，只是因为政治原因就分开，尽管是出于无奈的选择，但是在道义上总觉得有点欠缺。人在困难的境遇中，被家人冷落远比被外界伤害，在心理和情感上有时更难承受。我听好几位朋友说过，他们在政治上遭难时，所以会坚强地挺过来，其中的原因之一就是，每次挨批斗回到家，总有一双真诚的眼睛抚慰，或者有一盆温热的洗脚水侍候，这使他们觉得即使磨难再大，总还有人疼爱和照顾自己，就是为了这个人也得好好活着。

后来经过一段时间，分在各农场"右派"的情况，彼此之间都有一些耳闻，这才知道，类似这样的"随放家属"还有几对。像诗人艾青、高瑛夫妇，不仅在北大荒劳改时，高瑛大姐陪伴艾老流放，后来艾老去新疆，高瑛大姐依然相随。作家丁玲、陈明夫妇俩，虽然不属于谁"随"谁的情况，因为双双都被划成"右派"，但是他们相濡以沫几十年，这在那个年代也是很难得的。吴祖光和新凤霞夫妇，黄苗子和郁风夫妇，同样是相随相伴始终，搀扶着走过坎坷路程，尤其令人尊敬的是凤霞大姐，文化部一位副部长"劝"她离婚，她都毫不含糊地给予拒绝，如果没有对丈夫的深知深爱，我想无论如何是做不到的呀。还有田庄和陈敏凡夫妇，两个人同被打成"右派"，索性一起来到北大荒，免得分居异地互相惦念。这几位文学界的"右派"，都是我比较熟悉的，所以在这里说一说。还有更多"右派"家属——有的是妻有的是夫，用比金子还珍贵的青春和爱情，在漫长的岁月里无怨无悔地坚守，最后总算迎来家庭美好的生活。什么是真正的爱？这就是。

还有，有的被划成"右派"的人，摘了帽子以后又发配到外地，不管地方多么遥远偏僻艰苦，妻子都无怨无悔地跟着去。有好几位我认识的"右派"妻子，丈夫解除劳改重新分配工作到别的省区，甚至于下放到边陲小镇，作为妻子的她们二话不说，带着孩子毅然离开大城市，甘愿跟丈夫一起去吃苦，目的就是让丈夫身边有个亲人。像我认识的《人民日报》老记者高粮，农场劳动解除后被下放到内蒙古，他的妻子、原《北京日报》记者李祖慧，毅然决然放弃大城市生活，带着孩子跟高老师去了边疆。这些人在爱情上的坚贞不渝，这些人在艰难中的相互照应，使我们这些年轻人格外敬重。当然，除了这些艰难相伴的夫妻，更多的"右派"妻子都还在家中，她们上侍公婆下护子女，跟"随放家属"一样，有着伟大的宽容胸怀。她们同样是值得人们尊重的人。

那么，究竟是一种什么精神和力量，支撑着他们的爱情大厦呢？在"右派"问题改正以后，我到过许多年长难友的家，跟他们的妻子说起这些事来，大家共同的说法只有一个：信任。他们说，夫妻结合在一起，难免会有天灾人祸，一方在困难的时候，另一方躲得远远的，甚至于闹离婚，那样的夫妻能有爱情基础吗？是夫妻就得有个起码信任和理解。哪有只能同享福不能共患难的道理。话说得非常朴素实在却满含着深情。

这就是中国妇女，这就是患难夫妻。

夫妻之间从相识相恋，到结合育子共同生活，没有深刻的了解做基础，那就如同没有根基的大厦，是绝对扛不住生活风雨来袭的。后来的事实证明，有些当时出于无奈离婚的人，即使为了家庭的表面完整，"右派"问题改正以后复了婚，大都也是勉勉强强地在一起过日子。往日的纯真爱情，只成了美好的记忆，再也无法唤回早年的激情。当然，这不能完全责怪某个人，他们这样做也是各有苦衷，迫不得已，这是那个时代给他们酿成的苦酒。

　　除了这些坚守家属、"随放家属"，还有另外的两种人，同样是值得尊敬的，这就是那些不散的恋人，以及敢于嫁给"右派"的人。因为"右派"是个非常特殊的群体，在未真正获得正常生活之前，名义上说是摘了"右派"帽子，实际政治上仍然属于"黑五类"。当时像我这样的单身汉已属大龄，既无钱又无房，完全贱民一个，人家敢于跟你谈恋爱嫁给你，的确需要一点政治勇气和做出利益牺牲。说明这些人有着不以贵贱取人的高尚品德。

　　当然，"右派"亲属中还有那些父母和儿女，他们在政治的重压下，在不可预料的未来中等待。日复日月复月年复年，苦苦地等待了长长的22年。有的父母等待老了。有的父母等待死了。有的子女在等待中失去最好的年华。有的子女在等待中绝望而去。更不要说其间所忍受的精神和物质的折磨。即使后来"右派"改正了，对于他们又有什么实际意义呢？

"反右倾"吹走了歌声

　　1979 年"右派"问题得到改正，当年从北京下放到各地的"右派"，大部分又从四面八方回到北京。大家见面免不了互问情况，总的说，在被"专政""管制"的这 22 年里，没有一个人生活得真正自在。名义上说是摘了"帽子"，其实只是个好听说法，如同当年打"右派"时搞"阳谋"一样，所谓的摘帽子依然是个新的花样儿。

　　当年被划成"右派"的人，只有很少的一部分人，在本单位监督劳动，绝大多数是集中劳改。这些集中劳改的"右派"，所处政治环境不同，命运也就完全不一样。例如在甘肃夹皮沟劳改的"右派"，有上千人在那里活活饿死，夹皮沟成为"右派"的死亡之谷。跟甘肃夹皮沟的"右派"比起来，中央各单位最初集中一起劳改的"右派"，在北大荒 850 农场的，在唐山柏各庄农场的，总的情况多少要幸运一些，起码生存空间有时比较宽松。在许多年过去之后，回忆在北大荒的日子，那些苦中找乐的东西，还是可以让人怀念的，比如经常唱的歌曲，坑头讲述的故事，以及苦难中结下的友情，常常会轻轻萦绕在心头。遗憾的是这样宽松的日子，没有在我们中间真正停留多久，随着全国政治形势的变化，特别是中共庐山会议结束以后，"反右倾"运动不断向深入发展，对我们的管制又开始严厉了。歌声的起落就是最好的晴雨表。

　　头次听到歌声是在来后几个月。连里决定建一批正式房子，我们晚上到山里去扛木头，此时正是月满时分，银色的月光透过宽枝密叶，斑斑驳驳洒在静谧的森林里，使人感到无比的心情舒畅。可能是这景色太迷人了，使这些非常热爱生活的人，暂时忘记了自己的身份，有的人只顾欣赏林中景色，再想不到扛木头的事，结果几十个人的队伍，稀稀拉拉散落在林中。

　　走在前边的带路人怕后边的掉队，他就高喊："跟——上——来——，别——掉——队——"这喊声飘荡在幽深的山林里，发出悠远宽厚的回声，给人以激动给人以兴奋，后边的人就从不同的位置回应："听——到——啦——，就——来——"这声音比刚才的更有气势，于是大家就像顽皮的孩子，一路上不时前呼后应地喊着。

难友律培兰原是空军文工团歌唱演员，来到北大荒这些天，有时他也轻哼几声歌曲，可是从来没有听他正经地放声唱过。现在显然是被这景色这气氛感染了，他情不自禁地唱起了东北民歌《丢戒指》，这支诙谐幽默的东北爱情小调，立刻把我们大家吸引住了，唱完了有人要求他再唱一支，于是他又唱了《看秧歌》《瞧情郎》，大家伙一边走着一边听歌，借此缓解郁闷和劳动强度。从此，在这片沉寂的荒野上，开始有了美妙的歌声，对劳改生活也算是一种调剂。

在北大荒劳动的"右派"，都是国家机关和军委各总部的人，甭说文化修养和艺术素质都比较高，无论哪个人都会唱一两支歌。现在歌已经唱开了，谁都想亮亮嗓子，不会唱歌的就唱戏，歌戏都不会的就瞎吼，反正是自己找乐和。

有一天在大田里劳动，休息时开地头歌会，你唱一支我唱一支，大家越唱越来劲儿，几乎把所有会的歌曲都唱遍了，越在后边唱的人越难唱。轮到一位中年的难友唱时，他老兄不知怎么来了情绪，竟然唱了一支美国歌曲。像我这样的年轻人，过去很少听美国歌曲，觉得音调挺好听，歌词意思并不懂，完全是出于好奇，几个年轻人就撺掇他再唱，他又愉快地唱了一支歌。在他之后轮到别人唱，又唱了些别的歌曲。这一次的地头歌会，让大家着实地高兴了一回，许多的烦恼和不悦，都被歌声给化解了，事后并没有谁说什么。

中国的一些事情，正像有人说的那样，树欲静而风不止。不过必须得弄清楚，究竟谁是树谁是风，这个根本问题弄不清楚，是非必然会颠倒，没理的反倒成了英雄。就拿反"右派"运动来说，作为"右派"的这些人，难道是风吗？事实恐怕恰好相反。如果不是有人号召鸣放，提意见不是为了国家好，我想没有谁会没事找事，所以我说呼风唤雨的，正是那些不讲信义的人。这些人不仅欺骗了我们，而且也使国家大遭其难。这样的人在左派"正人君子"中自然不少。就是在被划成"右派"的人中也有，只是开始没有暴露出来，在后来的清理思想运动中，这些人为了证明自己不是"右派分子"，而是堂堂正正的"左派分子"，或者是想把自己装扮得进步，就表现出比任何人都更革命的样子。

在850农场二分场排水连，跟我一起劳改的有个姓×的人，从他的资历和职位都表明，他应该是个真正的"老革命"，可是他也被划成了"右派"，平常说话总是流露出委屈，唯一使他感到安慰的是，在"右派"中间他还是个官——当管我们的中队长。"右派"清理思想一开始，前一阶段的轻松气氛，在许多人身上消失了，唯有这位"老革命"，显得非常精神抖擞。似乎预感到自我表现的时候到了，他高兴得整天连嘴都快合不上，斜睨着两个小眼睛看看这个瞧瞧那个，好像所有的人在他眼里都是落后分子。

一些年纪稍大点儿的人，开始心里打起鼓来，预感到这位"老革命"要整人。果不其然，在一次清理思想会议上，这位"老革命"在发言时，非常激动地说："我们都是犯了错误才劳改来的，在劳改期间还不老实，有人竟敢大唱美国歌曲，这不是明显的想变天吗？这还了得。这样的人一定要老老实实交代。"听话听音。用不着怎样费劲儿猜测，大家一听就知道这是在说哪位难友。那位唱英文歌的人，自己更是紧张起来，知道灾难就要降临，有好几天连话都不敢多说。弄得别的人也是胆战心惊。

这位"老革命"，没有多少文化，更不会懂得外语，令大家纳闷儿的是，他怎么知道唱的是美国歌曲呢？后来渐渐才闹明白，告诉他的是某部的某人，他被划"右"前是英语翻译。"老革命"询问时，他就告诉了"老革命"，"老革命"一听，"阶级斗争"的弦儿，就在他心中弹响了。恰好又赶上"清理思想"，这样的整人机会，他自然不会轻易放过。于是这位难友就成了我们中第一位因唱歌而被整的人。后来我悄悄地问懂外文的人，其实这些歌大都是美国民歌，例如像我后来知道的《老黑奴》《故乡的亲人》等，内容并没有什么反动的地方，何况我们这些人中会外语的并不多。想放"毒"都无接受对象呢。

从此再也听不到愉快的歌声了。人们只能默默地干活儿静静地睡觉。日子过得倒是平静，却单调乏味了许多。

网开一面的生路

越来越严重的饥饿，使不少人开始浮肿，今天这个说脸显大了，明天那个讲腿变粗了，可是劳动强度、劳动时间，却未因此减去丝毫。

北大荒的夏秋两季，是一年当中最美好的时候，遍地繁花茂草，天空云雀歌唱，置身在这样美丽的环境，再粗俗的人也要抽空望上一眼。我们这些"二劳改"，此刻却没有了浪漫情怀，只要有工夫就往四处跑，在丛林中，在野草间，寻找各种可以果腹的食物，如黄花菜、蘑菇、野韭菜、野葱等等。记得有位老兄，那天找了不少食物，一时高兴竟然出口成"诗"："北大荒呵／你真可爱／让我认识了木耳、黄花、野韭菜……"只是后来有人调侃地续做的诗，却有点不很文雅。续诗说："……若是不让我屙硬屎／我会永远把你爱。"从此，这首诗成了我们的"经典"之作，常常有人在无聊时高声朗诵："北大荒呵／你真可爱／让我认识了木耳、黄花、野韭菜／若是不让我屙硬屎／我会永远把你爱。"给饥饿郁闷的人们带来稍许酸楚的乐趣。

北大荒的气候，别看夏秋两季景色美好，到了冬天老天就会变脸，不是漫天飞雪，就是狂风大作，最愤怒的时候，还会刮起风夹雪，当地人叫"大烟儿炮"。这"大烟儿炮"如同把把利剑，刮着你的脸，刺着你的心，让你片刻不得安宁。有天正赶上加班，连续干了将近20个小时，好不容易盼到收工，脚又被冻得麻木了，有的人只能挪着走。走到半路上下起了大雪，雪越下越大，风越刮越紧，肚子饿得咕咕叫，我们几个人就坐下来休息。

不承想刚坐下不一会儿，天就黑得不见五指了，我们赶紧起来再走，按时间判断早该到驻地了，我们的脚下却仍然是豆垛，这说明已经迷了路，于是大伙儿索性委身在豆垛里，免得道路迷失得更远。无意中发现豆垛里还有豆角，几个人就用身体搭成挡风墙，会吸烟的人掏出火柴点火烧豆角，烧得半生不熟时就剥开吃。勉强填饱了肚子，又钻进豆垛堆里避风雪，怕在野地里睡觉着凉感冒，就连吹牛带聊天儿挨到天亮，站起来互相一看都笑了，一是笑驻地就在眼前，只是走的方向错了；二是笑每人都是满脸黑，烧豆角时被熏成了"老包"。过去许多年之后只要碰到风雪天，就会想起这次北大荒迷路，心中的滋味依然跟当年一样苦涩。

那会儿正赶上所谓的大跃进，我在北大荒参加了多种劳动。开始是在小孤山用土法胡炼钢铁，后来调到杨岗耐火材料场造砖，再后来又调到850农场二分场排水连开沟渠，这些活儿本来就都非常苦重，还要经常地加班加点搞献礼劳动，每天早起晚归，睡眠严重不足，有的人上了工就没精打采，许多伤亡事故就是这样造成的。不过，为了早日摘掉"右派"帽子，大家都争着抢着干活儿，再苦再累都要忍受着，农场方面为了抢工程进度，就在我们这些人中开展竞赛，在这次的竞赛活动中，我第一次获得一次奖励，由农场颁发一张手掌大的奖状。

我们在排水连修沟挖排水渠，先要用炸药炸开冰冻土层，炸开以后再用人工开渠。炸开的冰冻土必须及时清除，不然冰冻土会很快又冻结。炸的面积越大，冰冻土就越多，为了不让冰冻土冻结，我们就分两班倒，睡眠休息都成了问题。有一次连里出了一件大的伤亡事故，原因是引爆人夜里没有休息好白天犯困，布药人还未走开他就引爆了导火线。这次不幸事故的发生，让我们在困累饿的同时，在心理上又增加了不少负担。

排水连的连长和指导员，对我们这些人不乏同情心。这次伤亡事故发生后，他们很快给上级打了报告，一方面检查自己管理不严，另一方面反映我们的艰难处境。据说情况反映到上边以后，有关方面非常重视，立刻指示，想一切办法让我们保命。可是话是这么说，那会儿全国大饥荒，又能有什么好办法呢？只能在管制上放松点，于是就有了如下措施，也算是对我们网开一面吧：一、准许从家里寄食品；二、可以就地高价购买食物。有了这样的指示，连长他们也就有了根据，马上组织起三拨儿人，一拨儿人来往于邮电所，给大家送信；一拨儿人赶马车，给大家领取邮包；还有一拨儿人，在附近地区采购食物。

这样的决定一下达，大家也就算有了活路，立刻，有的人开始变卖东西，有的人急着往家中写信，目的只有一个：渡过难关。

我们去北大荒之前，明确规定，每人每月生活费25元，不够也不准找家里要钱。据说这样做有利于思想改造，因此，大家谁的手头也就不会有多余的钱。这会儿政策松动了，有的难友家里经济比较富裕，趁可以从家里寄吃食的机会，顺便也就要了些钱用来购物；还有的难友就用身边的衣物，随便换点什么吃食充饥度荒。总之，那会儿只要可以保命，什么办法都想到了。我找家里写信要东西，父母只寄来一大饭盒炒面，当时我心里还很不高兴，后来才知道，就是这么点不起眼的吃食，还是家里从众人口中抠出来的，我家里当时人口多经济也困难，自然也就不好跟别的难友比。

幸亏当时我还算年轻，有一把力气，就让我跟难友老许采购吃食，其实就是给老许当小伙计。老许名为许铁民，在教育部担任过副司长，在我驻苏大使馆当过文化参赞（？）兼留学生管理处处长，抗日战争时期在东北一带打过游击，他过去在部队的不少战友，这会儿都在东北当官儿。利用他的关系给大家买东西，自然也就比别人要方便得多。

老许为人非常厚道随和，按我接触后对他的判断，即使当官时大概也没有架子，现在跟大家就更好相处。我跟随老许多次外出，先后去过牡丹江、鸡西、佳木斯等地，购回的食品有代乳粉、蜂蜜、饼干、香烟、茶叶等，这些东西都是我用条麻袋背着。他出嘴，我出力。我们俩在当时最受大家欢迎。每次回来晚几天，人们就会着急；看见我们两个回来了，我背着的袋子又是鼓鼓的，立刻就都笑逐颜开。

跟着老许当采购员，没有别的好处，总能弄个饱肚子。老许的这些老战友老部下，这会儿都是专员一级干部，有权有势，走到哪儿都会热接热待，比起别人我们也就少受了些罪。应该说，我和老许干采购这件事，还是比较尽职尽责的，每样东西都保管得很好，每次回来也是悉数交给大家。只是有一次，我偷吃了大家的蜂蜜，使得一生都在自责自悔，觉得不应该在那样困难的环境里，做对不起难友们的事情。

那是从鸡西回来的路上，路过一个养蜂场，我们给大家买了些蜂蜜，这些蜂蜜都用瓶子装着，瓶子放在麻袋里，我背着走了一段路，瓶子硌得肩膀生疼。在我放下换肩时，不慎碎了一个瓶子，里边的蜂蜜流了出来。这些流出来的蜂蜜，把瓶子糊得黏腻腻的，我一边儿用手指抹拭瓶子，一边用嘴舔沾上蜂蜜的手指头。这是我平生第一次吃蜂蜜。

剩下的蜂蜜本来可以倒在别的瓶子里，我不想再费这个劲儿，跟老许说了说就把它全吃进去了。回到驻地给大家分蜂蜜时，每个人自然也就不会足量。看着没有分到的人的失望眼神，我和老许当时都难过极了，尽管后来我勤跑多购食物补偿，但是依然难以解脱我内心的愧疚。

现在只要吃蜂蜜，我就会想到这件事，仍然为那时的过失汗颜。当然也会想起老许——这位新中国早期的外交官，我的患难中的老哥哥，以及流放中困难时期那段生活。这段生活中的事实让我知道，在身处艰难的境遇里，人都有本能的求生欲望，为了能够求得一时苟活，有时会不理智地失去人的尊严。这怨谁呢？不是我为自己开脱，要怨，首先怨那个人为造成的恶劣环境。当然，个人的品德意志也至关重要。

在大饥荒的年代

20 世纪 50 年代末 60 年代初的中国，面临着两大困难：中苏交恶；自然灾害。这就是那时上边常说的"天灾人祸"。至于这人祸的谁是谁非，身为平头百姓的我们，不知底细不好妄加评论。饥饿却是人人都有体会。跟随天灾人祸接踵而来的，还有政治上的"反右倾"，使一度有过的较为宽松环境，从此变成了人与人斗争的"屠场"。作为人的原有的乐观天性，作为知识分子的原有的良知，在天灾、人祸和政治的三重挤压下，开始在我们的身上被扭曲了。从此日子一天比一天更难过。

说到这全国大饥荒的天灾，只要是从那个年代过来的人，无论是谁都有亲身体会，现在想起来都会有切肤之痛。据有关材料记载，被活活饿死的人，三年时间达四千多万人。可是这场灾荒的严重程度，跟前些年的天灾比起来，特别是跟 1998 年三江洪水比起来，恐怕就是小巫见大巫了。那么，在那时为何显得如此严重呢？以至于人到了轻者浮肿重者饿死的程度。有良心有责任的历史学家，应该实事求是地加以总结。历史是不允许篡改的，历史更不允许被欺骗。如果从个人利益来权衡这两大困难，中苏交恶给了我们以"生机"，自然灾害则使我们身处困境。所以对于我们这些"右派"来说，20 世纪 50 年代末 60 年代初，可以说是个"喜"忧参半的时期。

我们这些"右派"被遣送到北大荒，当时是考虑北大荒濒临苏联，是个放逐罪人的大后方、"保险柜"。所以我们到了那里，立刻想起西伯利亚，当年帝俄流放政治犯，不也是在荒凉之地吗？可是连当权者也不会想到，不久中苏两党横眉冷眼相对，交恶波及到两个国家安全。原来的大后方成了前线，怕这些集中的"右派"滋事，或者越过边境出走叛逃，这才匆匆忙忙把我们撤回，除少部分人留在北京原单位，大部分都被疏散各地安排。我就是在那时到的内蒙古。

如果我的分析还有道理，这就是有关决策者多虑了，错估了这些书生的情操和觉悟，其实这些人是真正的爱国者，即使在人格受到最大侮辱时，都没有谁想到离开自己的祖国。倒是饥饿使一些人失去了书生的尊严。

最初知道饥饿的到来，是从饭碗里感受到的。刚来时的伙食不能说好，但起码还都可以吃得饱，副食不怎么样，主食可敞开肚皮吃，一天的热量总还算够用。渐渐地碗里的饭变少了，再后来，碗里的饭又开始变稀了，像我这样二十几岁的大小伙子，本来就很能吃，又是干重活儿，这点稀汤寡水根本撑不鼓肚皮，一个个饿得心乱眼花，走路时腿上像坠着秤砣，只能一步步地往前挪动。到了晚上睡不着觉，只听肚子里咕咕地叫唤，连说话的力气都没有，就这么大眼瞪小眼地硬挺着，睡的还是热乎乎的东北大炕，一热了就要来回地翻身，一翻身就更消耗体力，肚子里就越发不得安宁。俗话形容肚里无食"前胸贴着后胸"，只有在这时才会真切地感受到。

死于饥饿与劳累中的"右派"，在北大荒各农场劳改点都有，他们既是政治上的冤魂又是灾荒年月的饿鬼。在我们心中形成的恐惧和压力，甭说是难以用言语来形容的，许多年之后都不曾在记忆中消失。不过死也就是死了，在那个时候，连正常人的死都很少有人过问，对于专政对象"右派"的死，就更如一片微尘吹落，最多只是在花名册上做个记号。除了他们的亲友，谁还痛惜？

到了生活最困难的时候，其他的粮食很少供应了，就用高粱来给我们充饥。在平顺的年月里，高粱经过精加工，就是一般的人家，都不是经常地吃。更多时候是当做牲畜料。现在用带皮高粱给人吃，倘若管饱吃也倒罢了，问题是连半饱都不给，每人一天只供应8两，还是按带皮儿计算。带硬皮儿的高粱，焖干饭是不可能的，就磨成面用来煮菜稀粥。到了开饭的时候，一人端着一个小盆儿，面带微笑地讨好掌勺人，巴望他能抄底捞点干的，端过来一看大失所望，盆里好似镶着一块镜子，清清楚楚照着自己清瘦的脸。

这高粱面儿粥，吃的时候倒是容易，黏糊糊像是小鱼虫子，随着菜汤争先恐后往肚子里跑，不一会儿肚子就鼓胀了。可是几泡尿下来，肚子就又空了，一阵阵地鸣叫着。最难办的是几天一次的大便，干硬得拉不下来，使出吃奶的劲儿都不行，最后不得不用手抠。抠出来的硬粪蛋儿，像玻璃球似的掉在地上，自己回头看看，一股凄悲不禁涌上心头，自然而然地会想到家，想到呵护自己的母亲。尤其是身患痔疮的难友，不吃吧，饿得慌；吃吧，解大便时受罪，吃与不吃都是磨难。

当年有句顺口溜，说东北的三大怪："大姑娘叼烟袋，窗户纸糊在外，养活孩子吊起来（放在摇篮里）。"这三怪中的一、三两怪，在东北农村我都看见过，当做一种地方风情，倒是颇有些独特情调。至于这第二怪"窗户纸糊在外"，我不仅在东北农村看见过，而且我还自己亲手糊过，只是它跟我的饥饿联系在一起。

记得那是个异常寒冷的冬天，我们几个人执行一个临时任务，住在一间破旧的小土坯屋里，一阵阵的老北风吹个不停，呼啦啦地掀动着窗户纸，不到半天窗纸就被掀去半截儿，如果不及时修补很快就要透天，这一天的夜里就很难过了。班长就去找连长反映情况，希望连长跟炊事班说说，申请一点面做糨糊糊窗户。连长还真的挺给面子，班长回来时提着个小铁桶，里边放着热乎乎的糨糊。我们一看就乐了，几个人争着抢着要去糊窗户，其实真正的目的并非要劳动，而是考虑多时没有填饱的肚子，想趁机捞点剩余糨糊吃。

这一切班长都心知肚明，他立刻吩咐："让年轻人去。"我们四个年轻人高兴地走出来，刚把铁桶放下，就你一口我一口，如狼似虎地吃开了糨糊。等到窗户糊到最后，恰好缺一点糨糊，几个人一看傻了眼。后来一想，这寒冷的东北地区滴水成冰，干脆在糨糊里对点水把它浇上，我们就往糨糊桶里倒了点水，来来回回用力地搅一搅，然后连浇带贴地很快就冻上了。班长出来看到这情形，悄悄地乐了起来，说："亏你们想得出来。"饥饿就这样让我们失去了尊严。

在以后越来越艰难的日子里，我们排水连的"右派"当中，不时传出，谁谁谁丢了什么吃食，谁谁谁偷了什么吃食，让一些稍微还有点斯文的人，感到无比地难过难堪，可又是那么无可奈何。人在这时候总不能顾脸不顾命啊。你可以责备这种行为，你可以批评这种做法，但是你也必须回答：倘若吃得饱，不，哪怕吃个半饱，又有谁愿意这样自扫人格呢？

形形色色的"罪行"

　　跟我睡邻铺的一位难友胡馨德，是中央某部的机关干部，戴一副比瓶底还厚的眼镜。为人非常老实忠厚，平时都不肯跟人说话。刚来北大荒的时候，我主动跟他找话说，他都带搭不理的，弄得我挺别扭。心想，怎么碰到这么个"闷葫芦"。

　　据我所知，被打成"右派"的人，不是因为嘴，就是因为笔，像他这样一不写文章二不爱说话的人，居然也成了"右派"，实在让人多少感到费解。出于好奇和无聊，我总想解开这个谜，就跟他同一个单位的人打听。原来就是因为未说话，他才被打成"右派"的。最近跟难友李显甲说起此事，他说他也是个哑口"右派"，这不能不说是反"右"中的新鲜事儿。真应了那句老话了，欲加之罪何患无辞，想整你怎么也得整，不说话是"心怀不满"，比说话更"恶毒"更反动。

　　"右派"问题改正以后，这时人们敢于公开议论政事了，听过许多关于被划"右派"的怪事。倘若把它们放在一起，编本《反"右"奇观种种》的书，相信一定会走俏图书市场。可是再退一步想，"反右"这件事本身就荒唐，出现一些怪事奇事新鲜事，自然也就不难理解了。古怪之事经常见，唯有"反右"时候多。

　　在挨饿的那几年里，常常饿得睡不着觉，躺在炕上来回折饼，爱说话的人，就有气无力地聊天儿。有过因嘴罹罪的经历，聊天也不是什么都聊，一不敢聊政治，怕触犯神圣"天条"；二不敢说过去，怕说"今不如昔"，只能说些家长里短，好吃的食品，好玩的地方，偶尔说点带颜色的笑话，算是精神会餐的调料。还得看看人多人少，人多了嘴就杂，万一有人汇报上去，就会吃不了兜着走。

　　我的这位邻铺难友老胡，可能是太闷得慌，有天聊天儿他终于搭了话。我见他并不是完全不爱说话，有一天就主动问他："听你们单位的人讲，你这个'右派'，是因为不说话才被打成的，这是怎么回事啊？"老胡笑了笑说："怎么，你也知道了？这还不简单，说我对共产党怀恨在心，比说话的'右派'更狡猾。这不就成了'右派'了吗。"

在一起混得时间长了，彼此信任了，我俩也就无话不谈。老胡是江西省的人，因为他知道我喜欢诗歌，曾跟我提到过诗人公刘，公刘他俩好像是中学同学。此事后来我也跟公刘说过。老胡的家庭出身不好，平日又不大爱讲话，共产党发动大鸣大放时，他也未像别人那样提意见。大概就是凭他家庭出身不好又不爱说话，认为他是从骨子里对共产党不满，比讲话的人更恶毒更反动，就被划成了"右派"。后来渐渐相处得熟了，我常开他的玩笑："你捡了个大便宜，没被划成'极右'，对你也算够客气啦。"他听后只是憨厚地一笑，也不言语，两只不大的眼睛，在眼镜片后边，闪着难以捉摸的目光。

读了作家郑加真先生的《北大荒移民录》一书，从关于"一群女'流人'"这一节中知道，当年送到北大荒被打成"右派"的人，敢情有的人情况比老胡的还奇特。例如"一位托儿所所长，为了给托儿所争一架钢琴，跟行政科长吵了一架，还给党委打了报告，要求保育员出国学习，说上海福利基金会托儿所所长是从美国留学回来……于是，她被打成了'右派'"；再如"一位英文翻译，1954 年从海外归来的华侨，闲谈时说到海外华侨不愿回国，多半是怕写自传，又说写自传是可以的，结几次婚，和哪个谈过恋爱都写上，太野蛮。在国外，只有受审讯的人才能这样对待……，于是，她也被打成了'右派'"。比上边说的情况更绝的还有：如"北京某科研单位的俄文打字员，在机关评选先进工作者时，她被评上了；但，一个外号叫'常有理'的女干部，党委书记的妻子，说：'怎么搞的？先进工作者让一个非党团员的毛丫头捞去了。'她听了这话，赌气地把自己的奖状撕了，又说了几句狂话……于是，构成了她的'反党罪行'"。更为奇特的是："一位十三岁就参加革命的年轻女干部，一身清白，也没有鸣放，为了表白自己，她把自己的日记拿出来，结果材料组把她日记上记的私生活的苦闷情绪，都摘出来，列为反党反社会主义大毒草……"

从那个年代过来的人都知道，政治运动搞得出现偏斜的时候，什么荒唐的事情都有可能发生。想一想也不难理解。出现像老胡等这样近乎于笑话的事就不必说了。让我一直无法理解的是，一些出生入死的老革命，竟然也被划成了"右派"，很有点大水冲了龙王庙，一家人不认一家人的味道儿。

如当时任内务部（民政部）司长的魏泽同，早年就读于武汉大学化学系，参加过"一二·九学生运动"，抗战时期奔赴延安投身革命。这样的一个人也成了"右派"。老魏不仅有此革命经历，而且个人品德非常好，是革命老人谢觉哉的老部下。在北大荒劳改时，我们同在二分场排水连，后来又一起发配到内蒙古，我一直把他作为自家兄长尊敬，却始终不敢跟他探讨这个问题，怕伤害他的心。这是一位非常善良、随和的老知识分子，据别人说，"整风"时他是领导小组成员，他不同意把某人划为"右派分子"，"左派"领导人认为他立场不坚定，反过来就把老魏划成了"右派分子"。

跟诗人梁南一起闲谈时，曾听他说起过难友李凌（现为中国社科院研究员）的事。李凌在划"右"之前，跟梁南同在《空军报》工作，是梁南的顶头上司，两个人的关系也不错。抗战后期李凌在西南联大读书，是地下党的支部负责人，历来洁身自爱、为人方正、性格通脱，他通晓英法两种文字，应该说，无论政治业务都很过硬。可是就是这样一位老革命，因为写了《定息不是剥削》的文章，从学术上探讨一个政策性问题，竟被打成资产阶级"右派分子"。

在北大荒劳动的"右派"中，有三位原是某政法部门的高官，都是行政八九级的大干部，听说都曾经在苏联留过学。他们之中的李福山，1927年加入共产党，参加过对日本战犯的审讯，是一位党龄比我年龄还长的人，因此，被年轻人视为传奇人物。尽管老李被划成了"右派"，可是在我们的心目中，老李依然是个老革命。只要有机会就去找他，听他讲那些有趣的故事。他被划为"右派"的原因，据说主要是从法律角度提出，咱们国家应该施行"以法治国"，就是说比现在早提了50年，结果成了共产党内"右派"。

像老魏、李凌、老李这样的老革命，当时完全出于爱党爱国，怀着一腔赤诚提些意见，最后并未得到好报的人，在北大荒的"右派"中不少。我真替共产党惋惜，作为一个政治组织，到哪里去找这样好的成员？紧紧依靠还来不及呢，干吗非要为渊驱鱼？实在可惜啊。

在被划为"右派"的人中，还有些是从战争年代过来的军人，某位首长的司机或警卫员，文化程度并不高，只因为休假回家探亲，看到农村生活状况不好，回来说了些真实情况，就被划成本属于知识分子的"右派"。简直是胡来到连点边儿都不沾了。幸亏"反右运动"搞得时间短，若是像"文革"那样折腾十年八年，"右派"的数字恐怕得是55万人的几倍。

饥饿中的挣扎

北大荒的冬天很冷，气温零下四十几摄氏度，是很平常的事情。北大荒冬天的景色又很美，冰封雪锁的大地，氤氲着清新素洁的气氛。刚来北大荒的那年，许多人被这景色迷得"胡说八道"，诗人做诗倾诉出的真情，跟凡人嘴里顺口溜的调侃，几乎都流露着爱慕的激情。可是到了挨饿的困难时期，别说是赏景的情致了，就连说话都懒得张口，人们终日想的是寻找食物。

在冰湖中发现鱼的人，第一位是谁已经记不得了，反正这一发现很了不起，他使我们少挨了饿。记得是在一个北风呼啸的傍晚，连长告诉大家，冰湖里有泥鳅鱼，谁要是想吃的话，可以破冰去打捞。于是，我们这些年轻人，仨一群俩一伙儿，跑到厚冰覆盖的湖上，用尖镐破开一个个洞眼儿，然后把笊篱伸进去，在泥水里来回地搅动，提上来就会有无数的泥鳅鱼。就为了这几条充饥的泥鳅鱼，许多人把好好的蚊帐撕破，用来做大大小小的笊篱，至于到夏天用什么防蚊，连想都不去想，人们都是只顾保眼前的命。所谓的过今天没明天，在当时的北大荒，表现得非常明显。在饥饿来临的时候，人的真实肉体生命，远比政治生命重要，就连非常富于幻想的人，这时都变得越来越实际。因为大家都清楚，倘若肉体不存在，何谈政治生命。

我们在北大荒农场那会儿，冬天屋里多用炉灶取暖，这炉灶大都用半截柴油桶做成，烧的是从山里砍来的树木，白天夜晚都有人值班看火，屋子总是烧得暖烘烘的。赶上值班的时候，正好可以做点吃食。泥鳅鱼捞回来，就在这炉灶上煮，数量少用搪瓷茶缸煮，数量多用搪瓷脸盆煮，煮熟了，放点盐，几个人围坐在炉子旁，你一条我一条地抢着吃。那会儿饿得人头昏眼花，即使往日最挑食的人，现在也没有了办法，只要是能入口的东西，无论什么都往嘴里搁，这泥鳅鱼更算得上美味佳肴。

后来捉的人逐渐多起来，冰湖里的泥鳅鱼也就没有多少了，为了解决肚子的饥饿问题，人们不得不另想别的辙。好在北大荒是个物藏丰富的地方，只要留意随处都有充饥之物。跟我在同一个连队劳改的有几位广东人，他们对于吃非常有门道儿，不知怎么发现了地里的田鼠，这些老广捉回来几只，用泥包上放在炉灶里烧，泥烧裂了，色变黄了，砸碎泥巴取出熟田鼠，浇点盐水在上边就吃起来。据吃过的人说，跟鸡肉一个味儿，我却始终未敢吃。只是有一次，一位广东籍难友在吃饭时给了我一块肉，说是野鸡肉，我顺溜溜地吃下去了，吃完了他告诉我说是田鼠肉。想起那在地里乱窜的毛乎乎的小东西，我立刻就要呕吐，惹得大家哈哈大笑，给正在忍饥挨饿的人们带来一点儿乐趣。最近跟难友王志民说到此事，他说，东北是日本人细菌战实验区，这田鼠就传播鼠疫，闹不好就会吃死人，幸亏在饥不择食时，老天保佑我们未出事，不然吃死了人这账都不知跟谁算。但是因为误吃别的食物中毒的人，在北大荒的"右派"中还是有的，跟我关系比较好的海军的杜恂凡，就是在 1960 年因饥饿误食中毒而死。

泥鳅鱼吃了，田鼠吃了，后来又吃刺猬、蛇，再后来又吃别的动植物，总之，只要是能入口的，都成了我们的度荒食品。在那些大饥荒的年月里，我发现人的适应力是极强的，一旦环境逼到那个份儿上，什么事情都会想出来干出来。饥饿可以改变一个人的性格，饥饿还可以让一个人增长机智。这就是我在饥饿时的印象。

就在这大饥荒的最初时期，有一个难友悄悄地出走了。那是个天寒地冻的夜晚，他独自离开茅草屋，向着茫茫的原野走去。人们早晨醒来不见他了，有的说他可能找吃食去了，有的说他可能到厕所去了，唯独想不到他会自行出走。可是等了几个时辰仍不见他回来，班长才去连长那里汇报，最后由连里抽调几个人，顺着虎林火车站的方向寻找。终于在车站附近找到了他，由于连夜奔跑劳累过度，他正倚在一棵树旁睡大觉。寻找的人没有惊动他，静静地守候在他身边，待他醒来以后，几个人耐心地劝他回去，他只好万般无奈地跟着回农场。

听寻找他的人说，在回来的路上他告诉大家，几天前他做了一个梦，梦见他的妻子和女儿，因没有饭吃都饿病了，现在连个照顾的人都没有。他的耳边老是听到她们娘儿俩呼唤他，希望他快点回去看看。那天夜里他怎么也睡不着觉，本想出来走一走散散心，不知不觉地信步走到了火车站。

在后来的许多天里，这位难友的神情，依然是恍惚不定，大概是那个惦记妻女的梦，还没有完全在他的心中消失。

无独有偶。难友倪艮山在他的回忆录《风雪人生》中说，有一位文化部的干部，思家心切，一天凌晨从农场悄悄出走，步行六十多里走到车站，然后乘火车溜回北京，刚一到家，原单位、派出所、街道就找上门来，在天天"批判教育"中，勉强待了半个月，又被人"护送"北大荒，再次接受开会批判才算了事。

　　这位难友逃跑的事情发生，在我们当中引起不小震动，许多人开始思念家人。据每天跑总场送信的人说，这之后的几天里信格外多，有寄出的，有寄来的，每一封都会寄托着无限情意。悠悠的思念和沉沉的惦记，正在折磨着异地的有情人。一些家长里短的事，一时间，成了有家室人谈论的话题。我们这些光棍汉，尽管没有妻子惦念，也没有惦念的妻子，但是这股思亲之情，同样深深地感染着我们。

　　据一个考察"右派"情况的材料记载，在苦累、饥饿和政治压力下，由于对前途感到绝望，在北大荒的"右派"中，逃跑和自杀的事情都有。如 853 农场三分场一队的朱××，把劳动改造看成是一生的痛苦，拒绝改造，最后他以自缢的方式自我解脱。有些"右派"还采取别的方式，表示自己心中的郁闷和不满，当然最后的结局都很悲惨。

野地里的小酒馆

由饥饿引发出的种种问题，使管制我们的人感到头疼，管得严了怕出事情，管得轻了不好交代，他们只好向上级打报告，希望给些新的政策新的办法。后来经总场向有关方面请示，据说批回来两句话：政治上严格要求，生活上尽量照顾。在当时那种靠批示行事的年代，有了这样两句通用的话，就等于有了一柄尚方宝剑，再大的事情也就比较好办了。管教人员和"二劳改"们，听后都非常高兴，互相传告着这个消息。就连农工们也高兴，他们可以做点小买卖，从我们手里赚点零花钱。

在我们这个"右派"连里，负责给大家取信送信的人姓周，好像叫周明夫，在被划"右"之前，是一位行政八级的老干部，说一口地道的山西话。人非常厚道、和气，没有一点官架子，工作更是认真负责。有时我就独自想，像这样的大好人，性格又没有锋芒，怎么也成了"右派"啦。听说他还是彭真的同乡、老部下，却仍然没有得到这位中央领导的保护，跟我们一样被划成了"右派分子"。不过他毕竟有这样的背景，为人又被大家公认的好，委以传递信件的重任还是蛮合适的。

有一天老周从总场取信回来，正在大家急着等他分信时，老周不慌不忙地卖了个关子，说："先别急，我告诉你们一个好消息，去总场的半路上，新开了一家小酒馆，有酒，有狍子肉。价钱还不算贵。"这的确是个好消息。说明那个批示真的落实了。我们又增加了一条生存的活路。

首先跑去小酒馆探路的，是我们几个小光棍儿，美美地撮了一顿儿，高高兴兴地回来以后，又在人前瞎白话了一通，弄得许多人动了心。从此，每天都有人跑去喝酒吃肉，这家由一位农工开的小酒馆，买卖一时红火热闹起来。我们这个"右派"连队，却因此事被搅得乱哄哄，连长、指导员一看长此下去不行，万一生出点事情来不好办，经连里几次开会认真研究，决定由每个小队每天派人值班，统一到小酒馆给大家购买吃食。

我所在的小队里，真正有钱的人好像并不多，有的人为了吃肉，不得不把带来的东西，诸如劳力士手表、派克金笔、毛料衣服等，以便宜的价钱卖给农工，用换来的一点钱买吃食。就这样好歹坚持了一段时间。有的人实在没有钱吃肉了，只好眼巴巴地瞅着别人吃，所以那个时期时不时传出，某某人丢了吃食的事情。过去说偷书不算偷，这会儿偷吃好像也不算偷了，有的在过去是很有地位的人，此时也饿得拿别人的吃食，明目张胆地占小便宜。有位原来是个相当级别的干部，因为拿了别人的饼干吃，在讨论他的摘帽问题时，大家非常严厉地批评他。这位"右派"老哥，有较长的革命资历，有较好的家庭背景，老岳父还是位高级将领，按说无论如何是不会伸手的，只是因为他家里的物品未寄到，实在忍受不住饥饿的折磨，才造成了这次小小失误。给他的人生留下了不应有的缺憾。

这家小酒馆的开业，对于我们这帮饥饿的人，起到了挽救生命的作用；同时对一些意志薄弱者，形成了一定的犯错诱惑。有的人为了得到一两块肉吃，而自己又没有钱买，找机会从别人碗里"借"肉的事，渐渐地也就发生了。这其中一起丢钱的事，几乎成了重大案件，在我们中间认真侦破。开了几天几夜的会，最后才算有了结果。

记得那天当班购物的是小杨。他是个工程技术人员，做事情非常干练，考虑问题也很周到，是难友公认的精明人。头天晚上，他就收齐了大家的买肉钱，准备好了放肉的两个木桶，然后就踏踏实实地睡觉了。次日早晨照例比别人早起，准备去小酒店给大家买肉，他伸手从褥子底下摸钱，钱却不见了，赶紧把褥子、棉被全抖搂开，结果还是不见这些钱，急得他满头大汗，怎么也找不到，实在没有办法了，他就喊叫起来："喂，都快起来，买肉的钱不见啦，谁看见了，快说。"

在一个大屋里睡觉的人，懵懵懂懂地从睡梦中惊醒，还没有马上反应过来，就被推上了被怀疑的地位。有的说："你自己放的地方，找不到了，跟我们有什么关系。"还有的说："你别贼喊捉贼了，大家凑这点钱容易吗，你说丢就丢了，谁信啊。"此时的小杨有口难辩，只好听大家随便怎么说，他都没有办法还嘴。一直持续到吹哨上工时，大家还在纷纷议论着此事，尤其是那些视肉如命的人，这天没有吃上肉，更是心里不痛快，嘴也就始终不停地叨叨咕咕。许多人都觉得别扭，私下里瞎猜测乱议论的话不断，却谁也不敢放在明面上说，这毕竟是关系人的品德大事。

丢失食品的事情，这段日子常有发生，人们原本是见怪不怪的。如今连钱都不翼而飞了，这就不是小事情了，所以连队很重视，立刻召开会议研究此事。参加会议的人，除了连队里的大大小小头头，还特意邀请了一位"老公安",此人过去一直做公安工作,搞破案侦查应该是行家里手。可是对于这样的小偷小摸之事,很像是杀鸡用牛刀,却让他着实费了不少的脑筋,主要是不知道应该从哪里下手。

这位"老公安"也是我们的难友。他把全宿舍的人分析了一遍,很难判断谁有做此事的可能。万一搞不好,怀疑错人,知识分子又都脸皮薄,出了人命就麻烦了。连里前前后后研究多时,连长等领导和积极分子,谁也拿不出个妥善办法,大家也只能耐心地等待。这其中最不好过的当属小杨,事情一天不搞清楚他就得背一天黑锅,几天来他一直是闷闷不乐,人也显得消瘦了许多。就是我们这些局外人,彼此之间也有了隔阂,互相间像防贼似的提防着,一时间气氛非常沉闷、紧张。

结局还算圆满

经过多日的反复研究，由"老公安"提出的方案，最终还是被连部采纳了。

那是个大休日的前一天，连队召开全体大会。连长首先讲话，动员大家揭发小偷小摸现象，他说："近来有不少人丢了吃食，弄得大家人心惶惶，这种情况如果再不过问，什么事情都有可能发生，所以要进行'思想整顿'"。却只字不提丢钱的事情。轮到指导员讲话时，自然要拔高到"理论"高度，说是要"净化生活环境"，以便有利思想改造，他同样也不提丢钱的事情。一场"净化生活环境"的运动，就这样在我们连队开始了，全体"右派"无一例外人人过关，进行所谓的"思想整顿"。

在一般人看来，知识分子是最顾脸面的，很少有勇气在人前露丑，其实这只是在通常情况下，一旦走到难以回旋的地步，照样会坦诚地面对一切。此刻就是这样的时候。为了表示自己改造的决心，不得不说出拿别人东西的事，有的说什么时候偷了谁的饼干，有的说什么时候拿了谁的酒，总之都是纯粹的占小便宜，最多算做小偷小摸的行为，大家同样没有人往钱上说。我偷吃过一次蜂蜜，当然也要主动投案自首，并且求得大家的原谅。这一轮的自我交代下来，如果没有假情况的话，有小偷小摸行为的人，在整个连队里占有相当比例。行为不检点的人如此之多，究竟是"洪洞县里没好人"，还是人们故意表现假积极，我始终感到有点困惑不解。

连里发现这种情况之后，赶紧部署第二阶段，以免此事流于形式，以后更难深入进行下去。第二阶段就是互相揭发。这要比第一阶段艰难得多，严酷得多，大家相持许久无人发言，是真的不了解情况，还是碍于彼此情面，谁也猜不透别人的心思，反正没有人肯打这第一炮。但是负责劳改的工作人员，毕竟都是久经政治沙场的老手，在对付人上还是有一套办法的。他们早摸透了知识分子的品性，只要随便一将军就不愁没有发言的人，连长便用激将的口吻说："其实你们中间谁好贪小便宜，大家都一清二楚，无非是怕得罪人不想说罢了。你们以为这样就好啦？没那么回事。闹不好大家跟着倒霉。"

你还别说，他这句话还真灵验，第一个站出来揭发的人，就是在唱歌引出麻烦时，我说到的那位"老革命"。他先提出来两个人，一位是某新闻单位的编辑，一位是某部的技术员，理由是他们都爱占小便宜，偷吃过别人的东西。沿着"老革命"这样的思路，大家开始你一言我一语地揭发，弄得被怀疑的人坐立不宁，却又不好更多为自己开脱，因为平时的确有小偷小摸行为。最后大家的所有发言，通通集中到那位编辑身上。这位编辑一看这架势，再也忍不住了，就哭着说："大家怀疑我，我不怪，谁让我平时好占小便宜呢。但是我可以对天发誓，我再没出息，总还不至于拿大家的钱。"

这位难友是地道的北京人，对于民间曲艺形式非常熟悉，唱得一口字正腔圆的单弦大鼓。平时见谁在那里吃喝，他就凑过去沾沾嘴儿，说话又有点油腔滑调，大家觉得他小市民习气比较重，但是绝对没有害人之心。这次却首先怀疑上他了。可是这种事情光凭印象不行，再说这又不是"选举"小偷，怀疑的人多就一定是某个人，只是谁也不好反对这种做法。就这样拉锯似的又劝又逼，持续了近两天的时间，情况仍然没有进展，这位难友又急又悔又恨，真的是，叫天天不应，叫地地不灵，着急悔恨的他，一边打嘴巴一边骂大街，借以表明心迹。他的真诚与无奈，他的尴尬与狼狈，还真让人有点同情了，许多人都不再言语，用沉默表示自己的态度。

时间一分一秒地过去。这时有一个人再也沉不住气了，无限愧疚地说："大家别逼老×了，钱是我拿的。我对不起小杨和大家，更对不起老×和老×。"说着他就从木板床上站起来，走到床的一边儿，从一个缝隙里拿出一包钱，交给了当班购物的小杨。见到眼前这情景，大家都愣住了，没有一个人说话。的确也不好说什么。说白了，就是把所有的人都怀疑了，最后只剩下他一个人，绝对也不会怀疑到他，因为他的家庭出身，过去的政治身份，在当时那种崇尚政治的年代，可以说无容置疑。要不是他自报家门，即使别人怀疑是他，有的人也不会相信，很可能以为是搞错了。这个人就是这样不容置疑。

这个人的家乡，原是老解放区，一出生就是红色的，父亲是革命烈士，叔叔是省公安厅厅长。他在划"右"之前任某部部长机要秘书，而这位部长在共产党内声望相当高。他就在这位老人家家里生活工作，这位部长早把他视为家人对待，在不得已情况下他才被划成"右派"。后来他自己谈拿钱的想法时说，某部长为帮助他改造思想，坚决不让他带钱到北大荒，除了规定的 25 元生活费，剩下的钱都由这位部长给保存，说等他改造好了回去结婚用。他实在受不了这饥饿，就把带来的一块手表卖了，卖手表的钱花光了，又克制不住这张嘴，最后因一时不慎犯了错误。

从此以后，此人情绪格外消沉，原本话就不多，这会儿更少开口了。我们离开北大荒时，还没有给他摘掉帽子，大概就是因为这件事。其实，这个人很不错，非常聪明，由于被划"右"而一蹶不振，怪可惜的。

1978 年我到北京等待落实政策时，他也从老家来北京谈个人的事，我们曾经相约见过两三次面。他当时很想留在原单位工作，最后却还是回到老家去了。这时他的那位老首长，已经在几年前去世，不然我想他会如愿以偿。

这件事情的出现和它最后的结局，无论是当时还是过后许多年，在我的思想和心灵上都有震动，我觉得它颇有令人深思的时代特色。为什么呢？一是它说明在那个饥饿的特定时期特定环境里，只是因为一次小小的失误和过错，往往弄得人今生想起来都会感到自责，当人们谈论起来却不敢去想或忽略环境的原因；二是它说明在那个重出身重政治的年代里，在认识和处理所有不光彩事情的时候，总是从人的外在政治条件出发很少考虑个人品质，这样常常会让一些好人受冤枉遭磨难。我上边说的丢钱的事再典型不过了。这正是我在这里比较详细叙述这件事情的原因。

极其恶劣的气候，抑郁的政治环境，以及饥饿和强体力劳动，使一些人丧失原有的尊严，使一些人过早地离开人世。对于这些英年早逝的人来说，如果没有这场政治灾难发生，他们的生活刚刚开始，他们的事业刚刚发展，正是生命蓬勃怒放的好时节。即使是在那样的境遇里，生前他们都不曾失去信心，依然希望快乐地活着。在心情比较好的时候，大家彼此悄悄诉说着的话语，不是曾经有过的天真梦想，就是尚未泯灭的美好向往，唯独没有谈过的就是死亡，然而谁知死神却走近了他们，把他们的宝贵身躯，连同他们心中的隐秘，一起化为尘埃洒落在茫茫荒野上。

这些人离开人世时，后事是怎样安排的，我当时的身份无从了解。作家郑加真在《北大荒移民录》一书中，说到困难时期农场职工死亡情况，有这样一段文字记载："有的职工死在山上，个别死在路上，不知因何而死，更不知死者为何人，死后善后工作也未很好处理。857 农场有的职工死了 40 余日，尸体还停放在陈尸室内，屋内还有人睡觉。死者有的无棺材，用席子卷埋。"文中所说的农场职工，如果我未弄错的话，应该包括转业军人职工，对这些人的死者尚且如此，对于死去的"右派"怎么可能优待呢？

那年我们重返北大荒，曾经到一座荒山上看过，黑土依旧，荒草依旧，却不见任何隆起的土堆，我们这些总算得到"改正"的人，情不自禁地为这些冤魂悲伤。历史对于他们太残酷了，生前名誉遭受污辱，死后尸骨不知去处。我们只能站在荒山上默哀祈祷。但愿死去的难友在天国不至于再遭罪受苦。

在这里我想必须附上一笔，郑加真先生书中说的情况，绝非是作家自己的想象，而是摘自1961年牡丹江农垦局党委《关于当前垦区工作的检查报告》。这个报告中还说到当时死人的情况，每个农场都有具体的非正常死亡数字。在北大荒的"右派"死亡数字，这份材料里没有单独列出。

北京各中央单位的"右派"，分散在北大荒几个农场劳改，我也无从讲述死亡具体人数。光我所在的850军垦农场，由于饥饿、劳累、生病、苦闷，以及劳动缺乏安全措施等原因，能够说的上名字的死亡"右派"，在将近三年时间就有33人。平均不到一年就死亡11人。如果不是因中苏交恶被迫撤回来，谁知这茫茫的北大荒原野，还会埋下多少"右派"尸骨？需要提及的是，这些死者的年龄，大都是二三十岁或四十来岁，其中不乏各业专家，以及单位的业务骨干。

当然，那是个特殊的年代，饥饿丧命的普通人，恐怕会更难以计数。据陆定一之子陆德，在《要让孩子上学，要让人民讲话》的文章中，回忆他父亲时说，他父亲那年去甘肃省，有一天要去打猎，自己去外面绕了一圈，回来跟他母亲说："立刻回北京，饿死人了。"后来中央派人去调查，终于发现甘肃饿死几十万人的真相。作家邢同义写的《恍若隔世——回眸夹皮沟》，讲述甘肃"右派"在饥饿年代饿死的情景，远比我们要悲惨得多，我们这些在北大荒的"右派"，还算幸运。

"右派" 开始脱冠

在绝大多数国家没有政治思想犯，这是我们国家整人者常用的利器，跟正经犯人的区别就是不判刑，只扣一顶无形的"右派"帽子。其实这比判刑更可怕，因为它没有个期限，对于受迫害者来说，看不到苦难结束的希望。既然戴了帽子，就得摘帽子，总不能老戴着吧。这样一来，摘帽子对于大小"右派"来说，自然就成了头等的事情，至于摘了帽子会怎么样，好像没有谁认真地想过。起码我自己就是如此。只是希望早点离开北大荒，尽快跟家人团聚，如果有可能的话，再争取有份还算称心的工作。这样的要求照理说并不过分，甚至于可以说是人的基本权利，但是，我们每个人得到的"恩赐"，仍然在时间上有着很大的差别。

记得是1959年夏末或初秋，反正是大田庄稼已收割，排水连准备冬季施工时，农场里开始传着一个消息：北京要派个考察团来北大荒，考察中央各部委"右派"情况，同时宣布给一批"右派"摘掉帽子。这一消息不胫而走，很快便在垦区传开，像小时候盼过大年，人们期盼着这天早点来。

我们排水连有几位难友，曾经在中共中央机关工作过，还以他们的心思猜测推断，说不定周恩来总理或者陈毅副总理来。他们的理由是这两位领导人比较开明。后来的事实说明，这样想的人有点天真，更过于自爱和痴愚，身居高位要职的政治人物，怎么能够那样不懂政治呢？中央考察团的确是如期而至，成员都是各部委的相关干部，研究完"右派"摘帽名单，很快就离开北大荒回北京。此事也就算平息了，接下来就是各怀祈盼，希望自己的帽子能够摘掉。

时隔40多年以后，我发现，那些难友的想法，并非是完全无稽。2006年2月28日《作家文摘》报上，刊载过一篇《因泄密，周恩来难以成行北大荒》的文章，作者是原农垦局无线电台台长刘桂彬，据这位当时年仅24岁的刘台长回忆，1958年秋天，周恩来和彭德怀的确想到北大荒，看望从朝鲜战场下来的10万转业官兵。他们电台曾向各农场拍发电报，要求垦区各农场全力以赴，做好迎接的准备及保卫工作。因电报是发往各军垦农场，铁道兵农垦局无线电台通讯队，按惯例动用那台 150 瓦电台，用发通播电报方式拍发，各农场在同一时间均已收到。紧接着有关周恩来来慰问的电报不断。得知周恩来来慰问的消息，全体官兵每天都热切盼望，可是几个月的时间过去了，仍然不见周恩来等人身影。刘桂彬回忆说："一天，队长李占山召集我们开会，严肃地说：'根据我国情报机关获悉，有关周总理计划来密山慰问一事，电报的内容已被日本、南朝鲜及台湾国民党特务机关窃听到了。为防止特务搞破坏活动，为了中央首长的安全，中央决定终止周总理等人北大荒之行计划……'"

从偶尔读到的这篇回忆文章中看，尽管周恩来等人来北大荒时间，跟我们摘帽子时间不同，但是却可以从中看出，那些熟悉周恩来的难友，他们的推测和希望，还是有一定道理的。倘若周恩来果然能够成行，即使不看望全体北大荒"右派"，以他的为人处世态度和方法，总还会看望他熟悉的"右派"名人，以及跟随他多年被打成"右派"的部下。1958 年因失密未能来成北大荒，1959 年来也不是没有可能。这属于后话了。

不过，不管是大官还是小官来，他们这一次的到来，果然给我们送来了福音——"右派"真的要摘帽子了。为什么选择这个时候给"右派"脱冠，在我们当中有各式各样的分析，但是没有一个是分析对了的，真实背景跟建国 10 周年有关。在这一年连一些战犯都特赦了，对于"右派"总不能无所表示吧，何况大典特赦犯人是世界惯例。难友中有些搞美术的人，如我认识的部队画家张钦若、徐介诚等，就是在这个时候先期调走，据说就是到北京布置人民大会堂。

后来文件出来更进一步证实，的确跟建国 10 周年有关。毛泽东曾给刘少奇写过信，提出给"右派"摘帽子，给予宽大处理。这之后中共中央就发出指示："党中央根据毛泽东同志提议，决定在建国 10 周年的时候，摘掉一批确实改造好了的右派分子的帽子。""摘掉帽子的右派分子数目，以控制在全国右派分子的 10% 左右为好。今后，根据右派分子的表现，对那些确实改好了的人，还准备分期分批摘掉他们的帽子。"可能是谈"右"就怕的缘故，即使有这么一个文件在手，第一批摘掉帽子的"右派"，全国只有 18165 人，占官方统计的"右派"总数 6.4%。

第一批被摘掉帽子的"右派"，好像是在 1959 年的八九月份，在庆祝建国 10 周年的前夕。决定特赦一批战犯的同时，给一些"右派"摘掉政治帽子。这第一批被摘掉帽子的"右派"，在当时都是属于表现比较好的，起码对"右派"问题有认识，来北大荒之后劳动也不错，像死不承认自己罪过的人，或者像我这样糊里糊涂的人，无论如何是不会榜上有名的。就以我当时所在连队来说，首批被摘掉帽子的"右派"，有的原来就是著名人士，有的是参加工作多年的老革命，从社会影响和政治需要考虑，理所当然要先给他们脱冠。

确实如我们想望的那样，首批摘掉帽子的"右派"，很快就离开了北大荒。有的直接调回北京原单位安排工作，有的就地分配在黑龙江省工作，还有的到其他地方另行分配工作，比起我们来他们算是个"自由人"了，他们当然有着说不出的高兴。就是对我们这些未摘帽子的人来说，总算有了盼头看到了一点希望。

跟我同连队的一个难友，这次摘了"右派"帽子，临近回北京之时，我问他感想如何，这位老兄非常坦率地说："好像喝了五味酒，准确的味道，实在说不出来。"我想也是。这位老兄当年搞过地下工作，拼死拼活地跟国民党斗争，中华人民共和国成立以后，有些国民党大官成了革命者，他自己反倒被定为革命敌人，怎么想都觉得不对劲儿。这次给"右派"摘帽子，又是跟特赦战犯一起，他心里能有好滋味儿吗？这实在是一笔政治上的糊涂账。谁想算得一清二楚，谁就会自找苦恼。

我当时年轻，在"反胡风运动"之前，一直被视为政治落后分子，对于政治上的左右确实分不清，因此绝不是什么自觉的"右派"。就是"右派"不再那么"臭"的后来，一些人说到当年的自己时，尽量往"右派"上挂，什么"漏网右派"，什么"中右"，什么差点被划成"右派"等等，我也是坦然地这样认为自己。"右派"绝不是什么桂冠，"右派"是苦难的标记。我真正比较"自觉"地成为"右派"，应该说是在我被划成"右派"之后，客观上逼着我非往这条路上走不可。因此，关于我的"右派"帽子，也就比有的人多些情况，现在想起来自己都觉得好笑。

"反右"运动后期，休完探亲假从天津回到北京，领导找我谈话说："根据你这次的表现，部（交通部）里运动领导小组，决定给你戴上帽子。"我一听说给我戴帽子，真的不知是什么意思。过去参观天津监狱，看见过犯人的穿戴，以为要跟犯人一样，就赶忙询问："不戴犯人帽子行不？"这位领导赶紧解释说："我说的帽子是在政治上，把你定成'右派分子'。"这时我才算明白，原来这是个政治概念，跟犯人的劳改背心、劳改帽不一样。戴上了"右派"帽子才知道，敢情这顶无形的政治帽子，比千百座大山还沉重，这一压就是漫长而痛苦的 22 年。很像《西游记》中孙悟空头上的紧箍儿，只要有人一念"你是'右派'，老实点儿"的专政咒，我们立刻就没有了人的尊严。

以我的年龄和在北大荒的表现，1959 年给我摘掉"右派"帽子，我个人认为也不是没有可能。当时领导上找我谈话，让我谈对错误的认识，我却怎么也认识不上去。领导听完以后说："你要是还是这么认识，那就不好办了，你最好写份材料，谈谈劳动以来的体会认识，就把你的帽子摘了。"我当时就想：这顶"右派"帽子，就真的那么可怕吗？开始时并未怎么感觉到，因此，我对这件事也就不积极。这样一拖又是一年。1960 年快离开北大荒时，根据上边指示，再给一部分"右派"摘帽，领导上又考虑到我，有些年长的难友就劝我说："你不按组织上的要求办，人家就不给你摘帽子，到头来吃亏的还是你自己。"听从好心人的劝说，按照要求写了劳动改造汇报，这样才给我摘了"右派"帽子。后来以"摘帽右派"的身份，1961 年又被发配到内蒙古，继续在野外工程队劳动改造。

1962 年的春节，我从内蒙古回天津探亲，趁在北京换车的机会，看望一些朋友和亲戚，他们都不约而同地告诉我，上边有意给"右派"甄别。我听了以后开始心动。回到内蒙古就写了个"申请甄别材料"，交给我所在单位内蒙古邮电工程总队。内蒙古邮电工程总队领导人，是个非常爱护部下的人，他考虑政策不是很明朗，怕闹不好我再吃亏，完全出于对我的爱护，就没有往中央交通部转这份材料，而是放在了我的档案里。"文革"运动后期我的这份材料，被我所在单位造反派翻出，就成了我"右派翻案"证据，在对我实行专政时宣布，我为"没有改造好的右派"，"右派"帽子"拿在群众手里"，就是说想给我戴就给我戴上。类似这样的情况，在 55 万"右派"中，恐怕也并不多见。好在这时我已经是个资深"右派"了，政治帽子就是一百顶放在头上，我也会不在乎地听其自然，真的有了"死猪不怕开水烫"的功夫。

戴"右派"帽子——摘"右派"帽子——"右派"帽子拿在群众手中——给"右派"改正。这"右派"形成—发展—"消亡"的全过程，我都一样不拉地完整"享受"了。倘若问我对每个阶段的单独感受，我倒是觉得这最后叫"右派改正"，而不再提"右派"帽子，总是认为叫法有些欠妥，或者是叫做"定性不准"。因为按现在的说法理解，这不就是说，帽子还在头上戴着吗，只是把歪了的"改正"了而已。实在牵强。要是让我办这件事，我就叫给"右派分子"扔帽子，从戴帽子始，到扔帽子终，这就合乎事物逻辑了。因为说"平反"又怕伤害另一些人，说"扔帽子"不是大家都过得去了吗，还不至于产生逻辑性的误会。

永远的荒原火车站

经过近三年的苦难劳役，我们这批中央机关的"右派"，带着布满身心的累累伤痕，终于要离开北大荒了。

回想在这里的日日夜夜，与天斗，与地斗，与人斗，我们不仅没有"其乐无穷"的快感，而且有的人还断送了性命。倘若没有中苏哥儿俩反目，与苏联只有一江之隔的虎林地区，仍然是所谓的巩固的大后方，我们还得继续在这里"斗争"下去。拓荒种地倒好说，即使现在从生态保护角度看有点不妥，那时总还算是投身国家建设；可是让"右派"之间的争斗，这算是什么正经事情呢？只能给喜欢政治游戏的人，增加点新的感官刺激，使他们的业绩更"光辉"。而对于我们这些"二劳改"，这块祖国的宝地，很可能就是人生墓场。不管怎么说，这会儿终于要走啦，真不知该对它说些什么。

从灾难中解脱的欢欣，无疑是我们共同的感受，但是，由于每个人都有其具体情况，自然也就有着特殊的想法。"帽子"没有摘的人考虑，回去怎么跟家人交代；摘了"帽子"的人考虑，回去怎么给安排工作；年老的人考虑，自己的"右派"问题，会不会影响子孙后代；年轻的人考虑，被划"右派"的经历，会不会断送未来前程。总之，人们怀着各自的不安与疑虑，告别这块辽阔的黑土地。

这块黑土地是美丽的，它的一草一木我们都热爱；这块黑土地是苦难的，它的每时每刻我们都憎恨。如今真的就这么离开它了，心中究竟是什么滋味儿，还无法用一两句话说清楚。不管怎么说，在北大荒的开垦过程中，我们出过力流过血汗，自然也就有一定的感情，只是这感情比较复杂。

1958年，从北京来北大荒，记得是在密山下火车；这会儿，从北大荒回北京，我们要在密山上火车，在这荒原小站的一上一下，完全是一般旅客行为。这种事对于这个遥远的北方小站，实在再平常再普通不过了，就如同隆隆而过的火车，绝不会给它留下什么记忆。然而对于我们这些人，这荒原上的小火车站，却是艰难人生的驿站，永远也不会忘记它。此刻我们在这里等待上车，许多人想起初来时的情景，不禁津津有味地谈论着它。

那是1958年春天的一天，从北京发配来的一批"右派"，经过三天三夜的行程，到达火车终点站密山。这座北方边陲的小火车站，在此之前曾经热闹过繁忙过，接待一批批复员转业军人。军人们从朝鲜战场撤下来，整师整团的建制不变，在这里改建成军垦农场，从事开荒和农副业生产。迎接他们到来的场面，我们这些人不曾看见过，后来听说相当庄严神圣。军人们发誓要把这块荒原变成米粮仓。其情其景都很感人，作为他们的同代人，我们非常敬佩他们。这批先期到达的军人，有的后来成了农场领导，负责管理监督我们这些"右派"。

关于这历史性的大垦荒，我想在这里顺便带上一句话。用现在的科学眼光来看当年的开垦，那简直是对自然生态的严重破坏，为了一点暂时需要糊口的粮食，为了安置转业军人和"右派"，就对水草丰美的地方进行掠夺，到底是功是过也就一清二楚了。不然北大荒的美丽风光可成为又一个九寨沟。2004年《光明日报》有一则新闻报道说："北大荒"重现原始风貌，保护区内有成群飞鸟和遍野绿色。报道中还说：持续了半个世纪的垦荒，使三江平原湿地面积从536公顷减少到113公顷，锐减了79%。经过近10年的保护，湿地面积大大改观。多年不见的荷花又在湿地湖泊里绽放，禽、鸟逐年增多，植被明显恢复。目前保护区已被列入"国际重要湿地名录"。这无疑是对过去那种错误做法的纠正。看到这则消息以后，让我们这些当年参预破坏生态环境的人，在心情上总算稍释重负。当然，后人更应该从中吸取教训，以免再拿愚昧无知当光荣赞扬。

现在——1958年，我们这些"右派"来了，也在这个小火车站下车，可就是没有那种热闹氛围了。这批被送来劳改的"右派"，既有参加革命多年的老干部，又有进入社会不久的年轻人；既有喝过洋墨水的专家、教授、工程师，又有在革命队伍中成长的文化人；既有刚度过蜜月的新郎官，又有妻离子散的中年汉子，这些人过去的身份、情况不同，此刻的心境却大体相似。从那一张张强颜欢笑的脸上，以及万般无奈的眼神里，隐隐约约地显露着某种疑惑和不安。

聚集在这个小火车站的人不少，却没有通常的喧哗和忙乱，人们怀着一种莫名的情绪，默默地等待着命运的安排。

如今——1960年，一晃近三年的时间过去了。这会儿我们要走了，不管今后的日子多么艰难，离开这里总比久留要好，大家的心态也就不同于来时。说说笑笑的有之，打打逗逗的有之，喝酒行令的有之，互换地址的有之，这平日冷清的荒原火车站，此时要比两年多前我们来时热闹。记得有位上了些年纪的难友，面对着眼前的此情此景，意味深长地说："人在两种情况下，最容易兴奋，一种是对未来充满幻想，一种是对前途感到失望。"我们这伙儿人，属于哪一种，我实在琢磨不出来。

　　这位年长难友说的这番话，让我回想起两年多前刚来时，大家表现出来的沉闷和沉重。大概那时更多的人的思想，是处于非常矛盾的状态，而此刻很有点不计好坏，过一天乐和一天再说的想法。这也就是说，经过近三年的劳改，有的人对未来还抱有幻想，有的人对前途则开始失望，总之，无论是哪一种，都说明人还是人。谁想用自己的意志强制别人都难以得逞。

　　这会儿给我们送行的人，比我们来时接站的人多了些，毕竟相处了近三年的时间，彼此有了一定的感情。而且给我们当头的那些军官，我们走了以后得重新分配工作，可是他们中有的人除了管人整人，再无别的什么维生本事，只得下地干农活儿，这是他们所最不希望的。有的管教人员曾说："你们走了，我就得当农工了。"显得是那么无奈，那么不情愿。然而对于我们，只能说，"再见了，北大荒"；"再见了，850农场"；"再见了，荒原火车站"。我们是不会忘记你们的——这个我们曾经落魄过的地方。

投入父母的怀抱

不记得是哪位哲人了，说过大致这样的话：人生旅程就是个圆圈儿，在一个点上起步，无论走得多么遥远，最后还得回到这个点上。

1960 年的秋末冬初，我们这些"右派分子"，各怀不同的心情，踏上返回北京的火车。走的依然是来时的路线。这一来一去的相同路线，忽然让我想起"圆圈儿"论。尽管还没有到给生命画圈儿的时候，但是这来去的重复经历也在说明，人的命运就是个勾勾画画的过程。勾画好了就是一幅美丽的图画，勾画得不好就是一张杂乱的废纸。当然，从每个人的愿望来说，只要渴望生命美好，谁也不想让自己一生无为。然而，在政治运动频仍的年代，这样的愿望十有八九难以实现，因为命运绳子攥在别人的手里。

跟我同一个车厢里的人，有的过去不在一起劳动，彼此之间只是刚刚认识。若是在过去，见是陌生人，谁也不敢多说话，生怕哪句话说不对，被人举报找倒霉。好在这一次都只是同路人，今后各奔东西再难相见，说话就不必担心那么多，一路上大家聊得还算轻松开心。起码不像来的时候那样拘谨。

经过昼夜兼程的行驶，当列车抵达山海关火车站，正好是个清新的早晨。停车十几分钟，人们纷纷走下车来，在站台上随意活动。呼吸着关内柔和温馨的空气，遥望着气宇轩昂的关门匾额，我的心里翻腾着万千思绪。这历经沧桑的古老关隘，古往今来你见过多少人物，可是你可曾见过"右派"罪犯？我们从你这里出出进进两次，都是匆匆的悄悄的，但是请你一定要记住：我们都是堂堂正正的人，对于祖国和民族绝无愧疚。

列车到达天津东站，告别了同路难友，我就先下了火车。算是真的到家了。

两年多以前，去北大荒的时候火车匆匆而过，我只是站在车站出站口，远远地望了一眼这座熟悉的城市，那时心中涌动的是苦涩滋味儿；此时我从容地回来了，当迈进这座城市的大街，心里顿时觉得暖洋洋的。如同一个受了委屈的孩子，真想痛痛快快地大哭一场。这些年受的罪受的苦受的冤枉，实在让我感到从未有过的压抑，即使这座城市不能为我消释，至少会让我感到多少踏实些。因为这里的气息和氛围，毕竟是少年时就熟悉的，我闻着都觉得亲切、温暖。

推开家里的木栅栏门，只见母亲正在扫院子。尽管母亲知道我将要回来，见到我时不应该意外，但是她还是愣了片刻，这才放下手中的笤帚，赶紧让我进到屋里。她说的第一句正经话就是："怎么瘦成这个样子啦？模样都走了。"然后就是不住地抹眼泪，还不时地端详着我，这时我才明白过来，她刚才的发愣，大概就是惊诧我的变化。可是对于不谙政治的母亲，我又能说些什么呢？我总不能如实地告诉她，一天只吃8两带皮的粮食，有不少年轻人饿死在野地里，你儿子能活着回来就不错了。我总不能如实地告诉她，我们一天要干十几个小时苦重活儿，活干完了还要不停地互相批斗，让母亲再为过去了的事情伤心吧。

看着母亲日渐变老的模样，以及她那尚未沉实的心境，作为不在她身边的长子，我只好跟母亲说假话："临回家这几天，太高兴了，未睡好觉，人就瘦啦。"借以宽慰善良坚强的母亲。绝不能让她悬了几年的心再受揉搓。我知道，她是绝对不会相信的，可是她也不好再追问，只是仍然不住地打量我，仍然用手背不时地抹眼泪。由此我断定，在我被划为"右派"这些年，她还不定怎么思念和惦记我哪。作为一位普通的母亲，本来就够操心的了；作为"右派"的母亲，恐怕就不只是操心了。可见1957年这场人为的灾难，让多少善良的人受尽折磨。

正喝着母亲给我泡的酽茶，娘儿俩说着别后来的情况，这时父亲下班回来了。他比我走时明显地老了，瘦了，浓黑的头发间有了花白。父亲的性格比较内向，不像母亲那么好叨唠，就是他见到我的那一刻，也只是说一句"回来啦"，然后也就没有了话，独自在一旁不停地吸烟。从他吸烟忽长忽短相隔的时间上，可以明显地看得出来内心的痛苦，只是不像母亲那样坦率地说出罢了。作为他们的长子，在照料家庭上，未能替他们分担重负，反而给他们带来烦恼，我感到十分内疚。可是我又有什么办法呢？只能在心里祈求父亲和母亲原谅。

沉默了片刻，我问父亲："什么时候见到我的电报的？"父亲说："昨天就见到了。"接着他很严肃地说，"以后不要再拍电报了，免得你妈害怕。"害怕?！拍电报告诉回家，这有啥好害怕的？我疑惑地看着父亲。父亲告诉我：昨天电报局送电报时，家里只有母亲一人在家。她正在院子里收拾东西，听到投递员喊："5号（门牌号）电报。"母亲立刻腿就软了，愣了一会儿晕倒在墙边，幸亏，听到没有人应声，投递员推门进来，急忙喷水抢救母亲，母亲才从昏迷中苏醒。不然这次酿成大祸，我这一生都要悔恨，就是现在想起来仍然不安。

母亲告诉我说，自打她知道我出了事（被打成"右派"），正在东北劳改，她就总是胡思乱想。有时夜里还做噩梦，被吓醒了才知是梦，白天只要谁说"右派"，她也会马上想到我。这次听到电报来，以为我出了更大的事，往最坏处想，她一下子就眼花头晕了。唉，真也难为了我可怜的母亲，我因为说几句真话罹难，自己受惩罚还不算，更要连累母亲跟着担忧。

这次，是我头回给家里拍电报，竟然就碰到了这种事，都怪我自己没有个主意。其实我当初并未想到发电报，见别人都往家里拍电报，一位好心人劝我说："你还不给家里拍个电报，让家里人也高兴高兴，再说也有个思想准备啊。"我觉得有道理，就这样做了，不承想适得其反。实在不该。从这以后的多少年里，就是再有急事要事，我都未给家里拍过电报。给别人也很少拍电报。

听过父亲讲述电报的事，我不禁怜爱地看了看母亲，她比三年前憔悴了许多，她额头那一道道的绉纹上，刻着深深的辛劳与惊吓。母亲本是个家庭妇女，根本不懂得政治，什么"左派"啦"右派"啦，她能记住这些名词，就算是很不错了，还能要求她别的什么呢？可是她还是得跟着我经受惊吓和折磨，谁让她是"右派"儿子的母亲呢？我觉得像母亲这样没文化的人，比有文化的人心中更痛苦，因为她自己分不出政治上的是非，只任凭别人说好说坏，而她自己又不见得能接受"右派"——起码对我、她的儿子——是坏人的说法。

临近傍晚时分，弟弟妹妹们都回来了，见到我都很高兴，只是不知道说什么好。他们有的正在学校读书，有的刚参加工作不久，这些政治上的事情，当然要听学校或单位的，对我这个"右派"哥哥，自然会有一种矛盾心理。说不定还有点埋怨呢。这我完全能够理解。生活在那个年代里的人，思想和感情常常会在组织说教和自己观察两者间，来回地徘徊和十分矛盾中，最后往往不得不相信组织。于是我就主动跟他们搭讪，问问这个学习，问问那个工作，以便消除政治造成的陌生感。后来听说有的"右派"难友，弟弟在入党升官时受到影响，一回到家里就被弟弟赶出家门，从此兄弟之间也就反目成仇。幸亏我的弟弟妹妹们年纪都不大，他们还没有拒绝我这个"右派"哥哥。

就这样，在真真假假的糊涂中，全家人总算是团聚了。最高兴的当属母亲，一边忙着做饭一边说话，几年来的忧虑和烦恼，顿时从她身上消失。到了吃饭的时候，母亲揭开热气腾腾的锅，端上她精心做的饭菜。我一看，嗬，什么红烧排骨、清蒸鸡块、红烧鱼、炒豆腐，炒香干芹菜，等等，等等。在困难时期能有这样的饭菜，简直是从天而降的大口福，别说是我这个刚流放回来的饿汉了，就是弟弟妹妹们也惊喜异常。父亲指着一桌子饭菜对我说："听说你要回来，你妈特意借了些肉票、副食票，说你在外边吃不到什么。"这时母亲就搭茬说："他大哥（指我）一进家，我吓了一跳，原来白白嫩嫩的人，这会儿又黑又瘦，简直是两个人啦。这些年不知咋受罪哪。"说着说着母亲又抹起了眼泪。儿行千里母担忧的古话，这时我才第一次认识和体会到，而我的母亲还不只是担忧，更有着对儿子命运的惊吓。

吃饭时，母亲一个劲儿地往我的碗里夹菜，生怕我吃不好吃不饱，恨不得把我亏空多年的油水，在这一顿饭里全部都填补上。可以毫不夸张地说，这顿饭是我有生以来，吃得最香最饱最好的饭，这以前在北京的许多年里，不管吃过怎样的美味佳肴，都没有这顿饭的记忆深刻。这是在北大荒流放两年多来，我投入母亲怀抱以后，跟全家人吃的第一顿饭，而且是在全国大饥饿年代。所以这会儿一听到有人唱"世上只有妈妈好……"这首歌，我就会想起那顿饭和怀念母亲。世界上最伟大的爱莫过于母爱，母爱最圣洁，母爱最无私，遭受过苦难的人体会得更真切。

住在家里的日子

　　过去由火车托运行李，可没有现在这么方便，几乎是人到行李就到。那会儿少说也得五六天，到未到还得自己去车站问，行李员不耐烦了还要呲你。我从东北托运的行李，途中要经过两次中转，抵达天津火车站时，比我迟到了四五天。弟弟们帮我从车站取回来，在院子里摊开晾晒时，看到这些破破烂烂的衣物，母亲又是不住地抹眼泪。

　　这时我仔细地一瞅这些东西，可不是，别说是母亲了，连我这个过来人，都觉得实在看不下去。烟熏火燎的衣被，潮湿发霉的书报，在太阳底下一曝晒，悠悠地散发出一股令人作呕的怪味儿。这是北大荒"右派"生活的真实记录，这是一个被劳改的人的苦难见证，母亲看到这些当然会想象当时的情景，怎么能不为她儿子所受的罪难过呢？

　　在这些破烂衣物当中，有床蓝地红花的被子，格外引起母亲的关注。这床被子是母亲给我做的，几年前从天津带到北京，又从北京带到北大荒，这会儿又从北大荒带回来，可是原来亮丽的模样完全没了。在一次炕火引起的火灾中，这床被子被烧破好几个洞，我就用几条带花的手绢补上，那针脚足有一寸长，线色有的白有的黑，简直就是一幅旧时百衲图。母亲一边翻看着一边流泪。我无法知道她此时在想什么，只能从她凝重的表情上猜测，她大概在为儿子的命运感叹。

　　看着母亲难过的样子，我有点儿后悔。如果我不把这床被带到北大荒，或者我不把这床被带回天津来，母亲就见不到这床缝满她爱意的被子，恐怕她也就不会如此地伤心难过。其实在离开北大荒的时候，我真的曾想把它们通通扔掉，回到北京工作再置办新的。一位年长的难友知道后，特意来提醒我说："年轻人，你太心急了吧？事情别老往好处想，万一要是再让你继续劳动，这些东西，有的还会用得着啊。"听了他的话，我就没有扔。后来一宣布分配名单，果真让这位难友说中，我被发配到内蒙古。到了内蒙古真的又继续劳动，而且是在野外工程队，这些东西又都派上了用场，只是大都被母亲重新洗补过。本来母亲想给我购置一套新的，因为家里布票和钱都不富裕，就不得不再让母亲为我劳累。

回到家里这些天，让母亲最操心的事，就是我虚弱的身体。可是这时正是全民挨饿的年月，别说家里经济并不宽裕，就是有钱也难买到东西，吃用全都得凭票证供应。母亲除了积攒家里的票证，还不时地找邻居借一些，然后再起早贪黑排队去买，什么排骨、猪肉、粉条、面酱、海带……总之，凡是能够入口的东西，母亲都一样一样往家里买，回来还要一样一样地收拾做好。其辛苦的程度可想而知，母亲却全然不去理会，只要看到我大口大口地吃，她就觉得很心满意足了，脸上马上就会绽出微笑。

经过母亲这样的精心照料，还别说，我的身体渐渐得到恢复，脸面丰满并显出红扑扑的光泽。这时的母亲比谁都高兴。只要邻居们说："你们家老大（指我），这会儿的面目，比刚来时好多了。"母亲就像受表扬的小学生，为自己"作业"得高分，感到无比欣慰和自豪。

我从北大荒回来这些天，母亲只顾关照我的身体，对于我的工作一点也没问。父亲跟我聊天时也是说些别的，同样不曾问过我今后的工作。在他们看来，好像摘了"右派"帽子回来就没事了。即使不能再回北京原单位，至少也会调到天津工作，总不能再给什么惩罚吧。好容易让父母高兴了几天，我怕给他们心里再添堵，要调内蒙古的事就没有急忙说。

眼看着走的时间就快到了，有天跟父亲聊天儿时，我就顺便告诉给他，恰巧让母亲给听到了，她的一颗心立刻又悬起来。从此有好多天，她都闷闷不悦地叨咕："这是啥事啊，刚从东北回来，又要去内蒙古，那不是更远了吗？到底犯啥罪啦，这么不依不饶地害人哪。"我只好给母亲解释说："内蒙古不远，比东北还近。这次去内蒙古，不是劳动，是坐机关。还可以经常回来。"以此来解脱母亲心中的疑虑。

到了内蒙古以后的事实证明，我的这些话，除了"比东北还近"这一句是真的，别的都是自欺欺人的假话。我被重新发配到内蒙古呼和浩特，不仅没有让我蹲机关，而且是放到了野外工程队劳动，可以说是北大荒劳动的接续，只是形式上比在北大荒"自由"点。仅此而已。因为我那时对形势估计不足，又存在着某些天真的想法，就想当然地编造了那些话，用来安抚母亲和宽慰自己。

我从十几岁离家在外，还很少有想家恋家的时候，这次可能是因为"右派"问题，真正地尝到了人间的冷暖恶善，觉得唯有在父母的怀抱里，活得才踏实、安逸、真实、自在，所以对家显得越发地留恋。距离要走的日子一天天地临近，我的不安和烦躁就一天天加剧，心中不时地涌动着莫名的惆怅。最后终于到了不走不行的时候，动身前一天晚上，看母亲给我准备路上的吃食，她那满脸忧伤沉闷的表情，如同一块石头压着我的心，我的眼泪不禁潸潸流下来。

这时忽然想起来一件事。我到北大荒的第二年，饿得实在无着无落，农场允许寄吃食时，我给父亲写信要东西，家里只给我寄了一饭盒炒面，跟别人寄的东西比较，我觉得又少又不太好，心里还曾经埋怨过父母。看到眼前母亲准备东西的情景，现在想起来实在羞愧难当。相信那时母亲跟现在一样，几乎倾其家中所有的食品寄给我，而我却不能理解母亲的心意。越想这些越内疚，心绪就越不平静，竟然失声痛哭起来。母亲赶紧问我："哪儿不舒服了，是不是生病啦？"这时我真想跪倒在地，给母亲磕头谢罪，恳求她宽恕我的误解和不孝。

再不想走也得走啦。我自己跟难友说要打前站，哪能食言呢？走的时候，哭泣的母亲，沉默的父亲，就像两座铜浇铁铸的雕像，耸立在我情绪乱如野草的心园。时至今日仍然清晰可见，什么时候一想起来，我的心头就会发紧发酸。这时是 1961 年的年初，中国的传统节日春节刚过，迎着塞外初春刺骨的寒风，我独自一人"走西口"……

第三部：再度发配内蒙古草原

分配名单公布以后

在即将结束北大荒劳改时，我曾经有过天真的幻想，认为像我这样年纪不大，基本是吃共产党奶长大的人，在安置上也许会宽容些，至少会给一份合适工作，让我的青春前程不至太灰暗。

当分配名单正式宣布，让我去陌生的内蒙古，我的心立刻全凉了。这时才猛然意识到，原来个人想法只是一厢情愿，自作多情，自己太拿自己当个人看了。别说是给一份合适工作了，就是留在北京都再无可能。而且连说话的机会都不给，一纸调令就是一根无言的绳子，拴着你到不想去也得去的地方。正常人的尊严和自由，再一次被冷酷地剥夺。这时才把位置和心态摆正，提醒自己：你就是个草芥之民，摘掉帽子的"右派分子"，别老往好处想事情，你积极地跟党缩短情感距离，那会自找没趣的，老老实实听喝就是了。即使不想做个顺民，做个哑民总还可以吧。

宣布到内蒙古的人员名单时，就把我们分成了若干小组，以便大家彼此间有个关照。跟我分在同一个小组的人，分别来自文化部、对外文委、交通部、内务部、广电部、一机部等单位，在北大荒劳动时有的并不认识，这回要一起去内蒙古草原，自然成了相依为命的伙伴。我们这个小组的 10 来个人，大都有家室，分别近三年好容易团聚，谁不想在家中多待几天呢？可是大家又想早点了解内蒙古情况，有人就提出先去一两个人，到了内蒙古写封信跟大伙说说，这样大家思想上也好有个准备。这个主意当然不错。大家都非常赞成。可是让谁先走呢？

当时还未结婚成家的人，这个组就是我和李棣荣，李棣荣家在沈阳，距内蒙古比较远，只有我比较合适，既是无牵累的光棍汉，又是家距内蒙古较近的人，再说我也想早点去内蒙古玩玩，就主动地担当起这个先行官。同组的难友都非常高兴，有人立刻写家庭地址给我，叮嘱到了内蒙古就给他写信。可见大家是多么急切想了解内蒙古的情况。

1961年春节刚过，热闹劲儿还未消退，我就告别父母亲人，迎着塞北的寒风，独自一人去呼和浩特报到。在我到达内蒙古不久，李棣荣也来了，我们俩就成了伴儿。谁知这么一走就是18年，我的又一段美好人生时光，全都扔在了茫茫的内蒙古草原。

　　记得小时候自己胡乱抄书时，曾经抄过这样一段名言："我是我命运的主宰，我是我灵魂的主人。"从此本着这个宗旨，我开始暗地里努力，希冀能够主动地生活。进入社会以后才发现，这句话说得并不完全对，我的命运在很大程度上，是靠别人主宰着的，更不可能成为自己灵魂的主人。经过"反胡风运动"、"反右派运动"，又经过北大荒近三年劳改，如果说还不能有所彻悟的话，那么这次再度发配内蒙古，我已经真的不相信它了。起码开始比较清醒地知道，在我当时生活的年代，只要有政治运动存在一天，这一天的命运就不会自己主宰。至于这句话里说的"灵魂"，如果是指人的思想的话，那就更不可能自己成为主人。就是从这个时候起，我不再盲目地相信名言，觉得自己的体验比名人说的更可靠。

　　从北大荒分配到内蒙古的"右派"，在人数上比去其他省市的要多。据说，内蒙古自治区主席乌兰夫比较爱才，他认为被打成"右派"的人，大多数是各行各业的业务骨干，内蒙古的建设又需要人才，他就主动地跟中央政府提出，内蒙古可以多接收安排些"右派"。这是我到了内蒙古半年之后，闲谈时听当地一些干部说的。是真是假不详。但是在对我们的使用上，却并没有怎么体现出来，许多人照样从事体力劳动，安排好点的不过是教书，或者做别的一般性工作，像正常人那样量才而用，据我所知好像并不是太多。

　　除了在北大荒劳改近三年，从1961年到内蒙古至1978年回北京，这是我人生最长的一段美好时光，像一束色彩绚丽的羽毛，被残酷的政治风暴吹得七零八落。早年的理想、抱负、才干，全都从我的身上消失，换来一个更实际的自我。如果说在内蒙古这18年，还有什么值得欣慰的事，那就是交了几位真诚的朋友。在我命运最艰难的时刻，是他们伸出宽厚的手，给了我有力的支持和帮助。若干年后有些人问我，是什么样的力量和信念，让我挨过那段坎坷岁月？我总是说：是友谊。真的，支撑我活下来的支点，绝不是什么坚定的信念——我可没有那么崇高。就是觉得这个世界上还是好人多，世界绝不会因为有坏人就不可爱，我如果草率地结束自己的生命，岂不是让那些害人的坏人称心如意？我要好好地活下来，看看坏人如何受惩罚，相信这一天总会到来。18年的时光，在一个人的生命历程中，不能算是很短促。而且这正是我生命的黄金期，如果没有这么多人为灾难，总可以为国家做点事情吧。只要一想起那个荒唐的年代，我的心就会不住地滴血，感叹自己怎么就那么生不逢时。然而，出生的时间又非个人所能选择，既然生在了这个年龄段，不管有多么大的人为灾难，我都必须面对和承受。什么是命啊？这就是命。

什锦花园招待所

我就要去的内蒙古，对于当时的我来说，只是个地理概念。别的具体情况一概不知。据熟悉内蒙古情况的人讲，那里的西部区过去叫绥远，呼和浩特就是当时的归绥，民间说的走西口就是指这一带。听人这么一说，那首悲凉凄切的《走西口》小调，立刻便在我的脑海里回响起来："哥哥你走西口，小妹妹我实在难留，手拉着哥哥的手，送哥送到那大路口……"

从这首民歌中可以想见，早年间口里穷苦人生活无着，背井离乡走西口是多么凄惨。我在20世纪60年代初走西口，尽管不是为了讨饭糊口，吃好吃赖总不至于挨饿，但是精神上的压力和负担，以及言行上的不自由，远不如那些穷汉们活得自在。更何况穷汉们那会儿走西口，还有个知道疼爱的妹妹送，叮嘱出门在外注意的事，心灵上总算有些安慰的。而我这个头顶荆冠的单身汉，别说没有亲人来送行了，就连理解的人都没有，心里难免有种失落的滋味儿。特别是想到那里地广人稀的蛮荒，想到令我无法消受的牛羊肉，无形中又增加了不少恐惧感。我很想多了解些内蒙古情况，这时就有人建议我在动身前，最好先到内蒙古驻京办事处打听打听，于是我听从劝告在那里住了五六天，间接地闻到了一点儿草原气息。

内蒙古驻北京办事处招待所，在东城区的什锦花园胡同，是一座典型的北京四合院。据说过去曾是官宦的私人豪宅，1949年当做官僚资产充公，由国家拨给内蒙古政府当招待所。北京有许多这样的官宦大宅院，1949年后大都被接收改成公用房，每一处都很漂亮、气派、典雅。内蒙古驻北京办事处招待所，院内花木葱茏、亭台藏幽，给人一种温馨宁静的感觉，即使是在这里暂住几天，在精神上都是最大的享受。

在招待所跟我住同房间的客人，是包钢热电厂的一位工人师傅，他刚从东北老家休探亲假回来，路过北京想顺便在这里玩几天。当时我俩都是二十几岁，尽管是陌路相逢的，但是毕竟是同龄人，说起话来也就比较投机。知道我是分配到内蒙古的干部，他就主动给我介绍内蒙古情况。从四季气候到行政建制，从民族风情到饮食习惯，凡是他想到的知道的，都一一详细地讲给我听。通过他几天来断续的讲述，我对内蒙古开始有所了解，觉得并不是像传说的那样，完全是一派"天苍苍，野茫茫，风吹草低见牛羊"的景象，那里也有城市和乡村之分。这就使原来因无知产生的恐惧，从我的心中渐渐地消失，代之而来的是那个年龄段的人，都可能有的浪漫幻想和希冀。这时的内蒙古，在我的想象里，开始有了诗情画意。

20世纪60年代初期，正是全民大饥饿的时候，所有可以果腹的食物，都得用当地的粮票买，如果你外出到其他地方，还必须从单位开相关证明，兑换成全国通用粮票才行。我的户口从黑龙江迁往内蒙古，中断的几天换不成通用粮票，就从家里要了几斤路上用。在北京多住了几天，眼看着快吃完了，就考虑并顿儿吃饭，上午10点钟吃一顿，下午4点钟吃一顿，而且每顿都不敢往饱里吃，怕万一没了粮票挨饿。俗话说，手中无粮，心里发慌，算计着粮票吃饭，是那个年代的人普遍做法。当时盛行的"蒸量法"，或者叫做"增量法"，其实就是以水代粮，让食品加倍膨胀，在视觉上觉得量多，起个心理安慰的作用。可见粮食在当时饥饿的人中多么重要和宝贵。

有天去北新桥看望朋友，路上见一家小铺儿贴出告示："本店出售点心渣，免收粮票，欢迎速购。"我一看不禁眼睛一亮，嘿，还有这样的好事情。本来想串完门儿再来买，又怕回来商店卖完了，就赶紧进去买了二斤，放在背包里去朋友家。那会儿的点心，本来就缺油少糖，这积存多日的渣儿，越发显得又脏又硬，只能挑挑拣拣地吃。下午回到招待所，我正挑拣点心渣里的杂物，被刚回来的同室工人师傅看见了，他略显惊愕后面带愠怒地问我："你是没钱，还是没粮票，干吗吃这些脏东西？没有你就说话，我有。咱们认识了，就是朋友，还这么客气？"我赶忙说："钱和粮票，我都有，这是吃着玩儿的。"他也就未再介意，只是笑了笑。

次日吃过上午饭，下午饭未吃，我一直躺在床上看书。这位包钢工人师傅采购回来，看见我又蔫又懒的样子，大概是有所悟，开口就说："咱俩一起住了几天，我看你这个人不错，只是太不实在啦。你吃点心渣儿，我就猜，你不至于没钱，准是没有粮票。这会儿又不去吃饭，就更说明问题了。其实何必呢？出门在外，都有为难的时候，谁还不求谁。"说着掏出来10斤全国粮票，不容我解释就扔在了床上，还说："你先吃着，不够再说。我是干重活儿的，每月56斤粮食，肯定比你的定量高。"

看着这 10 斤粮票，我真不知道说什么好。在那个饥饿的年头，粮食比金子还珍贵，一斤粮票有时就能救活一条命啊，何况一下子给了我 10 斤。我每月的定量才 26 斤啊。这件事真的让我很感动，却又不好说什么感激的话，就说："别的话，我就不说了，说了你又认为我不实在了，我们就交个朋友吧。"他微笑着点了点头。

还没有到内蒙古，就遇到这位好人，这也算是天意吧。

我想，既然人家对我这么实诚，我就更应该坦率地对待人家，起码得说说我的真实身份。次日傍晚我们一起在食堂吃饭，我把我的摘帽"右派"身份，以及如何从北京到北大荒，又从北大荒到内蒙古的事，一五一十地讲给他听。原以为听后他会对我表示鄙夷，说不定还会马上跟我疏远，像通常说的那样立刻跟我"划清界线"。不承想他说出的话，竟然让我大吃一惊，他说："什么左啦右啦，我全不懂；我只知道人分好坏，有没有本事。我上学那会儿，学校被打成'右派'的老师，都是敢说真话的人，这些人不溜不拍，个个课都讲得特棒。"他的这些话，尽管不是说的我，只是他个人的看法，但是起码说明，他对我这样的人并不反感，我也就放心了。

到了内蒙古分配工作以后，立即写信给这位新结识的朋友，除了表示对他关照的感谢，我还把 10 斤粮票还给了他。怕他不高兴，在信中特意解释说，我当了电信工人，粮食定量也是 56 斤，根本吃不了。他很快就给我回了信，向我表示问候，并且说，工人都是很直爽的人，像你这样坦率的人，在工人中生活更好，只要好好劳动，绝不会有人使坏下绊儿。

果然如他所说，我在这个电信工程队里，跟一些工人师傅相处得确实不错，直到罪恶的"文革"到来，整个国家都被搅得乱了套，我的平静生活也被破坏。"文革"中期我被批斗，后来又被打成"内人党"，我怕自己的事情连累他，就主动地跟他中断了联系。然而我对这位工人师傅的感激，却始终不曾忘记，这不仅仅是 10 斤粮票的事情，他让当时处于逆境中的我认识到，好人到什么时候都是好人，即使是在政治至上的年月，有的人也绝不会完全用政治判断人，他们更看重一个人作为人的品质德行。

跟我一起分配到内蒙古的难友，陆续地到了呼和浩特报到，在招待所里等待安排工作，闲聊时我跟他们说起这些事。一位难友打趣说："你住的地方名字不错——什锦花园，又遇到一位好心人，这预示咱们在内蒙古的运气，说不定也会繁花似锦呢。"当然，这只是个美好的愿望，那会儿整个国家都在瞎折腾，怎么好希冀个人的命运会好呢？

不过，平心而论，在"文革"之前的那些年，分配到内蒙古的"右派"，生存环境总的还算不错，受歧视、遭迫害的事情不多。"右派"问题改正以后，分配到各地的"右派"，陆陆续续地回到北京，大家说起这22年的情况，跟有些非常"左"的地方比，内蒙古对我们还算宽容。这大概得益于内蒙古各族人民的朴实善良品质。所以在后来离开内蒙古以后，说起在内蒙古的生活来，大家总是有种依依眷恋之情。

初识草原青城

呼和浩特是蒙古语，汉译为青色之城。作为内蒙古自治区首府，宛如一颗璀璨明珠，镶嵌在辽阔的草原上。这座依青山（大青山）傍黑水（黑水河）的城市，是内蒙古的政治、文化、经济中心，更是各民族团结的象征。出塞美人王昭君的青冢，就在呼和浩特的城郊。我后来在黄河岸边，还见过一座昭君坟。这两座墓地哪个是真的，没有人能够说得清楚，好像也不想说得清楚，只要能够象征民族团结，相信人们都愿意承认和珍爱。

黄河岸边的昭君坟，只是一个高高隆起的土堆，在凄清、荒败的氛围里，日夜听着不尽的黄水涛声。呼和浩特城郊这座青冢则不同，人们拜谒起来比较方便，自然就香客如织烟火缭绕。近一、二十年来，又是竖立名人诗碑，又是出版名人题词，就越发增加了它的可信度。这很有点像人间世态，什么事说得多了，什么人炒得大了，就是假的也有人相信。"文革"之后再次来到青冢，想起这两座昭君墓的不同境遇，我不禁感慨起来：个人崇拜不就是这么来的吗？"右派"不就是这么打的吗？"文革"不就是这么发动的吗？难怪有的人那么看重舆论，在所谓的文化大革命中，把笔杆子跟枪杆子相提并论。其实文弱书生的一支笔哪有那么厉害。

1961年我刚来呼和浩特时，它还只是个名称上的城市，实际上整体面貌非常简陋。在我这个久居京津的人眼中，充其量不过是个繁华的县城。倘若没有经过北大荒的生活，看惯了荒凉简陋的景象，乍到这样的环境就很难适应。即使是这样，心中的滋味儿，依然很酸涩。这种心绪保持了很久才慢慢消失。

在什锦花园招待所，暂时居住了五六天，结识了一位朋友，了解了一些情况，然后就像当年的王昭君，正式踏上了出塞路，只是没有王昭君的心态。那会儿去内蒙古的火车，大都是在夜间行驶，又赶上春节刚过不几天，车厢里都是人少灯稀，显得异常地冷清凄楚，一种悲凉无助的情绪，顿时从心头渐渐地泛起，折磨着我这初次单独远行人。本来买的是卧铺车票，这要是往日躺下就睡着，今天却无法安稳地入眠，一路上忽而躺忽而坐，浑身上下就像长了尖刺，无论怎么变换身姿都不行，最后索性不睡了，独自一人站在两列车厢中间，凭窗凝望茫茫的塞外原野。原野上光秃秃地漆黑一片，连个闪烁的灯光都没有，这就越发衬托出这北地的荒寂。

经过一夜的行程，天终于开始亮了，旅客从睡梦中醒来，有的忙着上厕所，有的拿着毛巾肥皂去洗脸，车厢里开始有了点儿生气。由于越来越靠近呼市，停站次数也就越来越多，从车窗往外望去，上下车的男女旅客中，不少人穿着白茬羊皮袄，戴着厚重的狗皮帽子，嘴里还不时喷出浓浓的哈气，说明外边的天气很冷。这情景立刻让我想起北大荒。倘若没有在北大荒的三年经历，看到这寒冷的样子准会生畏，更不要说马上就要在这里生活，说不定会怎样地喊爹叫娘哪。

说实在的，真正触动我感情的东西，并非是这寒冷的天气，而是那一个个的小山丘，光秃秃地透着穷相，真个是满目荒凉啊。别说是青山绿水的江南，就是我的故乡冀东平原，或者是千古荒凉的北大荒，总还有丰茂水草、繁盛山树，绝不像这里这么荒败清冷。看来这再一次的流放，等待着我们的将是更大的艰难，前途如何更难推测。想到这里不免有些心寒。

列车到达呼和浩特站，正好是个清静的早晨。从列车上走下来，刚走到火车站出站口，迎面突然袭来一阵风沙，我被又推又呛得东倒西歪，好像是老天故意，给我这远来人先来个下马威看看。名为旅客出站口的地方，实际只是一排木栅栏，好在下车的人不多，秩序还比较好维持，不然这样的出站口，不被旅客挤垮才怪呢。站在出站口的检票人，穿着翻毛白板老羊皮袄，戴着长毛狗皮帽子，脸被口罩捂得严严实实，是男是女都很难分得清楚。

我从火车站出站口一走出来，立刻上来好几个三轮车工人，把我团团围住，有的还想帮我提包，用我不甚懂的西部话，争着拉我这个外来客人。我说我得先取行李，这时一位非常机灵的小伙子，马上接过我的话茬儿：“我帮您去取。”这场抢客大战才算结束。

行李装上三轮车，我坐在行李上，直奔报到的自治区政府所在地。从火车站到自治区政府，这段路程其实并不远，我们却走了足有40多分钟。原因是风沙太大，刮得天昏地暗，让人不敢睁眼睛。三轮车师傅弓着腰，左右晃荡地蹬着车，像爬山似的艰难前行。我实在有些于心不忍，就说：“我看我下来走吧，您也许好蹬点儿。”师傅赶紧说：“你可别下来，你下来车太轻，压不住风，更不好走。有你坐在车上边，我蹬着倒省点劲儿。"

路上，我们边走边聊天儿，其实是扯着嗓子喊话，我问他："今儿个这么大的风，是不是让我赶上啦？"师傅说："不是。不论你什么时候来，都有风迎接你，区别也就是大和小。实话对你说吧，我们这儿的风不多，一年就刮一次，从大年初一刮到大年三十，你说你能赶不上吗？"好一位能言的师傅，跟我来了个黑色幽默。原来这里终年都有风。他说得倒也轻松，我听了不禁神伤，看来今生就在风中度过了。

坐在车上跟师傅聊着天儿，顺便观看这城市的街道，几乎没有什么高楼大厦，最好的房舍就是红砖平房，被一些高大古树覆盖着，越发显得低矮和陈旧。路上行人和车辆都不多，就连早餐摊儿也很少见到，跟内地城市早晨熙熙攘攘的情景没法比，内地就是一般县城早晨也比这里热闹。在这样一个风吼沙飞的早晨，置身如此荒僻寂寥的氛围，让人的情绪觉得异常压抑伤感。呼和浩特给我的第一印象，许多年后都不曾消失，即使看到今天的繁荣景象，有时都会想到最初的情景。当然更会为今天的变化由衷地高兴。

内蒙古自治区政府所在地，在一条新建成的街道上，比之刚才经过的老街，倒是颇为气派宽敞干净，尤其是耸立街旁的高大白杨树，被风摇动着发出沙沙声响，使这条街道显得更加空旷。看到这么多这么高的白杨树，立刻让我想起早年读过的散文，许多都曾写到西北地区的白杨，看来这种树很适合这里的气候。而我这个内地人，如今来到西北，只能学做白杨，设法习惯环境。

自治区政府在一个宽大的院落里，迎面是一座四层灰色楼房，楼房不算漂亮却很威严，在当地就算是雄伟建筑了。我来得早了点儿，还未到上班时间，门卫看过介绍信，就让我在传达室等候。我边等边跟传达员师傅聊天儿，他只知道我是北京来的人，却不知道我是个"右派"，自然就有着外乡人对京人的好感，热情地给我介绍当地的一些情况。

过了大约一个小时，上班的干部陆续地来了，传达师傅告诉我人事局楼号，让我不拿行李先进去看看。对这位好心的师傅，我一再地道谢后，就朝楼内人事局走去。人事局的干部看过介绍信，连让坐的话都未说，写了半张纸小条儿给我，让我先去招待所住下，就把我简单地打发了。这先后也不过 10 来分钟，如同车站办理行李转运手续，而且比那更快更没有人情味儿，心想，我背井离乡千里迢迢地来了，即使行李总还得贴张日期标签，就算我是个摘帽"右派"吧，你也总得跟我说说相关情况啊。见到这情景，我一下就愣住了，来时的热情立刻消散。

经办人见我不动身，就问："你不走，还有事吗？"我大着胆子说："我想知道，我的工作什么时候分配。"这位干部铁着脸说："等你们的人到齐了，研究以后再说。"听了这比塞外天气还寒冷的回答，我的心立马凉了半截儿，后悔自己不该这么早来报到，放着与家人团聚的福不享，干吗大老远地到这儿找冷落。我一看他那板得硬硬的脸，知道再说什么他也不会回答，我就连个谢字都未说，转身回到传达室，拜托师傅关照行李，到街上叫一辆三轮车去招待所。

从在北京什锦花园的经历，到在内蒙古政府大院的遭遇，使我隐约地悟出个道理：我这个"右派"身份，绝对不能随便地跟谁都暴露，在陌生人面前一旦露了馅儿，倘若对方是个普通人还没什么，假如对方是个官员就会有麻烦，起码也得像人事局那位那样，装也得装着跟你划清政治界线。所以住进内蒙古政府招待所以后，在同室的人面前就佯装正常人，反而受到人们的热情关照，这也算是"右派"当时的护身法吧。

在招待所每天吃过早饭，我就去遛大街逛商店，熟悉这座塞外城市情况，下午回来美美地睡上一觉。吃过晚饭就去电影院看电影，碰上什么片子就看什么片子，只要能消磨时间解闷儿就行。临睡觉时别的旅客回来了，就躺在床上跟他们聊天儿。那会儿住招待所要单位介绍信，来这里住的多是各盟市的干部，聊天让我更多地了解了内蒙古，我就把这些听来的情况写成信，告诉远在内地的父母亲，以及还未来报到的北大荒难友。

听了这些零零散散的情况介绍，给我总的印象是，内蒙古这地方比较贫穷落后，但是老百姓却很纯朴实诚，还是比较适合我们这些人待的。经过"反胡风"、"反右派"两个运动，在我思想上无形之中有了这样的看法：越是经济发达的地方，越是靠近首都的地方，人们的政治投机心理，就越比别的地方严重。因此正直的人、坦率的人，比在别的地方更难生存，稍不注意就会落入陷阱。我在内蒙古定居以后，接触过蒙汉两族普通人，更坚定了我的这种看法。这里大多数人的识人标准，很少是"亲不亲阶级分"，而是"亲不亲好赖分"，只要你这个人人品好，管你是什么地富反坏右，即使表面儿不表示同情，背地里也会说几句宽慰话。用我后来认识的一位木匠师傅的话说，是好材地（木头）就是好材地，不能别人说不好就不好，那还不是嘴皮碰嘴皮的事，顶个屌（西北俗话，指男人阳具）用。

这位木匠师傅对我态度就是如此。我给他当小工打下手，日子长了彼此有所了解，有次他跟我说："你们这些有点墨水的人，就是脸皮儿薄，关键时不敢说话，要知道官打没嘴的，要是我刀架在脖子上，应该说的话还是要说。"他后来还告诉我说，领导上让他监督我，他说："我看你这个后生不错，我监督个屁？"我赶紧说："您可别这么说，让人家听见不好。"他不屑一顾地说："我都不怕，你怕个甚？他还把我屁咬了。"

再后来他还劝我跟他学点手艺，说："你年纪轻轻一个后生，将来总得成家吧，学点木匠活儿，一辈子都不会饿死。"这位普通的工人师傅，就是这么认识人的，政治在他心里不是标准。

我当了电信工人

从北大荒回来的"右派"，原来在北京都有单位，这次等于重新分配，在原单位办了个手续，就都陆续地奔赴所分地区报到。跟我一起分配到内蒙古的一些人，春节过后全部抵达呼和浩特市，我们的分配方案也就随即公布：全部到基层继续劳动改造。在没有正式通知去向时，听说有一部分人要去伊克昭盟，我想如果真的有人去，肯定得有我，我就跟当地人打听情况。想在思想上做些准备。

伊克昭盟就是鄂尔多斯高原。当时那里比其它盟市相对落后，更需要一些内地来的干部。现在由于盛产羊制品、煤炭等，成为内蒙古比较富裕地区之一，尤其是鄂尔多斯的细羊绒，被国际市场誉为"软黄金"，已经成了这个地区的财富。当年却是个最穷最苦的地方，整个地区除了荒沙还是荒沙，普通老百姓吃无粮穿无衣，据说过去两个人穿一条裤子，大姑娘无衣出不了门围坐炕头，得用半块席片盖着下半身。房舍全埋在沙窝子里，偶尔看见一头驴子走过，就会高兴得不得了，1949 年以后修了一些公路，情况有变化也不是很大。直到 20 世纪 80 年代以后，这个昔日的不毛之地，发现了石油、煤炭、矿藏，一跃而成为内蒙古的宝地，这才彻底改变了过去的穷模样。当年去伊盟得先到包头，从包头乘船渡黄河，再乘汽车到东胜（今鄂尔多斯市）。东胜是伊盟首府所在地。现在公路、铁路、航空都有，来来往往远比过去方便许多。

当时听了有关伊克昭盟的情况，不免心中叫苦，这倒不是觉得那里生活艰苦，而是它的不便交通让我生畏。想想看嘛，如果在黄河这边儿的地方，哪怕是包头、巴彦淖尔盟，或者是别的什么小城镇，只要它是在铁路沿线上，我回家的时间和路费，都要比去伊盟节省许多。因此在这次的分配之前，尽管做了去伊盟的思想准备，但是心里还是希望到别的地方。就在这个时候又听说，北京有关方面有指示，不要把这些"右派"全部下放，没有下去的可以留在省会机关。幸好我赶上了这一拨儿。于是，按照每个人的具体情况，分别分配到政府直属系统，但是都未留在厅局机关当干部，仍然下放到下属单位继续劳动，或者在一些基层单位工作。我被分配到内蒙古自治区邮电系统。

到内蒙古邮电管理局报到时，跟我谈话的是人事处处长乌云，这是一位蒙古族女干部，态度比内蒙古人事局那位干部好，尤其是她的坦率我很欣赏。她上来就说："按照自治区政府的指示，我们接收了你，只是不能留在局机关，你得到下属单位去，我们确定了两个单位，跟你商量。"

接着她给我介绍这两个单位的情况：一个是内蒙古邮电学校，一个是内蒙古邮电工程总队。从她介绍的情况看，我觉得工程总队更适合我，因为跟工人师傅打交道，要比跟知识分子打交道简单，再说工程总队经常出差可以顺便回家，至于是劳动还是干别的工作，此时对于我已经没有兴趣了，何况也不会让我自己选择。这时我唯一的希望就是，少挨点儿整（批判斗争）多回点儿家，别的如职业待遇都不再考虑。当时我的年龄不过二十几岁，单身汉，经过北大荒三年的劳动改造，思想有无变化且不说，起码不愫体力劳动了，就当即表态愿意去工程总队。

内蒙古邮电工程总队下属三个施工队：一个是市内电话安装工程队，负责市内电话线路施工；一个是电信机械施工队，负责机房机器安装调试；一个是长途线路施工队，负责野外长途电话线路施工。此外就是总队机关的科室。市话队和机关科室，相比之下工作条件比较好，肯定没有我的份儿；机械安装队需要技术，让我去也干不了。剩下的只有长途线路施工队了。长途线路施工队的活儿，除了少数用钳子的工种需要技术，其它的说白了，就是扛电线杆子、挖土坑、拉电线，是个纯粹的卖苦力营生，只要是个健康人都干得了，我就更是没个跑，从此成了一名名副其实的电信工人。

长线施工队常年在外边施工，风餐露宿，走沙蹚雪，跟不会说话的山河大漠为伴，艰苦是艰苦一些，这就不必说了，更有着远离政治的清静，对于我无疑是种客观保护。尤其让我感到高兴的是，那时正是全民饥饿时期，能有 56 斤粮食定量，还有野外津贴补助，这就算是前生修来的福了。一个摘帽"右派"，没有人欺负，还能吃饱饭，真得念阿弥陀佛。

邮电行业在当时属于垂直管理，日常业务由邮电部直接领导，许多业务干部都由部里分配，我所在的内蒙古邮电工程总队，粗略算起来至少有三十几位技术人员，毕业于北京、长春、石家庄的邮电院校，可是他们的家大都在内地各省市，许多人当时都未结婚或两地分居，大家都住在单位的单身宿舍里。我与他们的不同之处，我属于"右派"下放，人家属于支援边疆，性质上自然也就不一样。不过毕竟都是年轻人，又都是外地来的人，他们也就并不歧视我，有的后来还成了好朋友。比如至今仍有来往的师继光，他当时刚从北京邮电学院毕业，跟我几乎同时分到这个工程队，两个人还住在同一个宿舍里。师继光老弟是河南人，打得一手好乒乓球，为人处世都非常坦诚。他当时刚刚迈入社会，按道理讲，考虑自己的前途和发展，跟我这种人疏远是正常的，然而他对我却无丝毫的嫌弃。

师继光从当技术员工程师，到后来当内蒙古和河南邮电管理局局长，到再后来任邮电部管理干部学院院长，直至现在担任青岛朗讯科技公司董事长，始终把我当做多年好朋友对待，过去不曾有过歧视和伤害，后来却给了我不少的帮助。特别是《小说选刊》重新复刊后，师继光此时正好调来北京，他了解到我主持这个刊物，在经费和发行上有诸多困难，他就在这些方面主动给予帮助。再次说明困难中的友谊是多么可贵。还有几位技术人员，如崔均、陈孝廉、李怀志、陆耀辉、李福元等，跟我的年龄相差无几，平日里一起说说笑笑，似乎也少有芥蒂，这就使我在精神上少了些压力。

一个"摘帽右派"，在工程技术人员当中，得到些许宽容，也许还好理解。那么，到了正经的工人当中，会是什么情况呢？开始我心里一直在打鼓。到了长途线路工程队才知道，敢情工人师傅们更是通情达理。在平日里同样未被人歧视。

长线工程队里的师傅们，都是一些非常本分的人，别看说话骂骂咧咧，荤的素的笑话都有，可是个个心眼儿都很好。直接领导我的班长叫周丁旺，周师傅在小日本时期就干这行，技术上是没的说，工人们都很佩服他。后来跟大家渐渐混熟了，有人告诉我说，在我调来之前，周师傅曾跟大家说："咱们队新分配来个年轻人，在北京工作时打成'右派'，听说要让咱们班安排劳动。不管过去犯多大的错误，那都是过去的事情，跟咱们没有关系。分到咱们这儿来当工人，咱们就按工人的要求办，该让他干的活儿，就一定要让他干，但是不能欺负人家。有困难还要帮助。"我听了以后非常感动，可是周师傅从未跟我说过，我只能在心中默默地感激他。

开始在工程队干的都是苦重活儿，挖杆坑，背电线，埋电杆，送电料，这些临时小工的营生一样未拉过，而且是别人干多少我就干多少。风里来雨里去干一个工程下来，自己觉得体力心态都完全能够适应，甚至觉得比在北大荒劳动时还好。唯一让我忍受不了的是，在野外没有办法洗澡，衣服也很难经常换洗，浑身上下都有虱子爬，痒痒得人心烦意乱，只好在电线杆子上蹭痒。收工回到驻地帐篷里，头件事就是脱衣捉虱子，一个个光着膀子露着腚，比赛谁捉得多掐得响，还有的人放在嘴里咬，咯嘣咬一下说一声"香"，就像虱子是什么美味佳肴。捉一会儿下来一看，有的人手上沾着虱子血，有的人嘴角留有虱子血，好像是刚刚跟谁肉搏过。这虱子繁殖得特别快，怎么捉也难捉干净，有时就用沸水烫衣服，干净几天又会生出来。开始我不怎么习惯，看见虱子就想呕吐，渐渐习惯就不在乎了，一天不捉就像缺少什么。有的师傅一边捉虱子，一边讲荤笑话唱荤歌，大家越听越来劲儿，捉虱子倒成了找乐儿的游戏。

两三个工程跟着师傅们干下来，师傅们大概觉得我这个人还可以，不偷懒不耍滑，为人实实在在，比他们又算有点儿文化，便在另一个新工程开始时，给我分配了个新活儿——写册报。册报工在长线施工队里，算是最轻的劳动活儿，电线杆好扎上电线，册报工在后边逐根登记，几条线几个瓷瓶几个铁架，只要不错登漏登数字就成，唯一难耐的是比别的工种干活孤单，没有大伙儿一起时的热闹。有时实在耐不住寂寞，就自己扯着嗓子唱歌儿，或者面对天空大地喊几声，倒也觉得非常地舒心畅快。最不好过的是傍晚时分，天色渐渐地黑下来，加上风吼沙飞树摇，前不着村后不着店，四周气氛显得非常瘆人，我又天生胆子小，总是担心会有野兽突然窜出来。

有次在大兴安岭林区施工，天刚刚擦黑，大拨儿人马走远，我怎么追也追不上，本来就又急又怕，忽然传来几声怪叫，吓得我不知如何是好，放下未登记的杆号就跑。跑到大队人马跟前，据说我脸色都变了。这大概是我有生以来，经历的最可怕事情。后来听人说这可能是狼的叫声。想起来真的很后怕。

我到内蒙古的生活，就是这样开始的。我成了一个真正的产业工人，却没有像工人那样有种自豪感，在知道我的人眼里我还是"右派"，开始谁也不敢跟我多接触，更不会推心置腹地与我交谈，跟人相处自己也觉得不大自在，别人说话开玩笑瞎扯淡，我只有听的资格没有说的份儿，这种情况持续将近一年时间，大家彼此心照不宣地客客气气。一年以后情况才渐渐有所改变，他们不再把我当外人看待，我这才开始跟他们一起笑闹打逗，渐渐恢复了我性格中的本质。

正是男大当婚时

　　从一个毛头小伙子，转眼到了近 30 岁的人，我的婚姻大事，开始成了父母亲的心病。在家中我是父母的长子，按照国人的习惯，老大若还未成家，老二就不好结婚，在我以下还有三个弟弟，就是替弟弟们着想，我也应该考虑找个对象了。可是我终年在野外劳动，走上十天半月都难见人影，用工人师傅们的话说，连飞来个母蚊子都觉得稀奇的地方，哪里会有现成的待嫁姑娘等我呢？何况我还是个"右派"，这本身就掉了价儿，可是我又不想贱卖自己，这样一来婚姻问题就更难解决。每次回家跟母亲见面，她的第一句话就是："老大不小了，个人的事情，应该想想了，老是这么拖，总不是个事儿。"其实我自己也知道，这么拖不是个事儿，只是实在没有办法啊，结婚又不是买东西，有钱有东西就行。有一次回家休假，母亲又提起此事，我就把我当时的情况，如实地告诉了母亲。

　　这是又一年的春节，照例回家休假，照例母子聊天儿，忽然母亲非常郑重地说："他大哥（指我），我托在医院工作的邻居，给你找了个对象，是医院的大夫，正好你回家来了，跟人家见见面，行不？"听到母亲那近于哀求的声调，我当时一下子就愣住了，这么多年来第一次意识到，为了我，母亲简直是操碎了心，就是再不同意我也不能说什么，何况事情已经到了这种地步，我如果不肯"就范"，岂不是过于不懂事不孝顺，就非常爽快地答应了母亲。这时我看见两行热泪，像两根闪光的丝线，从母亲的眼睛里，静静地扯了出来，把我和她的心拴在了一起。我的苦命的母亲，显然得到些许宽慰，她满意地看着我，微笑了。

　　在医院工作的邻居，有天下了班，把那位女大夫和我一起约到他家，我们见了第一次面。她给我的初步印象是，长得不算漂亮，却显得很文静，属于贤妻良母型的女人。先是我们一起跟邻居聊天儿，后来邻居借故走开，给我们两个互相交谈的机会。说白了，就是互相"交底儿"，说说个人基本情况，因为两个人年龄都不小，我又只有 12 天探亲假期，时间不允许我们在情感上磨合。

她告诉我说，她从医学院毕业以后，分到这所医院来工作，只顾业务进取耽误了婚事，这会儿眼看着年近三十，母亲整天为此事唠叨，却又很难找到合适对象，婚姻大事就拖了下来。从她简短的谈话里，使我进一步了解到，她是个坦率和实诚的人。

我自然也会坦率地介绍自己，而且反复强调两点：一是我的摘帽"右派"身份，一是我的野外工人职业，还很可能无法调到一起生活。总之，跟我结合就得准备受苦受罪。话都亮到明处了，我以为她会在乎，不料她根本不接这个话茬儿，我就让她考虑考虑再说。

我们的第一次见面，就像国与国外交谈判，在友好的气氛中结束。

这位女大夫通过邻居，再次约我见面时，恰好我正患感冒病，就推说过几天再说。母亲知道后非常不高兴，以为我是有意怠慢人家，就数落我不应该这样。谁知那位大夫听说我患感冒，当日拿着药就来我家，还一再要陪我去医院检查。吃过她带来的药，我们俩就接着谈。她说："跟家里人说过你的情况，我父母和兄嫂，不仅不反对，而且很赞成，他们说，'右派'怕啥，当时被打成'右派'的人，十有八九都是实诚人，看风使舵耍滑弄假的人，绝对打不成'右派'，只要人老实就行，嫁人不就是一起过日子嘛。"她还告诉我，她母亲说："暂时调不到一起，以后总有机会，那怕什么。"

我听了这些话，真的很感动。话说到这份儿上，在她是无障碍了，只要我同意的话，就可以建立恋爱关系，甚至可以再向前发展。但是就在这节骨眼儿上，我突然变了卦打了退堂鼓，通过邻居转告她，先等等再说，却没有说出具体原因。我父母和邻居都很纳闷儿，说不定还会有些埋怨，因为在他们看来，以我当时的政治和工作情况，只有人家嫌弃我的道理，哪有我挑剔别人的资格。

要说原因，非常简单：这位女大夫是个共产党员，我不敢高攀。尤其怕日后我自己生活得不自在。完全是从个人长远的政治利害考虑。

当时是20世纪60年代初期，经过所谓的大跃进，国家被瞎折腾一番，经济完全陷入困境，普通百姓缺吃少穿多病，全国上下都在为命休养生息。靠搞政治运动治国的人，知道自己再无回天之力，对我们这些"阶级敌人"，在监督上也就有所放松，连找对象都暂时不成问题。按说我完全可以趁此时机，跟这位共产党员女大夫结合，组成一个属于自己的家庭。这时我忽然想起，在北大荒难友一起聊天儿时，不止一次听有经验的人说，只要经济情况好转一点儿，政治运动就会再搞起来，历史上稍有点所谓问题的人，就又会首当其冲当靶子，你甭想活得怎么自在。由此我考虑，身边有个共产党员老婆，政治运动一来，即使不闹离婚，也得检举揭发，岂不是等于给自己找罪。在北大荒时，这样的家庭，我听得多了。前车之鉴不可不记取。就是打一辈子光棍儿，我也不能往笼子里钻，最后想出来都不可能。这第一个对象，就这样被我婉拒了。吹啦。

欢喜了几天的母亲，我该怎么交代呢？我只好劝她不要着急，并且跟她撒谎说，在内蒙古也有人帮我找，条件比这个更合适，再说，在天津真的处成了，我调不回来，她调不过去，还不是让家里更操心。母亲对我说的话，似懂非懂，只听不答，我知道她不高兴。说不定在心里还埋怨我：好心好意给你找个对象，还没怎么谈说吹就吹。

我觉得很对不住母亲，却又不能不违母亲的好意，因为她实在不懂得这可怕的政治啊。不过我也在想，在北大荒劳改出于无奈，让母亲为我操了不少心，如果婚事上再让她分神，我就更有失人子之孝了，就暗下决心，一定要抓紧时间办这件事，让母亲得到宽慰。我跟母亲说："您放心，明年春节，我一定带个媳妇回来，后年春节，就让您抱个又白又胖的孙子。"

母亲一听，扑哧一声笑了，说："你打那是买东西啊，说带就带来，就是买东西，还有个合适不合适哪。就是邻居介绍的这个，我也不是非逼着你立马就成，总也得处处看，两个人都觉得合适才行。终身大事不是闹着玩的，是呗？"

我的好母亲哪，您真的通情达理。

对"右派"问题提出申诉

从天津休完探亲假回内蒙古，途经北京到几位朋友家串门儿，他们都告诉我，原来在新闻界被打成"右派"的人，有好几位对于个人的问题，都向原单位提出了"甄别"申诉。朋友们还说出了一些人的名字。我一听这些人的名字，都是新闻界的名记者。尽管这些人有的不是十分熟悉，但是他们的显赫身份让我相信，各个方面都会有些人脉关系，既然他们提出来"甄别"，就绝不会是空穴来风，肯定上边有什么新的精神。本想直接找他们打听情况，又怕他们不方便，就想到了老朋友王文祥，如有什么精神他肯定会知道。

王文祥当时在《中国青年报》社，任思想理论部主任，我就直接到报社找到他。尽管文祥对此事不关心，但是有些情况总还了解，他告诉我说，中央好像有人提出，对"右派"问题应该"甄别"，他认为新闻界这些老记者的申诉，大概就是根据这个精神提出的。

我这个人性子比较急，遇事总是沉不住气，尤其是像这样的大事，关系自己命运的沉浮，如果不抓紧时间办，生怕会从此失去机会。何况我在野外劳动，远离城市，消息闭塞，一出工就等于掉在井里，只能看见头顶上的天空。打你"右派"时有人琢磨，给你"甄别"时难有人想着，只能靠自己争取主动。从北京坐在回内蒙古的火车上，把要申诉的各种正当理由，我都想好了又简单地记在纸上。回到呼和浩特以后，很快就写成一份材料，交给所在单位领导。

在这份申诉的材料里，首先叙述自己的经历，想说明没有反党基础；然后澄清"罪过"事实，想说明自己是被冤屈的；再次是汇报几年的劳动，想表白自己改造的真诚；最后就是恳请组织，"甄别"我的"右派"问题。后来的事实证明，我的想法过于天真，政治斗争讲的是利害关系，凭善良的心愿理论是非曲直，只有像我这样的傻瓜才这样做。在这方面邮电工程总队领导韩光，就远比我们更聪明更有政治经验，正是由于他的劝阻才使我免予新的灾难。

材料写好以后我就想，这材料应该送给谁呢？送给划我"右派"的交通部政治部吧，现在管我的是内蒙古邮电工程总队，万一人家说我不尊重基层组织，将来具体操作时说不定会有麻烦；向内蒙古邮电工程总队提出申诉吧，又怕人家觉得没这个义务遭拒绝，还未申诉就会先闹得沸沸扬扬尽人皆之。想来想去，最后想出个两全其美的办法：请内蒙古邮电工程总队党组织转交通部政治部。内蒙古邮电工程总队总队长韩光，是一位知识分子出身的领导，极富同情心，又通情达理，他看过我的申诉材料以后，特意把我叫到办公室，说："关于'右派'甄别的事，我也听说了，只是没有正式文件下来。我劝你还是慎重点。先把这份材料放我这儿，将来有了正式文件下来，我签署个意见转北京；要是没有正式文件下来，你就先等等看，这样比你贸然寄去要好。"对于韩光总队长的好意，我是既感动又感激，自然也就按他的意思，把这份要求"甄别"的材料，暂时放在了他的手里。

谁知三年以后的1966年，中国大地刮起"文革"妖风，这份要求"甄别"的材料，不仅成了韩光包庇"坏人"的证据，而且成了我要翻案变天的新"罪恶"，以此定我为"没有改造好的'右派分子'"，"右派"帽子不戴拿在群众手中。给我的"右派"经历又添了新彩。

后来听说，要求甄别的那些人，有的被投入监狱，有的又戴上帽子，遭遇到比1957年更惨的迫害。我很为自己庆幸，遇到韩光这位好领导，及时劝阻并加以保护，我这才免予监狱之灾。只是在"文革"运动中，又加了顶虚拟的"右派"帽子，不幸之中还算万幸，所以对韩光一直怀有感激，以及无法摆脱的歉疚心理。在以阶级斗争为纲的年代，像我这样的明码"阶级敌人"，不被人暗地里陷害就算不错了，居然还有人表示同情和帮助，在心灵上生发出的震撼和抚慰，就成了我生活下来的勇气和信心。

让我一直难以明白的是，明明有对"右派"甄别的说法，后来怎么突然来了个180度的急转弯，一些提出甄别的"右派"，不仅问题没有得到解决，而且命运再次遭到打击，这老天爷的心太狠啦。后来有机会再到北京，听知识界的知情人讲，的确是有那么一回事。1962年3月，在广州召开的全国科学技术工作会议和全国话剧、歌剧、儿童剧创作座谈会上，周恩来总理作《关于知识分子问题的报告》，陈毅副总理在6月3日讲话中为知识分子行"脱帽加冕"礼，就是"脱掉资产阶级知识分子帽子，戴上工人阶级知识分子的桂冠"，只是未获更高领导者毛泽东首肯，这才有了后来局势的急速逆转。听了这些情况以后，对于自己的未来，我彻底失去信心。"右派"问题平反是不可能了，调回北京或内地更是奢望，这一生恐怕要老死内蒙古。不过我不能成为不孝之子，从个人的实际情况考虑，找个愿意跟着我的姑娘，组成家庭一起过日子，就算对父母有了交代。但是再仔细一想，确如母亲所说，买东西还有合适不合适哪，何况这是终身大事，在可能情况下总得认真点儿。

有一次跟北大荒的难友们聊天儿，我说了说我的这些想法，无非是要倾诉内心苦闷，连我自己都没有在意，却被一位难友记在了心里。过了一两个月他找到我，说："咱们的事（指"右派"问题），一时半会儿，我看无望解决，你就这么打光棍儿，总不是个长久之事，干脆我做个大媒，帮你找个对象，怎么样?"我一听自然很高兴，心里却又不是个滋味，心想，我一个年纪轻轻的后生，不缺胳膊不少腿，长相年龄都还行，除了这顶似摘非摘的"右派"帽子，我哪点儿条件不如别人哪，如今竟然混到了这地步，连找对象谈恋爱都得靠人帮，真是越想越窝囊越扫兴，不禁在心中感叹起来。

可是话还得说回来，在当时那种情况下，有人肯帮你介绍女朋友，就算是很不错了，有哪位姑娘肯跟你接触，就算是你的幸运了。在 20 世纪 70 年代末期，"右派"问题改正后，有不少回来的"右派"，40 多岁了还是单身汉，生活正常才开始谈婚论嫁，成为当时社会一道被扭曲的婚姻风景线。有些在劳改期间勉强成婚的人，差不多都留有婚姻后遗症，或者是甜蜜之中透着苦涩。总之，"右派"光棍儿在婚姻问题上，大都带有鲜明的政治烙印。

千里之外的姻缘

给我介绍对象的难友叫陈志泉，原来是对外文委的翻译，毕业于北京大学东语系，广东人。他认识的一位朋友，在唐山师范学校任教，他这位朋友的同事中，有位未婚女音乐教师。经他与朋友联系以后，对方同意跟我接触，我觉得是个机会，我们就开始通信。按照当时的情况，我们的通信可以称为情书的话，那还是以后的事情，开始我写的书信，几乎跟交代材料差不多。因为，我的"右派"问题不被对方理解，感情的建立和发展根本谈不到，闹不好还要被说成政治欺骗，而我是永远不愿意背负这个恶名的。所以一开始就像运动中交代问题似的，把我的政治情况一五一十地告诉对方，并明确表示希望对方认真地考虑。

对方毕竟是个知识分子，经历过那场"阳谋"政治运动，知道"右派"到底是怎么回事，似乎并不很介意我的政治情况，这样我的"政治关"就算通过了。可是还有个情况得"交代"，我是个电信工人，常年在野外劳动，一结婚就得两地分居，对此对方好像也没有苛求，这样我的职业"身份关"也算通过了。这大概就是缘分吧。这之后我们才正式进行感情交流。这就是我这个摘帽"右派分子"，在婚恋大戏拉开幕布之前，先要上演的一出"帽戏"。我所知道的古今中外婚恋故事，在属于正常人性情感的范围内，所发生的人间悲剧都非常感人，成为哀婉凄迷的千古绝唱。而具有强烈政治特色的婚恋事，大概只有在20世纪的中国才有，往往是曲折悲凉多于美丽浪漫。

经过一年多的"纸上谈情"，我们双方有了一定的了解，彼此都想找机会见一面。恰好这时工程队要去东北施工，来回都要经过唐山，我决定回来的途中，在唐山下车跟这位女士见面。这是1962年的秋天。

从呼伦贝尔草原回来，带着多日的劳累和风尘，以及对于爱情的渴望与不安，在海拉尔车站等待换车时，我往唐山发了一封电报，请对方到火车站来接我。我曾经有过初恋的经历，知道正在恋爱中的人，都是非常聪明和机智的，即使彼此没有见过面，仅凭心灵感应也会认出。何况在此之前互相已经交换过相片，我相信凭感觉就可以彼此认出对方。

火车到达唐山站正是傍晚，上下车的旅客很多，就像赶大集逛庙会，在站口匆匆地出出进进。看到眼前的杂乱情景，原来的想法顿时消失，我开始有些担心起来，我们这对"陌生"的恋人，会不会顺利找到对方呢？我就有意地压住急切的脚步，等到旅客稀少时才走出站口，这样寻找的目标就会小一些，我就会比较明显地突现出来。很快旅客像潮水似的泄下，站台的视野立刻开阔了，我寻找对方自然也就容易。

走出站口就看见不远处有位女士，正用探寻的目光注视着旅客，模样跟我在相片上见过的一样，甭说，她肯定就是我未见过面的恋人啦。我疾步走过去一问，果然正是这位。就是从这一时刻开始，我们两个人的命运，完全维系在一起了，至今已走过40多年风雨艰程。说这是缘分，说这是巧遇，说这是特殊年代的特殊姻缘，我看都行，反正是在我倒霉的时候，她跟我走到了一起。

这位后来成为我妻子的女士，名叫赵福容，天津河北师范学院音乐系毕业，此时正在唐山市师范学校任教。可能是受知识分子家庭出身的影响，一看便是一个诚实、本分、单纯的人，从言谈中看好像还不谙人间险恶。当我在她的学校住下以后，学校领导和老师们都来看望我，这就等于公开了我们之间的恋爱关系。这时我首先考虑的就是，她的同事了解不了解我的情况，如果不知道我的"右派"身份，在我走后发生别的什么事情，使她受到尴尬和无端伤害，对于这样一个善良的女人，我就会永远受到良心谴责，什么时候想起来都会有负罪感。这是我最不希望发生的事情。在讲"阶级斗争"年代，所谓的积极分子整人，就跟吃饭一样随便，背地里打个小报告，再从政治上一上纲，屁大点的小事也成罪过。这种当我上的多了。这会儿更要提防。

我在唐山师范住了几天，彼此有了一定的了解，双方好像也都比较认可。在摊牌确定关系时，我郑重地跟她提出来："一定要征求学校的意见，而且要把我的"右派"身份，跟领导明明白白摆上桌面。这样对我们双方都有好处。"唐山师范学校的主要领导人姓郑，是一位从教多年的老教师，他得知我的顾虑后，特意来找我聊天儿，说："事情已经过去了，没必要再提，你们都还年轻，今后在一起生活，就得互相体谅和帮助。"从谈话语气和用词上看，这位郑领导态度还算真诚，我的疑虑和担心也就有所消减。

这时正是所谓三年困难时期，全国大多数普通老百姓，都在饥饿痛苦中挣扎，搞"阶级斗争"劲头不是很大。在这种大的政治背景之下，这位郑领导这样的表态，我想还是比较得体和妥当。否则作为领导谁敢这样表示呢？至于她学校的同事们，好像并不在乎"右"不"右"，跟我接触时压根儿不提这码事。有的对我还很友好。我自然就觉得自在。

让我头痛的终身大事，让父母操心的终身大事，在几天之内就这样定下了。

我从唐山到天津，把这个喜讯告诉家人，最高兴的就是母亲。后来听父亲说，我离开天津返回内蒙古，刚刚迈出家门，母亲就说："今年的票证，别人都别用啦，给老大攒着，他结婚得用啊。"从此家里的所有票证，都由母亲一人经手，半年下来积攒许多，吃的穿的用的都有，然后拿着一次次地去商店排队，购置必备的家庭日用品，被褥、锅盆、菜刀、作料等等，凡是能想到的东西，凡是能买到的东西，母亲都一样不落地弄来了。再苦再累，她都情愿，她都高兴。

邻居见母亲这样劳累奔波，免不了怜爱地劝她歇歇，而她总是用骄傲的口气说："哪累啊，我们老大就要结婚了，总得准备准备吧。"在她那纯朴的心里，好像我这一结婚，"右派"问题就平反了，其实哪有这么好的事情。

转眼之间到了1963年，再有一个多月就是春节，从野外施工回到呼和浩特，我就准备提前休探亲假。这次与往常休假不同的是，要趁这次休假的机会完婚。按说婚恋之事，纯属个人隐私，没必要跟外人讲，然而在当时绝对办不到，结婚得由单位开证明，说明你的政治情况，否则民政部门不给办理登记。我在单位开结婚证明，立刻在职工中传开，成为轰动的"内部消息"。本来在工程队找对象就难，"右派"光棍儿结婚更难，现在这两难都被我破解了，大家自然会有种好奇感。从人们的言谈中看还是同情的，尤其是跟我一起劳动的工人师傅，他们显得格外地为我高兴。直接管我的周丁旺师傅私下说："你回老家结婚，我们帮不上什么忙，如果钱上有困难，你就说，我们给你想想办法。"听了周师傅这句话，一股暖流立刻流遍全身，泪水随即涌出眼角，感动得我不知说什么好。被划为"右派"这些年来，从未听到过如此关怀的话，就连连向周师傅表示感谢。

临近春节前几天，我从内蒙古到唐山市，先是进行婚姻登记，而后就是准备婚礼。说是婚礼，其实就是确定关系；说是准备，其实就是买点糖果。在物质极其匮乏的革命年代，别说是一个摘帽"右派"结婚，就是响当当的革命者结婚，都是简单地举行个仪式了事。所谓的隆重不隆重，无非是从参加婚礼人数多少，以及客人吃喝好坏上分，因为这标志人的政治地位。参加的人多又物质丰富，这个婚礼自然也就不一般，用世俗的眼光看属于"高等人"。

在唐山师范学校，妻子有间宿舍，我们的大婚之礼，就在这间房子里举行。她的家人和我的家人在外地，都未来参加，客人全是她的同事们。没有仪式，没有装饰。跟平时不同的是，桌上摆了点糖果、瓜子，沏了一壶酽茶，这些东西还是积攒票证买的。教美术的林老师是一位归国华侨，大概是看不惯这么素净，他和教语文的张老师，找红纸写了一副对联，工工整整地贴在屋里，这才多少有了点儿喜庆劲儿。然后就是大家一起聊天唱歌，聊的话是如何互相帮助干革命，唱的歌是《革命人永远是年轻》，充满那个年代的人真诚而庄重的情感，当然也还有些盲从的思想和心理。轮到新婚夫妇表示感谢时，妻子是学音乐的不能不唱，她就自弹自唱了一首《红梅赞》，我是做过文学编辑工作的，就朗诵了一首诗人郭小川的诗《向困难进军》，除此而外就是吃糖果瓜子喝茶。与其说是我们的结婚仪式，还不如说是朋友间的联欢，或者说是同事周末座谈会，更为恰当更为符合实际情况。

倘若说，我们结婚还有标志性物品，那就是两人凑了90元钱，购置的一台美多牌收音机，算是我们结婚唯一的大件。这台收音机放在宿舍里，说是妻子的嫁妆也行，说是我俩的玩物也可以，因为，在房间里它是最昂贵的摆设，收听节目还会带给我们欢乐。这台交流收音机，从唐山带到内蒙古，又从内蒙古带到北京，几经调动和搬家，我都没有舍得扔，直到它的声音全哑了，再没有人肯给修理，我才送给了废品收购人。收废品的人一再坚持给我几元钱，我却说什么也不肯要这个钱，并不是我嫌他给的钱少，而是在我心中它是无价之宝，送给人我的心情会多多少少好受点儿。

很快学校就放寒假了。我偕妻子到了天津，结婚后第一个春节。这一年的春节，家里很是热闹，尽管经济不富裕，家里的人口又多，但还是倾其所有，搞到不少的吃食，庆贺我这个长子的大婚。母亲显得很兴奋，物品采购，饭菜制作，全由她一个人包揽。晚睡早起，忙里忙外，却不感到疲倦，真是人逢喜事精神爽啊。这时我就想，我很小离开母亲，先是在北京工作，后是流放北大荒，这其间她操了多少心，有过多少美好期待，只有母亲自己知道。真也难为她啦。我被划为"右派"以后，她无法改变我的命运，只能默默地陪我承受苦难。我到了谈婚论娶的年龄，她觉得这件事可以帮上忙，就开始为我四处张罗，不承想被我回绝了好意，她内心的尴尬与痛苦，我再不理解总还能猜出。今天我真的领回来个媳妇，母亲怎么能不高兴不开心呢？

有一天母亲做完家务事，跟父亲坐在屋里歇息，我见她心情不错，就开玩笑地说："妈，您看我说话算数吧，说给您带个媳妇来，就真的带回来了。这回您应该高兴了吧？"这时我清楚地看见，有两行长长的热泪，从母亲的眼角流出，流到她苍老的脸颊，她却没有说一句话。父亲立刻打岔说："今年这个春节，咱们家是双喜临门，大家都该高兴。"母亲这才擦了擦泪痕，笑了笑说："那还用说，我还想早点儿抱孙子呢。"

腾格里沙漠的喜讯

腾格里沙漠在内蒙古西部，濒临陕、甘、宁三省区。1964年北京至兰州电信线路大修，我所在的长途线路工程队，承担内蒙古至宁夏段的维修工程，一开春工程队就跨过黄河，进入茫茫的腾格里沙漠。跟随野外工程队劳动已经三年，到过东西部草原，到过东西部农村，到过东部的林区，到过西部的山地，就是还没有看见过沙漠。因此一进入腾格里沙漠，看到清爽的黄沙蓝天，我的心顿时为之一震，想不到这沙漠地区，竟然真是寸草不生的所在，远比我熟悉的北大荒更荒凉。身处在这样的地方，你会想到许多事情，比如名利、金钱、苦乐、荣辱等等，但想得最多最实际的恐怕还是生存问题。思想再复杂的人，面对这万里荒沙，都会变得非常单纯。

在腾格里沙漠工程施工时，我依然是做册报员工作。大队人马在前边挖坑埋杆拉线，我独自一人在后边登记材料数，开始有点耐不住这孤单寂寞，就面对这蓝天荒沙唱歌解闷儿。凡是过去学过的歌曲，中国的外国的，几乎一个不拉，通通地被我唱了个遍。有时实在没歌可唱了，就边走边干边乱想，想到头上这顶"右派"帽子，想到这没有出头之日的劳改，心中就会生出莫名的愤懑情绪，恨不得掏个沙窝子把自己埋了。可是一想到自己如今成了家，又有父母双亲在这个世界上，出于作为儿子和丈夫的责任感，马上又打消了弃世的想法，最后只是扯着嗓子冲着长天，吼叫几声大骂几声，再失声痛快地大哭一阵，这满腔的无名火无名愤，完全宣泄出来才感到舒畅。

有天下午，我正沿着线路边走边点杆数，突然刮来的大风卷起漫天荒沙，那种凶猛无羁的野性恨不得把世界吞掉。我一看情况不妙，赶紧把册报纸揣在怀里，然后逆向紧紧抱着电线杆子，这才算度过这场险情。正当我坐在地上喘息时，线路前方跑来两个人，到了跟前才看清楚，是两个年轻民工，说是班长怕我出事，特意派来接迎我的。其中一位还告诉我说：

"邮电局送来一封电报，是从天津给你拍的，队长怕你家里有急事，让我们带给你。"说着他从衣袋里掏出电报。

我一边拆电报一边心里打鼓儿，生怕家里出什么意外事情，因为家里从未给我拍过电报。拆开电报一看，立刻由忧转喜，电报上写着"妻生子母子平安"，七个大字如同七轮太阳，照耀在我郁闷多日的心中，顿时觉得这世界原来还挺美好。我高兴地对身边的民工说："大喜事啊，我有儿子啦。"两个小民工，都不过十七八岁，尚未娶妻生子，哪里体会过这种快乐，只是一个劲儿地嘿嘿傻笑。

收工回到驻地，把这一喜讯告诉给大家，老师傅们都为我高兴。有的说让我请吃喜糖，有的说让我请喝喜酒。我立刻从衣袋里掏出钱来，交给每天出去买菜的师傅，请他代我买些高价吃食。在当时的经济困难年月，买什么吃食都要票证，不要票证的东西市场上也有，就得掏高出几倍的价钱购买，通常把这叫"高价"或"议价"物品。采购的师傅把东西买回来，大家坐在蓝天下大漠里，边吃边说说笑笑如同过节，共同庆贺这小生命的诞生。这一夜我都未合眼，想着结婚的前前后后，想着未来的三口之家，怎么也睡不着觉。

在当时那个年代里，二十几岁结婚生子，是很正常的事情，我年近而立才娶妻生子，当然属于大龄的父亲了。这时我多么想见见妻儿，在我们这三口之家里，享受一番迟到的温馨。于是我向施工队队长请假，希望批准我回去几天，满以为不会有什么问题，却不料碰了一鼻子灰，队长的理由是："这会儿工程正紧，一个萝卜一个坑儿，你要走，我做不了主，得跟总队请假。再说，大人孩子都平安，你回去也帮不上忙，不就是想回去看看吗？等收工再说吧。"

我一听这个意思，再怎么讲也不会准我的假，何况我还是个"右派"，又才分配了新工种，说多了反而会倒霉，请假的事只好作罢。一些年长的工人师傅，都表示同情和理解，有人建议我写封信回家，把儿子的照片寄来看看，顺便也给妻子做些解释。我就在收工后写了封长信，对儿子的到来表示高兴，对妻子的艰难表示慰问，对父母的照顾表示感谢，不回去的真正理由只字未提，只说在沙漠深处施工交通不便。

家里寄来的回信到达工地，我们正在帐篷里吃晚饭。采购的师傅每次进城，都要顺便去邮局取信，他这次回来一进帐篷，就先递给我一封信，大概是知道我的情况。我赶紧放下手中的饭碗，拆开这封非同一般的家书，抽出信纸一看，首先映入眼帘的就是，一张大胖小子的二寸照片，甫说，这就是我未谋面的儿子啦。同着这么多人不便仔细看，正要把照片放回信封里，不料被蹲在我旁边的人看见，他立马放下饭碗，伸手抢过照片看了看，而后打趣地说："嘿，你们看哪，咱们老线（线路工人）又有了新后代。"

听到喊声，有几位师傅端着饭碗，凑了过来看我儿子的照片，还不住地议论，这孩子什么地方长得像我，这孩子如何可亲可爱等等。听了这些由衷的赞美，本来应该高兴才对，然而我却高兴不起来，一是觉得对不住妻儿，未能回去看望他们娘俩儿，一是不知这异地分居的家庭，今后应该怎样度过困难，所以对于师傅们的话，我只是盲目地诺诺而已，并没有完全往心里去。不过不管怎么样，儿子降生的消息，就如同春天的来临，给腾格里大漠带来了喜悦，让我也让师傅们得到短暂的欢乐。

做了父亲就得承担责任，我首先面临的问题是，孩子的户口上在哪里？孩子由谁来带？我和妻子两地分居，都有自己一份工作，且都住在单身宿舍，显然跟着谁都不合适，雇人照看又没有钱，最好的办法就是请我父母帮忙。我的儿子是长孙，请父母带这孩子，两位老人都愿意，就是看户口能不能落在天津。我父母是这一带老住户，跟派出所民警比较熟，父亲就去找分管民警商量。分管民警听了我们的情况，觉得完全符合政策规定，只要我开个野外工作证明，我父亲再提出户口申请，这事情就可以办成了。儿子户口就这样落在了天津。

儿子跟着爷爷奶奶生活，从小学、中学、大学，直到研究生毕业，我和妻子调到北京后，他才来跟我们到一起团聚。如果没有爷爷奶奶的照顾，如果孩子自己不很争气，在当时那种政治动荡情况下，儿子会成为怎样的人，这是我们很难预料的，稍有闪失毁了他的前途，就会让我一生都感到愧疚。每次想到这里，我都不免后怕，因此格外感激我的父母，他们在我儿子身上，倾注了那么多心血，让儿子在逆境中长大成材。

现在儿子已经成家立业，他有个聪明活泼的女儿，一家三口生活还算幸福。但是每每想到茫茫的腾格里沙漠，我的心总还是隐隐作痛，觉得对不住妻子和儿子，在他们正需要我的时候，我未能够守候在他们身边。这就是我这个摘帽"右派"，在那个不讲人情事理的年代，所必须经受的痛苦折磨。幸亏这样的年代总算结束了，如果再继续下去，我这个家还成其为家吗？只有天晓得。

茫茫银河谁架桥

　　我真羡慕今天的年轻人，职业可以自己选择，家人可以长年相守，过得是人应该过的日子。我在结婚得子以后，知道职业不可能改变，压根儿也就不去奢望，唯一的想法就是结束两地分居，跟妻子调到一起生活。就是这么一个卑微的正当要求，在无人关怀帮助的情况下，靠自己四处奔波磕头说好话，耗费了十几年的时间，最后才算勉强地解决。究其原因，只是因为我是个摘帽"右派"，即使有谁可怜也不敢相助。

　　从我个人生存环境来说，在内蒙古还算说得过去，起码在"文革"之前，没有人在政治上给气受。但是"梁园"再好并非家乡，人总还是依恋生身土地，尤其是在经历过挫折，近于万念俱灭之后，家乡再不是可有可无的地方。这时的家乡对于我，就像溺水时的救生圈，狂风暴雨中的避风港，它紧紧地维系着我的生命。我就是怀着这样的心情，开始联系自己的工作调动，希望回到生养我的土地。

　　首选之地一是天津一是唐山。天津有我的父母儿子，唐山有我的妻子，从人道人情的角度考虑，我想我的理由应该成立吧。先是经好友、作家柴德森介绍，跟天津一家出版社联系，这家出版社的总编辑，对我的处境比较同情，有意收留我，只是明确表示说："再让他当编辑，恐怕有困难，做校对工作，我想总还可以吧。"话说到这个份儿上，我满以为不成问题了，不料在领导班子研究时，有人提出了相反意见，说："他爱人不在天津，我们出版社再需要人，总不至于从内蒙古，老远的调个'右派'，来当校对吧？"

　　得，话一开口就似一把尖刀，狠狠地捅准了我的软肋。我的致命伤疤这么一揭，谁还有胆量敢替说话呀，再说话就成了政治是非，何况反对也有道理。想调回天津老家的愿望，至此完全彻底地破灭，从此以后连想都不敢想。不过这位老总的恩情，我始终未能忘记，落实政策调回北京以后，我曾经专程登门向他表示感谢。

跟父母、儿子凑一起，不算调动的理由；跟妻子团聚，应该是个理由吧。那好，就往唐山撞撞运气吧。看唐山认不认我这个女婿。

　　休假到唐山住在学校，妻子上课的时候，我没有别的事干，除了看书听收音机，就是骑着她那辆飞鸽女车，在唐山的大街小巷瞎转悠。一天下午，走到唐山市政府门前，看见人事局接待处的牌子，立刻引起我的注意，就走了进去探询调动的事。开始人家只是搪塞敷衍，不说不办也不真正想办，后来见我一趟趟地跑，一位姓孙的中年干部，终于动了恻隐之心，有天我再次来到人事局，他看见我就笑着说："真有你的，我算是服啦。"说着把一张表格递给我，让我就地填好交给他，他说他给我联系一下看，并让我过一个星期来听信儿。

　　到了听回信儿的日子，兴冲冲地跑到人事局，一看孙姓干部板着的脸，我立刻预感到事情不妙。他很干脆地说："我们联系过报社和图书馆，觉得你的年龄和业务情况还可以，只是一考虑1957年的事情，他们就为难啦。我看等以后有机会再说吧。"一桶冷水狠狠地泼在了身上，从头到脚我都觉得冷飕飕的，那颗刚才还暖暖的心也凉了，这时我再一次意识到，这顶沉重的"右派"帽子，就像是一口钢浇铁铸的锅，既然我被扣在了里边，就甭想轻而易举地跳出来，恐怕直到被闷死压死为止。

　　那天蹬着自行车返回学校，两个原本滑润的车轮，突然变成了两块铁饼，每蹬一步都得用全身的力气。心里的委屈和愤懑，恨不得从头顶上蹿出，倾泻在繁忙的大街上，让路人给评评理：我有没有享受家庭生活的权利？难道"右派"就得一辈子当光棍儿?!

　　不过，我还是很感激那位姓孙的干部。在那个听"右"色变的年代，一个素不相识的政府官员，只是出于同情来为我联系工作，这说明他也算是个善良的人。只可惜像这样的人，在当时并不很多。

　　往天津、唐山两地调动，都因为"右派"问题告吹。返回内地的路彻底被堵死了。这说明我的想法太不实际。可是总不能把家永远分成两半儿啊。现在唯一的办法就是劝说妻子，调到内蒙古跟我一起在边疆生活。俗话说得好，哪里黄土不埋人啊，已经沦落到这种地步，就只能随遇而安。

　　时间转眼又过了一年，我趁到唐山休假的机会，跟妻子说："你既然嫁给了我，我们就得想办法一起生活，老是分居不是个事儿。我调回内地，怕是无望了。如果你同意，就先调到内蒙古，将来万一有机会，咱们再一起回来。"

妻子毕竟是妻子，她几乎未假思索，就爽快地答应了。我清楚地知道，妻子长这么大，从未离开过家乡，一直在京津唐一带读书、工作和生活，乍一走这么远，她肯定会有想法，只是不说罢了。

谁让她嫁给了我这个摘帽"右派"呢？

妻子是正规大学毕业生，又在师范学校任教几年，更没有所谓的政治问题，以她个人的这些情况，调到边疆地区教书，我想，总不至于有太大问题吧。岂知同样不那么容易。当时正是经济困难时期，各项事业都基本停滞，教育口也是半死不活的，想办事就得托人找门路，我一个"右派"工人，又常年在野外劳动，就是想托人又往哪里去找呢？再说就是找到谁又敢帮这个忙呢？在万般无奈的情况下，我就趁收工休整时，自己到呼市各学校乱撞，希冀碰上个好心人搭救一把。结果没有一所学校能够如愿。不是说学校不缺音乐老师，就是说音乐老师都是兼课，还有的学校根本没有音乐课，原以为容易办的事情，不承想再一次遇到困难，看来是老天存心要跟我过不去。

从此心灰意懒不再想这件事，仍然过我的准光棍儿生活。每年好不容易盼来一次探亲假，倘若没有加班积攒的休息日，我们夫妻才有 12 天相聚的时间，这相聚自然也就感叹多于欣慰。那时，妻子的工资是七十几块钱，我的工资将近六十块钱，除了每月寄给父母供养儿子，两个人剩余的几十块钱，几乎全都扔在了奔波的铁路上。

这样无望的生活，一过又是好几年。没有盼来情况的好转，却等来一场"文革"灾难，我的妻子——连高声说话都不会的弱女子，竟然被造反的坏人打得死去活来，险些把命断送在标榜革命的运动中，至今还留有心灵和精神创伤。如果没有这次"文革"劫难，或者我们早一点儿调到一起，即使有些事情难以避免，总还可以互相有个照应。因此，这会儿只要想起那段日子，罩在我心头上的乌云，就会重新飘荡起来，我的好心情也就会随之消失。这就是那场祸国殃民的"文革"，留给我的永远抹不掉的痛苦记忆。巴金老人曾呼吁建立"文革"博物馆，其实不建又何妨，只要人心不会死，每个健在的受害者心灵，都是一座真实的"文革"博物馆。

第四部：荒唐年代的荒唐事

生活不再平静

发配在蒙古的前五六年，生活再艰难，劳动再苦累，应该说都算是正常情况，别人能够承受的事情，我照样能够吃的消。尽管职业不合心意，家人异地分居，使我对自己的前途，渐渐地失去信心，但是心态还算平和，尤其看到身边的工人师傅，个个都是那么乐观，我就想：同样是个普通百姓，人家能活我为什么不行呢？这样一想也就心安理得了。所以那时劳动特别卖力气，既得到师傅们的信任，又受到领导的关注，沉重的"右派"帽子，已经构不成对我太大的威胁。

记得是在 1964 年年末，帮助工程总队办公室，写了一份全年工作总结，新任总队长牛德新看后比较满意，他建议把我调到总队机关，安排在工会做干事工作，并兼任内部小报《工程通讯》编辑。从动荡不安的野外劳动，到相对稳定的机关工作，这也算是对我的照顾吧，我自然感到极大的满足和欣慰。领导我的工会主席王立中，是个正派、宽宏的人，对我的使用比较放手，我也就有个宽松的生存空间。这时那个近乎绝望的想法，就又悄悄地爬上我的心头：趁生活安定的机会，联系调妻子来内蒙古，结束这两地牛郎织女的日子。

我的平静生活还不到两年，姚文元《评新编历史剧〈海瑞罢官〉》文章，就在 1965 年 11 月 10 日的《文汇报》发表，政治经验告诉我又要开始"整人啦"，果然，一场名曰"文化大革命"的运动，就像神怪小说里说的妖风，骤然在中国大地刮起来，其势头恨不得把天遮住把地掀翻。我刚拥有的安定生活，以及调动妻子的愿望，这时也就随之泡汤。后来随着这股妖风越刮越烈，我和妻子都成了专政对象，两个人的生活同时陷入困境。这使我比过去更清醒地认识到，政治和政治运动是怎么回事。如果说这场灾难对我有什么影响的话，就是让我增长了许多人生见识，从此以后更愿意以自己的方式生活。

经历过这场灾难的人，大概都还会记忆犹新。那是怎样的一场"政治运动"呢？从理论上说是"文化大革命"，实际上无比野蛮无比荒唐，没有丝毫的"文化"可言，给我们文明古国带来的后患，时至今天都未能彻底消弭，任何一桩失去固有道德的坏事情，都会从"文革"灾难找到根源。无数天真单纯的学生和青年，在一些政治野心家、投机家、政治狂人鼓动、操纵和控制下，打着"破四旧""斗私批修""造反有理"的旗号，像是吃错了什么兴奋的药，疯狂地搞打砸抢破坏活动。美丽山河被糟蹋，古老文化被破坏，传统道德被亵渎，善良人性被玷污，祖国好端端一片土地，转瞬之间被拖入万丈罪孽深渊。混乱和恐怖如同瘟疫在四处肆虐蔓延。

我和妻子所在的呼和浩特和唐山，从地域上讲都距北京比较近，造反中心发出的各种指令，各种渠道传播的小道消息，比起其它地方也就知道得快，因此，一股股强大的造反冲击波，在这两个地方形成的破坏力，当然也就比别处更为剧烈。尤其是我所在的内蒙古，由于是个少数民族地区，又是"反修"前哨边疆，除了普遍的"文革"行为，还另有其特殊的项目——挖"内人党"和"学习班"软禁。这就使我这个老"右派"，又亲历了不少荒唐的事情，构成我一段独特的人生经历。只是这一段独特人生经历并不轻松，可以说是以痛苦为代价换来的，每每想起来都会有无限的感慨。

那场罪恶的"文革"灾难，至今已经过去二十多年，成为人间的惨痛历史。尽管当做警示后人的一面镜子，堂皇地摆进博物馆现在绝无可能，但是留在过来人记忆中的残片，恐怕是任何人都无法毁弃的，若干年后把它们拼凑起来，仍可看出这场灾难血泪染成的纹路。只是不知道未来人该如何看待和评价。然而，这段惨痛的历史对于我，只要想起来就会感到心痛，今生今世怕是都不会轻易地忘却，因为它破坏了我平静的生活，毁掉我又一段宝贵的青春时光。

众人造反我逍遥

跟我一起在工程队劳动的人，有两个工程技术人员，一位叫王占元，天津大学毕业生；一位叫麦洪发，西北大学毕业生。二人毕业后分配来内蒙古，开始在内蒙古邮电管理局工作，1957年被划为"右派分子"，下放内蒙古邮电工程总队劳动改造。

这两个人都是学工的，业余时间好鼓捣半导体收音机，职工中谁想装半导体收音机，就买些电子零部件给他们，他们就用业余时间无偿帮助组装。那时的人无钱买半导体收音机，这二位的一技之长就特别吃香，经常有人找上门求他们装配。我一个在野外劳动的单身汉，当然更想拥有一台收音机听，排遣这孤独寂寞的异乡生活，只是不知人家会不会给我装。后来一见他们组装，我就站在旁边看，久而久之，他们大概猜出了我的心思。有天王占元跟我说："你是不是也想装啊？想装你就买零件来，我帮你装。"接着他就给我开了欲购零件名称数量的单子。几天后一台小半导体收音机，就到了我的手中，从此我的业余时间有了寄托。

这个小半导体收音机，跟着我走南闯北，伴着我度昼过夜，像一位最好的朋友，给我唱歌告诉我消息，我真不知应该怎样感激它。

1966年5月一天早晨，照例收听中央人民广播电台新闻联播，突然听到一条重要消息：姚文元另一篇文章《评"三家村"——〈燕山夜话〉〈三家村札记〉的反动本质》，同时在上海《解放日报》和《文汇报》刊登，这无疑是政治运动来临的又一个信号。他批判的这些文章我大都读过，文章的作者邓拓、吴晗、廖沫沙的身份，我过去多少也知道一些。这些身居官场的大学者，现在居然被点名批判了，在当时简直是个爆炸性新闻。我经历过批判《武训传》、《红楼梦》研究、"反胡风""反右派"，这些名义看似很文明的运动，每一次都有一些人在政治上倒霉，这次不知又该轮到什么人倒霉，说不定还要来一场大的政治运动。这时国家经济困难刚刚有点好转。我忽然想起北大荒的难友，曾经说过的一句话："只要国家经济情况稍好点，就会在政治上瞎折腾。"出于对自己命运的担忧，我又开始"关心"起政治，每天早晚两次收听新闻广播，如果有时间中午也收听，以便随时了解事态的发展。

广播里说的许多事情，都是过去闻所未闻的，越听越觉得茫然不解，尤其是那些名人要员，在我的印象里一直很得意，这会儿却被点名批判，隐约地觉得这世道要变。至于怎样变、变到何种地步，我却没有认真地想过，只是希望这次政治运动，最好不要再伤害自己，别的管它要整什么大官呢，通通跟我没有任何关系。甚至于还有点阴暗心理，希望整整那些心术不正的官员，过去他们靠整群众发迹做官，这次让他们尝尝挨整的滋味，说不定今后会学得正派点儿。

政治局势发展得异常迅猛，北京大学聂元梓、宋一秀等七人，贴出第一张大字报之后，立刻起到示范和煽风点火作用，很快大字报像雪花般在全国飞落。许多地区和单位，人心慌乱，秩序失常，整个社会开始动荡。我所在的内蒙古邮电工程总队，群众思谋造反，领导无心干事，大家都怀着浮躁的心绪观望。我们这些政治有"问题"的人，此时好像也不再有人多管，我就趁机溜到街上看热闹。当然也想了解更多情况，势态发展万一波及到自己，好早点儿有个应付准备。

塞外边城呼和浩特，往常街道异常安静，车少人稀，空旷萧条，偶尔办事走在大街上，常常让人有种苍凉感。现在可好，一反常态。中山路、新华街等主要街道，人挤着人，车（自行车）挨着车，热闹得好像草原秋天那达慕。跟那达慕不同的是，街道两旁摆放的不是物品，而是墙上贴着的大字报，吸引路人不时驻足观看。有的人看完了悄悄走开，把疑问和困惑留在心里；有的人看完了议论争辩，把观点和想法公开袒露。这种开放式的无拘束气氛，在思想禁锢的政治生活里，好像还从来没有出现过，因此新奇之中不免心生惊骇，我怀疑是1957年的"阳谋"翻版。1957年共产党以帮助整风为名，发动群众大鸣大放大字报提意见，有的意见稍微尖锐点激烈点，领导者没有雅量听下去，突然来了个翻脸不认人，回过头就批判整治提意见的人，结果划了55万"右派分子"，造成历史上最大冤假错案，使无数人前途断送家庭离散。这样血淋淋的惨痛教训，我是永远不会忘记的，更不相信这次政治运动，就真的会放过无助百姓。倘若仍然是个"阳谋"，倒霉的岂不还是百姓。所以从一开始我就不住地提醒自己，就是有谁说出大天来，都不要轻易相信和轻率行动，以免再次成为政治斗争的无辜祭品。

我之所以会有上边想法，除了吸取 1957 年天真得恶报的教训，还因为这时有了妻儿家室。如果稍有不慎再被无端加害，遭罪的就不光是我一个人啦，我的妻子和儿子也要受牵连，这样的现实问题不能不考虑。有了这样的思想打算，在别人极度亢奋时，我仍然保持平和心态，安稳地过日子，冷静地看世事，倒也显得自在逍遥。这是我经历过多次运动后，第一次对号召者存有戒心，以不变应万变心态面对政治。

随着"最高指示"不断传来，除了思想单纯的青年学生，在继续疯狂地造反破坏，政治上有野心的或想投机的人，这时也纷纷树起"造反有理"大旗，开始造本单位头头的反，一时间全国成了冒险家乐园。我所在的这个小单位也不例外。领头起来造反的是一位姓王的工人师傅，他在院子里贴出第一张大字报，宣布本单位"东方红"战斗队成立。这位王姓工人是部队复员兵，运动之前一直说自己有病，平日很少认真地上班劳动，正派的工人师傅对他毫无好感，他旗下的追随者也就寥寥无几，开始并未形成大的政治气候。但是，由于这些造反人的出现，搅乱了单位领导的方寸，正常生产秩序难以维持，出工学习就成了问题。一般职工每天来单位点个卯儿，表明自己来上过班，然后就结伴到街上去，或听议论，或看大字报，或收罗传单，要不就干脆回家做家务。总之，人们的心都被搅散了，领导再无能力把大家收拢住。像我这样后来被称为"黑五类"的人，在邮电工程总队还有几个，开始我们谁也不敢多往街上跑，有的壮着胆子去过几趟以后，见没有任何人理会阻拦，渐渐大家就大摇大摆地出门。再后来简直成了每天必需的生活内容。

我常常是早晨出门，在外边吃过早点，就沿街看大字报，或者要几份传单，扎堆议论地方很少去，怕万一出点事说不清。呼市主要大街大字报，分贴在街道两旁墙上，我上午顺着一边墙看，看到头儿找家小馆吃饭，下午再顺着另一边墙看，看到头儿回单位休息。路上如果碰到卖小报的，有时也花钱买上几张。回到宿舍把门一关，沏杯酽茶，躺在床上，不是回想看过的大字报内容，就是翻看刚买的各种造反小报，尽管大字报、传单、小报说的事情，有的真有的假有的也许完全是捏造，但是我仍然相信总会八九不离十，原因很简单，无论人的职位高低身份贵贱，人总归是人，是人他就有人该有的七情六欲，什么丑恶事情都可以干得出来，只不过有的人伪装得好或被美化了罢了，现在趁乱被彻底揭露出来，这并没有什么稀奇古怪。不过，有时想到这些，心情也很沉重，因为有些事情有些要人，过去一直认为无比神圣，现在通通被翻个底朝上，不免有种被人欺骗的感觉。

叫"东方红"的造反派组织，在邮电工程总队成立后，由于它的领头人威信不高，许多人只是观望不参加。这时又有一个组织成立起来，领导者是机械队技术员余晨光，老余在群众当中有一定威信，观点又是维护现任领导班子的，一些正派人本分人都愿意参加，这样就形成了两个对立的派别。王师傅算是"造反派"，余技术员算是"保皇派"。从此以后在这个不大的单位里，就摆开了你争我夺的斗争战场，名义都是维护毛泽东革命路线，实际上无非是争抢革命红帽子，为自己争个一官半职位置。

在两派忙着你来我往互相攻击时，我们这些被监督的"黑五类"，此时双方都无心思和工夫顾及。我就成了无资格称派的自由人。日子过得倒也逍遥自在。

音讯中断的妻子

这场所谓的"文化大革命",矛头指向说的是"走资派",实际上真正遭殃受罪的,还是无权无势无助的普通人。肩负着传播知识使命的教师,更是首当其冲成了牺牲品。"文化大革命"运动之初,在呼和浩特最先流传被打的人,并不是所谓的"走资派",而是一所中学的普通教师。"走资派"一般有人揪也有人保,想动一动他们毫毛谈何容易?普通教师则不然。平日有点过节儿的同事,可以趁运动报复你;过去批评过的学生,可以借机耍耍你;学校领导被点名批判,可以把责任推给你,教师的大多数都是书生,不会处理人际关系,自然就成了政治上的"垫片儿"。

妻子原来任教的唐山市师范学校,几年前已经迁校到昌黎县,妻子不愿意离开唐山市,就调到唐山市 21 中学任教。她独自一人住在学校里,平时又不曾得罪过谁,这样一个善良的弱女子,我以为即使不被人同情,至少总不至于受伤害吧,再说那会儿凡事都讲依靠组织,对她我就压根儿没有多想什么。当然,千里迢迢,相隔两地,我更没有办法照顾她。

一天下午,我正在大街上看大字报,忽然听到附近一所中学里,传出阵阵口号声谩骂声。我跟着路人一起走近学校,站在学校大门口往里一看,有十几位男男女女老师,被一伙十来岁的学生批斗。有的男老师被人按着头,有的女老师被人揪着发,那种景象很像镇压"反革命",往日的师道尊严完全消失。看到这残酷斗争的场面,我的心就像一张弓,立刻紧紧地绷起来,这时才开始意识到,妻子有好久未来信了,不禁跟眼前情景联系起来。越想越嘀咕,越嘀咕越害怕。赶紧往邮电局跑,想给妻子打个电话,询问一下她的近况。

我和妻子结婚后两地分居,两人情感维系的唯一方式,就是通过每月一封信件;在这样混乱的非常时期,妻子的来信越发显得重要。到应该来信的时候她未来信,起初以为是邮路耽搁并未在意,今天看到这非人道的残忍一幕,隐约地预感到她有什么事情发生。写信了解情况是来不及了,拍电报又听不到她的声音,只有打长途电话最快最直接。

那会儿打长途电话说是快，只是跟写信和发电报比较，其实有时一半天都要不通，因为电话不是现在这样直拨，而是经过话务员一段一段地接续，全线路都接通了才能通话。不过这种笨方式也有它的好处，电话接通后如果受话人不在，跟别的人讲话不算电话要通，询问受话人的去向也不算通话，这样就可以不必付电话费。我那会儿经济不富裕，想急着了解妻子情况，有时就用这种办法：妻子在学校，就说上几句话；妻子不在学校，别人会报个平安。这次也想利用这种办法试试。

在邮电局办完通话手续，我就坐在大厅里等候，时间一分一秒地过去，我的不安一分一秒地增加。大概等候将近两个小时，唐山市21中的电话通了，接电话的却不是妻子，而是一个声音陌生的男人，他说："你爱人住院了，得了点儿小病，你不必惦记。我们这里会有人照顾她……"

还未容我询问详细情况，对方就急忙把电话挂了。这些年听的假话谎话太多了，有的还是以组织名义讲的，他这么说我怎么能够相信呢？我猜想话里肯定有猫儿腻，不便爽快地告诉我就是了。我立即给在天津的大弟弟打电话，请他转告我父亲和在天津大学任教的妻妹，赶快去唐山市21中看看妻子，不管发生什么事情都要及时告诉我。

我父亲和妻妹到了唐山市21中学，工宣队不让他们去看望妻子，两个人只好快快地回到天津。事后妻子的同事告诉我，妻子被学生从楼梯上推下来，然后又用铁锹打、开水烫，弄得她脸部臂部全是伤残，在高烧中险些丧失性命，他们当然不敢让家属看望。挑动和支持学生干坏事的是两个更坏的人，一个姓董，一个姓王，都是妻子在师范学校教过的学生，这时他们连一点师生情谊和人性都没有了，丧心病狂地在背后鼓动学生干坏事。另外还有个姓张的老教师也在背后使坏。那年，原唐山市21中三位教师来看望妻子，说起"文革"那段可怕的岁月，他们都有无限的感慨和唏嘘。我顺便问起董、王这两个干坏事人的近况，他们说："姓董的和姓王的两个人，在"文革"中并未捞到'稻草'，后来境况也很凄凉和孤独。那个姓张的老教师在唐山地震时死了。"想必是老天有意提醒人们，做人还是应该善良点好，坏事干多了老天会报应。

妻子遭此大难，作为她的丈夫，我未能在她身边，给她起码的关照，心里很不是滋味。可是越来越紧张的局势，同样威胁着我的命运，再怎么着也无济于事。只好再次给大弟弟打电话，请他代我去唐山照看妻子。后来我的处境稍有好转，我就跟造反派头头请假，他们总算准许回去几天，我立刻日夜兼程赶赴唐山。

到了妻子学校一看，原来妻子住的那间宿舍，早已经被弄得狼藉不堪，许多东西被学生抢走，未抢走拿走的东西，散乱地扔在地上，连个下脚地方都没有。妻子出院后没有容身之处，就被临时安排在教室住。刚刚受了这场惊吓的妻子，不仅身体异常虚弱，而且精神也有明显恍惚——那个过去不知忧愁的人，那个过去充满理想的人，现在完全成了另一个人。看到眼前的这种境况，真不知应该如何是好，这时在我不安的心中，只有咒骂、咒骂、咒骂……

一个好端端的善良人，被迫害到这种地步，简直是丧尽天良。可是，作为一个小百姓——还是个老"右派"，我又能说什么呢，说了又有什么用呢，闹不好恐怕还要遭殃。我强忍下心中的怒火，把妻子零乱的物品归拢好，用几张课桌拼凑成一张床，这教室就成了我们临时的家。入夜我和妻子依偎一起，正想用话语和温存，抚慰她那颗伤痛的心，岂料这时又有灾祸惊扰——两颗小石子从窗外扔进来，先后嘣嘣两声击落课桌上，有一颗险些弹在我的脸上，我下意识地喊了声"谁?"，然后赶紧起身往窗外望，只见两个奔跑的身影，渐渐地消失在远方夜色里。

回来再次躺在课桌上，说什么也睡不着了。我就望着天花板想：我们两个人——尤其是我，已经沦落到这种地步，无论你怎样忍耐宽容，这个世道都不会放过，反不如豁出去拼一拼，说不定反而会活得像个人。我决定次日去找驻校工宣队，说说妻子目前情况并亮明我的态度，不然我走后妻子再被人迫害，我们单位不可能再给我假，万一出现新情况鞭长莫及。

工宣队队长姓张，一位女师傅姓韩，都是唐山电厂的工人，看起来人都还正派，说话也不是那么盛气凌人。在"工人阶级领导一切"的年代，能够平和地对待我这样的人，说明这两个人本质都比较好。我先把自己的政治情况，如实地跟他们说了说，然后询问了妻子遭迫害原因，并郑重要求他们对妻子给予保护。他们都一一做了答复和承诺。我回到内蒙古以后，给妻子打过电话，询问我走后情况，似乎还算比较正常，看来这两位师傅没有食言。

谈到妻子受迫害的原因，现在听起来简直荒唐至极：一是说妻子讲究穿着打扮，是追求资产阶级生活方式；二是说妻子读报把毛泽东念成刘少奇，是诬蔑中国人民的伟大领袖；三是说妻子把窝头、咸菜、玉米粥比喻"三结合"，是恶意攻击毛泽东革命路线。这还了得。其实这后两点完全是那个姓张的老教师捏造出来的。至于说到喜欢穿着打扮，这本来就是女人的天性，只是在那个被扭曲的年代，把正常事情当做不正常罢了。

逍遥不再属于我

有次在街上看大字报，碰见两位北大荒难友，一见面他们就问我："你参没参加革命战斗队"当我说出"没有"这两字，他们听后都觉得很惊诧，反问道："怎么，连革命你都不想啦？"我就如实地把想法告诉他们：一是想参加怕人家不要，这个面子丢不起；二是看不清运动的走向，过去吃了那么多的亏，这回还是不沾边的好。他们"嗯"了一声表示理解。反过来问他们俩的情况，他们说，他们都参加了造反组织，其中一位还是个小头目。这两位都比我年纪大，革命资历也比我长，属于"棒打不离"那种"右派"，始终相信共产党相信毛泽东。他们这种忠诚品质，我非常钦佩和敬重，只是我实在做不到。

随着运动不断深入发展，斗争对象越来越扩大，依靠对象越来越缩小，最后划为红黑两种五类，人为地把双方对立起来，上演了一部悲惨的闹剧。从阶级分析的观点看，这样做也许不算错，但是，实事求是地来看，它势必会伤害一些人。比如，我前边说的那两位难友，当我再一次见到他们时，这哥俩儿好像被霜打的茄子，一个个都蔫不唧的了，再没有了前些时精气神。在"只许左派造反，不许右派翻天"口号提出后，这二位都被视为"右派"翻天，全从造反组织中给请了出来，一片耿耿革命忠心，并未换来真正信任，最后闹了个里外不是人。这大概是自己不曾预料的。

当这场运动开始到处抄家时，从一张造反派小报上看到，北京学生红卫兵组织，抄了章乃器等几个大"右派"的家，我预感到自己的恶运快来了，得早点做些应付的准备。从我经历的多次政治运动中看，最容易招致祸害的东西，莫过于日记、信件和照片。在"反胡风运动"中，因为日记上过当吃过亏，从此再未记过日记。朋友的信件和照片，除放在天津父母家里的，我身边还有一些，必须马上彻底消灭，留下就会成为"罪证"，闹不好还会连累朋友。

一天趁同宿舍的人不在，关上屋门拉上窗帘，找出身边的信件、照片，把认为可能出"问题"的挑出来。就在我找信件和相片时，忽然发现箱子里的两本书，一本是《中国历史小丛书》，一本是《三家村札记》，不禁在心中暗暗叫起苦来，天哪，幸亏找东西无意间看到了，这要是抄家时被发现，还不得把我的皮给揭了，想起来真的有点害怕。这些需要消灭的东西，在屋里烧肯定会出事，随便一扔更不是个办法，想了想，干脆把它们先撕成碎片，放在一个经常背的挎包里，上街时带到外边以后再说。次日上午到街上看大字报，如厕时蹲在茅坑大便，扔手纸受启发灵机一动，把这些东西扔进茅坑岂不挺好？于是这个厕所扔点那个厕所扔点，很快就把这些东西全部处理了。这时，身上就像刚刚如厕完一样轻松。

　　时间过去了许久，抄家邪风渐渐停息，我们单位的造反派，并未抄我的东西，这次纯粹是庸人自扰。事情过后一直到现在，每每想起就后悔不迭。多年积攒的照片、信件、图书，包括记载情感历程的书信，当年初恋女友的照片，等等，只因为惧怕加害通通地消灭了，从此丢掉了珍贵的生活纪念。

　　俗话说得好，躲过初一躲不过十五，没有抄家算便宜了我，批斗会就在劫难逃了，谁让总队长牛德新"黑伞"下，有我这个"右派"名号呢，批斗他当然得有我陪绑。

　　报务员出身的牛德新为人正派，跟群众的关系非常融洽，保他的人比批他的人多，但是批斗"走资派"毕竟是个大方向，最后还是得被恶狠狠地打倒。牛德新的"罪恶"之一，就是重用我们这些"坏人"，如，"右派"中的我，从工人调任工会干事；历史上有点"问题"的人，被任命工程技术员，等等，都说明他是个"走资派"。在批斗牛德新的会上，我们作为活生生的证据，跟他一起受残酷折磨，皮肉上的苦痛就甭说了，最让人无法容忍的是人格、尊严，这些高贵的东西都遭践踏。低头、弯腰、"喷气式"，这些批斗"黑五类"方式，一样都不少地被运用，推推搡搡骂骂咧咧，更是批斗的家常便饭，反正得变着法子侮辱你，让你觉得脸面没处搁。虽然批斗会只参加过两次，在"文革"那样的暴虐中很平常，但是它给我心灵留下的创伤，恐怕是永远都不会抚平，现在想起来都要骂上几句。这倒不完全由于我心胸狭小，而是我们不能忘记过去，谁忘记这段残酷的"文革"历史，就无异于不珍视现在平静的生活。

　　"文革"运动越来越深入，到了揪斗"黑帮"的阶段，我们这些明码"黑五类"，就再也不能逍遥了，跟"走资派"一起被关进"牛棚"。在

"牛棚"里的正常科目，除了必不可少的背诵"老三篇"，以及向毛泽东像早请示晚汇报，再有就是无休止的坦白交代，以及"黑帮"之间的互相检举揭发。善良、真诚、友爱、尊严，这些作为人的最本质的东西，此时全被扭曲得不成样子，还要贴上"革命"的标签出售。

在被关"牛棚"的"黑帮"中，我属于风干多时的"死老虎"，造反派再怎么高举老拳挥舞，都不会显出武松的英雄本色，相比之下也就很少被关注。我的问题主要是"右派"翻案的事。不满20岁就开始写检查材料，几十年下来早成了"熟练工"，起初以为应付这类事不成问题，无非是给自己多扣几顶帽子呗，后来发现再用老一套敢情不行，这次要求必须深挖反动思想根源，得，那就真的假的往自己头上乱糊吧。什么配合国际"右派"势力进攻啦，什么甘当"苏修"的马前卒啦，什么妄图使中国变天啦，如此等等，总之哪个"线"黑"纲"高，就上哪个"线"哪个"纲"，造反派听着顺耳也就自然相信，如果实事求是地说真实想法，他们反而说你不老实、对抗。在那个黑白是非颠倒的年代，受难人若想求得一时的苟安，这是唯一的最好解决方式，尽管自己也知道这是出卖灵魂说违心话。

说到"牛棚"里的情形，全国都是大同小异，季羡林教授的《牛棚杂记》，已经记述得非常到位，无须我在这里再多嘴。《牛棚杂记》写的是最高学府，在有知识的人群中，尚且那么残酷野蛮，厂矿企业的"牛棚"如何，随便一想就可以料知。我这里就不多说了。倒是有一件事情，近乎黑色幽默，让我想起来好笑，不妨在这里说说。

跟我住同一牛棚的"牛"，大都是上点年纪的人，一般夜间存不住尿。内蒙古冬天风冷气寒，夜里老往厕所跑，既不方便又易感冒，有人就找来个铁桶，解决大家夜里的内急。晚上睡觉前提进屋，早晨起床放在厕所，大家轮流侍候尿桶。有了这只铁桶装尿，夜里撒尿倒是方便，只是臊味呛得人头疼，撒尿声让人无法安眠，距尿桶位置近的人，开始反对尿桶进屋。后来经过大家商量，尿桶不放固定位置，谁值班就放谁跟前。

有天夜半三更时分，阵阵激烈的吵架声，把大家从梦中惊醒，不知发生了什么事，打开电灯询问情况。原来是撒尿人移动尿桶，有个人失眠本来就烦躁，一见尿桶移到他的跟前，立刻就火冒三丈，跟移尿桶的人嚷嚷起来。大家听后就责怪移桶的人，移桶的人沉默一会儿说："你们看看嘛，那尿桶正对着毛主席像，我敢冲着他老人家撒尿吗？"

大家一听就笑了，立刻就原谅了他。这是个工人出身的干部，有次开会拿笔在报纸上乱画，画完就把报纸扔在一旁。坐他旁边的人拿起报纸看，无意间发现乱画的道道，透在报纸另一面毛主席像上，于是举报他诬蔑伟大领袖，加之这位干部有点历史问题，新老账这么一起算就成了罪。有这样的背景情况，他怎么能不小心呢？

"内人党"的"特殊党员"

内蒙古这个地方情况非常特殊，一是多民族，二是靠边疆，政治稍微有点风吹草动，就会牵动整个神经系统。1968年内蒙古军管负责人，发动"挖乌兰夫黑线，肃乌兰夫流毒"的"挖肃"运动，草原遍地都在挖"内人党"，好端端的一个内蒙古，一夜之间成了恐怖世界。某些政治投机的文人，他们唯恐天下不乱，又写出了《以"狼"字为基础》的文章，在《内蒙古日报》显著位置发表。这无异于火上泼油，挖"内人党"的运动，一下子成了燎原之火，从城市烧到机关，从草原烧到山区，从蒙古族干部烧到汉族工人，火势越烧越旺，挖劲越挖越足，当权者为了扩大战果，邀功请赏，各种刑罚无不用上，把个内蒙古搞得乌烟瘴气、处处是敌。

"内人党"是内蒙古人民革命党的简称。它成立于1925年，曾接受共产国际领导，解放前夕发表《内蒙古人民革命党宣言》。"内人党"中的一部分成员，在乌兰夫领导下转入中国共产党，由民族主义者转变为社会主义者，继续革命。历史上的"内人党"到1947年5月1日内蒙古自治区人民政府成立之后就不存在了。而在文革的癫狂年代里，"内人党"却不幸成为一场特大冤案导火线。据编造者乌×××交代说，目的就是搞内外蒙合并，内蒙古的共产党组织，有许多就是"内人党"，经他这么一大肆演义、煽乎，这位负责人完全相信，大小单位通通地挖了起来。直至作为下放"知青"的周秉建，写家信跟她伯父周恩来透露此事才被制止。据中华人民共和国最高人民检察院一份资料提及："内蒙古自治区因内人党冤案，有34万多名干部、群众遭受诬陷、迫害，16222人被迫害致死。"（见《作家文摘》报2010年7月9日第12版）这场人为制造的劫难牵连人数之多，刑罚之残酷为前所罕见。

我所在的邮电工程总队，最先被"挖出来"的是牛德新，他是中共总支书记，可是此人天生有股"牛"劲儿，没有的事他死不承认，就在小黑屋里死顶着。后来又"挖出来"个赵春英，他是中共的总支委员，同样是个"死硬派"，无论怎样严刑拷打逼供，他就是不承认是"内人党"。扛"铁锹"的人见挖不出来，就在刘××身上动了脑筋，此人是邮电工程总队办公室主任，虽说也是工人出身干部，但是年龄比前二位稍大点，怕这副老骨头顶不住酷刑，就老实地承认是"内人党"。既然承认了就得交代，交代党组织成员好说，反正有牛德新、赵春英等人哪，让他交代具体党员时，他却犯了难，一是实在编不出来，二是咬谁都不好办，他就先把我咬了出来，并说我是"内人党"秘书。贼咬一口，千嘴难辩。如今我被刘××咬上了，结合我的"右派"历史，挖"内人党"的人一听，当然觉得他说的十分可信。想不到的一刼，又摊到我头上。

提审我那天，是个严冬下午，前两天刚下过一场大雪，外边还呼呼地刮着风，本来就很冷的塞外小城，这天就越发寒风刺骨。审讯室设在一间大屋里，一走进去就开始浑身出汗，汽油桶做的高膛火炉，用大块煤烧得热烘烘，温度不少于零上30摄氏度，审讯人是几个复员兵，他们穿着背心都汗流浃背。我走进去站在靠门的地方，一个姓李的恶狠狠地说："先告诉你，你可要放明白点儿，你不同于别人，你是个'右派''内人党'双料货。你要是不老实交代，没你的好果子吃。"还不知道他们要问什么，先给我来了个下马威，使我一时心里犯了嘀咕。

这样热的室内温度，我实在有点受不住，就提出可不可以脱掉羊皮外衣，姓李的说："你先别想得那么美，你要是不老实，一会儿还得让你'发汗'哪。"连外衣都不让脱，又是在高温之下，我的身上就如热水洗过，浑身都是湿漉漉的。这时他们才开始审问：参加"内人党"的时间？什么人介绍的？有什么具体活动？等等。全是些我听不懂的没有的事，他们问一句，我回答一句，只是没有一个"是"字，立刻就把他们惹火了。姓李的发起怒来，连喊带骂地说："你他妈的，还真是块硬骨头，老子今天就唝唝你，看你有多少尿。"说着就把我拉到火炉跟前，给我上了叫做"发汗"的刑罚。

这所谓的"发汗"，是在挖"内人党"时，采用的刑罚手段。先让受审人趴在凳子上，头冲火炉，撅着屁股，然后往背上加厚棉被，加一床问一句："招不招?"不招就继续再加。本来就在热屋子里，又加上几床棉被，还要让头烤着火炉，浑身如同热水浇过，还有如芒刺在身的痒痒，不过开始还能扛得住，我就没有按他们希望的说"是"。那个姓李的小子一看更气了，急匆匆走到我身后，照着我的屁股就是一脚，踢得我不住地嗷嗷大叫。工程队工人都穿劳保大头鞋，硬梆梆鞋尖犹如铁榔头，这一脚正好踢在尾椎骨上，软组织遭遇猛烈撞击，其疼痛和伤害可想而知。至今遇到风雨天气都坐不下。就是疼痛得这样，他们还不肯罢手，姓李的吼叫着："你他妈的，装什么孙子。再给他根冰棍吃。"这时守在我旁边的人，把一床床厚重的棉被，从我的背上揭下来，顺便脱下我身上的羊皮袄，顿时感到无比轻快凉爽，以为这就是吃冰棍哪。其实哪有这样的好事，想得美哪。

这所谓的吃"冰棍儿"，是挖"内人党"另一种刑罚，就是把人拉到院里冻。数九寒天的内蒙古，室内外温度相差二十几摄氏度，再加上风沙吹刮不停，外出穿着厚重的老羊皮袄，身子骨硬朗的年轻后生，有的时候都觉得吃不消，何况不让穿羊皮袄在院子里，长久地站立在风沙寒冷天的院里，闹不好真的会冻成"冰棍儿"。拉我出去时羊皮袄被扒了，只穿一件毛裤一件单衣，在热屋子里不觉得冷，刚被推出房门经风一吹，先来了个趔趄，接着就打喷嚏，整个人就像裸身扔进冰窖。在屋子里用炉子火刚刚烤完，立刻拉到屋外雪地上罚站，一热一冷这么一折磨，浑身都觉得不很自在，可是脑子却是一片空白。清醒后站在冰天雪地里，我就想，即使"内人党"是假的，或者根本没有这桩事，我也还是个老"右派"。别人真有个好歹，家人还会得到安抚；我就是冻死也白搭，还得说我"自绝于人民"，最后还要让家人受株连。这一点我非常清楚。既然你们想加罪于我，我再说真话也没有用，反而会受皮肉之苦，再说我已经有了顶"右派"帽子，你就是再给我戴上顶别的帽子，总不至于把我分成两半儿，干脆来个光棍不吃眼前亏。跟刘××一起瞎搅和。此时已经被冻得哆哆嗦嗦的了，我就有气无力地喊："快让我进去。我就承认。"

在寒天冷地里，站了足足半小时，我被重新带到屋里。冰冷身体乍一接触猛烈的热，人真的就像欲化的冰棍，不仅没有舒适的感觉，反而感到无法适应，我一下子瘫倒在地上。这时我的第一需要，就是想喝杯热的水，就说："给我杯水喝，行吗？"还是那个姓李的，厉声说："给他水，喝完水，让他交代。"（此刻我才意识到，他可能是个头目）接过用玻璃瓶做的杯，仰脖咕咚咕咚喝下温热水，这时身体才算缓过劲来。他们见我稳住了神，就再一次催我交代，我说："我承认是'内人党'。"原以为就此罢休了，结果还是不行，非要让交代谁是介绍人。这本来就是没有的事，我怎么好乱说呢？别人都是"红五类"，我瞎咬谁都不行，就说："让我想想看。"可是这时这几个打手，再没有了耐心，姓李的气愤地说：

"你他妈的还是不老实。我告诉你，介绍你的刘××，早就把你供出来了，你还他妈的顽固。再给你一次机会，你老老实实交代，你发展了几个'内人党'？"

这又是个大难题，从我嘴里说出谁来，只要人家知道了，还不剥掉我的皮。再说这本来就是没有的事。这时忽然想起看过的电影，里边说到地下党情况时，有些单线发展的"特殊党员"，都是由某位领导人直接联系。心想，既然他们说我的介绍人是刘××，说明咬我的人肯定是刘××，你刘××咬了我，我干脆反咬你一口。就说："我是'特殊党员'，刘××发展我时，考虑我是个'右派'，怕事情暴露，特意嘱咐我，不要再发展别人。"他们一听，觉得有道理，就放过了我，我也就成了"内人党"的"特殊党员"。

幸运的是我未在抓"内人党"中被打死。据说全内蒙古有三十四万六千余人，因"内人党"问题被审查、揪斗、关押。因刑讯逼供而终身残废的成千上万，含冤而死的也不在少数，其残酷程度可见一斑。

再次有了逍遥机会

挖"内人党"就像小孩做游戏，真真假假地狠挖一阵，挖出来的人越多，破绽也就越明显，"文革"就已经搞乱了局势，再经过这么一折腾，比起全国其他地区来，内蒙古自然也就更乱。时握内蒙古党政军大权的负责人腾海清，这时开始感觉到有点麻烦，如果再这样继续不停地挖下去，整个内蒙古怕是无一个好人了。于是他下令放人，我们这些"内人党"，陆续地从牛棚里出来。

我从牛棚出来那天，恰好在院子里碰到刘××，劈头就对他说："刘主任，我因为'右派'问题，从北京沦落到内蒙古，都走到这地步了，在'内人党'问题上，你又狠狠咬我一口。真没想到。"刘××毕竟是个老实人，只是生性怯懦胆小，在关键时候扛不住。他听了我的话，有点不好意思，红着脸给我解释："开始我谁也未咬，打得实在扛不住了，就胡乱说了几个人。起初还真未说你。后来他们说，'内人党'有秘书，非让我交代不可，那天正好你从关我的房前过，我从窗户看见你，你又经常帮助写材料，就把你说成秘书了。真对不起。"话都说得这么实了，真也难为他了，我还能说什么呢？说什么又有什么用呢？关也关了，罚也罚了，能够活着就不错了。我对他只是轻蔑地一笑了之。

在"文革"这台大的荒唐闹剧中，属于内蒙古地方戏的挖"内人党"，据说背后的大导演是大坏蛋康生。在这次的挖"内人党"运动中，许多中共党员、各族干部、一般群众，伤残的伤残死亡的死亡，未伤未死的人元气大衰，此时这场子虚乌有的事情才收场。但是，两派群众组织的派仗，却未因此消停下来，为夺取本单位领导权，又开始你死我活地争斗。而且随着运动的深入发展，各单位群众造反组织，按照各自不同的政治观点，开始跟社会群众组织挂钩，形成一个地区乃至全国的所谓两条路线的集团军。这样一来他们的注意力，更多地放在社会活动上，对于本单位的事情，相比之下管得少了，使我这个被专政的对象，再一次有了逍遥机会。

此时，内蒙古邮电工程总队掌权者，是余晨光技术员领导的一派，比之王××那派人态度要温和些。"文革"运动前老余跟我的关系不错，尽管现在在表面上跟我划清界线，有时还当众大声喝斥我几句，但是在内心深处相信他还认我这个朋友，他传神的眼睛里明显有逢场作戏的心迹。他之所以跟我会这样义气，我想有两个原因，一是我是个明码"右派"，属于政治上的"死老虎"，再打也显不出他的革命气势；二是我俩的朋友关系，在单位里几乎人人皆知，他翻脸不认人反而会遭议论。所以在他掌权之后，有次在路上碰到我，见旁边无人，他很认真而友好地说："这场运动，跟你没关系。我看这样吧，你先回天津探亲，什么时候叫你回来，我们给你拍电报。不过我得提醒你，见到电报要立刻动身，不能耽误，到时我们看车票日期。"他待我能这样仗义、宽容，谢天谢地还来不及哪，怎么好意思给他找麻烦呢？我说："你放心，无论有什么情况，我都会赶回来。你这样照顾我，哪能让你为难呢？"

经老余恩准，我开始休假。先是到了唐山，跟妻子团聚；而后去了天津，看望父母儿子。自打儿子来到这个世界，无形中给我增添了希望，同时也使我有了责任感，可是由于地域的阻隔，以及我的"右派"政治身份，不可能经常回家照顾儿子，我的心里一直觉得很内疚。这次"文革"运动，我有了逍遥机会，即使不能给儿子更多关照，起码父子有了相处时间，在我也就感到非常满足了。只是阻隔产生的陌生感，却没有在儿子身上消失，有时我想带他出去玩玩，说什么他都不肯跟我走，在他心目中我不过是个"客人"。由于同样的原因，做为父母的儿子，几十年来，我不仅未能为双亲尽孝，而且还让他们操了不少心，想起来总觉得对不住他们。有了这次的逍遥机会，尽管依然不能为他们做什么，但是总还可以一起说说话，在情感上给他们一些安慰。无论是对他们还是对我，我想这也就心满意足了。仅凭这一点，我就得感激老余。

我父母居住的地方，在天津西沽一带，距河北工学院很近。每天在家无事可做，我就去河北工学院，看大字报听众人辩论，感受这场运动的疯狂。学校的各派群众组织，政治观点都非常鲜明，公开辩论问题唇枪舌剑，你来我往都互不依饶。有时听辩论听得入迷，连回家吃饭都顾不上，让母亲苦苦等待着我。青年学生的革命激情，以及追求真理的精神，着实让我佩服和感动。不过凭个人经验教训，我不免为他们捏把汗，倘若像1957年搞"阳谋"那样，突然来个180°大转弯，从提倡鸣放到反对鸣放，最后再来算个人政治账，这些学生娃娃可就惨了，岂不是又成了运动牺牲品！

幸亏我的两个小弟弟，此时正在中学读书，如果他们是大学生，我一定劝说他们静观。不过，尽管他们都是中学生，晚上见到他们在家，我还是要叮嘱几句，希望他们不要掺合事，学校无事就早点回家。1957年上的那个大当，留给我的记忆太深刻，我不能不提醒亲人警惕。我那会儿如果有人提醒，说不定就会躲过那一劫。

我有时跑到市中心去看热闹。有一次走到南市四面钟路口，忽然看见一列队伍浩浩荡荡地走，旗帜飘扬，口号震天，正常交通秩序突然被阻断。我好奇地跟着游行队伍走，刚走到天津百货大楼附近，只见前边开来一列游行队伍，同样是旗帜飘扬口号震天，从吐字含混不清的喊声里，可以隐约听出他们喊的口号，跟我随着的队伍喊的不一样，说明是观点对立的派别，为避免招惹政治上的是非，我马上离开队伍走到马路旁。果不其然。不一会儿两支队伍走到一起，从开始的相互对峙辩论，到后来的彼此谩骂扭打，很快就成了乱糟糟的一团。我一看事情不妙，赶紧逃离了现场。

这是自"文革"开始以来，我亲眼看见的第一场武斗。第二次看武斗是在内蒙古工会大楼，这场武斗比前一场更为激烈。此后又陆续听说了一些这类事。这时头脑里就产生了个想法：这"文革"运动到底是要干什么呢？说是整党内"一小撮走资派"，按毛泽东所拥有的威望和权势，消灭"一小撮走资派"还不是一句话，何必非要动员全国老百姓来造反呢？而且跟着一起遭殃的不止是人，连美丽山河、珍贵文物都惨遭无情破坏，以如此高昂的代价揪"一小撮走资派"，这到底是利国利民还是相反，我实在看不出来更想不通。幸亏我无资格参加，能够求得一时逍遥，起码在心灵上无愧。

风雨兼程走边疆

1969 年秋天，一个风雨欲来的黄昏，我在屋里看新买来的小报，母亲在院子里遮盖杂物，娘俩个安安静静地守在家中。突然街上传来嘟嘟的马达声，声音渐渐由远而近由小变大，后来就在我家门口戛然而止，一个大嗓门的男人高声喊道："1 号——电报。"1 号正是我家的门牌号。听到喊声，我赶紧跑出去，心想，幸亏我在家，不然母亲听到这喊声，还不定怎么害怕哩。

拿回电报走进院子，可能是我的表情异样，母亲猜出我有心事，迟疑了一会儿，问我："谁来的电报？"我就把情况如实告诉她："单位来的，让我回去。我得马上走。"母亲一听就愣住了，稍过一会儿才说："啥事啊，这么急，明个儿走还不行？"对于母亲的关爱，我非常感激，但却不敢违抗组织命令。在那个冷酷的年月，别说我这个"右派"啦，就是一般人也难有自由。何况余晨光有话在先，他对我又很够朋友，怎么好给他找麻烦，我必须当天动身。我对母亲说："不行，必须今天就走。"母亲见我如此坚决，就不想再难为我了，她说："我这就做饭去，吃了饭走。"这时屋外刮起风下起雨，而且是一阵紧似一阵，并不时伴有隆隆雷声，仿佛是老天爷在发怒。

吃过母亲做的饭菜，又消停地喝了两杯热茶，风雨仍然没有停歇的意思，可是我不能再等了，不然到了北京赶不上换车。在这样的年月这样的天气里，告别父母，返回边疆，不知等待我的是吉是凶，心中的苦涩滋味儿唯有自知。本想给父母说几句宽慰话，见父亲不停地抽闷烟，母亲不住地抹眼泪，我的眼里也渗出了泪水，实在忍受不住这情感的折磨。别说说什么宽慰话了，连再看父母一眼的勇气，这时都一点也没有了，我拎起提包就跨出家门，走进肆虐的狂风暴雨中。就如同眼前这鬼天气，头脑里罩着厚厚的阴云，没有任何正常的思维；步履迟滞而沉重，双腿像两根石柱，一点点地在风雨中往前移动。

顶风冒雨从天津赶到北京，再从北京乘夜车去内蒙古，这其间的辛苦自不必说，最难以承受的还是心理压力。在等待乘车之前，坐在候车室里，我就想：人这一生，再有理想，再有抱负，倘若没有个好命运，赶不上一个好年代，全都是瞎扯、白搭。这大概就是人们常说的，生正逢时或生不逢时；我当然属于生不逢时，遭殃受罪都在情理之中。你就得认命。不认命不行。

列车行驶在京包线上，车上旅客不多，车外一片漆黑，周围的气氛非常压抑。但是，跟各地乱哄哄的造反声势相比，这里还算是个清静的地方，起码对于像我这样的人来说，不管未来会遇到什么麻烦事，现在总还可以松弛地歇息会儿。只是隆隆的车声太响，车身摇晃得厉害，躺在光板的长椅上，说什么也睡不着，就胡思乱想一些往事。想起无忧少虑的童年，自然会有种欣慰；想到充满理想的少年，自然会觉得满足；唯有想起多灾多难的青年时期，心中就再没有了欢乐和慰藉，有的只是无尽感叹和忧伤。

敢情人一倒霉，竟然活得这样无奈无助无能，就像一张孩子手中的纸片，忽而被揉皱忽而被展平，周而复始直到玩得厌恶了，就会随便撕毁顺手丢弃。我的命运不也是如此吗。唉，想到这里，一股清泪情不自禁地从眼角流出。

在奔驰的列车上，蒙蒙眬眬度过一夜，天空刚刚显出曙色，列车里就开始骚动。列车员边拿着扫把敲座椅，边像轰鸡似的烦燥地高声喊道："都快醒醒，呼市到了，打扫卫生了。"连叫带喊把旅客从睡梦中轰起来，然后东一扫帚西一扫帚，在车厢地上胡乱地扫扫，弄得到处都是暴土狼烟。在那个号称革命的年月，人与人之间充满敌意，像交通饮食这些服务业，都以平等名义搞自我服务，服务态度再恶劣再不讲理，顾客也只能乖乖地忍受。像我这样的"黑"字号人，如果跟人争执起来一查出身，再有理也得上"阶级报复"的纲，那还得了。所以那时遇事总是躲着走，受到再大的委屈和冤枉，都得悄悄地忍着不敢吭声。

到了呼和浩特，我走进单位大院，正好是上午八点，规定的上班时间。像个小媳妇见公婆似的，小心翼翼地来革委会报到，正趴在桌子上写字的干部，听到脚步声，他抬起头来，一看是我，就说："赶回来了，挺好。你先坐下。"

在他旁边的椅子上落座后，趁他收拾桌上东西时，我偷偷观察着他的表情，想从中寻觅一点儿悲喜信息，然而失败了、失望了。他那双不算大的眼睛，如同两眼幽深莫测的古井，喷着阴冷逼人的无波黑气，让我不禁打了个寒战。过了片刻，他划着火柴，点起一只香烟，连着猛吸几口，又吐出几个烟圈儿，看着那烟圈儿一个个飘散，弹掉烟灰，这才开了金口，说："上边有指示，让你进学习班，明天就走。你先回去准备一下。别的事情，到那儿就知道啦。"

哦？我一听就愣了，半天说不出话来，"焖"了这么久，原来他就是为了挤这几个字。压在心头的一块石头，这时稳稳当当落了地，还好，催我赶快回来的原因，并未像来之前想得那么坏。听完了他的话，心里反而轻松了。我想，爱人在唐山，儿子在天津，我只身一人在内蒙古，去哪里都一样，既然叫个"班"，就不会是我一个人，哪怕上刀山下火海，总还有伴儿不是吗。但是，在哪里办学习班，要学习多长时间，起码总得让我弄个明白吧，哪能稀里糊涂地走。接着他的话茬就问："去什么地方？去多长时间？请你告诉我，我好写信跟家里说一声。"

这位革委会的干部，见我反问这些事情，很不耐烦地说："去仨月。到哪儿我也不知道。又不是你一个人，你跟着走就是了，哪儿来的这么多的啰唆。"他的这番不确定的回答，立刻让我想起相声中"扔靴子"，先给你扔一只，另一只何时扔，不告诉你，让你在紧张等待中着急。最难受。

次日上午，按照通知要求，邮电系统进学习班的人，陆陆续续来到火车站。这时我才知道，去学习班学习的人，既有像我这样的"黑"人，又有"文革"中的"红"人，还有被打倒的"走资派"，另外就是一些有历史问题的人，以及被定为"现行反革命"的人。一看这"五彩斑斓"的阵势，我不禁悄悄地乐了起来：曾几何时，你咬我一口，我踢你一脚，凡是能置对方于死地的事情，不管有没有都给对立面安上；现在可好，闹来闹去都成了一路货色，颇像内蒙古人爱吃的"大烩菜"，荤的素的来了个一锅煮，谁也甭想说谁更香更红。这大概就是这场"文革"的结局。

在等待上车的时候，像部队出操点名似的，我看了看一些人的脸，那些一向标榜唯我独"革（命）"的人，此时的脸就像掉进染缸，说不清到底是啥颜色，反正再没有趾高气扬的劲了，举止显得非常的不自在。倒是我这样的"黑五类"，本来就不敢有什么威风，这会儿照旧是泰然处之。这并非因为跟革命者混在一起，觉得沾了光有什么值得高兴，而是早已经习惯这种尴尬境遇。

眼前情况很自然让我联想起 1958 年，中央国家机关被划为"右派"

的人，流放北大荒在前门火车站登车时的情景。这次跟那次所不同的是，没有亲人的洒泪惜别，没有轻风斜雨的悲凉，气氛也就不显得怎么压抑，这大概也跟"仨月"期限有关。然而我相信，那些家在当地的人，心情依然不会平静，首先是学习班情况不明，他们会产生种种猜想，何况其中有的"革命者"，从来都是自我感觉不错，怎么能够接受这样的现实呢？

集体软禁在军营

　　进学习班的人全部到齐，过了不一会儿，车站就广播检票进站。我们购买的是团体票，上车无须自己拿票，由检票员点清人数上车，票上标明的到达地点，即使这时也无从知道，我完全盲从地跟着众人走。别人都是前几天通知的，去哪里他们会一清二楚，只是这会儿不便询问。按照革委会人说的那样，别的事情我一概不打听，不吭不响地跟着大拨走。

　　由于"文革"初期互相争斗，许多人对立成仇，已经多时不过话。不承想这会儿成了同路人，彼此间都觉得很尴尬，想找茬说话又不好意思，上了火车有好一阵，都觉得别别扭扭。但是，人毕竟是万物之灵，能够结冤就能消仇，有人就没话找话说，如吸烟借火呀，打听时间呀，询问情况呀，等等，自然而然地逐渐沟通，很快就归于平和了。原来你死我活势不两立，这会儿都想消冤解仇，我想，主要还是因为相同命运，让人们悟出一个道理，即：打了半天斗了半天，结果都成了没理的人，最后反而成为革命对象。痛定思痛，百姓相怜。

　　列车开动以后，很快过了丰镇——走出内蒙古，马上又过了大同——走出山西，进入河北省境内，还在不停地往东行驶。我一看就暗暗地高兴起来，因为不管列车在哪一站停下，都会距天津、唐山更近，我在感情上也就有寄托。而对于家在呼市的人，列车每往东移动一站，都意味着远离亲人一站，在感情上就更加不安。相信无论是我还是当地人，此刻心里都在不住盘算，这个学习班到底会怎么样？"文革"学习班一般都是就地办，这个学习班竟然到外地办，因此，奇怪之中越发存有疑虑。可是就是不能问，问也不会告诉你。像我这样经历过多次政治运动的人，以及"文革"造反后来结局不妙的人，人性中的轻信此时早已经不复存在，凡是没有亲身经历的事都不再相信。对于这个学习班亦是如此。

　　无意间听一位同行的人说："这柴沟堡真够远的呀。"我这才知道学习班在柴沟堡。当时内蒙古正在实行军管，不仅是地方各单位被军管，就连内蒙古军区也被军管，执行军管任务的是北京军区。给我们带队的这位军人，大概就是北京军区干部，三十来岁，可能是个连排级军官。带领我们上车以后，他始终未说一句话，单独坐在车厢一边，或吸烟或凭窗观风景。

列车运行了十来个小时，军代表走到车厢中间，操着一口标准的河南口音，说："告诉大家，前边一站是柴沟堡，学习班就在这儿。大家下车后，不要走散，在站台上等候。学习班有人来接我们。"

两天来的忧虑和疑惑，这时才算完全消解，表面上看大家还算平静。人的情绪常常是这样，当一件事尚无结局时，总是提心吊胆放不下，一旦有了结果——无论是好是坏都会坦然接受。知道结果不可能改变，再跟命运较劲儿，就是跟自己过不去。

列车到达柴沟堡火车站，停下。我们背着扛着简单行李，依次从车上走下来，只见站台上有十来个军人，零零落落地守候在车前。看见我们下来了，有个军人高声喊道："学习班的人，在这里集合。"同时举起右胳膊，当做标志不住地摇晃着。我们一个个默默而顺从地，向他那里渐渐靠拢过去，然后放下行李，等待进一步的命令。这时见军代表和接站的两个军人，正在悄悄说着什么话，我猜想是在交代人数，或者是介绍路上情况。

柴沟堡是河北省怀安县县城，地处大同和张家口两市之间，京包铁路线在这里有一站，这几年进出内蒙古没少走过，只是从来没有下车看看，对于我来说既熟悉又陌生。列车停留不过两三分钟，放下我们和别的旅客，就急匆匆地开向前方。别的旅客陆续走出车站，空寂的站台只留下我们。一个白脸微胖的中年军人，走到我们面前，扯着嗓子说："我们先认识一下，我是学习班二队指导员，我叫×××，以后我们就在一起学习生活啦。"接下来他指着身边的军人，一一作了介绍：队长、副指导员、副队长，等等，每个人叫什么名字，一时也记不住，总之，大大小小都是军官。

学习班的全称是：北京军区内蒙古干部毛泽东思想学习班。生活、学习、纪律全按部队要求。班长以上的干部，全部是现役军人。就是从这一刻起，我们这些"胡子兵"，正式开始"军人"生活，只是没有多少新兵的喜悦，心中反而投下神秘阴影，不知学习班等待我们的是什么。

指导员讲完话，我们分乘两辆军用卡车，驶进解放军某部军营。

被当地称为"营房"的军营，在怀安县城柴沟堡城郊，据说是中苏友好期间，参照苏军军营样子建造。营房宽敞开阔的院落，被高耸的厚墙牢牢圈着，院中的平房整齐排列，显得异常庄严而静穆。一棵棵挺拔入云的白杨树，如同一个个威武的士兵，站立在明亮的兵舍前，迎着塞外劲风摇曳，发出呼啦啦的声响，给营房增加不少生气。在营房按班把行李安顿好，本想到营区随便走走，却不料被新钉的木牌，在这儿哪儿地拦住，木牌上明确地写着："二队营界，不准超越。"这就是说，我们这些二队学员，只能在限定地界里活动，军营天地再大都不属于我们。后来听人说才知道，在这个军营办的学习班，除了内蒙古邮电系统的，还有别的厅局系统的，以及锡林郭勒盟等盟市。在"文革"中瞎折腾的北京的大学生，在这里也办了几个学习班，军方为防止学员间串连，就采用划地为牢的办法分别管制。

这时我们才突然顿悟，名义上说是学习班，其实是变相"软禁"。我们来学习班以后，军方几乎什么都讲到了，唯有学习多长时间不提，来前所谓的"仨月"，只是一场诱骗计谋而已。于是大家就越发不安起来，许多人开始私下里议论："让我们来这里到底干什么"，"怎么跟家里人取得联系"，等等。特别是一些女学员，牵挂孩子，惦记丈夫，简直成了她们的心病，凑到一起就念叨这些事。通过军人班长，把大家情况反映上去，满以为会认真解决，起码有个准确说法，不料结果恰恰相反，我们等待来的竟是，比限界更严厉的"规定"。

陈伯达立的 "规矩"

离开呼和浩特的时候，走得过于匆忙，又不知道去向，没有来得及告诉家人。本想到了学习班写封信，通报一下我的情况，免得家里人惦念着，不料一进入这营房，就像蚂蚁进了热锅，怎么也爬不出来了。先是画地为牢限制走动，大家就已经很意外了，接着又宣布"五不准"纪律，内容是：一、不准请假回家；二、不准通信；三、不准会客；四、不准外出；五、不准互相串连。这"五不准"规定，如同并拢五指的手，紧紧地扼住我们的咽喉，让你连喘口气都不行。这一招既凶狠又恶毒。

在一次全体学员大会上，指导员郑重宣布这一规定，学员们一听都傻了眼，犹如大晴天五雷轰顶，每个人表情都很凝重、无奈，刚刚开启的封闭心扉，一扇扇又重新紧关上，都想些什么谁也不敢说。不过私下还是有人议论、谩骂，说："出这种损招的人，养孩子都没屁股眼儿。""真他妈的缺德带冒烟儿。""来前不告诉情况，不说准确时间，来后不让跟家人通信，简直连个劳改犯都不如。就是判劳改服刑，还有个时间和说法哪，这纯粹是成心整人。"如此等等。

可是，议论归议论，骂街归骂街，谁也不敢公开站出来违抗，只能逆来顺受听从摆布，按照习惯办法面对——忍耐。渐渐适应了这种窘境，心态也开始平和许多。跟解放军班长混熟了，他悄悄告诉我们："这个'五不准'纪律，不是学习班制定的，是'中央文革领导小组'，按照陈伯达指示制定的。"原来是这个大坏蛋出的损招。老家伙连句完整话都说不利落，未承想肚子里有花花肠子，出了这么个造孽坏点子，恨得大家每天在背地里，狠狠地臭骂这个老混蛋。

这"五不准"宣布以后，我许多天未睡好觉，除惦记跟家里联系的事，还因为多人一屋太乱太杂。这军营里的兵舍，搭着几十米长木板床，从墙这头儿到墙那头儿，十几二十来人一字排开，挤得连翻个身都很困难，旁边的人稍微一动弹，邻近的人就要受影响。何况有的人还有些习惯，如睡前吸烟、聊天儿、看书，等等，再有意见，总不能干预别人生活，只好忍受，等军营熄灯号吹响，睡前活动渐渐结束，屋里灯灭话稀再睡觉。这时入睡快的人又打起鼾，声音像交响乐此起彼伏，比先前那些干扰更难忍受。在这样的环境里生活，谁若不能适应、担待，谁就得活该甘认倒霉。

有天夜里，我刚刚有点睡意，左边的一个人就打起呼噜来，重似闷雷，轻像吹哨，从他轻重有致的鼾声里，猜想这老兄的心态不错，不然不会睡得这样香甜。我不由得羡慕起他来。其实我又何尝不想睡个好觉，上下眼皮老是不停地打架，头也是昏昏沉沉地发胀，可就是睡不着，睡不着就胡思乱想事情。我想，在来学习班的这些人中，我们单位只有我是"右派"，在"文革"中又未参加造反，算是个地地道道"死老虎"，如果不欲加什么新罪的话，按理应该不会把我怎么样。再说我的存在又不会妨碍谁，有时反而会给一些人做挡箭牌，看来尽可以在这里放心待着。

话是这么说，真正想放心，却不那么容易。因为我们单位来的外地人，同样也只我一个，学习班不让通信，家在呼和浩特的人，总还会知道点信息，我的信息却无办法告诉家人。想到等待我来信的父母妻儿，我的心立刻发紧起来，为自己不能尽责而抱愧。这时不觉气血冲顶，愤怒填胸，决心向这个毫无人性的规定挑战，大不了再给我加一条新罪过，反正我是个老"右派"，又因为写"翻案"材料，帽子已经拿在群众手中，无非把"右派"帽子再给我戴上。就是重新戴上"右派"帽子，处境也还是不过如此，我就不相信还能把我怎么样。这么一想胆子就大了。既然睡不着觉，又无别的事好做，干脆就写家信。

从被窝里轻轻地爬起来，拿过放在墙根的手提包，取出几张信纸两个信封，然后从衣服口袋取出钢笔，待这些东西都送进被窝儿，我再轻轻钻进去趴在里边，借着手电筒微弱的灯光照明，草草地写了两封短信。一封给妻子，一封给父母。两封信的内容大致都是这样：我在柴沟堡学习班学习，不要惦记。学习班有规定，不准许写信，今后一段时间内，可能无法通信。再有就是问候的话。我之所以不敢多说别的话，主要考虑信万一被学习班截获，谁也不会往政治上给我上纲，报个平安总还是人之常情吧。

次日正好是个星期天，休息。按照学习班的规定，星期天可以集体上街，一是洗澡，二是购物，但是活动不能离开集体，就是购物也得三人结伴，这样可以互相监督。不过这倒是个寄信的好机会。这天吃过早饭，故意不洗喝粥的碗，好带回点稀粥米粒，趁还未集合的空当，我匆匆地跑回宿舍，先用稀粥米粒粘上信封，又从手提包里找出邮票，用吐沫湿润带胶的一面，慌忙地贴在信封上，然后揣在衣服口袋，若无其事地去集合。这时我忽然觉得，我这个准光棍儿，还真有可取之处，想想看嘛，如果不是跟家人两地分居，谁会随身带着邮票，何况想不到不准许通信。这么一想，越发窃喜。猜想别人都不会往家里寄信，只有我这两封信悄悄寄出去，相信总不致引起军方注意。我还暗自盘算着，要是这次偷寄成功，以后每个月都这么办，家里就会随时知道我的情况。

柴沟堡营房距怀安县城，少说也有七八里的路程，每次上街洗澡购物时，我们都按建制排成长队，像正规军人那样唱着歌儿，喊着"一、二、三、四"的口号，整整齐齐向县城进发。带领我们上街的军人，一次要更换一个人，谁是什么秉性作风，很快就都有个了解。管得最严的最没有人情味儿的，就是那位胖子指导员，碰到他带队连话都不敢说，就更甭想有其它非分要求，只能规规矩矩听从他摆布。比较好说话的就是张队长，还有那位姓陈的副队长，大家最愿意他们带着上街。尤其是那位陈副队长，为人特别随和可亲，他是四川籍志愿兵，资格比胖指导员老，对搞形式主义看不惯，跟学员关系却不错。只要他带着上街，我们的活动空间，就会更大更自由。算我今天走运，这个星期天上街，恰好是他带队。

我们的队伍刚走进柴沟堡县城，就有一位年纪大的学员喊："报告，我去厕所。"副队长看了看喊话的人，很干脆地说："出列！"这个学员立刻匆匆离开队伍。接着又一位女学员喊："报告队长，我也去厕所。"副队长也马上批准了。不承想这两位开了头儿，又有好几位男女学员，像起哄似的纷纷喊"报告"，副队长没有马上接应，稍停片刻操着浓重的四川腔，说："娘的，真是乱弹琴，没出息，刚出来就憋不住了？干脆，解散。11点钟准时在路口集合。"听了副队长的话，大家像一群出笼小鸟，三个人四个人的一拨一伙，高高兴兴地呼啦啦走开。有的直奔商店，有的去了饭馆，有的在街上闲逛，有的真去了厕所。据从厕所回来的人讲，先前走的那位老兄，原来是烟瘾上来了，借上厕所之名去吸烟。

我和另外两个人一起走，请他们陪我去趟杂货店，说是买个喝水小泥壶，其实真正用意是去寄信。杂货店距邮电局不远，邮局门口有个邮筒。我们三人从杂货店出来，这二位说着话走在前边，我在邮筒跟前停下佯装系鞋带，趁人不备迅速掏出信扔进邮筒，而后就喊着跑着去追赶他们。表面上好像什么事情也未发生，实际上心在嘣嘣地急跳，就像刚刚偷了人家的东西，生怕一会儿被紧紧揪住脖领子，向世人揭露我的不轨行为。过了好一阵子，走了一段路程，知道事情无人发现，这时神经才松弛下来，跟着这两位同伴去师部洗澡。

　　驻军某师师部大浴池，每周向我们开放一次。洗澡是最放松的时候，大家赤条条地浸在水中，边洗边喊边唱，没有任何约束，人的天性才彻底复原。我今天干了一件想干的事，而且干得这样隐蔽利索，可以说是人不知鬼不觉，比哪一次洗澡都高兴，泡在满荡荡的池水里，扯开嗓子高声地喊叫，别提多么爽快多么轻松，多日来的郁闷和愤怒，都在这喊叫声中化解。洗完澡回到营房，吃过晚饭睡觉，都觉得特别香甜。

"阴谋" 斗不过 "阳谋"

写的家信偷寄出以后，我无比高兴，甚至于想象家人见到信，不定会怎么欢喜呢，多日对我的惦记和思念，从几个简单的字里，很可能得到一些缓解。不过我的心仍然不很踏实，生怕这封信万一寄不走，被学习班查出来截获，我就非得挨整治不可。在那个捉弄人的残酷年代，人的心灵无时无刻不被扭曲，诚实的学会狡猾，愚笨的学会谋略，只有用这样办法对付环境，你才有可能争取一时主动。这么前后一想，心里反而平衡，就再未过多思虑。

这个学习班跟部队一样，有早出操晚点名制度。晚点名都是在就寝之前。全体队员列队站在饭厅门口，由队长或指导员评当日情况，表扬好人，批评坏事，实在没话说也得找话说，反正得坚持这个规定形式。遇到紧急情况或特殊事情，点名后还得回宿舍开会讨论，在军人班长领导的主持下，有时会一开就是两三个小时，开得时间越长越被说成认真，就生拉硬扯地耗时间。军人班长受到领导表扬，他们脸上有一定的光彩，闹好了说不定会立功受奖。

这是又一个晚点名时间，距我们上街几天之后。这次点名要求很严格，连发烧病号都不准请假，用指导员的话说，就是用担架抬着也得去。大家不知道发生了什么事，有的猜想是"苏修"打来了，有的推测是学习班转移，反正每个人都很紧张。就连平时嘻嘻哈哈的人，或者像我这样的单身汉，都收敛起笑容和放任，怀着忐忑不安的心情，向集合地点迅速靠拢。

按照班排队形站好之后，值班排长喊口令报人数，然后请队首长正式点名。面对学员站在前面的人，有正副队长、正副指导员，着装整齐，神态严肃，气氛比平日显得异常凝重。值班排长敬礼报告之后，胖指导员往前走了两步，用嵌在面瓜脸上的小眼睛，狡黠地溜了溜整个队伍，宽厚嘴唇微微动了动，刚想开口又稍停片刻，然后近乎吼叫地大声说："我告诉你们，你们中有的人，简直胆大包天，竟敢对抗中央规定，……"他刚一开腔，气就这么冲，火就这样大，大家立刻更紧张了，直愣愣地挺着耳朵，想尽快知道是啥事情，让他如此暴跳如雷。可是，他却像个耍把戏的艺人，关键时刻卖起了关子，过了好一会儿才说："……偷着往外寄信。这不是公开向中央挑战吗？"听完他说的这句话，别人都松了一口气，好像心里在说："噢，原来是写信哪，跟我没关系。"我的神经却紧绷起来，心想这下可完了，纲上得这样高，这不是现行反革命吗？那肯定得立刻抓走惩办。

正在胡思乱想的时候，只听他又说："干这些事的人，还不是个别的，有好几个人，我怀疑是合伙预谋。"说着从衣袋里，掏出来一沓信，举着让大家看，证明他不是无稽之谈。听他这么一说，我反而踏实了。心想，反正不光我一人，要罚要抓都有伴，总不能光处理我。至于"合伙预谋""对抗中央领导"，我看谁也不会有这胆量，写信无非是跟家人报个平安，你怎么上纲上线都不会承认。这时只听队列里有人悄悄议论："这信是怎么寄走的呢？""真的是合伙预谋？""可能是谁干的呢？胆真大。"如此等等，却无人埋怨或责备。大家都痛恨这个规定，有人敢于冲破这个禁令，说不定学习班会改变规定，允许学员给家里通信呢，这岂不是大好事。明白点的人，谁会装"进步"？

胖指导员的话，显然还未说完，大家屏息等候。这时在队伍里，有人高声嚷道："报告！"喊话的人约摸 50 左右岁，曾经多次受指导员表扬，属于学员中的积极分子。一见是他，指导员马上应声："你说。""我建议，把这些人名字公布出来，先让他们检查，然后处理，免得大家受牵连。"呵嘀，真还有如此勇敢的人，这不禁让我着实大吃一惊，当然也心中暗暗叫起苦来，怕万一有人被他煽动起来，恐怕首先示众的就是我这个老"右"。幸好队伍里无一人附和。喊话人和指导员，一看这种情况，如果再多说话，就会自找没趣，于是指导员赶紧接过话茬儿："我看那倒不必。念他们是初犯，这次就不追究了，以后要是再犯，就按违犯'五不准'规定办，应该咋处理就咋处理，绝不客气。"听后我总算松了一口气，庆幸未"合伙"却有"同谋"，倘若光我一个人寄信，即使不抓我个"现行"罪，那也得给我点厉害颜色看。别人最多表示点同情。

这次学员偷寄信"事件"，尽管没有做任何处理，算便宜了这些当事人，但是它在学员中产生的影响，却远远没有完全消除，很长时间都有人议论。先是骂陈伯达太坏，后来就骂学习班无情，捎带着骂骂积极分子，继而猜测寄这信的人，只是不便公开指名道姓。等渐渐地恢复了理智，觉得骂谁猜谁并不重要，倒是学习班怎么截住的信，成了大家议论和关注焦点。在政治运动中拆信审查，这是谁都经历过的事情，问题是这些信是偷偷寄出的，怎么还会从邮局被截获呢？想到这些大家非常不安。认为学习班早有防备，可能事先跟邮局串通，他们一起偷干截信事，不然不会轻易被发现。想到这张政治"天罗地网"，每个人心中都有恐惧感，担心学习班还会干别的事。在没有安全保障情况下生活必然会人人自危。

　　从这以后说话做事，大家都格外地小心，谁能知道会不会有人监听监视呢？我自己更是处处谨慎，生怕再被学习班抓把柄，跟我来个新老账一起算。只是给家里写信的念头，却依然时时在心中盘算，我跟当地干部毕竟不同，人家家里知道来学习班，只是不知道学习班的地点，后来慢慢也都打听出来了。我的家人连我的去向都不知，在这个兵荒马乱的年月里，肯定会对我惦记思念乱猜，我必须得冒险告诉家里。我就不相信没有一点机会。

再次以身破"规"

原来说的学习期限是三个月，很快三个月就过去了，可是仍不见结束迹象。大家明知是受了欺骗，只是谁也不敢说什么，思想却开始波动起来。恰在这个时候，别的队一位学员妻子病重，单位拍来电报给他请假，学习班起初不批准，后来不知为啥发善心，答应为此事打个报告，看上级如何批示再说。这个报告具体内容不详，听说，把大家议论"中央规定"的事情，当做"政治问题"举例写上了。大概是怕再出什么更大事情，当然，更是他们延长学习时间理亏，这次上级还真的发了慈悲，批准这位学员写封信回去，还可以寄点食品慰问妻子，但是信中绝对不准谈论学习班。至于我们这些家里平安的人，上级允许由学习班跟所在单位联系，再由单位把情况告诉每个学员家属，谁要是需要什么衣物可以写个便条，由学习班派人去呼市帮助大家取来。

我家不在呼和浩特，衣物放在单身宿舍，钥匙也是自己拿着，不可能有谁帮助照看。来前说是学习仨月，我就做了仨月准备，这会儿已经过了仨月，还无一点回去的意思，存放的衣物如不晾晒，恐怕要被虫蛀耗子咬。我觉得自己情况比较特殊，就跟学习班提出两个要求：一是把宿舍钥匙交给学习班，如果派人去呼市的话，索性把我的东西全部拿来，反正一时半会儿回不去，自己可以照顾也方便使用；二是希望批准我跟家里通封信，以免家人对我的下落不明惦记。自从突然被召回来进学习班，三个多月还未跟家人通过信，我和家人肯定互相惦记着。

这样的要求于情于理都说得过去，再说有这种特殊情况的只我一人，如果从人道主义的角度照顾一下，我想是不会有人说什么闲话的。学习班答应研究后请求上级决定。结果是泥牛过河一去无消息。我猜想八成是无指望了。

有天黄昏，吃过晚饭在营盘里散步。走到队部门前，看见两个小战士坐在高台阶上，正津津有味儿地看着小人书。我绕到他们身后，从画面上看那书的内容，好像是讲战争故事，我就凑过去翻了翻书皮儿，书名是《董存瑞》。这时我忽然灵机一动，干脆买几本小人书，寄给在天津的儿子，总不至于连这都不允许吧。父母知道了我的下落，告诉在唐山的妻子，自然就都不会惦记了。我立刻到军人服务部，买了三本小人书——《董存瑞》《黄继光》《红灯记》，揣在怀里带到宿舍。

晚上熄灯号一吹，夜阑人静之时，我趴在被窝儿里，用手电筒照明，翻看这些小人书。只是不看画面和文字，专找合适的空白处，想在上边写几个字。接连翻看了两本书，终于在中间找到一页，内容说明文字不多，正好可以放几个字。顺着原有文字说明，我在上边写上："我挺好，勿念。在学习班，不准通信。全家保重。"我写的字体字号，都是仿照书上的，猛一看不会发现。家人给儿子讲解小人书时，总得按说明文字念，我相信念到这里就会明白。

这天夜里，我又失眠了。不完全是鼾声的干扰，也不是寄书的事情，而是想起了自己的命运。这工作的十多年里，风风雨雨，坎坎坷坷，想为国家做点儿事，未能做成还不说，最后还戴了顶"右派"帽子，现在又圈在这里软禁，这老天爷存心跟我过不去。想着想着便伤心起来，心里像被猫爪子抓了，怎么待着都不自在，在床上翻来覆去地睡不着。

次日，我把小人书送到队部，希望允许寄给我儿子。经学习班领导研究，同意寄这些书，不过得在队部监督下包装，然后由队里派人去寄。这些条件我都答应，只要让我寄就行。找来牛皮纸和绳子，拿给队部值班人员，经他检查书中确实未夹信，就当着他的面把书包装好，然后连同邮费一起交给他。值班人员没有任何表示，我这颗一直悬着的心，这时才算完全放下来。书寄出后没几天，队部通讯员找我，我以为又出了事，立刻又开始胡思乱想。他从衣袋里掏出收据，还有剩下的邮费，这时我才意识到，那三本书连同我的话，已经平平安安地寄走了。我猜想小人书寄到后，儿子会怎么高兴，父母会怎么思虑，妻子会怎么惦记，总之，这简单的几个字，带去的不光是信息，更有着乱年百姓的烦恼，以及远方游子对家人的思念。唉，这些年实在难为我的家里人啦。可是又有什么办法呢？谁让坏事都让我摊上了呢？谁让我赶上了整人的年代呢？

一天下午，班里正在开班务会，由造反派头头"斗私批修"。这些"文革"中的大红人，曾经不可一世地瞎折腾，今天斗这个明天批那个，俨然是群"乱世英雄"。最后个个成了过河的泥菩萨，连自己的命都保不住了，更不要说再整治别人。过去自认为的"辉煌"，如今成了"私"的根源，不得不老老实实地交代。那些真真假假的事情，无一例外地都往修正主义上靠，想给别人吃的政治苦果，不承想端上了自己的餐桌。

开这类内容的会，从来跟我没关系，我是个真正旁观者。当然，总不会让我完全闲着，班长只吩咐我干一件事——给大家供应开水喝。为了消磨这段无奈的时间，更是想在户外透透风，我打水总是不装满壶，争取来回多走几趟。今天下午也是这样。

见铁壶里的水快喝光了，我就提起铁壶往外走，没走多远，就听有人喊我的名字，回头一看是军人班长，我就站在那里等他。他过来跟我一起边说话边往水房的方向走，见周围没有什么人，就悄悄地告诉我说："你父亲来信了，是张明信片儿，说你寄的书收到了，家里人都好，让你不要惦记。"我一听来了神儿，赶忙问："信在哪儿？快给我。让我看看。"军人班长笑了笑，说："在队部哪，怕影响别人，指导员不同意给你，让我把信的内容告诉你。"

尽管父亲来信我没有亲眼看见，多少会有点遗憾；但是总算互通了情况，彼此不至于再惦记猜想，这在当时实在不容易。提心吊胆了几天，这时才平静下来，我真的很高兴很满足。

就在我为自己的小聪明得逞高兴之时，听说学习班出现了两桩类似的事。一是有位家属给丈夫捎棉袄，学习班的人进行检查时，摸棉袄领口发现有纸声，拆开一看里边有张纸条儿；二是妻子生病的学员，给家属捎核桃送到家里，家人让军代表吃核桃，有颗用胶水粘过的核桃，碰开后露出里边的纸条儿。其实这些纸条儿上写的字，无非是些平常的问候话，根本没有涉及政治问题，只是采取的形式有点"犯忌"。这些事情的出现让学习班很恼怒。出现这些事情说明管理不严，管理不严对于这些军人来说，意味着什么是可想而知的，然而他们又毫无具体办法，只能硬着头皮接受这样的事实。

说白了，这还不都是逼出来的吗？谁无父母妻儿，谁无七情六欲，硬要把人拆开，还不允许通信，我们这样做，实属一种无奈的招数。正常情况下谁愿意干这种偷偷摸摸的事呢？这第二次的以身试"法"成功之后，借着往家里托运东西的机会，我又给我父亲寄了一封长信。

那是在我的所有东西托运到柴沟堡，跟队部请假在火车站整理晾晒，然后将无用的物品托运到天津家里，队部同意后派一名军人班长，说是帮我到车站晾晒和托运，其实是对我的行为进行监视。在整理东西时趁他不备，我将早写好的一封平安家信，迅速地放入一堆书籍里，自然也就随着托运的物品，顺利无恙地寄到家中。

　　用传统的道德标准，现在来看我这些行为，似乎有违做人的基本道理，应该受到严厉谴责。但是在当时那种不正常情况下，我却并不以为有什么不对，这正是维护自己权益的正当做法，不然就无法得到属于个人的自由。脱离开当时的政治环境，笼统地判断是非曲直，有的时候不见得十分准确。

说不尽的牢骚话

原来说的学习三个月，现在已经半年多时间了，仍然没有开禁的意思。既然回家的时间无望，又没有力量扭转局面，只好采取消极办法应对："泡"和"混"。说得好听点叫"随遇而安"。这样"泡"和"混"了一段时间，大家的心情反而平静了，就有了说三道四的闲心。首先是一个顺口溜在私下流传："吃的是大米饭，看的是老三战（电影《战上海》、《地雷战》、《地道战》），说的是斗私批修，其实是扯他妈个蛋。"这个含有怨愤的戏谑话，虽然充满了调侃味道儿，却能概括学习班生活，我们这些感同身受者，听了无不伤痛地会心微笑。

说到学习班的伙食，确如顺口溜所讲，吃得还真是不错。主食是清一色大米白面，三顿饭换着花样儿做，副食有肉有菜有豆制品，每顿饭都是荤素菜搭配，跟解放军战士标准一样，不同的是我们得自己掏钱。猪是军营自己养，菜是军营自己种，副食品又新鲜又不贵，自己掏钱也没几个。平时是两菜一汤，节假日还要加菜。俗话说"吃饱了不想家"。这学习班的头头还真有谋略，先让你吃好堵住你半个嘴，那半个嘴你骂大街发牢骚，跟我无关，再有意见只管向上反映。

可是人毕竟还是人，吃并非是唯一需要，精神需求更为重要。在那个十亿人大闹革命的年代，人们的精神生活完全被剥夺，八个样板戏来来回回地唱，爱听不爱听也得天天听；电影只准许看指定的那几部，而且都是一水儿的打仗内容，想看不想看都逼着你当任务看。有的人实在看得腻歪厌烦了，就坐在马扎上睡觉或打盹，纯粹是死要面子活受罪。别说是用电影改造人啦，就是学这个学那个，甚至于长期下放劳动，我也未见谁的思想真正变化，最多只是嘴上说点"顺从"话。其实管理者不明白，如果人没有自己的思想，什么事情都听别人吆喝，人类还有创造性吗？没有创造性，人类岂能进步！

可能是考虑"老三战"电影太老了，总用它教育我们这些大哥大嫂，效果只能适得其反，于是学习班的高人又出了新招，让我们玩丢手绢、捉迷藏、跳绳、击鼓传花等，用这些从儿童时代就会玩的游戏，来消解学员们对家的殷切想念。有一天正在做丢手绢的游戏，一位三十多岁的女学员跑着跑着突然停下来，攥着没丢的手绢不想跑了，大家以为她突然生病，有人赶快跑过去问候，一问才知道，原来她想起了自己的女儿。她女儿在幼儿园里，就是玩这种游戏。她触景生情，想起家人来，欢乐反而成了痛苦。其实，有这种想法的人，绝对不止她一个，别人只是不说罢了。这位女学员的一时触动，等于诉说了大家的心声，学习班一看，把三四十岁的人当孩子耍确实不像话，从此就取消了这些游戏。

电影看腻了，游戏做烦了，学习班再无更新的招。没辙。学员的牢骚话和怪话，却越说越多越传越广，成了学习班的自修"课程"。说的人很得意，听的人很开心。

有天下午正在开班务会，指导员带着队部的文书，突然来到我们宿舍。他那胖胖乎乎的脸面，本来就堆着厚肉，此时沉下来拉长，越发显得臃肿，五官也都错了位。他找个空位子坐下来，学员班长跟他主动打招呼，他连理也不理，就好像被外人欺负的孩子。大家一看这个架势，八成出了什么大事，不然不会带文书来，更不会吊着个脸不说话。

沉默了好一会儿，指导员才开口说："你们自己说说，谁攻击学习班来着？"大家一听就愣住了，互相大眼瞪小眼老半天，就是没有人吭声，那种紧张气氛，如同大战前夕。最后还是指导员憋不住劲儿了，他怒气冲冲地说："你们说说，是不是编顺口溜糟蹋诬蔑学习班来着？"

他如此生气原来是指顺口溜的事啊。大家一听也就松了口气，觉得他不会怎么样，顶多是个传播的过错，究竟是谁编出来的，偌大的学习班谁能弄清呢？我们这些人又不是小孩子，听他一瞎诈唬就得老实交代，毕竟是经历过各种政治运动的人。过去人人都曾经忠诚过相信过，有的人还积极揭发过别人，结果怎么样呢？每个人自己心里都十分清楚。因此，对于此类无源头的谣传，谁也不会主动吭声接话，何况学习时间一拖再拖，大家都有意见有想法，根本不可能替学习班说话。

但是也不能就这么僵持着无回应啊，那岂不是让指导员下不来台？还是一位年龄大的学员给解了围，他说："指导员你先别着急，首先编顺口溜说的事，我们确实闹不清楚。那天去厕所听隔壁有人说，我们觉得好玩儿，就跟着说了说。这并不是我们自己编出来的。"

指导员知道再追问也不会有结果，既然有了台阶还是赶快下为好，扔下一句："这事情还未完，你们一定要好好认识检查。"说完就匆匆地走了……

糊糊弄弄地又泡了几个月，原来说是办三个月的学习班，整整拖延了一年多才算勉强结束。在学习班这段时间里，对于我这个老"右派"来说，除了不让跟家人通信，多少觉得有些不太适应，别的事情似乎都无所谓。在这里由于大家命运相同，有的过去本不认识的人，经过这一年多的朝夕相处，后来成了很好的朋友，像内蒙古邮电学校的教师王捷、魏洪桥、陆万林等，多年来一直跟我有来往。这种友谊有点类似北大荒，只要结交上了就很难忘记，什么时候回想起来都觉得珍贵。

这个内蒙古干部学习班结束后，邮电系统干部大都回到原单位工作，还有些人被分配到内蒙古"五七干校"，继续在干校劳动锻炼接受审查。我就是被分配到"五七干校"的一个。这样不同处理的原因是什么，最后的结果会是怎样，谁也不知道也不想问。干部走五七道路在当时是个大趋势，没有谁敢于抗拒或者表示不满，像我这样身份的人更不能说不。而且恰恰相反，比起别的干部来，我还真有点高兴，一是家不在内蒙古，在工程队跟到干校一样，反正在哪儿都是劳动；二是等于把我跟其他人一样对待，起码在干校不至于受歧视，比起别人我的精神压力要小得多。

第五部：晦气渐消运有转机

未再戴的"右派"帽子

古老的黄河像条巨龙，弯弯曲曲地流淌着，到了内蒙古地段，不知到底怎么搞的，不仅水质变得浑浊了，而且土地还泛起碱渍——当地人叫盐碱滩。内蒙古"五七干部学校"，就建在这片盐碱滩上。这片盐碱滩属于五原县。由于干校来的人比较多，得建一大批新学员住房，这片住房也就形成了村落。当地老乡俗称"干部村"，我们自己叫"五七村"。

我在内蒙古干校一大队二连。连长汤去病是个支边上海人，中共内蒙古自治区党委干部，为人处事非常诚恳稳重热情。班长特木尔是蒙古族，内蒙古自治区劳动局干部，同样是一位宽厚本分的人。这两个人给我最深刻的印象，就是没有党政干部的优越感，即使对我这样的明码"右派"，他们也从未表示过歧视和冷落。在他们自己的意识里，这种品质算是正直的为人；在我这个老"右"的眼里，他们的品质则是"宽松环境"。经过"文革"初期的冲击，经过柴沟堡学习班的"软禁"，在人治情况下有个好的生存条件，我就感到格外地温暖和知足。

"五七干校"的劳动强度，在我看来并不算大，跟北大荒和工程队比，我根本未当回事情。干校的主要劳动项目，一是引水冲碱种水稻，一是挖泥脱坯盖新房，其他就都是零星活了。在学员中我当时还算年轻，和泥、搬砖、扔瓦，这些纯粹的小工活儿，都有我这壮汉的份儿。当时跟我年龄相仿的几个人，如劳动局的关金良、轻工局的忻运来、内蒙古医院的郑大夫等，我们被人戏称四大壮工，可见在劳动上并不含糊。由于整天在一起干活儿，年龄性情又都很接近，无形之中又都成了朋友。这三位朋友也是内地人。

劳动本来就是个苦重事，闷着头干就会更累，说笑着干就会轻快，干活时大家就说说笑笑，借此缓解疲劳和寂寞。劳动中间有个歇息时间，大家就喝水抽烟聊天儿，聊天时嘴上没有把门的，什么荤的素的都敢说，在场的人听了以后，男人们哈哈一笑，女人们脸红一阵，热热闹闹地就算过去了，谁也不会在意说得对错。何况现在都处在落魄之时，无论大家说什么逗笑的话，还不都是为了消愁解忧，哪能像在机关开会那样正经。

有天劳动中间休息，大家又开始抽烟聊天儿，不知怎么说到"斗私批修"，有位老兄忽然冒出这么一句话："这世界上谁没有私心呵，上至领袖，下至百姓，没有私心就没有动力，你斗得完吗？"这话无疑是句大实话，稍微有一点良知的人，即使不敢公开表示同意，起码也会在内心认可。可是有一位女学员，事后却跟连长汇报了。所幸连长老汤是个明白人，他很诚恳地跟这个女人说："大家都到这个份儿上了，难免会有些想法看法，我看不必深究了，过后我做做思想工作。"听完老汤的一席话，这个女人就没再说什么。尽管事后老汤提醒大家，平日说话多注意点儿，别什么话都胡乱讲，但是众人并未往心里去，依然无拘无束地说笑。

干校新盖的房子，这天就要上房梁。按当地的风俗习惯，盖房上梁是大事，得炸油糕吃大烩菜喝酒，热热闹闹地红火一阵。干校盖房也是如此。上房梁这一天干活，大家格外高兴卖力气，说说笑笑，打打逗逗，如同小时候过大年，每个人心里都很畅快。我和几位年轻点的学员，一边干活一边搞精神会餐，说吃过的美味，讲看过的佳肴，真真假假地瞎白话一通。其实我们这几个穷小子，20世纪60年代的挨饿倒是真的，别的大世面哪见过多少，无非是自己跟自己穷开心。

就在我们瞎扯越来越起劲时，忽然听到有人喊我的名字。我当时正坐在房顶上，听到喊声立刻挪到房檐儿，跟来的人凑近搭话。来人是大队部通讯员，说是大队领导找我，让我马上就去队部。我一听就愣了神儿，不知又出了什么事。经过多次政治运动以后，在我好像形成了条件反射，只要听说哪位领导来找，脑子马上就会往坏处想，心里立刻就会忐忑不安，疑心又有什么祸事来拍肩膀。这次也是这样。多年来的挨整经历，搞得我不仅不相信别人，有时连自己都不相信，遇到事情常常犯嘀咕。这会儿在这个"五·七干校"里，说是下放劳动锻炼，其实谁知还有什么把戏呢？

"五·七干校"一大队政委，姓包，内蒙古军区蒙古族军官，坦诚豪爽，敢做敢为，属于那种一看就是个里外通透的人。我和他彼此只是认识，却没有打过什么交道，这是第一次面对面交谈。我一走进他的办公室，他就热情地让我坐下，然后开门见山地说："送你到学习班又来干校，是因为你'翻案'，属于没有改造好的'右派'。可是从你的档案里看不出来，你是怎么被打成'右派'的？"

说着他瞟了我两眼，仿佛想从短暂的审视中，解除他心中的疑问。他毕竟还年轻啊，才有如此天真的问话。我就冲着他笑了笑，说："包政委，那在你的心目中，'右派'应该啥样？""反党反社会主义反毛主席呀。"他非常肯定又略显惊异地说。我笑了笑对他说："那我告诉您，您说的这'三反'我都没有，我只是说了些实话，直爽地提了些意见，对一些事情讲了点看法，就成了'右派'啦。"包政委听了我的话，好像悟出了什么，他轻轻地"噢"了一声，又微微地点了点头，只是好久没有再说话。

　　过了好一阵，他才正儿八经地说："你们来干校，除了劳动锻炼，还有个审干的任务。在清理阶级队伍时，把你定为'未改造好的右派'，帽子拿在群众手里。总不能老这样挂着吧。"

　　从他谈话的声调语气里，我体会他对我的事情，多多少少有些同情，起码不至于像别人那样反感，我就壮着胆子说："包政委，我看这样吧，如果我的'翻案'，组织上认为有道理，就设法帮助我解决；如果觉得我没道理，干脆再把帽子给我戴上，何必非要拿在群众手里呢？再说戴与不戴，这些年还不都一样。"

　　包政委听后没有直接表态，当然也确实不好表态，沉吟了一会儿说："这样吧，你先回去，让我再想想。这种事急不得，反正离分配还早哪，在你们离开干校前，我争取给你个说法。"

　　这次谈话就这样结束了。敢情让我到学习班，到"五·七干校"，并不是像我想象的那样，我是个"死老虎"，是来给别人做陪衬。原来我的"翻案"账还未结算呢。整了你还不让你说，你想讲道理就再整你，这纯粹是木匠斧子——一面砍。其实这笔账应该怎么算，我连想都不会去想，只是希望早一点了结，哪怕再把"右派"帽子戴上，我都不会有任何反抗。这倒不是我心胸豁达，更不是我彻悟了人生，而是做为一个老"运动员"，又经过了这场"文革"运动，我开始懂得什么叫政治。再说我的所谓"翻案"，不就是想较个真儿吗，求个能说服我的道理吗，当"右派"总得当个明白吧。结果怎么样呢？还不是给了另一顶"翻案"帽子戴。想通了这些混事，自然就心安理得。

只想能够跟家人团聚

在五原县内蒙古"五七干校",傻吃闷睡混日子,无忧少虑多干活,小心谨慎地闲侃,一晃一年的时光过去了。这时学员开始陆续地分配。一些政治上无问题的人,自然要先离开干校,有的回到原来机关,有的安排到新单位,反正都是比较好的差使。在那个政治至上的年代,有无能力,人品好坏,都不是衡量干部的标准,唯一的尺度是看你的"政治原件"。家庭出身不好,历史上有问题,再有大本事,再品行端正,都是二等公民三类干部。像我这样的明码"右派",就更是等外品人下人,属于真正的政治另类,在分配上压根也就不抱幻想。

响当当的革命者们,跟我的想法就不同了,除了挑选工作,更要选择地方,他们有个共同标准,曰:一呼(呼和浩特)二包(包头)三集宁,至死不去三盛公(今鄂尔多斯市)。因为这些干部的家人大都在呼市,当时的交通又不很发达,回趟家的确不那么方便,自然希望到个离家近的城市。这一点我完全能够理解,同时也给了我些启示,便暗自思忖和企盼,到我分配时希望老天保佑,照顾我别离开铁路线,能到个离家近点的地方更好。

等待了一些时候,一、二等的红色干部,差不多都乐呵呵地走了,剩下的就是另类或准另类。我知道自己的政治身份,而且在内蒙古又无家室,什么时候分配都无所谓,比起其他人来就不怎么心慌。干校的人越来越少了,劳动也就不那么多,我们这些剩下的人,除了做饭吃饭睡觉,整天就是玩耍等待。心里不踏实却蛮自在。

终于轮到我的分配了。那位大队包政委先找我谈了一次话,大概的意思是,我的"右派"问题上边没有精神和政策,一时半会儿不好解决;至于拿在群众手里的"右派"帽子,就不了了之了,组织和我个人都不必再提。干校党组织经过研究,考虑我个人的具体情况,打算在我的工作安排上,给一些可能的照顾。初步决定分配我去巴彦淖尔盟写作组。

经历过"文革"的人都知道，那时非常看重枪和笔两杆子，对于我有如此好的分配，我连做梦也未想到，既高兴又惊奇，一时都不知道应该说什么好。多少能够写点东西的人，就是所谓的笔杆子，有进写作组的机会，按道理，应该特别高兴才是。但是包政委并不了解，我此时的真正心思，并不在做什么工作上，而是考虑如何跟家人团聚，或者找个离家近的地方。于是我很不好意思地试探说："包政委，对于组织上的照顾，我非常感谢，尤其是您对我的关照，我永远都不会忘记。只是我还有点困难，不知道该不该说？"还未容我往下讲，这位性情直爽的军人立刻表示："你说你说。""其实我的事情很简单，一不想留在呼、包二市，二不求个好工作，只希望到个离家近一点的地方，干什么工作都无所谓。"我坦诚相告。

包政委一听，我的要求的确不高，还算合情合理，他立刻就说："那你就再等等，我跟有关方面研究一下，看看方案能不能改，有了准信儿我告诉你。"

等了大约十来天，包政委跟有关方面疏通过情况，同意我的要求，重新分配：到乌兰察布盟。做什么工作由盟里定。从此，离开五原，离开干校。时间是在20世纪70年代初。

乌兰察布盟紧邻晋、冀两省，再过去就是京、津两地，比原来让去的巴彦淖尔盟，以火车行驶时间计算，至少节省十多个小时。别看这只是一次简单变更，放在别人身上也许算不了什么，对于我这个流浪多年的游子，这次的改变绝非一般受益。首先是跟家人的地域距离近了，乘火车十几个小时就可回家，会少去许多旅途的奔波之苦；其次是来往火车费要省许多钱，这对处于窘境的我是笔大开销，省下这笔钱可以在吃穿上得到改善。就凭这两点我就得念阿弥陀佛。

"五·七干校"的这次重新分配，看来对于我的影响并不大，这说明"没有改造好的右派"问题，实际上是做了个无文字的结论。尤其让我感到比较满意的是，对于我的所谓"翻案"旧案，尽管未能如愿彻底地翻过来，但是起码不再对我构成威胁，我的心情也就好了气也就顺了。我立刻写信给妻子和父母，通报我的工作分配去向。这些年来对我的命运，他们一直在担惊受怕，生怕再出现什么不测。在那个大讲阶级斗争的年月，"家庭出身不好"的人，政治上有"污点"的人，社会关系"复杂"的人，"有海外关系"的人，都被一律列为另册，每天都是紧张度日，就连这些人的亲属和朋友，都得战战兢兢地过活。"黑五类"家属在自我感觉上，早已经不知自在为何味儿。

从"五·七干校"出来，分配到乌盟工作，这期间有个间歇，让大家休息办手续。我的行政关系在自治区首府，办手续得先到呼和浩特，然后再去乌盟首府集宁，这样拖着行李来回折腾，时间上实在划不来，我又不敢像正常人那样，随便找个借口请假，想来想去只能先到内地探亲，然后再回来消停地办手续。待我从内地探亲回来，在呼和浩特办理调动手续时，相隔几年再次走进这座城市，让我心生无限感慨和悲凉。

　　20世纪60年代初期，当我拖着戴"罪"之身，第一次投入呼和浩特怀抱，那时它是那么荒凉却又是那么质朴，它敞开胸怀接纳我们这些远来流放者。经过这场罪恶的"文革"，呼和浩特竟然完全变了样子，此时的它好像显得异常圆滑，每扇窗户都是一眼难测的枯井，里边深藏着令人恐怖的杀机。这时我才仿佛意识到，罪恶可以让善良人变得凶狠，罪恶同样可以让城市变得丑陋。好在我就要离开了，但愿我最初的美好记忆，不至于被"文革"丑恶掩盖，呼和浩特毕竟给过我一些宽慰。

未想到重归报人队伍

乌兰察布盟首府集宁市，就是现在的乌兰察布市，是内蒙古西部一座小城市，北京开往——乌兰巴托——莫斯科的火车，经过这里从二连浩特出国境。这就是著名的集二铁路线。倘若不是中苏两党交恶，这座紧靠国际铁路的小城，用不了几年就会发展起来，成为我国通往欧亚铁路线上一座繁荣的中外交往重镇。

可是在我到集宁的时候，中苏两党正在剑拔弩张，过去的兄弟翻脸成仇敌，这条铁路线再无往日平静，取而代之的是"深挖洞，广积粮""备战备荒为人民"，大后方顿时变成"反修"前哨，粮食储备了多少普通百姓不知，深挖的地洞在集宁地区，大概是全国最多最宽的，这里的百姓都参加过挖洞。中苏蒙边境的形势紧张异常。从国内政治情况来看，正值"文革"后期，说是成立了"革委会"，内蒙古实际还在实行军管。集宁地区军管会负责人是一位军长。

这位军长的名字，过去没有听说过。从当地人的言谈中得知，这位军长似乎并不那么可爱，大家对他有某种畏惧和反感。私下里听说过许多关于他的事，还以他的肢体缺陷起绰号，没有表示出任何的尊敬与赞扬。听了关于他的种种传说，我的心理压力非常大，生怕在这个弹丸之地，万一哪天撞到这位军长，什么地方他看不顺眼，我这个"老右"又得遭殃。人倒霉就怕再遇鬼。

在没有分配来工作之前，我从未到过集宁，每次回家或出差路过，从车窗向外张望几眼，并没有什么深刻印象。这次成了集宁人，仔细地看了看，这座叫城市的地方，放在内地也就是个小县城，面积不大，人口不多，空旷的街道异常冷清萧条。用当地人的话说，一个警察（交通警察）一座楼（盟委盟公署），一个商场（联营商场）一个猴儿（公园），一辆（公交）汽车走到头，这就算是集宁的全部精华。当然，这样说未免有些夸张，实际上比内蒙古有的城镇，在规模和市容上都要好，不然，干校学员也不会争来此地。可能是刚从农村回来的缘故，乍到集宁仍然有城市的感觉，唯一感到茫然的是人地两生，不知道前边等待我的是什么。

当时的内蒙古是军管会机关行政建制，干部全部由军管会政治部管理，我就到盟委政治部干部组报到。接待我的是一位军人。他三十多岁，浓眉大眼，脸面白净，说话干脆，很有点当代军人风度。他接过我的分配介绍信，看了看说："你先到盟委招待所住下，过几天你们这批人到齐了，我们开会统一研究后，再通知你去什么地方。"本想再问点相关的事，我一看他工作很忙，过多打搅他会不高兴，就未好意思再开口，按照他的吩咐，悄悄地离开了。

从火车站到报到的地方，拉我来的三轮车工人，好像很熟悉这里情况，他说："您先进去办手续，我在门口等着您，您很快就会办完，我再拉您到招待所。"果不其然，顶多不过十来分钟，我的报到手续就办完了，走出大门坐上三轮车，拿着住宿证直奔招待所。

住进招待所再一次等待分配。是啊，其实把人生说穿了，就是不停地等待。在母体中等待降生，生下来等待母乳哺育，童年时等待长大，成年后等待婚嫁，临近老年等待死亡；在生死之间的漫长过程中，更有着各式各样的等待，以及在等待中的种种境况。就我个人经历过的等待而言，我以为最不好忍耐的等待，恐怕是关于命运决断的等待。譬如，在"反胡风运动""反右派运动"中，等待对我的处理结果，那简直是度日如年，每个时辰都是精神煎熬；"文革"中因为"右派"翻案问题，等待最终的说法同样烦人，比之过去总还算沉得住气了。后来的几次工作分配，精神压力比过去小得多了，那等待滋味依然不好消受。现在，又面临一次新的分配，而且是决定后半生命运的分配，我的心里难免百味俱生，这等待自然也就更加难受。

等待了几天，再次走进那座集宁第一楼。接待我的还是那位军人，刚一落座他就说："考虑你过去办过报，参考干校最初对你的分配，政治部部务会议决定，让你去乌盟报社当编辑。"我一听心里咯噔一下慌了神，天哪，这不是故意放在火上烤我吗？在无产阶级专政鼎盛时期，报社、电台、杂志社这些机构，通通都被列入专政工具，让我这个摘帽"右派"当编辑，听起来好像是照顾和信任，其实是在刀尖上跳舞，稍微有点闪失就会被扎死。情绪平静下来的第一个反应，就是，这些"危险"地方万万不能去，去了说不定会更遭殃，到那时别说离家近，恐怕有家也难回了。

军人干部见我没有积极反应，他就问："怎么样？"我诚恳而小心翼翼地说："您看让我去丰镇行不？我想离家近点儿，干什么工作无所谓。"这位军官非常惊奇而略显不满地说："什么！不想去？你别太不识抬举啦，我告诉你吧，从自治区党政机关先后分来几百名干部，许多人是响当当的共产党员，有的人想去报社都没去成，你倒反而讲起价钱来了。你说说为什么。"

从说话的语气和调门上看，他对我显然很气愤和不理解。在他看来分配只有服从，哪能随便地说"不"，尤其是像我这样的人，就更无资格有什么想法，何况是去个不错的单位。他觉得简直是不可思议。这我完全能够想到和理解。稍微停了会儿，我说："我不是不服从分配，您知道我是个'摘帽右派'，报社是个专政机构，我去怕不合适，到了报社万一人家觉得不行，我不是又得重新分配吗？"他听了以后，稍微停了会儿，说："原来你是担心这个啊。那好办。咱们这么说吧，要是你的业务不行，人家把你退回来，我就重新分配你；要是因为政治上的事，他们不接收你，就由我负责。行吧？"我一看不能说服他，倘若再说别的什么，恐怕他就更会反感，我就未再言语。

他见我不说话，就抄起桌上的电话，拨完号码跟对方说："喂，王部长吗，跟您商量点事儿。从自治区干校分配来的干部，有个过去办过报的人，政治部部务会议研究，打算安排到报社去。不过是个'摘帽右派'，看你敢不敢要？"因为电话的声音很大，对方的回话听得很清楚，只听那位王部长说："你们敢给，我就敢要。"接着这位军官又说："那好，我就分配他去了。"放下电话，这位军官对我说："王部长叫王义卿，他是宣传部副部长，兼乌盟报社社长，他同意了。我们敢给，报社敢要，你还顾虑什么？到了报社好好干就是了。"事情到了这个地步，我再说什么都是多余的，只好听从组织上的安排。就这么干净利落地到了《乌兰察布日报》社，重新回到新闻岗位上。

事后我才打听出，这位军官叫张福治，干部组组长。据乌盟盟委机关的人说，在干部组组长这个岗位上，他帮助过许多有困难的人。王义卿部长是位三八式老干部，山西人，据说他入党介绍人是陈锡联，为人做官都非常正派清廉。在我人生的关键时刻，正是由于遇到这两位恩人，给了我超乎寻常的帮助，在"右派"问题还未改正时，为我后来提前返回北京，顺利进入《工人日报》社，做了基本的政治和业务铺垫。

这里的小环境还算不错

《乌兰察布日报》原来是中共乌兰察布盟盟委机关报，在军管时期就成了军管会机关报。我到了报社被分配在政治文化组，负责编辑《万山红》文艺副刊，并分管文化新闻的采访报道。

在《乌兰察布日报》报到后，正式跟我谈话的领导人，是编辑部主任张继忠，一位绰号"大胡子"的北京人。因为同是内地人，算是个大同乡，自然也就很亲切。他告诉我说，考虑我过去是副刊编辑，打算安排我到政文组，编文艺副刊，听听我的想法。我就跟他说了些心里话，不想当文艺编辑，希望做经济编辑，请他满足我的要求。这位满脸胳腮胡子的人，仿佛一下子看穿了我的心思，微笑着说："你是不是有些怕呀？其实完全没必要。既然组织上分配你来了，你就大胆地工作，有什么问题咱们再商量。政文组的人都不错，你接触以后就知道了，我看就按照定下的先干着吧。"

把我这样一个人分配到报社工作，是不是"信任"不敢说，反正在那样的年月里，让一个"摘帽右派"到正儿八经的报社，当正儿八经的编辑，在我熟悉的报人"右派"中，还的确未怎么听说，所以我格外珍惜这个机会。在最初的几年里，老老实实地为人，踏踏实实地做事，生怕稍有不慎出现闪失，再来个重新分配，我就又得回到农村。这就是我当时的想法。

乌盟报社只有我一个"摘帽右派"，难得的是大家毫无歧视，编辑、职工们待我都还不错，这在那样的年月里的确罕见。尤其是我所在的政治文化组，连正副组长在内共有九人，有的是从内地来的大学毕业生，有的是内蒙古高校的毕业生，大家相处得非常融洽友好。跟我一起编副刊的索让，毕业于内蒙古师范学院中文系，业务不错，写一手好字，不修边幅，架副眼镜，很有点失意才子的味道，但是他跟我合作得很愉快，后来他当组长也很关照我。

我的第一任组长是于德水，内蒙古大学中文系毕业生，是个非常可亲可敬的青年人，说话轻声慢语，处事沉着冷静，跟我第一次谈话只说如何大胆放手工作，只字不提我的"右派"问题，首先打消了我的思想顾虑。听说于德水后任内蒙古党校副校长。

副组长叫杨华基，福建人，北京大学政治经济系毕业，先是分配到内蒙古农村劳动锻炼，后来调到《乌兰察布日报》社当编辑，是个精明强干的年轻人。前几年在香港新华分社任研究室主任，现任福建省社会科学院院长。

跟我年龄相仿的编辑还有几位：苏曼，广东人，毕业于中国人民大学法律系。韩雨吉，内蒙古师范学院毕业生，学的是中文。梁五伦，内蒙古师范学院毕业。唯一的一位女编辑赵继云，祖籍河北，在内蒙古农牧学院学的畜牧专业，后来改行到了《乌兰察布日报》社。还有一位更年轻的编辑叫邢忠，在学校学的专业也不是中文，"文革"后期分到《乌兰察布日报》社。

于德水调自治区工作以后，接替他当组长的田自新，比我长两三岁，是一位老编辑，更知道当年打"右派"情况，对于我不仅毫无芥蒂之心，而且连生活上都很关照。我们成了非常好的朋友。

我之所以把这几位名字——写下，是想说明这样一个事实：像我这样一个"摘帽右派"，处在当时那种强化政治的年代，有个把人稍微表现一点"进步"，利用我本人的政治缺欠邀功请赏，这是再顺理成章不过的事情了。他们却无一人这样做，平日说话提到1957年的事，都要尽量避开不想伤害我，这么好的正派人去哪里找？后来我调回北京完全成了正常人，每每遇到龌龊人在暗算我，这时就会怀念内蒙古的朋友们。这正是我不相信人都是恶坏的缘故。

这样好的一个小环境，的确让我心情愉快，只是心里并不很踏实。那时的内蒙古正是"文革"加军管，什么预想不到的事情，都有可能在我身上发生。尤其是在报社这个地方，听说那位驻军军长常来，他来时很少事先打招呼，常常是他的轿车进了院，有人发现就互相奔走通报。万一哪天他突然大驾光临，让我碰上麻烦怎么办？这件事无形中成了我一大块心病。

一天下午，大家正在聚精会神地编稿，一辆黑色伏尔加牌小轿车，徐徐驶进报社大院。有个眼尖的人看见，立刻告诉大家："×军长来啦。"听到这个消息，人们神情都显得很紧张，如同小时候听说"狼来啦"。比起其他人来，我不只是紧张，简直就是慌张。我趴着办公室窗户，偷偷地向院子望去，只见一位腿有点跛的军人，正一拐一拐地走过来，报社领导王义卿、杨常青等人，马上迎过去引到报社的办公室。

我在部队和地方、中央机关都待过，别说是军师部司这一级干部了，就是级别再高的领导也见过。可是不知为什么，这会儿一听说这位军长，我的心里就犯嘀咕，总是有点担惊受怕。我想这同我的"摘帽右派"身份，以及传说的这位军长的作风，还有当时政治动荡的大环境，所形成的心理压力不无关系。这绝不只是我在庸人自扰，在非正常情况下的经历，无数的事实都在提醒我，想整你是无需什么理由的，何况我本身就是个准专政对象，怀有恐惧心理完全在情理之中。

过了一会儿，报社办公室来人通知，召开全体职工大会。我一听就慌了神。全报社也不过近百人，这位军长又常来常往，大家的面孔他都熟悉，万一发现我这陌生面孔，突然问些什么那该咋办？越想越害怕，我就马上找组长于德水，希望这次会我先不去，等我适应了情况再说。于德水到底是位通情达理的人，他想了想，说："行吧，我跟领导说说，你先回宿舍编稿。不过你在报社工作，想不见到他不可能。再说他特别喜欢文艺，你又负责文化报道，总得跟他打交道。"就这样，第一次的惊怕，总算勉强躲过去了。

按照报社编辑部的业务分工，乌兰牧骑（文艺演出队）报道由我负责，只要盟里有这类文艺演出，这位军长一定会出席，我见到他的机会就多了。幸亏他比较会摆谱儿，每次看演出的时候，他都独自占一排座位，有时旁边有几个人陪同。即使演出有报道任务，我也无需跟他直接打交道，报道资料从宣传部拿，受他惊吓的事还从未发生。后来这位军长成了大官，任解放军某大军区司令员，不过他的那些凛凛威风，听部队作家讲仍未改变。

陪《光明日报》记者采访

　　到了《乌兰察布日报》社，第一次外出采访是去武川县，由编辑部主任张继忠带队，同去的有马四虎、彭广德、张健，这三位都是总编室的编辑。张继忠、马四虎和彭广德都是老报人。四虎还是一位农民作家，为人朴实直爽，多年不失本色，后来成了我的报社好友。我是新来乍到的记者，一路上这四位都很关照，尤其是马四虎非常热情，主动介绍情况，提供采访线索，启发我如何写好农村报道。

　　这次的武川之行，我写了两篇通讯，一篇是关于兴修水利的，题目是《万亩滩上水长流》；一篇是关于下乡知青的，题目是《海河的女儿》。见报之后大家反映不错，有一篇还被《内蒙古日报》转载。报社派我出去的用意，当时没有人跟我说，后来才知道，是考察我的业务能力，就是通常俗话所说，是骡子是马牵出去溜溜看。还好，尽管已经多年习惯写检查，早忘记如何写正经文章了，但是这次的"考试"总算合格，我也就在乌盟报社站住了脚。

　　武川县是个农区，处在大青山腹地，民风质朴，景象苍凉，再浮躁的人到这里都会静静地沉下心来。这里的许多山民都会唱"爬山调"。"爬山调"跟西北的"信天游"，在我听来相差无几，音调同样悲凉高亢，给人一种撕心裂肺的震撼。第一次到这样的地方，景物风情都很吸引我，就顺手写了一首小诗。冷却多年的写作欲望，这时被重新激活起来，从此又开始了诗文写作。在武川写的这首小诗，投寄给《内蒙古日报》，不日在副刊发表出来。乌盟报社的同仁读到后，知道我还能写点诗文，无形中增加了个人的分量，起码不致因为业务水平低，担心被轻易地赶出报社了。

　　可能是我的第一次出击各方面还算说得过去，再加上马四虎他们美言，我在报社的形象初步树立起来。接着报社又派了我一个新任务，陪同《光明日报》记者采访。

　　《光明日报》来了三位记者，张忠孝、张××和实习生杨秀琴，两位女士一位男士，都是文艺副刊编辑，他们要采访草原乌兰牧骑。按说这是个有吃有玩的差使，一般记者们都愿意接受，而我却在心中暗暗叫苦。因为不知道这三位记者的底细，又是从北京大报派下来的，万一有什么闪失或奉陪不好，给我向上奏一本就够呛。即使我无任何不当之处，回去随便说说，在内蒙古《乌兰察布日报》有个"右派"当文艺编辑，在那个意识形态至上的年代，闹不好让什么人怪罪下来，报社和我都得倒大霉。我当面跟报社领导谈我的想法和顾虑。哪知报社领导根本不听，并批评我过于多虑、谨慎，结结实实地碰了一鼻子灰。得，再多说什么也没用，小心侍候这三位就是啦。

我有个老同事叫李牧生，在《光明日报》工作。张忠孝是《光明日报》老编辑，我就问她，认识不认识李牧生。她听后说，认识。我心里也就有了底数，相信像她这样的老报人，在政治问题上是比较稳重的。至于这位实习生杨秀琴，不过是一位北大的学生，大概不会有什么政治背景。下一个就看这位张××了。张××的待人看上去还算随和可亲，脸上并不带奸猾相，说话又快又十分热情，我就再未往坏处去想。只是他后来的一个举动让我着实吓出一身冷汗。

在陪他们去乌兰牧骑采访的车上，张××从衣袋里掏出一张照片，指着照片上的一个女人说："你看看，这是江青同志，在小靳庄开会，跟我们一起照的。"嗬！大旗手江青你都能攀上？这还了得。我一听就愣住了，越是害怕鬼，鬼就真来了，人倒霉时喝凉水都塞牙。大概是他怕我不相信，非让我拿照片仔细地看一看。我接过来一看，可不是，江青端坐在众人当中，簇拥在周围的男女里，有个戴眼镜的矮胖子，正是这位得意的张××。看后我没敢说什么，只是心里提醒自己：可真得小心啊，得罪了这样的小人，非得彻底地"灭"了我不可。

经过后来几天的接触，我发现这位张××并不坏，只是有点儿虚荣心，他在我面前显摆"江青"，无非是想抬高自己的身价。在一次闲聊中，他告诉我，他是北大中文系毕业生，本来要被保送到苏联留学，因为碰上中苏关系破裂，未去成就到了《光明日报》。他怕我认为是他在吹牛，特意提到乌盟电台的林文仪。老林是他在留苏预备班同学，而我又认识这位北大来的老林，自然也就相信了张××的话。不过对于张××本人，我依然存有一定的戒备之心，在那个近乎人吃人的年月，正常人之间都要保持距离，何况我这个明码"黑五类"，哪能不提防"革命者"的加害呢？

我们在草原上采访的几天，总的说还是比较顺利的，没有发生任何政治性问题。只是在临近采访结束的夜晚，出了一件汽车迷路的事情，如果不是及时被边防军发觉，说不定会酿成一起国际事件。事后想起来都有点怕。

那天跟随一支乌兰牧骑去演出，回来的时候正赶上草原变天，辽远天空乌云密布，百尺之内不见前方，汽车打开昏黄幽暗的灯光，一步一步地往前挪动车轮，走着走着就不见了正式道路，司机只能凭记忆试探而行。谁也说不清到了什么地方。正在大家七嘴八舌瞎议论时，忽然一列全副武装的军人，骑马飞蹄跑到我们跟前，横拦汽车车头挡住去路。为首的一位军人用蒙语跟乌兰牧骑的人对话，翻译过来才知道，原来我们已经走到中蒙边境，再往前走几里就要跨出国境。边防军以为我们是一群偷越者，听到车辆的轰鸣声赶快过来，果断地把汽车拦截在这里。双方沟通之后，黑夜虚惊消除，我们重新赶路。

采访回来，要写文章。北京来的三位记者说我熟悉情况，文章初稿让我执笔；我说北京来的记者知道上边精神，文章应该由他们亲自写，彼此推来推去，双方都不肯主动承担。最后乌盟报社领导找到我，决定让我执笔由他们修改，文章初稿出来送到北京去。我一听也就爽快地答应了，趁这次送稿之便可以回趟家，何乐而不为？

有了这次的陪同采访，乌盟报社领导对我也就放心了，知道我不会乱说乱动乱来，更不会趁机越过边境跑掉，后来凡中央新闻单位来的人，大都是由我陪同他们采访。现在北京有的大报总编辑以及好几位著名记者，就是那时我陪同他们采访认识的。这也算是一种缘分吧。至于我当时的"右派"身份，他们知道不知道，我从来没有询问过他们。

当年那位北大中文系学生杨秀琴，现在中国文化艺术研究院工作。有次在北辰购物中心遇到彼此认出，后来她到我家串门说起当年事，我问她是否知道我当时的身份，她说，知道，当时曾跟我们交代，他（指我）是个"摘帽右派"，你们路上要注意点儿。哦，原来如此。好像是信任，其实并不信任，是我自作多情而已。当然，这已经是后话了。

自报家门"我是右派"

　　乌兰察布盟有一段边界，跟蒙古国边界相连，中苏蒙关系紧张的时候，山西大同和内蒙古集宁，都有大批野战部队驻守。地方党政机关领导，有的就由部队首长兼任，军民交往也比较多。《乌兰察布日报》是个专区报，都有专门从事部队报道的记者，可见对于部队是多么重视。

　　部队的新闻报道人员，经常到报社送稿件，一来二去彼此熟悉了。有的报道员喜欢文学，免不了要找副刊编辑，渐渐地跟我有了接触。部队官兵都很忠诚，政治觉悟也比较高，开始跟他们打交道，我思想总有些顾虑，生怕哪件事处理不当，得罪了这些子弟兵，被说成搞"阶级报复"，我就非栽在这里不可，平时说话编稿格外小心。后来一想老是这么捂着，总不是个长远之计，万一出了政治性事件，对方说不知道我是"右派"，那结果说不定会更糟糕。索性来个以攻为守，自报家门：我是个"摘帽右派"。

　　我告诉的第一位部队作者是郝建军。他是乌兰察布盟军分区宣传干部，革命军人干部子弟，却很少有部队子弟的优越感，待人诚恳，写作勤奋，穿不穿军装都是个好青年。有次他来报社送稿，恰好我不在办公室，就来宿舍找到我。放下稿件聊天时，说了一会儿别的话，他问我："柳编辑，你原来是不是在《内蒙古日报》啊？看你对业务挺熟悉的。"估摸着他是在摸我的底细。说还是不说呢？心想，哼哼哈哈地搪塞不好，说谎话传出去更坏，丑媳妇见公婆，只是迟早的事。我沉吟片刻，决定告诉他。就把自己的来龙去脉，一五一十地说给他听。满以为他会表示冷淡，或者干脆流露出鄙视，不承想他只是点点头，什么话也没说，然后又跟我聊起写作的事。

　　我自报家门的事情，不知怎么传到报社人事部门。人事干部任良才有天跟我说："你的事情都过去多年了，何必再跟外人说呢？犯不着。"任良才原来是美术编辑，为人非常善良厚道，我知道他是为了我好，可是他不了解我的顾虑，我说："良才，谢谢你。我这个'右派'不怕公开，让我去电台广播都成，就是不想让别人拿这个说事儿。说开了反而好。你说呢？"大好人任良才，见我如此固执，就再不说话了。

说句不中听的话，在那个人整人的年代，"右派"就如同妓女，站当街倒无人议论，藏藏掖掖反而有人说。挑明了倒不失为一种以攻为守的策略。后来的事实证明，我的想法是对的。

集宁这个地方不大，文教圈里的人，经常写作的人，伸出个巴掌就能数得出来，我的身份很快就都知道了。令我意想不到和欣慰的是，知道了也就知道了，大家对我并无歧视，可见这个边境山城人的善良。从此我的工作也就更大胆了。除了报社的编辑采访事务，平日里别的事情不多，单身一人又无家累，我就在业余时间写些诗文，寄到《内蒙古日报》《内蒙古青年》《草原》等报刊发表，一来二去跟多家编辑都熟悉了，有的还成了非常要好的朋友。像《内蒙古日报》李世琦、孙士杰、刘英健，《草原》杂志张善明、张湘霖，《内蒙古青年》杂志张廓，内蒙古人民出版社李耀先、黄彦、时家翎等等，都是在艰难时刻给过我帮助的编辑。经过那么多年磨难尚能写作，陆续出版了二十几种书，跟他们对我的鼓励不无关系。

说内蒙古这些著名编辑是我的朋友，不仅是因为他们肯于发表我的作品，主要还是在关键时刻对我的爱护。从那个年代过来的写作者，大概都会知道，当时向报刊投寄稿件，必须得有作者单位政审证明，政治身份不合格的作者，稿件即使写得再好，任何报刊都不敢贸然采用。这些编辑朋友怕我在这方面出事，经常好心地提醒我说："你在内蒙古怎么发表文章都行，大家了解你，千万可别往区外寄，要是人家政审，知道了你的事，我们就被动了，以后在区内也不好发表。"不是真诚的朋友，在那样的政治环境，谁肯这么直率地提醒。在最近十多年时间里，每次拿到自己出版的新书，看着精美的装帧设计，闻着悠悠的油墨芳香，就会想起这些远方的朋友。

这些编辑的善心美意，还不只是对我一个人，对我的朋友也如此。万恶的"四人帮"完蛋那年，"右派"问题还没有解决，当时在山西忻县的诗人公刘，寄来他写悼念周恩来的诗《红花白花》，我读后颇为感动，就推荐给《草原》杂志社。诗歌编辑张善明觉得这组诗写得好，不避政治风险向内蒙古文联领导请示后，主动发电报征得山西有关方面同意，将这组诗首先在《草原》杂志上刊出。这件事再一次说明，这些编辑朋友的正直，在政治上毫不势利眼，这是多么好的品德。其后他又让我帮助向同是"摘帽右派"的诗人邵燕祥等人约稿。尽管这时政治不再那么禁锢，有些方面表现出一定松动，但是别的省市报刊编辑依然不敢妄动，生怕万一不慎给自己带来麻烦，这就越发看出内蒙古文化人的胆识。

　　我在内蒙古的十几年里，特别是到了《乌兰察布日报》以后，跟内蒙古文学界的接触逐渐多起来，几乎人人知道我的"右派"身份，却从来没有人为难我歧视我。有多位蒙族汉族作家，后来跟我成了好朋友。那年有事去呼和浩特，我特意抽空看望老作家张长弓。长弓见到我非常激动，说起当年吃我煮挂面，其情其景仿佛历历在目，好像语言难以表达心情，他立刻抚纸提笔，给我写下这样条幅："误为迁客伴黄沙，喜同人民是一家；乌兰察布风搅雪，与君共赏报春花。"谁知这一次与长弓相见，竟然成了永别，这位待人宽厚实诚的兄长，于 2001 年因病离开人世。每每想起在内蒙古的生活，我就会怀念起这位老作家。

总算有了自己的家

在"文革"这场大劫难里，我和妻子都受到了冲击，妻子所受伤害比我还重，使我对世态浮沉炎凉，有了进一步的全面认识。尤其是妻子遭受的折磨，让我更深刻地意识到，人与人之间关系的险恶。用什么标准判断人的好坏，这时在我心中彻底改变，从过去的概念变得具体，最后落到人对人的实处。经过这次"文革"大劫，我开始渐渐认识和懂得：一个人的政治观点如何，只是政治上的利害标准，在一个特定的时境里，可以说某某是"好人""坏人"；从人性的本质上来衡量，好人总是好人，坏人总是坏人，这是由其自身品质决定的，其具体表现就是看他，在关键时刻如何对待同类。政治讲利害，人性讲善恶，品德讲是非。从此我对人的好坏判断，只要他不叛国不害民，主要还是看他的原始底色。

妻子出身于知识分子家庭，父亲是中学教师，母亲是妇科医生，她本人老实得不分人的好坏。可就是这样一个普通女子，在"文革"中被政治"进步"的人，毒打迫害得差点丢了性命，倘若像过去有人说的那样，每隔"两三年再来一次"，我们两个人的处境就会更坏。我一想到这些就毛骨悚然，觉得前途无比渺茫暗淡。经过一段时间认真思索，决心争取两个人凑到一起，无论今后发生什么事情，哪怕天塌地陷洪水淹，起码总还会生死与共吧。

趁一次回家探亲的机会，我诚恳地跟妻子说："既然你嫁给了我，总得在一起生活，我是不可能调回来了，我看你就调到内蒙古。将来有机会，我能调回来，你就跟着回来，万一调不回来，咱们就在那儿待一辈子，哪里黄土不埋人啊。"妻子还算通情达理，二话未说，就同意了我的意见。从此，我又为解决两地分居，开始了四处奔波，托朋友找单位求得帮助。

我把想法说给报社领导和同事，大家都表示赞成和支持，报社人事干部任良才，立刻到盟公署人事局，询问有关干部调动事宜。按照规定，首先得找个接收单位，考虑到妻子是音乐系毕业生，又在师专教过多年音乐课，盟委宣传部科长白朝荣（后任内蒙古自治区广电厅厅长），帮助跟乌兰察布盟师范学校联系。乌兰察布盟师范学校朱云汉、凌波两位正副校长，都是内地支边的老教育工作者，一听我们俩的艰难情况非常同情，立刻表示愿意接收妻子到师范任教。

由乌兰察布盟人事局发信，到唐山市人事局同意调动，时间不过半年左右，我人生的又一件大事，至此算是真正彻底解决。1976年新年伊始，我们这对分居十多年的夫妻，终于从两地调到一起，在北部边疆小城——集宁，开始结婚以后的家庭生活。只是，想到那有过的艰难，想到那"文革"的遭遇，欣喜同时不免有些苦涩。

妻子从唐山调来内蒙古六个月后，1976年7月28日，唐山发生了震惊世界大地震。从地震发生的时间上推测，如果妻子不调来内蒙古，我和儿子应该正在唐山休假，一家三口很难逃脱那场大天灾。老作家张长弓地震后到集宁，来我家说的第一句话就是："好人总是有福相报啊，你爱人刚调来，唐山就发生大地震。"这也算是老天关照吧，看我前半生净被人欺辱，不忍再让我遭受天灾。

妻子人是调过来了，就是没有房子住，报社就腾了间办公室，作为我们的栖身之处。集宁地处高寒地带，在漫长的冬季里，如果不储存菜蔬，想吃都很难买到，一到秋天蔬菜下来，家家都忙着储备冬菜。储备冬菜就得有个凉房，把土豆、圆白菜这些耐寒大众菜蔬，满满地堆放在凉房里，以便在漫长冬春季食用。过日子的人家，家家都是如此。

在内蒙古地区汉民看来，没有储菜放粮的凉房，就不算正经过日子人家。我既然安了家，要长期过日子，总得有间凉房。报社政文组的同事们就帮我到处找材料，准备搭一间像样的凉房。所谓的到处找材料，说白了，就是在报社大院拿，那时什么物资都匮乏，不然到哪里去买呢？王义卿社长调到盟委以后，接替他任社长的是刘凯铎，老刘是个很体贴关心下属的人，如果他还在领导岗位的话，我这点困难准好解决，可惜在政治运动中出了点事，他被免去了报社领导职务。新接任的这位负责人，他看见我要搭凉房，就千方百计地阻挠。理由好像还算正当，他说："在办公室前盖房，对报社环境不雅观，你刚搬来着什么急，先等一等有了房子再说。"如此等等。我一听就想打退堂鼓，同事们却不听这一套。

白天干活怕这位领导生事，组长于德水领着几位同事，就在一天夜里掌灯抢工。大家搬砖的搬砖，和泥的和泥，锯木头的锯木头，切油毡的切油毡，风风火火折腾几个小时，一座坚固实用的冬储凉房，整整齐齐地落在我门前。从此我的家庭生活才算真正开始。

多年在漂泊不定中过日子，连个像样的箱子都没有，几件随身穿的衣服，脱下这件换那件，洗过以后往枕头套里一塞，穿时再拿出来；别的小零碎日用品，同样也是放在枕头套里，这枕头套又放东西又枕头，成了我的万能"百宝袋"。后来稍微"阔气"点了，衣物都积攒了一些，这枕头套放不下，就找个纸肥皂箱，装我的全部家当。到了"五·七干校"劳动，大家都学木工手艺，我跟着一起混，学着做了三样东西：一个脸盆架，一个小马扎，再一个就是带盖木箱，从此算是有了自己的"家产"。

我到《乌兰察布日报》社报到，就是带着这三件"家产"，坦然地走进报社的大院，给报社职工的印象特别深，不少人记住了我的寒碜样儿。这会儿好歹总算有了家啦，再这样凑合说不过去，可是，买家具钱又有点紧巴。一年后于德水调到自治区党委，接替他任组长的田自新，知道了我的困难情况，主动跟他家乡卓资县联系，用优惠价给我定做了两个板箱；北京朋友用票证帮我买张桌子；我又凭票证在天津买两把折椅，我这个家才算真正装备起来。这就是结婚十多年后，我和妻子拥有的第一个家——《乌兰察布日报》社一间办公室。

内蒙古本来就冷，集宁地势高，又是个风口，冬天寒风更烈。我住的办公室，开门就是院子，没有缓冲空间，为了抵御寒冷，就用厚实棉被，把门窗捂严实，到了夜晚时分，缝隙依然钻风。在这样的屋子里过冬，用一般的铁炉取暖不行，得用砖砌个"地老虎"，炉腔大得像个筐，装进整块的煤炭，日夜不停地烧，这样才好度过漫长的冬天。不过我和妻子都很知足，在唐山她住学校单身宿舍，别看唐山号称北方煤都，冬天供市民取暖都是煤末，必须得掺土做成煤饼烧，早晨起床脸盆水都结成冰。到了集宁总算不再挨冻。

当时集宁地区没有自来水，就是像报社这样的单位，吃水都得用桶去水房挑，为此我特意买了两只水桶。依我当时的年龄身板，挑几担水还不算费劲，难的是在刮风下雪天，路滑得好像脚底下沾了油，风硬得好像眼前有堵墙，每挪动一步都摇摇晃晃，好容易艰难地移到家，手脚嘴脸冻得全都发紧，连说话都是半半拉拉。遇到我出差不在家，妻子就拿壶一壶壶提水，或者用水桶提上半桶。有时正好遇到同事担水，他们就帮忙给挑两桶，妻子就能够吃用上几天。妻子任教的师范学校，在黄旗海还有两个班级学生，她每周两次坐火车去那里授课。黄旗海火车站没有站台，旅客得从火车上往下跳，冬天无论刮风下雪都得去，穿得衣服比较多非常笨重，往下跳稍不注意就摔倒。一个在内地生活惯的知识妇女，能够无怨无悔地来到边疆，跟着"右派"丈夫受这份罪，在那个年代里可以说很难得。

不过不管怎么说，两个人调到一起，毕竟有了一个家。每逢暑期学校放假，儿子从天津来集宁，三口人凑到一起住几天，那种甜美的感觉还不错，一时也就忘却了生活艰难。即使现在的家比那时舒适，都不会有那时的亲切感，这大概就是人们常说的，物质匮乏用精神来弥补。在艰难中寻找心理平衡点，历来是普通人惯用做法，不然哪能快快活活地过日子。

小道听来的好消息

整个"文革"浩劫期间，处处有"红宝书"晃动，辽阔的中国城乡大地，曾被说成"红色海洋"。做为一种象征意义，这种说法可以成立。但是比这更准确的说法，我以为应该是"纸张海洋"，因为无论是印"红宝书"，还是印传单写大字报，出版各种造反书报刊，都离不开各种纸张。在罪恶的"文革"年代，纸张如同战争的枪炮子弹，每天都在大量地无度消耗，不仅浪费了国家有限钱财，而且还造成纸张的奇缺。像我所在的《乌兰察布日报》，正当渠道供应的纸张有限，为了不至于因缺纸停刊，只好抽出专人来跑新闻纸。

报社物资采购员老焦，不知听谁说，我在北京有些老关系，就让报社领导找我，想通过我的熟人，帮助报社买点新闻纸。在北京天津两地新闻界，我倒是有些认识人，这些人能不能帮忙，我却没有一点把握，只好把丑话说在前头。领着老焦在京津几家报社，接连跑了两三天，结果是空手而返，家家报社纸张都不算富余，当然不肯接济无关系单位。后来听说部队纸厂有富余纸，我就带着老焦找部队熟人，首先找到二炮后勤部张杰副部长。张杰是我当兵时第一位首长，转业后还经常去他家串门儿，直到我被划成"右派"远走外乡，怕给他带来麻烦才未再来往。这位长征时期老干部，还有他妻子和他们的子女，这次见到我都很高兴，说是一直跟熟人打听我的下落，后来知道我离开北京格外惦记。听了他们这番话，我不禁感慨万分，到底是军中情谊，永远都是那么难舍难分。

跟张部长一家闲叙过家常，就直说给报社找纸的事，我以为他会婉言谢绝。听说是报社派给我的任务，他二话没说就满口答应下来，并让我们先在北京住下，过几天给我们个准信儿。最后能不能弄到纸张，张部长也不会有把握，不过老首长的念旧，我却感到无比温暖。

张杰部长是个老后勤干部，当过医生，长征时期的卫生队长，抗日战争时期在晋察冀边区，曾跟加拿大白求恩大夫一起工作，为人非常正派厚道，他的部下、朋友很多，他委托的事别人都会上心。经过几天的询问打听，最后他的一位老部下，桂林驻军一位后勤部长，说是可以给我们帮忙。我和老焦拿着张部长的信，乘飞机从北京到达南宁，再从南宁坐火车到桂林，下车直奔这位驻军后勤部长家。

这位部长知道我是张杰老部下，对我也就非常热情和诚恳，没有一点初见的陌生感。在他家吃过饭，我们就闲聊天。可能是他太兴奋了，借着微醺酒劲儿，悄悄地对我们说："告诉你们个好消息，作恶多端的'四人帮'，被中央彻底粉碎了，江青等人已被逮捕。"

啊?! 这的确是个天大好消息，既让我们感到意外，又让我们感到高兴，一时间不知说什么好，我和老焦只是傻笑。由于这件事来得太突然，甚至于让人难免产生怀疑，从心眼里更相信其真。这帮人把国家折腾得太苦啦，早就应该得到老天的报应。

那时中央文件传达有严格级别规定，这位部长比一般干部自然早知道，可能考虑一时高兴说走嘴，违犯了党内的保密纪律，他就特意嘱咐我们："你们知道就是了，千万可不要向外说哟。中央还未发布消息。"

这是个非常敏感的政治问题，我们自然不会到处去说。可是，我却不能不偷着高兴，不能不想相关的事情，那时普通人的命运，有几个不是附着在政治上，何况我这个被政治迫害的人。如此一个重大政治事件，发生在当时政治环境，简直如同晴天霹雳，响彻我的心灵天空，情绪一直处于亢奋状态。这件事对于国家会有什么影响，这不是我所考虑所操心的事，我唯一想的和关注的事情，就是这样大的政治变化，对于我这个"摘帽右派"，将会有什么直接影响。说得再明白点，就是对"右派"问题，会不会有个新说法。

在桂林办完购买纸张的事，我和老焦又飞往上海，准备为报社买照相器材。从上海虹桥机场进入市区，处处锣鼓喧天，人人笑意在脸，整个上海成了欢乐海洋。甭说，"四人帮"大本营上海的人民，已经知道这伙恶人彻底覆灭，兴高采烈地庆祝正义胜利。高兴劲儿不亚于1949年10月1日。当晚，中央人民广播电台新闻联播，郑重地向全世界宣布这个消息，全国数亿人民无不开怀大笑，人们以各种方式表达心中喜悦。可见这伙祸国殃民的坏蛋，被百姓痛恨到了何等地步。真像俗话所说，善有善报，恶有恶报，不是不报，时候未到。现在时候终于到了。

随着"四人帮"彻底完蛋，各种小道消息每天都有，真的假的谁也说不准。就大多数普通人心理而言，都想把自己渴望的事情当真，不合心意的事就以为是假。我当然也是以这种心理判断真假。即使某个消息完全是假的，并不像自己想象得美好，总还可以得到些许安慰，这就感到十分满足了。

从上海再次来到北京，北京的政治氛围，比我预料的要好，人们互相串门儿，公开议论政治大事，一扫多年的沉闷空气。我们在北京停留的几天，我抓紧一切时间去朋友家，目的就是打听各种消息，特别是有关"右派"冤案的事。有的朋友告诉我说："'右派'问题，搭给老干部平反的车，有可能给予平反。"听了这个关乎切身利益的消息，我不仅相信它的真实性，而且自找种种理由佐证，因为我太盼望这一天到来啦，不然，我的整个一生都会毁掉。

即使是劳改犯服刑，总还有个期满时候，而我们这些"右派"，何时才是出头之日呢？现在总算有盼头啦。这时我就想：如果没有这次的"文革"，当年靠政治运动整人者，自己沦落到被人整的地步，他们绝对不会醒悟，照样在忠于革命名义下，该怎么整人还是怎么整人。看来当官的处理问题，当真需要设身处地地想，这样才会贴近普通百姓。

杨成武将军任解放军 20 兵团司令员时，张杰任 20 兵团后勤部卫生部部长，他是杨成武将军多年老部下。在"文革"的军内斗争中，杨成武、余立金、傅崇碧三将军，被打成"杨、余、傅反革命集团"，张杰部长因跟杨成武将军的关系，在第二炮兵也遭到无情迫害。现在要给老干部落实政策了，我想张部长一定会知道情况，从南方回来就跑到张部长家。

这时"四人帮"完蛋的消息，全国人人皆知家家高兴，再不是私下传播的小道消息。跟张部长说完去南方买纸情况，马上就询问有关落实政策的事。张部长和他老伴张荣志告诉我说："你认识高粮吗？听说他也来北京了，好像也是了解这些事，过几天他准来，我们问问他，然后再告诉你。"高粮在 1957 年被打成"右派"，先是在唐山柏各庄农场劳动，后来又偕全家从北京下放内蒙古。

高粮老师是张部长老战友，著名摄影家，原《人民日报》摄影部主任，此时在内蒙古自治区体委工作。高粮老师大名我早就知道，只是一直没有机会认识，他是老干部老新闻记者，认识不少各界高层人物，他肯定会知道一些情况。我就拜托张部长，高粮老师来看望他时，请给我约个时间，我跟高粮老师认识一下。

这是个受压抑者渴望挺起胸膛做人的年月。跟高粮老师认识以后，关于"右派"平反的事，只要中央有什么精神，他都能及时想法告诉我。原来在中央各单位工作的"右派"，许多人从全国各地纷纷跑到北京，听消息，跑平反，盼望能够早日摆脱艰难处境。我在《乌兰察布日报》工作，每天都要出版报纸，不可能马上请假离开，有关"右派"平反的消息，除了高粮老师不时通报，另一个传递消息的渠道，就是同命运的邵燕祥兄，偶尔写信给我和同在集宁的姚甦。

老姚是燕祥在国家广播局的同事，被打成"右派"发配到内蒙古集宁市，通过燕祥的介绍我们两人相识，从此就成了患难中的朋友。为了争取早日摆脱艰难处境，我和老姚经常一起谈论分析听来的有关"右派"平反消息。尽管自己非常清楚，命运不在个人手中，能否平反得看上边，但是我们太渴望自由了，随便议论议论也是个安慰。

正在我急切盼望情况进展时，一天突然接到高粮老师的信，说他要再次从内蒙古去北京，探听是否真的有平反可能，希望我跟他一起到北京去。这时我也很想知道确切消息，就跟报社请假到了北京，通过高粮老师的关系，随他一起住进《人民日报》招待所。

《人民日报》招待所在东单三条，交通特别方便，出进也无人管，很适合闲散客人居住。在招待所住下没几天，陆续又住进几位客人，都是《人民日报》老记者，后来因为各种问题调出，这次也来要求落实政策。在招待所的客人当中，还有些是像我这样的人，原来在别的机关单位工作，打成"右派"下放外地，这次来北京想探听消息，就通过关系特意住进这里。《人民日报》是权威喉舌，消息来源又快又准确，各方面的人都集中在这里，东单三条无形中成了消息交汇处。

每天早晨起来洗漱完，或独自或结伙就出去了，说是去熟人家串门儿，实际是打听有关消息，到了晚上陆陆续续回来，互相见面头句话就是："怎么样，有什么消息吗？"有新消息就说消息，没有新消息就瞎聊天，反正都是同命运人，说对说错无所谓。这等待平反的时光蛮自在。

在东单三条招待所，通过高粮老师介绍，认识了两个人：一位是原《人民日报》记者刘群老师，一位是原中国作家协会编辑杨觉老师，这两位都是老党员老革命，被划"右派"以后离开北京。不过他们的家眷都还在北京。刘群、杨觉和高粮一样，都属于我的前辈人，我对三位老师格外尊敬，他们对我也很信任关照，从此我们四人形影不离，谁去哪儿，另外三个人就跟着去。到谁家正赶上吃饭，人家一让，坐下就吃，赶不上就在外边小馆，每人吃碗素汤面条充饥。这打听消息的"专业户"日子，过得既辛苦又有一番情趣，毕竟都是经过政治风浪的人，对于什么好像都已经不在乎。

在奔波中盼望平反

刚粉碎"四人帮"那会儿，各地来北京上访的人，在街头巷尾随处可见，构成一道独特的社会风景线。多年积存下来的冤假错案，长期受政治迫害的普通人，出于对新时期领导的信任，像冲开闸门的水迅猛流出，一股股地积在首都北京城。问题会不会解决，冤案会不会澄清，似乎并不多考虑，先到北京来再说。这就是大多数上访者的心态。

这些人上访的问题，可以说是五花八门，涉及现实和历史，包括言语和行为，许多人都有一部冤情史。由于长期受残酷迫害，没有了固定经济来源，不少人靠沿路乞讨来京。到北京以后找到接待站，接待站视每个人的情况，有的接收下来管住管吃，有的不符合条件不能留，为了留去的事吵吵嚷嚷。我曾经去过两处接待站，想询问有关"右派"的事，结果人多得挤都挤不上去。随便听听别人讲的情况，都比"右派"问题更惨更急，我就不想凑这个"热闹"了。

在"文革"运动中遭殃的人，有的被停发工资，有的被扫地出门，只能靠流浪乞讨为生。我们这些"右派"还算幸运，不管多少总还有一份工资，短期内的吃住不成问题。没有经济来源的上访人员，有的白天背着背包到处转，饿了到小饭馆找些剩饭吃，晚上没有正经的地方睡觉，只好找个门洞或车站躺躺。后来我单独来北京上访，都是住在一家小澡堂子。晚上等到12点过后，澡堂子停止了营业，就找张铺位睡觉，次日清晨澡堂子营业，再爬起来赶紧走人。那时住宿澡堂子，既方便又省钱，还不要什么介绍信。吃大都是找便宜的小店，要两碗素面条一盘咸菜，能够充饥有力气跑路就行。比之无吃无住的人，我就感到很满足了。

如此反复地上访，鞋底都快跑穿了，仍然没有任何结果。如果再这样泡下去，总不是个办法。报社有自己负责的版面，老是让别人代编代划，心里总觉得有些不忍，再说泡在北京不上班，最后闹不好问题解决不了，说不定连饭碗都会砸。正在我犹豫要不要回去时，这时有的上访人告诉我说，统战部有个接待站，负责答复"右派"问题。我决定再去统战部接待站闯闯。

中共中央统战部接待站，在府右街的一个大院里。跟我去过的别的接待站比，这里上访的人相对少一些，更不像别处那样乱糟糟，室内还给上访者备有开水，谈话时间也很从容，这恐怕跟上访人身份有关。从出出进进的人穿戴和说话举止上看，好像都有一定文化水平和教养。后来从一些人谈话中才知道，统战部接待站主要接待民主党派成员，以及一些有社会影响的无党派人士，由于这些人有的是"摘帽右派"，在"文革"期间又遭受冲击迫害，自然会涉及过去"右派"的问题，这个接待站也就捎带负责解答。

我去统战部接待站那天是个上午。接待站刚开门不久，来人还不多，领了上访表填写完，交到接待人员手里，就在院子里等候叫号。秋天的太阳照在院子里，暖洋洋的让人发懒，这天为了上访又起得早，就想找个地方歇歇，我找了个墙边靠上，沐浴阳光眯着眼养神儿。

像我这样等候叫号的人，有的彼此认识，有的并不相识，只是因为同是政治落魄者，就互相搭话询问事情。在他们交谈的话语中，我听到有人在说："我是为我父亲的事来的。"立刻引起我的注意。睁开眯着的眼睛一看，这个年轻人的年龄，看去不超过二十岁，大概属于"文革"中的"狗崽子"。接着听他跟别人说："我父亲是民主党派成员，在北京被打成'右派'，发配到青海一个农场劳改，摘了'右派'帽子留在当地。如今父亲年老多病不能自己来，只好我代父亲打听打听情况。"

从他的年龄判断，他父亲被划为"右派"时，可能出生不久或者只几岁，来到人间就要经受政治磨难，真也难为他了。这些所谓"黑五类"子女，不仅没有受到很好的教育，有的连工作都找不到，跟他们受难的父母辈一样，最美好的年龄段被人为地糟蹋了。他千里迢迢跑来北京上访，与其说是为他受难的父亲，不如说为苦命的他自己，因为他的人生之路还很长，父亲的问题解决不了，他自己的处境就很难彻底改变。

看到这情景，不禁想起我的儿子。幸亏他年龄尚小，且苦难时光结束，不然长到二十来岁，还不是得像眼前青年一样，背负着沉重的政治包袱，延续着父亲"罪"名生活，根本不可能有好的前程。再有才能再有天分，都没有办法来实现，我就会更觉得有负儿子。还好，算儿子的命不错，黑暗终于过去，黎明显出曙光，他长到二十岁时，相信生活一定美好。

1979年"右派"问题改正后，官方正式公布的数字是，全国被错划的"右派"55万人。倘若把受株连的亲属算在内，这个有史以来的最大冤案——"右派"案应该是多少人呢？好像没有人统计过。然而，他们所受的折磨，永远不会消失；他们被毁灭的前程，永远无法挽回，这颗命运的苦果只能自己吞咽。像眼前这位来自青海的年轻人，从最乐观的方面设想，即使他父亲问题解决，那么，他失去的受教育机会，有什么办法可以弥补呢？给他铸成的心灵创伤，有什么办法可以治疗呢？得不到起码的教育，就不会有美好前程；得不到心灵的抚慰，就不会有精神振作。想起这些可怕的事情，对于"右派"能否"平反"，有过的短暂信心此时开始动摇。

善良的人大概都是这样，困难时只要有一线希望，都会有百倍美好的企盼，然后用千倍力量去争取。我们这些"右派"更是如此。早晨怀着美好的希望出去，晚上带着失落的心情回来，一天又一天在北京四处奔波，希望蓦然有朝一日福从天降，哪位大人物来扭转我们的命运。所谓的自己救自己，自己命运自己主宰，都只能在歌曲里唱唱，诗歌小说里写写，现实生活根本不可能。多少年来受的就是"救星"教育，求救于开明当权者的念头，早就化为血液在我们心中流淌，此刻这种愿望比过去就更强烈。

此时，中共中央组织部部长是胡耀邦，自然就成了人们心目中"大救星"。胡部长在各种会议的讲话到处流传，不断透露出来的好信息犹如春风，吹拂着我们长久冰冷的胸膛。胡耀邦部长跟高粮老师，建国前就是上下级关系。1947年解放战争时期，已经是团职干部的高粮，一次奉纵队政委胡耀邦之命，带人去执行紧急战斗任务，耀邦交代的情况有些马虎，致使高粮等三人遇险，气得高粮回来踢门，当面找胡耀邦"算账"，胡耀邦只好给部下道歉。可见关系非同一般。对这位胡部长的品德、性情、作风，他比一般人会有更多的了解。秦兆阳、钟惦棐这两位著名作家，在被划"右派"中也是老资格，对于胡耀邦过去也有接触或耳闻，我每次跟随高粮、刘群、杨觉，到秦、钟二位老作家家里串门儿，都会听他们讲述胡耀邦种种美德。

这些文化前辈对胡耀邦流露出的好感，于无形之中深深地感染和影响了我，我对胡耀邦的期望就日渐加深。相信他会很好地解决"右派"问题。胡耀邦自然就被我们当成"救星"。

可是，正如俗话所说，好事多磨。我们在北京等候许多天，仍然没有一点准确音讯，真是心急如焚啊。这几位老师毕竟都是老干部，此刻又没有什么具体工作，他们即使再待下去也无大问题；而我则不然，比起他们来我资历嫩得多，再说报纸还有版面等着我，如果不是碰上组长于德水这样的好人，他出于同情准我假来北京探听情况，换个人不让我来也是完全应该的，我也不会有正当理由表示不满。想到这些就越发不安，决定先回天津看看父母儿子，然后尽快返回集宁工作，有了新的情况再考虑来京。

到天津父母家，翻看几封来信，有封是《乌兰察布日报》社寄来的，拆开一看是让我马上回去，却不是催我回去工作，而是让我参加调工资。在天津待了两三天，怀着无比喜悦的心情，就立刻动身去内蒙古，参加多年来第一次调工资。途经北京询问别人情况，这时有的也在往回撤，同样是回单位参加调工资。我们这些被划成"右派"的人，自从1957年受到定罪处理，每个人工资都降了级，有的降三四级，有的降四五级，最低也要降一级，还有的人停发工资。这二十多年来从未调过工资，这次好容易赶上调资，哪能放弃这个机会呢？可是，无论如何不曾想到，这样好的机会，其实并不属于我，我只是当个分母，给正常人调级做基数。空喜了一场，白跑了一趟。原因还是出在"右派"问题上。

调工资引起的风波

"右派"问题未改正时,我每月工资是 60 元,给家里至少寄 30 元,自己的生活费 20 元,余下的 10 元钱攒下来,这样一年下来可攒下一百多元,做春节回家探亲的路费。在工程队劳动那会儿,有野外津贴和出差补助,这笔钱就成了我额外的财路。到了《乌兰察布日报》社,就完全靠这点儿死工资了,那时写稿又没有稿费,日子过得紧紧巴巴。好容易盼到这会儿调工资,文件又未说"右派"不给调,我当然抱有一定的希望。再坚定的革命者,总不会跟钱过不去,更何况是我这样的人,就更想改变艰难处境。

在报社编辑部调工资动员会上,编辑部主任、党支部书记××说:"这次调工资僧多粥少,总得有一部分人调不上。"然后,他呼着我的名字举例说:"这是位老同志,业务能力也强,按说是应该调的,可是毕竟名额有限,这次恐怕就难考虑了。"这意思,很明白:这次调工资,我没戏。只是站脚助威。

我一听就觉得话不对劲儿,工资还未调就剥夺了我的权利,这不是明摆着欺负人吗?我这个人的处事原则,历来是明讲理不暗算,只要是道理讲不通的事,谁想在背后鼓捣暗算我,一经发现绝对不会忍耐。会议刚一散,我就找到××,说:"老×,你刚才在会上说的话,我认为不符合政策,如果说名额有限,组织上私下找我谈,我二话不说绝对让。或者说我的工资比别人多少高一些,下次有机会再调,我也不会说什么。你在会上口口声声表扬我,说到调工资时却明确表示不给调,这不是故意给我下绊儿吗?如果我不是个'摘帽右派',你绝不敢这样做。告诉你,这次工资,我调定了。"

大会开过之后,编辑部找了几个人谈心,我也算其中一个。谈心仍然由××主持。有好几个人当场表示,这次调工资,可以不考虑自己。这话是真是假,无法准确判断,何况他们也知道,表示不表示无所谓,应该调的还是得调。不过能这样表示，我看就已经不错。如果没有××的"举例"，我也会这样表示的，在乌盟报社职工中，我的工资并不算低，让一让别人也应该。既然××给我下了个"绊儿"，看出来了就不能自己抬腿，我说："老×在会上那样说，表明我是没戏了，调工资也就跟我没关系。这会儿表示不表示，对我来说都一样，我看这个'让'字，我也就不说啦。但是我想弄清楚，我这个'摘帽右派'，到底有没有资格调工资。"

谈心是不是针对我来的，不清楚；我也不想弄清楚。

然后就是开会。调工资的会开了几天，公布的拟调名单，许多人都单上有名，其中包括××本人，以及几位谈心表态的人。我的名字却连提都未提。取消我调工资的资格，已是板上钉钉的事实了，我再有怨气也白搭。

有天下午我正在家里生闷气，蒙古族画家朝鲁来串门儿，我就把情况跟他说了说。朝鲁是我的朋友，他在报社蒙文版工作，他一听就来了气，说："跟自己较什么劲儿呀。走，我陪你到盟委去，我就不信没个说理的地儿。"

朝鲁毕业于内蒙古师范学院美术系，为人很有点蒙古族的豪爽仗义不服输，平日里他全家人都对我们夫妻多有关照，现在看到我受了这些委屈，自然就想挺身而出要为我讨个公道。

内蒙古自治区行政建制的盟，相当内地行政建制的专区，盟最高领导人是盟委书记。此时任中共乌兰察布盟盟委书记的张××，是一位从河北省来的支边干部，如果没有这次调工资的风波，如果没有朝鲁领着我来盟委，我绝没有胆量敢于接近这位大官儿。朝鲁领着我找到书记办公室，推开门就说："张书记，我们是乌盟报社的，有件小事不明白，想跟领导请教。"接着朝鲁让我自己说说情况。

我把事情经过跟这位大官儿如实地说了说，然后表示，给不给我调工资，我并不是特别在乎，主动让出名额来，我都不会说什么。我就是想弄清楚，国家有没有政策说"摘帽右派"不能调工资，如果没有，这不就是明目张胆的歧视吗？我跟别人干一样的活儿，却享受不到同样待遇。这恐怕就不对啦。

这位张书记听完我的申诉，就像所有会当官儿的人一样，知道在这样的问题上明确表态，如果闹不好会对自己不利，何况是牵涉一个"摘帽右派"的事。就说："这种事应该按政策办，不过完全按政策办的话，我看也不见得好办，恐怕还是得结合本单位情况办。当然最后还是得按中央政策办。"

哼，这些不痛不痒的车轱辘屁话，竟然出自一位地委书记之口，实在让我和朝鲁感到大失所望。此人是个典型的无能官僚，连个是否符合政策的事都不敢明确表示态度，就更甭指望他会治理好一个地方。从这位大官的言谈中，我算知道什么叫官僚了。

通过这次调工资的风波，使我再一次意识到，有了这顶"右派"帽子，你就是把工作做得再怎么好，人家都认为你是应该的，绝不会给你相应的报酬。至于这个政策那个政策，做的绝对没有说得好，越到基层就越有偏差，这种事是没处讲理的，朝鲁和我都太过于天真了，自以为大官儿会讲理，其实同样是瞎扯蛋。

这时我就想，既然调工资没我的份儿，我也就没必要生气陪着，索性不参加这些会了，到北京继续上访，打探关于"右派"平反的事。我把假条通过组长转给编辑部，编辑部主任××找我说："现在正调工资，我看还是不走的好。"我说："调工资没我的份儿，我干吗要陪着，再说我还得打听落实政策的事，这个问题一天不解决，我就得老在关键时候受欺负。"××见我的态度如此坚决，大概也是考虑走就等于自己放弃，他也就未强行留我。

第二天晚上，我乘坐 90 次直达列车从集宁到北京。像往常到北京时一样，我当天就到王文祥、孙惠青家，跟这两位老朋友诉说心中的郁闷。他们都尽量地安慰我，同时告诉我说："现在不少报纸正要复刊，都在到处找业务骨干，要不你就先借调来北京。"

啊！来北京？这怎么可能呢。一个"摘帽右派"，连调工资的资格都被剥夺，调回北京更是天方夜谭。这事我连想都不敢想。此时王文祥正在参与《中国青年报》的复刊筹备工作，这话从他嘴里说出来又不像是空安慰，他还劝我先回内蒙古参加调工资，这说明他有可能想办法帮助我。听从这位老朋友的劝说，连天津的家都未回，就于次日乘车返回集宁。

借调电话打到集宁

真的，连我自己都没有想到，回到集宁未过几天，王文祥打来长途电话，告诉我借调北京的事，已经基本办妥，可以先到《工人日报》社。听后，既感到意外，又感到高兴，一时不知说什么好，茫然地拿着听筒，在电话这边发愣。文祥在电话里"喂！喂！"地喊了几声，我这才恢复平静，跟他商量如何办手续。老朋友就是老朋友，在困难的关键时刻，准会慷慨地伸出援手。我激动得竟然连个"谢"字都忘记说了。

不过，多年的特殊经历提醒我，好事情很难摊到我身上，未真正实现时不可轻信，如同吃饺子谁说怎么好吃，除非咬开饺子皮吃到馅咽下，不然就是塞到我嘴里都不信。尤其是像借调到北京这样的事。王文祥的话我一百个相信，可他毕竟没有在电话里说清楚，《工人日报》社是否知道我是摘帽"右派"。万一匆匆忙忙地被借调过去了，没过几天说不了解我的情况，人家找个理由再把我退回来，今后在《乌兰察布日报》的日子，就会比这次调工资还要不好过。我决定马上再次去北京，亲自到《工人日报》探听虚实。

这是 1978 年秋天。粉碎"四人帮"后的北京，天空晴朗，气氛宁静，从人们脸上洋溢的喜悦，可以清晰地感觉到，消失的生活信心，正在逐渐地得到恢复。街上奔波的人们步履匆匆，神情却显得异常平和，尽管猜不出他们想什么，正在为什么终日奔忙，但是我相信十有八九的人，一是为"文革"中遭受的迫害申冤，一是为未来发展寻求机会，因为人们已经开始预感到，无比荒唐的年月即将结束。

这两件带有普遍性的事情，我都沾边而且关系自己命运，但是落实政策非我个人所能为，更不是只我一个人所独有的问题。新的工作机会如果丧失，今后恐怕就再难寻求到，我必须先争取在《工人日报》落脚。在北京待下来再跑别的事，那就比待在内蒙古方便得多。

在六铺炕找到《工人日报》社。空落落的报社大院人不多，你来我往地显得很忙碌，正在加紧筹备报纸复刊。是啊，报纸停办了多年，人员闲置了多年，如今好容易要复刊，谁不想多做点事呢？我径直到报社人事处，一位中年人接待了我。我说出单位和自己的名字，掏出《乌兰察布日报》记者证给他看，而后说明我此次专程到北京的来意。他听后说："报社领导已经研究过了，同意借调你来报社，报社正筹备复刊，急需要人手，你马上就可以办手续。"

话都说到这个份儿上，按道理讲，一般的人完全可以放心了，而我心里依然在嘭嘭打鼓，总觉得来的这么快这么容易的好事，不可能让我这个老"右派"摊上。就怯怯地跟他说："我1957年被划过'右派'，您知道吗？"这位中年人倒也爽快，说："你的情况，我们大致了解，那都是过去的事啦，没必要再提。考虑你是个老编辑，现在仍在办报，觉得让你来比较合适。决定先把你借调过来，在文艺部当编辑，别的事情来了再说。"

连具体工作岗位，都毫不含混地说了，压在我心头的石头，这会儿才开始移动。由于当时只顾想自己的事情，多年又被逼成的少开口习惯，竟然忘记问这位中年人姓名，到《工人日报》正式上班后才知道，接待我的这位中年人叫李长亮。这一次的调进和以后的调出，他都给了我不少的帮助，我比有的"右派"早回北京，他起到了关键性的作用。如果他的思想稍微正统点儿，或者在用人作风上不正派，对于一个八竿子打不着的"摘帽右派"，完全可以找个理由拒绝接收。而李长亮没有这样做。

我把去《工人日报》的情况，说给王文祥和孙惠青听，这两位老朋友都为我高兴，他们认为事情到了这种程度，应该说没有什么大问题了。这时我才知道，原来文祥想介绍我去团中央系统报刊社，后来考虑青年报刊有年龄限制，我此时已经是40多岁中年人，干不了几年又要跳槽，还不如争取一步到位。《工人日报》新任总编辑邢方群、副总编辑江明和别的人有好几位，都是从团中央所属青年报刊来的，王文祥曾跟他们在同一系统工作，把我推荐给了筹备复刊的《工人日报》。

借调的事情基本有了着落。从北京回到集宁以后，我若无其事地上班编稿，俨然什么事情也未发生，心中却在焦急地等待调动。由于情绪依然不能安定，偶尔跟妻子随便说一说，借以排遣这段忐忑时光。

记得是在我回来六七天后，报社人事科任良才告诉我说："盟委宣传部来过电话，说北京要借调你，征求报社领导意见。领导可能要找你谈话。"我跟良才是好朋友，平时无话不说，就把事情原由经过，详详细细告诉给他。他听后说："能有机会回去，还是回去好，像你这种情况，窝在这儿，不会有大发展。需要我帮忙的事，你尽管说。"至于，北京谁家来联系的，具体怎么说的，良才没有多讲，我也不便深问，反正事情有了进展。

回家把情况跟妻子说了说，等报社领导正式找我谈过话，就安排我走后妻子的生活。谁知等了好几天不见动静，我的心里又开始犯嘀咕，不知哪个环节出了事故。赶紧跑去找良才打探情况这才知道，敢情有人从中做梗，这个人不是别人，而是现任主要领导人王××。他的显要位置，相当于自来水阀门，开还是不开，在很大程度上决定事情的成败。这可不能小视。

《乌兰察布日报》社现任主要负责人，听说北京要借调我，他不说不行，只是说："我们（指《乌兰察布日报》社）拿钱，给别人干活儿，这怎么行？要想走干脆调走。"他明知不可能正式调才故意这样说。可是，我早就横下一条心，即使不要工资，这次也得走，过了这个村再难找这个店。我清楚地知道，这次的走与不走，将关系我的后半生，绝不轻言放弃。

又过几天，这时已经担任副总编辑的张继忠，代表《乌兰察布日报》社正式找我谈话，说了说报社一把手的意思，就是前边提到的：不能我们拿钱，给别人干活儿，要走就调走。我一听气就不打一处来，心想，调工资没有人为我说话，这会儿借调却来阻拦我，因此，当时说话就有些不冷静，说："工资是国家给的，又不是他老×的钱，再说到北京也是为国家做事，谁规定的就不行呢？这会儿他说工资了，调工资怎么不说我的工资呢？我宁可不要工资也得走。"

应该说，"大胡子"北京人张继忠，平日对我还是不错的，更不像一把手那样小肚鸡肠，可是听了我的这些话，他自然很不高兴，说："你怎么这么说话呢？你来乌盟报社这几年，我们对你还是可以的。借调不借调，并不完全是个人的事，你总得让领导研究研究吧。"

由于这么一句话，就把领导得罪了，这件事也就僵在了那里。

我在《乌兰察布日报》工作的几年，无论是编辑部的编辑，还是行政办公室人员，以及印刷厂的职工，大家对我都还算不错，遇到什么事情都肯帮忙。这时报社听说此事的人，就主动来帮我分析情况，并具体地提些解决办法。跟这位一把手共事多年的人，都知道他有个毛病——嫉妒比他好比他强的人。有人说："这个人就是这个毛病，只要别人有好事，没有他的份儿，他就打心眼不舒服。不过这种人有个特点，只要领导发话，他就会乖乖地照办。"于是，就有人出主意，找乌盟盟委领导，从上往下给他传话，他就不会阻挠。

主意到是不错。那么，怎么找盟委领导人呢？大家想了想，说："当官儿的一般无须求人，不过他总得生病看病啊，说得上话的只有大夫。"可是，谁又能找到高级大夫呢？有人想到了经济组编辑张笃恭。张笃恭是陕西人，大学毕业分配来内蒙古，曾在乌盟盟公署工作过，在乌盟认识的人多。我求到笃恭，他二话没说，就爽快答应了。

张笃恭带我到乌盟医院，找到医院药剂师佟汇海。这位佟汇海老弟，也是一位热心人，为人办事实实在在。他毕业于沈阳药学院，毕业后分配来内蒙古，同是"天涯倦客"，对于我想调走的心情，自然能够理解同情，可是他也不认识头头。立刻就带我去找口腔科主任刘景峰，身体再好的头头也免不了牙疼，刘大夫经常给乌盟盟委领导医治牙病，通过这层关系，最后总算找到由上往下疏通的渠道。刘景峰大夫和他夫人庄时大夫，都是北京医科大学毕业生，分配来内蒙古已经好多年，他们跟张笃恭和佟汇海，其实何尝又不想调回家乡？知道我有调回内地的可能，并不是像报社一把手那样嫉妒，而是千方百计地给我以帮助。从此，我和张笃恭、佟汇海、刘景峰夫妇，都成了非常要好的朋友，至今还时有来往。

一次化险为夷的建议

　　《工人日报》是中华全国总工会机关报。在罪恶的"文革"期间，跟许多报刊一样被迫停办。1978 年复刊后由邢方群任总编辑。邢方群曾任《中国青年》杂志主编，我年轻时候读过他写的文章，对于"方群"这个名字并不陌生。还有几位副总编辑，像史迈、孟冬、江明等，都是记者出身，"文革"期间被迫改行，现在归队重操旧业，大家的情绪干劲十足。复刊后的《工人日报》刊登的许多时评文章，尖锐泼辣，切中要害，在社会上产生相当影响。

　　报纸复刊急需要人，可是一时很难找得到，找到的又不见得合适。从外地借调来的编辑，全报社只有我和董玉琴。小董丈夫在北京工作，本人年轻无政治问题，报社借调非常正常。那么，我是怎什么借调来的呢？以我自己的猜测和判断，我有三个比较"优越"的条件：一是过去办过报；二是现在正办报；三是年龄相当，这"三合一"就是大"优越"。这话怎么讲呢？想想看嘛。有过办报经历的人，不是年龄大了，就是要职位，要不就是政治问题尚无结论，报社不好安排，而我这三方面的问题都不存在，这是其一；其二，有过办报经历的人，年龄合适也无政治问题，也可以不要职位，只是业务闲置多年荒疏了，而我却在编辑岗位上，对于如何办报，总还算熟悉；其三呢，人正中年，有精力有经验有干劲儿，属于"物美价廉"的一族。我想这就是我的可取之处，要不，人家干吗借调我这个老"右派"？

　　我所在的《工人日报》文艺部，部主任是李纪芳。分管文艺部的副总编辑是孟冬。这二位都是资深报人。报社人事处李长亮，领我到文艺部上班第一天，主任李纪芳就跟我说："文艺部新手多，业务不熟悉。你是老编辑，现在还在办报，希望你大胆工作，在业务上多出些主意。"

　　纪芳讲的这番话，不管是出于客气，还是真的这样想，反正我听后颇为感动。原有的顾虑和担心，开始有了一定缓解。我想，他一定知道我的政治情况，可是他却闭口不谈这个，大概是不愿意刺痛我的心，这一点我心里非常明白。

当时的文艺部只有一个"百花"副刊，主要发表新创作的文学作品，像宗福先的话剧《于无声处》、张洁的小说《生活更美好》，还有刘心武、蒋子龙的小说，等等，有的都是首发在这个副刊上。这个副刊有两位负责人，一位是刘春生，一位是周桐，都是"文革"前的老编辑。做编辑工作的还有申宜芬、胡健、王恩宇、刘贵贤、岳建一、韩春旭、王崇。尽管有好几位跟我一样，报纸决定复刊即调入报社，但是我还是跟人家不一样：一、我是临时工；二、我是"右派"，无论是别人对我，还是我对别人，都有个观察和磨合过程。还好，可能是考虑我年纪大，又是个比较老的报人，这些同事对我并不见外，更无丝毫歧视的言行，这使我感到些许欣慰，工作上也就自然敢于放开手脚去做。

在北京终于有了落脚地方。住在《工人日报》社单身宿舍，业余时间无事情可做，下班就去熟人家串门儿。说是串门儿，其实还是想探听有关消息，希望早日彻底改变命运，以求在北京进一步发展。这时整个形势都非常好，政治上多年受压抑的人，纷纷从各地跑到北京来，要求给自己落实政策，各部委招待所和各旅店，都住着各式各样的上访者。政治形势好，消息也就多，是真是假不管，反正听了就信。

忽然有一天《文汇报》"笔会"副刊，发表了老诗人艾青诗作《红旗》，尽管放的版面位置不太显眼，但是"艾青"这两个字的出现，仿佛就是某种吉祥的信号，立刻引起文艺界和社会的关注。我认识的文艺界朋友，许多都是艾青的熟人，本想找艾青问个究竟，却都打听不到艾青住处。后来听艾青讲才知道，他那时还无固定住处，找他的国内外人士又多，有关方面知道也不告诉。艾青毕竟是国际著名诗人，被划"右派"多年在政治上受压制，他此时的一举一动都容易惹人猜测。

艾青诗作《红旗》的发表，预示着真正春天即将来临，起码说明政治有所松动，许多人感到无比喜悦和鼓舞。

一天下午，部主任李纪芳找我聊天儿，询问我来报社后的情况，以示领导对部下的关怀。我为了表达感激之情，建议纪芳考虑，像《文汇报》那样，刊登些老作家的作品，对于提升副刊档次，提高工人作者写作水平，都会有一定的积极作用。具体说到的作家名字，都是我认识的人，如秦兆阳、钟惦棐、刘宾雁、邵燕祥、公刘、刘绍棠等。并且表达了我的看法：这些人都是老作家，别看在 1957 年受到不公正待遇，一旦复出就是文坛主力。

纪芳好像觉得我的话有点道理，当即表示跟分管副总编辑说说。这件事情说过以后，就再也没有回音，我自然就未往心里去。我该干什么还是干什么。

有次到难友魏泽同家串门儿，说到比较松动的政治气氛，顺便讲到我的约稿建议，我以为他会认同我的做法。不承想他听后非常不客气地说："你这个人太不懂事。现在政治情况并不明朗，你就提出让这些人写文章。如果是别人提出来，那也倒罢了，谁也不好说什么。你的问题还未解决呢，这会儿就冒失地说这些话，如果有人拿你说事儿，你还不是干听着？还是要慎重点好。"

魏泽同难友年龄比我大，在武汉大学读书时，参加过"一二九"学生运动，抗日战争时期去的延安，被划"右派"前是位高干，自然政治经验比较丰富。我有些事都跟他商量，我们是患难的忘年交。其实我提意见时，真的未想那么多。经他这么一说，立刻后悔起来，甚至于还有些后怕，有许多天，这冒失的意见如同蚂蚁，在我脑子里不停地爬，弄得我简直坐卧不宁。

部主任再次找我的时候，事情已经过去好多天。纪芳说："你的意见，社委会研究过，觉得可以。尽管我们是工会报纸，读者对象主要是工人，适当发表些名家的诗文，对于业余作者会有帮助。经研究，这件事情，就交给你办啦。"

听到这里，一颗高悬的心，这时才算落了地。心想，阿弥陀佛，多亏老天保佑，没有出什么事情。不过，对于这位难友的提醒，我一直感激不尽，并且当做教训，在日后工作中认真记取。

既然约稿的事情定下来了，我就准备找这些作家。首先想到的就是诗人艾青。这时艾青住在史家胡同，可是许多人仍然不知道。我跟老诗人蔡其矫相识多年，蔡其矫是艾青好友，我借调到《工人日报》社以后，蔡其矫特意来报社看望过我，我曾经随他到艾青家串过门，这次自己去自然是熟门熟路。

艾青一直是我喜欢和崇拜的诗人，年轻时读他的诗听他的讲座，那时却始终无缘跟他接近。我在北大荒850农场劳改时，知道艾青一家也在北大荒，只是跟我不在同一个农场。然而，就是因为有北大荒的情缘，初见艾青和他夫人高瑛，心灵上就非常容易沟通，像多年老友重逢无拘束地说笑。这次我为《工人日报》约稿，艾青二话未说，爽快地拿出多首短诗让我选。我选了《高山的风》和《镜子》两首。然后就跟艾青随便聊天儿。

说到《文汇报》刊登的那首诗，艾青颇多感慨。他说："过去报纸副刊发表我的诗，在版面处理上，不是放在头条位置，就是像张桌子，摆放在版面中间。这次可好，放在报屁股上了。"在大讲阶级斗争年代，政治人物见报排名，文人作品摆放位置，都有一定的讲究和说道。我猜想，艾青并非真正计较版面位置，而是跟自己政治处境联系起来了，心里大概有不便说的烦恼，跟我说说可以稍微舒心。我马上安慰他说："艾老，您完全没必要多想。您放心，这次我一定争取处理好。"艾青微笑着点了点头，而后就是悠然地吸烟……

艾青的这两首诗，很快就见报了，发在"百花"副刊。不过没有放在头条。经我与部主任纪芳再三研究，放在版面的右上角位置。我把报纸送给艾青，他看了以后非常满意，这恐怕是他未正式复出前，所发作品版面处理得最好的，从此老诗人对我非常信任。后来我代《光明日报》《体育报》等报刊约稿，以及再后来我调到《新观察》杂志，请他为刊物封面写命题诗，艾青都给了我很大面子。

艾青当时住在北纬饭店。给《新观察》约写封面的诗，我先跟高瑛大姐商量，恰好老诗人朱子奇也在座，他们二位都说艾青不会写，因为他从来不写命题诗。我就抱着试试看的想法，跟艾青聊天儿，我说："艾老，你看足球吗？"他说："有时也看。"我一听有门儿，就得寸进尺，跟艾青说："《新观察》的封面人物，下期是容志行，想配一首诗，您给写一首，怎么样？"艾青听后，笑笑说："你这是在套我呀。"我说："不是。是在打赌。朱（子奇）老和高大姐，他们都说您准不写，我就想看看，您给不给我面子。"稍停片刻，艾青说："那好吧，我试试看，过几天你来拿。"这首《容志行》是不是艾青写足球唯一的诗，不知道，却是艾青写的一首足球命题诗，倒是千真万确："在进攻和防御之间/千万双眼睛/集中在一个焦点/跳跃、飞奔像闪电//有胆略和勇敢/才能赢得战争/胜利的组织者/荣誉的象征——//万花簇拥的名字——/容志行！/像迎接将军凯旋/大海掀起欢呼的声浪……"

我和艾老夫妇成了朋友以后，她们二位在我的工作调动，以及我经济困难时都有所表示。艾青夫妇对于朋友永远是那么真诚。

《工人日报》第二个副刊"文化宫"上马后，部主任李纪芳让我主持日常编务。我再次请艾青给写一首诗，很快他就写了首短诗《花样滑冰》。我请画家配图发表，许多青年读者都非常喜欢。乘着这股艾青诗歌风，接着我又向秦兆阳、公刘、邵燕祥、刘宾雁、钟惦棐、刘绍棠、白桦等人约稿，他们有的很快就寄来新作。通过约稿事情的"平安"度过，对于当时《工人日报》政治环境，有两点我非常感动和满意。一是以邢方群为首的报社领导，办报思想比较解放和实事求是；二是文艺部以李纪芳为主任的同事，为人处事作风都比较正派，不然像我这样集中跟"右派"作家约稿，随便有个什么人向上奏一本，我这个借调的"右派"临时工，说不定就会被赶出《工人日报》社大门，从北京滚回内蒙古。

两进一出报社文艺部

万恶的"四人帮"被彻底粉碎,科学技术提到相当高的地位,各家报纸都筹备办科技副刊,有的还专门成立了科技部。做为靠近科学技术的《工人日报》,在这方面当然不会落后,报社决定由副总编辑史迈牵头,立刻办个《科学与技术》副刊。在考虑这个副刊的编辑人选时,报社社委会决定在文艺部找个人,在史迈领导下具体负责这个副刊。李纪芳跟有关领导磋商研究后,最终决定由我协助史迈筹办这个副刊。

他们为什么会选中我,从来未问过纪芳,以我当时的情况也不便问。记得史迈第一次找我谈话时,只是简单地说了这样的话:"这个副刊很重要,找你来办,主要是考虑,你是个老编辑,对办副刊有经验。"听后我正要说,我不懂科学技术,希望领导另请高明。史迈却先抢了话:"我知道,你对这类副刊不见得熟悉,就是我也得边学边办,过几天,我带你到有关部门跑跑。"

就这样,我从文艺部调了出来,筹办《科学与技术》副刊。

这时,已经在文艺部干了一些时日,跟部主任李纪芳和编辑同仁,彼此毕竟有了一定了解。我就把自己的想法,跟纪芳详细说了说。纪芳表示,报社定下来了,不好再改变,他劝我先干着,等有机会再回文艺部。其实,在哪里干对我都一样,问题是实在不喜欢更不懂科技,能否办好没有把握。可是领导已经定下了,再无任何回旋余地,我只能在这条路上趟着走。

接下筹办科技副刊的任务,只要有时间就往资料室跑,翻看各种科技类报刊,从稿件内容到版面处理,我都一一进行学习借鉴。史迈曾说带我到有关部门看看,见他整天忙于报社别的工作,不好意思为这点小事麻烦他,我就主动从总编室开了几封介绍信,独自跑北京市科协和各科研所,跟他们建立合作关系和约稿。经过多日四处奔走,科普作者队伍基本形成,稿件收到就着手编辑划版打样。这第一期《科学与技术》副刊,最后总算被我给折腾出来了，当时心情不亚于产妇看孩子，是漂亮是丑陋都很喜欢，因为毕竟倾注了自己心血。下一步就是要见"公婆"了。

我把报纸大样送给史迈。他看后表示基本满意，只是对印刷体刊名提出异议，希望找个名人题字，以便让版面更活泼些。这个建议当然不错。可是这个名人找谁好呢？我认识的名人大都是文化界的，请他们题刊名也倒是可以，只是不搭界没有意义。考虑多日忽然想到，有次在朋友家看过一幅字条，是张爱萍将军写的，此时张爱萍任国防科工委主任，既是科技界的领导，又是将军和书法家，请他给题写个刊名，岂不是最理想的人选。于是我托朋友找到张爱萍将军。张将军的秘书很快来电话，让我去他那里取写好的字幅。"科学与技术"五个字，横竖各一条，写在洁白柔软的宣纸上。制成版印在报纸上，果然显得生动活泼，比用印刷体更抢眼。

第一期《科学与技术》副刊正式出版后，面对的最严格的读者，莫过于全报社的同仁，他们的公开评报是头道关。出乎我意料的是，大家给予了相当好的评价和鼓励，这使我对办好这个副刊，无形之中增加了信心。这是我到《工人日报》后，完全由自己独立承担、办成的唯一一件大事。这个副刊的诞生有着双重意义，对于《工人日报》来说，有了《科学与技术》副刊；对我个人来说，有了开拓的实践经验。我调到中国作家协会以后，类似这样的事情又干过几件，比如组建作家出版社编辑部、恢复中外文化出版公司、筹备《小说选刊》杂志复刊等，正是从这里吸取了力量和办法。

这个《科学与技术》副刊，在很长的一段时间里，都是由我一人唱独角戏。后来报社决定成立科学技术编辑部，调来高汉英任编辑部主任，我仍然负责这个副刊的编辑业务。老高也是一位老报人，为人随和谦逊，我们两个人合作得很愉快。这之后又调来老编辑韩美圭、李艾玲等，大家相处得依然很好，这就使这个副刊越办越好。后来因工作需要老高调离科技部，接替他任主任的是朱定沛。"文革"前老朱就是《工人日报》编辑，报纸停刊后他调到《北京日报》，现在回来在科技部主持工作。回到老单位工作，自然是熟门熟路，干起来也就得心应手。

自己花心力做成的事情，就如同保姆带大的孩子，尽管是别人家的骨肉，总还是有割舍不断的感情。我对于这个《科学与技术》副刊就是如此。可是就是在这个时候，纪芳又把我要回文艺部，让我负责恢复"文化宫"副刊。"文化宫"跟"百花"一样，是《工人日报》的知名版面，不同的是各有分工，"文化宫"是个综合的文化版，"百花"则是个单纯的作品版。

　　既然领导如此信任，只好告别科学技术编辑部，重新回到我还算熟悉的文艺部。这时的社会政治形势，以及《工人日报》的情况，跟我离开文艺部时大不一样，最显著的一个变化就是，原来中央各单位的"右派"，陆陆续续从流放地回到北京。有的找了别的工作单位，有的回到了原单位工作，不过都是以借调方式安排。这些历经磨难的政治贱民，心态跟我刚来《工人日报》一样，大都是想先在北京站住脚，利用这个机会听点消息，以便争取早日摆脱多年噩运。

　　我主持的"文化宫"副刊，刚开始筹办时只有四个人，除了胡健（现任《工人日报》文艺部主任）是报社正式编辑，我和新来的张兆邻、乔务远都是临时工。只是这二位跟我又有所不同，他们都是《工人日报》老编辑，1957 年被错划"右派"下放外地，这次由报社借调回来属于落实政策。跟张兆邻等人先后借调回来的人，还有被《工人日报》划为"右派"的其他人，如著名学者、编辑家、小说《刘志丹》责任编辑何家栋，左联时期的老作家、《活跃的肤施（延安）》作者赵荣声等。报社借调的外地人，从原来时的只有我和董玉琴，一下子猛增到十几位。这些人的归来，对于我的威胁，甭说，是显而易见的，究竟是走还是留，就成了我思虑的问题。

等待留不如争取走

20 世纪 70 年代末 80 年代初，"右派"问题临近解决时，颇似后来的"知青"返城，许多当年被划"右派"的人，为了改变自己悲苦命运，几乎人人都在四处奔走，在北京寻找工作单位。因为大家心里非常明白，这么多年离开原单位，即使给你落实政策，允许调回北京安家落户，恐怕也很难满足所有人。倘若自己能够先找个窝儿，落实政策即使回不了原单位，总还有个接收的地方呢。这是"右派"改正之前，我们这些人的普遍心理。

我在《工人日报》的处境不错，如果按照刚来时情况推测，留在北京工作大有希望，报社借调来的人只有两个，怎么说都还比较好解决。现在情况却完全不同了，在《工人日报》被划"右派"的人，一下子全都借调回到报社，将来会不会有我的工作位置，这就非常难说了。想来想去，我认为，还是"走"为上。不过，这只是个朦胧想法，真正要付诸行动，还得跟朋友们商量商量，走错一步后半生就玩完。这点我很清楚。

有天下午，老作家秦兆阳到《工人日报》社找我，说是想跟我谈点别人的事情，我就把他带到报社单身宿舍。我给他泡了一杯茶，先聊了点别的事情，然后他问我说："唐湜来找过你吗？"我说："来过，我不在，把您的信留下了。"诗人唐湜是"九叶诗派"的一叶，曾跟秦兆阳在《人民文学》同事，1957 年被错划"右派"发配兰州，这会儿落实政策想回北京，正急着寻找工作单位，秦兆阳亲自来报社找我，希望我"助一臂之力"，问问《工人日报》可否安排他的工作。我一听还是这件事，立刻就犯难起来，却又为他的行为感动。秦兆阳自己的工作，此时还无着落，说是去人民文学出版社，并没有最后敲定下来，他却要为朋友的事操心，这是一位多么善良的人哪。

面对这位大好人，如果不说实话，就等于欺骗他；如果说实话，又怕伤害他，正在我沉默不语、想着如何回答时，秦兆阳好像看出了我的心思，他说："我知道这事不太好办，你也别太为难，反正大家都是这种情况，咱们没有权不说，就连工作都是临时的，确实难跟领导开口。"秦老师的通情达理，解除了我的心理压力，就跟他来了个实话实说。

我把自己在《工人日报》的处境，跟秦兆阳一五一十地说了说，并对大批"右派"回北京，谈了我自己的一些看法。他听后说："是啊，这么多人一起回来，肯定有个争夺工作问题，大家又不知道政策究竟会怎样，还不都是自己乱跑。像你还比较好说，单身一人，我们还有子女问题，就更难办了。"就是在这次谈话中，我才知道他的孩子们，从外地回来还无工作。随后，请朋友齐建昌和王文祥帮忙，为他女儿燕子和儿子秦万里，在中国戏曲学院和《中国青年报》，分别找到了个落脚的地方。没有帮上他朋友唐湜的忙，总算帮他解决了子女的事，这使我的心里多少感到一些宽慰。后来我调到中国作家协会，在中外文化出版公司主事，秦老师希望我对秦万里有所关照，我把秦万里调到我的单位。秦兆阳老师逝世后，退休前领导找我聊天儿，问我有什么困难时，我说："我个人没有任何困难，我唯一的要求就是希望领导考虑，把老作家秦兆阳的儿子秦万里安排个职务，从公来说，咱们中国作协过去亏待了秦家，秦老被划'右派'且不说，他老伴张克过去在《文艺学习》工作，是位抗日时期的老干部，落实政策回来还未回到作协，据我所知好像关系在街道上；从私来说，秦兆阳老师对我不错，是我的忘年朋友，我想我不能不帮他做些事。"中国作家协会党组书记翟泰丰当即表示："你说的情况，我们了解，更理解，适当时候会考虑。"在场的党组副书记陈昌本表示了同样的意思。其后，秦万里被任命为《小说选刊》副总编辑。这是后话。

真像人们常说的那样，一笔写不出两个"右"字，那会儿无论是谁，只要有点儿办法，总是尽量帮助别的难友，不管过去认识不认识。说到这里忽然想起一件小事。有次一位朋友交给我一篇小文章，评安徽省某市花鼓剧团演出，文章写得非常一般，看了看就顺手还给朋友。这位朋友说："这位作者跟你一样，是个安徽的'右派'，现在漂在北京，吃住都很困难，家乡剧团来京演出，想借此给家乡办点事，你还是成全了吧。"我一听作者是这样的情况，又同是漂在北京的"右派"，就把他的这篇小文章发表了。后来作者到《工人日报》找过我，我也去过他临时下榻的地方，我调到《新观察》杂志社后，还给他弄过《特约记者证》，发表过他写的关于国土文章，并给他介绍了一些作家朋友。原因就是他也曾是个"右派"。谁知此人是个善于钻营的家伙，他七钻八营几年以后成了大官，过了河就拆桥还要扬土，我《新观察》的老领导、副主编杨犁，跟我谈起这个人就骂我："都是你'引狼入室'，不然谁认识他啊。求着我时一口一个老领导，当了官见了好像不认识了。"其实此人对我又何尝不如此。这毕竟是"右派"群体中，极个别极特殊的另类，更多的"右派"还是正直人，后来有人说起此人，可能不是因"右派"倒霉，我觉得完全有这个可能。

有次去诗人艾青家串门儿，跟艾老和高瑛大姐聊天，说起想离开《工人日报》的事。他们听后，艾老立刻说："子冈正筹办《旅行家》杂志，你去她哪儿吧。我们跟她说说。"还未容我说一声谢谢，艾老就马上吩咐高瑛大姐："高瑛，你先给子冈打个电话。"然后，艾老立刻提笔，给子冈写了封信，交给我。这夫妇二人对朋友如此真诚，简直让我觉得过意不去，可是我又能跟他们说什么呢？难友总还是难友。

子冈是一位著名记者、作家，她的大名早就知道，还读过她一些文章。在1957年那场大灾难中，她也被划为"右派分子"。《旅行家》杂志就是她创办的，"文革"运动中被迫停办，现在由她筹备复刊顺理成章。倘若能在她手下当个编辑，当然是再好不过的事情。尽管过去跟子冈大姐并不认识，当我拿着艾老的信去找她，她还是非常热情地接待了我。她说我的情况艾老夫妇已经介绍了，她一定尽最大力量帮忙。经过她的多日努力争取，最后因为上级机关未批准，我也就失去了这个机会。不过对于子冈大姐的帮助，我还是非常感激，那年她生病住卫戍区部队医院，我特意去看望这位文学前辈。可惜在"右派"问题改正后，她因病医治无效永远地离开了，使文化界失去了一位正直的人。后来认识了子冈大姐的公子、作家徐城北，知道他有怀念他母亲的文章《我的母亲子冈》，我特意要来选进我主编的一套书中。

《旅行家》杂志未去成，想调动的事搁置下来。有天跟高粮、杨觉二位老师，一起去秦兆阳老师家串门儿，秦兆阳跟我说："前几天看见戈扬，她说，想再找一两个中年老编辑，我跟她说到你的情况，看你愿不愿意去？"刚经历过《旅行家》碰壁，我思想上毫无准备，不知道如何回答他。这时高粮和杨觉都说："你去《新观察》比在《工人日报》好，杂志一个月出一期，不像报纸那么紧张，业余时间还可以写点东西。再说，除了戈扬、杨犁、张凤珠也在那儿，大家都是熟人，彼此也有个照应。"他们说的杨犁，曾任《文艺报》编辑部副主任，1957年被划为"右派"，此时任《新观察》副主编，我跟高粮去过他家。至于他们说的张凤珠，名字早就知道，还知道她当过丁玲秘书，1957年受丁玲牵连划成"右派"。跟我同一个部队的作家李涌，还有蒙古族作家安柯钦夫，他们跟张凤珠是文学讲习所同学，聊天时都曾经说到过张凤珠。拐弯抹角都能沾上边，算是未见过面的熟人。

经他们这么一说，我认真地想了想，确实有这个问题。在《工人日报》毕竟是外来户，两眼一抹黑，谁也不认识，尽管干了一年多了，报社同事对我也不错，但是在人员留去问题上，万一有个名额限制，恐怕请出的还是我。常言说得好，人熟是宝，《新观察》这三位负责人，都被划过"右派"，又是秦兆阳、高粱、杨觉的熟人，跟他们一起共事，起码在精神上没有压力。当时我也没有明说，算是半推半就，这件事说过就完了。有那次《旅行家》的经验，我知道这种事，还有个上级批准问题，不是那么好办成，就未太往心里去。

不承想未过几天，戈扬就要约见我。戈扬是位著名记者、作家，《新观察》杂志老主编，被划"右派"后发配到内蒙古，这次《新观察》杂志恢复出版，仍然由她任主编。当时中国作家协会刚刚恢复，连个正式办公地点都没有，从外地回来的人也没有住处。戈扬当时借住交通部和平里宿舍。这是我跟她第一次接触，两个人谈得比较投机，她当即表示马上找中国作协，商量调我到《新观察》的事。

《新观察》杂志前身是《观察》杂志，由储安平创建于20世纪40年代，是个很有影响的老牌杂志，在中国知识界拥有大量读者。新中国成立后改为《新观察》。这是一本集文学和新闻于一体的杂志，易名后在读者中仍然有一定影响，只是在1989年又从期刊丛林中消失。今天的年轻读者再很少有人知道它。

中国作家协会是个新恢复单位，急需要合适的编辑业务人员。照秦兆阳、高粱等人的分析，既然戈扬已经同意，按道理不应该有什么大问题，他们让我做离开《工人日报》的准备。正在这时我接到《乌兰察布日报》社的信，让我马上回内蒙古，参加即将开始的第二次调工资。调成调不成总不能放弃这又一次机会，我就立即跟文艺部主任李纪芳请假。纪芳一听，不仅表示同意给我假，而且主动提出写个材料，介绍我在《工人日报》工作情况。纪芳的这番好意和用心，我心里非常明白，只是能否奏效还得两说。

前一次因为调工资的事，跟个别领导闹得不太愉快，逼得我借调来北京，倒也算是因"祸"得"福"吧。这回是第二次调工资，我希望能够平静解决，调成调不成都无所谓，只是千万别再出什么差池，影响我往《新观察》调动。不承想情况完全出乎意料，第一次开会酝酿初步名单，就有几位同事首先提到我，有的说给我特要个名额，有的说就占报社的名额，总之，大家都表现出关心和友好。最后总算给我长了一级工资。这是自划"右派"以来，第一次给我长工资，钱数多少不说，意义比钱本身重要，我心中的感慨很多很多。如果没有第一次调工资风波，说不定会有些感激之情，现在却觉得本该如此，我的心情平静得犹如秋水。什么话也未说，什么话也不想说，我非常坦然地接受了。

在临近回北京的时候，跟妻子商量调动的事，她听后自然非常高兴。说到调过去就怕没有房子住，她开始犹豫起来，最后竟然坚决反对，说："如果到北京，没有房子住，宁可不去。"这就给我出了个难题。再退一步想也是，我俩结婚十几年，一直都是两地分居，风雨飘摇，担惊受怕，好容易劫难后调到一起，舒心日子过上没几天。如果只考虑工作理想，再继续两地分居当准单身，终归不是中年人的理智选择。生活上有个稳定的窝儿，远比有个理想工作岗位，对于我们似乎更为实际。我决定听从妻子的建议，不妨先看一看情况再说。

回到北京，不好意思再去找戈扬，就把关于房子的事情，跟秦兆阳如实地说了说。秦兆阳听后表示理解。随后他又说："其实住房早晚会解决，作协回来这么多人，总不能让大伙没房子住吧。像唐达成（曾任中国作家协会党组书记）、严辰（曾任《诗刊》主编）他们，不都是在郊区租房子住吗，戈扬的房子也是找人借的，哪能解决不了呢。"秦兆阳老师的一片好意，我非常理解和感激，只是这种事比较实在，慌慌张张调到中国作协以后，房子的问题万一解决不了，那时我再想跳槽换地儿，事情恐怕就会比现在更难办。这第一次的调动就此告吹。

不过，我并没有完全死心，这时我开始意识到，不管是去哪个单位，比房子更重要的是户口。于是，我就托老领导张杰部长，找他在民政部的熟人，询问可否解决进京户口，并把此事写信告诉戈扬。信的内容都写了什么，我早已经记不得了，令人惊诧的是，时间过去二十多年后，有位朋友来电话对我说："潘家园旧货市场，有一封你给戈扬的信，用的是《工人日报》信笺，谈你调动的事情，你看看要不要买回来？"听后先是一愣，后来有点惊怕，不知此信如何流落至此，更不知我写了什么，冷静下来以后说："你还真把我当成个人物啦，我从来未看重过自己，这种信如果真值钱，我就再写几封去卖好啦，然后咱们去吃烤鸭。"说过，这件事就算过去了。

我的邻居和朋友、中国现代文学馆研究员于润琦先生，是位研究明清小说和北京民俗的学者，经常在潘家园旧货市场出出进进，有天竟然把这封信买了回来赠我，使得这封信成了我经历的见证。信是这么写的："戈扬同志：您好。知您身体欠安，不便打扰，您有什么需要我帮忙办的，请您尽管说。我找过杨犁同志，同他聊了聊，只要户口解决了，我的愿望也就有可能实现。我在民政部找了一个吃劲的人，只要人家真心全意给办，还是能办成了。有了准备（确）消息，我再找杨（犁）、张（凤珠）二位同志，您不必再为我分神了。十日，我去天津，探亲和过节，拟本月底回来。您天津有事，可写信……"

这么一封普通的信，真不知有何价值。如果说它还能有点用，只能说明，"右派"问题未获真正解决时，寻找人生最后归宿的我们，是多么急切和无奈。除此而外毫无意义。放在旧货市场，或者重归原主，同样没有身价。它只是那段令人心酸历史的见证。我为什么说是心酸呢？观察大多数被划成"右派"的人，当时都是特别相信共产党的人。为了参加革命舍弃优裕生活，放弃读书或出国留学的机会，或满怀热情奔向解放区，或响应号召建国后参军，对于共产党可谓言听计从，因此，看到一些弊病就直言不讳，希望自己相信的组织更好。谁知闹到最后自己成了反革命，这是多么让人心酸胆寒的事情啊。

进退两难的尴尬

我在《工人日报》主持"文化宫"副刊，从稿件处理到版面安排，再到最后版样出来签付印，只要部主任李纪芳有事不在，就由我上夜班盯着。

头天夜里又是一个夜班，文字忽多忽少老是调整，折腾得好晚才回来睡觉。这天早晨还未睡醒，就听有人嘭嘭地敲门。我披上衣服开门一看，是文艺部编辑刘贵贤。他非常焦急地说："你快出去看看，你爱人从内蒙古来了，正在传达室等你哪。"我一听，嗡的一下头立刻大了，第一个反应就是："出事了。"不然，她不会事先连个招呼都不打，大老远地自己从内蒙古跑来北京找我。

我跟妻子两地分居多年，无论是我去唐山，还是她到内蒙古，从未不商量好就自己动身过。这次她突然自己跑来了，肯定是发生了什么事情，一边往传达室走一边犯嘀咕。到了传达室一看，立刻被眼前情景惊呆了：妻子头发零乱，手里提着一个小包和一双鞋，眼神疲惫且略显凝滞，显然是一夜未睡成觉。人前不便询问情况，我就把她带到宿舍。

她在宿舍洗过脸，我问她："怎么不打个招呼，就自己跑来了？这要是万一我不在，你怎么办啊？"她回答说："不是你让我来的吗？"我说："我什么时候让你来的，又没有给你打电话写信。"听后她若有所思，像自言自语又像是对我，说："这就怪了，那我的耳朵里，怎么老是听见，你说让我来北京呢？"就是在耳朵里的"声音"指使下，妻子临时跑到火车站购票，从内蒙古集宁连夜来到北京。由于车上人多座少，她连个座位都未找到，在车上整整站了一夜，疲倦和困乏是必然的。我也就未再说什么，赶忙到食堂买来早点，让她吃完先睡上一觉，好消除这千里旅途劳顿。

妻子既然来了，就不便让她再走。跟我住同一宿舍的刘淡夫，未等我言语，就主动搬出腾房子给我们。刘淡夫原是工人出版社编辑，1957年被划成"右派"下放湖南老家，他到北京也是为了落实政策。这位南方老大哥，为人厚道，做事细致，跟我相处得非常好。落实政策后他又回到长沙，在湖南文艺出版社当编辑。妻子在报社宿舍住下后，有时在屋里随便待着，有时到街上商店转转，她弟弟、舅舅、叔叔、姨，还有些中学大学同学，都在北京居住和工作，有时也去这些亲友家串门儿。知道她对北京比我还熟，我就未更多地去管她。我们两个人分居多年，每次休探亲假凑到一起，若在内蒙古我上班她闲逛，若在唐山她上班我闲逛，这种"假日夫妻"的生活，我们都早已经习以为常。

这是一个星期天。休息。早晨起来不久，妻子跟我说："朱校长今天来北京，他想看看咱们，他不认识这儿，你去汽车站接接他，我在家里烧水泡茶。"妻子说的朱校长叫朱云汉，是乌兰察布盟师范学校校长。自从妻子调到这所学校任教，朱校长对妻子多有关照，我跟朱校长关系也不错。朱校长来北京顺便看望我们，这完全是情理中的事情，我自然不会有任何怀疑，就按照妻子说的去车站迎候朱校长。

呼和浩特开往北京的 90 次列车，多少年来都是夕发朝至，按正常到达时间来推算，早晨 6 点多钟即进入北京站。那时北京还没有出租汽车，旅客下车只能乘坐公交车，从北京站到《工人日报》所在地六铺炕，时间再长也超不过一小时，我在 8 点钟左右到汽车站正好。在六铺炕公交汽车站，一辆又一辆公交车，从我的眼前驶过去，都未见朱校长走下车，估计八成今天不会来了，我这才怏怏地回到报社宿舍。

回到宿舍，我问妻子："你怎么知道朱校长要来呀？"妻子说："他自己说的。"我又问："你来北京前他说的？"妻子说："不是，是他昨天说的。"我一听觉得有点蹊跷，就再问："他是怎么说的？"妻子说："就是这么说的呗。"我说："那我怎么听不见呢？"妻子说："我是学音乐的，耳朵好。"妻子说了这番话，我感觉事情有点邪性，跟她不请自来北京，情况好像一模一样。我就把这些情况跟刘淡夫说了。

刘淡夫到底比我年长几岁，有一定的生活阅历和经验，他问我："你爱人过去受过刺激没有？"我就把妻子在"文革"中，如何遭坏人迫害的情况，简单地跟他说了说。他听后说："我估计是神经出了点毛病，你赶快送她去医院吧。"我一听就着了急，一时不知如何是好。找妻子的亲友吧，他们又帮不上忙；找报社领导吧，我又不是正式职工，想来想去，想到我多年的好友孙惠青。这种事情只能求助于他。

惠青此时的家在和平里，距六铺炕比较近，我一给他打电话，他马上就过来了。我从报社要了一辆小车，在惠青的帮助下，将妻子送进安定医院。医生询问妻子情况时，我把她从内蒙古突然来北京，以及她让我接朱校长，这些情况详细跟医生讲过。医生让我再仔细地想想，平时她还说过什么话。我忽然回想起来，妻子有时自言自语说的话，大都是关于文化大革命的事，只是当时我未十分在意。医生根据这些迹象判断，妻子的病是幻听，属于精神分裂初期表现。病因正是"文革"迫害所致。医生马上让妻子住院治疗。妻子的病幸亏发现得早，住了三个月医院就出院，不然还不一定会发展到何种地步。妻子住在医院这三个月，除了报社的正常工作，其余时间我都要跑医院。精力和时间都很紧张，而且对妻子的病很担忧。

可是我怎么也未想到，这紧张和担忧一直持续三十年，直到妻子因摔伤逝世，我才从这种境况中解脱。自打她患病彻底在家休息，生活上关照她无什么问题。最让我头疼的事情是，她不承认自己有精神分裂症，说什么也不去医院就诊。我只好托朋友找熟悉的医生，到我家来给她看病，好在这种病就是那几种药，我替她从医院取回来就是了。谁知一种叫"奋乃静"的药，吃起来味道特别的苦，说什么她也不肯吃。在万般无奈的情况下，我就把药研碎成粉末，在熬粥时放在粥里。一旦让她吃出来就会吵闹，说我想用毒药害死她。后来我就自己先尝尝味道，实在苦就往里边加些糖，或者做咸味儿菜粥吃，所以那些年我天天熬粥。待她的病情有所好转，有了叫"维斯通"的新药，配合着大量安眠药服用，她才算可以安静地过活。就是这样我依然不得安宁，有时我正在投入地写作，她会跑过来问我："我听见某某某跟你说话哪，你们两个都说些什么，你告诉我好不好。"我的思绪也就随之中断。面对这样一个病人，我能说些什么呢？一场残害普通人的"文革"运动，把一位善良好人害到这种地步，现在又让另一位普通人来承担责任，这天下的事情真的太不公平了。我们能跟谁去讨公道去讲理呢？

妻子突然生病，使我陷入尴尬境地，心里非常矛盾。心想：要么，赶快调到北京；要么，赶快回到内蒙古，再这样两边跨着，总不是个正经事。我找到《工人日报》有关领导，先用探听的口吻询问，我有无可能调到北京来，而后说了说自己目前困难，看能不能在短期内帮我解决。《工人日报》社领导倒也爽快，说："你的事情，我们早考虑过，只要有户口指标，就正式调你来报社；没有户口指标，就把你安排在内蒙古记者站，在北京工作，报社给你解决一间房子。"对于报社领导的关照，我十分感激，听后心里顿时踏实许多。

可是我再仔细想想，个别领导的一时好意，不等于将来政策不变，就像有好的政策，不等于百分之百地执行，凭我多年的经历和体会，在中国若想办成一件事，这两者缺了哪一个都不行。既然领导已经把话说到这个份儿上，不妨先去别的地方想办法试试，即使都办不成还有《工人日报》托底，要是别处比《工人日报》能够早点解决，眼前的难关岂不是可以早点渡过？

我这个人的一生，没有什么大本事，唯有一个优点，就是知道自己能吃几碗干饭。从来不敢贸然地高抬自己，但是也不会轻易压低自己，比较能够实事求是估价自己。结合目前社会上的用人情况，认真地掂量了一下自己情况，我认为自己目前的"优势"是：一是年龄正好工资不高，属于"右派"中的"少壮派"；二是熟悉业务而且正在做着，属于拿来就可用的"省心派"；三是《工人日报》敢接收让我做编辑工作，属于别家报刊也会用的"放心派"。这三点自认为的"优势"，就是我具有的60%潜质，只要再加上40%的人为努力，就有可能在短期内解决我的困难。如果非死赖在《工人日报》这棵树上，随着时间的逐渐推移，我的优势就会减少甚至消失，最后的结局如何谁也无法预料。

山西人民出版社老编辑房仲甫，是一位研究水运史的专家，20世纪50年代我们同在《人民航运报》社工作，他既是我的同事也是我的领导，对于我的情况自然非常了解。他多年潜心研究写成的一部书稿，已经由一家出版社审过决定出版，此时他正住在北京一家招待所修改。一天到招待所去看望老房，聊天说到我留去北京的事，他说："你先别着急，我帮你打听一下，不过我认识的报刊，都是科技类的，工作对你不见得适合，我估计户口可能好解决。"在老房那里算是挂上一号，就是俗话说的有一搭没一搭，我根本没有把它当回事儿。

嘿，您还别说，竟然让老房给撞上了。有家中央部属科技杂志社，初步表示愿意接收我，并且答应解决全家户口，给一套三室一厅住房——在当时，这条件真够诱惑人。不过，人家有个不可改变的唯一要求：不能拿人家当"跳板"，到了北京住上房子，再跳槽找别的工作单位。这前一个条件让我动心，这后一个要求让我为难，立刻自己跟自己斗争起来。说实在的，还真没有进京跳槽的想法，可是也没有长期干的打算，至于将来如何这就很难说了，把事情一挑明反而很难办。自己一时没有了主意，就去找高粮老师商量。

跟高粮刚一见面，他就告诉我说："有的单位已经接受'右派'申诉，这说明中央要为'右派'平反。"然后他建议我，说："你先找交通部要求落实政策，如果能从根儿上解决，别的一切都比较好办。"至于那家科技杂志社的条件，他建议我不妨先答应下来，这样好的机会不要轻易错过，哪家户口办得快就去哪家。将来的情况究竟会怎样，谁又能准确地说得出呢，首先争取早点调回北京。他认为我目前条件比较好，年轻懂业务，正在当编辑，如果再这样长期拖下去，外地来落实政策的人更多，我的优越条件也就没有了，那时找工作单位会更困难。高粮对我情况所做的分析，跟我自己的估计不谋而合，我就决定来个两不耽误。

时来运转的时候

通过老同事房仲甫，我表示愿意去这家科技杂志，并且答应人家提出的条件；与此同时，找交通部干部司负责人，希望按照政策关注我的事。在这两个地方分别挂上了号，就再没有理会事情的结果，依然在《工人日报》文艺部，若无其事地干我的编辑工作。我妻子也在北京看病养病。日子过得倒也闲适宁静。

半年以后的一天下午，我正在宿舍跟朋友聊天儿，突然接到交通部干部司电话，让我马上到交通部去一趟，说有要紧事当面跟我商量。到了交通部才知道，确如高粮所说，给"右派"平反的事，早在1979年初就开始了，交通部政治部宣传部对我的"右派罪行"，经过审查决定按政策给我"改正"。这次找我来就是要核对些情况。整错人改过来就好，只是不叫平反叫"改正"，头次听了这个专用词，我感到既新鲜又好笑，马上跟"阳谋"这个词联系起来，不知道这葫芦里又在卖什么药。

办完事离开交通部机关大楼，顺路到几位难友家串门儿，从他们那里知道，"右派"的"改正"都在进行。只是各单位进度有快有慢，反正迟早都会得到解决，苦命人总算看到了曙光。从此，我们这些"右派"，不再乱跑瞎问，耐心等待好日子到来，二十多年的苦难都过来了，谁还在乎最后几天呢！

解决"右派"问题，不叫平反，而叫改正，在习惯叫法上，多少有点新鲜，许多人不甚理解。因此，对于"改正"这个专用词，普遍存有猜测和看法，有的认为，是给被划"右派"的人留尾巴；有的认为，是给领导者和整人者留面子，总之，对于这种羞羞答答做法，每个人都结合自己经历诠释。其真正用意如何，哪位高人发明的叫法，时至今日不明。

我仍在《工人日报》上班，同时等待交通部"结论"。

再次被传唤到交通部时，是让我在一张纸上签字。这张名为《右派问题审改结论》的纸上，写着我的"右派罪行"：（一）说："我的朋友林希年纪轻轻的，经过反胡风运动搞了一通，把身心都摧残得未老先衰了，直到现在还留着未（泯）灭的创伤。""反胡风运动以后，我的情绪很压抑，这两年顶十年过，什么滋味都尝到了。""攻击积极分子是'假积极'，'拍马'，'求进步不走正路'。"（二）说："青年应该有棱角的活着，我也可以得过且过，可是我不干，绝不能让这样的环境磨去棱角，实在不如意时就换个地方，可惜的是我现在没有力量。"污蔑团费、工会（会）费是"苛捐杂税"，攻击党员干部是喝茶跑楼干部。（三）主张在报纸上把秦皇岛工人闹事登出来。整风学习时说"报社也没有春天"，主张来个"大揭盖"。在群众中散布他的朋友山青（反胡（风）时被审查）的论调："结论问题，已找组织谈过，但这不是不满，要是不满的话，早像匈牙利一样举起枪来了。"（四）积极支持报社赵琪的所谓反党人事方案，并在方案上写着"向拟稿人致以无限敬意，因为他打动了人们的心弦"等语。并对赵琪说："我拥护你去总编室工作。"

以上就是我被划"右派"时的依据，或者叫做四大"罪证"，我一字不落地照抄不误。至于是在什么情况下说的这些话，我"攻击"的对象是怎样的"好人"，《结论》里不可能说，我也不便再提，现在只能让它随历史而去吧。时间过去这么久，当时说些什么话，谁还能准确记住呢？除非是存心整人者。

看完写有四大"罪状"的这张纸，我不禁在心里苦笑起来，就凭这些所谓的"罪状"，居然毁了我二十二年的时光。我最好的青春年华，我原有的才能、智慧，全都在非人的劳役折磨中，被一点点地剥蚀掉了。此刻，连个道歉的话都不说，还想让我亲手一笔勾销，这天下还有公道公理公平吗？现在负责给我"改正"的人，毕竟不是当年往死里整我的人，不管我有多少冤屈多少不满，我绝不能跟人家表示和发泄，只能强压住自己心中的愤怒。二十二年的账就这样不明不白地结算，至于降级扣下的工资却只字不提。这大概正是"改正"跟"平反"的区别。

事后遇见许多被"改正"的难友，都对自己结论文字有些不满，认为这儿留了个尾巴那儿不该这么提，问到我时只是随便地一笑了之。这倒不是我宽容大度或不认真，而是我自从被划成"右派"以后，对政治再也不像过去那么相信，二十二年的苦和罪都受过了，再计较这些文字又有何用？就是给你"改正"过来，哪天找个"罪状"再整你，还不是照样得老老实实忍受。这就是我当时的真实想法。我曾跟最好的朋友说过："我是被打成'右派'才成'右派'的，我是从过去信任才彻底不再信任的。"我绝没有别人那种崇高的政治情怀。这就是我当时的真实思想。

后来还不断地听人说，有的被"改正"的"右派"，拿到结论以后激动得哭，一再地表示感谢这个感谢那个。我绝不怀疑这些人的真诚，但是我做不来这种事，因为我压根儿就觉得自己冤枉，恢复我做人本来的尊严和自由，这是天经地义的事情，我干吗要说那种不愿意说的话呢？绝不。当然，我也不是什么英雄好汉，如果仍然用高压手段，让我检查交代，让我低头弯腰，我表面上还会表现屈服，谁让我是个无助的百姓呢？再说又不是面对侵略祖国的敌人，我为此付出生命的代价，总觉得有损生养我的父母的尊严。

转眼之间，又是一年。这个 1980 年的夏天，对于我算是个好时光，我从一个准"罪人"，完全有了自由之身，而后又成了个"香饽饽"。在同一天时间里，上午交通部干部司电话通知我，下午那家科技杂志社电话告诉我，都为我办妥了全家进京户口，并且都表示，马上就可以给我安排工作。跟朋友们商量后经过权衡，最终还是决定回到交通部。原因很简单，我是被交通部打成"右派"的，他们有负于我，或者说"该"我的，回到原单位有些困难问题，比到外单位工作更好解决。譬如我妻子的工作安排，譬如我工作不合适想跳槽，在原单位可以理直气壮提出，在一个新单位总会不好意思，对那家要我的科技杂志社，表示真诚的感谢和歉意后，我就到交通部去正式报到。

这时的一切都已经完全办妥，再怎么着也不会有变化，我就去找李纪芳和李长亮，正式提出跟《工人日报》告别。在我后半生最关键的时刻，是《工人日报》给了我生存机会；在我有可能选择工作时，是《工人日报》给我创造了条件，这些我是永远都不会忘记的。朝夕相处将近两年，现在说走就要走了，心里真不是滋味儿。可是我又不能不走。

在交通部正式报到后，我被安排在政策研究室，给部领导们写材料。妻子暂时被放在远洋运输局，她在大学学的是音乐专业，又多年从事音乐教育，交通部远洋局有个文工团，安排这里算专业对口，其实只是挂名有地方开工资而已，因为她的病还没有完全好利落。至此，我们两人的事情，总算有了着落，漂泊动荡的日子，看来即将结束。

北京的事情一经完全落实，我立刻回到内蒙古集宁，办理调动手续和户口迁移，永远离开这块政治流放地。在我重返北京之前，居住最久的地区，就是内蒙古集宁。这个不算大的城市，给予我的关爱却很多；这个寒冷的地方，给予我的温暖总难忘。如果故乡不只是地域概念，抚慰心灵的地方也是故乡，内蒙古同样是我的故乡。在感情上似乎比故乡还亲近。

交通部考虑我是个无房户，在团结湖给了我一套新房。搬进这两室一厅的房屋，政策研究室的同事到我家，见屋里连件像样家具都没有，跟部办公厅领导反映以后，特批给我几件廉价旧家具，我在市场上又买了两个沙发，这才算有了点家的模样。我和妻子结婚二十多年来，总算有了第一个自己的窝，倘若未来不再有风雨来袭，后半生日子大概能够平安度过。

当时北京新建两个住宅小区，一个是前三门，一个是团结湖，许多回来的"右派"都住这两处。我有时出去在街上走走，偶尔会碰到北大荒难友，驻足聊天儿无不感慨。说得最多的就是耽误的时间。一生中最美好的时光，都被那场荒唐运动毁了，现在年龄大了有的还多病，今后能有多少时间给我们呢？想起来不免唏嘘惋惜，情绪上还有淡淡惆怅。自然的四季，可以周而复始；生命的四季，消失不会再来。我们被糟蹋的是生命最美好的春天啊！

中央交通部政策研究室，直接跟正副部长打交道，对工作人员的政治素质，以及写作能力都相对要求高，就是组织纪律性也要求严。我觉得对我并不合适，首先我不是个循规蹈矩的人，其次我不是个顺从听话的人，尽管这样安排是对我的信任，但是我自己却觉得很不适应。政策研究室除我之外都是党员，所以我在那里工作期间，一旦党员开会或过组织生活，不是我找地方出去回避，就是他们另外再找地方，在感情上我觉得特别别扭。到政策研究室做的第一件事是，给一位副部长起草大会讲话稿，这位副部长看后还比较满意，我的业务关就算顺利通过了。研究室的领导找我谈话时，一再鼓励我继续好好干，希望我在政治上要求进步。我明白这话是什么意思，不过我并没有多大兴趣，只是礼节性地表示了感谢。

政策研究室这样的单位，对于想当官又适合当官的人，无疑是个难得的好地方，有的人想去都去不成哪。政研室的优越性我却毫无感觉，当然也就没有更看重这个岗位，想走又没有正当的理由提出。何况我落实政策回来以后，部里的照顾还算说得过去，于情于理我都难以张口。情理上站不住脚的事，再怎么着从来都不会干，这一直是我做人的底线。只好先在这里干下去。

人生的最后归宿

　　单位有了，工作有了，房子有了，在这群归来的"右派"中，我算是个比较幸运的人。有不少的"右派"，人是回到了北京，不是工作未安排，就是没有房子住，一直在招待所等候。我一切都解决了，再无后顾之忧，没事就看望朋友。自由的可贵，生活的自在，这时才知道。如果没有被管制的经历，我想绝对不会有此体会，更不会有对正常生活的满足。

　　有天下班比较早，回家未坐部里班车，顺路看望秦兆阳。秦兆阳在北池子的家，据说是他当年用稿费买的，他被划"右派"离开北京以后，这个两进的小四合院就被几家外人瓜分占住。他从广西回来家里人口多，腾给他的两间房住不下，就在院子里搭了一间棚房。我到他家来过多次，还是头次进这间棚房，空间只能容纳两个人，我们俩就对坐聊天儿。

　　我把自己到交通部的情况大致跟他说了说，他听完以后说："那你的结局算是比较好的，我认识的许多文艺界的人，有的连'改正'结论都还未下来，有的本人工作倒是安排了，可家属的调动还没着落。"接着他又说："前些天，戈扬还跟我说到你，要是交通部给你办了户口，你还愿不愿意来《新观察》？"我说："这恐怕就由不得我了。交通部给我办了全家户口，又安排了我们夫妻的工作，还给了我一套新房子，您说，我怎么好跟人家说不干呢？"秦兆阳老师点了点头说："那倒也是。"

　　这件事以为说说就算了，我并没有放在心上，更不抱挪动地方的指望。

　　未过多久，秦兆阳告诉我："戈扬和张凤珠，都住在团结湖，好像离你家不远。戈阳让你到凤珠家去一趟。"早就知道张凤珠，能有个机会认识，我想也挺好，别的就没多问。按照秦兆阳老师提供的地址，在团结湖中国作家协会宿舍，我找到了张凤珠大姐的家。记得是吃过晚饭以后，溜溜达达到团结湖中路，敲开张凤珠家的门，她和她爱人正在吃饭。她家给我印象最深的是，凤珠和她爱人老谭，各端一碗面条，用个小方凳当桌子摆在床前，凳子上放着两样简单的菜。原来这帮从外地回来的"右派"，生活狼狈的不光是我这准光棍儿，这些有家室的人也好不到哪儿去，人人都有一本难念的"经"。这是我第一次见到张凤珠。

听几位认识凤珠的朋友说过，她在给老作家丁玲当秘书时，由于运动中不肯揭发丁玲的"罪行"，竟然被莫名其妙地打成"右派"。那时我就自己瞎想，这位丁大作家的秘书，到底是个怎样的人呢？在那个人人低头认罪的年月，她会有如此大的胆量死扛，骨头也算够硬的啦。这次见到张凤珠一看，举止文质彬彬，说话慢声细语，绝对不是个张扬的人，跟我想象的有点对不上号。在她家另一间屋子，两人先聊了点闲话，然后她郑重告诉我说："戈扬不在，委托我问问你，如果戈扬想办法，把你从交通部要出来，你同意不同意到《新观察》来？"我当然求之不得。关键是戈扬大姐，真有什么办法吗？我有些半信半疑。

反正不是让我自己提出来，那就麻烦戈扬主编想办法吧。我就跟凤珠大姐说："我当然愿意做编辑工作，只是怕交通部不放我，你们试试看吧，能到《新观察》来更好，万一出不来就在交通部干。"我之所以怕交通部不放我，并非是我成了什么"宝贝"，而是考虑人刚来不久就走，按通常情况，部里领导不好随便做主放人；另外听说交通部有意恢复报纸，正在从各处找适合办报的人，我显然也是个比较合适的人选。

在我调到中国作家协会不久，交通部就决定办《中国交通报》，由王展义副部长具体负责筹办。王副部长当时跟我住同一宿舍楼，他很希望我回到交通部办报纸。我既然调出来了也就不想再折腾。王展义让我推荐一位总编辑合适人选，我立刻想到《文汇报》驻京办主任刘群，刘群到《文汇报》驻京办之前，曾任《人民日报》、《光明日报》记者，业务强人也好。刘群开始同意后来变卦没有去成。这已经是后来的事啦。

张凤珠再次跟我联系时，完全出乎我意料的是，她让我做好调动的准备，一旦中国作家协会调令到交通部，她让我马上就办理调动手续。果然，一天上午，干部司一位处长来找我，说中国作家协会要调我，郭副部长已经同意放我走，我现在就可以办调动手续。我一听立刻就愣住了，尽管事先知道会有这一天，我也早就做好思想准备，但是这么快却没有想到。这位戈扬老太太也真够神的。我在心里这样想。

上午在交通部办完相关手续，下午就到中国作家协会报到，我只拿着一纸行政介绍信，通常调动的阅档商调等事全免，档案和工资关系都是后到的。

这是我多次调动中最利索的一次。不过幸亏这么简便利索，不然很难说我能否走得成。据政研室同事后来讲，我走后第二天，一位副部长就跟政研室领导提出来，让我跟随他去上海出差。政研室领导告诉他，我调中国作家协会了，他很不愉快地说："怎么搞的，说来就来，说走就走，这也太随便了吧。"至于知道此事的一般干部，听说也多少有些微词，认为我有多么大的来头，工作安排得好，刚来就有房子，现在说走拍屁股就走，一般的人哪能有这么随便。如此等等。知道情况的政研室的人，跟大家做了些解释，后来就再没有人议论了。

无论是那位副部长，还是部里一般干部，对我的议论和猜测，我认为都非常正常，假如此事放在别人身上，我也会这么想这么说。所以我一点都不抱怨。那么，戈扬老大姐是怎么把我要出来的呢？在《新观察》工作了一段时间才知道，交通部常务副部长郭健是戈扬老战友，戈扬亲自找到郭健副部长，跟她介绍完我的情况以后，说："这个人（指我）放在你这儿，没有用，干脆让他去我那儿吧。"这样，两位老资格的战友，在一次随便交谈中，就办妥了我的事，成全了我的后半生。像我这样性格坦诚直率的人——又不想也不善当官儿，对看不惯的事又好说，在临近晚年的关键时刻，离开典型的官场政府部门，调到文人聚集的作家协会，当然也就少了许多麻烦。我非常感激戈扬和郭健这两位老领导。

我到了《新观察》杂志，还有两件事不好办，一是交通部给我的住房，会不会被收回去；一是我妻子每月的工资，会不会被停发。为此，戈扬派张凤珠和刘大海特意到交通部去了一趟，联系这两件事如何解决。房子问题嘛，交通部有关人说："人都放走了，房子就不要了。"这套两室一厅新楼房，从此落在我的名下，这一住就是十六载，这期间，我个人的荣辱兴衰，它都看得清清楚楚，是我进入文坛以后，再次遭遇风雨的见证。十六年后有机会分得新房，我依依不舍地告别它，这套房子的许多往事，此时一一重现在眼前，为此我写了篇散文《告别老屋》。至于我妻子的每月工资，经《新观察》领导与作协联系，决定由《新观察》按时发放。这总不是个长久之计，还是得给她找个单位，正式调入才一劳永逸。

在一次文艺界的聚会上，碰到著名词作家晓光。此时，晓光的《在希望的田野上》发表不久，他的名字几乎家喻户晓，忽然想到，这位走红作家在文艺圈，肯定交际广认识人多，何不拜托他帮妻子找个单位。令我高兴的是刚一提出，晓光就爽快地答应了，没有丝毫推托和搪塞，这位老朋友蛮给面子。至于晓光会不会办成，什么时候能够办成，这都是没有影子的事情。谁都知道，在所有事情上最难办的，莫过于人事安排和工作调动，何况那时晓光只是一介书生，后来才当上文化部副部长，即使他真心帮助也得托别的人。就算有一搭无一搭，随便地跟他说说。不承想这位老弟竟然很尽心，很快就把这件事给办成了。晓光是我应该感谢的又一位朋友。

有次，《新观察》要报道天津住房，杂志社领导派我去采访，妻子的妹妹、姑姑和同学都在天津，我就顺便带她跟我一起去。忽然有一天张凤珠来电话，让我妻子马上从天津回北京，参加中央民族学院（中央民族大学前身）音乐系试琴，民院准备安排她的工作，得先看看她的业务情况。我知道这是晓光帮助联系的，当天下午我和妻子赶回北京，我先给晓光打电话询问具体情况。原来是晓光找到中央民族学院音乐系主任刘烽，希望他能帮忙安排妻子的工作。恰好这时民族学院需要钢琴教师，刘烽听了晓光对我妻子情况介绍，经过音乐系领导研究就同意接收了。

那天准备让妻子弹弹钢琴试听，一问她不在北京，音乐系领导凭我妻子所受音乐教育，以及从事音乐教育年限判断，认为业务上不会有什么问题，就决定不再试听她弹琴了。妻子顺利调入中央民族学院音乐系。

由于在"文革"中惨遭迫害，妻子身心受到严重创伤，钢琴多年未弹业务几近荒疏，显然难于适应教学的需要，中央民族学院音乐系领导照顾她，把她安排在音乐系资料室工作。刘烽主任、左治国老师等都多方关照过她。学校领导非常宽容，明确表示："尽管这位老师（指我妻子）'文革'中不在民院，受迫害与我们无关，既然来民院了，我们还是要照顾好。"听了这些充满人情味儿的话，我和我妻子都非常感动，再一次深切地感受到，善良、正直永远是人间主宰。恶人——不管多么拥有权势，他可以逞凶一时，绝不会霸道长远，最后没一个有好下场。正像一首歌中唱的那样："种瓜得瓜，种豆得豆，谁种下罪孽，谁自己遭殃。"这就是老百姓常说的"报应"。

在《新观察》我负责时事杂文组，同时利用业余时间坚持写作，二十二年的苦难生活从此成为往事。在事业上重新拥有春天，生命的季节却迈向冬日。当我回首走过来的道路，喜悦与伤痛，甜美与酸楚，同时混杂在我的脑海里。这时我真想说点话，却又不知从何说起，最后只是不住地感叹：唉，二十二年啊，这是我的最好年华，这是生命的春天，然而没有绿色。如果把青年时期所受磨难，到了中年时期开始的平顺，用雨来比喻我的前半生，真可谓春天下雨秋天晴，这阴雨天实在太长太长了……

无法弥补的遗憾

人这一生会有许多遗憾，像我这样年轻就倒霉的人，留下的遗憾就更多更心酸。这其中有两个最大遗憾，如同两把刀子插在心窝儿，稍微一动弹就如挖肉，痛得我立刻就会落泪。这两个遗憾：一个是受系统教育的机会被剥夺；一个是孝敬父母的心愿无法实现。前者还好说，那终归是我个人的损失，这后者则不然，父母为我的"右派"处境，担惊受怕几十年等待几十年，在我情况稍微有些好转时，他们却先后离开人世，连共同居住的日子都未赶上，这就成了我永远的伤痛。

父亲因病去世时，是在"文革"初期他住在医院里，我从内蒙古赶回天津探望，没有待几天就回内蒙古了。满以为他的病会好转的，却不承想我才走几天，就接到大弟弟来信，说父亲病故了，考虑我请假不容易，就再未叫我回来。因此这一次的病中探望，就成为我们父子最后一面，他在病床上跟我说的话，就成了他临终前对我的遗嘱。父亲说："你这些年不容易，赶上这样的年月，咱们普通人只能认命。你要想办法调回来，三口人凑到一起，互相好有个照应。杉杉（我儿子）这孩子很聪明，如果条件允许，要让他多念点书……"还好，在儿子长大以后，总算赶上个好时候，从小学到研究生，再到取得博士学位，他成了我家几代人中，学历最高的人，没有辜负我父亲的期望。现在，我们祖孙三代到了一起，倘若九泉之下的父亲有知，相信他一定会为我们高兴，只可惜他终归没有看到这一切。无论什么时候想起来，我都深深感到遗憾，如果说我对父亲不孝的话，这恐怕是最大的不孝啦。

这时母亲还健在，希望她能享几天福。我调回北京有了房子，儿子又快研究生毕业，跟妻子说得最多的事情，就是商量接母亲来北京住。儿子一直在天津跟祖母生活，是祖母最疼爱最牵挂的长孙，祖孙二人谁也离不开谁；再说，老人过去一直由大弟弟照顾，这会儿我有条件应该这样做。谁知天不假年、福不随人，就在这时候母亲生病了，我回去探望过几次，还跟她说过，等她病好了，到北京跟我们住些时候。却不料未等到这一天，母亲就匆匆地走了。辛苦一生的母亲，担惊受怕的母亲，竟然没有这样的福气，更没有给我弥补遗憾的机会。

那年，接到弟弟的电话，说母亲病危，我叫上儿子，立刻坐最近一班火车，爷儿俩赶到天津。到了母亲家里一看，母亲静静躺在床板上，一床新被盖着她的身躯，床前三炷香火轻烟缭绕，供品整齐地摆在床前。家人穿着孝衣，守在母亲床前。不用别人说什么，我一下子全明白了，按下儿子跪在地上，就给母亲连连磕头。这是给她老人家送行，更是向她老人家赎罪，做为母亲的长子长孙，我和儿子未能尽到孝意，难道这还不是为人的罪过吗？

守在母亲灵前，许多陈年往事，呈现我的脑海。母亲在我家是长孙长媳，那年父亲失业在家，曾祖母很不高兴，就迁怒在母亲身上。四世同堂的大家庭，又是曾祖母当家主事，我祖父又是个孝子，听从曾祖母的意思，让母亲带着我离家另过。从此，我和母亲离开县城——宁河镇，先是到乡下姥姥家，姥姥是母亲的继母，当然不会热待我们，在姥姥家未住多久，经与父亲多次商量，我和母亲迁到芦台镇。

父亲要到天津找工作，芦台距天津比较近，铁路行程约两小时，照顾我们也就方便。后来父亲终于有了工作，政治时局却又动荡不安，老家的祖母等人移居到天津，我和母亲也随着到天津。到了天津算是城市人了，母亲却很少进大商场，更不要说大的娱乐场所，她全部心思都放在家务上，为一家老小终日操劳。到了孩子开始长大成人，可以让她过舒心日子了，又赶上政治运动当饭吃的年代，先是我被划成"右派"，让她担惊受怕许多年，后来又是两个弟弟下乡，让她揪心裂胆许多年，几乎未过上一天好日子。母亲就这样离开人间，可以说是她的命运不济，可以说是她的福气太薄，而我以为，主要还是她赶上的时代，没有洒下滋养生命的雨露阳光，普通草民自然也就难以正常生长。

发送完母亲，我回到北京，心绪很不好。由母亲的逝世，想到自己前半生，跌跌撞撞坎坎坷坷，可以说一事无成，就这样轻易荒弃了。谁知道前方等待我的是什么呢？说不清。于是我陷入新的茫然之中。

2003 年 9 月 8 日

沙滩拾残贝（文坛往事）

记忆，从春天开始

　　全国第四届文代会的召开，曾被视为文艺春天的到来。古诗云："春江水暖鸭先知。"这文艺春天也有最先报春之鸟，就是摆脱"文革"歌曲滥调，以《祝酒歌》《在希望的田野上》为代表的清新歌曲，最先传递的中国文艺的"春之声"。在所有的文艺形式中，对于时代，对于社会，对于生活，最为敏感的莫过于歌曲。由于创作歌曲迅速、短小，以及易于流传等特点，在每个历史关键时刻，总是最先反映群众心声。改革开放后的中国文坛，同样是歌曲这只鸟报春后，方有花红柳绿的满园春色。

　　让我意识到这件事情的人，正是著名歌词作家、中国文化部副部长、中国文联副主席晓光。农历戊子年春节前两天，晓光来电话给我拜年。我说："你当官那么忙，还想着我。"晓光说："再当官，再忙，你也是老哥啊，哪能忘记。何况咱们共同走过那么多年，经历过多少事情啊……"放下电话掐指一算，可不是，跟晓光相识相交整整三十年啦。这卅年的中国文艺界，发生过多少事情啊，都让我们这拨人赶上了，这不能不说是人生的幸运。

　　我年轻时因为政治上倒霉，1958 年被发配到边疆劳改，生命中最好青春年华，完全毁弃在苦难岁月中。本以为从此与文学无缘，最后身死异乡了却一生。谁知一个非常偶然的机会，在老朋友王文祥（原《人民日报》海外版副总编辑）帮助下，1978 年秋天，我被借调到即将复刊的《工人日报》社，在文艺部负责主编"文化宫"副刊。当时《工人日报》有两个文艺副刊，一个是以发表作品为主的"百花"，一个是以文化为内容的"文化宫"，由于我有过报纸副刊编辑经历，领导就指定由我负责主持"文化宫"。"文化宫"副刊组共有四名编辑，除我而外还有两位跟我一样，同属于被借调来的"摘帽右派"，唯一的区别他们是原《工人日报》编辑。属于《工人日报》社正式编制的编辑，只有后来成了小说家的胡健。我当时 40 来岁，胡健不过 20 几岁，另外两位老编辑都年逾半百，组里工作特别是跑外的事情，我大都倚重年轻的胡健。

胡健父亲是著名剧作家胡可，母亲是著名表演艺术家胡朋，她是真正的艺术名门之后，自然熟悉文艺界的情况和人士。由于副刊需要刊发新创作的歌曲，约稿组稿这件事情，理所当然地交给胡健。她就三天两头往《歌曲》杂志社跑，像红极一时的歌曲《祝酒歌》，能够第一时间在《工人日报》发表，就是得力于晓光的及时推荐。此时的晓光正任职《歌曲》杂志，他自己时不时也有新歌词写出被谱曲。因为有这样密切的工作关系，一来二去，我和胡健就跟晓光相识，后来又发展为不错的朋友。在我返京的最困难时期，晓光给我不少帮助，我妻子到中央民族大学工作，就是由晓光托刘烽先生，找到学校领导给予安排的。

让我尤其感到高兴的是，这个时期晓光的创作，简直是情思如泉涌，《在希望的田野上》让他一夜成名，随后又写出《那就是我》《采蘑菇的小姑娘》等等，由他创作的一大批歌词，经著名作曲家谱曲后久唱不衰。后来通过晓光的介绍，还结识了几位词曲作家，如施光南、任志萍、马骏英、小模等，都是那个时期的实力派人物。

正如我前边所说，历史的关键时期，总会有不同的歌曲。这些歌曲都有明显时代烙印，经历过"文革"灾难的人都知道，那时有首《文化大革命就是好》的歌曲，歌词连说几个"文化大革命就是好，就是好……"，每次听到立刻让我想起，过去妇女吵架时的情景，不禁在心中自问：这也算歌曲？歌曲应该是优美的悦心的，听过之后才会引起共鸣。后来晓光写出《那就是我》歌词，表达了对故乡的悠悠思念，经优秀作曲家谷建芬谱曲后，很快就在广大听众中传开，直到今天仍是国内外演唱会的保留曲目。就是在这个时候，《我爱你，中国》《泉水叮咚响》《我爱这多情的土地》《美丽的草原，我的家》等，一大批优秀的抒情歌曲陆续问世，像一只报春的鸟儿自由飞翔，使人们感到春天真的来了。

当然，做为一个特定社会的人，谁也无法超越时代局限，特别是中国的文艺家，即使再有才华再有创作力，没有时代提供的宽松环境，无论如何都难以创作出好作品。那时的政治环境宽松到什么程度呢？这样说吧，像我这样一大批"摘帽右派"，都有机会陆续从外地回到北京，或被借调或临时找份工作干，就是最好最直接最有力的证明。正是在这样大的政治背景下，当做毒草被查封的图书开禁了，当做反动的电影开始放映了，就连《魂断蓝桥》《翠堤春晓》等翻译片，都以参考的名义在内部播放。紧接着跟随而来的是，美国费城交响乐团，由小泽征尔指挥演出；著名小提琴大师施特恩，把优美的古典乐曲送来；还有芭蕾舞剧《天鹅湖》《吉赛尔》等，重新在首都舞台与观众见面。我这个来自穷乡僻壤的人，一时间大饱了眼福愉悦了心灵。浓郁的文艺春天气息，几乎令人天天都陶醉。

有天中午，躺在办公室拼凑的椅子上午休，蒙蒙眬眬中飘来一阵柔美歌声，"此曲只应天上有，人间那得几回闻"，还是少年时期在天津听过，此后再未听到过这天籁之音，愣怔片刻腾地从椅子上跃起，我向正播放乐曲的录音机走去。只见胡健托着脸在痴迷地欣赏，我还从未见过胡健如此投入，可见这美妙的曲调在她心目中，有着怎样勾魂摄魄的魅力。她见我走过去就问："怎么样？好听吧。"我不敢声张，只是点点头。然后，看了看放在一旁的盒带说明，纸盒上清楚地标明：（台湾）邓丽君，以及歌曲名字《绿岛小夜曲》《甜蜜蜜》《小城故事》《采槟榔》《夜来香》等等。这是我第一次听邓丽君的歌。从此以后更多港台歌星的磁带，陆续出现在内地歌迷的录放机里，接着就是歌星本人登临内地舞台。

就是在这个时候，其他的文艺形式，如同绿草鲜花，渐渐吐露芳菲。其中最吸引人眼球的，就是蒋子龙的小说《乔厂长上任记》、宗福先的话剧《于无声处》，它们不仅轰动了整个文艺界，而且引起普通读者极大关注。由于这两位作者都是工人出身，我所在的《工人日报》社，拿出相当大的版面刊出。此后还发表了张洁、刘心武的小说，这个时期的《工人日报》副刊，成为当时文学艺术界的一景。《工人日报》刊登的许多言论，此时都产生不小的社会影响。

有天随便翻阅新到的报刊，在《文汇报》文学副刊上，突然发现艾青的诗《红旗》，刊发在版面的下角处。我的眼睛为之一亮，我的心更是兴奋，这不是传递一个信号吗：在政治运动中挨整的作家，很可能在不久将来复出。于是我建议《工人日报》文艺部主任李纪芳，趁此时机早点跟这些作家约稿。纪芳跟总编辑方群等人研究后，约稿的事情就落在了我头上。那时艾青一家刚从新疆回来，在北京还没有固定的住所，加之官方不便公布艾青住处，一般的报刊编辑或中外记者，都很难找到这位著名大诗人。恰好这时老诗人蔡其矫，知道我回到北京工作，就来《工人日报》找我，我跟蔡老相识于 20 世纪 50 年代，他是艾青最好的朋友之一，自然知道艾青的北京临时住处。我就请蔡老引荐。

我年轻时候喜欢诗歌，艾青是我喜爱的诗人，两次听过他谈论诗歌，可是从无机会近距离交谈。蔡其矫把我介绍给艾青。艾老听说我被划过"右派"，曾经在北大荒 850 农场劳改，立刻兴奋起来，笑笑说："那咱们既是'五七'难友，又是北大荒荒友啊。"彼此之间的距离自然也就拉近。当我跟艾老说到他发在《文汇报》的诗歌，艾青沉吟片刻，直率地说："过去发表我的诗，位置不是头条，就是像张桌子，放在版面的中央。现在挤到边上去啰。"我完全能够理解他此时的心迹，就趁机说："艾老，我这次让蔡老带我来，一是看望您，二是向您约稿，有一点您尽管放心，发表的版面位置，我们绝对不会委屈您。"艾青只是笑笑不言语。那次我从艾青那里，一下子拿来两首诗，一首题为《高山的风》，一首题为《镜子》，回到报社安排版面时，经我与部主任商量，摆在版面的右上角，而且加花边排楷体字。报纸出来送给艾青，从读报时的神态看，他对我们的版面处理，还是比较满意的。随后从艾青那里，我又拿来多首诗，陆续在《工人日报》发表。

由于在艾青面前没有失信，还有同是"天涯沦落人"，从此艾青对我也就比较信任，像《光明日报》《体育报》副刊，那时发表的艾青诗歌，第一次都是我帮助约来。我带着这些朋友去，说明来意，艾青总是爽快拉开抽屉，拿出多首新作让我选。这些朋友羡慕地说："艾老真给你面子。"其实我哪有那么大面子，无非说明受过磨难的艾青，更体恤同难者的难处。此后我又为《工人日报》，跟秦兆阳、公刘、邵燕祥、刘宾雁、白桦、刘绍棠等人约稿。就在这个时候，一本名为《重放的鲜花》的书，由解放军文艺出版社出版，书中收入刘宾雁的《在桥梁工地上》、李国文的《改选》、邓友梅的《在悬崖上》、王蒙的《组织部新来的青年人》、刘绍棠的《西苑草》、流沙河的《草木篇》、宗璞的《红豆》等作品，这些在1957年"反右"运动中，曾经当做毒草批判的作品，作者刘宾雁、李国文、邓友梅、王蒙、刘绍棠、流沙河等人还因此获罪，现在居然当做鲜花重新开放，这无疑是个文艺"拨乱反正"的信号。果然，"反右"冤案"改正"了，"胡风"错案平反了，就连萧军这样的老作家，都被戏称"出土文物"进入大众视野。中国文艺真的进入一个新的春天。

当然，比这更令我兴奋的是，相隔半年之久，具有里程碑意义的四届文代会召开，我以记者身份参加大会采访。那些我敬重的文学泰斗，那些我钦佩的艺术大师，经过长期磨难和漫长等待，此刻相聚北京西苑宾馆。亲见他们相逢时的情景，做为一个晚辈文化人，为他们失去的宝贵时光惋惜，更为他们脸上有了微笑欣慰。尽管开心的日子来得迟了，但是毕竟还是真的来了，怎么能不让人们高兴呢。有的人合影留念，有的人把盏言欢，多年的思想隔膜，在一时的欢乐中，仿佛都不复存在，共同迎来的美好春天，让人们的心胸变得豁达。

我的所谓"右派"问题"改正"后，经老作家秦兆阳的推荐，我正式调到《新观察》杂志社。这家杂志社隶属中国作家协会。我在这家杂志社负责杂文版面，这样就使我有机会接触一大批国内极富影响力的杂文大家，以及艺术造诣深厚的大漫画家，他们敏锐的文思和犀利的笔锋，无一不给我留下非常深刻印象。由于作品内容切中时弊，难免招来一些人不满，做为编者少不了检查，我却反而觉得无比欣喜，因为说明作品起到了社会作用。不过此事也说明，时代到底进步了，检查而不再治罪，这在过去根本不可能。正是由于有这样的进步，后来才会有一大批优秀作品，不时出现在国家级报刊上。仅以我熟悉的作家、诗人为例，如老作家、老诗人艾青、秦兆阳、孙犁、袁鹰、林斤澜、邵燕祥、公刘、蔡其矫、牛汉、蓝翎、王蒙、张志民、李瑛、姜德明、鲁藜、白桦、孙静轩、周良沛、艾煊、海笑、梁南、晓雪、林希等，都时不时会有新作问世；如中年诗人雷抒雁的《小草在歌唱》和北岛、舒婷、徐刚的诗歌；如张洁的《从森林里来的孩子》、谌容的《人到中年》、王蒙的《最宝贵的》《悠悠寸草心》《春之声》、李国文的《月蚀》、汪曾祺的《受戒》《大淖记事》、陆文夫的《献身》《围墙》《美食家》、从维熙的《大墙下的红玉兰》、邓友梅的《那五》《烟壶》、张贤亮的《灵与肉》《绿化树》、刘绍棠的《蒲柳人家》、刘心武的《班主任》、冯骥才的《雕花烟斗》、张抗抗的《分界线》《爱的权利》、陈建功的《丹凤眼》《飘逝的花头巾》、陈世旭的《小镇上的将军》等小说；如叶楠的电影剧本《巴山夜雨》《甲午风云》，如剧作家苏叔阳的话剧《丹心谱》等，无不最早出现在这个文艺新时期，如同报春的花树让人心情畅快。每次出席中国作协优秀作品颁奖会，在为作家们的成就高兴的同时，更为他们赶上较为宽松时代感到庆幸。刘宾雁、公刘、邵燕祥、蓝翎、白桦、孙静轩、舒展、梁南、林希等，这些我熟悉的作家和朋友，这时也都有大量各种体裁作品问世，每逢读后都会不由得感叹，过去那些所谓政治运动，毁了多少年轻有为的人哪。这些朋友和作家，当年那么有才华，一场"反右派"运动，他们二十二年美好年华，被白白毁弃掉了，幸亏年龄还都不算大，复出后才有可能重新操笔写作。

如果把"文革"十年，比喻为寒风凛冽的冬天，这十年的文艺园林，可以说是百花凋谢杂草丛生。改革开放的风吹来，文艺上的大繁荣，促进了报刊的发展，老的报刊恢复了，新的报刊创办了，文艺作品有了更多载体。我国跨越两个时代的杂志，只有当时我供职的《新观察》，沉寂多年之后一复刊，就在社会影响和发行量上，名列全国期刊的前几名。《广东妇女》要更名《家庭》，天津要办《八小时以外》杂志，都通过朋友介绍来找我，想听听我们办杂志的经验，我就成了这两家杂志最初见证者。我还跟几位朋友一起，为中国残疾人基金会，创办了名为《三月风》杂志，我帮助这个刊物起名时，寓意就是改革开放春风。这是我国第一本残疾人刊物，这也是我做得最有意义的事情。其后，《中国作家》的创办，作家出版社的恢复，《散文世界》的运作，中外文化出版公司的重起，《小说选刊》的复刊，《长篇小说选刊》的创刊，我同样付出了精力和心血。然而，让我更为高兴的是，做为一个受过磨难的老编辑，能够在有生之年获得机会，认真地干点自己喜欢的事情，即使有什么辛苦、艰难和打击，都会化为甜蜜和幸福留于心中。

当然，跟其他历史时期一样，在这个社会大变革中，同样会有些不协调音。比如，这个时期流行穿喇叭裤，思想前卫的青年人，非常喜欢购买穿着。在思想守旧的领导人眼里，就被视为奇装异服，听说有的单位就禁穿。最后还是未能挡住时代潮流，只是使我国服装业的发展，落后于先进国家许多年。记得当时有幅漫画《全家福》，画一家老小几世同堂，穿着黑蓝两色中山装，严肃正经地端坐合影。就是嘲讽这种千篇一律的服装文化。这些近于荒诞的事情，如果跟今天年轻人讲，他们以为是天方夜谭，然而，确是三十年前现实生活。现在回过头去来看，改革开放清新的风，吹开的首先是观念铁门，而后才是催生优秀作品。说这个时期是文艺新时期正是新在观念上。

此时，文艺界偶尔也会刮起风雨，尽管说不叫什么政治运动，但是对于人们正常情绪的影响，在一定程度上跟过去几乎无异，只是不再十分担心政治命运。我至今还清楚地记得，刘宾雁获准出国访问时，到机场为他送行的朋友，几乎没有一个文艺界的人。跟文艺界多少沾点边儿的人，只有我和新华通讯社老记者戴煌，还有时任秦皇岛市副市长王宏烈，因为王宏烈跟许多作家都是朋友，特意从秦皇岛赶来为刘宾雁送行。可见那时政治天气，依然让人琢磨不透。每遇这样的风雨天，文学佳作相对不多。这算是春季里的风沙天吧。

总之，充满激情和忧患的文艺春天，让我们这拨儿人完整地走过，留下的记忆自然也就极为深刻。详尽地记述这段历史，那是历史学家的事情，我做为一个普通目击者，只想在这里记上一笔说明，这三十年酸甜苦辣滋味，总算都一个不落地尝过，从丰富自己人生来说，这又何尝不是好事一桩?!

2008 年 2 月 16 日

简易楼里的中国作家协会

北京沙滩北街 2 号大院，历史上曾经是北京大学的老校舍，光荣的"五四"运动就在这里爆发，院中空地未盖临时房子之前，就是著名的"五四广场"。现在这个大院划归《求是》杂志社。在东土城路 25 号楼未建成之前，总有十多年的光景，中国作家协会机关都在此，不过只是占据广场的空地，盖了一栋简易楼用来办公。隶属中国作家协会的《小说选刊》杂志社，随着作家协会的迁出也于 2003 年最后搬走，做为《小说选刊》一名工作人员，我不得不无奈地跟这座大院说声"再见"。

从 1980 年 10 月到中国作家协会报到，至 2003 年 10 月《小说选刊》杂志社迁出，总有整整二十二个寒来暑往的日子，我出入这个闪着"五四"灵光的大院。有一段时间，我供职的中外文化出版公司（出版社）办公室，跟原北京大学红楼只有一墙之隔，几乎是整天跟她对视相望。得空时想想那些当时的北大文化名人，一位位就会走进我的记忆中，能够有机会与这些学界泰斗为邻，在我也算是一种难得的幸福。那时只要从衣袋掏出"工作证"，就可以理直气壮地走进大院，因为这里有我工作的单位，再怎么说也算是大院的主人。可是现在就要彻底地离开了，即使今后有机会再来这里，总得到传达室进行登记，以大院客人的身份来访。想到这些情感上总是有点依依眷恋。

人大概都是这样，在一个地方住久了，总会产生感情的。倘若这个地方跟你的命运相维系，这种感情自然就更会难舍难弃，稍微动一动都会觉得撕心裂胆，生命顿时就会感到无着无落了。沙滩北街 2 号院对于我，就是如此。我坎坷苦难的前半生，是在动荡情况下度过的，直到进入沙滩北街 2 号这座大院后，我的命运才有了某种归宿感。其实我在这座大院里，不，应该说是我所在单位，根本未住过正经房屋，只是借用这座大院地皮，盖起一栋简易楼房办公，充其量算做这座大院的"房客"。因此，与其说深情眷恋这座大院，反不如说怀念那栋简易楼，怀念简易楼里那种融洽、和谐、平易气息，似乎更符合我的真实情感。这座简易楼是文学界的寒暑表，也是我后半生沉浮的显示器，想起来，很有点儿小楼风雨我知情的味道。

20世纪80年代初期的中国，几乎各种事业都是百废待兴，在"文革"中被践踏荒芜的文学园地，更是得从"整地""播种"开始劳作，方有可能渐渐恢复那往日生机。刚刚组建的中国作家协会，上无片瓦下无寸土，就在沙滩北街2号院里，在当年"五四广场"的空地上，用铁皮木架搭建一栋楼型房，当做作协机关的办公处。所以别看这栋简易楼不起眼，新时期文学界发生的不少事，都跟这座简易楼休戚相关。比如筹备第四届全国作家代表大会，比如筹备第一届茅盾文学奖、鲁迅文学奖，比如作家出版社的重组，比如《中国作家》杂志的创办，比如《文艺报》刊物改成报纸，比如批判电影《苦恋》，比如反资产阶级自由化，比如1989年政治风波，都把这座简易楼摇得晃晃悠悠。把这座并不起眼的简易楼，称为新时期文学的发轫之地，我想都不能算是不太恰当。只要谈论这个时期文学，就会自然想起这个地方。

作家队伍重新在这里集结，优秀作品问世在这里推荐，作家的困难在这里解决，中外文学交流在这里进行。它是作家当时心目中自己的家。恢复后的中国作家协会，蓬勃的朝气，强劲的活力，在这座普通的简易楼里，得到了非常充分的体现。而且这座简易楼因为跟茅盾、巴金、艾青、冰心、丁玲、臧克家、光未然等这些国际知名作家的名字联系在一起，却又显出它的不那么平常，尽管这些人并不常来简易楼，有的只是中国作协负责人，有的只是编制在中国作协，自然也应该是简易楼里的人。简易楼因他们而有光彩。

中国作家协会最早的办公地点，20世纪五六十年代，先是在东总布胡同22号院，后来迁入王府井中国文联大楼（现在的中华书局大楼）。这两处一院一楼我都去过，只是那时我还是个文学青年，走进中国作家协会的办公处，在心情上颇有些朝圣的感觉，因为那里有我敬仰的文学前辈们。他们用人品、作品构成的形象，就成了当时我心中的座座圣碑。1957年命运遭遇劫难后离开北京，每每回忆起往日的美好时光，这些都会成为对我心灵的抚慰。我对文学的追求，即使身处逆境时，似乎仍然未泯，只是无论如何不曾想到，在政治身份正常之后，我会调到中国作家协会，成为它的一名工作人员。而且这一待就是20多年，退休后成了最终的栖身处，每月在这里领取养老金。

记得，1980 年的秋天拿到调令，到沙滩北街 2 号院报完到，自己真的是这里的一员了，这才正经地在四处走了走。忽然发现堂堂的中国作家协会，竟然是如此寒酸，只有一栋简易楼，连一间像样的办公室都没有。在此之前作为《工人日报》的文艺记者，1979 年参与第四届全国文代会采访，在防震棚里开过两次会，我以为是办公房间不够用，临时在这里开开会，就没有留意作协的办公条件。如今成了中国作家协会的人了，这才知道，作协压根儿就没有正式办公房。1978 年从流放地内蒙古回到北京以后，我曾在《工人日报》社和中国交通部政策研究室工作过，作家协会的办公房跟这两个单位比，简直有着天壤之别。我的心立刻咯噔一下，心想：我这是得了什么病了，放着大楼不住，非要调到这里来住简易房？后来又一想，人不就是为梦想活着吗，谁让我的文学梦还未做完呢？

说起来也怪可怜的，别看这是栋简易楼，起初，我也没有福气住。我供职的《新观察》杂志社，当时连个办公地方都没有，寄居的王府井大街 19 号院，《新观察》杂志社那两间拥挤破旧的房子，据说还是主编戈扬找《人民日报》社借的。相比之下，中国作家协会办公条件再怎么简陋，总还算是属于自己的地方。起初想进这座简易楼都无资格。尽管如今在这简易楼里办公的人，跟 20 世纪 50 年代中国作协领导者比，文学成就没有那么显赫，但是有的人名声依然还是蛮大的，做为中国作协所属刊物的一名编辑，我只是在开会时偶尔见到他们，却没有机会近距离地跟他们接触。对于这座简易楼我依然很陌生。直到后来调入作家出版社，办公地点也在这座简易楼里，跟当时作协的领导人天天相见，这时我才对他们有所了解。

此时老一代负责人大都已经退休，在作家协会做日常领导工作的人，除了个别的几位如张光年、冯牧、葛洛、马烽等，是 20 世纪二三十年代的作家、评论家、编辑家，其余大都属于四五十年代这一茬儿。这些人有的也是作家、评论家、编辑家，即使名气再不怎么大，总还是出身文学圈子，对于文坛情况还算了解，作家们接触时很少有距离感。首先是在称呼上就很随意，跟他们是同代的人大都直呼其名，比他们年龄小的人都称呼老什么，就是对于像张光年、冯牧、葛洛、马烽这些"老延安"，大家也都是名字后边加个同志，可见那时的简易楼里的气氛多么亲切。记得我进入简易楼之后，有次在过道上碰到唐达成，我叫了一声"唐达成同志"，他立刻很正经地说："别这样叫，就叫我老唐或达成，咱们是同代人。"其实我这样称呼达成，除了出于对达成的尊敬和客气，还因为他的夫人马中行女士，跟我中学时的音乐老师梁琛女士，在北京电影学院是要好的同窗，梁老师跟我多次说起他们夫妇，我不好乱了人家的礼数，就找了个中性的称呼叫达成。既然达成这么客气，后来我只好改口，再见面直呼"达成"。

在简易楼里最大的好处，就是这无奈的办公开放性，使人与人之间的关系贴得很近。谁有什么事情需要找某位领导，趴窗一望，如果人在，敲敲门就进去了，一般都会热情地接待，即使无什么正经事情想聊聊天儿，只要他没有急事要办，照样会给你倒茶递烟，海阔天空地一起闲聊。如果某位领导有事情想找谁，常常也是走出门来一喊名字，那个人也就应声走过去了。有的领导办公累了，走出来在院子伸伸腰，吸烟时忽然想起来，某某也是个烟民，就喊那个人出来，一起说话、吸烟，根本没有上下级感觉。以正规机关工作的标准要求，这样的作风未免有点"游击"习气，可是它却有着一定的亲和力。何况作家协会又不是政府机关，办理正事之外这样做也不错，尤其是有的作家专程来访，你能像政府部门领导那样，让人家通过秘书报完家门，然后再决定是见还是不见吗？所以尽管这是出于无奈，却让中国作家协会机关，无形之中产生了平易感。这也算是简易楼的歪打正着吧。

简易楼里房子不多，办公显得非常局促，连头头都是两人一间，一般人员就更拥挤不堪。好在前些年的几位头头，像张光年、冯牧、唐达成、马烽、鲍昌、葛洛、韶华、邓友梅、玛拉沁夫、束沛德等，都不大怎么讲究排场，更不会摆谱儿，像党组书记张光年、唐达成连个专职秘书都未配，两个人一间的小房子，摆两套桌椅凑凑合合办公。有人来了拿过两把折叠椅子，端杯水往办公桌前一凑，谈文学聊趣事扯家常，彼此间是那么平等融洽，是真正意义上的文友关系。有时因公事去找韶华、鲍昌或唐达成、冯牧、马烽，看见屋里有客人在，就立刻抽身想走，只要他们看见就会叫住，让我坐会儿一起说说话。这时如果不谈工作，他们的领导身份，常常会被我忽略，就如同这来客一样，参加无拘束的交谈。就是谈工作也很平易亲和，很少听到拿捏的官腔官调，那种气氛跟这栋简易楼，我觉得非常地相衬相配。

当然，简易楼里的重要人物，并非都是那么可爱。有的不熟悉情况的人，说到有的人的大名如雷灌耳，职务一大串，头衔一大堆，开会时在主席台上危襟正坐，人五人六的还蛮像那么回事。他的那些名堂是怎么来的，他的人品人格到底怎么样，他写的那些作品有多大价值，了解情况的人可说是一清二楚。何况有的简易楼中的要人，既不是当编辑出身，又不是靠写作名世，只是政治机遇把他推上官位，却俨然以什么"家"自居，竟然还一点都脸不红心不跳，无非是招摇撞骗而已。倘若人品好也还罢了，总还能受到人们尊敬，个别人的人品也不怎样，完全是靠"另路"起家，或靠溜须拍马发迹，在作家中毫无威信。

文学界历来是不大平静的，阴阴晴晴风风雨雨的天气，在过去年月时有出现。这简易楼就如同小小的巢穴，给作家们遮挡些小的风雨，所以那时作家们都愿意来。这几间简易、局促的房子里，装载过许多文坛大事，它的每块木板铁皮上，都有着深深的时代烙印。至于个别人的表演，就更令许多人作呕，他自己却洋洋自得，为捞到一官半职在背地里偷着乐。幸亏这简易楼不会说话，不然它一定会以鄙夷的口吻，揭示它看到的一些人的丑态。大凡在这简易楼里住过的人，只要想起这栋简易楼，就会自然而然地联想到，简易楼里个别要人当年的面目。

1997年中国作家协会机关搬走之后，只有《小说选刊》和《中国作家》这两家杂志社都留在这个大院里，我们一时成了没有"娘"的孩子。这时《小说选刊》使用作协跟中国文联合建的几间房，为此跟中国文联的人闹得很不愉快。为了几间办公用房伤了个人的和气，事后想想实在有点得不偿失。真的就像俗话说的那样，金窝银窝不如自家的草窝，倘若那栋简易楼还在，即使住着不怎么舒服方便，至少不会有种"寄人篱下"的落寞感。别看这栋简易楼不怎么样，可是在当时，能有这么个地方挡雨遮风，就算是天大的享受和福气了。老祖宗说的"安居乐业"非常对，绝对比后来有人说的"先治坡后置窝"，更高明更智慧更富有浓厚的人情味儿。

简易楼的主人搬走了，它的生命也就终结。拆除简易楼那几天，眼看着一间一间地倒塌，那些支撑楼体的铁皮木板，成了七零八落的废物狼藉地上，我的好心境也随之撕成了碎片，再也拼凑不起一个圆满的记忆。拆毁的看似只是一栋简易楼，如同扫掉的一捧微尘土屑，并没有什么了不起，其实是一个令人难忘的文学时段，倾刻之间就在刀斧下悄然消失。从此，这栋见证新时期文学事业的房舍，完全从大地和人们的视野中抹掉，留下来的也许只是文学史上的符号。

这栋简易小楼拆除之后，《求是》杂志建起院中花园，有花有草，有山有水，让不相关的人欣赏时悦目愉情，然而对于我们这些在简易楼住过的人，不，大概还有那些在北大红楼里住过的人，以及当年跟"五四广场"有过关系的人，我相信在感情上就绝对不会这样简单了。无论什么时候走过这座大院，隔门向里望一望，都会产生别样的一种情绪，只是不会完全像院中景色那样迷人。

北京沙滩北街2号院的简易楼，从建成到拆除，都是无声无息，就如同一个经历坎坷的普通人，生命的喜怒哀乐只有自己知道。最多给像我这样熟悉它的人，留下一丝半缕的惆怅和感叹，还有那无尽的悠悠记忆。唉，简易楼啊，沙滩北街2号院的简易楼，我应该说你些什么好呢？说什么好像都是多余的，那就让我永远铭记住你吧，我们的简易楼。

2006年4月12日

《春天对我如此厚爱》发表后

20世纪七八十年代，很有一阵子，在北京时兴看内部电影。中国作家协会组织会员活动，最受欢迎的就是看这类电影。那时北京还没有出租汽车，到了看电影的这一天，男的女的老的少的会员，或乘公交车或骑自行车，从四面八方赶到电影院，那种热闹宽松的气氛，如同当时人们的思想，显出前所未有的活跃。经历过的人，今天说起来，依然津津乐道。

其实，除了来看电影，人们还另有目的，就是顺便会会文友。经历过"反胡风""反右派""文化大革命"等政治运动，这些九死一生的文化人，能够好歹地活下来，而且赶上还算开明的年月，谁不想向朋友倾诉些心声呢？难怪有些年高体弱的作家，就是叫儿孙们"保驾"也要来，用他们自己的话说："主要是想来见见朋友，过去那么多年，谁也不敢跟谁来往，这会儿可以说说心里话了，年龄却又不饶人，见一面少一面啦。"说得凄凉点，却也是实情。

中国作协组织看电影，那时主要在两个地方，一个是圆恩寺后街团中央礼堂，一个是北京人民艺术剧院剧场，因为这两个地方距中国作家协会所在地沙滩比较近。有时小范围的观看就在小西天，中国电影发行总公司的放映厅。在我的记忆中，好像只有一次，是在西四的人民剧场，观看白桦的《太阳与人》。为什么改换地方，详细情况不知道。听别人说主要是这里座位多，可以容纳更多的会员观看。许多不常见的作家，那天都曾不期而遇。

电影《太阳与人》根据白桦剧本《苦恋》改编。白桦的电影剧本《苦恋》，发表在1979年《十月》杂志第3期上，据此摄制的电影改名为《太阳和人》，导演是长春电影制片厂的彭宁。剧本内容是写画家凌晨光一生的遭遇。凌晨光少年时在旧中国，家境贫寒，却有才华，得到不少人的器重。青年时期被国民党抓壮丁，后被船家女绿娘搭救，从此二人生情相爱。凌晨光一直反对国民党政府，为躲避特务追捕只好逃到国外。在美洲的某个国家，他成为著名的画家，绿娘也来到美洲，有情人终成眷属。新中国成立后凌晨光夫妇返回祖国。在轮船驶入祖国领海，当看到五星红旗时，他们的女儿降生了，并取名为"星星"。回到祖国享受过一段短暂快乐时光，就赶上十年"文革"浩劫来临，跟大多数中国知识分子一样，凌晨光一家的命运堕入谷底。全家人被赶到没有窗户的昏暗斗室。在凌晨光生日那天，他被打得遍体鳞伤。女儿星星觉得在这个国家已经不能容身了，决定和男朋友一起到国外去。凌晨光表示反对，女儿反问父亲："您爱这个国家，苦苦地恋着这个国家……可这个国家爱您吗？"面对女儿的质问，凌晨光无法回答。此后，凌晨光被迫逃亡，靠吃生鱼、老鼠粮生活，成了的荒原上的野人。剧终时雪停天晴，凌晨光的生命之火，这时也已经燃烧将尽，他用最后一点力量，在雪地里爬呀、爬呀……最后爬出一个硕大无比的"？"。

　　从剧本发表的 1979 年 9 月到 1981 年 1 月，围绕这部电影的争论持续了两年，并在文坛上激起了一场轩然大波。因为在观看这部电影之前，文艺界内部已经传说，要组织对它进行批判，那天来看这部电影的人，在我的印象中格外多。大概是思想先入为主吧，所以从剧场里走出来，就听到有的人在议论，有的说影片如何如何反动，有的说其实只是说了真话，更多的人则是保持沉默，是也好非也罢都不表态。这时的政治大气候应该说还不错，文艺界多年受压制的人出来了，上边还明确表示不再搞政治运动，按理说人们对这部电影说说看法，绝对不应该再成什么政治问题，只是有的人多少仍然心有余悸，生怕万一弄不好又被整一顿，总不如看个热闹平安度日，干脆来个徐庶进曹营—— 一言不发。我当时就是属于这样的人。

　　未过多久，批判《苦恋》的文章开始见报，只是还没有形成大的阵势，只能算是透出一点批判的信息，一般的人也不会关心和关注。直到二唐（唐因、唐达成两位评论家）文章《论"苦恋"的错误倾向》发表，这才引起社会上的广泛注意，尤其引起文艺界种种猜测。普遍感到担心的就是，是不是又要搞政治运动。尽管这只是人们的推想，并没有什么确凿的根据，但是人们从多年的经验中，都还清楚地记得，1949 年以来的历次政治运动，无不是从批判作品开始的。如批判电影《武训传》，批判俞平伯《红楼梦》研究，批判"胡风信件"，批判费孝通文章《早春天气》，批判邓拓、吴晗、廖沫沙《"三家村"札记》，批判吴晗《海瑞罢官》等等，跟随而来的都是一场整人运动。这次人们必然也要担心。何况有的过去靠政治运动起家的人，此时好像闻到了点什么气味儿，在言语中开始流露出杀气，如那天看完电影从剧场出来，恰好跟文化部政策研究室主任、杂文家焦勇夫一起走，同行的还有老焦的另外两个熟人，其中一位说到《太阳与人》电影，不是谈作品本身的得失怎样，而是破口大骂白桦如何如何。我听了觉得十分不对劲儿。因为，此时中央有关领导一再表示，对事情的处理要实事求是，批评倾向不好的作品，目的不是要整作家，而是要健康地推动文艺创作。他的言语恰恰有悖上边的意图。

可能是类似情况社会上颇有人在，有关部门不想造成搞运动的影响，就开始在宣传媒介上加以引导。其中最为直接的就是《北京晚报》，刊登了一则加花边的小消息，由白桦所在单位党支部谈白桦现状。当时我在《新观察》杂志社任时事政治组组长，凭着多年从事报刊编辑的敏感，我觉得这样的报道并不太有力，有心的读者一看就是"官方言论"，如果让白桦自己站出来说话，似乎更令读者相信和有力量。恰好这时主编戈扬在外地出差，杂志社由副主编杨犁主持工作，我就给杨犁和编辑部主任张凤珠建议，约白桦自己写一篇文章谈他的近况，在近期出版的《新观察》杂志发表。这二位觉得我的建议可行，就让我负责找白桦约稿。

我跟白桦相识始于《工人日报》时期。可是我不知道他现在何处。因为白桦有书稿在中国青年出版社，他的责编李硕儒是我多年好友，从硕儒那里知道白桦正在长春电影制片厂，我就给白桦打长途电话说明情况，白桦当即答应写一篇文章给《新观察》。我把白桦答应写文章的事情，跟杨犁、张凤珠二位汇报后，他们都很高兴，并立即叫来美术摄影组组长潘德润，让他跟我一起在北京采访白桦，给白桦拍一张近照放在封面上。事情决定后我再次给白桦打电话，约他到北京后在东单公园跟我见面，在那里先给他拍一张封面用照片。

白桦从长春到北京那天，如约来到东单街心公园，我和白桦并坐长椅聊天时，老潘给他抓拍了一张生活照。随后我又陪他去了《十月》杂志社，以及北京人民艺术剧院于是之家，他跟他们商谈剧本《吴王金戈越王剑》的出版和演出。我便趁此机会跟他具体商谈所约文章。

白桦从北京回到武汉他所在部队以后，很快寄来文章《春天对我如此厚爱》，经过我和凤珠、杨犁认真三审，刊于1981年第14期《新观察》杂志上，只是没有在封面上刊登他的照片，领导主要考虑声势太大容易招事。在《春天对我如此厚爱》这篇文章中，讲述完自己近年生活和创作情况后，白桦说："我经常收到读者来信，但都没有这一时期这样多，每天傍晚，通讯员小王就笑嘻嘻地给我送来一大堆，我仔细地读着那些陌生人们的函电，想象着他们的职业、性格和形象，并择其要者复信。常常感动得痛哭失声，不知晨往而昏至……""六月中旬接摄制组通知，前往长春电影制片厂看修改后的样片。当我离开武汉上火车的时候才感到武汉连续的晴天还没使气温上升到30度，真怪！武汉的春天竟破天荒延续这样长！是我在追踪春天呢？还是春天对我特别钟爱呢？"白桦在文章最后说："……我情不自禁地暗暗得意，今年我却能和春天如此长久地相聚，虽然也有风雨，但它是春天的风，春天的雨……到处都是一片新绿，'天涯何处无芳草'，柔弱而众多的小草啊！你们才是春天的象征……"

白桦这篇文章发表后，在读者中产生一定影响。

有不少读者来信打电话，让《新观察》编辑部向白桦转达他们的关心、问候和担心，更多人都能给予正面理解。不过也给《新观察》杂志社，招来了不大不小的麻烦，后果完全与我的组稿意图相左。这是我们万万没有想到的。

一天傍晚，我正在家中洗菜准备做饭，突然听到有人敲我家的门。打开门一看是主编戈扬，我马上意识到有什么急事，不然，老太太（《新观察》杂志同仁对戈扬的通称）不会亲自登门，再说明天我就要去北戴河休假，没有急事她何必这样急忙找我呢？我马上请她坐下，并给她端上一杯水，希望她能静下心来说事。

稍停了一会儿，老太太告诉我说，在一个刚刚结束的会议上，胡乔木给冯牧和她写了张便条，批评《新观察》发表白桦的文章。老太太让我看过后，问我这件事怎么处理好。我很坦率地跟老太太说："您和我连1957年的事情都经历过了，现在我们还怕什么呢？您不在家的时候，经我提议组织了这篇文章，当时是想廓清社会上的传言，绝对没有任何的恶意。我不知道错在哪里？您问我的意见，我认为可以这样办，一是请乔木找人写文章阐述他的意见，二是咱们派人采访他让他说看法。"

老太太觉得这两个办法都不妥。我说："那就不好办了，我明天要跟许法新（《新观察》文艺组老编辑）去北戴河，那就等我们回来再说吧。"老太太见事情已经如此，就再也没有说什么，显然，由于我的提议给杂志社招来了麻烦，这是事先谁也不曾预料的。不过我心里并不是十分害怕，一来是大的政治环境不似二十年前，二来是我自己有了应付情况的经验，三是我的初衷绝对没有恶意，只要自己不乱了方寸就好办。唯一感到有些愧疚的是，觉得对不起杨犁、凤珠，在老太太出差之际给他们建议，结果他们二位要代我受过。

我和许法新在北戴河住东山宾馆，同住这里的还有老作家陈登科。陈登科一见我们就急着问我："怎么，是不是又惹祸了？"我说："你怎么知道的？"陈登科说："白桦昨天才从北戴河走，你们住的这个房间，就是他住过的。是他告诉我的。"那时没有网络，更没有手机，就连电话都不普及，所有的消息，除了听广播，就是口口相传。可是带有政治性质的消息，传播起来却非常迅速，因为那时人们非常关心政治，从传播的消息中判断局势，考虑自己的政治命运，好像是那时候人们的普遍心理。陈登科跟白桦是好朋友，思想倾向又比较一致，我就问他怎么看待这件事。陈登科说："不要管它，既然来北戴河了，你就好好休息，咱们一起喝酒吃螃蟹看海潮。"

　　这时中国作家协会正组织作家休养，大批作家住在北戴河中海滩。我和许法新迟来了几天，就跟陈登科住在较远的东山，考虑不再招惹出是非，整个休养期都未敢去中海滩，每天除了跟陈登科聊天，就是跟陈登科女婿观海，一时间还真的把事情忘记了。但是暂时的忘记不等于不存在，我跟许法新回来到杂志社上班，就听有的同事告诉我，老太太如何跟上边周旋，杨犁、凤珠如何承担责任，我听后心里很不是滋味儿。明明是我惹的"祸"，却让这三位受过。当天下午就去老作家秦兆阳家，想去他那里散散心，同时想听听他对此事看法。

　　秦兆阳是我敬重的文学前辈，他的为人和处事态度的豁达，这是许多熟悉他的人都知道的。走进他那间书房兼卧室的北房，我刚一落座他就先开了口："听说，白桦的一篇文章是你处理的，上边好像有些不同的看法，这到底是怎么回事啊？"我就把事情的来龙去脉，以及《新观察》领导的态度，原原本本地跟他讲了讲。听了以后，他若有所思，然后对我说："咱们都应该接受过去的教训，事情是怎么样就是怎么样，你组织这篇文章的意图是好的，就要坚持，无论多大的人物怎样说都不要怕，更不要去应合，应合的结果，对自己对解决问题都没好处。就如同人家说你脸上黑，连镜子都不照照看，就去用手抹，弄不好反而成了'三花脸'。"秦兆阳老师说的这番话，是一位长者的经验之谈，更是一位老作家的肺腑之言。所以，在处理此事的整个过程中，除了觉得对不住三位领导，我的心态都非常平和、坦然。

　　那么，此事的另一位当事人白桦如何呢？我想了解一下他的情况，就给他所在的武汉部队打电话。刚一接通部队的电话总机，接线员就对我盘问不止。我一琢磨不太对劲儿，就是真的接通白桦电话，他也不可能说什么话，索性就挂断了电话。后来，我把情况告诉了吴祖光，请祖光给白桦打个电话。祖光跟白桦通过电话以后，白桦的近况由祖光转告给我。知道白桦平安无事，我也就完全放心啦。

在我的记忆中就是从那时开始，类似的事情很少追究当事人，然而单位领导却仍然难逃干系。1981 年第 17 期的《新观察》杂志，刊登了一篇署名冯明的读者来信《也谈春天的"厚爱"》，对《春天对我如此厚爱》的文章，进行温和的软性的批判。文章说："《春天对我如此厚爱》一文，虽然没有直截了当提到《苦恋》受批评的事，但是勿庸讳言，这篇文章正是从这件事引发出来的。……我们无从推测这些（给白桦）函电的内容，不知道它们对《苦恋》是褒是贬。只是从周围人们的议论中听出，对《苦恋》确有赞扬支持的，但持批评态度者也委实不在少数，有些意见还很尖锐，很严厉。我个人觉得，人们的批评意见是有道理，值得白桦同志重视。"这封读者来信还说："《春天对我如此厚爱》里提及的近千封函电，如果褒贬扬抑兼而有之，而白桦同志也不以臧否定取舍，坚持真理，修正错误，择其善者而从之，那自然是一个严肃的作家对党、对人民、对社会主义文艺事业高度负责的表现，值得称道。如果是一片褒扬赞美之辞，白桦同志却不加分析地统统视为春天的厚爱，那就不能不说是陷进了盲目性。"事后中国作家协会有人告诉我才知道，这封读者来信是时任作协秘书长杨子敏（？），化名冯明写的，"冯明"就是"奉命"的谐音。不过从这件事的处理上可以看出，此时的中国作家协会领导层，在政治上已经相当成熟、稳重，他们既要应付上峰指责批评，更要保护作家的创作积极性。真也难为他们啦。当然，更有着此时还算宽松的政治环境因素，不然起码也得让我这个当事编辑，至少像过去那样写份书面检查。

此事的真正转机是在一次国际笔会之后。当时中苏两党论战正酣，巴金率领中国作家代表团，去法国参加国际作家笔会，会上苏联代表借白桦之事，攻击中国没有言论自由。据说机敏的巴老在发言时，说，怎么没有言论自由？我们一本发行百万份的杂志《新观察》，就发表了白桦的文章《春天对我如此厚爱》，这不就是让白桦说话吗？情况是否属实我不清楚，更不便跟别的与会者核实，但是我相信不会有大误。此事后来再无人追究，就是个最好的证明。由此我想到，为什么一旦出现问题时，成熟的领导人往往不急于处理，而是沉着地静观事态发展，原来有的时候时间可以帮忙。

2006 年 8 月 18 日

出刊即停刊的一本杂志

说出来怪不好意思，我主持出版的一本时尚杂志，险些被北京当局查封。现在只要看到时尚类杂志，脑海里就会浮现出这件事，为自己的莽撞感到脸红。尽管事情已经过去二十年了，就连当年的同事和"同谋"者，大概也很少有人再记得，但是对于我却总是摆脱不掉。

"文革"中被拆散的中国作家协会，20 世纪 80 年代前期刚刚恢复，因为没有自己的办公地点，就在沙滩北街 2 号文化部大院（现在的《求是》杂志社）空地，盖起一栋钢木结构简易筒子楼，做为中国作家协会办公场所。那时文学界许多庄严大事，都是从这里开始干起的，这其中就有作家出版社的重建。1980 年我由流放地内蒙古正式调回，从在《新观察》杂志社当编辑，开始出入中国作家协会驻地，五年后调到作家出版社当编辑，正好赶上筹办《中国作家》杂志。发完创刊号杂文和诗歌稿件，《中国作家》脱离作家出版社，社、刊在建制上正式分家，成为同级别的两个兄弟单位，分配人员时我被分到作家出版社。当时，在作家出版社正式挂职的领导：社长张僖，总编辑江晓天，副总编辑龙世辉、张凤珠。因为在社、刊未分家前，张凤珠就负责杂志筹备，社、刊分家她理所当然要到杂志，于是独立出来的《中国作家》杂志，由冯牧任主编，张凤珠任副主编。龙世辉随张僖、江晓天到作家出版社，仍然任副总编辑。

社、刊的头头分完家，下边就是一般人员，同样得平分两家。未调入作家出版社之前，在《新观察》我就是中层干部，趁这次分家又重新任命，让我担任作家出版社编辑部主任。重建后的作家出版社，开始尚未分编辑室，只有一个编辑部，我就成了首任主任，带领三位正式编辑，一位外地借调编辑，负责图书稿件处理、策划。张僖和江晓天两位，说是作家出版社巨头，实际上他们平时很少来，在中国文联和中国作协，他们二位都有重要职务，在出版社只是挂个名而已。出版社刚刚重建人员不多，真正做编辑业务工作的，连总编室在内不过七八人，就由副总编辑龙世辉主持。我做为唯一编辑部的唯一主任，辅佐老龙包揽所有编辑事务。有天跟老龙商量完书稿，老龙出于对部下的关心，他很正经地对我说："你想想办法，看能不能给大家增加点收入，咱们光让大家干活儿，太清苦了也不行啊。"我答应老龙试试看。

正像人们常说的那样，靠山吃山靠水吃水，干出版的人想挣钱，当然离不开书刊。有天参加一个聚会，碰到作家阮波女士，她是《新观察》作者，还是《新观察》主编戈扬战友，此时主持展望出版社。我就跟她闲聊天儿，询问什么书好销。她说："最受欢迎的是时尚类。因为刚刚改革开放，人们不熟悉现代生活，希望享受现代生活方式。"阮波的一番话启发了我，立刻跟她商量办本杂志，刊名就叫《现代生活方式》，由她的出版社给书号，用以书代刊的方式操作。为什么拿她们出版社的书号呢？因为当时出书范围控制非常严格，作家出版社只能出当代文学书，连现代、古典、外国文学书都不准出，出版时尚类书刊更不允许。展望是经济类综合出版社，在我当时的思想概念里，跟她合作不会有什么问题。阮波听后说她们有本《中国商品》杂志，干脆就用它的刊名出版专号，我一听，这个办法最"稳妥"，当然再好不过了，我们二人当即拍板敲定此事。

回来跟老龙汇报后，就带领大家进行具体操作。文字稿件由我手下编辑组织，文中大量插图由三位美编寻找，我亲自上门拜访于光远，请他写了卷首文章《要讲究生活方式》。刊物的栏目有《祝你健康》《家庭餐桌》《这里好玩》《家庭美化》《音乐厅》《茶楼酒家》《穿衣打扮》等等，还有几则男女征婚广告。刊中的彩色插图更是耀眼夺目。在1985年能编出这样的杂志，应该说是不愁销售市场的，倘若能够坚持办个三四期，相信发个小财也完全有可能。为了突出《现代生活方式》刊名，封面设计时淡化了《中国商品》，让人觉得这是一本新杂志，就像现在许多杂志出版增刊，对于原刊名在封面淡化处理一样，只是这种花样儿我们早玩了二十年。说明我们这伙人思想还蛮超前哪。

大家里里外外忙活了几天，很快就做到稿件齐清定，我亲自主持版面设计，以及内文插图配画处理。一切妥当交老龙看了看，然后送到展望出版社。往下的印制事宜，由展望出版社负责。从整体情况看，前期所有程序，进行得颇为顺利。

二十年前国内印刷条件，跟现在比还非常落后，印刷周期也比较长，一本书或一本刊物投厂后，何时完成都很难知道。把《现代生活方式》刊稿，交给展望出版社以后，正好有个等待的空档，就找书商联系帮助销售。前期工作进行得如此顺利，以为这次的美梦就要成真，大家就要点钞票喝高兴酒了。为把这本杂志长期编下去，除了考虑下期稿件安排，还专门指定两位编辑负责。

谁知好事情并非全由人定，还得看老天是否赏脸，再如意的算盘都可能打错。正在我们等待刊物出版时，突然接到北京站货运场电话，让我们赶快去车站认货，说是有几件从成都运来的图书。作家出版社在成都没有图书印点，我猜想八成是《现代生活方式》杂志，展望出版社安排在成都印刷，现在已经印成运来北京啦。我跟一位同事马上赶到车站，完全证实我们的猜测没有错，这批书就是这本时尚杂志。只是跟车站人员一接触傻了眼，接过来的不是正常提货单，而是两张非法出版物罚单。车站方面让立即去有关部门接受处罚。为什么处罚如何处罚，我们连想都想不出来。跑到北京市有关部门才知道，北京市正在打击非法出版物，《现代生活方式》淡化原刊名《中国商品》，而且没有事先向出版局申报，属于"冒名顶替扰乱市场"行为，因此被车站查封交北京市处罚。天哪，就这么点"小事"也违法罚款，我简直难以接受，可是又不能发火，只好乖乖地听凭人家训斥。

想挣钱还未挣就受罚，去哪里找这笔罚款啊。我想，反正刊物内容没有问题，只是未申报和封面处理不当，说出去总还不至于太丢人，干脆找个熟人疏通一下。找谁呢？忽然想起官员作家徐惟诚（余心言），他曾经是我当年的作者，我想总不至于不认我吧！我拿着刊物走进北京市委大楼，把事情的原委一五一十地说清，恳请这位认识的北京市委副书记帮忙。他接过杂志认真地看了看，觉得内容还比较健康，可是又不便当面正式表态，沉吟稍许就说："这样吧，你去宣传部找方玄初副部长，请他看看怎么办好。"这位副部长也是作家，曾以敢峰的笔名写作，虽然平日交往不多，但是彼此还算认识，多少总还能说上话，就直接闯入他办公室。当我把我们的困难，办刊挣钱的想法，如实地跟他说过，他觉得跟书商挣钱乱编书，有本质上的区别，而且是不明政策初犯，尚可"宽恕"。决定让我们写份检查，然后通知车站放行，只是得保证仅此一期，以后绝不能再出版。这件事情才算了结。

《现代生活方式》杂志全部销出后，除了付给展望出版社的费用，余下的钱就由我们分给职工。那时全出版社职工不过十来个人，每人分了也就是七八十元钱，刚够组稿车马费和工夫钱。这还不说，有人拿了钱，还说风凉话，我们既受了累，又得听别人损，这天下真是无公理。所幸的是大家并未灰心，后来有人建议搞电影讲座，经研究觉得这主意不错，就跟《中国作家》编辑部一起合办。租借圆恩寺后街团中央礼堂，在礼堂门口贴广告卖票，请当红作家刘宾雁、白桦等讲文学，然后放一部翻译片内部电影。那会儿文化禁令刚刚松动，"著名作家"、"内部电影"、"翻译片"都是卖点，两三场办下来效果不错，除了红火热闹还挣了点钱，不过分到每个人名下，同样也只是些辛苦钱。这时我才开始懂得，知识分子很难挣到钱，既不敢越轨又不想丢面子，天下哪有那么便宜的事情？刚改革开放那几年，"倒爷"比较活跃，运货跑一两趟，有人就挣几千元，发大财的也不少。这先富起来的一拨儿中，就很少听说有知识分子。

如今的作家出版社，很有点儿财大气粗、名声威震业内味道，不管真实的情况如何，听起来总还令人欣慰。当年老同事有时碰到一起，说到我们编杂志办讲座，为挣小钱闹笑话的事，苦涩之中还有丝丝甜意。因为那时人的思想观念，相比之下还算单纯、朴实，无论干什么都是一门心思。如果只是想着自己合适，占不到便宜的事情不做，开创时期的作家出版社，恐怕很难走出最初的困境，更没有后来的蓬勃发展。当然，这只是个复社时的小小插曲，对于后来者毫无实际意义，但是对于我们这些老同事，如果连这些往事都忘掉了，作家出版社跟我们还有何干？只有想起这些往事才会觉得，那里那时还是值得怀念的。

2006 年 2 月 26 日

作家出版社淘的第一桶金

中国作家第四届代表大会之后，领导机构作了相应调整，基本格局是：唐达成任党组书记，冯牧、王蒙任党组副书记，党组成员是鲍昌、束沛德、谢永旺、从维熙。书记处由唐达成、鲍昌任常务书记，成员是葛洛、韶华、邓友梅、张锲、乌热尔图。所属报刊出版社班子同样有所变动，几位势头正劲的中年作家、诗人、评论家，陆续走上各个编辑业务岗位：党组成员谢永旺兼任《文艺报》主编，党组成员从维熙兼任作家出版社总编辑，李国文任《小说选刊》主编，张志民任《诗刊》主编，玛拉沁夫任《民族文学》主编，刘心武任《人民文学》主编。

由于王蒙、张志民、从维熙、邓友梅、刘心武等，从北京市作协调来中国作协任职，于是在文学界私下里就有人戏说，中国作家协会是"北京市作家协会中国分会"；由于这个时期调来的作家王蒙、李国文、从维熙、邓友梅、刘心武都是小说家，还有作家在私下里开玩笑地说，中国作家协会是"小说家协会中国分会"。又由于中国作家协会领导中丁玲（副主席）、艾青（副主席）、唐达成（党组书记）、王蒙（党组副书记）、鲍昌（书记处常务书记）、从维熙（党组成员）、邓友梅（书记处书记），以及各报刊和出版社负责人戈扬（《新观察》杂志主编）、唐因（《文艺报》副主编）、杨犁（《新观察》杂志副主编）、邵燕祥（《诗刊》副主编）、李国文（《小说选刊》主编）、张凤珠（《中国作家》副主编）、柳萌（作家出版社副社长）等，都曾经在1957年被划过"右派"，更有人说中国作家协会是"右派"掌权，总之，从人们当时的言谈中不难看出，对于这批人在中国作协任职各有看法。不过做为基层干部和被领导者，我倒是觉得，这届中国作协领导班子和干部，在恢复中国作家协会工作方面，做了大量开拓性的扎实事情，为后来中国作家协会的发展，起到了奠定基础的历史性作用。尤其是对于中国作家协会机关，树立民主、朴实和极富文学味儿的作风上，这届领导班子起到了至关重要作用。起码未听说哪一位领导人，借自己的权力安排非需要之人，在跟职工的相处上也极随和，每个人都是尽心尽力地干事情，所以至今有些老职工还在怀念，那个时期中国作家协会的风气。

原来的作家出版社，只有二十来个人，一直维持筹备状态，真正的出版业务，并未全面地开展。从维熙上任后进行了正规建制，按业务分工下设办公室、总编室和三个编辑室，出版社领导班子也开始健全，由我任副社长协助从维熙处理日常事务，副总编辑是龙世辉、张凤珠、房树民、亚方。《中国作家》杂志从出版社分出后，张凤珠调离出版社到杂志社任职，出版社又调来章仲锷任副总编辑。从维熙、张凤珠和我，都属于"改正右派"，当时都在团结湖居住，平日里多有些来往。被誉为"大墙文学之父"的从维熙，应该说创作上正是好时候，他调来中国作家协会时，怕影响创作本不想兼任具体职务，中国作协前任领导张光年，好像对于他也有此希望，后经张凤珠和我劝说、建议，最后他才到作家出版社任一把手。

我曾经跟维熙说，既然我要协助你做日常工作，大事不瞒你，小事不扰你，你不就可以写你的东西了吗？正式分管作家出版社日常工作后，我碰到的第一件事就是没有资金。在一个自负盈亏出版单位，别说出书付稿费印制费了，养活几十口子人员没有钱，恐怕连职工工资都发不出来，我就到处想办法找钱路。老作家韶华在企业干过，认识一些大型企业负责人，我就请他给想想办法。他带我到水利部副部长李伯宁家，说到出版社的经济困难，李伯宁告诉我们说，中央正准备建立三峡省，他有可能调到这个新省份，到了那里可以帮助想想办法。结果三峡省未成立，他自然也就无法可想，再找别人我又不认识，只好从图书上想办法。

有天接到新出版的《报告文学》杂志，刊登台湾作家高阳小说《乾隆韵事》，我看了看蛮有可读性，觉得如果找来全书出版，说不定会让大陆读者喜欢，岂不是也会使出版社有些收入。《报告文学》杂志编辑部主任胡思升、副主任傅溪鹏都是我的朋友，我就跟他们商量出书事情。开始胡思升有点不情愿，主要是考虑怕影响刊物销售量，当我说出作家出版社的困难时，老胡这才算勉强同意成全我。拿到台湾版的《乾隆韵事》书稿后，我就请《人民日报》袁鹰代为终审。我之所以请袁鹰终审，主要是考虑：一、比在社内按部就班三审，时间会快些；二、袁鹰是位老编辑，在内容上会把关；三、从我跟袁鹰的接触看，相互间比较信任。有了这三点做基础，这本书的顺利出版，我想就不会有大问题。

稿件内容终审无问题，我又亲自找人设计封面，进行得同样非常顺利。由于那时很少出版这类图书，发行部把内容提要交给书店，征订数字竟然是 100 多万册。我让发行部门核算收益，说是至少盈利 100 多万元。对于刚建社的作家出版社，可以说是相当大的一笔进项，可是让管材料的科长一算，纸张、印刷等费用却不够，那时又无银行信贷的规定，更不可能给印刷厂欠款，最后只好来个"可钱吃面"，先按 50 万册开印，等以后有了钱再考虑再版。这样的做法似乎更稳妥。

《乾隆韵事》刚一上市，全国发行得相当好，书店回款又快又足额，我们本想立刻再版，趁此机会积累点资金。

谁知人算不如天算。这时恰好从维熙不在北京，唐达成以党组书记身份找我，说，中国友谊出版公司曾经找作协，认为作家出版社出版《乾隆韵事》，是一种侵犯著作权的行为，并说他们已经跟高阳签合同，希望中国作家协会领导干预此事。接着艾青和邓友梅二位作家，把同样的话也带给了我，因为他们二位是该出版社理事。我知道中国友谊出版公司有背景，更清楚他们是要争夺这份较好市场效益，所以才从公私两方面对我们施压，但是我心里非常清楚和有底数：一是那时国内还没有版权合同的说法；二是我没有亲自见到所谓版权合同；三是《报告文学》刊发在先那时为何不追究，再者台湾地区跟内地尚无人员来往，用空口说白话的办法对待这本书，我当然不会那么相信和老实就范。我就跟达成说："请作协领导告诉他们，我这里也有版权合同，是我托香港朋友代为签定的，他们如果不相信的话，可以拿着他们的合同，找我来互相验证一下。"

过了几天，达成又找到我，意思是说，中国友谊出版公司的意见是，以他们的名义出版，经济效益归作家出版社。我一听心里就笑了，显然他们也无合同，只是想争这块肥肉罢了，我们自然没有同意。但是，为了不给中国作协找麻烦，更不想跟兄弟出版社搞坏关系，这本可以挣大钱的《乾隆韵事》，作家出版社后来也未再版。这是作家出版社复社后，出版的第一种台湾图书，也是第一本挣钱的图书。

吃到出版台湾图书甜头以后，接着又出版了一些台湾小说，如琼瑶的《月朦胧鸟朦胧》《心有千千结》等，在图书市场上同样销售不错。可是万万没有想到，这两本图书刚刚上市，立刻引起新闻出版局（后来局改为署再改为现名总署）注意，一天局长边春光的秘书来电话，询问出版这两本书的情况，并且明确提出不准再出。边局长曾任中国青年出版社社长，我跟他还比较熟且能说上话，我就径直给边局长打电话，半认真半开玩笑地说："如果局里不同意，最好下发正式文件，别打电话，电话留不下痕迹，对了算你们的，错了算我们的，这怎么行啊。其实，出版台湾书有什么不好，只要内容没问题，说不定还起到'统战'作用呢?"边局长听了只是哈哈笑，就再未说什么。此事也就算过去啦。当然，从出版纪律来说，这样做显然不妥，但是作家出版社刚建立，既无多少启动资金，又受图书品种限制，在这种情况下生存，我们只能打打"擦边球"，我当时的想法很简单，反正是给公家办事，能闯过关口就闯，闯不过去就收，让检查就检查，不然就只能不干事。

后来又专门找过一次边局长，我当面汇报作家出版社困难。他毕竟是出版社出身的领导，对我们的做法表示理解，但是批评我们未事先请示，事后也未跟出版局报告。我当面向出版局做了检讨。这件事就算过去了。由出版《乾隆韵事》淘得第一桶金，从中受到某些启发，随后跟内蒙古文联和新华书店合作，又出版了通俗长篇评书《小八义》，同样取得较好的经济效益。那时还没有畅销书的说法，不过出版这两本书的收益，证明走的就是畅销书的路子。

做为一家国家级出版社来说，起步阶段才挣这么一点钱，想起来也够寒酸够尴尬的，而从奠定发展基础上来考虑，却帮助作家出版社后来壮大，起到了渡过艰难的关键作用。为此，中国作家协会主要负责人唐达成，特意来到作家出版社，在全体职工大会上宣布，奖励给我三百元奖金。我一再表示，我是负责人不要这笔奖金。从维熙和在场同事说，这是作家出版社第一次奖励，你不要，以后别人怎么办哪？这样，我就接下了这次奖励。这第一桶金的获得，使全体同事深受鼓舞，对出版社的发展充满信心。

我们这些参与建立作家出版社的同仁，或者叫做第一批的淘金者，今天回想起这些往事来，还算欣慰和无遗憾之感。

2007 年 3 月 26 日

第五届作代会的一个小插曲

一张《中国作家协会第五届全国委员会委员候选人预备人选登记表》，未落一滴墨渍干干净净地放在我的抽屉里，十年之后的今天整理旧物忽然看见它，出席那次会议前后情景又出现在眼前。

这张编号0093的表格，是在什么时候交给我的，现在已经记不清了，反正当初不曾填写上交，也没有谁再来找我催要，就被我随手放置一旁。如今反而成了往事的纪念。它见证了我的一次文坛经历，在我也算一件难得的收藏品。同时从一个侧面说明，我个人性格的执拗，看问题不够实际，以及尚存的一点天真，总想求得事物圆满美好，过于较真，结果常常会伤害别人，同时自己也会讨个没趣。现在仔细想想真没意思。看到这张表格，自然勾出往事。

新时期以来的文代会、作代会，或是以报刊记者身份，或是以代表资格，我参加或出席过四届。不仅见到了许多仰慕已久的文学前辈，而且感受了他们为人处事的高尚品德，以及前辈们主持会议时运作的规范。其中印象最为深刻的是，第五届文代会和第四届作代会，这是进入改革开放时期，文艺界召开的两次重要会议，在我国文艺史上具有里程碑意义。

1979年，第四届文代会在西苑饭店召开。我以《工人日报》社记者身份参加采访，听到曾在政治上受压制的作家，复出后依然激情满怀的讲话，看到过去政治上得意的作家，由衷地向被伤害过的同行道歉，无论是做为记者还是文学爱好者，我都感到作家这个群体的可爱，以及老作家们宽厚、慈爱的胸怀。倘若不是人为地搞政治运动，造成彼此之间的感情裂痕，我相信他们会相处得非常好，我国的文学事业会有更大成绩。这就是第四届文代会给我的感想。

1985年，中国文联第五届代表大会召开时，中国作协推举出席会议代表的方法，给我留下非常深刻的印象。那时在京单位的全国会员，数量没有现在这样多，就由中国作家协会召集，在国际俱乐部自由选举代表，有的会员彼此并不认识，选举的依据是个人创作情况，以及在读者中享有的名望。这样的"标准"即使不完全可取，起码却也反映了作家的实际，用作品的多少和影响的大小说话，对于普通会员来说相对要公平许多。

中国作家协会机关办公地点，当时在沙滩北街2号大院，跟中国文化部和《求是》杂志社同院，为了方便就在院内找人计票和监票。《求是》杂志社林文山（牧惠）、《文艺报》社陈丹晨和作家出版社柳萌，由中国作协创联部干部吴桂凤等带领计票和监票，最后，根据得票数额选出王蒙等十四人为代表，以监票人的名义通知每位参选会员。用现在的话说就是真正意义上的"海选"。如果说这样的方法有缺欠的话，就是没有当着全体参选会员的面，当场当时唱票统计公布票数。中国作协召开第五次代表大会时，由于政治环境更为宽松，不光是会员代表选举体现民主，就连理事（现在称全国委员）选举都未搞"指令性"，完全按作家成就和社会认知度，由会员直接选举按得票多少公布。真正体现了作家协会群众组织的性质。

老作家袁鹰在回忆这次理事选举时说："当天上午，代表们看到送到京西宾馆的的报纸（《人民日报》），看到'按得票多少为序'的理事名单，引起不小的轰动，因为已经很少见到这样地公布选举结果了。我在会场上、走廊上和饭厅里遇到不少熟识的代表，都喜笑颜开地称赞报纸做得对。广东来的老作家陈残云对我说：这虽然是件小事，却有突破陈规的意义，更重要的是反映了文学界大多数人的民心民意。上海老诗人王辛笛拍拍我的肩膀，说'这才有点民主的味道'。当然，这种方式也有不够完全、准确之处，比如学者教授、兄弟民族和边远地区作家，以及文学组织工作者，"知名度"可能不及小说作者那样广泛，因而得票数相对比较少些，但是毕竟体现一点民主空气。我对文学界朋友发自内心的欢欣鼓舞之情，深有同感。"（见袁鹰《风云侧记——我在人民日报副刊的岁月》）

可能是这次的代表选举，给我留下的印象太深刻了，同时在潜意识里认为，这样的做法比较好，既体现了作家协会的性质，又表达了多数会员的意愿。因此，1996年第五届作家代表大会召开时，我被选举为代表参加会议，亲见一位内定副主席候选人，可能是想多拉点人缘选票，他在小组会上发言，说这次选举如何如何民主，领导层的名单都未确定云云。这位仁兄装模作样的讲话，很有点得便宜卖乖的味道。听后让人觉得十分恶心，我实在忍不住，就说了几句真话，谁知说者无意听者有心，结果惹恼了参加会的某杂志社一位头头。其实我说的话跟他毫无关系，只是针对选举的方式发言，此人被内定全委候选人我更不知道，结果他自己跳出来主动对号入座。

事情的原委非常简单。

谁都知道，现行体制下的中国作家协会，主席、副主席人选，得由相当高的领导部门决定，事先听听各方面意见，最多也就是做个参考。只要提出作为候选人，就已经八九不离十了，投票也就是体现选举形式。可是这位副主席内定候选人，得意之际想显摆一下自己，在中国作协机关代表小组会上，大谈什么选举的民主，并且说谁任什么职务，这次事先根本不知道。我觉得他简直就是撒谎。怪我多事，实在难以忍受这种表白，于是在他发言之后，我就说："刚才某某说选举的民主，我认为并不确切，比如中国作协机关，竟然把会员按行政级别区分，全国委员候选人推举，只征求现职'局级会员'的意见，选出的也是在职'局级会员'。这显然是违反会员意志的，这能算民主吗？尤其令人不能容忍的是，当有的作家提出意见后，觉得有一定道理，或者是要搞平衡，当场又临时决定增加几位，这跟从口袋掏香烟分有什么区别？这么严肃的事情竟然做得这么轻率。……"

在座的作家中，有"左联"时期会员梅志，有"文抗"时期会员李清泉，有"鲁艺"时期会员李纳，还有平时很少去作协的老作家李国文、邓友梅、玛拉沁夫等。这几位不同时期的老会员，听后非常惊讶和半信半疑，因为他们从来没有见过这种做法。还好，在座的幸好有几位"局级会员"，如《人民文学》副主编韩作荣、《诗刊》副主编叶延滨等，他们都证实确有此事，这些老作家才相信啦。相信啦，自然要议论一番。被内定全委候选人的某杂志负责人，这时有点吃不消啦，非常激动地打断我的话，说："柳萌，你这不是说我吗？我这个全委候选人，是组织上定的。"其实，我只是说把会员按级别划定范围不妥，随意增加候选人数额不对，并不是说由谁提名如何，更不是单指某个人够不够资格。不过，他的话反倒提供了例证，证实我说的两个情况属实：一、由在职"局级会员"推举在职"局级会员"做全委候选人；二、未被推举的"局级会员"提出意见后随意增加了数额。这就是说当时中国作协主政者，压根儿就未把非"局级会员"权利，放在眼里和提到民主程序上。

既然此人接了这个错球，那是他的事情，我也就未再客气，立刻站起来说："某某，你这是剥夺我的发言权。我未指名道姓说你，只是说选举方法不对，当时随意增加名额不妥，你自己非要对号揽事，你必须给我赔礼道歉。不然我就不再参加这个会……"说完我就离开会场往外走，以示对此公无礼的不满。我都快走到电梯旁了，李国文、邓友梅、玛拉沁夫等几位老作家赶出来劝阻，我才回到会场继续发言。

这次按会员级别的"选举"，到底是怎么回事呢？

有天中国作家协会通知，在职的"局级会员"到作协开会，推举全国委员候选人，没有特殊情况必须参加，如果不去得跟施勇祥（分管组织工作的中国作协书记）请假。我一听觉得不大对劲儿。自打我成为中国作协会员以来，有老作家年轻作家之说，有新会员老会员讲法，还从来未听说过什么级别会员，更没有听说过选举按级别，就算我孤陋寡闻吧，总不至于这样公然提出来。反正我也不想要什么虚名，就跟《小说选刊》冯立三、肖复兴这两位"局级会员"说："我不参加啦。"他们说："人家让没有特殊情况必须参加，不去得跟施勇祥请假批准，要是问到怎么说？""就说我不参加，没有任何理由。"我说。

"局级会员"推举会开过后当天晚上，未想到施勇祥亲自打电话给我，说话语气倒是很客气，问我："老板（中国作协的人都这样叫我），今天的会你怎么不来参加？"我非常坦诚而半开玩笑地说："老施啊，做为党员你可以管我，你是党委书记；做为干部你可以管我，你是干部部主任。做为作协会员，你就不好管啦，我从来未听说过会员按级别划分，选举的事情更不应该这样做，所以我不参加。何况这是会员的自由。难道有什么不对吗？"老施听后赶忙解释说："不是，我只是问问。对你关心嘛。"

应该客观地说，老施主动来电话，我一直认为出于某种善意，因为老施过去从未给我打过电话，再说从他说话口气看也不像责备。只是做为负责这项工作的领导者，他还不十分了解我的性情，我既然敢于这样做了，就不会计较名利如何。倘若真是这样，我只能感谢了。当时，我就是这样想的。

当然，我也不是那么高尚的人，如果按照正常做法，提名后经普通会员选举，给我个"全国委员"头衔，我也绝对不会拒绝。正是因为我不同意这种做法，给我的"全国委员候选人预备人选登记表"，我也就没有如期填写上交。当然，人家也没有来找我要，说明我的做法正合人家心意，不然，这张表也不会留在我手中，就是我不填写也会被收回，毕竟表格上边有统一编号。

放下电话后，我觉得此事好像有点反常，不然，事后老施不会特意来问，立刻打电话给参加会的"局级会员"，询问这个会的开会情况。有两三位"局级会员"告诉我说：这个会由两位作代会组织工作的负责人施勇祥、高洪波主持。他们向"局级会员"宣布，作协推举鲁迅文学院常务副院长雷抒雁、作家出版社社长张胜友、现代文学馆常务副馆长舒乙、《诗刊》常务副主编丁国成为全国委员候选人，征求在职的"局级会员"的意见。为什么只提这四个人呢？从这四个人的职务情况看，都是各自单位的实际一把手，因为，鲁迅文学院院长是贺敬之、现代文学馆馆长是李準、《诗刊》主编是杨子敏。《文艺报》现任主编是郑伯农、《人民文学》现任主编程树榛，他们在第四届作代会就是理事（全国委员），这届理所当然成为全国委员。这就是说，此次全委提名，由本单位任职情况决定。我当时是复刊后《小说选刊》的一把手，给我这张表大概也是基于这样考虑。我做如此推论的另一个例证是，《文艺报》《中国作家》《小说选刊》现任主编，在第七届作代会都是全国委员，唯独作家出版社这届没有人担任，据说有关方面说明理由时说，因为作家出版社尚无社长，尽管现任总编辑侯秀芬主持全盘工作，仍然不属于出版社一把手。这就是说，即使是"局级会员"也并非全部，而仅仅是在职的一把手（或常务）"局级会员"，其范围可说是小到不可再小。且不要说推举全委候选人，是否符合中国作协会章规定，起码这种仅仅由在职"局级会员"推举仅仅在职"局级会员"的做法，客气点说算是定位不够准确，不客气点说就是画权势小圈子。

　　据会议参加者告诉我，会议主持人宣布完候选人名单以后，会场沉默好久。直到主持人说，如果大家没意见，就这么定啦，老评论家、老编辑家、老作家吴泰昌，实在觉得难以接受，便当场发言说，这几个人也不是不可以当，只是是否也得考虑一下其他人。随后其他几位老编辑、老评论家随声附和，从不同角度说了说理由。会议主持者见大家有意见，这才当场决定再增加几位同样是"局级会员"为候选人，此事才算就此平安了结。增加的几位都是各单位的副职。原有做法本来就够缺少民主意识了，现在由当事人提出就增加的做法，我觉得就更为随意和随便，所以我说好像是从口袋掏香烟，某领导人说给谁就给谁，一件严肃、庄重的选举，就这样被轻易地践踏了、亵渎了。难怪追补的几位候选人并不领情，后来说起此事反而感激敢于提出异议的吴泰昌，大家都认为是沾了吴泰昌提意见的光。

　　我这篇文章只是说做法的不妥，本不应该对具体人说三道四，既然提到了具体人选，也不妨说说我了解的几位，不了解的就不想多嘴了。平日有所接触且比较了解的，如其中的三位增选人吴泰昌、周明、崔道怡，都是从 20 世纪 50 年代开始，在《人民文学》《文艺学习》《文艺报》任编辑、编辑组长、副主编，而且都有多部文学著作出版，更不要说非常熟悉文学界情况，让他们担任作协全国委员完全应该。还有创研部副主任雷达，在文学界有一定影响，他评论文章的文笔许多人喜欢。鲁迅文学院常务副院长雷抒雁，更是早为读者所熟知的诗人，仅一首《小草在歌唱》的诗歌，就完全应该占有一席之地，更何况在文学界服务多年。所以我曾经公开说，无论是由上边提名推举，还是由全体会员进行"海选"，在我看来，我说的这几位编辑家、评论家、诗人，他们当选全国委员都不应该有任何问题，何必搞"画地为王"的做法呢？现在这种做法反而让他们掉份儿。尤其令人不解的是，既然候选人名额已定，由领导人指定了四个人，当与会现职"局级会员"提出异议，应该在限定人员中调整才是，领导者却随意又增加若干候选人，这种名额的伸缩性简直太不严肃了，恐怕是正常选举史上所鲜见。

我退休后好容易有了时间，除跟朋友喝茶聊天，偶尔也写点小文章，很少参加什么文学活动。2006 年中国作协七代会召开前夕，中国作协机关退休会员选举代表，在我已经明确表示弃权情况下，承蒙老朋友们的厚爱选我为代表，这就不好辜负大家的善意，安排好家事我就去赴会。开会座位恰好跟施勇祥相邻，未承想他主动提起这桩往事。他说："老板，说真的，有件事我一直心里不安，就是全国委员的事。当然，你那里的别人也不是不可以当，只是你是《小说选刊》一把手，从'中外（中外文化出版公司）'到'选刊（小说选刊）'，你都付出很多，特别是在"中外"撤销后，你还维持住这个摊子，换个人很难做到。我当时（五代会）负责组织工作，只是出（医）院不久，精力达不到，未能做好这件事。后来开会你又拒绝参加，人在与不在是不一样的……"

从老施说话的口气看，还算真实和友善，这证明他当时给我打电话，以及我的推测还是对的，对于我不要这次当委员的机会，他的确有点"惋惜"。只是他误会了我的意思，如果我想要这个名义，我会如期填写表格主动上交，或者出席会议沾光去要，要不就事后提意见发牢骚，因为我毕竟是单位一把手，别的单位一把手都是全国委员，唯有《小说选刊》杂志社一把手不是，说到哪儿去似乎都说不通，我主动提出来也不至于太理亏。问题是我压根儿就反对这种做法，所以才不填写表格和公然不参加会。对待此事我的心态非常平静。可是，他们既然给了我表格，我未填写又不来找我收回，这到底是什么意思呢？只有当时的组织者最清楚。

此事都已经过去十年，现在也就是说说而已。我对老施说："事情都过去了，还提这个干啥，再说我根本就未想要，所以我拒绝参加会，更没有事后表示不满，主要是对这种做法有意见……"说到这里，忽然想起另外一件事，就说："在1989年那场风波后期，你和金某某整我，把我送到中纪委去，我倒是会永远在意……"当然，这是另外一桩事情啦，还是不在此细说为好。不过，幸亏遇到时任国家机关纪委书记贾祥先生，是一位实事求是的纪检干部，跟我谈过一次话后便正确判断出这件事情的来龙去脉，并且安慰我说："中央有规定，凡是正局级以上干部，有什么问题必须闹清楚。你的事情是乔石同志批的，属于闹清楚范围。"

人生多少事，都付谈笑中。如今，我已是个年逾七旬的老者，对于过去经历的许多事情，只想留下记忆而不存芥蒂，写下的目的也是为了记忆，希望年轻朋友们在生活中，从中得到某些启示和借鉴。起码不要像我这样，由着自己性子处事，即使不想得到个人利益，总还不至于被个别小人伤害。

说到第五届中国作家代表大会，有件事情还是令人半欣慰的，在全体代表进行大会投票时，由于实行差额选举方法，最后有两三位候选人落选，其中包括一位我的朋友、甘肃作家协会副主席某某，这也算是那次代表会的进步。正是因为有这样的方法，当时要来中国作协主政的人，在选举过程中非常紧张，生怕自己的全委万一落选，在中国作协来做官就没戏了。其实他完全无此担心的必要，各代表团都是由宣传部长带队，在组织上早已经做了保障，哪还有选举不上的道理呢？何况与会代表也不想给自己找麻烦。

2007年1月28日

见证第一个杂文学会的成立

杂文这种文体，历来比较受读者喜欢，原因是它贴近生活，而且在适度的范围内，可以替百姓说点真话。从 20 世纪二三十年代起，鲁迅先生生活的时代，杂文就在报刊占有重要一席，这种传统一直延续至今。只是这种文体很容易惹祸，如今有的报刊为求平安，就不再或者很少发表杂文。值得庆幸的是像《人民日报》《今晚报》《群言》《民主》《同舟共进》等报刊，长期以来一直坚守杂文阵地，而且始终不改传统版式，加花边用楷字放在显著地位。有的比较有眼光的出版社，如辽宁人民出版社等，还坚持从报刊发表的杂文中，每年选编些优秀作品出书，据说市场销售情况蛮不错。

我进入报刊界以后，做为文学副刊编辑，总有许多年编杂文，认识不少优秀杂文家，有的还成了很好的朋友。尤其是在《新观察》任职期间，由于这本杂志比较重视杂文，每期都有两三个页码发表杂文，组稿抢稿争夺作者很辛苦，为了让自己多少省点力气，就主动跟作者多联系交朋友，一来二去彼此有了信任，稿件也就不会有什么问题。记得有好几位杂文家，别的报刊约稿被拒绝，我去如同从自家抽屉取物，有的同行就抱怨说："怎么他来你就给？"这些作家非常幽默地说："唉，那可不一样，你懂得交情吗？这就叫交情。"说起有交情的杂文家，就不能不提到严秀、廖沫沙、孙犁、宋振庭、邵燕祥、蓝翎、舒展、于浩成、冯英子、林放、刘征、牧惠等以及著名漫画家丁聪、方成、华君武、王乐天、江帆等对我们《新观察》杂文版的关心和支持，后来我把他们的杂文漫画作品，选编成《新观察杂文选》出版。这本杂文选即使不是唯一的报刊杂文选集，至少也是出版比较早的一本报刊杂文选集。

正是因为有这样的交情和信任，中国作家协会第四次代表大会召开期间，严秀、邵燕祥、蓝翎、牧惠等几位著名杂文家，特意找到我，希望我组织与会的杂文作家，大家凑到一起发个倡议书，要求在文学界给杂文一定的地位。他们彼此有的并不认识，却都是我们《新观察》的作者，就由我出面按代表名单，把各地的杂文家约到一起，共同商讨有关杂文创作方面的事。就是在这次的碰头会上，有的杂文作家提出来，搞个全国性的杂文组织，附属在中国作家协会之下。后来经过大会认真研究，组织全国性杂文组织有难度，这件事情也就搁置下来了。所以中国作家协会隶属的学会，散文、诗歌、小说、报告文学、散文诗、古典诗词都有学会，连传记、纪实、寓言都有全国组织，唯独杂文没有中国杂文学会。当时大会研究后说的"难度"，依我看还是杂文的特殊性，领导者担心容易"惹祸""招事"，想做个"太平官"，不然，别的门类怎么就没有"难度"呢？

成立全国性杂文组织的想法，在第四次作家代表大会流产，几位著名杂文家好像也就死了心，会后大家只是自己写自己的杂文，从此再无人提起这件事情。未想到较年轻的杂文家，却没有就此死心和罢休，在有官职身份杂文家的支持下，他们竟然做成了这件事情。记得1985年秋季的一天，《求是》杂志社的孙士杰，《解放军报》社的李庚辰，分别打电话给我，请我到胡昭衡家，说是一起商量点事情。胡昭衡是一位官员，我因"右派"问题发配内蒙古时，他任中共自治区党委副书记，后来调到我的家乡天津市当市长，现在是国家医药管理局局长，可以说始终是我的父母官，只是我这平民百姓无缘接近。这次要去他家商量事情，我猜想十有八九是关于杂文的，因为胡昭衡以李欣笔名写的杂文，以前我陆陆续续地看了不少，特别是他写的《老生常谈》，在"文革"当中内蒙古和天津两地同时在报刊上批判讨伐，远比他的官员事迹还要出名。至于孙士杰、李庚辰二位，既是杂文编辑又是杂文作家，由他们二位来张罗的事情，就更容易让我联想到杂文。

胡昭衡家住木樨地一栋外界通称的部长楼。胡昭衡在内蒙古当官时，我是做为"右派"发配去的，当然不可能近距离交往，如今我做为报刊杂文编辑，跟他这位杂文作家接触，当然在感觉上也就不一样。我发现他是个很平易的人，说话慢条斯理毫无官腔，如果完全不知道他的底细，眼前这位老人就是个作家，我们可以像跟别的老作家一样，随便说些大家感兴趣的事。到了他家里我才知道，来的人除了孙士杰、李庚辰二位，还有《人民日报》杂文编辑刘甲，就是说北京主要杂文阵地——两报（《人民日报》《解放军报》）两刊（《求是》《新观察》）的编辑，今天都聚集到老杂文作家胡昭衡家。为什么要到他家商量事情呢？按我的主观猜想，除了杂文的因素，恐怕还有彼此关系，比如胡老和庚辰是河南同乡，比如胡老和士杰是内蒙古上下级，自然就可以少些拘谨和礼数，聊天儿议事也就比较随便。

就是在这次的五人商谈中，有了成立杂文学会的意向。当我把作家协会开会期间，几位杂文家倡导成立学会受阻的事，原原本本地告诉他们之后，考虑到杂文学会不便挂"中国"二字，有人就提出搞个北京市杂文学会。可是带"北京"二字就得找北京市领导，此时掌管北京文化教育和意识形态的官员，恰好是中共北京市委副书记徐惟诚，大家知道徐惟诚本人也是一位杂文家，经常用余心言笔名发表杂文，这样沟通起来估计会更容易些。只是由谁去找他，这是个关键问题。我在《工人日报》和《新观察》当杂文编辑时，徐惟诚都是我的重点作者，应该说还是比较熟悉的，相信其他三位跟我一样，同样也跟徐惟诚有来往，只是谈成立杂文学会的事情，由我们找他总是不太合适，于是大家希望胡昭衡亲自出马。徐惟诚是官员兼杂文家，胡昭衡也是官员兼杂文家，他们二位说起话来会方便些，由他们二位一起联手倡导，相比之下成功希望就更大得多，组织过程中的问题也容易解决。这是第一次商量定下的事情。后来起码还有一两次，大家研究具体事宜，地点还是在胡昭衡家里。

经过两三次酝酿和短暂联系，原来只是意向中的杂文学会，在胡昭衡和徐惟诚二位杂文家商谈后，最后总算成为指日可待的现实。徐惟诚手下有两名干部，一位叫李世凯，一位叫康式昭，他们二位是北大同窗好友，此时都任中共北京市委宣传部处长，两个人经常一起写杂文，徐惟诚把此事交给他们办，可以说是万无一失马到成功。经过李、康二位跟各方磨合，学会成立条件终于具备，便在1985年11月底正式成立。名字就叫"北京市杂文学会"。成立大会在《北京日报》社礼堂举行。大家按事先议定的候选人名单，选举胡昭衡为杂文学会会长，徐惟诚等人为副会长。这大概是杂文有史以来，中国的第一个杂文组织。

在北京市杂文学会的带动和影响下，其后，河北省很快也成立杂文学会，会长是不是时任省委书记的杂文家高扬，我已经想不起来也无资料可查，但是有一点我们可以完全肯定，如果没有高扬的鼎力支持，来势不会比北京更猛更活跃，他们几乎是跟杂文学会成立同时，就创办了《杂文报》和《杂文界》杂志，而且很快就派人进京组织稿件。北京市杂文学会因为没有自己的阵地，便借助河北省杂文学会的报刊，开展一些跟杂文有关的活动。继北京、河北成立杂文学会之后，全国各地如湖北、湖南、辽宁等地，由当地报纸杂文编辑牵头，很快也都成立了杂文学会。北京市杂文学会的成立，起到了播种和催生的作用，是当之无愧的老大哥。现在连一些中等城市，都有自己的杂文学会，最初倡导者胡昭衡等人，可以说是杂文学会先行者，如果书写中国杂文历史，相信一定会写上这一笔。

不过我也必须坦白地指出，成立杂文学会目的是团结作家，共同繁荣北京乃至全国杂文写作，谁知由于政治观点不同性情各异，加之个别人的私心和排斥异己的做法，北京地区的杂文作者从此分裂。像严秀、邵燕祥、蓝翎、牧惠、舒展等一大批比较有影响的杂文大家，很少跟杂文学会有什么来往。这不能不说是杂文学会的遗憾。

担任两届十三年会长的胡昭衡，如今已经离开人世，但是他对杂文和杂文学会的贡献，我想这是任何知情人都无法否认的。如今北京杂文学会已有会员二三百人。由于无法成立全国性杂文学会，在胡昭衡担任北京杂文学会会长时，他主动联系同样是官员兼杂文家的高扬（时任中共河北省委书记）、罗竹风（时任上海市社会科学院院长），共同发起成立省市间杂文联谊会，每年组织一次杂文学会的活动，进行杂文写作出版等方面的探讨。尽管经费的筹措比较困难，联谊会只能在开完一次会后，再想办法寻找下次开会的东家，但是由于有一批热心杂文的人，在大家共同努力和协助下，自1985年成立以来的十九年间，杂文联谊会活动始终没有间断。

2005年9月在兰州召开的杂文联谊会，恰好是第二十届全国杂文联谊会。这就标志北京市杂文学会已走过二十年，其他成立较早的省市杂文学会，同样有了整整二十年的会龄。如同杂文这个文体本身一样，杂文学会再怎么艰难坎坷，只要有喜欢杂文的读者在，杂文和杂文学会就会蓬渤发展。做为过去的报刊杂文编辑，做为最早见证杂文学会成立的人，看到今天杂文写作如此繁荣，我从心底感到无比的高兴，同时也为胡昭衡的远见和勇气，感到由衷的敬佩和感动。如果没有他首先的倡导和组织，哪里会有全国各地杂文学会？假如有一天谁来编写杂文史，或者有谁在大学讲授杂文课，我愿意用这篇小文章提供线索。记住：在繁荣杂文创作和杂文学会成立上，官员兼杂文家的胡昭衡（李欣），是一位起到关键作用的领军人物。

2006年1月8日

逼出来的《作家参考丛书》

我至今保存着周谷城一件墨宝。周老既是著名历史学家、教授，又是政治家、社会活动家，在我任作家出版社编辑部主任时，为出版一套"作家参考丛书"向他请教，他欣然命笔写下"百花齐放，百家争鸣。发展学术，促进文明。"十六个字。在 20 世纪 80 年代中期，思想界还不很宽松，周老竟然如此提出，足见老先生的学术胆识。这对于我们策划"作家参考丛书"，可以说是起到了鼓励推动作用。

1985 年作家出版社刚刚恢复时，正处于国家计划经济时期，出版社的出书范围、定价、发行渠道，都是卡得非常死非常紧，稍微有点越轨逾规行为，就会被新闻出版署追究。按照当时出版署的规定，作家出版社出书范围，仅仅限于当代文学作品，品种非常的单一刻板。出于扩大作家视野的考虑，当然也想给出版社增加图书品种，我们打算介绍点国外文学书，给我国作家文学创作做参考。

当时年龄在四、五十岁以上作家，更多的还是受苏俄文学影响大，虽然有的读过一些西方文学作品，特别那些经典之作备受关注，但是对于国外近代创作情况，恐怕就很少有人了解或熟悉了。当时只有五个人的编辑部（还无条件划分编辑室），在议论制定选题计划时，就想在这方面做点尝试。首先想到的就是法国文学，跟中国作协外联部询问，碰巧法语翻译李汉华（亚丁）翻译了一本书，拿来一看觉得不错就准备出版。在请社外法国文学专家审阅时，这本书的名字按习惯译法，应该叫《不惑之年》才合国情，但是年轻翻译亚丁却坚持己见，非坚持用《理智之年》书名不可，我们只好尊重译者本人意见。这本《理智之年》就是第一本"作家参考丛书"。只是当时未正式标明。

《理智之年》出版之后，社会影响不是很大。正是因为社会影响不大，就未引起有关部门注意，我们就想再出版几本具有学术价值的译作，使其成为一套参考丛书。经过多方努力寻找、推荐，找来《爱情心理学》

和《自卑与超越》，这是真正具有学术品格的书，只是那时不是谈"情"说"爱"时候，副总编辑龙世辉吃不准，让我先放一放看机会再说。可是我总是有点不甘心，却又没有办法说服老龙，就先把这两本书搁置一旁。

山西人民出版社老编辑房仲甫先生，是我早年当报纸副刊编辑的同事，他是一位研究古代历史的学者，此时来北京正在修改他的一部书稿。我去一家出版社招待所看望他，跟他说起这两本未敢出版的书，他听后对我说："我看这样吧，我过两天去周谷城先生家，你跟我一起去，咱们听听他的意见，说不定他会出点主意。"我想这倒是个好办法，回来就跟老龙说了说，老龙听后说："最好请周老从学术上鉴定一下，有个明确意见，咱们就好说话啦。"

一天下午跟随房仲甫先生，如约来到周谷城先生家。老房跟周老说完他书稿的事，趁他们闲聊别的事情时，我拿出《爱情心理学》给周老看。周老接过书看了看非常兴奋，连声说："好书好书，我年轻时候就读过。有一定的学术价值。"听了周老的话，我心里就有了底，便适时地跟周老说："我们出版社想再版，给作家们做参考，可是又怕惹麻烦，您说怎么办好？"周老沉吟片刻说："我觉得没什么问题，这是学术书，出版时标明一下，或者当做内部参考书出版发行，应该不会有什么问题。"周谷城如此肯定这套书，而且出了一些具体主意，我心里越发踏实了许多。老房请周老给他题字时，周老也给我写了两幅字，一幅字写的是唐诗《枫桥夜泊》，另一幅字是"百花齐放，百家争鸣。发展学术，促进文明。"，我想这后一幅字的意思，就是表达周老的宽容思想。

回来把去周谷城家的情况，跟老龙和编辑部同仁说过，大家一致意见是出版这两本书，并且采纳周老的主意，冠上《作家参考丛书》名字。结果《爱情心理学》一上市就热销，而且在南方市场出现了盗版，出版社接到多起举报电话、信件。这从反面告诉我们，图书市场和读者，是需要这类图书的。所幸的是这本书出版后，国家新闻出版署并没有干预，这让我们悬着的心落了地。接着又出版了《自卑与超越》，而后再出版《梦的解析》，从此便有了这套丛书的雏形。

中国作家第四次代表大会召开后，从维熙到作家出版社任一把手，作家出版社建制逐渐走向正规，社领导和编辑人员陆续调进，原来的编辑部从此宣告结束。按业务分工成立三个编辑室。第一编辑室管小说稿件，第二编辑室管散文、诗歌、理论稿件，第三编辑室管文化类稿件。《作家参考丛书》属文化类，就交给第三编辑室继续选编，他们给这套丛书正式定位，在出版说明中明确说："《作家参考丛书》是为满足作家和广大读者的需求，以之作为透视世界思潮和文学潮流的一个窗口而推出的一个系列。《作家参考丛书》将把世界社会科学各种流派有代表性的著作陆续介绍给大家。书中的观点不尽是我们同意的，但它有利于读者管窥各种艺术态势和文学发展的流向，从而得到适当的启迪和借鉴。"

尽管作家出版社的出书范围，跟新闻出版署要求依然没有变化，但是此时大的政治环境比较宽松，这套原来半遮面的《作家参考丛书》，从此堂而皇之地露出整个面容。第三编辑室几位年轻编辑，又以积极的态度组稿，陆续出版了《悲剧的诞生》《生命不能承受之轻》《攻击与人性》《人与人》《痛苦·情人》《简明文化人类学》《曾经男人的三少女》等等，真正形成了一套大丛书的规模，在作家和广大读者中产生一定影响。特别是出版了昆德拉几部作品后，这套《作家参考丛书》真正名实相符，成为读书人了解世界的一扇窗口。

后来随着思想越来越开放，出版社出书范围有所松动，这套《作家参考丛书》未再继续出版，好像是完成了历史任务。然而，它对促进思想解放的作用，它对开阔作家视野的帮助，我想是不应该轻易被遗忘的，尤其是它在艰难中的出版，做为主要策划人之一的我，最大感触不是做成事的喜悦，而是觉得要想真正做成事，就得有股不计得失的劲头，畏首畏尾就会一事无成。这对于一个想做事的人来说，坐看失去的机会比之不做事，事后想起来总会难免有些遗憾。

2006 年 1 月 26 日

关于"三驾马车"上路前后

何申、谈歌、关仁山三位河北作家，被文学界承认为"三驾马车"，在我国文学道路上越跑越欢，真可谓"春风得意马蹄疾"。他们三位的作品也越写越好，名气更是越来越大，荣誉和实惠当然亦是越来越多。这完全合乎我国现行体制规律，更是他们勤奋写作的结果，我想这是无可厚非的，也不是别人所能企及的。我们只能祝福这"三驾马车"走好。

随着"三驾马车"的崛起，对他们三位作品的研究，以及他们的生活逸事，自然也就渐渐地增多起来。这本来是一件好事情。可是，对于"三驾马车"名字的由来，对于"三驾马车"首次作品研讨会，有的人并不是十分了解情况，却莫名其妙地写起文章来，使一些知情者感到奇怪。因此有的圈内人多次建议，让我说说当时的情况，以免过若干年后，再来谈论此事，使事情的真相更加说得离谱儿。

经过再三考虑，我想也可以说说，因为真正了解这件事的人，毕竟只有我和刘小放（当时任河北省作协秘书长，现任河北省作协副主席），其次是中国作协和《小说选刊》的少数人。就连这三位作家本人也不是十分了解。宋曙光在《相约"三驾马车"》文章中说"关于'三驾马车'的提法，何申回忆说，1996 年，中国作协、河北省作协和《小说选刊》，联合召开河北三作家作品研讨会。会上，有评论家提到'三驾马车'的说法，偏巧，就在开会的当天，《文艺报》发表一篇文章，题目就是关于'三驾马车'的创作。自此，这三个河北籍作家名声大震"（见 2002 年 2 月 22 日《天津日报》），云云。其实既不是评论家"提到"，更不是《文艺报》"偏巧"，而是完全出于我和刘小放的策划，或者用现在时髦说法叫"造势"，后来被评论家渐渐默认，从此才有"三驾马车"的称谓。

2005 年秋天参加山西省"灵川红叶节"，碰见已是河北省作协副主席的关仁山，说起关于"三驾马车"的事情，经关仁山提醒我才意识到，"三驾马车"扬鞭上路的时间，至今已经整整十年了，对于当代文学史上的这件事，记上一笔对于后来的研究者，说不定会有一定的参考价值。只是由于时间过久，有些具体细节，我也不会全记得，又找不到当时文件，疏漏之处在所难免。好在当事人都在，他们可以补充或匡正。起码不会像有的回忆文章，由于时间久远或当事人逝世，健在的人说什么都不好核对。我想只要健在的人，真正实事求是，不唯官是从，不抱任何成见，说实话讲真话，总会以真实面貌呈现给读者。

推出"三驾马车"的缘起

新时期以来，尤其是近十几年来，文学新人辈出，文学创作活跃，有才华有成就的青年作家，可以拉出长长的一串名单。那么，1996 年刚刚复刊的《小说选刊》，既不是发表原创作品的文学杂志，又跟何申、谈歌、关仁山三位作家无交往，为什么要首先推出他们的作品研讨呢？以至于后来何申、谈歌、关仁山这三位作家成了气候，有些最早发表他们作品的刊物，说起此事来总觉得有点遗憾。其实，这件事的形成完全出于偶然，绝对没有自觉的认识，更没有什么崇高的想法，后来出现的某些社会效果，可以说是纯粹的"歪打正着"，或者叫做在当时政治气候下应运而生。不管是谁以此为自己贴金都是自作多情。如果这三位作家没有创作成就，如果这三位作家不同属河北省，如果恢复后的《小说选刊》日子好过，即使会有"三驾马车"出现，我相信在时间上也会稍后，而不是在 1996 年的那个特殊情况下，当然更不会是由《小说选刊》出面，策划打造这个文学创作"品牌"。这是最基本的事实。

若想把这件事情真正说清楚，就得首先谈谈《小说选刊》。

创办于 1980 年的《小说选刊》，在文学出版界都曾享有盛名，鼎盛时期发行量逾百万册，对于发展文学事业培养文学新人，曾经起到过不小的推动作用。可惜在 1989 年被迫停刊，杂志社的人员或待业或另行分配，只有刊号还没有真正撤销。做为《小说选刊》的创办人之一，老作家葛洛在感情上总是难舍，在老作家马烽主政中国作协时，葛洛力主创办《文学大选》代替《小说选刊》，以便填补《小说选刊》撤销后，中国作协所属报刊品种的短缺。

《文学大选》的刊号经新闻出版署批准后，这个刊物由哪个具体单位经办，在当时有两种设想，一是交中国作家协会创研部办，一是交原中外文化出版公司办，前者有较多的研究人员，后者有较多编辑出版力量，可以说是各有各的优势。中国作协领导经过权衡研究，最后决定，由原中外文化出版公司承办。原因是这个机构也于1989年撤销，全部人马都在赋闲等待分配工作，机制只要稍加调整就可很快启动，在编辑出版方面可谓轻车熟路，比之给创研部办要简单得多。

事情初步决定以后，时任中国作协党组副书记玛拉沁夫，在中国作家协会一次高级职称评定会上，首次非正式宣布葛洛和我任双主编，会后原中外文化出版公司也做了准备，遗憾的是《文学大选》却未能如期出刊。主要原因是对杂志社领导管理体制，以及办刊经费来源等重大问题，作协主要领导人未能最后敲定，以至于拖到刊号就要撤销了，不得不由我出面向新闻出版署疏通。新闻出版署分管报刊副署长梁衡，同意延长了一段时间后，经费和人事安排仍然没有结果，如若再拖延眼看着刊号就要作废，我做为筹办单位的主要负责人，在征得作协主要领导同意后，主动提出更改刊名为《笔汇》，办成个散文随笔或综合性文化刊物。这个刊物在经济上完全自立，不要国家一分钱，中国作协这才算勉强定下来。我以中国作家协会名义打报告，把未按时出版的《文学大选》刊号，在梁衡建议下先是申请改成《中国文化市场报》，借此名义延缓时间以防刊号过期，后在我建议下正式改成《笔汇》刊名获准，并且由即将调来和我搭班子的周明，请著名书法家沈鹏题写了刊名。可是还没有正式出版，中国作协党组书记又易人，此事就被再次搁置下来。

接替马烽任作协党组书记的翟泰丰，他同时还任中共中央宣传部副部长。应该说，翟泰丰有一定工作热情，想把中国作协工作做好，只是过去跟文学界打交道不多，对情况也不是十分了解，上来就提出中国作家协会工作重点要"抓好三大部（创联部、外联部、创研部）"的思路，并不怎么热衷抓好报刊社的业务。这样做尽管不能说完全不妥当，但是起码忽略了作家的想法，对于大多数作家来说，给他们提供发表作品的地盘，比之出国访问开会露脸更为需要。我就主动向新领导申明情况，以求得此事早日有个结果。翟泰丰吸纳各方面意见后，最终决定用《笔汇》刊号，重新恢复《小说选刊》的出版。这件一般人连想都不敢想的事，借助新领导人的重要职务方便，使得停刊多年的《小说选刊》起死回生。当然，这对于文学界和有关人员，无疑是一件难得的大好事。倘若不是作协党组书记翟泰丰在中宣部有个重要职务身份，在我国现行体制下，一个被撤销的刊物得以恢复，那简直是"难于上青天"。因此，可以说在《小说选刊》复刊上，翟泰丰起到关键性作用。

《小说选刊》算是恢复了，可是没有了正式编制，自然就没有了经费（后来翟泰丰给跑下自收自支编制）。本来在作协党组扩大会议上，翟泰丰提出由作协拨十万元，做为《小说选刊》的开办费，到了分管财务的中国作协负责人那里，不知出于什么原因只拨了五万元，而这时恰逢纸张发行双涨价，这点钱连一期的印制费都不够。倘若开办费多给拨一些或一步到位，借助《小说选刊》复刊的新闻契机，复刊首期发行十万册总不成问题，因为毕竟曾经拥有过百万读者，老刊新出肯定会产生社会经济双效益。另外五万元由陈建功出面周旋，经过一段时间最后总算拿到，只是这时已经耽误了最佳发行时机。

好友李硕儒去美国定居前给我介绍的内蒙古来的友人李延龄，此时已经升任财政部副部长。我就把李延龄请出来，由葛笑政、冯敏陪同，请他在森隆饭店吃顿便饭。席间跟李延龄提出，希望在办刊经费上给予帮助，延龄当即表示问题不大，只是必须要由中国作协申报。事情过去多时不见动静，我就打电话向李延龄询问。他说，已经按专款专用拨给作协，你怎么还要呀。可是，财政部拨的这笔钱，我们却连影子都未见，就被中国作家协会扣留了。仅有的一点希望也就破灭。

由于没有足够的资金保障，复刊号只印了三万册当做"名片"，撒在偌大的报刊市场上，就这样还是用赊欠印费的办法，自行解决严重短缺的开办资金。《小说选刊》重振的最好时机，眼瞅着从眼皮底下失去了；可见掌权者如何处事做人，对于事业发展是多么重要。随后我劝说《小说选刊》领导班子成员，拿出两万元钱投入发行，以免日后因发行问题后悔，这样一来杂志社正常开支，就会越发显得困难起来了。如何生存下去依然得从别的方面找辙。

杂志社想辙，没有别的办法，只能搞活动。想出的第一个活动，就是举办"中国小说节"。经过编辑关正文多方联系考察，场所、广告都有了眉目，就连经济收入都已经测定，我们才向作协领导打报告。遗憾的是未能批准。在这种万般无奈的情况下，我亲自向北京和天津两地作协求助，希望借用他们的资金合办。这两地作协当时的当家人赵金九和张少敏两位秘书长，都对跟《小说选刊》合作前景看好，最后因为有些问题不好解决未能如愿以偿，而他们给予的支持令我至今不忘。

大规模的活动搞不成了，只好搞小规模的活动，就想到了作品研讨会。在当时这是一种极盛行的做法，既有名又有利，许多编辑部都在这上边打主意。至于开谁的研讨会，各编辑部的出发点不同，确定作者也就不尽一样。《小说选刊》当时经济的确困难，但是比经济问题更重要的是，如何让更多读者知道《小说选刊》复刊，以便唤回过去的部分读者。尽管这时《小说月报》和《中篇小说选刊》都在市场上发行得很火，每家都有几十万册的份额，但是它们毕竟是地方出版社办的刊物，我们若想从他们手里争取读者，只能打出中国作协主办这块半官方招牌，把读者的阅读目光吸引过来。由于《小说选刊》的地位不同，主办研讨会自然就跟兄弟报刊不同——具有一定的"权威"性（起码我们自己这样认为）。这就是《小说选刊》想举办作品研讨会的主观原因。

"三驾马车"研讨会的确定

我国文学创作一个不可忽视的情况，就是作品的好坏不完全看艺术高低，主要得看其创作倾向的政治思想性，因此，想借助研讨会公开亮相并产生影响，首先就得适应当时的政治思想环境。《小说选刊》复刊的1996年那会儿，正赶上大力提倡文艺作品的主旋律，恰在这时何申写了《年前年后》，谈歌写了《大厂》，关仁山写了《大雪无乡》，都属于真正具有主旋律品质的小说，被一些政治敏感的评论家称赞。碰巧这三位作家又都是河北人，而我又跟当时任河北作协秘书长刘小放是朋友，有些话可以毫不掩饰地直来直去地讲，这就为"三驾马车"扬鞭上路奠定了基础。

1996年8月，应中国化工文联邀请，参加在河北的一个笔会，我住在石家庄市河北宾馆。一天下午小放来宾馆看我，说起《小说选刊》复刊后的困难，我建议共同召开何、谈、关作品研讨会，请小放这位老朋友，为刚刚复刊的《小说选刊》助助威，同时也为河北这三位作家扬扬名。小放当即表示基本同意，回去就跟其他省作协领导人研究。小放提出这个会要开就在北京召开，以便声势和影响都更大一些，而我的条件是费用由河北省作协出，因为我们实在拿不出钱来，这样，我们两个朋友就算达成君子协议。为了会议称呼的方便和叫响，经过再三研究和商量，我们两个最后一致认为，借用国外政界现成叫法简称"三驾马车"，比之用作者名字会更容易记忆，这样才有了文学界的"三驾马车"。其实我们把这种叫法移过来，并没有什么特别的意思，绝不是像有人说的那样，如何如何。未承想从此真的叫开叫火，并得到文学界认可，以至于有的出版社出书，现在都冠以"三驾马车"的大名，这是我们完全始料未及的。"三驾马车"名字的由来就是这么简单，再怎么演义渲染都毫无大的意义。

文学界召开作品研讨会，按道理讲，应该以评论家、编辑为主，因为这些人最熟悉作品，只要实事求是地发言，就会对作者的创作有帮助。因此，研讨会如果有规格高低之分的话，我认为，应该以与会者的发言水平来论，而不是以官员（包括管作家的官员）的级别来定。可是不知从何时起，本来是学术性的研讨会，完全走了样变了味儿，只有官员而且是高级别官员出席，这个研讨会才算规格高，不然即使有高水平的评论，那也不能算是高规格研讨会。基于这样的思想和时尚，这个"三驾马车"研讨会，要想"有阵势""上规模"，当然也就不能免俗，必须得请高级别官员出席才是。

当时，翟泰丰到中国作家协会上任不久，对于他的工作作风和个人秉性，我都不是很了解也难说上话，不像唐达成、马烽二位，他们主持中国作协工作期间，有事情可以随时破门而入，甚至于通个电话事情就办了。既没有什么既定程序，又没有什么繁文缛节，更没有秘书挡驾，请示汇报事情都很方便，说白了，没有"衙门"作风甚至于带点"游击"习气。现在就完全不同了，翟泰丰毕竟来自正规大机关，办事方法跟行政单位差不多，先约时间，后写汇报，即使小事也得按正规方法办。我不大习惯这一套，就不想去找这个麻烦。恰好不久，中国作协在北京昆仑饭店召开工作会议，刘小放代表河北省作协来参加，我就把刘小放引荐给翟泰丰，并当场汇报关于召开"三驾马车"研讨会的事，希望中国作协党组领导能够出席支持。翟泰丰当即跟小放表示说："你们（河北省）宣传部韩部长参加，我就参加。"小放回到石家庄来电话给我："韩部长说了，翟部长出席，他就来参加。"两位高官都已经初步答应，看来这"三驾马车"作品研讨会，其"大阵势"、"高规格"算初见端倪，我和小放做为策划人总算松了一口气。

但是不管哪个级别官员参加，都只能是起个支撑门面的作用，他们的发言起不到指导创作作用，学术性的发言还是得靠评论家、作家、编辑。经我们双方在电话里商量确定，参加研讨会的京冀两地评论家，北京的由《小说选刊》负责邀请，河北的由河北省作协负责邀请，但是发邀请信都以两家的名义。会议时间和联系研讨会会场，总的说进行得还算顺利，万事俱备只等会议鸣锣开道，这势头正劲的"三驾马车"，很快就可以奋蹄奔向宽广大路了。

马车"即将上路骤起风波

本来一切都准备就绪，单等按时开会了，却不料遇到麻烦，党组书记翟泰丰突然变了卦，不仅他自己不想参加会了，而且在一次作协理论务虚会上还说，某月某日作协要开文学理论会，作协研究部的人员全部参加，谁也不能以任何理由请假。这天正是"三驾马车"作品研讨会的日期，主要发言人又都是作协研究部的评论家，他们若不能如期出席，这个会就很难开得成，多日来的精心筹备顷刻间泡汤。翟泰丰还在文件上批示：此类会议由一个杂志社召开，似乎不大合适，应该以作协名义开（大意如此。最后还是以河北省委宣传部、《小说选刊》杂志社、河北省作协三家名义召开）。看来我们这台戏再鸣锣也难开场了。我当时思想上真的有点想不通。

做为一级组织的主要领导人，对下级说话不算数出尔反尔，对于自己答应的事情说推翻就推翻，我很不理解，更不知道是什么原因造成的。后来询问中国作协别的领导人，我这才算明白，是我在理论务虚会上的一次发言，不经意地得罪了冒犯了翟泰丰，可是我自己全然没有感觉。这样彼此间也就产生了误会。由于作协主要领导的突然变卦，让我想起另外一件事情，这就是《小说选刊》复刊后，第一次评奖颁奖会召开当天，作家协会所有领导人突然被告知，不准参加《小说选刊》这次活动，使得我们原来的计划全部打乱，差点让我在北京文学界出丑。在万般无奈的情况下，我不得不厚着老脸奔走，请一些有名望的老作家吴祖光、冯亦代、汪曾祺、袁鹰、林斤澜等，顶替中国作家协会领导人颁奖。

这次的"三驾马车"作品研讨会，不知更不明白翟泰丰心里怎么想，反正客观上给我的印象，多少有些上次颁奖会的重复。所以当时我就想，这是何苦呢，遭罪一辈子，为了给公家干事情，老了还要受这窝囊气，犯得着吗？当天晚上就给陈昌本、王巨才、陈建功等领导分别打电话表示，既然《小说选刊》主办这个会不合适，那我们就不再担负会议的安排，请尽快指定别人接办这个研讨会。如果觉得我在《小说选刊》不顺手我也可以辞职。昌本、巨才都劝我不要想得那么多。建功听后建议我，还是不要闹意气，从做好工作考虑，给翟泰丰写封信说说情况，尽量争取让他出席这个会。如果他实在没有时间，就请他接见一下作者。后来经过陈昌本、陈建功等人的协调，翟泰丰不仅改变了想法，而且让全体作协领导都参加，果然在京的作协领导都到了会，这是历次文学作品研讨会，中国作协头头出席最多的一次，给这个研讨会"上层次"、"壮声势"，起到了至关重要的作用。我知道自己的性格不好，容易激动，为了避免在会上发生不愉快的事，这次本来确定由我主持的"三驾马车"研讨会，我临时决定由《小说选刊》副总编辑肖复兴主持。

在这里我必须公道地说，翟泰丰做为中国作协主要领导，最后还算"友好"和处理得当，使这次"三驾马车"作品研讨会，不仅允许按照我们的意图召开，会后他见到我还说："柳萌，我可给你完成任务了。"当然，这只是他谦虚的表示而已，我做为部下根本未觉得如何，但是让我感到满意和高兴的是，他在理论务虚会总结会上，明确指示相关人员，一定要解决《小说选刊》用房、经费等问题。后来把作协机关腾出的七间房，都给了《小说选刊》做办公室，并由作协财务处加拨了 20 万元钱。不过有一点我还是想不通，作为党组书记翟泰丰，在五年任期内从未到过《小说选刊》杂志社，有次他去《中国作家》搞调查研究，人都到了沙滩北街 2 号大院，都不肯到同院的《小说选刊》顺便看看。这是题外话了。

尽管如此，"三驾马车"作品研讨会，最终能够如期开成，又很快产生社会效果，实事求是地说，这与做为主要领导人的翟泰丰，以及他态度的迅速转变和担当的职务，有着一定的直接关系。假如光靠《小说选刊》杂志，绝对没有如此大的能量。这是事实。因为"三驾马车"作品是主旋律，各方面自然也就比较重视，后来才在社会上产生一定影响。

这次的"三驾马车"研讨会，给这三位作家带来了大名声，也使刚复刊的《小说选刊》产生了读者效应。借用一句外交家的话说，这是一次"双赢"的研讨会。做为策划人的刘小放和我颇感欣慰。

最后我还想附上一笔。2002 年 5 月 12 日，在《张光年文集》首发式及张光年追思会上，翟泰丰特意走到我跟前，当着李国文、从维熙、阎纲、刘锡诚等众多作家的面对我说："柳萌，很想找你一起聊聊，过去如果我有做得不对的地方，请你多多包涵。"听了翟泰丰说的这句话，我一时真不知如何应对，过一会儿反应过来，就自我解围地说："您太客气了，您什么时候请国文吃饭，我来作陪。"会后吉狄马加告诉我，翟泰丰曾问过他："这个会柳萌来不来？"吉狄马加说："老领导的会，他不会不来。"这让我颇有感触，并不是因为翟泰丰礼从上来，我只是个刊物的负责人，在文学界根本算不得什么，而是让我开始对他有所了解。起码在跟我的接触中，他处事还算直来直去。正如在场的评论家刘锡诚所说："人家一个正部级干部，再说也退休了，能够主动说这句话，真的很够意思，如果真做错什么事，就是不说又怎么样？这种领导人有的是。"翟泰丰说的"不对"事情，按我当时的想法和推测，应该包括"三驾马车"作品研讨会。

现在回过头来想想，其实我和翟泰丰，没有任何个人恩怨，只是过去缺少沟通，在工作上产生一些误会。记得在我退休前几天，翟泰丰和陈昌本两位中国作协当家人，以聊天儿方式找我谈话。第一次走进翟泰丰在作协的办公室，我曾直言不讳地跟他们说："包括王巨才在内，党中央把你们派来，相信你们想做好工作，可是你们了解情况不深入，有些事情很难处理好。"我也举了关于《小说选刊》和"三驾马车"的例子。当然，我也不客气地指出，他们重用了不应该重用的人，在工作上没有起到好作用。

现在翟泰丰和我都已经退休，说说这些十年前的文坛往事，尤其是关于"三驾马车"的插曲，我想回味起来还是蛮有意思呢。

2006 年 4 月 26 日

一次尴尬的颁奖会

《小说选刊》复刊后第一次颁奖会，在北京西郊皇家俱乐部举行。皇家俱乐部就是畅观楼，建于清光绪三十四（1908）年，是一座巴洛克风格的小楼，建筑典雅，风景秀丽，在古老的北京建筑群中，给人眼睛一亮的振奋感觉。据说此处是当年慈禧太后往来故宫颐和园之间的行宫。有的人即使居京多年也未光顾过。由于彭真当年在此起草过《二月提纲》，"文革"时期批判他的"罪行"报纸披露，普通人才知道北京有这么一个好地方。负责这次颁奖活动的《小说选刊》编辑关正文，不知他怎么竟然想到了这里，无形之中让一些作家认识了这个地方。

《小说选刊》被迫停刊后，这一搁置就是几年，过去的几十万读者，自然也就随之流失。这次的颁奖活动，如果搞得成功，无疑会起到唤回读者的作用，因此做为复刊后的主要负责人，我比谁都重视这次的评奖颁奖。青年编辑关正文是我作家出版社的同事，后来跟着我一起来到中外文化出版公司，现在又跟我一起办复刊后的《小说选刊》，应该说对于他的能力、智慧还算了解，我就把这次的评奖颁奖活动让他操办。他为这次评奖活动做的两件事，我比较欣赏和满意：一个是把获奖作品和评委评语，编辑成《小说选刊·金刊》出版；二是为这次颁奖找了个好地方，比之钓鱼台国宾馆、人民大会堂、北京饭店等，我认为更符合文学界活动，由于新鲜也就自然更有吸引力。

获得复刊后"《小说选刊》奖"的作者和作品是：何申《年前年后》、阿成《赵一曼》、邓一光《父亲是个兵》、尤凤伟《远去的二姑》、王跃文《秋风庭院》、汪曾祺《兽医》、叶广芩《祖坟》、谭文峰《仲夏的秋》、池莉《心比身先老》、徐坤《鸟粪》。评奖的评委是：王蒙、张炯、李国文、严家炎、陆文虎等。获奖作者大都是当今文坛的备受关注的作家，获奖作品大都是深受读者喜欢的中短篇小说，评委大都是文学界的重要作家、评论家，因此这次评奖颇受文学界看重。需要提及的是不知从何时起，文学界颁奖活动渐渐变得官化了，好像没有官员坐在主席台上给获奖作者颁发奖状奖杯，这个奖的分量就要减轻，甚至于失去它应有的光彩。所以举办单位最伤神费力的事，就是请带官职的什么人，哪怕不是现职的原什么长，只要他们往台上坐一时半会儿，这个活动也就"至高无上"了。又是拍电视又是上报纸，这活动自然也就风光无限。记得有次参加一个文学颁奖活动，主办单位邀请的一位大官，到了会议开始时还未到，左等不来右盼不到，后来电话一问说是不来了，弄得主持人非常尴尬狼狈，结果还是得自家的会自家开。事后我问什么原因，据大官秘书说，是嫌请柬送迟了，属于"现提溜"，被大官挑了礼。

我也是俗人一个，主持《小说选刊》颁奖，当然也不好免俗。接受那家"现提溜"的教训，提前几天就让经办人发请柬，以免到时官员不到，让我陷入尴尬境地。不过太大的官员，我们肯定请不到，就也不往那边想，最方便而且最合适的，自然是中国作家协会的官员，尽管他们大都是作家，有了官职也就有了分量。谁坐在那个位子给谁发奖，事先准备得几乎无一疏漏，我还是不放心，亲自又跟几位同事到场地看过，大家都觉得无问题了，我这才踏实地等待开会。

正如人们所说，公家的饭不好吃，官儿多了难侍候。就在颁奖会的当天上午，我突然接到一位头头电话，说是中国作协主要负责人有话，这类活动不让作协领导参加。我一听如五雷轰顶。作协官员不参加文学活动，难道光参加政治活动?! 在中国作协的历史上，恐怕是绝无仅有的一次，我不敢说是有意为难，起码是不给我们面子。什么事情都安排好了，居然突然发生这样的事，我心里简直是五味杂陈。心想，多少大风大浪都过来了，老了老了还要受此愚弄，看来是有意要出我的丑啊。以我的脾气和不信邪的劲儿，真想用当工人学过的粗话骂街，以便发泄一下积在心头的愤怒。想了想终于还是压制住了。

不管怎么样，我想，你总未不让我开会吧! 那好，干脆就来个"移风易俗"，今天这个会我就不请官员，看看倒底能不能唱好这台戏。这简直是太欺负人了，让我接手办《小说选刊》，要钱钱不给多少，要支持不给支持，我在中国作家协会干了这么多年，还真未见过如此领导。可是已经骑上了虎背，再怎么着也不好下来，何况下来也不是我的性格，只好硬着头皮往前走。忽然想起在《小说选刊》一次会上，作家、好友蓝翎说过的一番话："没有××单位作家照样活，没有报刊社、出版社，作家的作品就无处发。"同样是在这次会上，诗人牛汉说："我很少参加活动，老朋友柳萌主持《小说选刊》，他让我来我不能不来啊。"作家跟报刊社关系如此亲密，何不请作家给作家颁奖呢？多点文气少些官气，岂不是更好吗？

对呀。干脆我这次就破破规矩，学习电影界的办法，让作家给作家颁奖，说不定这出戏唱得会更精彩。于是我就布置请作家赴会，年轻作家由关正文等人请，年长作家由我亲自出马。此外，还请了财政部副部长李延龄、中国医疗器械总公司总经理王宏烈等，他们不属于文学圈但跟许多作家相识，让他们来给我们的颁奖会捧场助威，给我们《小说选刊》破破这重新开张的"晦气"。令我未想到和非常感动的是，一些老作家和中青年作家，都非常给面子和帮忙，一下子竟来了几百位，就连平时很少参加作协活动的人，如吴祖光、冯亦代、王小波、董乐山、王朔等，这次都特意地出席，可谓是一次居京作家盛会。由于人数超过预定数，自助餐吃得盘光碟净，有的人动手迟未吃上，像王朝柱、徐刚、李硕儒、李延龄、王宏烈等十几人，只好到外边小馆自费就餐，而且毫无怨言。他们说，吃不吃饭无所谓，就是来给你们捧场的，听后，我十分感动和歉疚。

记得我去请老作家吴祖光时，到了他家恰好他不在，我跟新凤霞大姐说明来意。这位善良的评剧艺术家，毕竟跟舞台打了一辈子交道，深知晾台是什么滋味儿，她听后说："这可是难事、急事，祖光正在恭王府看戏，你快去剧场找他吧。"到了剧场只见祖光正聚精会神地看戏，我悄悄把他叫出来说明情况，他二话未说，就跟着我上车到了皇家俱乐部会场，充分表现出吴祖光的仗义和助人的精神。事后我讲给作家朋友们听，他们无不感慨地说：作家就是作家，祖光就是祖光。这还有什么好说的。

这次的颁奖会由于突然发生变化，打乱了原来的计划和安排，我立即同有关人员商定，采取一些临时应变的措施。

颁奖仪式不设主席台只放一张长条桌，摆上《小说选刊》特制的奖牌，颁奖时颁奖者和领奖人只一桌之隔。与会的来宾只念名字不介绍职务，除了几位年事已高的老人，其余的人不分职务高低一律没有座位，体现尊敬长者不重官职的理念。记得给获奖作者颁奖的作家，有吴祖光、袁鹰、冯亦代、林斤澜、唐达成、王蒙、李国文、严家炎等，由于他们都是文学界德高望重的前辈，获奖者从他们手中接过奖状的感觉，可以从作者脸上绽出的微笑看出，绝对跟以往由官员颁奖不同，显得更亲切更自然更会心更荣耀。会场气氛比官员颁奖更显得活跃、轻松、快乐、自由自在。这里需要也必须提及的是，尽管中国作协主要负责人不让作协头头们参加这个会，除了那位主要负责人外，其余的头头脑脑还是来了，他们说，我们是作家，我们以作家身份参加。这样他们也就有机会接触到更多作家。

简短活泼的颁奖仪式结束后，就是自由交谈和就餐。大家端着酒杯随意走动，无拘无束地说说笑笑，没有身份高低之分，没有年龄大小之别，有的只是共同的文学情缘，结果感觉非常轻松愉快自如。这个本来要出笑话的会，反而成了大家欢迎的会，许多作家会后都说，这才叫真正的文学聚会。其实他们根本不了解完全是出于无奈，如果说这种方式还受作家欢迎，只能算是一次歪打正着的颁奖会。从这个意义上来说，得感谢那位主要负责人，他想晾台的决定竟成全了我们。

不过，我很为那位主要负责人感到遗憾，这么好的接触众多作家的机会，他竟然轻易地放过了，实在有点可惜。别的头头到底是作家出身，他们非常知道如何团结作家，换个身份也要出席这个会，当然也就得到作家们的好感。这个本来要出笑话的颁奖会，最后反而得到意想不到的效果。我们《小说选刊》的同仁都特别开心了。

2006 年 4 月 16 日

在维也纳当了一次"富翁"

这已经是十多年前的事情了。

我和作家康濯、航鹰出访奥地利，按照当时国家的出国规定，我的级别只能兑换外币80美元，为了多带几个钱购买点洋货，托朋友在别处又换了100美元。这对于第一次见到美元的我，当时很有点"阔佬"的感觉，一时真的不知如何带出超额美元，怕万一被海关检查出来没收。帮我兑换外币的这位朋友，是个出国如出差的"出国通"，他就教给了我"闯关"的招数：把超额外币叠成最小面积，放在脚心用"伤痛贴"贴住，这样就会万无一失地过关。他还告诉我，花不完的外币如果要带回来，那就无须再这样做了，在报关填单时说是"讲学所得"。按照"高明"朋友的指点，果然奏效，我们来去通关非常顺利。

怀揣180美元出国，在当时简直不得了，要知道，我那时的月工资，满打满算只几十元钱，为兑换这100美元，几乎动用了全部积蓄，外加所有稿费收入。因为是第一次走出国门，对外边的世界全然不知，蛮以为有了这180美元，就可以潇潇洒洒走一回，不至于太露出咱的革命"穷相"，更不会遭遇洋人的白眼——我在这样想。

这次邀请我们出访的单位，是奥地利的维也纳市政厅，也就是说是真正官方机构，因此在经费上也就很大方。记得刚到了下榻宾馆，接待方就给了我们每人300美元，大概是怕我们不好意思接受，特意解释说："你们兑换外币不方便，这点儿钱当做零花用。"嚯，零花钱就给这样多，那正常生活费用该多少呢？这时我才意识到，原来我的180美元，在维也纳根本算不了什么。

别的作家出国访问，是不是也有如此优惠，不详。反正我们这次的意外所得，连老作家康濯都很惊喜，所以他一再叮嘱我们："这件事回去就不要在私下说了，适当的时候由我来汇报。"一直到相当一段时间以后，中国作协开会谈出国访问的事，有人说起去德国访问对方赠外币的事，我才知道别的人也遇到过这种事。

知道了国内国外生活水平的悬殊，掂量出自己手中美元的真价值，这时的第个一反应就是"省着花手中的钱"。

我在维也纳花的第一笔钱，就是上厕所付给的如厕钱，尽管钱不算多，但是依然心疼，因为在国内从无这种事。清理完毕轻身回来，我就跟康老说："解小便还要钱，照这样下去，这点钱哪够用。这资本主义社会也太认钱了吧。"从此，为了节省自己的钱，我就尽量少上厕所，憋得实在耐不住了，这才不得不去。我们受穷的时间太久了，好容易有了这点"大"钱，真的很看重啊！不光是我，其实别的人也是如此。团长康濯老一看这样不行，万一谁憋出个好歹来，他回来也不好交代，就跟大家说："这样吧，公家还带来一些钱，反正也没有别的花销，咱们就少用一点，只做厕所费。"大伙一听自然高兴。这件人生大事，在善心的康老关怀下，总算得到解决。

陪同我们访问的翻译金羖，是个德语说得特棒的年轻人。奥地利人起初以为他出生德国，后来才知道他毕业于北京二外，对于这位德语通非常钦佩。金羖能说一口流利德语，看饭店有关规定说明，要比我这个睁眼瞎方便，生活起居自然也就很自在主动。有次我从房间走出来，随便蹓到饭店咖啡厅，看见金羖独自在喝咖啡，旁边还放着一套西装，出于好奇，我就问金羖咖啡多少钱一杯。小金以为我想喝，这时他才告诉我说："咱们这次出访，维也纳市政厅实报实销，给了咱们一个信用卡。你想喝我就一起刷卡。你想洗衣服，就交给洗衣房，同样可以一起付费。"原来如此，难怪你小子这样自在享福呢！这是我第一次知道银行信用卡，更是第一次知道这种消费方式，不过也只是记在了心里，压根儿没有想到我自己会支配。出于试试看的心理，只在宾馆洗了一套西装。

可能是因为有银行信用卡的缘故，我们在奥地利访问期间，食住行和看戏都非常有种享受感。尤其令我感到无比开心的是，借用奥国人的信用卡，击败了台湾餐馆老板的歧视，真真正正地做了一次"富翁"。不过我并没有胜利的喜悦，而是从心里有种悲凉情绪，为了同是华人的台湾老板的绝情，为了我们自己因贫穷而被人小瞧。多少年来只要一想起此事心就隐隐作痛。

维也纳的大小中餐馆，据说有三四百家，我们这几天吃了许多家，有大陆温州人和广州人开的，有越南和柬埔寨华侨开的，听说我们来自祖国大陆，店家都非常友好热情，尽量满足我们的饮食习惯。特别是在那家叫

"皇宫"的餐馆，这是维也纳最高级的中餐馆，庭院楼阁，花木扶疏，据说这里经常有重要人士光临。我们到来也受到了贵宾般的接待，让我们有如到朋友家做客之感。

有一天像过去的几天用餐一样，我们走进一家中餐馆，所不同的是奥国汉学家施华滋教授，这次没有陪同我们一起来用餐。这家座落繁华地段的餐馆，店堂并不十分讲究，只是还算宁静雅致，几个人一商量就走了进去。找一张桌子坐下准备点菜，等了好久不见侍者招呼，我就主动地叫老板过来。这时一个中年人走了过来，鼻子不是鼻子脸不是脸，像谁欠他多少钱似的，用弯曲手指戳着桌子高声说："喊叫什么，你们大陆客，只能吃快餐，这地方吃得起吗？"好一个不认祖的假洋鬼子，你竟敢这样欺侮我们，我一听就来了气，本想跟他好好理论一番，考虑这是在异国他乡，又有个作家的身份在，就忍下了心中的怒火。只说了一声："今天就让你看看，我们到底吃得起吃不起，走。"说着我就招呼另几位愤愤夺门而出。一位年轻侍者随后跟了出来，解释说："你们几位千万别介意，我是大陆来的留学生，在这儿打工。这个老板是台湾人，他说的也对，从大陆来的人，大都很少下正经饭馆。"原来是这样。他对大陆人既有成见又瞧不起，说白了，不就是因为我们比较贫穷吗，那好，我今天就给你个颜色看看。

我们直直地挺起胸膛，大步流星走进对面一家中餐馆，从规模和气派上看，这家餐馆远远要超过台湾人餐馆。这顿饭我们特意要了几个好菜，目的是考虑我们走后怕那老板万一来探听，好让他知道知道大陆也有"富翁"。只可惜这次当"富翁"的钱是人家的，当时好像是很硬气，事后想起来心情总是很沉重，而且还有种酸酸滋味儿窝在心头。

事情至今已经十多年，从报纸和传说中得知，在国外的旅行者中，被小偷光顾最多的，据说就是大陆的旅行者。这是为什么呢？当然，有旅客安全意识差的原因，但是恐怕还不只这些，主要还是今天大陆人的口袋，至少不比台湾人空瘪了。

由此我想到那位台湾餐馆老板，如今见到大陆去的客人，他还会是那么牛×烘烘吗？我不相信。他准会是另一副嘴脸，因为在他的意识里，只认金钱不认同胞。可惜我再无机会去维也纳，要是有机会去的话，一定再次光顾那家餐馆，无须借用别人的银行信用卡，我就会名副其实地当一次"富翁"。真的，绝对没有问题。

2005 年 1 月 28 日

时间不当走云南

　　我记不住时间和数字，而对于经历过的事情，只要偶然被什么触动，脑海里立刻就会情景浮现。诗人叶延滨在散文《虹》和《一颗最美的翡翠》中，文学评论家李星在给我的信里，都不约而同地谈起汪曾祺、邵燕祥等我们十几位各地文友，1986年春天那次云南之行，我的思绪再难以平静。那是一段难忘的经历，那是一次愉快的远行，那是一件值得记忆的事情，所以延滨、李星二位老弟，跟我一样才会总是念念不忘。

　　延滨在《虹》和《一颗最美的翡翠》文章中说，那次作家访问团团长是邵燕祥，其实这是到了云南之后的事。组团时中国作协指定两位带队人是：党组书记唐达成任团长，书记处书记杨子敏任副团长。随团工作人员是吴桂凤和召明。团员有汪曾祺、张又君、邵燕祥、曹杰、韩映山、朝克图那仁、李星、叶延滨、李锐、毕四海、柳萌。那么为什么后来团长成了燕祥呢？当时延滨在四川任《星星》杂志主编，北京发生的事情他当然不知道，而这正是我说"值得"记忆的事情。

　　这是什么事情呢？中国作家云南访问团即将出发时，中国作协通知召开全体职工大会，任何人不准请假和无故缺席，听那口气十分严厉和坚定，立刻让人联想起政治运动。果然不错。全体职工大会在《求是》杂志社礼堂召开。主要讲话人是当时任中宣部文艺局局长的某作家。内容就是反对"资产阶级自由化"。具体怎么讲的已经记不起来了，不过宣布的那些纪律还记得，其中一条是"在职局级以上干部，在此期间一律不准外出"。唐达成、杨子敏肯定是走不成了，访问团其他局级干部都不在职，只有我挂着作家出版社职务，属于唯一不准这次外出的人，可是我又不想放弃这个机会，因为读过的那些写云南的诗文，早就在我的心中形成向往和诱惑，再说我只是个干活单位的所谓负责人，每天就是上班做些具体事情，平日根本没有外出走走的时间，错过这次机会很难再得到，我就直截了当地跟达成提出："这次我一定要去，你就自当不知道，一切后果由我自己承担，上边万一发现和怪罪，检查撤职我都会认，跟作协领导毫无关系。"唐达成见我如此坚决，既不说行，也不说不行，只是看着我微笑，等于未明确批准我的要求。这也算是达成为政的聪明吧。于是我就擅自做主跟团去了云南。

既然是中国作协派出的访问团，在当地总会有许多相关活动，而参加活动少不了必要的应酬，应酬又必须得有个头面人物才行。起初还考虑等等唐达成和杨子敏，后来见他们实在无来的可能，从在文学界的威望和个人情况考虑，大家提出让邵燕祥当访问团团长。经过吴桂凤跟作协领导请示后，尊重和同意我们的希望和要求，这样诗人邵燕祥就成了"首领"，带着这群老老少少一拨人走云南。

云南省方面负责陪同接待的人，是云南省作协主席、诗人晓雪。晓雪跟许多人原来并不认识，但是大家对于他并不十分陌生，一部评诗人艾青的书《生活的牧歌》，使他早就享誉中国诗坛和评论界。当然还有他创作的大量诗文。有邵燕祥做团长，有晓雪做陪同，这次的云南之行，肯定会很开心。我当时暗自这样想。

诗人徐迟曾经赞美云南，是个"富饶、美丽、神奇"之地；诗人公刘也写下大量短诗歌颂云南，在我心中早就留下美好印象。这次有机会到云南，真想好好地看一看。我们这一行十多人，除了老作家汪曾祺抗战时期就读西南联大，算是个真正的"老云南"，其他人跟我一样，都是新来乍到云南，希望把行程安排好，尽可能多看看风景。东道主还真能体恤大家。一辆中型面包车，载着我们一行人，日行夜宿，一天一站，从容赏景，悠闲说笑，临行前的那些事情，早被扔到九霄云外。那时的张又君、汪曾祺二位，算是我们之中的年长者，其实也不过五六十岁，邵燕祥、曹杰、韩映山、朝克图那仁和我，算是中年人，其余的李星、李锐、毕四海、叶延滨等，都还是毛头小伙子。从每个人的思想状况看，除了一两个人比较另类，其他人思想都比较宽松，政治观念不是太强，自然也就无须怎么防范。不过谁都知道此时情况微妙，尽量不谈那些敏感的问题，就随便说些古今中外笑话。笑话讲得最多最好的，当属汪曾祺和韩映山，张口就来，句句惹笑，他们自己却不动声色，天生一个小说家坏子。观赏美丽风景，聆听中外笑话，是这次走云南给我留下的最好印象。

当然，我们也遇了杀风景的事情。就在我们玩得兴致正高时，一天陪同我们的诗人晓雪，接到昆明来的电话告诉他，他的作协主要负责人职务被撤，接替他的是个从北京来的人，因为此人根本不是文学界的，大家听了姓名不免哈哈一笑,知道是趁此机会来混官的。后来事实完全证明大家的猜想,此人也算是个走红运的主儿,在另一次政治运动中又调回北京,到更大的一个文学单位任要职,而且重要官衔多得不得了,唯一"遗憾"的是没有文学经历,更没有什么文学作品发表。在一次率团出访时填写表格,竟然自封什么"戏剧评论家",主要作品栏目中写的文章篇目,无非是几篇电影戏剧观后感,属于业余作者水平那类文章。反不如不写还算做人诚实,起码不会让真正评论家耻笑。

靠偶然一两次政治运动升官,这并不算什么大不了的事情,问题是当了官怎么做很重要。此人得了要职晕乎乎地忘了姓啥,摆臭架子拿官腔唱高调,俨然一个什么文化大官员,作家群中当然很少有人买账。我一直认为管作家的官员,如果本人是作家、评论家、编辑最好,如果不是也不要紧,但是要懂得一点文学规律,实在不懂也没有什么了不起,关键是人品、作风一定要让作家敬重。此人这两头一点都不占,在作家中自然无威信,据说退休后再无人搭理,混到这地步除了级别高,别的方面毫无可取之处。想起来也真够可怜。

这是我们这次走云南知道的一个人。听了晓雪被撤职由此人接任的事,在我们这群人中自然会有议论,大多数人的看法还算比较一致,但是也有一两位另有看法,交谈时多多少少有点"磨擦"。原来极快乐和谐的氛围,因此事看法不一样,被弄得很别扭很拘束,从此一路上都非常沉闷,连笑话都很少有人再讲,大概都在设法保护自己吧,生怕因说话不当招来横祸。

不过人之所以为人,就是比别的动物智慧,总能找到新的欢乐。扎堆说笑的事少了,两三个人聊天解闷儿,就成了新的交流方式,这其中最活跃的人,当属老作家汪曾祺。他是个真正的老云南,年轻时在西南联大读书,后来在政治运动中倒霉,这一走就是好几十年,再没有机会来,此次旧地重游,自有一番感慨在心头,许多景物都勾起回忆。他就给我们讲那些有趣往事,有的后来写进他的散文中,如《泡茶馆》《跑警报》等等,都是写他的云南生活经历。

但是,最让大家开心的事情,莫过于我被黄蜂蜇。那是我们一行到达盈江平原镇时,夜宿一家傣族竹楼旅馆,晚间睡觉刚钻进蚊帐,忽然发现一只黄蜂。我一边叫喊一边往外轰,这只疯狂黄蜂就是不走,趁不备突然蜇我一下,而且是在敏感的指尖上,可把我疼得死去活来,朋友们却为此开怀大笑。多日以来因议论引起的沉闷,此时由我被蜂蜇一扫而光,大家显得是那么开心，仿佛忘记应该给我点同情。

不过我也未让黄蜂白蜇，激发了诗人邵燕祥灵感，他为此写戏诗一首赠我。原诗是"问君何所遇平原/邀得黄蜂指上谈/大烤代传油外味/新茶岂赚笔头钱/姜能辣口偏宜老/木不成材始获全/八十风铃空自响/某虽悟道未参禅"，算做这次云南之行纪念，几年后燕祥写成条幅赠我，有时拿出来看看读读，就会不自禁地想起往事。至于诗中别的含义，只能慢慢地体味了。

云南之行一晃二十多年过去了，汪曾祺、韩映山都做了古人，当年的陕北壮汉李星老弟，日前来信说他已年届花甲，可见绵长的岁月之无情，连一点缝隙都不肯留下。作家李锐、叶延滨、毕四海三位，比评论家李星年龄稍小些，如今仍然活跃在文坛，时不时还有新作问世。只是不知他们还记不记得云南之行。倘若不是在那样的背景下，倘若不是有一两位另类人，我们这次的云南之行，肯定还要玩得愉快。尤其令我感到欣慰的是，我这么一坚持，唐达成不言语，就成全了我的云南之行，不然对于我会成终生遗憾，因为这以后再无机会去云南。

看来人生就是如此，只要不什么都贪，关键时豁出一头，没有什么愿望不好实现，倘若什么好处都想占，说不定最后全都落空呢。

尽管这次去的时机不好，还是领略了云南的风光，留下的依然是美好记忆。确如老诗人徐迟所说，云南，是个"神奇、美丽、富饶"的地方，只要想起来就有诗意的感觉。这些年又去过一些地方，尽管风光同样美丽诱人，给我的印象都不错，但是像云南这样依依难忘，在我似乎并不是真正很多。

2007 年 4 月 8 日

抢来的小说《感谢生活》

时间过得真快，转眼之间，《中国作家》杂志走过了二十年。

一个杂志跟一个人一样，从牙牙学语，到长大成人，这过程总不会一帆风顺，只要挺过来，就会有个美好的前程。尽管为《中国作家》创刊号发完稿，我就调到作家出版社编辑部，从此再未具体参与《中国作家》的事情，但是对于这本新创办杂志的感情依旧未变。二十年来看着它从艰难中走过来，成为今天一个有影响的大刊物，在为繁荣文学创作起着重要作用，做为参与初创时期的老编辑，我由衷地感到无比欣慰和高兴。

我原来在《新观察》杂志当编辑。《文艺报》准备从杂志改为报纸时，考虑到我曾经多年当过报纸编辑，作协就把我从《新观察》调出来，据说有意安排我到《文艺报》当编辑，可是调出后《文艺报》改版并未最后敲定，就暂时把我留在刚恢复的作家出版社。作家出版社当时的负责人，除了社长张僖、总编辑江晓天，就是副总编辑张凤珠、龙世辉，由他们二位具体负责编辑业务。这二位都是多年从事文学工作的老编辑，对于如何团结作家和为出版社组稿，自然都是轻车熟路的行家里手，就提出先在出版社创办一个刊物，有个"地盘儿"就不愁约到好稿件。这个刊物就是今天的《中国作家》杂志。刊名由张凤珠最先提出来，经大家讨论最后正式命名。现在看来这个刊名非常大气、庄重，而且符合办刊单位的身份。

初创时期的作家出版社，真正做编辑工作的只有八人：贺新创、解婷、李玉英、蒋翠林（总编室）、石湾、李荣胜、刘庭华、柳萌。因此《中国作家》创刊号的组稿任务，就责无旁贷地落到了我们几个人头上。跟许多事情开始时一样，无论怎么困难麻烦，大家都不会很在乎，想的就是如何办好办成功。谁多干点儿少干点儿，谁替谁捎带着干点儿，几乎没有人斤斤计较。第一期稿件的组织加工，记得领导并未怎么安排，我们几个人自告奋勇、各尽所能组稿编稿，进行得非常愉快顺利。第一期发表的邵燕祥的诗《黑龙江的沉思》、张志民的诗《大西南恋歌》、王蒙的杂文《长的一解》、蓝翎的杂文《残梦补记》，就是由我组织编发的。此外我还约了方成、江帆的漫画。这些稿件之所以由我约，一是我过去就是杂文编辑，二是我跟作者都比较熟，所以进行得非常顺利，给这些朋友打个电话，稿件也就如期寄来了。

正是因为大家齐心协力，《中国作家》杂志刚一问世，从作者阵容到作品质量，都显露出大刊的品位，立刻在读者中引起关注。

在这里，我想说说冯骥才小说《感谢生活》的组稿和出版过程。

这篇后来反响不错的作品问世，是由石湾、刘庭华和我三个人共同努力，才得已在《中国作家》发表的，可以说是编辑团结协作的范例。这也算是《中国作家》创刊时的轶事。因为三个人处理一篇稿件的情况很少。在名利跟个人挂钩的今天就更不多见。

当时冯骥才正在中国文坛走红，编辑部打算请他给写篇小说，我家在天津又跟大冯熟悉，就派我去天津登门找大冯约稿。1978 年我在《工人日报》文艺部工作时，大冯正住在人民文学出版社，修改他第一部长篇小说《义和拳》，我就认识大冯并且有过接触，同时在此认识的还有作家朱春雨，他也住在人民文学出版社改稿。我跟大冯有这一层关系，而且又同是天津老乡，即使大冯已经今非昔比，谅他也不会让我空手而归；但是给不给他自己满意的作品，说实在的我心里无一点把握，只能看大冯是否给面子了。

到天津连母亲家还未去，我就先直奔大冯家，希望早点完成组稿任务。到了大冯家正赶上中午，我本想说完事回家吃饭，大冯非留我在他家吃饭。那时在外边吃饭不方便，大冯夫人又未在家，记得大冯开了两个肉罐头，外加两样简单爽口小菜，就算我们俩的这顿饭了。千万别小瞧这顿饭，它使我预感到，大冯很可能成全我，我自然比吃饭更高兴。

吃完饭我说明来意，果然不错，大冯满口答应下来，我悬着的心顿时踏实。但是在谈到具体作品时，我觉得大冯口气不太爽快，怀疑他有自己满意作品，好像还没有跟我和盘端出，我就继续跟他闲扯乱聊，无意间说到这篇《感谢生活》。原来这篇自己比较满意的小说，他已经答应给另一家杂志，出于信誉大冯开始就未跟我说，这会儿他在话语间透露出来了，我当然不会轻易放过他，好说歹说让他支持才创办的《中国作家》，最后他总算答应下来了，并且说再修改一遍寄我。

我回到北京以后，把情况跟张凤珠、龙世辉做了汇报，他们对大冯这篇小说很感兴趣，就让我盯紧以免放走。过了几天未见小说寄来，怕出现什么差池，我就打电话向大冯询问。从说话语调上听，他支支吾吾，在心里打鼓，我一看不行，立刻请刘庭华代跑一趟，亲自去天津找大冯取稿。记得刘庭华二话未说，立刻就跑到火车站，乘最近时间的车次，赶到天津去找大冯。刘庭华从天津回来后说，他走得急未在车站买上票，买了张站台票上车补票，车上没有座位一直站到天津。让这位年轻编辑辛苦了一趟。最后总算取回来这篇中篇小说《感谢生活》。本来是我负责的事情，却让刘庭华代劳奔波，我听后非常不安。

未过多久《中国作家》跟作家出版社分离，做为一个单独单位《中国作家》另立门户，我和刘庭华、李玉英、李荣胜分到作家出版社，大冯这篇中篇小说《感谢生活》由石湾发稿。后来这篇小说好像获得一个什么奖，责任编辑署的是石湾和我的名字，这让我再次感到不安，其实我只是找大冯约稿，在稿件处理上同样没有出力，如果也让我分享的话，当然也应该有刘庭华一份功劳。好在石湾、庭华这二位老弟并不介意。我却一直深深记在心里。

在《中国作家》创刊二十周年的时候，今天说说这件事情，我从内心里感到格外温暖。尤其是想到最初的几位编辑，如今都已经不在《中国作家》了，像张凤珠、贺新创、石湾、李玉英、蒋翠林和我都已经退休，解婷、李荣胜、刘庭华早已调走，那位老大哥龙世辉成了故人，回忆一下这些往事前情，心中真的有种别样滋味儿。觉得在一起工作时，哪怕有过什么不愉快，现在想一想都很留恋，因为毕竟是种人间缘份。特别是人到了我这般年纪，苦辣酸甜尝过，喜怒哀乐有过，对于什么都看得比较淡了，唯有想想一起共过事的人，想想自己参与做过的事情，似乎才会多少唤回点激情。

作家冯骥才老弟，如今已经是个干大事的人了，又是抢救文化遗产，又是搞艺术中心，还要从事写作、画画，这件 20 年前的区区小事，恐怕他早已经记不得了。而我是永远不会忘记的。他小说的名字叫《感谢生活》，我却要借他的书名感谢他，因为他让我顺利完成了任务，使刚刚创刊的《中国作家》杂志，给读者提供了一篇优秀小说。尽管是我从大冯那里抢来的。

2007 年 3 月 16 日

《小说选刊》是怎样复刊的

1989 年政治风波停息，全国开始报刊大整顿。《小说选刊》和《新观察》《散文世界》杂志，以及中外文化出版公司一起，从中国作家协会出版系列中消失。时隔六年之后的 1995 年，只有一本杂志奇迹般"起死回生"，重新出版与它的读者见面。这个刊物就是《小说选刊》杂志。

《小说选刊》创办于 1980 年。

当时恢复不久的中国作家协会，出于推动文学作品评奖的需要，由诗人、评论家、《人民文学》主编张光年（光未然）提议创办。作家、编辑家葛洛为首任主编。《人民文学》杂志抽出萧德生、傅活二位资深编辑具体负责。时任中国作家协会主席的茅盾先生，亲自为刊物撰写《发刊词》，并且欣然题字："披沙拣金，功归无名英雄；名标金榜，尽是后起之秀。"葛洛之后由作家李国文任主编。

在葛洛、李国文、萧德生、阎纲、傅活等老编辑家经营下，《小说选刊》发行量曾经达到过 180 多万册，在发现、培养文学新人和繁荣创作上，都起到了非常重要的作用。由于《小说选刊》是中国作家协会刊物，更由于它的优越地理位置，某位作家的小说作品被选用，立刻会引起文学界或作者所在地区注意。比如山西作家李锐的小说《厚土》被选用后，主编李国文特意写了篇评论《好一个李锐》，产生的影响和效应至今还被人津津乐道。足见《小说选刊》在读者中威望之大。

然而，就是这样一个纯文学刊物，在 1989 年出版业整顿时，由主办单位主要负责人提出，经国家新闻出版署批准停办了。表面理由是消减刊物数量，真正停办原因至今不详。如果不是另有其他隐情，即使国家有关部门提出停办，主办单位跟有关部门说说情况，不减或少减几个刊社完全可能，因为中国作家协会毕竟不同于其他部门，大批文人集中一起不办刊物还能干什么？写文章、编图书、办杂志，可以说是中国作家协会的正业。有次我去新闻出版署谈事情，跟一位认识的署领导谈起此事，他说：

"中国作协所属报刊社的削减，除了《新观察》杂志，其余被撤销的刊物、出版社，都是你们作协自己提出停办的。"我不想议论功过是非，不过，从这位负责人的话语中，我依稀得到点好的信息，只要努力还有可能再办报刊。但是，对于恢复撤销的报刊，我从未抱什么希望，总觉得这完全没有可能。

《小说选刊》杂志停办以后，为保住这个刊号，老作家葛洛积极建议，重新创办个《文学大选》杂志，意见被当时作协主要负责人接受，并且责成由原中外文化出版公司经办，因为这个出版机构跟《小说选刊》一样，在那个特殊时期撤销了，人员正在等待重新分配工作。可是编制、经费等问题，却一时不好得到解决，《文学大选》迟迟未能办起来。我曾是中外文化出版公司负责人，机构撤销后仍然维持平时局面，眼看着刊号就要到期作废非常着急，经我与有关方面多次探讨，打算办个综合性文化刊物《笔汇》，可以完全不要国家一分钱。就我当时的调查和设想，这个刊物办个一年两年，发行量达到一两万册，应该说不会有什么问题，而且还可以拉到一些广告，因为这个刊物能发纪实性文章，可以在一定范围内回报厂家。中国作家协会领导经过研究，同意创办《笔汇》杂志的方案，并很快获得新闻出版署批准。

就在我们着手《笔汇》的组稿，而且有的作家如唐达成、舒婷等都已经把文章寄给了我们，正准备创刊号的版面安排时，1995年中国作家协会调换领导班子，中共中央宣传部副部长翟泰丰兼任中国作家协会党组书记，上一届党组决定的有些事情被翻牌。这时我已经到了退休年龄线，完全可以办理退休手续了，何况中外文化出版公司停办后，我已经舒舒服服在家赋闲六年，早已经习惯散淡无羁生活，再干事情的心劲和精力都不很大。只是考虑我主持的中外文化出版公司，停办后大部分人员尚未得到安置，出于我这代人都有的责任心和感情（现在想想纯粹是自做多情），想在退休之前跟新领导做个交代，让这些年轻人前程不至荒废，就主动给翟泰丰写了一封信，借在昆仑饭店开会之机当面交给他，请他考虑中外文化出版公司遗留问题。

世上的事情历来如此，种树时没有人挖坑儿，桃子熟了准有人伸手。就在这个关键时刻，个别人打起《笔汇》刊号主意，借跟翟泰丰的密切关系，背着我在私下里游说和鼓动，用我们艰难维持下来的《笔汇》刊号，要重新恢复《小说选刊》杂志。如果跟我通个气也好，这刊号又不是我个人的，我总不会反对和阻挠吧，可是，人家根本未跟我透风，就悄悄地谈妥说成了。有几位朋友将此事告诉我，说："你还蒙在鼓里哪，傻呵呵当维持会长。"我听后只是轻轻地一笑，并未当回事情往心里装。因为，一是觉得不大可能，一个停办刊物重新复刊，好像还从未听说过；二是真能恢复《小说选刊》，就要列入国家编制，总比自己找钱要好。何乐而不为？唯一让我心里感到别扭的是，我已经同意调来任职并想倚重的冯立三，他知道此事未跟我透露一点风声。那时冯立三在中华文学基金会任副总干事、《环球企业家》主编之一，我搭班子根本不可能想到他，有天他给我来电话，说了说现在的处境，并且希望到这个我筹办的刊物来。

我跟冯立三过去接触不多，只知道他原来在《光明日报》文艺部。调来中国作协曾任《小说选刊》副主编，到任时间好像不是很长，《小说选刊》即被无故停刊，停刊后他加盟《环球企业家》。他毕竟是个办过刊物的人，倘若他能来也不错，可以在编辑业务上帮我。我就给李国文、谢永旺、韩小蕙打电话，征求他们三位对此事的意见。这三位都跟冯立三关系不错，对他也比较了解，他们都认为冯立三是个理想人选，起码比争着要来的那两三位好相处，这样我就未再考虑我更熟悉的人。活动恢复《小说选刊》的事情，知道后心里不是很痛快，主要是觉得，如果此事我早知道了，就会以此为由向中国作协要编制和经费，总不至于在创办初期，让我既搭人情又出力气，为这个刊物的经费犯愁。可是我又没有跟冯立三及时沟通，结果误会使两个人之间产生隔膜，现在想想完全无此必要，都是给公家办事情，何必伤害个人之间感情呢？这暴露出我性格上的某些弱点。

后来的事实证明，我的想法过于天真，不可能的事还是可能了。主要负责人翟泰丰接受几个人意见，利用他重要职务的便利，跟有关方面磋商和策划后，最终利用《笔汇》的刊号，恢复停办六年的《小说选刊》。因为我不知情也就无思想准备，直到书记处常务书记和分管人事书记急匆匆地找我商量有关事宜时，我除了惊愕还有种被戏弄感觉。我一个小单位的小头头，根本无能力跟当权者抗衡，我只能表示无奈和尴尬。

可能是我的表情写在了脸上，于是那位常务书记说："我们想让你和周明同志（原来打算调来跟我搭班办《笔汇》）一起，带着刊号去作家出版社任职，这样刊物的经费比较好解决，再说出版社正没有合适人选，你又是作家出版社老领导，有些事做起来也比较方便。"我是从作家出版社出来的人，经历过最初创业的艰难，现在已经到了退休年龄，真的不想再去操劳奔命了，就一口回绝："都到了这个岁数，再去主持那么大摊子，实在没有精力了。如果工作不好安排，我可以马上退休。"听后，他又说："不是这个意思，你别误会。既然你不想去出版社，就还办《小说选刊》杂志，让周明同志去作家出版社。只是办刊经费得自己想办法，我们想听听你的想法和打算。"这时才知道自己上了当，原来即使办《小说选刊》，中国作协也不给经费，可是我又毫无办法抗争。

心想，既然这么大的当都上了，人事安排上的当再不能上，让我找钱办刊物就得说了算，就说："我的想法很简单，钱可以少给，但是不能不给；人员全由我定，最后由组织批准；机构设置我制定，由作协报国家编委；分管我的领导由我提出，请作协党组批准。这样做的目的就是为了干事。"此时任常务书记的这个人，还有那位分管人事的书记，他们的品性和作风我都比较了解，绝不能完全按他们的意图办。如果他们不同意，我就干脆继续休息，过逍遥自在日子。

听完了我的陈述，他们表示可以考虑。我也就不好说什么啦。

常务书记再次找我时，他说："经过研究，基本同意你的意见。"于是，我们当即一起商量主要人选。我提出，分管我的书记，希望安排陈建功。后来建功知道了此事，曾跟我说："见过领导挑部下，还未见过部下挑领导。"尽管这只是一句玩笑话，说明建功并不介意这种做法，但是对于我来说确很重要，事实完全证明，《小说选刊》的复刊和发展，倘若没有建功的支持和周旋，许多事情处理起来会有难度。这位领导提出《小说选刊》主编由我担任，副主编由某某小说家担任。我当即说："前次我已经说了，人员由我提出，作协党组最后批准，这个人我不想表态。"他见我不采纳他的意见，当即反过来说："那好，相同条件——中共党员，作家，40左右岁，有一定知名度。你提一个，我们再议。"我这个人性子比较急，做事情不愿意啰嗦，本来应该下来想想的事，我却顺着他的思路，猛然提出作家肖复兴。其实，我对肖复兴也不是很了解，跟常务书记提的那位作家一样，只是开会见过几次面印象还不错，可能是这位领导比我跟肖复兴接触多，他很快就表示"我看可以。"

我在北京文化圈混迹几十年，认识的作家和编辑绝对不少，跟我关系比较好的也有，完全可以从这些朋友中推荐，但是，我觉得工作和交友不同，给公家办事情万一不慎得罪朋友，那就会一辈子想起来心里不安。工作上相处也就几年，朋友间来往需要几十年，何必自己跟自己过不去，再说我历来反对拉帮结伙，没有必要拉朋友来跟我合作。至于为什么挑陈建功负责联系《小说选刊》，这完全是接受有过的经验教训。我在主持中外文化出版公司时，分管我的作协书记是韶华，这位老作家真诚宽厚、助人成事，在中外文化出版公司处境困难时，有他的帮助很快便打开局面，韶华也跟我成了很好朋友。我提出请陈建功书记分管《小说选刊》，觉得他会跟韶华一样无须提防，而且会帮助解决一些事情，倘若遇到品性不地道的领导分管，整天就得提防他给我下绊儿，怎么能有心思做事情呢？这位领导提出任副主编的作家，想必跟他个人的关系不错，出于"警惕"我就一口回绝，那位作家就未能来任副主编，如果由别人提出我也许会接受。

当然，后来的事实证明，即使自己提出人选，情况也不见得合适，人是最难琢磨最易变化的，事业上难有永久的合作者。连历史上公认最英明的人，在选人上都有走眼失误的时候，更何况凡人小头头如我者。这恐怕是任何人都可能出现的差错。

我以为，恢复后的《小说选刊》杂志，还是原来的事业单位，跟作协其他报刊一样，由国家财政给些人头费，接手以后才开始知道，是个完全自收自支单位，连人员工资都得自己挣。我一接手就要陷入经济艰难。当时我就想，既然是完全自收自支单位，索性就把它做大做强，因此，在杂志社制定编制时，就打破作协杂志固有设置，将《小说选刊》定为20人编制三个业务部门，设正副社长、正副总编辑，建立社委会领导下的社长负责制，将来一旦条件成熟办个"小说出版社"，因为光靠刊物本身很难生存。这种体制和人员设置，在中国作家协会报刊史上，可以说还从来没有过。在跟有关领导和相关部门磋商时，自然要费一番周折和口舌，我的理由就是："单位要自负盈亏，光靠一本杂志运作，能不能维持难说。既然杂志社自负盈亏，养多少人，设多少位，又不要作协拿钱，就应该尊重我们的意见。先往上边报报看。"应该说，当时分管人事的书记和人事部门，在这点上还算不错，他们给予了我有力的支持。最后国家编委批准了我的方案，复刊后的《小说选刊》杂志社，分设正、副社长、正、副总编辑的职位，跟中国作协兄弟刊物有所区别。这种独立运作的杂志社建制，直到中国作家出版集团成立，才被改变为习惯的建制称谓，而且还拿走了几个建制名额，自负盈亏的性质却无改变，《小说选刊》依然得自己找食吃。

按照中国作家协会的正常做法，刊物设置一正二副主编体制，是再正常再顺理成章不过的事情啦。我完全没有必要打破这个规矩。即使自己不想多干事，像有的人那样挂个主编名，找个人任常务副主编，在中国作家协会比较普遍。怪我当时还有点雄心壮志，想把这个刊物逐渐做强做大，就力争这样的建制获批准。听到我有这样的设想，有好几个人亲自找我，希望调来《小说选刊》，其中有一位把话都说到这份上了："柳萌，咱俩关系不错，我一直把你当老大哥，这样好的事情，你都不想成全我呀？"最终我选择了冯立三和肖复兴，当然，他们的级别也就解决得不错，不然，即使同意他们来也只能平调，没有我设置的位子，又不是国家拨款单位，只要我表示出一点为难，我想还没有谁硬要安排，更甭说跟领导有约在先。由我找钱办这个刊物，人员当然得我说了算。这点大家都明白。

1995 年 4 月 15 日下午，中国作协主要负责人翟泰丰，在他的中宣部办公室，召开中国作协党组扩大会，让我和冯立三列席会议。涉及我们的内容大致是：不再办《文学大选》或《笔汇》，用这个刊号恢复《小说选刊》；刊物要坚持正确导向，在坚持原来风格前提下，争取创新；中国作协拨十万元开办费；在复刊手续未办之前先工作。等等。

在研究恢复《小说选刊》党组会上，让我们列席参加会议，按说是无资格主动发言的，但在谈到办理恢复手续时，我就再也按捺不住自己了，因为深知跟新闻出版署打交道的困难，如果主要负责人能够垫句话，我们就会少跑腿不费口舌，于是放下顾虑抢着说："办理恢复手续，恐怕还得作协出面，我们去办不会那么快。"翟泰丰听完我的话，就说："这件事我来办。"他当即就拿起电话，只听他说："梁衡吗，我是翟泰丰，经我们研究，考虑工作需要，打算恢复《小说选刊》，你跟于友先同志说一声，尽快给办手续。"梁衡当时任国家新闻出版署副署长，分管全国报刊管理业务，我虽然跟梁衡很熟，总不如当权官员一句话。于友先当时任国家新闻出版署署长。

结果完全如我所期望的那样，有了中国作协党组的决定，有了主要负责人垫的话，《小说选刊》恢复的手续，办得非常顺利和迅速。

我和冯立三从中宣部开完会出来，已近傍晚，在附近的一家小餐馆，我掏钱请他吃了顿便饭，顺便跟他表达了这样的意思：咱们第一次合作，希望共同努力，把这个刊物办好；原来中外的人跟着我不容易，他们如何安排，我已经跟有关方面说过；我都到了退休年龄，本来就应该退休了，组织上让干只好干，只是我妻子身体不好，生活上得由我照顾，没有那么多精力了。编辑业务上的事，你多管管，别的事由我负责。冯立三当即表示同意。

熟悉出版业情况的人都知道，创办新的报刊谈何容易，恢复老报刊即使再困难，总还会唤回部分老读者，对于这个决定大家自然高兴。既然决定不办《笔汇》杂志，《小说选刊》未来命运如何，自然也就跟我没有什么关系，我有种如释重负的轻松感。至于我自己退休退到哪里，倒是值得认真考虑的事情。这里我必须附上一笔，在马烽和玛拉沁夫二位主持中国作家协会时，给撤销的中外文化出版公司，特意批了十个人的事业单位编制，此时人头费全部在作协开支。我的名额就落在中国作协创研部。中国作协创作研究部是国家拨款，《小说选刊》是个自负盈亏单位，退在中国作协无后顾之忧，退在《小说选刊》可以多拿点钱，人事部门负责人让我自己拿主意。非常感谢吉狄马加（原中国作协书记处书记、现任中共青海省委宣传部部长）和徐光（时任中国作协办公厅副主任）两位老弟，他们提醒我说："你都到了这个岁数了，工资拿多拿少是次要的，退休还是退在作协好，起码看病会有保障，再说《小说选刊》是个新单位，你还得让人家负担你，何必呢？"这样在《小说选刊》干了几年，最后退休退在中国作家协会。这是后话。

得知《小说选刊》复刊的消息，读者和小说作者都很高兴，只是一个刊物要想办起来，又何谈那么容易和方便，再说又没有足够经济支撑。当时想从中国作协调一个司机，开始他还蛮高兴地愿意来，听说是个自己找饭辙单位，说什么再也不想来了。可见面临的经济压力之大。这时我着手办的第一件事，就是调我提名的肖复兴，立即来《小说选刊》任副总编辑，已经跟他本人正式谈过了，我就不能食言。真正办手续了才发现，肖复兴只是副处级别，而且还有个房子问题，都怪我当时过于莽撞，未能细致了解他的情况，如果以此为由推掉推荐，我想谁也不会说什么话。但是我没有这样做，结果闹出许多麻烦，比如不能一步安排到位，比如他的房子如何解决，比如其他编辑服不服气，都是非常棘手的问题。幸亏兼人事部主任的施勇祥、办公厅主任杨宗，都还算给我面子和支持，商量后总算做出妥善处理。职务安排先过渡到正处级，稍过几天再考虑下一步；房子问题由办公厅出个证明，让他原来单位暂时不要收回。这样，肖复兴正式调来《小说选刊》杂志社。

肖复兴调过来以后，配合总编辑冯立三，主要抓稿件等编辑业务。我腾出手来和关正文、葛笑政两位青年编辑，一起抓邮局主渠道发行工作，千方百计在市场挤个位置。恰在这时我的老朋友师继光，从河南省邮电管理局局长任上，奉调来北京邮电干部管理学院任党组书记兼院长，正好负责全国邮电局局长的业务培训，我就请他帮助给我们找些关系，他介绍了北京市管报刊发行副局长。更巧的是肖复兴北大荒的知青战友，有一位此时也在北京报刊发行局负责，这样就有了两个人为我们出力，事情比我们自己乱闯要好办得多。有了这层比较直接的邮局关系，主渠道发行也就有了一定保障。但是，我还是不放心，凭我多年经验，发行上不去，刊物编得再好，送不到读者手中，仍然不会有效益。我想再派个人，到外地跑发行，可是杂志社无钱，开办费说是给十万元，分管负责人故意刁难，实际上只拨五万元。怎么办？我一想，这个钱如果不花，将来万一发行有问题，到时后悔都来不及。我便跟大家商量，希望"破釜沉舟"，拿出两万元钱来，派个人出去走一趟。这个人必须是编辑，因为别的人出去，说不清楚刊物情况。最后派出女编辑崔艾真，一边推介刊物一边搞发行，她在河南等地跑了近半月，宣传发行效果都很不错，带去的钱却未花多少，我对她的工作相当满意。

决定给的十万元开办费，当家人却未按数如期拨来，而且连个理由都不说，这还不算，作协以《小说选刊》名义，找财政部要的开办费，他都从中偷偷截留，这分明是想看我的笑话。早就有朋友说过："某某人历来心术不正，他最怕别人做成事，显出他的无能来。"他在《小说选刊》经费上的做法，让我完全领教了他的心术，从而证实了别人对他的评价。本来可以找翟泰丰要这笔钱，或者直接找那头头当面吵要，我就不相信他把没理的事说成理。后来冷静地想想，为公家事犯不着，万一因经济问题，刊物维持不下去，我就早点退休，继续过我的自在日子。加之我这个人生性比较好强，想用事实证明自己的能力，当时就未跟他过多地计较此事。

正像常言所说，屋漏又逢连阴天，这时发行费和纸价，都在提高价格，这仅有的五万元钱，连印刷费都不够，只好拖欠印刷厂。分管《小说选刊》的领导陈建功，非常理解和同情我们的艰难，最后由他周旋要来另外五万元钱，只是已经耽误了最佳发行时机。这时王巨才从陕西省省委调来中国作协任党组副书记，他来《小说选刊》认门的时候，看到我们办公用房的困难，主动提出帮助我们解决。其实我非常清楚地知道，巨才的一片好心根本行不通，别说他是新来乍到的领导了，就是主要领导说拨开办费，不是照样被某人打了折扣吗？办公用房的事仍然绕不过这个人。不过仅凭这句话我就很感激巨才。

在当今讲究经济的商品社会里，即使像同仁堂那样的百年老号，几乎每一天都得做电视广告促销，不然很可能被新冒出的品牌在强劲炒作中挤走市场份额。有着商品属性的文化期刊，在今天也毫无例外需要促销，而促销就得有一定经济基础，刚复刊的《小说选刊》经费如此艰难，要想宣传显然心有余力不足。此时任《人民日报》科教部副主任的周庆（现任香港《大公报》总编辑），是我过去的同事和老朋友，于是我请他帮助我造点声势，他想了想说："从宣传报道上没有问题，只是得有新闻点，这样就比较好处理。"在周庆的启发下，我把《小说选刊》复刊新闻发布会，开成了个"市场经济与文学研讨会"，请新任中国作协领导王巨才，老作家、老主编李国文二位出席，为复刊后的《小说选刊》站脚助威。消息在《人民日报》见报时，地位非常显著且加花边，等于无偿做了个开张"广告"。此会在北京新兴宾馆举行。新兴宾馆总经理王国军，是军旅作家陈先义的战友，先义又是我多年的好朋友，有这一层关系我们又省了费用。所以我一直跟杂志社的人说："如果没有众多朋友帮忙，内外交困的《小说选刊》，在复刊初期很难那么快打开局面。"

正在《小说选刊》急需要人手时，总编辑冯立三患了糖尿病，医生开证明建议他休息治疗。按照杂志社的规定，休病假要扣除额外收入，考虑他家里实际情况，我跟他说，你家里上有老下有小，光靠这点工资会有困难，我看你就上半天班吧，管管编辑上的大事。他自然是高兴地同意了。这样就面临一个新的问题，刊物的实际工作谁来管？提新调来的肖复兴吧，他刚从副处提到正处，在这么短的时间内再提，显然是不合乎有关规定，不提，编辑事务又没有人抓。经与中国作协负责人事领导争取，最后同意考察一下肖复兴的情况，未承想考察的结果非常不理想，两次考察两次被群众否定。考虑到工作的困难和需要，我只好再次找分管书记，希望他破破常规办理此事，帮助我们解决这个棘手问题。我甚至于要浑地说："既然是我用人，又是我们给开支，就应该安排。"应该说分管书记和人事部，还算理解我的心情和用意，并未计较我无理的言语，最后顺利地任命了肖复兴。《小说选刊》复刊初期的又一难关总算解决，从此进入一个比较正常发展时期。

在庆祝《小说选刊》创刊三十周年时，肖复兴撰文《1995年夏天的回忆》，特意记述了我们相见时的情景，我读了非常感动和感激，这说明肖复兴是个念旧之人。在"过河拆桥"大有人在的今天，肖复兴的这份真诚情意实属难得。其实他调走我退休后，他每年春节寄来的贺卡，就已经传递出他的友谊之声。我为《小说选刊》复刊的操劳，时间过去这么久还有同事记着，这对于我可谓是最大的安慰。感谢肖复兴。

老天总算可怜人，经过杂志社上下共同努力，从复刊初期发行近三万份，很快就达到四五万再升至七八万份，账面上的钱也开始多了起来。从我 1995 年接手到我 1998 年退休，在三年的时间里，刊物发行数已经达到九万多份，积累资金也已经 90 多万元，可以说《小说选刊》基本走出困境。另一本杂志《小说选刊·长篇小说增刊》，在关正文、其其格（高叶梅）先后主持下，同样也打开了期刊市场，并且有了相当数量铁杆读者。后来经国家新闻出版总署批准，成为正式出版期刊《长篇小说选刊》。

说到这里我想说明个情况。《文学大选》刊号批下来时，玛拉沁夫在一次高级职称评定会上，非正式宣布葛洛和我任主编。我曾经希望调傅活任副职，主要是考虑他是《小说选刊》老编辑，比较熟悉这个刊物的性质和情况。傅活即将调到《中国文学》杂志社，在中国作协人事部门办手续时，当着傅活的面我给当时作协领导打电话，希望他点头把傅活留下来，并且明确表示安排进入班子。那位领导说："留下可以，安排不安排，再说。"我怕耽误傅活的高升，眼睁睁地看着他离开工作多年的中国作家协会。

总之，在《小说选刊》停办后六年期间，经过葛洛和我的努力，使这个刊号总算保留下来。期间，有办《文学大选》的打算，有办《中国文化市场报》的运作，有办《笔汇》的行动，最后还是恢复《小说选刊》，只是再没有了往日的辉煌。此时的文学选刊类期刊市场，已经悄然发生了许多变化，《小说月报》《中篇小说选刊》两家，完全在读者心目中扎根，《小说选刊》杂志偶尔被人提及。做为恢复期的主要负责人，帮助渡过最困难时期，我也完全成了退休老人，感到心安理得和欣慰的事情，我觉得起码有这样几件：一是给后任者打下了发展基础；二是没有亏待过任何跟我共事的人；三是我没有任用一个自己亲友。

2007 年 4 月 16 日

刊林独苗 《长篇小说选刊》 破土记

  《长篇小说选刊》杂志，从正式创办的 2004 年算起，已经走过两年多的时光；从 1996 年以《小说选刊·长篇小说增刊》形式出现，至今整整十一个年头。做为这本刊物创办的直接操作者，回想起这两年或十一年的经历，很有点"书生事业真堪笑"的味道。这时难免懊悔自己干的傻事情。就是为了这本刊物，恳求了那么多的人，得罪了那么多的人，消耗了那么多的精力，浪费了那么多的唇舌，实在没有这个必要。真的，现在仔细想想，出版与不出版，有与无正式刊号，跟我有什么关系呢？不过，既然事情已经做过了，刊物存在成为事实，再说什么话都无意义，我还是想记上一笔，供将来的报刊研究者，知道这本杂志是如何诞生的。这就是我写这篇文章的初衷。

  2004 年秋天，一本名为《长篇小说选刊·试刊号》的杂志，跻身于中国期刊之林，成为此类刊物目前的"独生子"。尽管它的封面设计和版式，都还不是十分令人满意，但是这毕竟是第一家这类刊物，因此带给文学界和读者的欣喜，从众多作家热情的祝词中，我们可以明显地感觉到。当这本杂志的样刊送到我手中，除了喜悦还有无限感慨，许多关于这本刊物的往事，几乎是同时从我的记忆里冒出来。

  《长篇小说选刊》正式刊号未获批准时，在我主持《小说选刊》杂志社工作时，曾以《小说选刊·长篇小说增刊》的形式，给热爱文学的读者提供长篇小说作品，而且惨淡经营并坚持了整整八年。在读者中有了一定影响，在作者中取得一定信任。新刊物能有如此境况，应该说，在今天并非那么容易。

  说到这本《长篇小说选刊》的诞生，必须得说文学出版界三位领导人：一位是中国作家协会党组书记、副主席金炳华；一位是中国作家协会副主席、书记处书记陈建功；一位是原国家新闻出版署副署长梁衡（后任《人民日报》副总编辑），除了最后批准刊号的国家出版总署主要领导，这三位起到了催生的重要作用。如果没有建功当时的提醒，我们不会想到办这个刊物；如果没有梁衡全力的支持，不可能坚持八年办增刊；如果没有炳华积极的争取，不可能最终获得正式"户口"。由这件事我就想，做为一个领导者，通常说的有权人，你这个权用来干什么，这是非常重要的。权用在办好事情上，人们会永远记住；权用在胡作非为上，人们会永远议论。当然，再议论再讥讽都无损毫毛，但是做为一个像样的人，尤其是做为一个有权的人，窃以为，还是保持一点儿尊严为好，这样活着会更踏实更体面，即使将来不在位了，别人也许会想起你。我前边说的得罪人，而且觉得不值得，就是觉得无此必要，因为，有权的人对于道理，总要比百姓更清楚，为公事何必去碰他呢？真的是犯傻。

1996 年在天津召开国家图书评奖会，陈建功代表中国作家协会参加。他在会上听到有人发言说，现在长篇小说创作非常活跃，每年有六七百部长篇小说出版，光看都看不过来，应该有个"长篇小说选刊"，担负起遴选作品的任务。据说有的出版社当时就积极响应。建功捕捉到这一信息后，立即从天津打电话给我，建议我考虑、论证这件事，如果有可能的话，《小说选刊》杂志社不妨创办。听到这个信息，我非常兴奋，因为在筹备《小说选刊》复刊时，我就有个"野心"和想法，以目前的《小说选刊》杂志为基础，一旦将来期刊管理和市场允许，争取做个小说系列刊物，甚至于发展成"小说出版社"，因此在杂志社制定编制时，我特意设立社长和总编辑两个职务，而且明确提出社长负责制，以便应对将来激烈的市场竞争。现在建功送来的这个消息正中下怀，我当然愿意在他的支持下试试看。中国作家协会书记处领导分工，《小说选刊》杂志社由建功负责联系，所以他才适时传递这个消息给我。

说来事有凑巧，想种庄稼就来了及时雨。正在这个时候，中共中央提倡"抓文学三大件（长篇小说、儿童文学、影视文学）"，这就使我们有充分的理由，正式地提出来操办这件事。只是有两个问题比较难办，这就是经费和稿源；这两个问题解决不好，就很难支撑这个刊物。

为了解决长篇小说稿源问题，我特意邀请在京出版文学图书的出版社负责人，跟我们一起商量探讨此事的可行性，因为好几位老总都跟我是朋友，说起话来也就比较随便和掏心。有的就说："你这是想抢我们饭碗。你办长篇小说选刊，发行量大，成本又低，势必影响我们的图书发行。这不行。"我曾经在作家出版社和中外文化出版公司两家文化出版社担任过重要职务，知道他们的话是有道理的，如果换个立场我也会这样认为，但是现在我毕竟主持《小说选刊》工作，就要设法说服和争取他们的支持。我就半开玩笑地说："你们要是这么不给面子，总会有一天，我要让你们上门求我，而不是像现在似的我给你们作揖。想想看嘛，事情很简单。谁也没有规定《小说选刊》杂志，非得选编发表过的作品，如果我们利用熟悉作家的优势，直接发表原创作品，然后帮助作家找高付酬出版社出版。你看是我求你们还是你们得找我?!"

这好像是半开玩笑的话，其实也是我的真实想法。有了这个"长篇小说选刊"，我想可以做很多的事情，比方说，哪位作家有了长篇小说作品，在我们杂志选发后，可以帮助他开作品研讨会，充分听取专家的意见，然后再做必要的修改，质量肯定会提高许多，修改后再正式出版图书，对于作家来说就会少留遗憾，对于出版社来说就会降低重复出版成本，而且由于作品质量的提高，作家获奖的几率就会增加，何乐而不为? 再比如，以杂志社名义开小说作品推介会，向影视制作人、导演推荐合适作品，改编成影视作品后扩大影响，对于小说的发行也有好处。如此等等。

听了我说的这个道理，出版社老总们觉得对，当然也就愉快地接受了。

为了解决办刊经费问题，我就跟杂志社的财务商量，看是否可以挤点经费。当时《小说选刊》的经济情况并不好，如果这个新刊物办不好就是包袱，如果不趁这个时候办就失去机会，我心里当时十分矛盾。在社里正式研究时，果然有的同仁提出来，恐怕经济上难以持久。这样的担心无疑是善意的，我完全可以理解和接受。还有人说，原来作家出版社办过《四季》，中国工人出版社办过《开拓》，还有别的出版社办过什么刊物，好像最后都没有坚持过来，咱们再办恐怕也很难说，这种同样善意的忧虑也是对的。但是有一点却被忽略了，这就是刊物的地位，以及办刊的真正目的。作家出版社办《四季》杂志，别的出版社办的类似杂志，其目的就是想拉优秀长篇小说书稿，当时出版社还是在计划经济羽翼下，不可能给作者规定外的稿酬，为了稳住长篇小说作家和作品，就想到办个杂志先发表一次，然后再正式出版图书，这样就可以给作者两次付酬，杂志的选稿范围必然要狭窄，很难给读者提供众多小说佳作。

我们办《长篇小说选刊》则不同，面对的是所有长篇小说作者，联系的是所有出版小说的出版社，其目的是从作品的佳中选优，给读者提供集中阅读的条件，给作家创造扩大作品影响的机会，作品遴选也就自然更宽泛更主动。如果办得好肯定会有市场，起码做到不赔钱就等于占领了地盘，将来有机会再申请正式刊号出版。因此，我决定每年拿出两万元钱当做"广告费"、"宣传费"，想办法把这个刊物拿下来。最后社内总算没有了争议。通过中国作协给国家新闻出版署打报告，很快就批准了《小说选刊·长篇小说增刊》刊号。

新闻出版署当时分管报刊的副署长梁衡，既是一位作家，又是我的熟人，打起交道来也就方便。听过我的想法以后，梁衡非常明确地表示，这是一件好事情，填补了期刊布局的空白，只是现在不能批正式刊号，你们可以以增刊形式出版，每年给两个增刊刊号，无须每年申请。国家新闻出版署和梁衡副署长的支持，使得我们办好这个刊物有了信心，因此专门抽调编辑成立增刊编辑部。这本《小说选刊·长篇小说增刊》杂志，在关正文、其其格（高叶梅）两位资深的骨干编辑先后主持下，不仅刊选了诸如《尘埃落定》《无字》《抉择》《故乡面和花朵》《沧浪之水》《城的灯》《四十一炮》《受活》《中国近卫军》等优秀作品，而且以《小说故事》《长篇小说书目》等形式提供了大量信息，在文学界和读者中产生一定的影响。由于所选作品质量高、刊物定价合适，在期刊市场也就站住了脚跟，使这本增刊渐渐开始走出经济困境。尽管近几年又有几家兄弟文学杂志，以增刊方式出版长篇小说作品，但是跟《小说选刊·长篇小说增刊》相比，它们无疑已经迟出版了好几年。按照国家出版规定来说，被正式批准的这类刊物，目前只有《长篇小说选刊》一家。

从普通的道理上讲有对手有竞争，可以激励和促进事物的发展，但是从心理上却必然形成压力。文学类刊物《长篇小说增刊》杂志，从最初的一家到现在的几家，在竞争中如何走好下一步，就成了办刊编辑经常思谋的问题。在极其困难情况下终于走过八年，要想轻易地停下或减缓脚步，对于编辑和读者都很难割舍，现在只能想办法积极地往前走。首先想到的就是申请正式刊号。在得到中国作家协会领导同意和支持后，很快就把申请报告送到国家新闻出版署，杂志名字就叫《长篇小说选刊》。业内人士非常清楚地知道，在目前情况下申请正式刊号，那要比申请增刊号难上许多，从申请到批准等待六七个年头，眼看着正式刊号快要下来时，因意外情况又陷入了无望险境。

2004 年 6 月 3 日，时任《小说选刊》总编辑贺绍俊，《小说选刊·长篇小说增刊》负责人其其格，上午和下午分别打电话告诉我：《长篇小说选刊》申请刊号的事，可能遇到了麻烦。中国作家出版集团领导，拟以《作家文摘》报名义申请刊号，创办一本可以挣大钱的《作家文摘·典藏》杂志。新成立的中国作家出版集团，向国家新闻出版总署打申请报告时，把《长篇小说选刊》放在次要位置上，将那本可以挣大钱刊物放在前边，讲述办这本杂志理由的文字也比较多，对于办了八年的《小说选刊·长篇小说增刊》，则没有阐述更多的情况和理由，毫无疑问这个报告有明显倾向性。听了这些讲述以后，我的心情极不平静，想了很多相关的事情。此时我已经退休，按道理讲，没必要再管这类事，何况还要得罪有权势的人；但是又觉得此事处理欠公道，不说是欺负人起码也是经办人有私心，就想还是帮助一下《小说选刊》的同事。至于怎么帮助，我却没有考虑。

两天后的一个下午，《北京纪事》杂志社召开作者会，该刊主编胡健邀请我出席。《北京纪事》杂志社在宣武门，距离某某部所在地很近，我忽然突发奇想，干脆邀请某某部一位朋友出来，大家一起坐坐顺便探讨一下，申请《长篇小说选刊》的事如何做。于是，我打电话给其其格，让她和编辑王素蓉，下班后到宣武门烤鸭店来找我，跟我认识的人共商此事。我认识的这位某某部熟人，既是官员又是作家，我们把情况跟她说过后，她马上表示："如果按作家出版集团行文，上报到相关部门一看，肯定批准那个挣钱刊物，《长篇小说选刊》八成没戏。"稍停片刻，她说："柳老师，这个刊物是个纯文学刊物，目的不是为了挣钱，又是你办起来的，你既然想管，该找谁你就找谁，这又不是你的私事。再说啦，你现在都退休了，还怕什么？"她的一句话，点拨了我，但是思想仍然很矛盾：管；还是不管？管，会得罪当权人；不管，真的很憋气。

说到申请中遇到的险境，其实完全是人为造成。中国作家出版集团成立以后，原来由中国作协直管报刊社，改由出版集团统一管理，就是说各报刊社有了"二房东"。这种管理体制上的改变，好与不好暂且不说，起码报刊社负责人，跟中国作协领导反映情况，再没有像过去那么直接和方便。这也正是《小说选刊》现在负责人应该有的顾虑。当天晚上回到家里，我想了想，还是要帮助一下年轻人，就算是管闲事吧，总还跟我有点关系。于是，立即打开电脑，以我个人名义，给党组金炳华书记写了封信，阐明我对此事的看法，次日交给贺绍俊转金炳华。我还曾写信给中共中央宣传部刘云山部长，讲述申办《长篇小说选刊》的理由和必要，希望意识形态最高领导机关支持。

金炳华到中国作协担任领导以后，对他的工作作风群众反映不错，在我跟他不多的接触中也有同感。中国作协机关有的工作人员告诉我说：

"老金这个人不打官腔，没有官架子，只要你提出来的是好事情好主意，他又能够做得到，马上就会表示支持和帮助。"这话我完全相信。但是像这样硬碰硬的问题，而且由一个退休干部提出，金炳华理不理、有没有魄力解决，我并不抱太大的希望和期待。反正，要说的话说了，要做的事做了，能不能起点作用，我不知道；从道理上讲，反正对得起《小说选刊》，管的这件闲事也就达到目的了。

令我非常欣慰，更出乎我意料的是，次日就有了回应。办事竟然如此迅速、利索，在中国作家协会近年很少见。先是由陈建功来电话转达，其后金炳华又来电话告诉我，他要亲自找国家出版总署主要领导，争取尽快把《长篇小说选刊》刊号批下来。果然，经过金炳华亲自奔波周旋，先后时间不过二十来天，《长篇小说选刊》正式刊号，终于在 2004 年 9 月份获得批准，新中国成立以来第一本《长篇小说选刊》，从此出现在我国报刊市场上。这本等待了八年，中途无端遭"劫"，险些断命的刊物，在金炳华的努力下，化险为夷获得"出生证"。这是直到目前为止，第一本也是唯一一本我国的《长篇小说选刊》杂志。更是中国作家协会有报刊以来，第一本选发长篇小说作品的刊物。《长篇小说选刊》是期刊之林中名符其实的"独苗"。

刊号批准下来，这是好事情。比之获得正式刊号更难的事情，我认为主要还是如何办好刊物。如同农村孩子生下来，想要个城市正式户口，这是相当困难的，可是一旦获得批准，在简短欢乐之后，马上就会考虑如何养活。《长篇小说选刊》这本新刊物亦是如此。当然，这就不是我操心的事了。

按我当时的设想，同是"小说选刊"品牌——《小说选刊》《长篇小说选刊》，两本刊物相互依存，绑在一起发展壮大，还是可以做些事情。为了管理的方便和互相激励，不妨两刊经济独立核算，免得互相牵扯产生磨擦。谁知正式刊号批下来，两兄弟竟然另立门户，一个烟囱里冒出两股烟，这件事我万万没有想到。得知分开的消息后，我的第一直接反应就是："早知现在，何必当初。"为了《长篇小说选刊》刊号，我得罪了出版集团领导，批下来又把《长篇小说选刊》杂志，交给作家出版集团直接管理，跟《小说选刊》杂志社完全没有了干系。当我听到传来的种种埋怨、指责，以及"分开是看老头儿（指我）面子"，等等，面对如此不解和善意误会，只能独自吞咽苦果和表示惊愕，别的话再也不想多说了，这时才知道自己成了猪八戒照镜子——里外不是人。这大概是在退休后，我做的蠢事之一。只怪自己闲着没事找事。

做为《长篇小说选刊》主要创办人，我把关于这个刊物的往事写出来，主要是想对金炳华、陈建功、梁衡三位领导，表示我对他们的感谢和感激。至于这个《长篇小说选刊》杂志，今后如何办好办得让读者喜欢，那就看后来的主政者们了。我只是表示真诚的祝福和热情的期待。希望它始终把读者和作者放在第一位，积极地为他们和兄弟刊物、出版社服务，使其真正成为选发长篇小说的"重镇"。八年的苦也好忧也好都已经过去，如今一切都要从零开始起步，相信我国第一个《长篇小说选刊》杂志，一定会保持和发扬八年的办刊优点，继续把这个刊物办出水平办出风格。

最后，我想再附上一笔，做为历史存档，也为未来想办刊物的人，提供点经验和教训。在跟《长篇小说选刊》抢刊号时，就曾经有人预言："某某某要办刊物，不是我瞧不起他，连一本综合刊物，他都不会办，想办本纯文学杂志更是没门儿，不信你们就等着看。"此话结果被完全言中。借用新疆的一个闲置刊号，他如愿办起《作家文摘·典藏》，出版不过一年时间，据说赔了将近二百万元，最后不得不停刊歇业。当年听过上边那番话的人，把此事告诉给预言者："你看得真准，那个人真的不会办刊物，一下子赔了两百万，竟然没有人追究原因。"预言者听后笑了笑，说："一年时间挣二百万元难，如果说赔二百万元，我想也不会太容易。这里边恐怕另有隐情。"

我负责恢复《小说选刊》杂志时，中国作家协会名义上拨十万元开办费，后被一个当家人给打了折扣，只拨给了五万元钱，我们找财政部要的钱也被截留，我和我的同仁们通力合作，不蒸馒头也要蒸（争）口气，结果第二年就摆脱了经济困境。《长篇小说选刊》由其其格（高叶梅）接办后，基本上没有找中国作家协会要钱，她找到山东一家企业支持五十万元钱，连租办公用房、购车，最后用了不过二十几万元，支撑起中国第一本《长篇小说选刊》，而且越办越火，年年都在长数，许多迟见的读者都在找以前刊物。同样，《小说选刊》有段时间发行数下滑，杜卫东接手后又开始年年攀升。这其中的奥妙究竟在那里呢？其实说穿了非常简单：看你是想办刊物，还是想"吃"刊物。何谓办刊物？办刊物就是要做个老农民，要一根苗一根苗地侍候好了，而且要甘于屈待自己（例如报酬），这样秋天才会有收获。何谓"吃"刊物？"吃"刊物就是当地主，先考虑个人的薪金多少，根本不思谋刊物办得好坏，这样势必亏了公家肥了个人。有兴趣的人不妨看看《小说选刊》，他们的主编、副主编和每位编辑，给每位读者的回信多么亲切、真诚；还可以请《长篇小说选刊》主编其其格（高叶梅）打开她的手机短信看看，每天有多少条在跟读者沟通。知道了这些就知道了现在应该如何办刊物。什么是市场啊？人就是市场。你丢掉一个读者就是失掉一个市场。争取到一个读者，就有可能争取十个读者，道理就是这么简单。不肯下这个工夫，就别想办刊物。

2007 年 12 月 16 日

命途多舛的中外文化出版公司

20 世纪 70 年代末期，我国图书销售市场，出现过两本移版书，一本是《斯大林肃反秘史》，一本是《白话易经》，应该说销路都不错。后来出现两本更火的原版书，一本是《走上神坛的毛泽东》，一本是《走下神坛的毛泽东》，作者均为军旅作家权延赤，出版后立刻引起读者注意，关于毛泽东爱吃红烧肉的饮食习惯，许多人都是从这两本书中得知的。出版上述图书的中外文化出版公司，一时成了出版发行单位的香饽饽，连国外一些出版社都来联系合作。那时我国的图书出版单位，大多数都还叫出版社，叫出版公司的单位不多，从名字判断便可知道，这是个新潮的出版机构，很有点跟世界接轨味道。那么，这家中外文化出版公司是怎样成立的呢？后来的命运如何呢？

话还得从后往前说。在我参与作家出版社恢复时期，根本不知道除作家出版社，中国作家协会还有一家出版社。1985 年作家出版社改组领导班子，作家从维熙调任作家出版社当一把手，他既要搞创作又要参与中国作协党组工作，作家出版社的日常工作就由我处理。有天中国作家协会主要领导唐达成，把维熙和我叫到中国作家协会，正式告诉我们：作家出版社副牌中外文化出版公司，本来是个自负盈亏的独立经营单位，由于负债 70 多万元时有债主讨债，实在办不下去了，作协也没有经济能力，现在有单位想用 100 万元收购，这样既可以偿还债务，又有余钱处理善后事宜。达成和中国作协党组想听听维熙和我对此事的想法。

在当时 70 万元是个很大的数字，中国作家协会实在无力偿还，而 100 万元更极富诱惑力，如果从解决问题难易考虑，当然是一卖了之比较简单，而且中国作协还可小有获利。虽说中外文化出版公司建制上属于作家出版社，但是经济上毫无关系，这笔钱我们绝不能偿还，更何况作家社经费也不足。只能建议作协领导慎重处理，因为有母鸡就不愁鸡蛋，有个正规出版社的牌号，将来总能还上这笔欠款。究竟如何处理更好，最后还是请领导定夺。

事隔数日，中国作协主要领导唐达成、鲍昌找我，二位一起跟我谈中外文化出版公司的事情，内容是：一、中外文化出版公司不再转让；二、决定调我到中外文化出版公司任一把手；三、调一位中国作协现任领导参加班子，想借此给他解决进京户口；四、调中国作协某处级干部任副职，拟给他解决副局级待遇；五、接手后要负责原来的债权债务；六、中外文化出版公司经济好转后，尽可能关照一下作协机关职工。我听后的第个一反应是，这些条件未免有点苛刻，还债无异于背包袱，搭班子无异于捆着手脚，重负挪步还要达到目标，这是很难短期内见效的，于是我当即表态："我不想动了，就让那两位同志干吧，我还是留在作家出版社。"达成听后说："他们不懂出版啊。"我说："既然他们不懂，在最困难的时候，你让他们来，凡事就得研究，一研究就要费工夫，这钱怎么好还哪。既然你们想安排他们，等渡过难关再考虑不是更好吗？"听了我的意见和想法，唐、鲍二位作协领导，似乎有些为难，沉吟片刻才表示："那就研究研究再说吧。"

后来达成再次找我时，说："我们几个人议了议，觉得你的意见有道理，那就先由你来干，别的事情以后再说。"我这才接下中外文化出版公司，时间是1988年的春天。我当即表示："我的职务，可先不要任命，等干一段时间，我有把握干好再说。"因此有好长一段时间，我是以负责人身份对内对外开展工作，随作家代表团出访奥地利，跟奥方一家出版公司接触，我的名片印的就是"负责人"。当时任《文艺报》副主编的陈丹晨，得知此事很为我抱不平，丹晨主动找达成说："让人家工作还不任命，那怎么行！"如果没有丹晨这句话，以我的性情不会自己说，以达成的性情也不会想到，就凭这点我一直感激丹晨，并认为他是位正直和公道的人。跟后来关键时刻，在这个问题上给我下绊的人，成了鲜明对照。

职务定下来以后，我就正式进入角色，开始了解中外文化出版公司情况，并提出如何办好的具体方案。

中外文化出版公司于1980年成立，由张光年、陈冰夷等老一代评论家、翻译家倡导，经时任中宣部部长胡耀邦批准，主要任务是向世界翻译介绍中国文学。中外文化出版公司编制60人，经济上完全自负盈亏，当做作家出版社副牌，经营管理单独运作。据说对此事当时出版界有不同意见，认为从两个渠道对外介绍文学，不如沿用一直坚持的一个渠道——国家外文局所属出版机构，直到胡耀邦批示下来："我看两个渠道未尝不可"，这件事才算完全定下来，由此可以看出耀邦同志的魄力以及富有远见的竞争意识，当然，更成全了老一代文化人的愿望。

由于中外文化出版公司国家不给钱，就找来一位高干子弟负责经营。这位干部子弟就用这个牌子做生意，结果不但钱未挣到反而赔了70万，借钱单位已经把状告到了法院处理。属于正业的图书却没有出版几本，万幸的是没有人员安置问题。面对如此艰难经济境况，既开展工作又要应付官司，我是绝对无此精力和本事的，于是我跟达成和鲍昌二位，提出切割债务官司的想法，以便一门心思搞好出版公司，具体做法就是债务官司由作协应付，一时半会儿不会有宣判结果，利用这段时间争取挣点钱，到时官司倘若判我们输了，也就有钱支付这笔债务了。达成和鲍昌二位领导，觉得我的办法可行，就指定官司由作协办公厅负责，我设法争取最快摆脱经济困境。

我国国情历来如此，只要有个新单位建立，总会有人要往里挤。中外文化出版公司有60个人编制，有的人知道后觉得这是个机会，就想方设法要往这里调，其中不乏领导人孩子和亲戚。我如果做个顺水人情，当然也不是不可以做，问题是这些人的开支，还不是得由我想辙吗？我就来个"铁面"处理，只要是不适合的人，不管是谁说都不接收。好在那时作家协会风气比较正，达成和鲍昌等人并不介意，不然我的这种强硬做法，难免会受到非议和责难。当然，既然别人介绍来的人我不接收，无形之中也就堵塞我调人的路，所以在最需要人的时候，中外文化出版公司最多才10来个人。可是我又不能不开展工作啊，我便跟达成商量用新办法办这家新型中外文化出版公司，采用大量兼职人员和外聘人员，达成表示同意并提出跟新闻出版署沟通。于是，我代表达成跟宋木文署长联系，宋署长立刻表示，他来中国作家协会看望达成，并一起研究有关事宜。

宋署长来中国作协那天，由我跟他们两位做汇报。我重点提出三点改革想法：一是请有威望作家、学者、编辑，担任中外文化出版公司一审（就是书稿内容终审），这样可以争取时间确定稿件；二是把三审制度顺序颠倒过来，由终审审查书稿内容和判断学术价值，确定后再由初审二审做文字加工，这样可以不浪费人力资源；三是学习医院医生有处方权做法，给正式编辑稿件"处方权"，即学习医学上的《药典》制定稿件标准，稿件取舍由编辑当家定夺。他们两位都表示同意。后来新闻出版署报刊司曾派人到中国作家协会调研报刊改革，《新观察》杂志主编戈扬和我做汇报，我又说了说我的一些想法。中外文化出版公司最早出的两本书，一本是邵燕祥终审的《斯大林肃反秘史》，一本是鲍昌终审的《白话易经》，都是先审查书籍内容再加工，既争取了时间又未重复劳动。编辑关正文找到一本《古代养生术》，他觉得会有一定市场卖点，当即跟人家定下出版意向，然后才跟我说起此事情况，我立刻请袁鹰代为终审，未过几天便发稿到工厂。这要是按常规做法，得先一审再二审，最后终审拿主意，定下选题跟作者签意向，行与不行都很繁琐，而且时间上也误了许多。我们的做法却赢得了时间，编辑和出版周期是最短的，在那个年代出版界很少见。

在实力雄厚的老牌出版社林立的情况下，像中外文化出版公司这样的新社，一无资金，二无书稿，如果想占有一席之地谈何容易？唯一的办法就是走合作出书的道路——借船过河。对于买卖书号我一直有这样的想法：其实书号本身不应该含有金钱属性，只是咱们由国家有关部门控制分配，想出书的人无法得到正规书号，这样才形成了买卖书号的情况。当然，由于买卖书号出的书有的内容不健康，这就使合作出书冤枉地担了个恶名，那么，反过来说，如果用合作方式出版优秀图书会怎样呢？我认为应该没有理由被置于死地。所以我想从这方面蹚一蹚看看。

我有个小时候的朋友王宏烈，原来在秦皇岛市任副市长，恰在这时调来北京在国家卫生部，任医疗器械进出口总公司总经理，跟卫生部部长崔月犁关系不错。他得知我接手这家新出版社，就跟我说："崔部长有套大书，正想找家出版社出版，干脆你接了吧！"听后我就跟宏烈说："接是没有问题，只是我没有钱。"宏烈说："那好办，我想办法。"我一听是个机会，就应承下来啦。

一天晚上，崔月犁部长在前门烤鸭店请我吃饭，席间跟我和王宏烈商谈出版事宜。这套书的名字叫《白话中医古籍丛书》。崔部长在位时有感于日本人搞"东医学"，觉得对我国传统医学是个威胁，出于一种职业责任和爱国心理，想抢先把我国传统医学向世界介绍，考虑到古典医学书籍都是文言文，不好翻译成外文就想到先搞文译白，而且这样做也可以供国内一般医生读。这当然是一件大好事。只是图书发行还有问题，还得找图书发行的书店。

我在内蒙古待了十八年，各方面的人头比较熟。通过内蒙古作家杨平牵线，认识了内蒙古新华书店的人，对于作家出版社的图书发行，他们曾经给过不少帮助。此时我又想起了内蒙古的朋友，马上找内蒙古新华书店经理刘杰，把《白话中医古籍丛书》的设想及困难，在电话里跟他详细地说了说。他觉得这件事情可以试试看，尽管在经济效益上无什么把握，但是这套丛书毕竟是很好的书，立刻答应到北京来具体商议。最后敲定由中外文化出版公司、中国医疗器械进出口总公司、内蒙古新华书店三家共同合作出版。具体分工是：中国医疗器械进出口总公司负责前期书稿翻译，中外文化出版公司负责编辑出版，内蒙古新华书店负责发行推销，经费全部由两家合作方负担，我们只出书号和安排印制。可以毫无愧色地说，这是一次优秀图书非常好的合作。

这套丛书如果全部出齐，计划是一百多个品种，文言文翻译白话文译者，全部是国内中医界权威。主编为崔月犁，副主编是冉先德。考虑这是一套为国家做贡献的书，从主编到译者无一人谈经济报酬，大家一门心思是把事情做好，所以这套书翻译、出版都很顺利，很快就拿出《黄帝内经素问》《伤寒论》《温病条辩》《金匮要略》《难经》《灵枢经》等十种。据崔月犁部长讲，他把这套书送到姚依林副总理手中，姚副总理非常高兴，说"做了一件很好的事情"，姚副总理本来答应出席这套书首发式，恰好那天他接待外宾，只好捎来一个祝贺的口信。这套书在人民大会堂举行首发式时，各方面人士和各报记者来得非常多，国内国外都做了宣传报道，立刻引起国外出版社的注意，奥地利电视台节目播出后，很快就有一家出版社希望把这套书翻译成德文出版，其后还有多家外国出版机构向我们提出翻译出版的意向。这套书的出版，自然也给中外文化出版公司带来好的声誉。

接着又策划了一套《中国作家看世界》丛书。各卷主编分别由著名作家、翻译家戈宝权、林林、冯牧、汪曾祺、袁鹰、秦牧、宗璞、公刘、李国文、邵燕祥、张洁、陈丹晨、高莽、叶廷芳、吕同六等担任，撰稿人都是出国访问过的著名作家，写他们的所见所闻及各种感受。这套《中国作家看世界》丛书一出版，立刻得到一些国家驻华使馆的关注，有的国家驻我国大使馆，如意大利、奥地利、法国等，专门为写他们国家的书，举行不同形式的出版仪式。由于这是第一套此类图书，又正赶上改革开放初期，读者普遍渴望了解世界，这套书的问世自然受到欢迎，很快就在图书市场脱销。此外还请军旅作家陆文虎主编《中国当代军事文学作品选》，找几位老翻译家译成英文出版。这是中外文化出版公司第一本也是唯一一本中译英图书。如果说，几位文学老人成立这家出版社，最初的想法就是搞文学的中译外，以此让中国文学走向世界，这本书恰好体现了这一美好愿望。

几乎与这套书同时策划的，还有一套未定名的文化丛书，分别由吴祖光、汪曾祺、袁鹰、端木蕻良、方成、姜德明主编，由当代著名作家谈酒、茶、吃、书、画，由于作者阵容强大和文笔好，这套书一出版就受到欢迎，一时间成了高品位消闲文化书。港台两地报刊都有评论和介绍。香港、台湾有的出版社，还想购买繁体字版权，因为当时还无版权交易，后来就出现了繁体字盗版书。

借着这股强劲的东风，我们策划了个大型活动："中国文学走向世界"研讨会。这个研讨会在北京饭店举行，出席的人都是著名作家、翻译家，在国内外都享有极高声誉。同时还邀请了部分使馆文化官员，以及在我国留学的留学生，例如当时在校读书后来成了明星的加拿大留学生大山（艺名）就是其中之一。可能是对于这个主题有兴趣，或者是首次举行这样的会，那天来出席会的人非常多，大家纷纷争着发言表示看法。发言的共同意见和看法就是，我们介绍国外文学作品多，国外介绍我们的文学作品少，应该设法打破这种不平衡。希望中外文化出版公司，负起推介中国文学重任，让世界了解我国文学作品。

这次会议成功的召开，使全体员工深受鼓舞，立即着手扩展对外业务。首先由一位熟悉的老翻译家搭桥，跟英国企鹅出版公司取得联系。他们一见我们的名称就很感兴趣，因为在中国即使是现在的出版单位，都很少用出版公司的名称，而在国际出版界非常普遍。企鹅出版公司在英国极负盛名，从他们寄来的介绍资料知道，这家出版公司非常注重文化积累。我们拟推出两套书跟他们合作，一套是大型彩色画册《敦煌》，一套是图文并茂的《中国文化图示》，他们对这两套书表示出合作意向。那年我跟康濯一起出访奥地利，认识一位精通中国文化的汉学家施华滋教授，曾经把许多中国古典名著成德文在德国和奥地利多家出版社出版，通过他跟德、奥各一家出版社联系上，他们都对《白话中医古籍丛书》有兴趣，希望翻译成德文版在德语地区发行。我们把这套书的介绍寄过去之后，施华滋教授译成德文在奥国一家电视台播出，据说许多听众都想获得中国养生方法。

中外文化出版公司的宗旨，既然是搞对外文化交流，就要设法扩大国外影响。可是搞中译外经济实力不够，一年半载不可能做这件事，于是就想先引进文化图书，用这样的办法打出我们的招牌。借翻译出版国外图书的机会，当做中外文化出版公司的名片，送到有关国家的主流社会人物，让他们知道中国有这样一家出版社。因此，首先策划的就是出版政要人物传记，如法国总统瓦莱里·吉斯卡尔·德斯坦自传《权力与生活》，翻译出版后很快就通过使馆送给了作者，毫无疑问，他接到书的同时也就认识了出版社。最为有意思的是抢着出版的《布什自传》和《杜卡基斯传》。当时美国两党正在竞选总统，最后鹿死谁手难以定夺，为了抢出两位候选人传记，几乎是在第一时间推向市场，唯一不同的是正式发行时，选举结果这时已经揭晓，我们给当选总统《布什自传》，在书的封面加了个红色套条，说明并祝贺布什当选总统。当然，这两本书也是通过使馆，送到了两位美国要人手中，让他们知道中外文化出版公司。总之，为了让中国图书走向世界，我们真的想了些办法，并且开始有了比较好的局面，德、英、美、韩、奥等国多家出版社，跟我们联系希望互相访问合作。

作为一家新型出版机构，中外文化出版公司在不到一年的时间内，就在国内出版界站住脚跟，并且对外开始有了联系，很有点改革开放年代特点。然而非常可惜和遗憾，1989 年政治风波停息之后，在整顿出版机构的名义下，中国作家协会所属报刊社中，竟然有四家被撤销停办，其中就有中外文化出版公司。停办后我和职工便在家中赋闲。

这时，老作家马烽掌管中国作家协会，有次找我了解中外文化出版公司情况，他听后问我人员如何处理更好，我非常坦率地跟他说："这个单位的人都比较年轻，业务都还不错，'六四'政治风波里无问题。最好不要让他们离开中国作协，不然一旦需要年轻编辑，恐怕一时半会儿不好找到这帮人。"马烽表示赞同并当即表示，跟党组副书记玛拉沁夫一起，好好研究一下怎么办好。果然不久，主持中国作协日常工作的玛拉沁夫找我，希望我对撤销后的中外文化出版公司，想一想还可以"干点什么事情好"，提出个具体可行的方案交党组，以便给这些年轻人找点事干。在当时那种情况下领导有这样考虑实属不易。

那么，究竟"干点什么事情好"呢？考虑到原中外文化出版公司性质，我提出成立一个"中国文学编译中心"，专门对外介绍翻译中国文学，同时为各国汉学家提供服务。得到中国作协主要领导同意后，马上写了个《建立中国文学编译中心方案》，以及有关建制和运作方法的设想，同时以中国作家协会名义写报告，向中共中央宣传部正式申请成立。一天下午，玛拉沁夫在他的办公室找我和艾克拜尔·米吉提、张曰凯谈话，告知，我们三人负责这个中心的筹备，待中宣部批准正式成立以后，由我和他们二人分别任正副主任。好像是在老玛谈话后第二天，张曰凯就正式来上班，艾克拜尔·米吉提尚未来。事到这一地步，满以为无大问题，各项筹备工作，都已经开始进行。

谁知,中宣部不批准成立。这个"中国文学编译中心"幼苗未破土即死亡。至此,原中外文化出版公司的全班人马,走上了漫漫的失业之路,无所事事地一待就是七年之久。这七年也就成了我退休预备期,因此,在我正式退休时毫无不适应感觉。从这个意义上讲得感谢这次的失业。

原中外文化出版公司体制,属于事业单位企业管理模式,包括我在内的一切费用得由自己挣,失业两年后中外文化出版公司原有积蓄,再难以维持十几个人的正常工资。我便找马烽和玛拉沁夫两位领导,请他们想办法给大家开工资维持生活。最后经过中国作协党组决定,把原中外文化出版公司全部人员,挂靠在中国作家协会创研部名下,以全额拨款方式享受事业单位待遇,我们的生活自然就有了保障。后来原中外文化出版公司员工,接办恢复的《小说选刊》杂志,正式编制国家未批下来时,这种情况还是一直维持着。我接手筹办《小说选刊》复刊时,已经到了规定的退休年龄线,就自然而然地退休在中国作协,最后成了中国作协的退休人员。

回想我坎坷艰难的一生,真正可以做点事又做成事,当属在中外文化出版公司,只是持续的时间实在太短太短,大概总共不到两年的时间。因此,留下的记忆也就美好,好像是老天有意安排,在尚未产生疲倦感时,于不经意间戛然而止,留下点滋味让我品咂。它成了我暗淡人生的亮点。

2007 年 4 月 8 日

开春吹来《三月风》

在北京火车站的对面，有条叫富建的小胡同，我大致还记得它的方位。有次去《北京观察》杂志社开会，先到了一个小时，就想到这条小胡同看看，转来转去好久怎么也找不见。就问一位在附近住的老人，据他说，前几年盖国际饭店，这条小胡同就被拆除了。我听后，只是"噢"了一声，就再未说什么。而后就怏怏地走开了。

这就怪我多情了。其实这条小胡同，既不是我的出生地，也不是有我的老住宅，只是因为《三月风》杂志在这里诞生，我参与过它初创时的一些工作。仅此而已。

那是在 1983 年，当时我在《新观察》杂志供职，《人民日报》文艺部的朋友冯并（后任《经济日报》总编辑）来电话，让我参加一本杂志的创办。既然是朋友热诚邀请，我也就不便多说婉辞的话，再说当时我的精力又旺盛，多做些事情也是种寄托。就这样走进了富建胡同一号院。

这是一个老旧的四合院，不大，地处繁华市区却很僻静。到了那里才知道，这是中国残疾人福利基金会所在地，由于这个机构刚刚起步，工作人员大都是自愿尽义务，根本没有任何报酬，不过每个人的工作热情都很高。一走进这个小小的四合院，就给人一种紧张愉快的气氛，这是个机关却没有陈腐的官气。

那天跟我前后脚走进这个小院的，除了我认识的冯并，还有《文汇报》郑心永、《健康报》张恩荣两位。接待我们的是刘刚奇和王勤。刘刚奇当时任中残会宣传部部长。王勤在空军部队服役，当时好像是生病在家休息，有时就抽空来帮忙做些事，就是由她找到冯并邀请我们来商量办刊的事。先由刘刚奇简单地介绍了一些情况，这时才知道中国残疾人福利基金会由邓朴方出任理事长，要办杂志的设想就是由他提出来的。据说，在我们之前曾经找过几拨人，跟邓朴方当面商谈后，邓朴方都不十分满意，这样就又找到冯并和郑心永、张恩荣，而这三位考虑《新观察》办得不错，就建议冯并拉我一起操办。自此我就跟中国残疾人福利基金会有了一段缘分。

　　记得跟邓朴方见面是在他的办公室。这间面积不大的平房，说是理事长办公室，实际室内陈设很简陋，就是几张简易沙发，还有一张铁架子单人床。邓朴方"文革"中受迫害致残，起居活动都需要别人帮助，跟我们交谈时就躺在小床上。这时在我眼里的邓朴方，只是一位普通的年轻残疾人，意念里跟他的家庭根本联系不起来，所以当他们三位先让我发言时，我也就毫无顾忌地直率地说："朴方同志，我们先说说我们的想法，然后再听听你的意见，如果我们的办刊思想比较一致，我们就帮助你办这个刊物。如果想法不一样，你就再另找别人，以免耽误你们的事。"朴方见我如此爽快，他就立刻表示："我看可以，你们先说说想法。"随后我们几个人逐个陈述了想法。最后达成这样一个共识，这本刊物不办成机关刊，要办成一个社会生活刊物，结合点放在：反映残疾人生活，提供残疾人想看的内容，既要有残疾人的特点，又不脱离一般读者，以便推进残疾人事业发展。

　　如此爽快利落地决定刊物定位，这在当时的中国可以说是不多见的，因此我们都有了信心，当场表示愿意做这件事。

　　这样快就有了办刊眉目，邓朴方也颇感满意，他随后说了说他的想法："我们办的是残疾人刊物，一定要高扬人道主义旗帜……"听他这样说，我们几个人不禁愣住了，当时理论界对此说法颇有异议，还真没有人这样直接提出来。估计邓朴方看出了我们的心思，他就进一步解释说："其实我们国家是最讲人道主义的，你们想想看，有那么多的战犯经过改造，最后都释放了，这不是人道主义是什么？我们残疾人事业，当然更应该讲人道。"（大意如此）听了邓朴方的一席话，我们感觉他是个开明人，这就在办什么样的刊物上，打消了我们事先有过的顾虑，觉得完全可以放开手脚进行尝试。

　　办刊的思想是统一了，接下来就是刊名的问题。有的人说叫《强者》，有的人说叫《残疾人刊》等等，讨论几天都没有最后定下来。考虑不要为刊名的事情耽误时间，就暂时放下做些栏目内容的设想。当时有人提出请几位领导人给题词，这在中国残疾人福利基金会根本不是什么大问题，别说有邓朴方的家庭背景了，就是没有邓朴方在这里，当时也还有别的高干子弟在残疾人福利基金会，何况残疾人事业本身就备受社会关怀，所以刘刚奇当即应诺由他办这件事。他首先想到的是请邓小平给题字，开会时跟邓朴方提出后，邓朴方非常明确地表示："这不行，哪能儿子办刊物，老子题词。除他之外，谁都行，反正都是叔叔、伯伯的，我想总不至于被拒绝。"结果请胡耀邦、王震两位领导人给这家新创办的刊物题了词。

这本文化、社会综合性刊物，经过短短不到一个多月的时间，各项工作基本上就筹备就绪。随后我们召开了个新闻发布会，地点在贡院胡同四川办事处招待所，由邓朴方亲自主持并回答记者提问。这个会开得非常轻松，像聊天儿似的交流情况，既发布了新闻，又听取了意见，对办好这本刊物很有益处。在这次会上有的记者（好像是《文汇报》驻京记者刘群）对拟定中的刊名，提出不同的看法和意见，认为不应该这样直露，最好含蓄一点儿又有意义。邓朴方当即表示同意，并让我们办刊人再想想。我便悄悄询问邓朴方残疾人福利基金会的成立时间，他告诉我说是某年的三月份。可能是受大家发言的启发，我灵机一动想出了"三月风"，一来是三月正是自然时序的春天，二来是三月是残福会成立的月份，而加个风字且有春风之意，这样也含有改革开放的含义。邓朴方觉得这个名字可以，当场征求记者们的意见，大家也觉得比预想的名字好。从此在中国的报刊林中，出现了第一本残疾人刊物，这就是今天的《三月风》杂志。

刊物有了名字，很快又有了稿件，接下来就是版面设计以及发行上的事情。那三位朋友都是办报的行家，关于期刊上的事情没我了解，这两件事又自然放到我头上。我就找来《新观察》的美编刘国庆，请他设计创刊号的版式和封面，同时找来在《新观察》工作的刘景立，帮助跑出版发行这些具体事宜。封面的《三月风》刊名题字，由郑心永操办，他认识书法家沈鹏。沉鹏的字潇洒飘逸，而且很有富贵气，给这本新杂志大为增色。《三月风》杂志正式出版以后，在长城饭店举行了一个首发式，规模很大，来宾很多，立刻在新闻出版界有了影响。随后我们又邀请几位著名作家袁鹰、刘宾雁等，担任《三月风》杂志顾问或编委，以便增加它的社会影响力。我们这四个创办人的任务，至此算是圆满地完成了，陆陆续续地撤离《三月风》。但是我们跟残福会的一些人，如刘刚奇、孙中华等却成了朋友，我从《新观察》调到作家出版社，曾建议他们创办出版社，并帮助刘刚奇起草办出版社方案。这就是今天华夏出版社，只是当时未叫这个社名。

国内的民间团体邀请港台艺员来内地演出，谁家是第一个，我没有询问过，反正我知道残疾人基金会是比较早的一家。就在我们筹办这个杂志的时候，他们就开始邀请香港艺员奚秀兰，经过几次与她的经纪人商谈，最后在首都体育场举行了义演。《三月风》杂志专门派记者对奚秀兰采访。正是因为有这样近水楼台的条件，《三月风》也就成了国内杂志中比较早的报道香港艺员的一家。创刊号封面就是用的奚秀兰彩色照片，这在内地期刊中好像是第一个。

有一次也是最后一次。美籍华人作家江南来访，我跟他谈作家出版社合作项目，他知道我帮助创办了《三月风》，这位热心公益事业的人非常高兴。他说："这是善事、积德的事，凡有能力的人，都应该帮助残疾人。"在他去世前给我来过一封信，还念念不忘给《三月风》写文章。他写道："在国外是很重视慈善事业的，你们做的事很有意义。杂志出来一定寄给我，我还可以给写点文章。"可惜还未容他看这本杂志，更没有来得及写文章，就被一颗罪恶子弹夺去了生命。这也算是给《三月风》杂志留下的一段佳话吧。同时他的话也更让我认识到我们帮助创办这本杂志的真正意义，体会到为残疾人做点能够做的事，无论对谁都是应尽的社会义务。

后来《三月风》主编由郭建模担任。郭建模是一位非常感念旧日情分的人，杂志社有活动都要请我们去参加，我们也有着如同回家的亲切感，因为这本杂志毕竟凝聚着我们的心血。郭建模调中国残疾人联合会任领导职务以后，我们跟《三月风》也就失去了联系，但是每每在书店报摊看到它，一种似乎消失了的遥远的记忆，常常会勾起我初创时的那种激动心情。2003年《三月风》杂志举办长江笔会，当时任主编的石厉邀请我参加，这才跟这本杂志又接续上前缘，感到特别的高兴，如同找到了失散多年的亲人。石砺调离后也就再无联系。

2007 年 3 月 12 日

我所经历的文学评奖

第三届鲁迅文学奖即将开评时，一天上午，我接到一位外地作家的电话。这位作家经人介绍已经相识多年，他跟我说话也就比较坦诚，上来就说："鲁迅文学奖就要评奖了，这回你得帮我说说话，我送的这本书反映不错，省里都给了我一个大奖，在全国获奖不应该有问题……"他的自信和直率，着实让我感动，可是他说的事情，我完全不知底细。就对他说："我都退休了，哪儿也不去，什么会也不参加。你说的评奖的事，我根本不知道，再说，按'鲁奖'章程规定，评委只能连任两届，我已经担任过两届，不可能再担任啦。"话说到这个份儿上，我以为他会就此罢休，谁知他仍然不依不饶："我已经听说了，这次还有你。要是能请下假来，我就去北京'活动'……"

听了他的这番话，我真的很佩服他的韧劲儿，倘若这股韧劲儿用在其他方面，相信一定会有大作为。尤其令我佩服的是，我是这届"鲁奖"评委，我自己还不知道，他竟然先于我知道了。这说明评奖工作有一定疏漏，起码是个别主事者嘴不严，有意或无意走漏了风声。当然，这也说明极少数作家，过于把工夫下在作品之外。后来果真如这位作家所说，我担任了第三届"鲁奖"评委，只是分配到另个一文学门类，跟这位作家的作品不搭界，让我终于解脱了尴尬处境。

至于有的作家为评奖事，请可能任评委的人吃吃饭，或者绕着弯找人递个话，这在文坛已属小事一桩。因为类似这样的事情，在目前各种评奖活动中，好像并不是个别情况，司空见惯也就习以为常。好在不会产生什么大的作用，最多也就是彼此联络一下感情而已，对于评奖倒无伤大雅。

不过尽管如此，应该说，中国作家协会评奖主事者，还是想了一些办法，尽量杜绝"丑"事发生。如第二届"鲁奖"重组主评单位，各杂志社调换原定文学门类；如第四届"鲁奖"评委临阵调整，在评委不知情情况下突然变组，其目的都是想让评奖能够纯洁。至于是否真正奏效，我看关键还是要看评委，评委个人道德操守，在评奖中至关重要。投不投哪件作品票，依据的是作品质量，还是某种感情因素，这是对评委个人见地乃至品德、责任的考验。所以我一直认为，无论是什么评奖，既是对参评者的评定，更是对组织者和评委的鉴定。

在我担任鲁迅文学奖评委时，类似上述事情还遇到过一些，只是表达的方式各有不同。对于这些热衷求奖的年轻朋友，我能够说什么又能怎么说呢？只好坦率地跟他们说："如果你的作品真的非常好，无论是谁也不可能捂得住。'活动'不'活动'都不是关键问题。无论什么样的评奖都有缺欠，不要把评奖想得过于黑暗。更多的评委，还是考虑声誉的，这点请放心。"我说的是实在话，有的朋友能听进，有的就听不进去。我只好不客气地说："你自己想想看，有那么多评委，你能让每位评委都投你的票吗？再说，你能知道还有没有人像你一样'活动'吗，如果'活动'的人多了，那又应该投谁的票呢？何况多数评委，是不会出卖良心的，因为道理很清楚，他让你使用一次，你可以风光一时，评委则要毁誉一世。这种傻事，我相信不会有人干。"

我说的这番肺腑之言，绝对不是责备作家朋友，而是想借此说明，在某些作家当中，确有视奖如命的主儿。做为靠作品立身的作家，写东西就写东西呗，何必如此看重奖呢？后来我才发现，别看奖金不多，实惠却不少，比方，一旦获了文学大奖，身价就百倍增加，可以当中国作家协会全国委员（到了年龄也要"荣誉"终身），乃至全国人大代表、全国政协委员，可以冠"××奖获得者"头衔，可以公费出国访问，可以分到房子，可以涨工资，可以……总之，作品和人一夜之间都值了钱。在讲求实际的今天，这也算"物求所值"吧。

那么，评委是不是真如想象的那样，可以用钱物或者私下"活动"被买通失去起码的良心呢？我觉得，个别的也许有，只是起不了大作用，从整体上看评委，还都是作风正派之人。起码在我参评的三届"鲁奖"中，还没有发现这样的人，对于正确意见积极采纳，就说明评委们没有既定人选。比如，第二届"鲁奖"评奖时，我是散文组终评评委，主任委员是老作家袁鹰先生。读过选送的参评书目，我发表过这样三个意见：一、如果论目前随笔写作，我觉得李国文的随笔，在读者中影响比较大，评论家也给予相当好评，这次他的随笔没有报送，未免有些遗憾。我的话音刚落，在场的袁鹰、吴泰昌、吉狄马加以及别的评委立刻表示赞同，并且建议组委会调来李国文随笔作品。出版社送来他的新书《大雅村言》，评委们认真阅读比较后，结果以相当高的票数获奖。二、余秋雨的散文集《文化苦旅》出版后产生相当大的影响，对于中国散文创作有冲击作用，第一届未获奖不知什么原因，我觉得有点遗珠之憾。这次他报来参评作品《山居笔记》，基本上保持他原有作品风格，我建议这次考虑弥补上次的遗憾。评委们在投票时也过了半数。三、我过去是杂文编辑，现在也偶尔写点杂文，我想替杂文作者——尤其是年轻作者——说句话，让杂文跟散文一起混评，杂文作品难免要吃亏，首先是数量就比散文少得多，应该给杂文平等机会。评委中的李下是位杂文家，立刻得到他的响应和支持。作为评委会主任的袁鹰先生，除表示建议中国作协，杂文门类今后单独参评，还决定调几位年轻作者作品，让评委们看看然后再终评。这样才使朱铁志《精神的归宿》杂文集，有了一次追加的获奖机会。据说，第四届"鲁奖"选评时，散文组的参评书目中，并没有韩少功的《山南水北》，同样是经个别评委提出，调来作品阅读以后被选中，且以高票列首位优秀作品。可见评委们还是更看重作品质量的。

当然，文学毕竟不是自然科学，条件要求必须分毫不差，比如宇宙飞船升天，数据哪怕相差毫厘，就无法飞上茫茫太空，再比如土木工程建筑，设计哪怕出一点误差，就有可能倾斜或坍塌。文学评奖除了可衡量条件，比如文学样式、字数多少、出版时间这些纯粹硬性的规定，其他方面很像体操、跳水比赛，很难排除评委好恶的个人因素，这样也就形成一定的印象分数。一部作品的评出，既有评委的共识，又有评委的独见，这样也就不可完全否认评委的感情、偏爱成分，有时会起到一定的作用。因此，一部作品的所谓好与差，评奖绝对不是唯一标准，读者和时间才是公平评价。要知道，我们国家的任何评奖，都不能忽视政治因素，明白了这关键的所在，对于某部作品的文学价值，我想就会比较想得通了。

那么，现在的文学评奖，是否都能做到公开、公平、公正呢？

在文学界算得上大的奖项，我担任过三届鲁迅文学奖评委，第一届、第三届参加中篇小说评奖，第二届参加散文、杂文评奖，还担任过首届郭沫若散文随笔奖评委。其他名目评奖的评委也担任过不少。以我个人的观察和体会，评奖可概括为这样三句话：公开无问题。公平难做到。公正看评委。

公开主要是指操作过程，如阅读作品、议论作品、投票取舍作品，这都是完全透明的规范的，绝对不会有什么问题。我就不想多说了，下边我想举例说说另外"两公"。

先说公平。我为什么说公平难做到呢？

真正有实力有自信的作家，他们有的人对于评奖之事，从来不关心不打听更不"活动"，在自己不知晓情况下获奖，完全是终评时由评委推荐。例如我前边说的第二届"鲁奖"散文评奖，李国文的随笔《大雅村言》、朱铁志的杂文《精神的归宿》，起初都未被列入参评书目，终评时与其他参评书目比较，有几位评委提出来才调书，大家阅读后觉得确实好，这才最后获得这个奖项。据说第四届"鲁奖"评奖，韩少功的散文集《山南水北》，同样是在作者未送评情况下，由个别评委提出才调书阅读。这件事说明什么呢？这说明"鲁奖"参评书目，根本无法做到广泛提供，参评图书基数自然就小，对于未被发现的好作品，哪里还有一点公平可言？！我们不妨这样设想，假如李国文、韩少功不是著名作家，青年作家朱铁志不是被人熟悉，他们的作品也就很少被人关注，失去参评机会岂不是很正常的吗？例如一些文学前辈不可能自己推荐作品，别人以为他们文学成就早有定评，有时也会不经意地被忽略了。在第一届鲁迅文学奖评奖时，散文杂文评委会做得就比较好，冰心、季羡林、严秀、雷加、郭风、艾煊的作品，就是由全体评委集体推荐而获荣誉奖，这几位健在的文学老人给评奖增添了光彩。其他文学门类评委会就未这样做。由此推论，那些还不知名的作者，那些出版未报送的书籍，谁能担保没有优秀作品呢？所以我说任何评奖的所谓公平，都是相对而言，只要不是全部作者和作品参评，就绝对不会有真正意义上的公平。

再说公正。何谓公正？照我的理解，就是按标准、按质量，评委没有私心杂念，就会有评奖的公正。可是请问，在今天这个社会，能够完全做到吗？运用某种聪明办法，处理棘手表面问题，最后保持自己的良知，这就是评委最大公正。能够做到这样的评委，应该说是绝大多数的，只有极个别评委出于私心，试图对某位作者作品，想抬举又不敢明目张胆，就采取工兵排"雷"办法，说这个作品不行，哪个作品不好，企图以此办法排除其他，给自己暗自使劲儿作品，扫除获奖路上的"障碍"，结果依然未能如愿和得逞。就大多数评委来说，他们受人之托，有时也有苦衷，但是，绝不会像有私心者那样，在重要关节上出卖自己。这就是我上边说的，用聪明办法处理棘手问题，最后力争公正评选作品。

首届鲁迅文学奖评奖时，我正主持《小说选刊》杂志，由于业务职务的关系，担任中篇小说评委会副主任。既是《小说选刊》负责人，又是评委会副主任，这两个职务集一身，就让我处于尴尬境地——《小说选刊》是吃众刊之饭，在这样关乎评奖的大事上，我就不能不考虑刊物平衡；担任评委会副主任，从全部参评作品考虑，我却又不能丧失原则。真的很难啊。比如中篇小说《大雪无乡》，是青年作家关仁山的作品，跟另一位作家的作品，获得的票数恰好一样，需要进行二次投票。如果《大雪无乡》这篇小说，在二次投票中落败，某个很有影响的大刊物，在这次评奖中就成空白。因此在评委们复议时，我恳请大家考虑我们的难处，对不相上下的两部作品，考虑一下刊物间的平衡。发言时大家给足了我的面子，表示理解我的难处和意见，可是投票时照样按自己意志，结果还是以一票之差，《大雪无乡》这个中篇小说落选。发表《大雪无乡》的这家刊物就未能获奖。

再一个例子发生在第三届"鲁奖"评奖。我被分配在中篇小说组当评委，评委们议论参评小说作品时，包括我在内有好几位评委，都对一位年轻作家的作品，给予了相当积极的评价，看似这部作品获奖大有希望。可是到投票时连半数都未到，这说明一旦动真格的时候，只要不是对作品判断失误，评委们绝不会出卖自己良心。议论时说出的那些溢美之词，仅仅是对于某部作品而言，你可以理解为评委"耍滑头"，你也可以说评委搞"两面派"，反正有人求情总得给面子，经过对于全部作品衡量比较后，投票时则绝对不能乱了方寸。大家都在文坛混饭，抬头不见低头见，哪能把事情做绝。同样也是混在文坛缘故，为一部作品投偏袒票，自我毁誉实在不值得。这就是中国的国情。这就是评委的难处。说开了也会被人理解。所以我说评奖是否公正要看评委，而且是绝大多数评委的态度，求奖作家往往会错误判断，以为"活动"就可以如愿以偿，根本没门儿。还是老老实实在作品上下工夫为好。

在不是规定十分死硬的奖项中，有时也会有通融的事情存在，那还得看通融得是否有道理。第一届郭沫若散文随笔奖，由中国作协和中国残联主办，主任委员是袁鹰、陈建功、吉狄马加；副主任委员是邓友梅、李国文、林非、冯并、柳萌；委员是阎纲、刘锡诚、张凤珠、何镇邦、季红真等多位资深评论家、编辑家、作家，其阵容不可谓不强大。此项评奖进入终评时，恰好几位主任、副主任，都因有事未能参加，可是，终评又不能不如期进行。经过组委会和评委会研究，最后决定由我这个忝列副主任主持，我只好硬着头皮担当下来。这个奖不像鲁迅文学奖，只按文学门类评优秀作品，它分为一、二、三等奖，参评作者，既有邵燕祥等著名作家，又有李岚清等多位高官，更有非常广泛的一般作者，更难办的是有的作品还有争议，我拿到材料一看头就大啦。开评前一天的夜晚，我几乎未怎么睡觉，就考虑妥当对策，争取做到诸方满意。

我想，反正这个奖不像鲁迅文学奖、茅盾文学奖，有着严格的评奖标准和规程，不然，不会有那么多"当家人"不来。既然让我主持我就跟评委一起，改变一些比较辣手的评奖事项。于是次日开评委会时我先提出三项动议：一、这次参评作者中，有好几位部以上高级干部，跟一般作者一起评，咱们不好处理，干脆把他们单另列出，他们的好作品列为特别奖；二、作品质量难说特别好坏，奖项细分等级会有难度，统称优秀散文随笔作品奖，以得票多少排列顺序；三、增设优秀散文编辑奖。经过全体参评评委议论后，大家同议了我的建议，这样评起来也就顺利。最后，前副总理李岚清的《音乐札记》、解放军高级将领朱增泉的《彼得堡，沧桑三百年》等，被评为特别奖；著名作家邵燕祥的《重过莫斯科》、章诒和的《一阵风，留下千古绝唱》、余华的《灵魂饭》等，被评为优秀作品奖。经常发表散文随笔的重要报刊的责任编辑，被评为优秀编辑奖。

　　这次评奖给我印象最为深刻的是，每位评委对每件作品的认真，以及在不失原则情况下的争议，还有平等协商氛围中达成的共识。例如作家章诒和参选的作品，原来是另一篇，可是这篇作品，在当时情况下，多少有点"不合时宜"，但是对于她作品的整体水平，大家一致给予肯定，如果因某些外部原因，让一位优秀作家失去评奖机会，无论如何有点遗憾。于是大家同意更换这篇作品，选她写马连良先生的文章。同样情况的还有青年作家祝勇，在肯定他整体创作水平情况下，评委会把他的作品做了调整。这样的做法看似有悖评奖常规，像"鲁奖"、"茅奖"这样的纯官方奖，绝对不会被认可或者这样做；"郭奖"的这样破例做法，对于评奖整体水平的提高，却算是一种新的尝试，对于作者创作情况的估量，应该说也不失一定的公正。所以评委阎纲先生说："我们挑花了眼，争得面红耳赤。我们无悔于每一张选票。"这是我参加所有文学评奖以来，最为宽松相对公正的一次，因此也就很少留有遗憾。此外，我还参与过中国林业文联、《浙江日报》社、《西湖》杂志社等等评奖活动，大致情况也都相差无几，都有需要肯定和改进的地方。

　　目前这么多文学奖项，官方和民间办的都有，各有各的难处和制约，完全做到不受外部干扰，恐怕很难。还是我开头说的那句话，公开并不难，难的是公平和公正，而想把这后"两公"相对做好，唯一的希望，除了评委自身水平，还要寄托于评委的良心和正派。这是无形而却是有益的标准。

2007 年 12 月 10 日

公开谈论"一稿两投"

我国的稿费标准，是如何定的？依据是什么？我始终未弄清楚。只记得几十年来几起几落。20世纪50年代，我还是个文学爱好者，偶尔有篇诗文发表，得到几元十几元稿费，用来买条西装裤穿，或者请朋友吃顿饭，总还算办得到。至于那些大作家、名作家，用稿费收入买所四合院，好像也不是少数几位，比如我去过的艾青丰收胡同的房子，秦兆阳南池子的房子，刘绍棠光明胡同的房子，据说都是靠当年稿费收入买的，可见那时的稿费还说得过去。就是对于一般作者，那时也有优惠做法，比如往报刊寄稿件，普遍都是"邮资总付"，在信封右上边剪个角，邮局可以看出是稿件，无须贴邮票就能够寄走。所以那时候的报刊，给作者退稿也及时，作者知道这家不用了，就再寄别的报刊试试。自然就很少有"一稿两投"的事情发生。记得在20世纪50年代初期，还施行过以券代汇的稿费寄付办法，作者接到这种券纸到邮局就可兑换钱，领取稿费就更为方便和简单。总之，那是个方便文学爱好者成长的年代。

到了所谓的文化大革命时期，一切的一切都乱了套翻了个儿，把写作者劳动报酬的稿费，都当做资产阶级剥削的表现，除了极个别特殊人物或特殊作者，所有作者的稿费干脆一律取消。那时给报刊投稿，采用后给个本子，就算劳动报酬了，不过喜欢写作的人，并没有也不敢计较，该写的照写不误。何况让你写作投稿，这也是政治权利象征，那会儿投稿得先政审，政治身份不合格者，还不允许你写作投稿呢？谁还考虑给不给钱哪。

我国进入市场经济以后，开始恢复过去稿费制度，只是钱数却少了许多，每千字二三十元钱，这就算是很高很高啦。由于有的报刊全部自负盈亏，为了节省经费开支取消了"邮资总付"，不用的稿件也不再给作者退稿，在这种完全无奈的情况下，有的作者开始"一稿两投"。经过一段时间尝试，好像并无什么大碍，如果两家都用倒有两份稿酬，渐渐胆子也就大了起来。现在作家写文章，一稿两投乃至多投，已经习以为常了。再也听不到任何议论。可是在几年前几乎成了罪过，不仅读者公开反对，而且圈内也有微词，谁也不敢公开发表不同的声音。至于为什么不能"一稿两投"，好像没有任何人说明道理。

有次十几位文友一起聚会，有人说到某著名杂文家，一篇文章投给几家报纸发表，席间有人说了很难听的话。我实在有点听不下去了，不仅因为我熟悉这位杂文家，更因为我并不反对这种做法，就说："领导人的文章，可以多处发表；歌星演唱的歌曲，可以到处重唱；电影、电视、话剧，可以常年演出；厂家的广告词，可以翻来覆去地播放，作家的文章，怎么就不能多发表几处呢？难道作家就那么不值钱?!"听我这么公开表态，有的人当时愣住了，一时不知如何是好。

关于"一稿两投"的事情，我觉得我最有发言权，我既是业余作者，我又是职业编辑，两方面的体会我都有，在看法上应该说会客观。于是我说了这样的理由：一、过去不允许"一稿两投"，这样的规定是对的，因为所有报刊经费都是国库开支，拿两份稿费等于占国家便宜；现在则完全不同了，有的报刊就是自负盈亏，作者文章是报刊收入的资源，办报刊的人可以拿很多工资和奖金，只给作者几十元稿费，你凭什么不让人家一稿多投？二、如果报刊接稿后事先声明，买断某位作者某篇作品，作者觉得确实物得所值，作者当然没道理再投别家。三、作家的文章哪怕一千字，都要调动大量知识和生活积累，给作家适当的合理报酬，这是对作家创作劳动的尊重。此外，我还坦诚地告诉在座文友，我跟那位杂文作家一样，有的文章也是投两三处。

我不偏不倚地讲述这件事情，在场的老作家李国文和林非首先表示支持我的看法。同样是作家兼编辑的韩小蕙，立刻对我说："您干脆写篇文章吧，我给您发表。"开始以为，小蕙也就是说说而已，我根本没有往心里去，此事说完就算过去啦。这时发现有些南方报刊编辑，来电话约稿时就事先说："您把给别处的文章，同时发给我们一份，不同地区有不同读者，没有关系。"这就更坚定了我对此事的认识。

完全出乎我的预料，未过几天，韩小蕙给我打来电话，催问那篇稿件写未写。我一看小蕙动真格的了，就立刻跟作家兼学者林非先生请教，鲁迅先生那会儿靠稿费生活的情况，以便从对比中说明现在稿费之低。作为鲁迅研究专家的林非先生，很快就一一给了我明确回答。林非先生告诉我说，20世纪30年代，就是鲁迅先生生活的年代，那时的稿费标准按当时货币计算，一般作者是每千字两元钱，像鲁迅先生这样的名家是每千字十元，而那时的两元钱可吃八菜一汤。由此看来靠稿费生活不成问题。还有人告诉我说，现在台湾的稿费标准是，一千字折合人民币六百元到一千元，这就是说，靠稿费生活也不算难。国外和香港则是以版税方式支付，稿费标准自然也不会低，所以人家规定不准"一稿两投"，从经济角度上来看有一定道理。我们现在实行的稿费标准，国家规定每千字二十元至三十元，显然未能体现作者劳动成果，用两投方式给予适当补偿，我认为也是应该和公正的，对待作家过于苛刻就是对创作的伤害。

我写出《明说"一稿两投"》文章，寄给小蕙后，很快在《光明日报》发表。圈内许多朋友读后，认为我说得有道理，自然同意我的观点。不过大都是在私下说说，敢于公开表态的并不多，大概是怕别人说"认钱"吧。我完全没有想到的是，两位文学前辈张中行、来新夏，竟然公开表示同意我的看法。有次参加一个文学界会议，刚走进会议大厅就听有人喊我，迎声望去是张中行先生，当着许多人老先生公开说："柳萌，你的文章，我看了，非常同意你的观点。就是嘛，歌星的歌可以来回唱，首长讲话可以到处登，咱们作家的文章，为什么就不能多发几处呢？这太欺负作家了吧？"南开大学教授来新夏先生，跟我并不认识，读了我的文章以后，老人家公开写文章，在北京《生活时报》上发表，赞扬我敢于说真话。

连这两位文学老人，都有这样的看法，我想一般的作者，定会是心同此理。反正这篇文章发表后，并未引起什么不良影响，倒是"一稿两投""一稿多投"，从此成了写作者与报刊的"潜规则"。现在稿费大都报刊自定，每千字二、三、四百元，乃至千字千元或更多，在今天报刊都不在少数。这也算是对作家劳动价值的认可。

从我个人的角度来说，在投稿上自有原则：一是给影响大的报刊稿件，总是先让人家处理后，再考虑是否投给别家；二是同一地区或同类报刊，绝对不同时投寄同篇稿件，这样就避免了同地区或同类读者，重复阅读同一作者的同一文章。在经济社会里，不考虑金钱，不遵守道德，我认为都是缺欠。这是每位作者都应该坚守的底线。如果目前稿费制度不能体现劳动价值，作者一稿两投多投，报刊又不反对的话，我看这也是竞争的体现。

2008 年 2 月 12 日

大众"参考"的年代

　　改革开放三十年间，我们的生活状态和环境，有着许多变化和改进，从过去年月过来的人，说起来都会喜形于色。可是我以为其中最大的变化，莫过于人们思想观念的变化。而这思想观念的变化，又同国家的开放政策，有着密不可分的关系。比方在三十年前那些年，跟生活必需品一样，精神食粮也有票证，这就是那时的"参考"文化。

　　司空见惯的如《参考消息》报，在三十年前的中国，那是有相当级别的人方能读到的内部参考报纸。绝不是像现在这样，花一元钱在街头报摊上，任何人都可以随便买一张读。记得我第一次见到《参考消息》，是在20世纪50年代，我初到中央国家机关当公务员时，有次因公事去找主管司长，敲门应声走进她的办公室，她正在伏案埋头读报纸，见进来的是我这个一般干部，立刻把几份报纸推在一旁，却把其中一份《参考消息》报，拉开抽屉迅速地藏匿起来。弄得我既尴尬又觉得神秘，心想：不就是张报纸吗，还至于藏起来？回到办公室跟一位年长同事说起此事，他告诉我："《参考消息》是有级别限制的报纸，像咱们这级的干部不能看，你新到机关不明白，以后即使见到也不要动。"这位同事还告诉我说，同样是《参考消息》，还有大小两种的区别，大"参考"跟《人民日报》一样大，那得部级干部才能看。我"哼"地答应了他一声，记住了，却也越发觉得很神秘。

　　后来过了几年一个偶然机会，在办公室里发现一张旧《参考消息》，我还是抵挡不住好奇的诱惑，趁没有人在偷偷地匆忙看了看，噢，原来都是没听说过的内容，难怪不让我们这些一般干部看呢？再过了几年的一天，我去一位部级干部家中，在他家客厅的茶几上，我又看到大"参考"，开张跟普通对开报纸一样大，只是字号却比一般报纸大，我只是悄悄地瞟了一眼，却没有胆量拿起来展开看。这是那个"参考"年代，最典型的"参考"读物，它标志着官员的职位高低。由于有一定级别的官员能读到

《参考消息》，知道一般官员或群众所不知道的事情，做报告时引用这些内部资料，既增加听众的兴趣又体现报告人的水平，《参考消息》在那个年代显得异常"神秘"。

报纸有《参考消息》报，而且严格限制阅读范围，这早已经被许多人所知。那么，图书呢？那时也有"参考"图书，只是不这么叫"参考图书"，而是叫"内部发行"图书。这"内部发行"图书，除了有级别限制的图书，得开证明信或凭购书证到指定的书店去购买，有的"内部发行"图书，一般文化干部也可以买，那就要看你跟书店关系了。我在内蒙古工作的时候，曾任《乌兰察布日报》文艺编辑，新华书店是我负责联系的单位，跟书店上上下下自然熟悉，这样我也就有了"特权"。只要"内部发行"图书一来，书店的朋友告诉我信息，我就立刻跑到书店去买，有时买来自己阅读，有时是给朋友或同事买，那时很让我"吃香"了几年。这些所谓"内部发行"图书，在今天看来，其实内容都非常的平常，比如我现在书架上摆的《外国理论家、作家论形象思维》《人·岁月·生活》《飘》等，都是我那时从内部选购来的，其中伊里亚·爱伦堡的《人·岁月·生活》一书，还在书上特意标明"内部发行"，这就更为明确无误地说明，那个盛行"参考"年代的存在。后来这方面的限制开始松动了些，一般读者也可以购买"内部发行"图书了，只是得有单位工作证或介绍信。记得刚改革开放的年月，我已经调到《工人日报》当编辑，当时只身一人在北京无家累，只要有时间就去逛大小书店。有天走到王府井八面槽，见到一家"内部发行"书店，凭我的《记者证》进去，挑选了好多本中外文学图书。这也是我最后一次购买"内部发行"图书。

在文化大革命时期，特别是在"批林批孔"时，为了配合所谓的政治运动，许多文化教育单位，还专门组织人员编写"参考资料"书，当做理论"炮弹"供批判使用。这些内部印刷品无书号，大都由单位花钱购买，然后发给单位职工学习。像我无意间留下的《研究儒法斗争史参考资料》，就是我在内蒙古参加政治运动使用的，由内蒙古师范学院图书馆编。还有一本《评红楼梦参考资料》书，是我在内蒙古五七干校时，由干校编印发给学员读的。这类内部学习印刷品，在过去搞政治运动时，都是以"参考资料"名义，由相关单位编辑出版，以有偿方式卖给各单位。现在社会政治生活正常了，人们的经济条件好了，有富余钱的人搞收藏，这类过去的"参考资料"，跟老邮票、老粮票一样，竟然成了抢手收藏品。仔细想想却有一定道理，因为它见证着一个时代，无论那个时代对错如何，总会对历史研究者有用。就是像我这样的普通人，今天偶尔看到这些书，都会勾起对往事的回忆。

究竟应该怎样看待这些"参考"书报呢？以我现在的认识，我以为，《参考消息》报上有些政治性很强的信息，当做"内部参考"限制一定范围还有点道理；为配合搞政治运动编写的"内部资料"，即使今天看来也还说得过去。让我始终不明白的是，像《飘》《约翰·克利斯朵夫》《呼啸山庄》《复活》《罗亭》《死魂灵》等这些文学书，那时也要控制"内部发行"，其真正的原因何在，就实在有点让人费解了。想必是跟作家所在国家，如资本主义国家、修正主义国家，或者图书内容，如资产阶级生活、旧俄风情这些当时不能容的东西有关吧。反正那时"内部发行"的图书不少，"内部参考资料"也很多，只给一定级别官员、或者相关业务人员，提供一定的阅读方便，一般的读者和单位职工，除了供批判用的"参考"图书，更多"内部发行"图书却没有资格阅读。

在没有电视或光盘的年代，电影是唯一银屏艺术形式，广大群众只能到电影院去欣赏。电影片跟图书一样，也有正常和"参考"两种，正常片子可以公开售票放映，"参考"片子得由单位组织去观看。文化大革命时期，允许公映的电影，只有很少几部，如《战上海》《地道战》《南征北战》等，其余的都被当做"毒草"，通通地封存起来。后来出于斗争的需要，发动全民批判"毒草"，就由单位组织职工，在电影院放映一些，如《逆风千里》《早春二月》《塞上风云》《兵临城下》《洪湖赤卫队》等，都是那时的"毒草"片。而这些所谓的"毒草"片，有的人过去并未看过，更不知道"毒"在何处，完全是抱着好奇心理观看，并不能起到消"毒"作用，反而扩大了"毒草"影片的影响，很有点政治讽刺的意味。

时光到了改革开放时期，所谓的国产"毒草"影片，这时陆陆续续地开始解禁，观众可以到影院随意观看。而那些国外优秀电影片，此时还处于似开未开禁阶段，就用"内部参考"名义放映，所以那时能看"内部"影片的单位，在一般人的心目中很了不起，能够弄到"内部"电影票的人，就更是让人高看一头的能人。回忆上个世纪的八十年代，在意识形态单位工作的人，最"牛"的事情莫过于看"内部"电影，不要说是去中国电影资料馆看了，那是属于小范围的资料片，就是在影剧院或机关礼堂大范围里放的"内部"电影，倘若你能看上也不是一般人。像当时的文化部、中国文联、中国作协，或者是新闻单位、高等院校，只要搞什么大型的群众活动，准有"内部"放映的电影看，与会者或步行或骑车或乘公交车，不避酷暑严寒风雪无阻，从老远的地方急忙赶过来，更多的人就是奔这场"内部"电影。这些所谓的"参考"片或"内部"片，到底都是什么样的内容呢？其实，除了极少数具有政治倾向性纪录片，大多数的故事影片的内容，并没有什么问题或伤害身心的，只是因为是欧美国家拍摄的，在当时就被禁止公开放映了。可是搞电影的从业人员，又不能一点也不借鉴外来艺术，高明的领导人就来了个"参考"说，这样别的文化艺术门类的人员，就也搭车沾光"参考"起来。比如《翠堤春晓》《魂断蓝桥》《简·爱》《基度山恩仇记》《巴黎圣母院》等影片，我就是在那时借"参考"之光，比别人早看且多看了几遍。类似上边说的这几部影片，在当时还有好多好多，应该说都是世界文学名著，内容根本没有什么问题，艺术手段有的很高超，让大众欣赏一下又何妨呢？可是那时却不行。那是一个相对文化封闭的年代。现在的电影爱好者应该庆幸，不仅能够及时地观赏到各国大片，而且电影院的环境也异常舒适，据说有的电影院放映时间也很随意，这是我年轻时连想都不曾想的事情。

有些被认指有问题的摄影和绘画，那时也是在"内部"搞小型展览，由单位组织职工集体来参观。不过这类展览不能随便看看了事，回去得开批判会或座谈会，让大家进行批判或谈观后感。比如"四人帮"统治文化界时，我就曾从内蒙古来北京美术馆，看过一次所谓的"黑画展览"，其中印象最深刻的画作，就是黄永玉先生画的"猫头鹰"，据画展"前言"介绍，此画"黑"就"黑"在"猫头鹰"眼睛上。画家画的"猫头鹰"，睁睁睁一只闭一只，批判者解读其"用意"是，对当时社会表示不满，只能睁一眼闭一眼地看。可是更多的观赏者，好像并无如此高的"政治觉悟"，只能随着诱导者解读的话，跟着一起随声附和地进行批判。

随着国家政策的不断宽松，文化艺术和出版业的兴旺，大众"参考"的年代也就结束了。这时不仅书店、电影院多了，就连书摊、书报亭都散布街头，广大的读者和观众，完全进入一个自由观赏的年代。电视机和音响的普及，给普通人家带来欢乐；图书出版业的快速发展，更让爱读书的人及时读到新书，像历届诺贝尔奖获奖作家的作品，几乎都是第一时间送到我国读者手中。至于绘画和摄影等艺术门类，现在已经形成流派和产业，画家们在某个地方扎堆儿创作。在我国经济较发达的地区，几乎都有艺术区或艺术街道，展现当地的文化艺术和品位。如北京的 798 和宋庄，都是赫赫有名的艺术区。

正是由于"参考"年代的结束，读者和文化艺术工作者，有了广泛、自由的阅读环境，在继承传统和借鉴国外两方面，都有了实现的可能性和操作性，我国的文化艺术才有今天的成就。每次听到电影获得什么国际奖，我就会油然想起那个"参考"年代，不禁在心中说声："赶上好时候啦。"

2009 年 11 月 26 日

我与几家新时期杂志

《三月风》杂志创刊二十周年前夕，特派两位记者来家采访我，让我谈谈当年创刊的一些情况。我是《三月风》杂志创办人之一，连《三月风》刊名都是我起的，自然熟悉这本杂志。两位记者走后，我坐在沙发上，边饮茶边回忆，思绪不由回到二十多年前。

20世纪80年代初期，我在《新观察》供职。熟悉报刊史的人知道，《新观察》杂志的前身，是解放前储安平创办的《观察》，它是唯一跨越两个时代，而且影响很大的一本杂志。尽管办办停停，命运始终多艰，改革开放初期，还是重新复刊了。《新观察》复刊后，社会影响力和发行量，在当时都是数得上的，一些想办刊物的人，就来《新观察》取"经"。希望自己办的杂志，在未来有个好前程。

当时我接触的杂志，岂止是《三月风》啊，还有很火的两本杂志——《家庭》和《八小时以外》。在它们决定刊名时，我都参与了意见，见证了改革开放初期，那种宽松的政治氛围。更亲身感受到了，当时文化出版界，那种积极热情，像一股股暖流，奔腾在人们身上。不管是否相识，只要是办刊写文章，打个招呼就可，彼此间交往，比之现在要简单。那是一个充满激情的年代，不计得失干喜欢的事，可说是那时候的社会主流。

《家庭》前身是《广东妇女》，由一位老作家提出更名《家庭》，经广东作协一位朋友的介绍，该杂志负责人陈小娟，特意从广州来北京找我，就杂志名称和栏目设置，让我发表一些意见，我就谈了谈我的想法。我最欣赏的就是《家庭》刊名，我觉得这是出版业最大突破，因为在此之前的报刊名称，大都是冠以"中国"或某地，特别是妇女类杂志，全国妇联的是《中国妇女》，地方妇联的是《××妇女》，除了官方色彩太浓烈，还缺少女性的温情色彩，跟读者有一定的距离，在办刊思想上对于编辑，无形中也有一定的束缚。因此《家庭》杂志一创刊，就给人一种耳目一新的感觉，很快就获得了读者的喜爱。从这个时候开始，我跟《家庭》有了联系，给他们写过些文章，参加过他们的笔会，更看着这本蜕变杂志，不断地成长壮大，最后成为我国期刊中的老大。

《八小时以外》杂志即将创办的时候，由老编辑余秋明，带着办刊的方案，来北京跟我长谈半天。《八小时以外》由天津创办，我这天津人对家乡刊物，理所当然要出力的，除了提些具体意见和建议，我还特意为他们写了两篇专访，访问电影演员赵丹和著名播音员夏青，顺便为这本杂志求得赵丹墨宝。从此，我就跟这本杂志结下笔缘，每逢回天津探亲都到杂志社，杂志社的人来北京也看望我，眼见这本杂志越来越火，我高兴得犹如自己供职的刊物。可惜这本曾经红火的杂志，如今名声已经不太显赫了，在北京的报刊摊上难见踪影，每每想起总觉得有点惋惜。

说到我与这个时期的杂志，还必须得提提《辽宁青年》。这家杂志的卷首语栏目，不敢说是我跟编辑共同策划的，起码我是最早的撰稿人之一，而且给他们写的这类文章也比较多。在 20 世纪 80 年代《中国青年报》上，我连续发表了"青春寄语"文章后，不仅得到广大青年读者好评，同时引起青年报刊编辑注意，他们就来北京找我约稿由于《辽宁青年》杂志开本较小，他们希望我写些短小文章，刊发在杂志的扉页位置上。这类既抒情又富哲理的文章，很符合我那时的想法，写起来自然也就非常顺手，结果还真的成了点小气候。我的好几篇这类文章，竟然在各地和全国获奖，这就不能不让我感激《辽宁青年》。

离开《新观察》杂志社调作家出版社，正赶上《中国作家》杂志创刊，为这本即将问世的大型期刊组稿，就成了我的第一项工作。《中国作家》创刊号的诗歌、杂文稿件，都是由我跟邵燕祥、张志民、王蒙、蓝翎等组来，为了跟冯骥才约小说稿还特意跑趟天津，给面子的大冯拿出《感谢生活》。结果这篇中篇小说一炮打响，成为《中国作家》首篇获奖作品。作家出版社与《中国作家》分开，社刊成为同属中国作协兄弟单位，我被分配到作家出版社任职。未过多久碰到《散文世界》杂志经济拮据，主编袁鹰、林非二位找我帮忙，尽管《散文世界》不属于中国作协主办，我还是尽可能扶助了他们，这样我也就跟这本杂志，有了一段难得的情缘。

其后，我又参与了《小说选刊》的复刊，第一本《长篇小说选刊》的创办。不客气地说，这两本选刊倾注了我不少精力，却也让我获得了成功的喜悦。在文学刊物生存如此艰难情况下，当两家刊物现任主编告诉我，他们的发行量在平稳上升，让我这个退休的老办刊人，如同炎夏饮了一杯龙井茶，别提心神有多么清爽了。我清楚地知道，两位现任主编，为保住刊物数量，他们付出的辛苦，远比我们那时还要多。正如常言所说的，创业难守业更难。眼看着这两本杂志，越办越精致越丰富，相信会更受读者欢迎。

作为以编辑、出版为职业的人，能够跟几家刊物结下缘分，这无疑是人生的幸运。因此，在报刊发表文章时，编辑要介绍作者，问如何写我的称谓，我总是说，如果可以的话，就写"老编辑"吧，我就感到欣慰了。真的，一生如此，足矣。

2008 年 3 月 26 日

消逝的背影（文坛故人）

走近诗人艾青

　　年轻的时候，喜欢诗——古代的，现代的，如同陈酿和新酒，都让我如醉如痴。开始只是读诗，后来学着写诗，还真的发表过一些，但是终究未能成功。这说明，我跟诗无缘。无缘，不便强求，从此不再写诗。跟诗无缘，却跟诗人有缘。

　　在当代著名的诗人中，总有十几位，是我多年的朋友。像崇拜诗一样，对于这些诗人朋友，我都有着敬佩之情。尤其是诗人艾青，他的人品文品，更是让我敬仰。如今艾老走了，离开他满含泪水深沉热爱的土地，到他该去的地方去了。再也看不到他的笑容，再也听不到他的歌唱。我们永远再也见不到这位"诗坛泰斗"了，我们只能用回忆深深地怀念他。想起同艾老有过的接触和交往，越发感到他是那么正直、善良、真诚，他的为人如同他的诗文一样，鲜活地留在我的记忆之中。

　　可以这样说，在喜欢上新诗的同时，就喜欢上了艾青的诗。20世纪50年代，《文艺学习》杂志社举行读者讲习会，曾经亲聆艾青谈诗，这也是我头次见到这位心仪已久的大诗人，从此，每次拜读他的诗，自然而然地跟他的形象连在一起，这就更增强了我对艾青的诗的兴趣。这时我是多么希望有一天走近艾青啊！

　　还未容我寻找走近艾青的机会，在1957年那场政治灾难中，艾青就倒了霉，热爱艾青的读者，再也读不到他的诗了，他的名字也在报刊上消失。我自己因为喜欢文学又写过一些东西也遭批判，最后被戴上"右派"帽子送到北大荒，开始了漫长的定罪不判刑的流放生活。那时在北大荒流放的"右派"中，有许多赫赫有名的文化人，像我知道的聂绀弩、吴祖光、丁聪、丁玲、黄苗子、尹瘦石等等，诗人艾青也在其中，只是跟我们不在同一个农场。由于这些人在社会上名声大，他们来北大荒的情况，自然引起大家的注意。跟我在一起流放的文化界"右派"，有的是诗人，有的是同我一样的诗歌爱好者，我们常常背着管教人员一起谈论艾青，即使在那种特殊的境遇里，我们也想见见这位久仰的诗人。后来艾青从北大荒去了新疆，我们更没有机会见到他了。

我真正地走近艾青，是在二十几年以后，艾青唱着《归来的歌》，从新疆回到北京。

那时，我的"右派"问题还未解决，从内蒙古回到北京，被《工人日报》借调来编副刊。我清楚地记得，艾青的诗《红旗》，刚刚在《文汇报》上发表，尽管版面位置并不显眼，但是作为艾青即将复出的信号，这首诗立刻引起了读者的注意。于是我向报社的分管副总编辑建议，是不是可以考虑设法找到艾青向他约稿，以便使我们的报纸副刊有更高的品位。可是话一说出口，我又有点后悔了，因为自己也是"右派"，万一被人误解上纲上线，那非得吃不了兜着走了。值得庆幸的是，管我的两位上司，部主任和副总编辑，都是很开明的人，他们经过认真研究，同意向艾青去约稿，并决定由我负责。这样就让我有机会真正地走近艾青。

那时候要找艾青的人很多，有外国友人，有报刊编辑，有一般读者，他们向有关方面打听艾青住址，常常是被很有礼貌地回绝。我认识老诗人蔡其矫，老蔡是艾青的朋友，我通过老蔡的引荐，自然很顺利地找到艾青。打这以后我跟艾青、高瑛夫妇成了朋友，这么多年来他们给过我不少关心和帮助，我对于他们二位的为人也有了较多了解。

艾青从新疆回到北京，他的创作热情非常高，我每次去他家，他都有新作拿给我看。他那时写的《高山的风》《镜子》《花样溜冰》三首诗，经我手在《工人日报》副刊发表，由于在版面处理上比较显著，艾青非常满意，这样彼此之间有了更多的信任。他曾对我说，他从新疆回来以后，在各报刊上发表的作品，只有我们报纸版面处理得好。他还告诉我，他过去在报纸上发表作品的位置，不是放在头条，就是像张桌子放在中间。言外之意是，我们未因他的问题没解决而有顾虑，这使他非常感动，这之后只要是我去约稿，他从来没有拒绝过。这种作家和编辑之间的相互信任，后来发展成忘年朋友之间的信任，连我代别的报刊约稿，艾青都肯给我面子，使我感到艾老是个很重情谊的人。《光明日报》、《体育报》副刊编辑，几次找艾青约稿都未拿到，这两家副刊编辑跟我认识，他们知道我跟艾青交往比较多，让我给他们帮忙，我答应帮他们试试看，成不成没有把握。我们一起到了艾青家，我跟艾老一说，他非常爽快，立刻打开抽屉，让我们从他新写的诗中选。

我调到《新观察》杂志社工作以后，跟艾青同在中国作家协会一个大单位，我去他家的次数更多了，杂志社的同仁都知道这个情况。那年杂志社领导打算在《新观察》封面人物照片上配诗，决定约的第一位诗人就是艾青，想请他给足球运动员容志行的彩照题首诗，杂志社领导就把约稿的任务交给了我。那天下午，我去艾青住处北纬饭店，他正跟老诗人朱子奇聊天儿，我把来意跟高瑛大姐说了说，她认为艾青八成不会答应，因为他很少有让人命题作诗的时候，我听后立刻心里凉了半截儿，不过仍然有些不死心，还是想亲自试探一下，完不成约稿任务总也有个交代。我先是跟艾青闲聊别的话题，后来问他看电视看不看足球比赛，知不知道足球运动员容志行，待这些得到肯定答复之后，我便乘机向他约稿。艾老明白了我跟他聊天的意思，笑着说："原来你是在套我呀，好吧，我写写看，过几天你来取。"没过几天，接到高瑛大姐的电话，我立即赶到艾青住处，拿到了艾青这首诗。艾青说："你看行不行，不行我再写。"这首只有十二行的短诗，既写了足球比赛的场景，又赞颂了运动员容志行，我非常感激艾老对我工作的支持。这首诗是不是艾青写足球比赛的唯一的诗，我没有问过艾老和高瑛大姐，这首诗是《新观察》杂志封面上的第一首诗，我想大致是不会有问题的。我把这首诗的诗稿带到编辑部，杂志社的领导和同仁都很高兴。

艾青、高瑛夫妇都是乐于助人的人，认识他们的人谁有困难找到他们，只要是能帮上忙的事从不推辞。我在报社编副刊时，工作比较紧张，有时还要上夜班，很想换个宽松的工作。艾老知道了我的心思，他立即跟高瑛大姐商量，介绍我去找记者、作家子冈。当时子冈大姐正筹备《旅行家》复刊，急需要人，艾青夫妇推荐我去当编辑。忘记后来是什么原因未办成，使我失去了在子冈大姐手下工作的机会，但是对于艾青夫妇和子冈大姐的帮助，我是永远不会忘记的。那年得知子冈大姐生病住院，我特意去北京卫戍区医院看望，并当面向她再次表示感谢，这也是我最后一次见到这位著名作家。艾青夫妇长期在逆境中生活，他们都有一颗善良的心，听到别人有过不幸的遭遇，最容易引起他们的恻隐之情。不知是谁告诉了艾老和高瑛大姐，我爱人曾在"文革"中受到迫害，至今身心健康都未完全恢复，他们不止一次地嘱咐我要好好照顾。我爱人是学音乐的，做过多年音乐教师，为了医治她的精神创伤，拿到《生活，这样告诉我》新书稿费，很想给她买架钢琴，只是还缺三百多元钱，艾老知道以后，立刻让高瑛大姐接济我。当时他们也才从外地回来不久，家中人口多，还要应酬朋友，经济上肯定不会宽裕，我自然不会为难他们。但是，他们的这份真诚心意，我是会永远记住的，现在只要看到家里的钢琴，我就会想起这件事情。

我在文化界前前后后混迹有几十年，认识的文化人应该说不算少，由于中国过去不安定的政治生活，文化界这个特殊群体中，有的人为了保护自己，常常地会把思想遮罩起来，在许多场合甚至朋友面前都不说真话。我接触的诗人艾青，却是个非常真实的人，他有孩子般的坦诚，同时又有经世老人的豁达，这一点给我的印象非常深刻。艾青一家从新疆回到北京，开始好长时间居无定所，艾老好像根本不介意这些。跟他有着相同命运的老作家丁玲，刚回北京也是没有固定住处，后来住进了木樨地的部长楼。我以为艾青会对此事有想法，就对他说："艾老，人上了年纪，住平房更方便。"艾青听后宽厚地笑了笑说："你别安慰我了，我知道，人家不给我。"仅此说说而已，既无牢骚，又很真诚，许多人恐怕难做到这样。中国作家协会首批享受政府津贴的人，除了像冰心、臧克家这样成就卓著的作家，大家知道后没有任何议论，对于一些利用职权抢先获得的人，或者利用职权给哥们儿争的人，群众难免在私下里有些说法和议论。

我去看望艾青时，闲聊中跟高瑛大姐谈到此事，不料让艾老听到了，我只好从实招来，并代当权者寻找理由圆场。我说："可能是考虑你的级别高，没有给你。"艾老听后笑了笑，无所谓地说了一句："你别安慰我了，人家不给我。"既没有摆成就，也没有说怪话，泰然而真诚地处之，同那些依仗权势猎取名利的人，成了非常鲜明的对比。

熟悉艾青的人都知道，他的语言充满智慧和幽默，几句话就能把你和他的距离缩短，哪怕是头次见他的陌生人，听了他的话立刻会消除初见时的拘谨。艾老的爱憎在心里有数，平日很少挂在嘴边儿，即使是说出来，同样是平和而幽默，很少见他直通通地表述。他有次重病初愈之后，我们去看他，见他的面色、精神都很好，大家说多亏高瑛大姐精心照顾。这要是在别人，无非是夸夸老伴儿。艾青则是幽默地说："你们谈得完全对，高瑛是个好'饲养员'，看把我养的多壮实。"对妻子的褒奖和感激，尽在一句平淡幽默的话语中，这就是诗人艾青的表达方式。

同样，对个别熟人有看法，他也是很少议论，说到的时候，总是把鲜明的态度放在幽默的语言中。有次他生病住院，我去看望他，说话中问他，都有谁来看过？他说了几位朋友的名字，说到作协领导时，他说马烽来过，还说了别的人。我知道有一位作家，过去搞活动总要请出艾老来，这次艾老重病住院，我想他应该来看望，可是艾老没有报他的名字，我就顺便问了一句。艾老温和而又尖刻地说："他嘛，在他的眼睛里，我不过是块抹布，用完就扔啦。"这是多么机智形象的表达方式，远比那种直通通的指责更深刻。

我见艾青的最后一面，是在他逝世的前几天，这是多年来唯一的一次没有见到他的笑容，没有听到他的话语，只见他紧闭双目静静地躺在那里。

这一天像过去许多时候一样，我跟诗人徐刚相约走近艾青。艾老刚刚从病危中被抢救过来，本来医生是不允许外人探视的，高瑛大姐见我们两个人来了，她请求医生破例照顾我们，我们才得已见到弥留之际的艾青。看上去艾青依然很平静，脸颊丰润，没有倦容，不像刚经受过重病折磨的人。这次再不能长久地停留了，我们只在病床前探视片刻便悄悄走开，到医院会客室跟高瑛大姐谈艾老的病情。这些年总有许多次了，艾青生病住进医院，都是由高瑛耐心地照料，艾老的生命才一次次地延伸。他们二位患难与共四十年，这是文学界人人尽知的事情，特别是在艾老多病的晚年，倘若没有高瑛大姐多方关照，很难想象艾老会生活得这么安适、愉快。

如今艾青走了。我想起他上路的那天，在八宝山给他最后送行的人中，除了文艺界的他的朋友们，还有不少艾青的普通读者，这在过去类似的场合并不多见。倘若不是艾青生前有话，不举行丧事活动，给他送行的人会更多。一生靠笔墨生活的人，在读者中能够赢得真诚的情谊，并非每位有成就的作家都这么幸运。艾青到底是艾青。艾青的名字和他的诗篇，永远会留在人们的心中。

1996 年 8 月 26 日

想起作家秦兆阳

其实并未经意收藏文人书画，十多年积攒下来，竟然也有了几十幅，其中还不乏文学大家的墨宝。

我未迁入现在新居那会儿，住房比较局促，又是水泥墙壁，不是被各种橱柜遮挡着，就是墙壁坚硬楔不进钉子，这些书画只能叠起放在箱子里，有时想拿出来观赏，只好铺在桌子上或床上，这终归不是赏画的正路。人说中国画装裱以后挂起来才好看，我过去始终未能享有这样的眼福；直至搬到现在的新住房，厅大了，墙空了，这才有条件把画舒展地悬挂起来。

在挑选装裱这些书画时，发现赠我有字有画的作家中，送给我幅数最多的是秦兆阳先生，总有三四幅在我手中。这也难怪，秦兆阳原本就是书画家，平日里又跟我过从较多，当然也就先得"月"啦。如今秦兆阳先生已作古，观画思人，倍感亲切，从而想起了一些关于秦兆阳先生的往事。

我开始学习写作的时候，秦兆阳正在《人民文学》编辑部，许多有才华的文学青年，都或多或少地得到过他的指引。我缺乏较高的文学天分，自然无缘受教于他，但是他的名字和他的作品，我还是比较早就知道了。尤其是他写的谈创作的文章，只要听说在哪家报刊发表，总要想办法找来仔细阅读。真正跟秦兆阳有较多接触，并在后来成为忘年朋友，是在"右派"问题传说要改正的时候。

关于"右派"改正的事情，那会儿社会上有许多说法。由于这件事情涉及中国千千万万个家庭，关注的人自然也就比较多，然而最为关注的莫过于"右派"本人。这些人大都戴着"右"字荆冠被专政了二十几年，当初被划"右"时年龄最小者，如我等也已是四十岁开外的人，谁不想有个正常生活的晚年呢？何况他们的家人朋友还受着株连。

我那会儿还在内蒙古流放，为了打听有关"右派"改正的消息，请假自费从内蒙古来北京，住在《人民日报》东单招待所。《人民日报》招待所这时住的人中，有不少是文化界的"右"号人物，原来都是各报刊社或文化部门的业务骨干，被划"右"以后送全国各地去劳改，这会儿跟我一样自费来北京探听有关消息。这些有着相同命运的人到了一起，不是闲聊各自坎坎坷坷的生活经历，就是互相交换谁又听了什么消息，剩下的时间大都用在结伙串门儿上。

那段时间跟我经常在一起的人，有《人民日报》的高粮、刘群，这两位都是资深的记者，还有一位是中国作协的老编辑杨觉。这三位都是抗日时期的老文化人，他们都是秦兆阳的多年朋友，经过他们的引荐，我这才有机会认识心仪已久的秦兆阳。秦兆阳因"右派"问题曾发配广西，这会儿也来北京等候改正的消息，他自己有房子落脚，大家又有着相同的境遇，他的家理所当然地成了我们常去的地方。后来我调到《新观察》杂志社工作，编辑部距秦兆阳的家不过二十分钟的路程，只要有空闲就溜达着去找他聊天儿，俩人的关系也就渐渐亲近起来。这期间我得到过他不少的帮助和教诲，他的高尚品德和正直为人，在我的心中留下了永不会磨灭的印象。

那时因"右派"问题到外地的人，改正以后回到北京，许多人一时找不到工作，只能自己东冲西撞地到处乱碰。秦兆阳要去人民文学出版社工作的事，当时也还没有完全最后敲定下来，他却不辞辛劳地为朋友的工作奔波。我那会儿已借调到《工人日报》编副刊，记得是在一天下午，秦兆阳骑着一辆破旧的自行车，急匆匆地跑到报社来找我，让我给他的一位从外地回北京的诗人朋友想想办法，看可不可以在《工人日报》谋一份差使。我当时在《工人日报》也还未站稳脚跟，原来在《工人日报》被错划"右派"的人，如何家栋、赵荣声、张照邻等，回来也在报社等待安排工作，秦兆阳这位朋友的忙未能帮上。不过秦兆阳对朋友的热诚，却让我非常感动，当时我曾想，照一般人的情况看，自己的工作还没有着落呢，总不至于先考虑别人吧？秦兆阳却要为朋友的工作亲自奔波。

秦兆阳当年培养的青年作家，有的后来也被划成"右派"，按说这跟他并没有直接关系，可是一说起这些事他总是心神不安。然而对于有才华的文学青年，他又依然忍不住地想去扶持，希望他们早日成为文坛的创作骨干。后来知名度颇高的女作家谌容，在此之前只发表过几篇不错的小说，很想找位文学造诣高的名家给些指点，经我介绍认识了秦兆阳先生。秦兆阳认真读过她的小说以后，把她约到自己家中，耐心地跟她一起谈论她的作品，足足花了三四个小时的时间，在场的《光明日报》编辑蔡毅和我，都深深地为之感动。谌容的中篇小说《人到中年》，后来在全国小说评奖中获得一等奖，从此在文学界名声大振。秦兆阳知道后非常兴奋，他跟我说："我这个人的脾气改不了，一见到有才华的作者，打心眼里感到高兴。"他还跟我说起过，对蒋子龙等两位作家的小说社会给予的不公正处理，言语间流露着真挚的不安心情。

熟悉文艺界情况的人都知道，在这个群体中生活的人，你想完全不抛头露面或寻觅清静，有的时候是很难做到的，而秦兆阳却拥有自己的一份宁静。他曾经担任过中国作家协会书记处书记，在别人看来这是求之不得的美差，他却跟我说过多次想辞掉这个职务，过自己想过的清静、淡泊的作家生活。当时有一些作家劝他还是不要辞掉，一是有出国观光的机会，二是可以在一定场合说说话。对于这两样别人看重的事情，秦兆阳却不以为然不屑一顾，他似乎更愿意把时间留给自己。

那年作家协会决定让他率作家代表团出访意大利，服装、名片好像都准备好了，他突然打了退堂鼓，当时国门打开不久，许多人想出国没有机会，他的这一举动难免让人感到不好理解。我去他家串门儿的时候，跟他说起了这件事情，他非常郑重地跟我说："我年轻时是学画的，意大利又是个艺术国家，我何尝不想出去看看。可是我又一想，出去不能光是看，总得说话呀，假话不会说，真话不能说，还是不出去的好。"原来就是这么一个理由，他就把这份美差给推掉了，却也看出秦兆阳为人处世的真诚。这种不说违心话的真诚，在今天的作家身上，我觉得是很重要的品德。这种品德让我想起秦兆阳的画，他最爱画的题材便是高洁的静荷和挺拔的青竹，这岂不是秦兆阳先生内心世界的最好写照。

我调离《新观察》杂志社以后，办公地方距秦兆阳的家比较远，加之又有家务公事缠身，再没有像过去那样常去看他，只是偶尔通个电话问候。后来他的公子秦万里跟我在一个单位工作，连电话也很少打了，只是时不时地跟万里打听他的近况。那年《中国老年》杂志社有个活动，朋友委托我请几位著名作家，我便代请了艾青、张志民、王蒙、李国文、姜德明、谌容、张洁等人，我想这正是个好机会，不妨也请秦兆阳出来散散心。我在电话里给他通报了几位的大名，他一听都是些老朋友，立即愉快地表示同意见见大家。那天他的兴致非常好，无拘无束地跟大家闲谈，说是许多年没有这样了。尽管朋友们说的文学界的情况，他有些陌生，不便多搭话，但是还是饶有兴趣地听大家讲。《中国老年》杂志的编辑知道他擅书画，请他给刊物题字作画，他当即浓墨大毫写了苍劲有力的三个大字：夕阳红。这是我最后一次见他当场挥毫，觉得比他过去赠我的书画更显洒脱和沉静，只有经过人生大波并有所悟的人，在书画中才会表现出这种深远的情愫。

秦兆阳先生去另一个世界，转眼已近两年，这次由他的画想起一些往事，仿佛他并没有走远，依然生活在我们中间，只是老人喜欢清静，独自在家中读书作画哩。

可是，当我想到，他生前对一间温暖小屋的渴望，他病中对一间少嘈杂病房的渴望，我又不能不确信他真的走了。因为，他那间潮湿寒冷的朝北平房，怎么能让他安心地握笔呢？他生病时住的那间多人大病房，怎么能让他静心地养病呢？喜欢宁静又无大的奢望的秦兆阳只能去另一个世界寻觅。想到这里，我的心里很不好受，这是多么好的一个人哪，连如此微薄的愿望，他生前都未得到满足。

秦兆阳先生画中透露出的平和心境，却又分明显示出他待人处世的宽容，这使我多少感到些欣慰，不然我们会对这位好人有更多的担忧。

1996 年 6 月 28 日

我印象中的孙犁

我有篇小文章《文坛自有细心人》。文中曾经说到二十多年前，陪同韦君宜、陈荒煤二位文学前辈，访问老作家孙犁、方纪先生，由于自己处事比较粗心，未能把当时情景记录下来，现在想起感到惋惜和遗憾。研究孙犁的学者刘崇武先生，从报刊上读到这篇小文章，特意来信，希望把我知道的关于孙犁的事，能够写出来或者告诉他。由于有崇武先生信的促使，我就尽力回忆那些年跟孙犁先生的多次接触。

知道孙犁先生名字，读孙犁先生的作品，第一次亲见孙犁先生，应该是在 20 世纪 50 年代，我在天津一中读书的时候。那时开始喜欢上文学，参加学校学生文学社，有次市里组织文学讲座，主讲人正是孙犁先生。讲座内容早已经忘记了，先生细高清癯的身躯，说话语调的亲切柔和，却几十年来都不曾忘记。因此每每读他的作品，如《荷花淀》《铁木前传》等小说，以及大量清新隽永的散文，先生身影总会自然而然呈现眼前。这就使我更增加了对孙犁作品的热爱。

真正跟孙犁先生接触，是在 20 世纪 80 年代，我在《新观察》杂志社，主持这本杂志的杂文版。主编要求跟文学名家约稿，在天津众多著名作家中，我想到的第一位约稿作家，就是自幼敬仰的孙犁先生。记得那是一年春节，在天津父母家过完节，回北京上班前一两天，我找到孙犁先生的家，给他拜完年谈约稿，然后就一起聊天儿。这是我第一次到先生家，屋里干净、清爽、利落，在一丛盛开水仙花映衬下，连人都显得优雅而高洁。从那时起知道孙犁先生喜爱水仙花。

若干年后我写了一篇散文，题目好像就是《水仙花》，灵感正是来自这次的情景。这也是我平生第一次，看见寄情寓意水仙花。从此以后每年春节在家中，我都会养一两丛水仙花，在营造节日喜庆气氛同时，这洁净高雅的水仙花，常常会让我想起孙犁那次谈话。

跟孙犁先生第一次见面，免不了谈些个人情况。当说到我曾被划为

"右派"，蛮以为他会说些类似同情的话，岂料孙犁先生沉吟片刻，用非常平和的语调说："人这一辈子都很不容易。不过，只有经过大喜大悲大起大落，那才叫真正的人生。你都经历过了，就会比未经历过的人，对人生有更深刻的理解……"说实在的，对于先生说的这番话，起初我还不是十分认同，心想，您老人家倒说得轻松，正是青春年少的美好时光，遭那么大的罪，受那么多委屈，这样的人生体验宁可不要。转眼间我也成了老者，有时闲坐屋中回首走过的路，确实感觉自己的人生厚重，这时重温孙犁先生这番话，我就有了更深切的认同感。

重新复刊的《新观察》杂志，那时发表的孙犁先生文章，几乎都是经我手编发的，因为有了这样一层关系，每逢春节去天津探望父母，我都会特意去拜望孙犁先生。孙犁先生对于稿件处理，从来没有过任何苛求，对于像我这样的晚辈编辑，他总是客客气气地商量。有次我跟他说："孙老师，在稿件处理上，您有什么想法，或者不当之处，您尽管说，我转告主编。"他想了想说："别的倒没啥，只是年纪大了，要发表的文章，自己总是希望早点看见。你跟戈扬同志说说，如果你们不为难，就尽量快点安排。"我把孙犁先生的意思，回来转告主编戈扬女士，她说："非常理解。就由你视情况随时安排吧。"

跟戈扬共过事的人都知道，这是位非常敬业的老作家，对于手下人要求相当严格，每篇稿件无论长短作者是谁，她都要认真地审阅处理。杂志版面的设计，绝对不允许转版，长稿删改，短稿增添，是《新观察》编辑的硬功。孙犁先生的文章，每篇的字数不同，在安排上也就有难度。幸亏有主编的批准，不然动哪篇文章都不易，一挪动就影响整个版面。孙犁先生稿件寄到，哪怕版式已经做好，我都会撤换别的稿件，腾地方马上精心安排。这既是对孙犁的尊重，更是对孙犁的信任，《新观察》作者多为名家，可是对其他作家稿件，据我所知好像从无此例。

由于彼此有了信任，说起话来也就随便。有次去看望孙犁先生，他送给我一本他的书《孙犁小说选》，还有一幅他写的字，那天他情绪特别好，说的话自然就多些。他家里摆着个瓷瓶，他指给我看了看，说是他去世的老伴儿，生前特别喜欢它，"文革"中被造反人抄走，现在找了回来。他如何珍爱，等等。然后，由此谈起他的创作，他说了大意这样的话：我写的东西，其实就是两个字，一个是美，一个是丑；写故乡的美、人民的美，写敌人的丑、坏事的丑……他好像还说，据此瓷瓶的事情，他写了篇文学作品，鞭挞"文革"的丑恶。

孙犁先生这次的谈话，说的内容好像是创作，其实也是他人生态度。熟悉他的人都知道，孙犁一生淡薄名利，从不喜欢张扬追风，他作品那种淡雅风格，正是他内心世界的展露。有次跟一位作家朋友，说起孙犁的这次谈话，我们两个共同的认识是：别看写战争年代作品，大红大紫的那么多，最后真正让人记住的，恐怕还是孙犁的作品，关键是他写的是战争中的人，而不是战争中的大场面。这种认识也许过于偏颇，但是却并非绝无道理，因为文学毕竟得讲感情，就是孙犁先生所说的，他一生追求的美好，他一生鞭挞的丑陋，全都真实地表现作品中。

　　孙犁先生逝世后，本想写点文字，表达我的哀思。可是，他的音容笑貌，他的思想品德，如同他喜爱的水仙花，那么高洁、淡雅、挺拔，见过了久久地留在记忆里，却不知如何表达得准确，就只是想想未敢动笔。趁写这篇小文章的机会，我献上迟来的一瓣心香，遥祭文学前辈孙犁先生。

2007 年 7 月 26 日

诗书写大漠

张光年即光未然先生，《黄河大合唱》词作者，一位老资格的诗人、评论家。我调到中国作家协会工作，他自然也就是我的老领导。在此之前，只在年轻时候，唱过他写词的歌，如《黄河大合唱》《五月的鲜花》等，进入文学圈之后，偶尔读些他写的诗文。仅此而已。

他在中国作家协会任副主席、党组书记时，我在《新观察》杂志社当编辑组长，从两个人的职务上看就不可能有接触，更何况杂志社在作协大院外边办公，连跟这位老领导照面的机会都很少。可是关于他的从政情况，我却从文学圈听到不少，这些是是非非与己无关，我也不想介入历史陈账，听了也就算是听听故事。因为，经历过无数政治运动以后，在人生大海的汹涌波涛里，生命在沉浮起落时喝了水，在观人审事方面也就不再盲从，更多时候愿意相信自己的体验。我对于光年先生也是这样。

1989年，我所在的中外文化出版公司（出版社），被上级莫名其妙地撤销。从此，我便开始赋闲在家滞居，情绪自然不会像工作时那样好，所以一有时间就往外地跑，跟性情合得来的文友，参加各地的文学活动，以便缓解心头烦躁和不悦。南南北北许多地方，我都是那时结识的，算是因烦恼得快乐。

1991年中国作协安排作家访问西北，我们十几个来自各地的人，沿着古丝绸之路走了十多天，在苍茫大地尽情地说笑，胸膛好像也成了高天厚土，顿时纯净、开阔、神圣了许多，人间的不愉快事情荡然消释。一行人中年长者当属张光年先生，其次就是江苏老作家海笑先生，然后就该是吴桂凤、刘芳、徐子芳和我等四个中年人，年轻的几位有陈世旭、吕雷、刘小放、毕淑敏、徐小斌等，无论是年长或年轻者，毕竟都是要笔杆的人，言行上自然也就无拘无束。

可是，跟我们同行的张光年先生则不同，他是原任中国作家协会主要领导，当时还是中共中央顾问委员会委员，而且是位老资格的诗人和评论家，从职位、年龄、成就、资历来看，哪方面都会使人容易产生距离感。记得当时在火车上安排卧铺，让谁去跟光年先生住一起，都是推推让让地不肯去，江西作家陈世旭来迟一步，最后只好让陈世旭老弟解围。跟张光年一起接触几天以后，大家感觉他还是蛮随和的，就以对他的称谓来说吧，除了我们中国作协的几个人，习惯地叫他"光年同志"，别的作家无论年龄大小，都亲切地叫他"张老"，没有一人叫他过去职衔。光年先生也总是乐呵呵地答应。

正是因为大家不分彼此，毫无一点隔阂和距离感，所以一起相处的十几天，每天都像过节似的快活。特别是在漫漫长路上，为了消解旅途的寂寞，互相就取笑逗嘴找乐呵，后来还起绰号哄笑。光年先生跟大家一样，叫这个叫那个的绰号，既无职位感觉又无年龄意识。到了沙漠地带骑骆驼玩，我和海笑、徐小斌一起。小斌故意打她骑的骆驼，骆驼兴奋地急速向我跑来，我一惊吓险些从骆驼上摔下来，惹得在场的同伴们一阵哄堂大笑。有摄影机的同伴，立刻把我的狼狈相，及时准确地摄入镜头。徐小斌出书还把这张照片收了进去。

大概是想起了旅途的快乐，从西北参观回来光年诗兴大发，据说他写了不少的诗词。他把其中诵大漠的一首："莫嫌沙粒小/聚沙可成山/莫笑沙不语/长啸如雷喧//沙峦八十里/护此月牙泉/涉沙腿脚软/小坐叹奇观"，特意写成一个条幅，请他的秘书送来赠我，这是我万万不曾想到的，可见这位作协老领导、老诗人，丝毫没有居高临下地待人，而是把我这样一个晚辈，当做了一起旅行的朋友。

几年之后有次去北戴河休假，在"创作之家"碰到光年先生。他一开口就提那次远游，而且叫了我一声当时绰号，我跟这位老领导的距离，立刻也就拉近了许多。因此，在北戴河他问起我的近况时，我几乎是毫无保留地跟他诉说。因为，那时作协考虑安排我的任职，正面临着一次新的职业选择，倘若我把他完全高视为领导，我想我是不会如此坦诚相告。他听后像对非常熟悉的朋友，帮助我出了些主意和建议，觉得这位文坛老人却有他可爱之处。

提起那次的西北之行，他还特意跟我询问其他人，目前情况都怎么样，大家都有没有联系，等等。我告诉他说，从那次相识以后，大家都成了朋友，南京的海笑大哥，每年春节都自制贺卡寄来，河北的刘小放、江西的陈世旭、北京的徐小斌等，我们经常通通电话。光年先生听后，频频点头称赞："那就好，那就好。"可见这次的西北之行，在老人心中留下的记忆，是多么美好多么长久。光年先生书赠我的条幅，在我更成了珍贵的纪念，我已经装裱镶嵌在镜框里。

2007 年 5 月 28 日

心地干净寿自高

季羡林教授90岁生日那天，文化界朋友聚会燕园，祝贺这位学界泰斗大寿，出席的还有几位高寿人，如画家丁聪、黄苗子、方成等。有感于这些前辈的心态，我回来写了篇小文章《心净者寿高》，发表在《北京青年报》副刊。有的报刊转载这篇小文时，把"心净"改成"心静"了，跟我原来的意思满拧。我的意思是想说，这几位老人心地干净，所以他们才会这样长寿，而不是说他们心地安静，因为，即使很坏的人也会做到心静，而心净则专属品德高尚之人。

什么样的状态才算心地不干净呢？依我的想法而论，大学者张中行先生在世时，曾跟人说过，有三种人他绝对不能原谅。张老绝对不能原谅的三种人，起码就是心地不干净的人。这三种人，即，靠政治运动整人的人，损人利己的人，无情无义的人。整人、损人、无情无义之人，失去了基本的做人良知，他的心地当然就是龌龊的，怎么能使自己身体健康呢？我认识两个职位较高的人，退休之前在单位可以呼风唤雨，平日里少不了溜须拍马者，自以为活得有模有样；退休之后熟人遇到如陌路，更没有朋友来往和相聚，因为，他们就是靠整人升的官。我就不相信这样的人会快活。不快活哪里能有长寿？

这会儿不搞阶级斗争了，靠政治运动害人可能性不大。可是现在"有钱能使鬼推磨"，靠损人发财者却不新鲜。至于无情无义的人，更是随处可见常有耳闻。这后两种人的存在也十分可怕。

中行先生寿高九十有七离去，还有几位文化界老先生，都是年至米寿茶寿者，他们学术上的成就且不说，单从为人处事的品德上讲，就足以看出他们心地洁净，所以才会寿攀人瑞高度。我们简直无法去想象，一个终日琢磨整人的人，他能有个健康的身体；一个变着法子损人的人，他会有个平和的心态；一个忘恩负义的人，他会拥有真诚的朋友。倘若他们的身体还算健康，八成是靠终日吃营养品，这样的人生活即使有质量，那底色恐怕也不会很纯正。

做为一个普通的识字人，我不敢跟那些大家类比，但是，他们善良正直的品德，我想我还是愿意学习的，起码可以约束和要求自己，不做中行老人痛恨的三种人，这样心地也就会干净。现在回顾自己走过来的路，可以毫无愧疚地说，我没有亏待过任何人，更没有伤害过任何人，别人对我的政治伤害，以及帮助过河就拆桥的人，我心中绝不存任何芥蒂。从表面上看好像吃亏，其实正是给自己修福，想想看嘛，把这些事情放在心上，受折磨的还不是自己？那又何谈身体的健康？

文学界有好几位师友，我非常景仰他们的为人，论文学创作成就，论从事文学工作资历，他们可以也应该获得许多这样的虚名那样的高位。然而他们根本不去计较这些，踏踏实实地生活，勤勤恳恳地写作，活得非常坦然自在，所以他们的身体都很健康，再次说明心地干净才会增寿。

迟到的告别

汪曾祺先生走了，他上路的那天，我未能去送他。

那是去成都开会的头天下午，李国文来电话给我，他说听人讲，汪曾祺先生病故了，不知是真是假。其时他刚从广州回来，一下飞机就打来电话，可见他对汪老的惦记。

几天前曾听说汪老生病，因为忙于杂志社的事情，还没有来得及去医院看他，这会儿又传来这样的消息，我真觉得不好相信。可是这种事情也不好询问别人，于是我想起了林斤澜先生，林先生是汪老的挚友，汪老的一举一动，林先生都会了解的。当从林先生那里得到证实，汪老已于头天病故，我立刻愣怔了，一时不知说什么好，只是一个劲地安慰林先生，请他多多保重自己的身体。

当我询问林先生，我和我们《小说选刊》的同事，可不可以去汪老家，表示我们的哀思和敬意，林先生说家里不方便，我们也就不好再坚持。我在去成都之前曾叮嘱杂志社的同仁，一定要随时探听向汪老告别的时间，届时代表我和杂志社送汪老上路。不承想这一天的准确消息，他们一直未打听到，终于留下了我们的歉疚。在我个人尤其是如此。

汪曾祺的名字，我早就知道的，先是读他的作品，后来是听人说起他。而真正跟汪老有接触，是在 1987 年的春天，跟他和别的几位作家，一起有过一次云南之行。那时汪老的年岁还不大，不过六十多岁，我们这一行的年长者，是张又君先生，我们的团长邵燕祥兄，出于对汪老的爱护，还是安排了我负责照顾汪老，这样一路上我便有机会，跟汪老朝夕相处十多天。

汪老的青年时代，是在云南度过的，这件事许多人都知道。汪老对于云南有着多么深厚的感情，起初我并不怎么了解，到了昆明以后，我才发现敢情他是这么爱着云南。记得我们的房间刚刚安顿下，我到洗手间匆匆洗过一把脸，出来就找不到了这位汪老先生，我挨屋挨户地找过都没有他的影子，又跑到院子里喊叫也仍无动静，我只好跑到街上去寻，结果在一家小食摊找到了他。这位老先生坐在一张小桌子前，正端着一碗酒有滋有味儿地喝着，还跟店主有滋有味儿地聊着，我走过去好半天他才发现我。等我说过找他的经过，他笑了笑说："瞧你说的，这地方我比你熟，闭着眼睛也能走回去，你放心好了。"我只好给自己打圆场，说是怕他喝多了，回去行动不方便，他说："这你又错了，我的酒量，我最清楚，绝不会过量。"接着他就把我拉在桌子前，让我坐下陪他喝酒。我从来不喝酒又不便扫他的兴，只好在他对面坐下来，听他和店家聊天儿。

汪老离开云南以后，是不是回来过，我没有问过他，从他谈话的内容听，起码总有一些年，他没有踏过这片土地。他向店家询问，某某街道的情况，某种吃食有无卖的，以及别的昆明往事。倘若他在近期来过，我想是不会问这些的，这也足见他对昆明的兴趣。

这位年过半百的店家，知道眼前这位可亲老者，曾是西南联大的学生，要说的话立刻多了起来。这个话题从此也成了汪老的兴奋点，我们在云南游历的十多天里，汪老总是给我们谈他的联大生活。后来再阅读汪老那些写云南的散文，我见有许多篇都是写西南联大的生活，像大家比较熟悉的名篇《泡茶馆》《跑警报》《昆明的果品》等等，无不浸透着汪老的悠悠情思。当然，在云南这片美丽、神奇的土地上漫游，像汪老这样极富才情的作家，更是激动不已回忆不停，一路上给我们讲了不少的笑话，使得我们忘记颠簸山路上的疲劳。在这些天的相处里，使我们也感觉到，汪曾祺不仅是位可敬的作家，而且更是一位可亲的朋友，他的平易，他的随和，他的才学，他的经历，给我们每个人都留下深刻的印象。在后来的几年里，我又和汪老及其他文友，一起去过泰山、承德的笔会，这就对他有了更多的了解。

汪老在1957年曾受过不公正的待遇。像他这样有才华的作家，正值盛年失去了创作的好时机，按说说点不受听的话也可理解，可是我从未听他有过任何议论。在泰山有次林希我们几个人一起聊天儿，当汪老知道林希和我也曾被划"右"，他说："年轻人懂得什么政治!? 不过也好，受点磨难，可以使人早点成熟。"这既说明汪老心胸的豁达，不想纠缠那些陈年旧账，又可以看出汪老为人的宽厚，自己受了委屈也不过多计较个人恩怨。正是有了这样开阔的心胸，所以在汪老的作品里，我们才会感受到一种纯净的氛围，没有浮躁，没有矫情，坦坦诚诚地倾诉对人生的感悟。可是在创作上汪老却一丝不苟，有什么想法总要明明白白地说出来。记得在他去世的前些天，我们《小说选刊》召开小说茶会，汪老在谈到他喜欢的作家时，毫不隐瞒地说了三个人的名字，然后又补充一句说，另一个人算半个，我只承认这三个半人是真正的小说家。

在这次会上，林斤澜先生谈到什么是小说，汪老搭话时还有过一番妙论，可惜我的记性不好，无法在这里复述了。这次的小说茶会主要是漫谈林希的小说。汪老说完跟林希的相识过程之后，别人说到林希如何欣赏汪老和汪老的作品时，汪老的一句幽默话我却还记着。他说"欣赏我的人此人必有可欣赏之处"。汪老说的时候话语非常快，而且表现出一种坦然的神情，一位机智幽默的智慧型老人的形象，活脱脱地呈现在我们的面前，许多人都发出了会心的微笑。

这次会结束以后的几天里，我们编辑部的人谈起汪老这句话，大家还不时地赞赏汪老的幽默。汪老的书画，很多人都喜欢，有的人想求，又怕汪老拒绝。其实汪老并不是那种摆架子的人，只要你真的喜欢，找到他他很少拒绝。我有三次机会跟汪老出游，当地的相识不相识的人，每次找他索书求画，见他都是很愉快地满足。我们《小说选刊》开办过一家书店，书店的负责人高叶梅想请汪老给题个店名，我带着她去汪老家，汪老立刻润笔展纸，题写了"百草园"三个字。那次同去的还有两位同事，我们都得到了汪老的墨宝，还顺便给王巨才求了一幅字。在回来的路上，大家谈起这次意外收获，每个人都感到非常高兴，彼此还谈论着怎么裱自己的画。

汪老去世以后的这些天里，遇到一些认识汪老的人，谈论完汪老的人品文品，都会颇为欣慰地说到，自己存有汪老书赠的墨宝，以此来寄托对汪老的思念。汪老去世以后我常想，做为一个有成就的作家，当他离开他作品的读者，人们谈论他的作品，这是很自然的事情；但是人们却还要满怀深情地谈论他为人处事的种种，这就不能不说明这位作家，在人们的心目中有着多么重要的位置。汪曾祺就是这样的一位作家，人们不仅会时时谈论他的作品，而且还要常常议论他的为人，因为无论是做人抑或是为文，汪老都是令人十分敬佩的。我们把他的作品书画留下来，就是要记住他生命的闪光点，像他那样做一个堂堂正正的人。

大家非常喜欢、敬佩的汪老走了，他上路那天太匆忙，我未能赶上去给他送行。此刻只能默默地祝福他，祝福他这位好人，在另一个世界里，依然生活得自在开心。想画画你就画画，想写作你就写作，想做菜你就做菜，只是烟酒一定要控制，大家说，你所以会说走就走了，这同你未能控制住烟酒有关。谁知道呢？反正大家都希望你永远快乐。

1997 年 6 月 12 日

吴祖光和三套书的诞生

《说闲文丛》一套计三种图书，由中国文联出版社出版后，据说在市场销路还算不错。在这套丛书出版之前，华夏出版社也出版过一套，书名是《生活艺术丛书》，而且这套丛书有八种之多。这两套丛书名字不同内容却相差不多。这两家出版社出版的这类丛书，都是受中外文化出版公司启发，没有中外文化出版公司的那套"五集"丛书，很难说会有后来的两套丛书。

那么中外文化出版公司出版这类书，又是如何策划和最早问世的呢？这就不能不提到老作家吴祖光先生。没有吴祖光先生主编的《解忧集》，就不会有《知味集》（汪曾祺先生主编）、《说画集》（端木蕻良、方成先生主编）、《清风集》（袁鹰先生主编）、《书香集》（姜德明先生主编），可以这样说，这套1990年出版的"五集"丛书，是后来所有这类书的老大哥。这三套丛书的出版，我都是直接操作人，因此，在回忆出版情况时，我格外怀念谢世的三位文学前辈——吴祖光先生、汪曾祺先生、端木蕻良先生。

中外文化出版公司隶属中国作家协会，由文学评论家、诗人张光年和文学翻译家陈冰夷等倡导，经时任中宣部部长胡耀邦批准，1980年做为作家出版社副牌正式成立。这家出版社的主要任务就是翻译介绍中国文学。由于启动资金完全自筹，开始并未出版多少图书。正式投入图书出版翻译工作时，我是这家出版社唯一负责人，同样面临着着资金的筹划积累，经济状况非常困难。

1989年春夏之交的一天，我接到老作家姜德明先生电话，他说吴祖光先生找我让我去他家。我知道祖光先生当时心情不太好，他找我做什么事情我连问都未问，就直接奔祖光先生的寓所而去。吴祖光先生是我敬重的文学前辈，又是我在北大荒劳改时难友，尽管平时交往并不是很多，但是因有这两层特殊的关系，说话做事当然也就不隔心。何况新凤霞大姐还是天津老乡，在他们家我也就不觉得有什么生分，像多次一样也未电话约定就破门而入。

到了祖光先生家，只见他和凤霞大姐，两个人相对而坐。见到我来了，祖光马上说："是德明转告你的吧？我有件急事，想请你帮忙，如果方便的话，无论如何，你得成全我这件事。"说着，他站起来走到书桌前，从抽屉里拿出个大纸袋，打开是一堆大小不一的稿件。他说："这是一部谈酒文化的书稿，别人约我主编的，现在出版遇到了困难。德明说，你从作家出版社出来了，现在主持一家新出版社，他让我找找你，希望你想想办法。我唯一的要求就是，我写的序言，其中有一段文字，你一个字都不要动，我说的难也就难在这里。"

接过书稿，我顺手翻了翻目录，一看作者都是文坛大家，而且文章也都不长，觉得出版没有什么问题，就爽快地跟祖光说："我看可以。"祖光见我没有拒绝，他就拿出书的序，指着其中一段文字让我看。这一段文字是这样写的：

> 1987年8月1日早晨八点钟，我家小小寒舍忽然有一位了不起的人物大驾光临，由于警车开道，扈从随侍，不仅蓬荜生辉，亦且四邻震动。虽然匆匆来去，为时短暂，却把素日胆怯的荆妻吓得一病几殆，也急得我几身冷汗。直到晚间妻子思想通了，心情恢复正常，才放下心来。想想为此着急亦属无谓，于是按照我原来的打算，在灯下草拟了上面一纸为《解忧集》而作的征稿信。这封信是我在头一天定下在次日定要写完的，没有因为突然发生的事情而改变我的计划。

祖光文章中说的事情，因为我不了解底细，从文字表面看也没什么，就说："这有什么，我可以一字不动。"善良的新凤霞大姐听后，在一旁插话说："祖光，柳萌是熟人，你又让他出书，还是把情况告诉他，让他心里好有个数儿。"于是，这老两口儿就把事情经过，原原本本跟我说了说，这就是我事先听说过的，胡乔木亲临吴祖光先生家，劝他退出中共组织的事情。这件事对于有过1957年经历的吴祖光夫妇来说，自然又是他们人生中的一件大事情，想借出版这本《解忧集》之便记上一笔，就在写好的序言文章中加了这段文字。

吴祖光先生是一位大作家，当今中国的文化名人，我这个小小出版社头头，当然没有资格与之相比，但是毕竟有过运动中被整经历，对于他此时的心情还算了解，就一边闲聊北大荒往事一边安慰他。告辞时我再一次跟他表示，这部书我一定安排出版，序言文字照排无误，绝对不会删动半个字。他送我到楼下，临走时，他又对我说："柳萌，咱们是北大荒难友，我也就不客气了，还得麻烦你尽量早点出书。"

中外文化出版公司当时刚刚起步，经济非常困难，编辑人手不多，负责人只有我一个，千头万绪的事情很多，为了尽快安排这本书的出版，只好由我亲自操作全盘事务。

做过出版工作的人都知道，图书的最大难题就是发行，这本《解忧集》更是如此。我被划"右"从北大荒劳改回来，又被重新发配内蒙古十八年，在苦难中结交了一些文化界朋友，利用这种关系找到内蒙古新华书店，这个书店经理刘杰原是上海知青，懂图书又能干，并富有同情心，听我讲述过吴祖光的情况，非常爽快地答应帮助此书的出版。出版资金和发行有了着落，趁机我又提出一个新想法，以谈酒的《解忧集》为由头，再组织几本类似的图书，搞一套名家编名家写的书。这样做有两个好处，一是图书可以有个阵势，二是祖光序言不显眼，岂不是两全其美？刘杰经理听后立刻表示同意。

我用电话征得祖光同意后，就开始这套书的具体策划。除了酒是文化人比较感兴趣的，其他如吃、茶、书、画的话题，我想同样会逗起文化人写作欲望。按照这样思路给几位作家打电话，并提出请他们分别担任图书主编，结果正如我所料，袁鹰、汪曾祺、方成、姜德明都爽快答应，还都提出了一些好的建议。

这几位主编毕竟是德高望重的大家，在中国文坛有一定的号召力，他们的约稿信发出去以后，很快就陆续收到来自各地的文章，不到两个月全部书稿就交给了我。我分配几位编辑处理后，即带着美术编辑和出版人员，直奔吴祖光先生家里，跟他商量有关封面设计等事。他说他没有更多想法，只有两点建议，一是书名请黄苗子题写，二是封面由方成画漫画，书画家黄苗子先生也是北大荒难友，方成先生是我在《新观察》的作者，找这两位无须再劳祖光先生大驾。非常巧的是原《大公报》名记者高汾女士，这天正好来看望吴祖光先生，高汾被划"右派"后也在北大荒劳动，我们三个同命运人难得在此会面，就一起请人给拍了张照片。

由吴祖光先生主编的《解忧集》始，最后竟然促成五《集》书。书名分别为《解忧集》（谈酒）、《知味集》（谈吃）、《清风集》（谈茶）、

《书香集》（谈书）、《说画集》（谈画）。为了满足祖光尽快出版的愿望，只可惜未来得及想出个丛书的名字，就这样匆匆地推向了市场。

这套书于1990年9月出版问世后，立刻在全国和香港台湾引起关注，三地都有人写文章评论介绍。几位主编拿到样书后都非常高兴。记得我给祖光送样书那天，他拿过书只是先简单地看了看装帧设计，然后就读他写的那篇序言，见我的确信守承诺未动文字，他非常高兴地调侃说："到底是北大（荒）同学。"这时新凤霞大姐也高兴地说："祖光，你得好好地谢谢柳萌。"我说："凤霞大姐，这您就说错了，我应该谢谢祖光才对。要是没有他这本书，哪能有这套书啊。这套书给我们出版社争了面子。"我这样说绝对不是客气。

这套书出版不久，吴祖光带书参加全国政协会议。他从会上打电话给我，让我派人再给他送一些样书，他说许多人都想看这本书。我立刻就派人送样书给他，因为我知道，这本书对于他的真正意义，除了书本身是以文会友，更重要的是，这本书还给他的一段经历，留下了一点文字记录，他怎么能不看重不珍惜呢？祖光先生逝世时，我正在生病卧床，未能亲自去为他送行，只给他家里去了个电话，写这篇文章也算是个纪念吧。

"泥土"上的"苦难草"

　　知道诗人鲁藜先生，是在天津一中读书时。那时学校里有文学社，我们这些喜欢文学的孩子，就都纷纷地参加活动。有次鲁藜先生来讲课，讲到他自己的作品，我记住的有两首诗歌，一首是《生活》，一首是《泥土》，他的别的作品就渐渐忘记了。鲁藜先生的诗歌作品，给我印象最深影响最大的，以至于后来让我吃了苦头的，就是这首仅有四行的短诗《泥土》。

　　照我当时的理解，《泥土》这首短诗，其意义是积极的，所以经常地背诵。遇到喜欢诗歌的朋友，若没有读过这首诗，我就主动地给他介绍，朋友们也都挺喜欢。经过多年的人生风雨剥蚀，早年读过的一些诗歌，有的早已经忘得精光，唯有鲁藜先生这首《泥土》，还深印在我的脑海里。除了因为比较喜欢之外，还因为有着苦难情缘，每每想起这首诗歌，就会想起劫难经历；每每想起劫难经历，就会想起这首诗歌，当然，更会想起诗人鲁藜先生。

　　喜欢文学的少年人，总是免不了做作家梦，为了让美丽梦想成真，就像现在的"追星族"，我们那时也有心中偶像。我最早的诗人偶像，就是艾青、戴望舒和鲁藜，只要有他们的诗集出版，手头的钱再紧也要买。在"反胡风运动"中，我挨批判受审查，开始的起因，就是鲁藜的诗集《星的歌》。

　　20世纪50年代，我在中央某部工作，由于自幼喜欢文学，认为机关环境呆板，实在没有多大意思，就终日读文学书籍。在当时的国家机关，这是非常犯忌的事情，被看做是不安心工作。在一些积极分子眼里，我就是个"落后分子"。那时我是个共青团员，经常受团组织的"帮助"，后来见我实在不可"救药"，当我一提出来到大学读书，立马就被组织上批准了。从此，我就心安理得地复习功课，准备以"调干生"的名义，报考我心仪已久的北大中文系，以便毕业后做文学编辑工作。在此之前，我做过编辑，发表过作品，按当时的条件，我认为自己考北大，还是有一定把握的，就等待随时走进考场。

就在这个关键的当口上，一场"反胡风运动"，像突然袭来的风暴，把个文艺界吹得东倒西歪。我这个沾点边儿的人，当然也就无法幸免，何况我是个喜欢文学的"落后分子"，一跃便升为运动的审查对象。

我年轻时生活比较散漫，住在机关单身公寓里，脏衣服、常读的书报，总是往床上乱堆放。有次去逛王府井书店，见有本新出版的《星之歌》，就顺便买了回来，随手扔在了床头枕畔。有一天一位同公寓的人，到我屋里来串门儿，坐在床上随手翻阅诗集，并问我鲁藜先生的情况。我就跟他说："鲁藜是天津的诗人，我在读中学时，听过他讲课，对他的诗比较喜欢。"他听后连连点头儿，我就建议他读读《泥土》，他翻到这首短诗，就认真地读了读。事情就是这么平常简单，发生过也就忘记了，我根本没有往心里去。

可是说者无意听者有心。"反胡风运动"开始不久，报纸上登出了舒芜的信，还有那个厉害的"编者按"，胡风先生一夜之间成了敌人，跟他有过来往的鲁藜先生，当然也就在报纸上被点名。中央各部委机关政治学习，联系实际进行检举揭发时，那位同公寓的积极分子，突然想起那本诗集《星之歌》，以及我说过的关于鲁藜的话，他就在单位检举揭发我。其实，他是人事司的干部，跟我并不在一个司，材料转到我所在的劳资司，司里本来就对我有看法，一下子就如获至宝，立刻便组织团员"帮助"我，让我交代有关情况。我成了这次运动的重点。

我当时正在忙于准备功课，不想让审查影响大学考试，就坦诚地讲述了在天津，如何听方纪、孙犁、赵树理、鲁藜、阿垅、王琳等人讲课，以及一起参加文学社活动的同学，完全是基于对组织的信任，我才无遮无拦地做了交代。不承想组织上并不这样看待我，在这些同样讲过课的作家中，他们特意提出鲁藜、阿垅和王琳，让我交代跟他们有无组织联系。天哪，这哪里是对我的"帮助"，明显地是要政治栽赃，我一听就火了，在一次团员的"帮助"会上，我狠狠地对会议主持人说："我从天津到北京，证明我情况的人，没有一个超过 25 岁，谁也死不了，你们调查去好了。"说完就当即退出会场，表示自己的愤怒和抗议。

就在这时，《中国青年报》上刊出写侯红鹅（林希）的通讯，接着又有孔庆珊（山青）的材料转到我的单位，这两位当时有些名气的青年诗人，前者是阿垅先生的学生我的同学，后者是吕荧先生的学生我的朋友，他们两人都在单位里受审查，我被怀疑与"胡风集团"有瓜葛，在别人眼里这就更是确定无疑了。不久我被保卫部门通知，问题未下结论前不准报考大学，并正式接受组织上的审查。这事就发生在我要考试的前一天下午。

这就是鲁藜先生这首《泥土》，在 1955 年"反胡风运动"中，让我吞食的第一颗政治苦果。不仅使我多年的大学梦破灭，而且还丢失了别的美好事物，但是也使我开始认识到，人情的险恶，运动的可怕，生活并非真的那么美好。只可惜没有吸取应有的教训，在 1957 年"反右派运动"中，再一次遭遇"阳谋"被定"右派"。接着就是北大荒、内蒙古的流放，整个的青年时代在劳役中度过，早年的理想和向往全都白白断送。

当中国的政治天空，开始渐渐地晴朗起来，我的"右派"问题改正，鲁藜先生的问题得到平反，我们大家的日子都好过了。鲁藜先生不知听谁说的，知道了我受牵连的事，1981 年趁来北京开会的机会，他特意到《新观察》杂志社，看望我这个当年他的崇拜者。这是我们第一次面对面地交谈。这时我已经是人到中年，年龄比当年的鲁藜先生还大，自然也就没有了往日的冲动，但是说起少年时代的往事，我的心中依然有着美好的情愫，只是经过艰难岁月的冲刷，多少增加了一些人生的苦涩。这倒并非是真正的成熟，而是品格上融进了泥土的本色——平实，无论看人度事，都比早年更实际更慎重了。

送走鲁藜先生以后，我认真地想了想当年的事：这政治运动竟然是这么神奇，在有的人手里就如同魔术布袋，没有的事可变来，有的事又可变走，照这样的做法折腾平民百姓，我们怎么能有安定的日子过呢？就拿我受鲁藜先生牵连的事说吧，那会儿明明不存在的事，却非要像真的似的往有里整，这会儿我真的跟鲁藜先生坐在了一起，反而相安无事没有了挨整的危险，可见"实事求是"精神的真正贯彻，对于国家和个人命运的重要。后来我去天津在林希陪同下又看望一次鲁藜先生。

鲁藜先生逝世后，林希特意打来电话，告诉我这个沉痛消息。在痛悼老诗人的同时，那些几十年前不愉快的事情，又自然而然地袭上我的心头。我忽然觉得鲁藜先生的《泥土》，正是他自己的真实写照，你看啊，他幼年在国外生活，为了追求革命回到祖国，他这粒真诚的种子，撒在了他热爱的泥土上。当他满怀激情迎来曙光，本可以在祖国的大地上，长成一棵无忧的树木，却被人为地培植成"苦难草"。幸好他没有视自己为珍珠，而是一直把自己当做泥土，这样也就少去了被埋没的痛苦。所以在复出后，他依然激情满怀，讴歌新时代的生活。

2010 年 6 月 15 日修改

书外的"哈哈"老头儿

青年作家程绍国写的《林斤澜说》，读后立刻让我想到林斤澜先生，他可真是个可爱的老头儿。

二十年前刚认识那会儿，他骑着自行车，经常满街跑哪。当时我在出版社当编辑，有什么活动一叫他，就骑着那辆旧自行车，笑呵呵地如时来到。如果把时间再往前推，就是五十年前吧，在挨批的那期《人民文学》上，读他的小说《台湾姑娘》时，他也就是 30 来岁。再往近点时间说，我们一起去泰山，他还只是被称"老林"；可如今，林斤澜已是过八望九之人，被尊称"林老"啦。时间怎么过得这么快啊。

林斤澜唯一未变的就是，平和的心态，从容的生活，当然，还有他那标志性的"哈哈"。他以哈哈笑代回答的方式，在京城老作家中独一无二。起初并未理会，听得多了才注意，这时我就想：这老林头儿，怎么会如此呢？凡事都打"哈哈"，大概是被过去政治运动整怕了，不然，对问题怎么不敢正面回答呢；要不就是经事太多吃过大亏，练成了世故圆通性格，借哈哈打岔以保护自己。后来读过两篇文章，都是写北京文联"文革"的事，同样一件事两种说法截然不同，我就问林斤澜到底谁说得对。这次他真没有打哈哈，而是认真地说："浩然说得对。别看他思想'左'，人是个诚实人，不会说瞎话。"看来，这老林头儿并非圆通之人，在大是大非上绝不含混，心中那笔账记得清清楚楚。

从《林斤澜说》这本书的讲述中，我对于老林头儿就更为了解啦。原来他是个"外圆内方"的人。在这本林斤澜讲述，程绍国撰写的书中，既知道了林老历史，又了解了他的性格，在对什么人什么事上，他都有自己的看法，别看平时不怎么说，必要的时候——如在这本书中，他照样一一谈论评说，而且毫不掩藏躲闪。在这本书中他谈论的这些作家，有相当一些是我熟悉的人，其中有的可谓作家中的"重量级"，有的还是中国文坛的头头脑脑。在谈论这些人利用政治运动整人，在讲述这些人处事的圆猾奸诈，林斤澜这老头儿简直毫未留情，总之，当代这些文人中的正邪清浊，都让林老头儿说了个透。把这本书说成《当代儒林外史》倒蛮合适。

类似文坛回忆文章，近些年出版了不少，仅就我读过的几部，跟这本《林斤澜说》比较，我就觉得都不是很"清爽"，在谈人说事等方面，有的地方显得口钝，问其原因是怕得罪人，结果因失真减弱了价值。更有甚者，连公布当年日记，都做了一些改动，令人唏嘘。比这更为恶心的是，有的所谓的诗人，批邓小平时写批邓诗，出版文集无勇气收入，这也倒罢了，后来又写颂邓诗，诗贵真情，在他这里成了魔术布。政治上的对错，对于文人来说，并无太大关系，如果来回翻饼，这就是文品不正了。所以我非常敬佩老林头儿，要么打哈哈不说什么，要么就说真话讲实话，既要对读者诚实，又要对历史负责，这才叫心口相符的文人。

从《林斤澜说》这本书中，我们还可以看出来，做为主人公的老林头儿，对于作者的干预几乎没有，不像有的讲述者那样，对于写作者有什么要求，写什么内容和怎样写，都交代得非常细致具体，生怕伤害自己美丽羽毛。从书名《林斤澜说》上看，看不出这是一本传记，然而却用许多文字，记述了林斤澜的家史，可是又没有传记写作套路，一本正经地按年月记述，给人一种死板僵硬感觉。作者不仅用优美笔调讲述，还不时加些机智的议论，这种写作方法反正我未读过，自然也就算是少见为鲜吧。假如老林头儿是个挑剔之人，他绝对不会让作者搭腔，那样一来这本书也就无特点了。由此可以看出林斤澜是个厚道人。

如果不是读这本《林斤澜说》，我还真不知道，这老林头是个抗日战士，先是在家乡温州参加抗日，后来又参加粟裕的抗日学校，还曾经在台湾做过地下工作，很有一番传奇革命经历，在当今作家中还真不多见。有如此显赫的经历，又有如此大的名气，这要是放在有的人身上，早就吹嘘得满世界晕乎了，而这老林头儿却很少对人言。由此可以想见，林斤澜处世一向低调，绝对并非偶然。经过大磨大难的人，看淡世事荣枯的人，为人处事往往平和，正如常言所说"远水无澜"。这话在林斤澜身上再次得到验证。因此，更增加了我对老林头儿的敬重。

2007 年 3 月 9 日

一生坎坷一生诗

　　总有许多年了，我不怎么参加追悼会，为远去的亲朋好友送行。这倒不是我忘旧和无情，而是我的许多朋友，生前大都有过坎坷的经历，想起他们一生的境况，常常会引起我的感伤，实在经受不住那精神的折磨。昨天参加完《小说选刊》出刊200期的活动，带着满心的欢喜回到家中，刚刚坐定突然电话铃响起，来电话的是作家林希老友。不过这次既不是问候又不是聊天，而是告诉了我一个已经有预感，只是来得早了点儿的不幸消息：老诗人公刘先生逝世。林希说，公刘女儿刘粹打电话给他，让他转告北京的邵燕祥先生和我。

　　就在几天前，我还给刘粹去过电话，询问公刘在医院的情况，不承想这么快，这位写过《西盟的早晨》《在北方》等优秀诗作和大量随笔的诗人，就匆匆地离开了人间。跟几年前惊悉诗人梁南逝世一样，这一夜我又是难以成眠。这两位都是我四十多年的朋友。人生在世最长不过六七十年，能够在四十几年的岁月里，而且经历多次政治运动，始终不曾彼此伤害过，这在当时并不太容易啊。

　　跟公刘最后一次见面，是在第四届作代会召开期间，那时他已经患病在身，由女儿陪伴着来我家。我问还想跟谁一起说说话，他让我请来邵燕祥、蓝翎、姜德明，几个人在一起畅聊了一个下午。这时我觉得跟他上一次来北京，李国文、戴煌我们在西单聚会，他的精神和身体都大不如先。送他走时一再请他注意身体，他说，以后可能不会常来北京啦，一是怕健康不允许，二是路费也有困难，言语中流露出感伤、无奈和艰难。从此以后，我就跟他用电话和信件联系，总还能不时听到他的声音，了解他在安徽的一些生活情况。

　　有次他来电话给我，除了让我向作家出版社代问《纸上声》一书出版情况，还特别高兴地告诉我，省里给他分了新房子，正在准备装修一下搬家。再后来渐渐地听不到他的消息了。2002年春节我给他打电话，电话局说电话号码是空号，我问燕祥兄也不知道他的新号码，只好写信给他的女儿刘粹，这才知道，搬进新房子还未住上几天，连新电话号码都未来得及告诉朋友，他就住进了医院治病。而在医院里这一住就再未出来，一位很有才华的优秀诗人，在寂寞中艰难地走完坎坷的一生。陪伴他一生的只有诗歌和女儿。

听到公刘逝世的消息，使我不禁想起四十多年来，我们的友谊和交往。

20世纪50年代，我在北京一家报社当编辑，有次跟老诗人蔡其矫先生约稿，在他家认识了当时走红文坛的公刘，还未容他给我们报纸写稿，在1957年那个"阳谋"运动中，他和我一夜之间都成了"另类"。我经过在北大荒的三年劳改，后来又发配内蒙古继续劳动，从此我们再没有见面的机会。有次跟《山西日报》副刊编辑谢德忠通信，他告诉我说公刘在山西《火花》编辑部，因为当时我们都属于专政对象，当然也就不便更多理会这件事。山西跟我通信的还有诗人赵越，他当时在山西歌舞剧院工作，也是公刘的一位好朋友，有次赵越来信告诉我，说公刘曾经多次提起过我，这时公刘已经调到忻县文化馆，我才有心想跟公刘联系。谢德忠和赵越都是我在北京时的同事，对于他们自然非常了解和信任，通过他们才和公刘又接续上中断的友情。

公刘在山西，我在内蒙古，我们经常有书信来往。特别是在"四人帮"横行的那些年，公刘给我写过好几封信表示他的不满，只是他常在信尾写上"阅后烧掉，切勿保留"，我才不得不遵照他的意愿烧毁。在一篇题为《薄纸记忧欢》的短文里，关于这件事我写过这样几句话："倘若不是他在信末叮嘱我销毁，这几封信留到今天来读，我们将会触摸到一颗真正的中国诗人的磊落之心。不过这位诗人朋友的高洁品德，却一直留在我的记忆里，它永远不会像几封信那样轻易销毁。"万恶的"四人帮"垮台以后，公刘非常高兴地几次写信给我，表达做为中国诗人的欢欣鼓舞之情。周恩来逝世后他寄给我一组短诗《红花白花》，读了这组诗我特别感动，就推荐给蒙古族诗人查干，并与查干合计寄给《草原》杂志，经《草原》编辑张善明几经周折发出，当时在读者中产生很大的反响。这大概是公刘未正式复出前，在报刊公开发表的最早诗作。

自那次在诗人蔡其矫先生家相识一面，再次见到公刘是在20几年以后，他到中国青年出版社修改长诗《尹灵芝》，写信告诉我他要在北京住一段时间，我趁回天津探亲的机会去看望他。在这里我第一次见到跟他相依为命的女儿刘粹，记得刘粹谈到公刘过去的一些情况，说的第一句话就是："叔叔，我爸爸竟让人踩着肩膀。"我听后就说："像我们这种人，有谁不让人踩着肩膀呢？所不同的是，我晃悠，你爸爸不晃悠。"公刘听了只是哈哈大笑。其实我跟公刘两个人的真正不同，并不是像我说得如此轻松，而是因为他是一位著名诗人，蒙难后依然在文人堆里，我过去只是个普通编辑，戴上"右派"帽子被放在工厂劳动，所处环境不同遭遇也不尽一样，嫉妒他才华横溢的人，自然要欺负他这个落难才子。不过我看公刘的精神状态还算不错，20 几年的磨难基本上抗过来了，只是那种正直的性格未改。复出文坛后他写了大量的诗文，依然透着当年的锐气和胆识，只是文笔越发显得老辣许多。

当年跟公刘相识约稿未能实现，我重新走上报刊编辑岗位后，他才偿还了我的这笔文债，这时我们都已经是人到中年。想起这 20 几年的人世沧桑，两个人都有着说不出的感慨。记得 1978 年我在《工人日报》编副刊时，第一次向他约诗稿，他答应得非常爽快，未过多久就寄来一首短诗，内容好像是写清东陵的。后来我调到《新观察》杂志，遵照主编吩咐向他约稿，他同样毫不犹豫地答应，并且开玩笑说："看来咱俩挺有文缘，绕了一大圈儿，你我都未改行，只是这个圈子绕得时间有点长，好像是老天有意折磨人。"说后两个人都觉得非常快活，只是心中有种说不出的滋味儿。

如今公刘已经永远地走了，我们之间的文缘和友谊，从此只能留在我的记忆里。以我几十年对人生世事的领悟，人可以当大官发大财过荣华日子，享受比平常人更多的美好东西，但是当有一天这样的好日子，像黑板上的字似的被擦掉，忽然想起来找几位朋友说说话，却发现真正的朋友没有几个，这恐怕是人生的最大悲哀。显然公刘先生不是这样的人。他生前没有过荣华日子，却有着真诚的朋友和读者，我看做为诗人这就足够了。

公刘在一首诗中说"有罪的肉体在地下，自由的灵魂在天上"，但愿他在天上有更多自由，让他不安的灵魂得到些许宽慰。这样一位有才华的诗人，这样一位诚实正直的好人，一生活得如此艰难凄苦。他逝世以后我才知道，最后的日子经济上非常困难，老天对他实在不够公平。老友公刘，一路走好。

2003 年 1 月 8 日

战士自有战士的情怀

认识军旅作家叶楠，已经有二十多年了，真正对他有所了解，却是在近几年里。我们都从岗位上退下来，成为名符其实的闲人，几乎一两天通个电话，经常在一起饮茶聊天儿。因此，得知叶楠去世的消息，我的心里马上咯噔一下，为文坛失去一位优秀作家，为自己失去一位可敬朋友，感到无限的痛惜和哀伤。

3月31日，我和作家吉狄马加、陈建功、吴泰昌相约，一起去海军总医院探望叶楠。此时的叶楠静静地躺在病榻上，嘴里插着医疗器械胶管，没有办法跟我们说话，他只是用柔和的目光，深情地看了看每位朋友。本来就消瘦的脸庞，在病中越显消瘦了，神情却依然很平静，很少恶症晚期的表现。恰巧这时叶楠弟弟、作家白桦，特意从上海赶来看望病中的哥哥，我们不便打扰兄弟俩相聚，就暂避到病房外的走廊上，跟叶楠儿子打听有关老叶的病情。叶楠的儿子告诉我们，恶症已经侵袭到叶楠全身的骨骼，稍微一动弹就会疼痛难忍，叶楠却强忍着疼痛不言语，总是给人一种若无其事的神态。这是何等坚强的一个人哪。

看过病中的叶楠，当天晚上跟李国文通电话，我们两个还在说，别看老叶病成这个样子，以他这种坚强的性格，说不定还能扛过去呢？然而，天不假年，人终有寿，朋友们的意愿再好，还是未能挽留住他的生命。这位1947年参军的老战士，早年在海军潜艇服役，后来专事写作的作家，还是未能抗住病魔的纠缠，走完了他73年的人生历程。想起被恶症折磨了六年，却始终乐观生活的叶楠，诗人郭小川在《秋歌》中的一句诗："战士自有战士的情怀"，总是在我的脑海里不停地回旋。这句诗不正是对叶楠的真实写照吗？

自从认识叶楠以来，他给我的总的印象，是个追求完美生活的人，是个真诚对待朋友的人，是个面对困难不肯屈服的人。对于文学和人生，有他自己的想法，尽管他没有更多说过，但是在行为上却有表现，而且还相当的执着。这是只有正直人才具有的品格啊。

　　叶楠患病以后的这几年里，每次住医院检查或治疗，他总是来电话告诉朋友们，说话的口气里没有半点哀伤。这最后一次的住院检查，却谁也没有告诉。李国文得知后，在电话里跟我说起此事来，我们就有种不祥的预感。相约次日去医院看望他，又怕生性好强的老叶生疑，我们还商量着见他如何说话。这天晚上作家张抗抗来电话，说她跟作家贺捷生探望过叶楠，在病房里只待了四五分钟，叶楠就让她们两位赶快离开，这说明叶楠不想见朋友们。既然老叶有他自己的想法，我和李国文不好给他增加烦恼，我们这次的探望就未成行。后来叶楠儿子劝说他不能这样对待朋友，李国文就自己先去看望了他，其他朋友商量拉开时间分开去，以免给叶楠造成精神压力。由此可以看出追求完美的叶楠，宁可自己强忍恶症带来的痛苦，也不愿把病中的模样展示熟人，他想把自己最好的形象留给朋友们。

　　我还记得，几年前的一天夜里12点多钟，我都已经进入梦乡，突然电话铃声大作，以为谁有什么急事找我，就赶紧起来接听。来电话的原来是叶楠。读了藏族作家阿来小说《尘埃落定》，他非常地喜欢和赞赏，忍不住满心的兴奋，半夜三更特意给我来电话，讲述他的感想和认识。这一说就是20多分钟。类似这样的事情还有许多次。只要在《小说选刊》上读到好的作品，他总要及时地说给我听，顺便还要称赞编辑几句话，表达他对年轻人的关怀。久而久之我发现，真正让叶楠喜欢的作品，大都是题材好又极富艺术性，对于那些艺术上不讲究一挥而就的作品，不管别人如何炒作他都不会认同。大概正是因为有完美的文学追求，所以他才会写出像《傲蕾·一兰》《巴山夜雨》《甲午风云》等优秀作品。

　　有次叶楠和李国文来我家，他们见我的电脑太旧了，不能上网，打字太慢，这二位就劝我赶快买台新电脑。我觉得还能凑合着用，就没有怎么往心里去，依旧用这台老电脑写作。过了一段时间我自己都忘了，不承想叶楠还记着这件事，他特意来电话说："你的电脑要是未买，就先别买了，我这儿有台闲置的，你先拿去用。"叶楠的好意我是领情了，更感到他对待朋友的真诚，后来在叶楠和李国文的敦促下，我购置了一台戴尔电脑。我打电话告诉叶楠，他说："这就对了，既然用了电脑，就不能将就，该换就得换，这种东西就是淘汰得快。"

　　叶楠在作家中属于老资格，而且有一定的文学成就，可是在待人接物上，他从来不摆架子不耍名人脾气。《小说选刊》杂志每次搞活动，有时请一些著名作家参加，有的人就故意拿搪出难题，惹得许多年轻编辑不满。可是每次请叶楠参加，他都是爽快地答应，编辑们都异口同声地说："叶楠可是个好老头儿。"叶楠自己待人随和真诚，他也就看不起那些摆架子的人，在叶楠看来，作家、艺术家靠别的立足不行，只能靠自己的人品和作品，他曾经毫不留情地坦言，作家要有自己的作品，对于那些有名气无作品的"作家"，他从来都是表示不屑一顾。

作为军人的叶楠，他曾在舰艇上任机电科长、工程师，为我国国防建设献出了青春年华；作为作家的叶楠，他写了大量优秀作品，为我国文学事业发展贡献了才智。他有好几部电影、电视剧本，获得国家政府奖、金鸡奖。他是一位当之无愧的优秀军人，也是一位当之无愧的优秀作家。在他 73 年的生命历程里，有过血火的洗礼，有过光亮的事业，这对于一个追求完美人生的人来说，这是多么宝贵啊。叶楠，我们永远怀念你。

2003 年 4 月 10 日

长不大的老画家

　　要是我没有记错，那是三年前的秋天，在中国美术馆参观一位画家的画展，我遇到了著名漫画家丁聪。

　　当时他正在同几位画家一起合影留念，拍照的相机"咔嗒"声刚停，丁聪便招手叫我："来，咱们'老同学'一起照一张。"

　　在场的画家中，有几位我们都认识，立刻投来不解的目光，仿佛在问：一个是画家，一个是文字编辑，一个快七十岁了，一个才五十出头，他们怎么会是同学呢？丁聪凭着他漫画家的敏感，好像意识到了朋友们的疑惑，他马上解释说："噢，我们是五七届'北大'农垦系同学。"

　　熟悉我们经历的朋友，这时都笑了。他们知道，在1957年那场政治风暴后，丁聪和我都曾在北大荒军垦农场劳动改造，难怪丁聪戏称是"北大（荒）"农垦系同学。这时丁聪已年近古稀，坎坷的经历，岁月的流逝，并未磨掉他漫画家特有的幽默和乐观。我同一位画家朋友说，你看这个丁聪，总是那么有朝气，我常想起他画上的签名。"小丁"，六七十岁的人仍然这样自称，好像永远"长不大"。

　　我说丁聪"长不大"，并非是对这位著名画家的不敬，恰恰相反，自从我知道他那天时，便对他的人品画品怀有诚挚的敬意。

　　1957年我只是个报纸副刊的一般编辑，而丁聪则早已是蜚声中外的漫画家，倘若不是那种特定的历史环境，我们不可能在同一"地平线"上生存。在我们这群"落魄"的文化人中，有的同丁聪一样著名的画家、作家、记者，依然放不下昔日的架子，总想显示"趴下的骆驼比羊高"的优越感，处处表现出某种自我欣赏的傲气。丁聪则不然。有次我正在野地里理发，不一会儿来了一位中年人，跟给我理发的人和蔼地点了点头，然后便展开画册在那里画速写。他走了以后，人家告诉我说，他是画家丁聪，原《人民画报》的副总编辑，从此我便记住了丁聪这个名字，后来又多次听人说起过他的为人处事。

　　我真正认真地读丁聪的画作，是在我任《新观察》编辑的时候，那时丁聪、方成、王乐天等著名漫画家都给我们供稿，但是几乎每期都有的好像只有丁聪，就像现在的《读书》《群言》杂志，每期上都有丁聪的新作。有的报刊编辑向丁聪约稿，见他答应得不爽快，常常给丁聪"揭老底儿"："你怎么给《新观察》画呢？"丁聪立刻会笑笑说："那可不一样，从《观察》时，我就给他们画，我们是老'关系户'啦。"这样我就有幸经常拜读丁聪的漫画原作，他画中的深刻内涵、文化气息和艺术表现，使我在获得艺术享受的同时思索一些事情。有一次他拿着给老舍小说《四世同堂》的插图让摄影记者张祖道翻拍，我先抢过来欣赏，在我心灵上引起的震撼不亚于读老舍的原著。我曾自告奋勇代丁聪拿给老舍夫人胡絜青，胡先生读后连声夸好，说是给《四世同堂》增色不少。

丁聪和方成这两位漫画家的画，我一直比较喜欢。我并不懂画，也讲不出什么道理来，只是觉得，这两位的画很少有直露的粗浅，读时极耐人寻味，有着某种深沉的文化气息在感染着你。后来我了解到，这两位画家的文化修养都很高，作品也就出手不俗。方成会画能写，这是人所共知的，有他的大著《挤出集》等为证。丁聪则是个书迷，他每次从西郊进城，总得在书店泡几小时，只要购得几本好书，有时连饭都顾不得吃。我抓住了他这个"弱点"，不免以此为诱饵，引他答应我托办的事。如最近我代朋友向他约稿，他在电话里大诉繁忙之苦，想拒我登门造访，于是我灵机一动，说是有书给他，他马上爽快地答应了。真是爱书如命的画家。

那天我们到丁聪家里，朋友见他依然满头乌发、腰板硬朗，说他不像一位"老人"。丁聪听后赶紧自报家门，说他已经年过七旬了。丁聪从上中学时便开始画漫画，至今已在这块园地里耕耘半个世纪，个中的酸甜苦辣只有他自己清楚。如果把他所有的画都拿出来开个展览，我相信那一定是一部中国社会生活的风情史，读者会从中看到几十年来的世相百态，同时也会窥见画家同人民生活息息相关的心迹。丁聪自己曾说："我这一辈子，是在'始于漫画，终于漫画'中度过的。"这恰好道出了丁聪的夙愿。

始于漫画，终于漫画。丁聪开始画漫画签名"小丁"，现在依然在画上签名"小丁"，今后还要在画上签"小丁"之名，这位七十多岁的老画家，看来永远"长不大"了。如果这表明一位漫画家的思想、才情、机敏和艺术追求的不衰，我是多么希望丁聪永远不要"长大"呀，因为唯有这不灭的童心才会使创作永葆青春。

1988 年 2 月 6 日

结识于苦难中的画家

　　著名书画家尹瘦石先生，从年龄上讲是我的前辈，从名望上说是我的师辈，他的人品更是令我敬仰。只是由于四十年前那场劫难，把我们一起抛到北大荒，用著名画家丁聪先生的话说，成了"57届北大（荒）农垦系"同学，这时大家才不分长幼尊卑。但是自打认识尹瘦石先生以后，我一直是称呼他"尹老"，表示对这位前辈书画家的尊敬。

　　1958年"反右运动"结束以后，国家机关和军委各总部的"右派"上千人从北京发配到北大荒，在军垦农场从事笨重的惩罚性劳动。刚开始许多人都集中在云山畜牧场，尤以文化界的"右派"最多，其中不乏一些著名文艺家，如书画家丁聪、黄苗子、尹瘦石、杨角，如电影演员李景波、郭允泰、管宗祥、张莹，如著名记者朱启平、高汾、戴煌，等等。我就是在这时候认识尹老的。

　　在来北大荒的这批著名艺术家中，尹老既到过重庆又到过解放区，因此关于他也就有些传说，诸如给毛泽东画像、重庆画展等等，按照人们当时的那种思想，尹老也就比别的名人更引人注意。尽管当时身处逆境之中，我们的行动不很自由，但是这些画家们仍不忘学业，只要有机会他们就写生作画。那年我和戴煌等难友重返北大荒云山畜牧场，农场的人特意找出尹老的北大荒写生画，给我们这些人欣赏，使我们又重温了往日的生活。

　　这批著名书画家，毕竟是特殊人才，各方面都很重视。他们好像没有劳动多久，有的人就陆续地调走了。"右派"改正以后回到北京，有次跟解放军艺术学院教授张钦若先生说起那年这些画家调走的事，原来是为迎接建国十周年，都去参加人民大会堂的布置。这之后我也就再未见到过尹瘦石先生。

　　结束了在北大荒的劳改生活，我又被发配到内蒙古劳动，一直到"文革"后期经过审干，分配到《乌兰察布日报》工作，我这才又重新进入文化界。有次跟蒙古族作家安柯钦夫闲聊天儿，说起"反右"后我在北大荒的情况，他问我认识画家尹瘦石先生不，我说："尹瘦石是位大画家，我认识他，他不熟悉我，在一起没有待几天，他们就调走了。"这时我才知道，尹老也在内蒙古工作过，曾任内蒙古美术家协会主席，文艺界许多人一说起他来，无不啧啧称赞其德艺双馨。

后来不知是内蒙哪位文友，把我的情况说给了尹老，他特意让人捎来一幅画，使我非常地感动，觉得尹老很看重患难之情。因此，在我正式调回到北京工作以后，我特意到尹老金台路寓所看望。那好像是个秋天的傍晚，他正坐在一张椅子前饮酒，这张代桌的椅子上放着酒菜，他边饮边跟我们聊天儿，显得非常地安详惬意，我作为晚辈看到这情景，真为这位老艺术家高兴。心想，倘若不是赶上改革开放的年代，仍然是"以阶级斗争为纲"，这位有才华的老书画家，谁知会怎样度过后半生呢？

第五届全国文代会召开时，尹瘦石先生当选中国文联副主席，有时一起参加文艺界活动，若是老人家先看见了我，总是悄悄地走到我的身边，主动询问我的工作生活情况，全然没有像有的暴发户文人那样，钻营上个一官半职马上脸就阔，就连对待老朋友都要端起臭架子。尤其让我感动的是，尹老先后迁居西坝河、方庄，每次都把地址电话告诉我。但是考虑他事情多又要作画，我只是打打电话问候，却没有好意思去打扰。连他答应给我写幅字，我都未好意思去拿，原因是这会儿送书画如送钱，谁还想主动跟书画家伸手呢？后来听文联的朋友们说才知道，我的想法完全错了，尹老的书画从来只赠不卖。

我们那年重返北大荒，考虑路途艰辛劳累，年事较高的难友，就没有请他们同行。到了850农场云山畜牧场，场领导一再跟我们说："你们下次再回来，请上那几位老先生，也一起回来看看。"回到北京以后，我们把这一邀请信息，分别转告给丁聪、吴祖光、尹瘦石三位，后来听说丁、吴二位曾结伴前往，尹老大概是脱不开身，没有一起去重温那段岁月。在《曹禺全集》出版座谈会上，见到尹老时，我们一边吃饭一边聊天儿，我曾对他说："等您什么时候想去，我给您联系，或者我陪您再去一趟。"不承想这个愿望还未实现，这位老画家就匆匆地走了，再也不可能到那片黑土地上看看，说不定还有点遗憾呢？

其实要是依我说，不去重温那段噩梦般的生活也好，情感上的折磨还再其次，主要是回想那些无端流失的时光，总让人觉得不免有点惋惜。尤其是像尹瘦石先生这样的艺术家，倘若没有1957年那场劫难，正值盛年又是艺术成熟期，他该会创作出多少好的作品，奉献给他热爱的人民。今天我们怀念这位老书画家，就不能不提及这件事情，目的并非是要追究谁的责任，而是想告诉后生晚辈文艺家们，他们今天生活的环境多么好，从而更能激发他们的创作热情。这也是对尹瘦石先生最好的纪念。

1999 年 3 月 9 日

巴山蜀水育诗情

简直让人无法相信，前一天我给他打电话，还听到他朗朗的笑声，彼此祝福愉快地活着，次日说走他就走了。人的生命难道就真的这么脆弱？当邵燕祥兄来电话，告诉我诗人梁南去世了，我实在不能接受这个事实。

当晚去邮局拍电报时，走在路上还在想，别是闹错了，应该再核对一下才好，可是就快到邮局了，又不便再折回家来。幸好邮局关了门；电报没有拍成，到家往哈尔滨打电话，向友人孟久成兄询问。久成兄是黑龙江作协秘书长，跟梁南在一个单位，又负责作协日常工作，当然知道老梁的情况，当听他讲述完具体经过，我就再也不能不相信了。老梁，一位正直的巴蜀诗人，就这样匆匆地走了。这一夜我都没有睡好，眼前总有梁南出现，许多关于老梁的往事，更是像电影似的摇荡。

我认识梁南有四十多年了。在认识他之前，先读了他两首诗，一首是《危地马拉，我望见你》，一首是《最近北非发生了什么事情》，都是写国际题材的，诗句长长的有点欧化，全都发表在《人民文学》上。那时我喜欢诗歌，自己也悄悄练习写，自然就会注意一些诗作。好像就是有了这两首诗，梁南参加了中国作协。在我的印象中，那会儿入作协挺不容易，不是像现在似的，有名的（如影视明星）有钱的（如企业家）有权的（如官员）买书号出两本书，或者仅凭你这张"名片"，就会有人来拉你加入，所以这些人中有的事后说："我以为入作协很难呢，其实一点儿也不难。"50 年代那会儿入作协，好像更看重你作品的影响，并不完全看你出几本书，因为那时出书也比现在难。所以像梁南这样的作者，那会儿能进入文坛，我是非常敬重的。

见到梁南本人是 1958 年。我们都被打成"右派"，发配到北大荒军垦农场。共同的苦难命运，如同一条黑色的绳子，把我们拴到了一起。那会儿从北京去的"右派"，除了中央国家机关的，还有中央军委各部队的，梁南当时在《空军报》社，既是编辑又是诗人。尽管流放去的文化人不少，著名的像艾青、丁玲、吴祖光、丁聪、黄苗子、聂绀弩等等，但是更让我注意的还是梁南，一来是我们的年岁相差不大，二来是那会儿我比较喜欢诗。就是在这种环境里，这位瘦弱的四川籍诗人，走进我的视野并成为朋友。从此我们便经常在劳动之余，谈论诗歌和一些文坛逸事，算是一种苦中找乐的方式吧。

当时梁南给我的印象是，他的劳动没有写诗在行，加之身体又不怎么强壮，所以只能干些轻体力活儿。好在这样的时间不算长，随着政治局势突然变化，我们这些人提前离开北大荒，不然会有更多人要死在那里。梁南原来在空军服役，不可能再回到部队，就留在了黑龙江省，听他说又继续劳动。最好的年华最美的诗情，就这样断送在荒唐年代里了。

我和梁南自从分开以后，又被重新发配到内蒙古，同样继续干着笨重劳动。虽然说梁南有才情，但好时光就这样荒废了。我从内蒙调回北京以后，突然有一天接到一封信，信封的落款是黑龙江省文联。那里我没有认识人。打开一看署名是梁南，我不禁为之心灵一震，哦，这老兄还在北大荒，使我感到格外亲切。我立即提笔复信给他。从此我们又算是连接上了苦难情缘。

别看梁南出名早，在诗坛有一定地位，但是真正写诗，还是近二十年来，他从一个戴"罪"之人，完全成为正常人之后。这跟许多他那个时代的作家一样。所以每次梁南来北京，我们几个朋友相聚时，他说的最多的话，就是对于现在生活的知足，言语间流露出诗人的天真。只是一说到失去的 22 年时光，神情中不免有点惋惜、惆怅，在无奈中感叹青春的不幸。倘若不是遭遇 1957 年的灾难，以梁南的才情和勤奋，他肯定会写出更多的好诗。

诗人的性格，是不是都很敏感，就像一根游丝似的，没有风吹都会自摆，我从无考察，尽管我有几位诗人朋友。反正我知道，诗人梁南，属于敏感的人。譬如他给你写信，你若不按时回复，他就会疑心如何，马上就会再来信，向你解释他臆想中的事。这位生于峨眉山的诗人，之所以让人觉得可爱，正是因为他重友情、诚实、执着近乎于敏感。只要认定你够朋友，他就恨不得把心掏给你，相反如觉得你不咋样，他会连边儿都不沾。有人说他偏，有人说他固执，有人说他不合潮流，我却不这样认为。做为一个诗人，梁南心灵应该纯净，不然他就写不出好诗；做为一个受过磨难的人，梁南不应该变得圆通滑润，不然那 22 年的罪岂不白受。我认为这样来理解梁南，似乎才更恰当更合适，更合乎作为一个正直人的本质。

这些年，梁南只要有机会来北京，总要跟我见见面，这时免不了说些心里说。他告诉我说，倘若没有那 22 年的不幸遭遇，该会写出多少诗做多少事？这会儿情况好了，可人也老了，别说做些事情了，就连写诗都不如先了。他还表示过，想再出几本书，而出书却很难，他有些困惑。他说，复出文坛后，只出过几本书，还是燕祥兄帮的忙。他的这些话也许只是随便说说，而我听后却感到深深的内疚，因为我一直在出版界供职，不客气地说也还算有点权力，只是由于我的刻板和愚钝，包括梁南在内的朋友，我都没有帮忙给他们出书。直到我从出版界退下来，才想给朋友帮点忙，却再也没有直接的权力，于是只得求别人做这件事，其中就有梁南的一本散文集。交给北岳文艺出版社已经三年，至今还没有任何出版信息，我感到实在对不起逝世的老梁。

如今梁南走了。一位经受过磨难的诗人，一位坚守正直的老人，就这样悄悄地走了。从此，中国失去了一位诗人，文学界失去了一位朋友，也就是仅此而已。在今天这个熙熙攘攘的社会，一位有点名气的演员逝世，上上下下会惊动许多人，大大小小报刊都会炒作造情；而一位诗人的逝世，哪怕是像艾青这样的大诗人，都只能是寂寞平常地离去。然而他们创造的精神财富，相信将会永远地留下来，这大概就是对诗人的唯一安慰和哀悼。

2000 年 11 月 10 日

雨天的怀念

    杨犁先生离世的确切时间，我一时记不起来了，反正给他送行的那天，天空开始阴沉而后又下雨，好像是老天有意跟我们一起，向这位老革命老文学工作者，表示最后的敬意和哀悼。要不为什么在几年后的今天，望着窗外淅淅沥沥的雨，怎么突然又想起这位老领导，这位在熟人中间公认的好人呢？这时在我的脑海，立刻有了这样的想法：有的人生前也许很显赫，死后却只能在某个特定时日，为了纪念他才会想起他；有的人生前也许很平常，死后却常常被人念叨着，只因为他的确是个好人。好人永远活在朋友们的记忆里。我想杨犁先生应该属于后一种人。

    认识杨犁先生，是在20世纪70年代末。那时我们的"右派"问题，还没有正式改正，只是刚刚传出一些消息。为了想早日改变自己的处境，我从流放地内蒙古跑回北京了解情况，总有许多天，终日跟着高粮、杨觉、刘群等几位同命运的师辈文化人，东奔西跑地串门打听相关消息。这几位老师都是老共产党员，党一手培养起来的革命文化人，却在1957年被划为"右派"，他们渴望回到革命队伍的心情，自然比像我这样的白丁后生更为急切。有一天几位老师商量，应该去看看谁，这其中就提到了杨犁。就是在那天晚上，我跟高粮、杨觉老师，一起走进杨犁的家，这时我才认识他，并且知道杨犁夫妇俩，跟我们有着同样的命运。

    事隔两年之后，我的"右派"问题改正，调到《新观察》杂志社，不承想杨犁成了我的领导，我们自然也就更加了解。

    杨犁任《新观察》副主编时，杂志社的办公条件很差，木板隔开的几间房子，声息相通行止相望，领导干什么，编辑说什么，几乎没有任何保密可言。紧靠西边的那个房间，算是杂志社领导办公室，主编戈扬和编辑部领导张凤珠，两个人在屋内靠北边的地方办公，副主编杨犁的办公桌紧挨着门边，所以我们出出进进都能看见他。早晨老杨比谁都先来，下午老杨比谁都迟走，上班的几个小时的时间里，总是见他弓着身子伏案看稿改稿，像一座雕像似的提示我们，工作就是应该这样兢兢业业一丝不苟。凡是在《新观察》工作过的人，我想都会知道，那时杂志社的风气还是比较正的，大家一跨进那几间简陋办公室，就赶紧投入到自己的工作里，很少有在办公时间侃大山扯闲篇的，这跟杨犁等一些老编辑的作风在潜移默化的影响有一定关系。尤其让人至今不能忘记的是，杨犁手中的那支笔，起落时显得总是那么沉重——发稿签字他怕出错，报销签字他怕违规，精细认真得让人觉得过于谨慎。后来见到有的领导人，挥金如土，开口许愿，拿人民的权力给自己买好，这时我就会想到杨犁。现在是多么需要这样的领导啊。

我在《新观察》那时负责杂文稿件，这是个最让领导操心的版面，稍有不慎就会出些预想不到的事情。有的稿件发表后出了问题，包括老杨在内的领导，从不对我们批评指责，更不是把责任推给下属，首先是认真地听情况，然后自己把责任揽过去。有一次主编不在北京，经我提议请作家白桦给杂志社一篇文章《春天对我如此厚爱》，当时白桦正在受批判，社会上有种种不实传言，我们想从正面给予回答。杨犁和凤珠都表示同意，我就跟白桦约了稿，发表后中央个别领导指示中国作协让杂志社立即检查。事后听作协机关的朋友讲，杨犁和凤珠两人完全揽了责任，只是轻描淡写地提到我，我听后真的感动和不安。听说后来在一次国际会议上，苏联作家攻击我国作家无自由，巴金先生以这篇文章为例，批驳对方的一些错误看法，帮助杂志社渡过这次难关，我的思想才如释重负。正是因为有像杨犁这样敢于扛事的领导在，杂志社同事也就对我并没有什么埋怨，事情过后我依然可以大胆地进行工作。离开《新观察》以后的几年，听说有的领导遇事互相推诿埋怨，这时我就会自然想起杨犁。现在往哪里找这样好的同事呵。

杨犁遇事能忍敢于负责，很少跟谁发脾气耍态度，可是这并不是说他是非不分，为人处事不讲任何原则。不，恰恰相反。对于那些人品欠佳的人，忘恩负义的人，过河拆桥的人，得势忘乎所以的人，溜须拍马的人，只讲利害不讲情谊的人，他从来是不留情面地批评，根本不计较个人的得失荣辱。那是在我俩相继调离《新观察》之后，有次在一个共同参加的会议上，听作家们用非常鄙夷的口气，议论起一个人品欠佳的人，采用卑劣手段发迹后的种种，他越听越生气，忽然当着众人面指着我的鼻子说："引狼入室也有你的份儿。"面对这位老领导劈头盖脸的斥责，我简直有点无颜以对无地自容，只好微笑着跟他道歉跟在场的人说明。此公在处境艰难时，我的确帮助过他，引荐给《新观察》，并帮助说了些好话，拿到《新观察》复刊后第一个也是唯一的一个《特邀记者证》，使他得以到处招摇撞骗。可是谁能想到此人内心的阴暗呢？别看老杨这样不给情面，我反而更加尊敬他佩服他。像杨犁这样一位早年参加革命，无端地遭受过22年的人生磨难，过后仍然保持着一颗正直的心，不世故，不攀附，老老实实本本分分地做人的人，不是没有只是不太多了，想到这些就更加怀念杨犁。现在像这样的文化人多么宝贵呵。

杨犁啊，我的好领导、好同事，朋友们心目中的好人，离开我们已经好多年啦。此刻，在郁闷多日后的雨天，望着窗外飘飘洒洒的雨，我忽然想起了在另一个世界的你。人生在世几十年，究竟活个什么？还不是活个人品、人缘、人情、人味儿。通常被称为文人的作家，做为文的标志的作品，有的作家真可谓数量等身，有的还拥有作品外的官位；做为人的标志的人品，有的作家含金量却并不高，而这比作品多少似乎更重要。

据我所知，杨犁先生于1944年考入西南联大外语系，1948年投奔解放区，建国后曾任《文艺报》副主任，1957年被错划"右派"离开文学界。1978年重返文坛先后任《新观察》副主编、中国现代文学馆馆长。在中国现代文学馆的筹建过程中，杨犁在和他之前之后任馆长的孔罗荪、李准两位先生，都曾经为这座巴金倡导建起的文学圣殿，贡献过他们各自的心血和智慧。当我们走进这座漂亮的建筑，吸吮丰富的文学营养时，做为文学晚辈的我们，应该永远铭记和感念他们。

人们期待已久的雨，现在还在下着，而且越下越急越下越密。仿佛是老天想用这样温馨的方式，帮我传递对杨犁的深情怀念。谁知他有无感应呢？

2001 年 7 月 24 日

文人秉性平民心

跟作家朋友聊天儿，有几次我说到李延龄，可能是说得次数多了，有的朋友就问："你老说的这个李延龄，他到底是干什么的，这么让你念念不忘？"其实，说起来我也怪小家子气的，正经的官员未认识几个，好容易认识了个李延龄，就总是跟朋友们说个没完。可是话又说回来，做为官员朋友的李延龄，他的确值得怀念。

李延龄逝世前是国家财政部副部长。不过我认识他那会儿，他的官阶还不算高。记得是 20 世纪 70 年代末，我的"右派"荆冠摘掉，从发配地内蒙古回到北京，业余时间无事可干，就到处串门儿聊天儿。有天跑到中国青年出版社，看望同是从内蒙古刚回北京的李硕儒。聊起从内蒙古调来北京工作的人，硕儒跟我说："你大概不认识李延龄，这个人不错，原来跟我同在《巴彦淖尔报》社，现在在财政部工作，有机会介绍你们认识。"

当时，硕儒他只是一说，我只是一听，并未真的往心里去。李延龄到底怎么不错，就没有跟硕儒细问。生活里的许多事情，还不都是像风似的一吹而过，谁还会用心记忆呢，尤其是对人的认识，凭我几十年的经历，不能全靠听人说，更多时候得自己体会。因此我就未跟硕儒搭腔，只是记住了李延龄的名字。

后来通过硕儒介绍，我跟延龄认识了，一来二去真的成了朋友。

延龄是个典型的东北男人，豪爽实在，随和憨厚，没有一点时下官员的派头，倒是有种文人的秉性，却又没有文人夸夸其谈的毛病。一接触就觉得是个可以信赖的人。后来听硕儒说起才知道，延龄从北京大学经济系毕业，分配到内蒙古巴彦淖尔盟，跟硕儒同在《巴彦淖尔报》社，难怪延龄身上透着文人的习性。他们俩朝夕相处好多年自然了解，所以硕儒才会说"延龄这个人不错"。

我把延龄介绍给几位作家朋友，他们也同样觉得，这位财政部副部长不像个官儿，张口闭口说的竟是有关文学的话，还直截了当跟作家朋友要书看。彼此的关系一下子就缩短了距离，作家朋友都是"延龄""延龄"地叫他，仿佛大家是相识多年的老熟人。延龄曾多次跟我和硕儒表示，你们以后喝茶聊天儿，可别忘记叫上我，只要是有时间我一定到。延龄属于官场上的人，不琢磨着如何周旋，倒愿意散淡过活，这样的官员即使有大概也不多。延龄逝世后许多时候，朋友们一聚会就有人说："这要是延龄在……"可见朋友们都想念着他。

我从《新观察》杂志社调到作家出版社，主持出版社的日常工作，当时单位购买车辆得经过控办，可是具体办理手续又不是很清楚。我忽然想起主管控办的财政部，就请李硕儒给李延龄垫个话儿，如果不为难的话，看他能不能帮帮忙。让我未想到的是，延龄非常爽快答应，并让我径直去财政部找他。那天我带着出版社办公室副主任，随便带了几本出版社出的书，就直奔三里河财政部大楼。先是彼此叙了叙各自在内蒙古的情况，然后就跟他求教有关购车的事。他详细地介绍了相关规定和如何办理手续，然后跟我说："这些批件手续办妥以后，在时间上我可以帮帮忙，比如一时选不到可心的车，需要延长时间什么的，我帮助你们说句话，适当地延长点时间。我知道文化单位财力不行，买辆车不容易，车型价钱总得都合适吧。"听了延龄的这番话，我立刻意识到，他是个既会做人又会做官的人，在不违犯规定的情况下，能帮忙的事情尽量帮忙，没有丝毫拿腔作态的臭架子，既讲原则又重友情。难怪硕儒说"这个人不错"。

君子之交淡如水。真正的朋友，不见得老在一起，却一定会时常惦念。硕儒妻子移居美国后，他多年独自留在北京，尽管那时他父母健在，但总难免会有落寞感。特别是逢年过节休息日，他就在宿舍里抽烟闷坐，个中的滋味儿只有自知。有次周末我给硕儒打电话，问他在干什么，他说正在喝酒，我以为他自己在喝闷酒，就劝他悠着点儿。他说："没事儿，延龄陪我喝哪。"事后硕儒告诉我说，延龄本来住医院哪，怕硕儒独自一人烦闷，就戴着检查仪器，特意带着酒和猪头肉，跑到他家来陪他喝酒。这就是部级干部的李延龄，这就是看重友谊的李延龄。

说到此我还想起两件事。硕儒移居美国跟家人团聚后，一次延龄到办公室来找我，正赶上饭口问他想吃什么饭，他说："有肉就行，别的越简单越好。"我们就到了老字号森隆饭庄，足足地吃了一顿东坡肘子，饭后他连连说吃得过瘾。他就是这样容易满足。还有一次我正在家休息，忽然听到有人敲门，出去一看是给延龄开车的师傅，他说："内蒙古来人带了些土特产，李部长让给您送点来。"所谓的土特产，就是羊肉、莜面、华莱士瓜，可是这些东西却维系着多少乡情呵，尽管我、硕儒和延龄都不是内蒙古人，但是我们美好的青春岁月，毕竟是在那里度过的，在情感上早把那里视为故乡。

我在出版社供职时，一出版好点的新书，就送给延龄几本，他特别地高兴。到了《小说选刊》杂志社，我就寄杂志给他。有次他告诉我说："柳萌，你知道我出差都带什么吗？我告诉你吧，除了必要的生活用品，就是《小说选刊》。别看小说都是虚构的，可是反映的问题，却是从社会中来，可以从中了解点情况。再说作家们又肯于说真话，有些看法也蛮有见地，读读文学作品很有启发。"难怪他愿意跟作家们交朋友，原来他看重的是作家的诚实，肯说真话，这说明延龄尽管身居官场要位，但是他依然没有忘记平民身份。

大概正是由于延龄不太在意官职，更乐意跟各式各样的人交朋友，所以在他逝世后参加追悼会的人，我粗略地算了算不下五六百人。按照现行的相关规定，像他这样的副部级干部，追悼会应该是二百人规模，这也就是说，至少有三百人未接到讣告自动来为他送行。记得延龄走的那天，淅淅沥沥下着小雨，许多人都未带雨具，大家拥挤在一起，耐心地等待走进灵堂，跟延龄作最后告别。有人来过多次八宝山，看到眼前的情景颇为感慨，说："延龄真是个好人，人走了，又走得突然，有的朋友并不知道，互相转告，大家一听就来了。"来的人还不光是北京人，还有延龄生活过的内蒙古人，以及他在各地的朋友们，都希望最后来看看他，送他平安地上路。

送走延龄回来的路上，我就想，延龄有如此好的人缘，他的魅力究竟在哪里呢？一边想着一边拿起他的生平介绍，随手翻了翻，忽然看见两句话，赫然写在他的遗像下："热爱生活，善待他人。"这大概就是他的座右铭吧！有如此人生目标的人，哪能没有朋友呢？这就是李延龄，一个做官不像官，有着文人情怀平民心态的大好人。

2004 年 10 月 16 日

身后不寂寞

　　时间过得真快，金乃千教授逝世，转眼已经十年。他的夫人唐爱梅女士，那天跟两位朋友来我家，说到关于纪念乃千逝世演出的事，这时我才恍然意识到，乃千早离开了这个世界。其实在我的思想里，他仍然还健在，只是忙于教学，这些时未来我家。每次观看电视文艺节目，我总会自然而然地想起乃千，觉得下一个节目应该有他。

　　金乃千是中央戏剧学院教授、话剧表演艺术家。在天津一中读书时，由于都喜欢文艺，有过接触却不很熟悉。后来我到北京工作，乃千到北京读书，我们也没有更多交往。天津一中音乐教师梁琛女士，从北京电影学院毕业后留在北影厂，那时我常常去看望梁琛老师，她有时就跟我说起金乃千。由于我们都是梁老师的学生，在天津一中读书的时候，都是梁老师的文艺骨干，所以她很想把她在北京的学生，拢到一起大家也有个关照。可惜后来我和梁老师先后离京，这样的愿望终于未能实现，这一隔就是20多年的时间。梁老师和我都因"右"案成为贱民，期间日子过得如何不言而喻，乃千好像也不是生活得很愉快，我们也就不可能再聚首到一起。

　　好在"天意怜幽草"，阴霾有终期。当国家的命运有了转机，我们个人的苦难也到了尽头，我从流放地内蒙回到北京，这时我和乃千才开始交往。我居住的团结湖和工作的沙滩，距他工作居住的交道口都不远，几乎每个月都能见面，情谊自然也就日渐加深。那年梁琛老师来北京，乃千、我和梁老师，在剧作家王树元先生家聚会，由于树元先生也是天津人，大家谈起早年的事情，仿佛又回到了学生时代，每个人心里都是甜蜜蜜的。尤其是说到一中没有男学生，排演话剧《群猴》时让乃千反串女角，他怎样得到观众的欣赏和肯定，乃千腼腆地说，正是有了那次成功的演出，在报考大学时他才决心考戏剧学院。可见年轻时的理想和友情，都是非常真诚和执着的，它常常会影响人一生的道路。

　　乃千在中央戏剧学院任教期间，除了教学生表演艺术，他还参加些话剧演出，只可惜那时我还未回北京。听观看过他演出的朋友讲，在《屈原》中他饰演的屈大夫，在《杨开慧》中他饰演的毛泽东，在人物的塑造上都很成功。他借屈原之口吟诵的"雷电颂"，不仅他自己非常地喜欢，而且成了他朗诵成名作，许多圈内人今天说起来，都依然充满着敬佩之情。尽管乃千自谦地称自己是个"业余演员"，在表演上没有更多的艺术实践，但是他在话剧《克里姆林宫钟声》《桃花扇》等扮演的人物，却将永远地留在戏剧演出史上，被热爱话剧的人们记忆着。据熟悉乃千的王树元先生讲，乃千还能唱一口字正腔圆的京剧、单弦，可见乃千是个多才多艺的人，这对于一个科班出身的艺术家非常重要。一个艺术家如果只通自己的玩艺儿，不熟悉其他的姊妹艺术特点，就很难有更高的艺术造诣。尤其是像乃千这样的艺术教育家。

我在文艺圈内混迹多年，对于这个行当的情况和人，应该说还算比较了解。对于有些称得上"家"的人，其艺术成就很值得佩服，但是对于有些人的品德，却实在不敢有丝毫恭维，而金乃千在我的印象中，却是个德艺双馨的艺术家。他待人非常的真诚、谦虚，没有一点教授、艺术家的架子，对老同学老朋友如此，对新朋友新相识也这样，绝没有因名气越大越自恃。每次去他家他总是亲自下厨，做出的饭菜样是样形是形，吃在嘴里更是可口，这说明乃千很会理家，是位充满人情味儿的艺术家。她和妻子唐爱梅教授，是中央戏剧学院同班同学，毕业后都留在中戏任教，朋友们戏称为"铁杆夫妻"，说明俩人是多么情深意笃。这在文艺界可堪称楷模。

十年前，乃千随中国南极科学考察团，去南极体验生活准备回来排戏，不幸在归来途中溘然谢世，永远地踏上了不归路。当时乃千已经年过半百，本来身体就不是很好，许多老朋友都说他："你疯了，都多大年纪了，还要跑那么远，不要命啦？"乃千自己却不以为然，认为能有这样的机会，是一生都难得到的，自己能被批准是个幸运，至于身体注点意就是了。后来不断从他家人那里听到有关乃千远行的一些情况，我作为他的老同学老朋友，深深地为他庆幸和祝福，并希望他能早日归来。不承想这老天不够宽厚，在临近国门的时候，把他拒之在大门外，成了身落他乡的游魂。要知道，他还有多少事要做呵，他还有多少戏要排呵，正像他跟我说过的那样，好容易赶上个好时代，总得认真地干上一番吧，何况过去损失了那么多时光。谁知他竟是怀着遗憾匆匆地走了，所有的美好愿望都再难实现，这就使得朋友们更加痛惜。

乃千逝世以后有许多年，没有见到他妻子唐爱梅女士，以为她还在沉涵于失夫的痛中。这次来我家才知道，这位坚强的四川女子，这些年回到了家乡，在她父亲和姐姐相继病故后，利用两位亲人留下的两套房屋，办了一所名为"乃千艺舟"的学校，用她自己掌握的戏剧专业，向人们传播艺术和进行美育教育，以此来纪念乃千和实现丈夫的理想。这使我立刻联想到乃千生前拟演的话剧《长城向南延伸》。唐爱梅教授创建的"乃千艺舟"，岂不正是对乃千事业的延伸，以及是对乃千理想的弘扬，更是对乃千的最好纪念吗？相信在另一世界的乃千绝不孤独寂寞。

在乃千逝世正值十周年时，由他在文艺界的朋友和学生发起，名为《名著精品朗诵音乐会》去年岁末在北京举行，我想这是对乃千最好的怀念。由此也可看出乃千的为人。在世风被金钱和庸俗败坏的今天，办事必言钱，人走茶就凉，竟然还有这么多老艺术家，为一位逝世已经十年的同行，自发地组织起来作纪念演出，是什么力量吸引着他们呢？我想恐怕还是金乃千教授的德艺魅力。而这德艺的具体表现，就是乃千的恩师曹禺先生题给他的两句话："不朽的事业，伟大的人生。"

1999 年 11 月 9 日

花开未待春暖时

不是说好了吗，等春暖花开时，咱们再来聚会？花是早就开了，天气却总是不暖，文祥兄，你却不再等待，就匆匆地走了。老友的聚会，从此少一人。

这时我才意识到，像我们这些老人，有些事情是不能等待的，时间就如同生命，主动权不属自己。恶劣天气过去了，老朋友应该聚聚了，我打电话约你，你老伴夏大姐说你病了。我说去看看你，夏大姐说，等你出院再说吧。好吧，那就等你出院。在祝福与期盼中，等待跟你和孙惠青、高贯中、吴重阳，践约我们今年的老朋友聚会。谁知过几天再打电话，夏大姐说："他已经走了。"就在这个花开天未暖的时节。我听后嗡的一声头脑成了空白。

在健在的老朋友中，你的身体是最好的，从《人民日报》（海外版）副总编辑职位上退下来，你到处讲学、开会，像年轻时一样热心，帮助这个人做这个，帮助那个人做那个，总是有种不服老的劲儿。每次你来电话，从你爽朗的话音中，我都会受到感染，觉得自己也还年轻。这时我会想起许多半个世纪以来的往事。

1957年我被划为"右派"，去北大荒军垦农场劳改，行前在北京吃的几顿饭，就有你家的那顿美餐。那是讲阶级斗争的年代呵，你依然像对待亲弟弟似的，用真诚的友情抚慰我鼓励我，这才使我有足够的勇气，面对那场毁灭性的打击。从北大荒劳改回来，我又被发配到内蒙古，每年休探亲假来回过北京，你，还有孙惠青、高贯中，你们这三位年轻时的朋友家，就成了我歇脚的地方，当然，更成了我失落心情的慰藉处。在"右派"问题未"改正"时，我比一般"右派"早回来一年，借调到《工人日报》社文艺部，同样是得益于你的帮助。这样的帮助和关怀，用简单的语言岂能表示，何况真诚友谊又无须表白，我只是默默地深深地埋在心里。这会儿尽管有点迟了，不过我还是想说：谢谢啦，我的文祥老哥。

我们的相交都半个世纪啦，这是怎样的五十年呵！政治上的风风雨雨，世道上的险险恶恶，我们竟然顺畅地走过，彼此没有伤害，互相只有信任，这是人间纯正友谊的最好见证。常有年轻的朋友问我，在人生最艰难的时期，我是怎样苦苦熬过来的。我总是坦率地告诉他们：友谊的支持和鼓励。从来没有别的什么，例如理想、信念、信任，绝对不是这些，政治上遭受一次蒙骗，早使我不相信这些东西，尽管它们曾经是我青年时代的追求。

　　文祥，一位多么好的人哪，一位多么好的兄长，就这样匆匆地走啦，未能让我最后跟他告别。我埋怨他的老伴夏大姐，我说："他对我有恩哪，你怎么能这样做呢？你不让我去医院看，他突然走了，你总得让我送送他吧？"夏大姐劝我说："柳萌，你别哭了，你别说了，我心里更不好受呵。他最后的形象都变样儿啦，我怎么让你们看哪。所有的老朋友我都未告诉……"我理解，完全理解。因为我也有过失去亲人的经历。我当时的心情也是这样，不想惊动任何的朋友，独自悄悄地把她送走，朋友们本来活得够累了，何必再让朋友们伤心操劳。

　　可是，我心目中的王文祥，他是永远不会变样的：宽厚、热情、真诚，宠辱不惊地过着自己的生活。这就是存放在我心室的他的唯一遗像。

　　走好，我的好兄长王文祥。

2010 年 6 月 5 日